W0473341

n:

ng des

lung mit
nik
oren
autarke
von Schutzschirm

ekanonen

ei Stück mit je
esamt
örer und
mosphärengleiter
abors und

egratoren (vier Stück)

cht und Ersatzteile
mit
tor
nungszentrale
4 Stück)
Umformern
Stück)

22. Ausfahrbarer Antigravschacht mit Bodenschleuse (vier Stück)
23. Trichterförmiger Landering (zwölf Stück)
24. Abnehmbare Bodenplatte zum Austausch des Überlichtantriebs
25. Raumschleusen (insgesamt 33)
26. Hochleistungs-Linear-Überlichtantrieb
27. Schiffsrumpf aus terkonitähnlicher Legierung
28. Energieverteiler
29. Großes Ladetor
30. Ausrüstungslager mit Reparaturwerkstätten und Lagerräume für 1000 Mehrzweckroboter
31. Vier-Mann-Zerstörer
32. Transmitterstation mit autarker Energieversorgung
33. Brut- und Wohnräume der Ploohnkönigin
34. Positronische Abteilung
35. Hyper- und Normalfunkantenne
36. Feuerleitzentrale
37. Hangartore der Beiboothangars
38. Zentralantigravschacht
39. Waffenleitstand für obere Thermo-Hochenergiekanonen-Batterie
40. Plasmaspeicher des Buggeschützes
41. Buggeschütz mit zehn Verdichtungs- und Beschleunigungsfeldmagneten
42. Waffenleitstand für Buggeschütz
43. Drehbare Bugkuppel mit hochempfindlichen Ortungsantennen

Perry Rhodan

Im Mahlstrom der Sterne

Perry Rhodan

Im Mahlstrom der Sterne

Pabel-Moewig Verlag KG, Rastatt

Alle Rechte vorbehalten
© 2002 by Pabel-Moewig Verlag KG, Rastatt
www.moewig.de
Redaktion: Horst Hoffmann
Titelillustration: Johnny Bruck
Druck und Bindung: GGP Media, Pößneck
Printed in Germany 2002
www.perry-rhodan.net
ISBN 3-8118-4055-X

Vorwort

Es ist der kühnste Entschluss, den Perry Rhodan und die Menschheit seit ihrem Aufbruch ins All vor beinahe anderthalbtausend Jahren gefasst haben: Erde und Mond sollen mit einem Sprung durch einen gigantischen Sonnentransmitter in Sicherheit gebracht werden. Gerettet vor dem Zugriff der Laren, der technisch unendlich überlegenen Invasoren, die innerhalb weniger Monate die Herrschaft über die Milchstraße an sich gerissen haben.

Doch der Satz in die Freiheit gerät unversehens zum Sprung ins Ungewisse. Erde und Mond rematerialisieren in einer unbekannten Region des Weltalls, viele Millionen oder sogar Milliarden Lichtjahre fern der Heimat.

Rhodan und die Menschheit begreifen, dass sie wieder am Anfang stehen. Sie machen sich auf, den »Mahlstrom der Sterne« zu erkunden – und müssen erkennen, dass eine dunkle Macht über diesen Teil des Universums herrscht …

Die Originalromane dieses Buches sind: *Im Mahlstrom der Sterne* (676) von Hans Kneifel, *Das Erbe der Glovaaren* (677) von Clark Darlton, *Zeus Anno 3460* (678) von William Voltz, *Im Bannkreis der Pyramide* (679) und *Die falschen Itrinks* (684) von Ernst Vlcek sowie *Planet in Angst* (685) von H. G. Francis.

Ich bedanke mich, wie stets, herzlich bei allen, die durch ihre Vorschläge und konstruktive Kritik zum Zustandekommen dieses Bandes beigetragen haben.

Horst Hoffmann

Zeittafel

1971/84 Perry Rhodan erreicht mit der STARDUST den Mond und trifft auf die Arkoniden Thora und Crest. Mit Hilfe der arkonidischen Technik gelingen die Einigung der Menschheit und der Aufbruch in die Galaxis. Das Geistwesen ES gewährt Rhodan und seinen engsten Wegbegleitern die relative Unsterblichkeit. (HC 1–7)

2040 Das Solare Imperium entsteht und stellt einen galaktischen Wirtschafts- und Machtfaktor ersten Ranges dar. In den folgenden Jahrhunderten folgen Bedrohungen durch die Posbis sowie galaktische Großmächte wie Akonen und Blues. (HC 7–20)

2400/06 Entdeckung der Transmitterstraße nach Andromeda; Abwehr von Invasionsversuchen von dort und Befreiung der Völker vom Terrorregime der Meister der Insel. (HC 21–32)

2435/37 Der Riesenroboter OLD MAN und die Zweitkonditionierten bedrohen die Galaxis. Nach Rhodans Odyssee durch M 87 gelingt der Sieg über die Erste Schwingungsmacht. (HC 33–44)

2909 Während der Second-Genesis-Krise kommen fast alle Mutanten ums Leben. (HC 45)

3430/38 Das Solare Imperium droht in einem Bruderkrieg vernichtet zu werden. Bei Zeitreisen lernt Perry Rhodan die Cappins kennen. Expedition zur Galaxis Gruelfin, um eine Pedo-Invasion der Milchstraße zu verhindern. (HC 45–54)

3441/43 Die MARCO POLO kehrt in die Milchstraße zurück und findet die Intelligenzen der Galaxis verdummt vor. Der Schwarm dringt in die Galaxis ein. Gleichzeitig wird das heimliche Imperium der Cynos aktiv, die am Ende den Schwarm wieder übernehmen und mit ihm die Milchstraße verlassen. (HC 55–63)

3444 Die bei der Second-Genesis-Krise gestorbenen Mutanten kehren als Bewusstseinsinhalte zurück. Im Planetoiden Wabe 1000 finden sie schließlich ein dauerhaftes Asyl. (HC 64–67)

3456 Perry Rhodan gelangt im Zuge eines gescheiterten Experiments in ein paralleles Universum und muss gegen sein negatives Spiegelbild kämpfen. Nach seiner Rückkehr bricht in der Galaxis die PAD-Seuche aus. (HC 68–69)

3457/58 Perry Rhodans Gehirn wird in die Galaxis Naupaum verschlagen. Auf der Suche nach der heimatlichen Galaxis gewinnt er neue Freunde. Schließlich gelingt ihm mit Hilfe der PTG-Anlagen auf dem Planeten Payntec die Rückkehr. (HC 70–73)

3458/59 Die technisch überlegenen Laren treten auf den Plan und ernennen Perry Rhodan gegen seinen Willen zum Ersten Hetran der Milchstraße. (HC 74)

3459/60 Perry Rhodan organisiert den Widerstand gegen das Konzil. Er versetzt das Solsystem in die Zukunft, um es dem Zugriff der Laren zu entziehen. Als diese das Versteck in der Zeit bedrängen, schickt er Erde und Mond durch einen Sonnentransmitter. (HC 74–76)

Prolog

8. März 3460

Es ist der Tag, an dem das größte Abenteuer in der Geschichte der Menschheit beginnt. Ein Pulk, bestehend aus mehreren Dutzend Kunstsonnen, dem Planeten Erde und seinem Trabanten sowie 96.000 Raumschiffen, nimmt Fahrt auf. Sein Ziel ist ein gewaltiger Sonnentransmitter, der das zerbrechliche Gespann an einen anderen Ort des Universums abstrahlen soll – in Sicherheit. Aus der Reichweite der Laren und ihren willigen Helfern, den Überschweren, den neuen Herrschern der Milchstraße.

Doch der Sprung endet in einer Beinahekatastrophe: Erde und Mond rematerialisieren nicht am vorgesehenen Ort, sondern in einer unbekannten Region des Alls. Und die Menschheit muss um ihr Überleben kämpfen – im »Mahlstrom der Sterne« …

1.

Im Mahlstrom der Sterne

8. März 3460

Sein Gesicht war kalkweiß und abweisend. Auf Stirn und Oberlippe standen kleine, kaum wahrnehmbare Schweißtropfen. Die Augen waren halb geschlossen, die Schläfenadern traten prall und pochend hervor. Obwohl in dem großen Raum Hunderte von Instrumenten arbeiteten, unzählige Lautsprecherstimmen murmelten und wisperten, schien sich eisige Kälte auszubreiten. Der Schock war vollkommen, auch für Perry Rhodan. Er hob den Kopf, sein Blick ging abwesend über die Anzeigen der Schirme hinweg. Schließlich sagte Rhodan stockend und leise: »Wir sind mit großer Mühe der ersten Krise entkommen.«

Es wäre die absolut tödliche Krise geworden, das Ende aller Freiheit auf dem Heimatplaneten der Menschheit.

»Und wir scheinen mitten in der nächsten Krise zu sein«, murmelte Reginald Bull und stützte seinen Kopf schwer in die Handflächen. Während Rhodan, seit vor einigen Minuten die ersten Informationen eintrafen, starr und wie versteinert wirkte, barst Bull fast vor Nervosität und Spannung.

»Wir *sind* mitten in der nächsten Krise!«, beharrte Galbraith Deighton.

Noch immer befanden sie sich im Bann des absoluten Schreckens. Ein tollkühnes Experiment war fehlgeschlagen – und jede Information, die seit dem Augenblick einging, in dem Erde und Mond wieder rematerialisiert waren, trug noch mehr dazu bei, den Schrecken zu vergrößern.

Nach einer Weile hob Rhodan die Hand. Er hatte sich wieder gefangen. »Wir müssen alles versuchen, um diesen Zustand zu beenden. Aber – was können wir tun?«

»Uns erst einmal bemühen, die Lage zu klären!«

Deighton stand auf, verließ den Konferenztisch und ging langsam entlang der gekrümmten Bildwand. Er betrachtete die Schirme. Die Linsen erfassten undeutliche Bilder und sendeten sie hier herunter in die zentrale Schalt- und Ortungsanlage von Imperium-Alpha. Erde und Mond waren rematerialisiert, aber das war auch alles.

»Oh, verdammt!«, sagte Deighton laut. »Wir wissen nicht, wo wir sind. Auf keinen Fall in der Nähe von Archi-Tritrans!«

Noch hatte sich der Schock nicht ausgebreitet. Die Welle der Angst hatte die Milliarden Menschen nicht in ihrem erbarmungslosen Griff. Noch war alles erstarrt, die Informationen hatten die Zentralstation noch nicht verlassen. Mutlosigkeit und Niedergeschlagenheit ergriffen die wenigen Männer, die in einzelnen Schritten die furchtbare Wahrheit erkennen mussten.

Einige Fakten standen fest: Beide kosmischen Körper waren mitsamt den künstlichen Sonnen und sämtlichen technischen Überlebenseinrichtungen materialisiert. Die Menschheit war dem Zugriff der Laren und der Flotte des Überschweren entkommen.

Rhodan warf einen kurzen Blick auf eine der vielen Uhren. Dies war die Zeitangabe seit dem Punkt null, also dem Sekundenbruchteil, in dem die Erde verschwand und wieder auftauchte. Neun Minuten seit diesem historischen Schnittpunkt waren bereits vergangen.

»Wir wissen, dass wir erfolgreich geflohen sind«, sagte Rhodan und sah hinüber zu Deighton. Der Mann mit dem länglichen, ernsten Gesicht nickte kurz.

Langsam löste sich die Starre der ersten Minuten. Fieberhaft suchten sie nach einer Möglichkeit, einem Mittel, aus der Krise herauszukommen. Aufregung und Hektik bemächtigten sich der Hand voll Menschen, die hier saßen und berieten. Nur einige Ortungen gaben konkrete Werte wieder.

»Dieser verdammte achte März!«, stöhnte Bull auf. »Aber es ist sinnlos, nach hinten zu starren. Ein Rückblick bringt uns nichts. Nicht einmal späte Einsichten.«

Die Erde und der Mond schienen sich zu bewegen. Die Abstände waren nach wie vor diejenigen, die seit Jahrhunderttausenden galten. Terra und Luna, jenes Gespann mit dem gewaltigen Potential an Menschen und Maschinen, bewegte sich in einer starken Energieströmung.

Rhodan stand auf und blieb vor dem Monitorblock stehen, dessen Informationen aus vielen einzelnen Ortungszentralen stammten. »Es sieht aus wie eine Art kosmischer Sturm, in dem wir uns befinden!«

»Richtig«, kommentierte Abel Waringer. Er beugte sich über seine Armbandpositronik, vertieft in Formeln und Thesen. Von ihnen allen schien er seine Handlungsfähigkeit als Erster wiedergefunden zu haben. Im Gegensatz zu Rhodan und den Freunden konnte er seine Spannung abreagieren, indem er versuchte, etwas Sinnvolles zu tun.

»Aber auf keinem Schirm sind Sonnen zu erkennen. Im Zentrum der Milchstraße wimmelt es von Sonnen aller Größen und Farben!«, rief Bull. Auch er starrte wild und aufgeregt die Schirme an. Ihre Darstellung war exzellent scharf, wie gewohnt. Es lag nicht an der Wiedergabe oder an der Übermittlung, sondern es lag an dem, was die mächtigen Antennensysteme und die riesigen Linsen tatsächlich festzustellen in der Lage waren – zehn Minuten nach Punkt null!

Rhodan schnappte den Kommentar eines Wissenschaftlers auf, der die Bilder präsentiert hatte. »... haben wir eine starke Energieströmung anmessen können, aber wir sind noch nicht in der Lage, die definitive Richtung festzulegen. Erde und Mond befinden sich in dieser Drift. Wir kennen aber weder das Ziel noch den Ausgangspunkt der Strömung.«

Andere Schirme zeigten, dass Erde und Mond in eine Aureole eingebettet waren. Es sah aus, als hätten sich plötzlich der gesamte Van-Allen-Ring und das erdnahe Magnetfeld zugleich mit dem Strahlengürtel aufgeladen und in leuchtendes Gas verwandelt. Kein einziger Stern blinkte durch dieses Strahlen. Dieses unheimliche Leuchten und Glimmen würde jetzt bereits draußen, unter den wartenden Menschen, zu ersten Vermutungen und zu leichter Panik führen.

»Wir können davon ausgehen, dass wir nicht in Archi-Tritrans herausgekommen sind, auch nicht in einer Entfernung, die wir als nahe bezeichnen können!«

Aus Rhodans Worten klangen seine abgrundtiefe Enttäuschung, seine Müdigkeit und ein gutes Teil Hoffnungslosigkeit. Sie schienen am Ende zu sein. Mit einem unbeschreiblichen Aufwand hatten sie diesen Sprung vorbereitet, hatten die gefährlichsten Abenteuer auf sich genommen, und jetzt schien alles umsonst und vergeblich gewesen zu sein. Von einer unbekannten Gefahr, vor der sie flohen, waren sie in eine andere unbekannte Gefahr gekommen.

»Wo sind wir dann? Und was geschieht jetzt? Das sollten unsere nächsten Schritte sein!«, rief Bull. Dann weiteten sich seine Augen. Auf einem Vier-Quadratmeter-Schirm erschien ein neues Bild. Es weckte in ihnen allen Hoffnungen.

»Sterne«, flüsterte Deighton.

»Tatsächlich, Sterne!«, entfuhr es Orana Sestore.

Die Aura schwächte sich an einigen Stellen ab. Es war wie ein Flug durch einen selbstleuchtenden, farbigen Nebel. Es war ein energetischer Mahlstrom, der Erde und Mond mit sich riss. Die Bilder von speziell abgeschirmten Teleskopen, die auf dem Mond installiert waren, erschienen hier unten. Einige Sonnen waren zu sehen. Aber was für Sonnen! Sie änderten ständig ihre Form, ihre Größe und die Farbe. Die Skala der pastellenen Töne ging von einem Ende des Spektrums zum anderen – und sie vollführte innerhalb von Sekundenbruchteilen Sprünge. Rote Riesensonnen verwandelten sich in blaue Zwerge, weiße Lichtpunkte schwollen zu orangeroten Gigantbällen an und beulten sich aus.

»Es ist unmöglich, die Position zu lokalisieren«, kam ein Kommentar aus der astronomischen Mondstation.

»Auch keine Entfernungsmessungen?«, rief Rhodan verzweifelt.

»Daran ist nicht einmal im Traum zu denken. Wir wissen nicht, was wir davon halten sollen. Unsere bisherigen Erfahrungen werden überfordert. Es ist eine völlig neue und unbekannte Situation!«, sagte ein Astronom.

Reginald Bull wischte sich den Schweiß von der Stirn und griff mit zitternden Fingern nach einem Becher, der vor ihm stand. »Wo, um alles in der Welt, sind wir gelandet?«

»Darauf gibt es noch keine Antwort«, sagte Waringer und lächelte Bull an, als wolle er sich entschuldigen. »Wir wissen es nicht. Es kann an einer Stelle sein, die wir nicht einmal im Traum vermutet haben!«

Orana warf ein: »Niemand von uns hat jemals einen solchen Mahlstrom aus vielfarbiger Energie in unserer Galaxis gesehen!«

Wenige Sekunden standen sämtliche Wissenschaftler und Verantwortlichen dieses kümmerlichen Restes des Imperiums vor der Galerie und blickten schweigend von einem Monitor zum anderen. Nur Waringer saß am Konferenztisch und rechnete. Vor der druckfesten Tür staute sich die Masse der Kuriere und der aufgescheuchten Menschen, die Dienst in Imperium-Alpha taten. Sie hatten alle inzwischen begriffen, dass der Große Plan fehlgeschlagen war. Sie wussten nur noch nicht, was wirklich geschehen war. Aber in wenigen Minuten würden sie es genau wissen.

»Hier spricht die Koordinationsstelle Fesselfeld«, meldete sich eine aufgeregte Stimme. »Die Situation droht uns aus der Hand zu gleiten. Wir haben Schwierigkeiten, den Sonnenpulk stabil zu halten!«

»Die Erdachse!«, keuchte Rhodan. »Die Erdachse! Der Planet! Ich muss zu den Terranern sprechen!«

»Du hast noch nicht genügend Informationen. Warte noch etwas«, sagte Waringer halblaut, aber mit ruhiger Überzeugungskraft. Rhodan drehte sich um und warf ihm einen dankbaren Blick zu. »Ich glaube, du hast Recht.«

»... rufen Galbraith Deighton«, erklang eine Stimme. »Sir, in den Städten breitet sich Unruhe aus. Die Menschen sehen und fühlen, dass wir der Panik entgegensteuern.«

Deighton sprach mehr zu seinen Freunden als zu dem Sprecher seiner Dienststelle, »oben« in Terrania City, wo Tausende von Kommunikationskanälen zusammenliefen.

»Wir können von hier aus nichts tun. Lassen Sie verlauten, dass Rhodan sich in Kürze an die Öffentlichkeit wenden wird. Es besteht tatsächlich kein Grund zur Panik. Wir befinden uns allerdings in einer Phase, die durch Informationsmangel und Orientierungsschwierigkeiten gekennzeichnet ist.«

»Verstanden.«

Eine kleine Pause entstand. Einige Bilder fielen aus, andere wurden deutlicher. Zur letzten Gruppe gehörten diejenigen aus den optisch-astronomischen und den radioastronomischen Zentren. Zahlen erschienen, eingeblendet an den Rändern der erregenden Bilder. Es war so, wie es die ersten, von aufkommender Panik diktierten Vorstellungen vermuten ließen: Erde und Mond befanden sich in einer offensichtlich schlauchförmigen Flut von unidentifizierter Energie. Diese Energie war sehr mächtig. Sie zerrte das System mit sich.

Die gewaltige kosmische Energie dieses unbekannten Raumsektors schien ebenfalls die Sterne in gewisser Weise zu manipulieren. Sie wirkte wie ein System von gekippten und bewegten Linsen, die zudem die Farbe veränderten.

»Wir sind ins Inferno geraten!«, sagte Rhodan. »Und ich warte nur auf die ersten Meldungen, dass sich die Erdachse verschiebt. Schon zehn Meter sind zu viel!«

Er hatte für einige Sekunden eine Vision, jetzt, in der zwölften Minute seit dem Transmitterdurchgang: *Unsichtbare Kräfte, denen man nichts entgegenzusetzen hatte, zerrten an Mond und Erde. Sie schleuderten beide Himmelskörper auseinander und hinaus in diesen Mahlstrom des sicheren Verderbens. Verschiedene Schwerkraftverhältnisse griffen an und verwandelten binnen Minuten die Erde in ein Schlachtfeld, auf dem ein Krieg kosmischer Gewalten tobte. Die Erde! Die Heimat des Menschengeschlechts. Der Mond! Der Begleiter der Erde seit Jahrmillionen!*

Milliarden von Menschen starben, wenn sich die dünne Kruste des Planeten bewegte. Der ganze Katalog der Schrecken tauchte auf: Erdbeben, Vulkanausbrüche, Flutwellen, Stürme und entfesselte Naturgewalten aller Arten. Was geschah mit der Erde, mit dem Planeten, der der einzige Bezugspunkt für die Menschen war? Mit dem Planeten, der gerettet werden sollte und der jetzt vielleicht in einer weitaus größeren Gefahr schwebte?

Ein Summer riss Rhodan aus den chaotischen Gedanken.

»Erdbebenwarnung. Sämtliche klassischen Erdbebenzentren melden Erschütterungen des Bodens. Von den neun aktiven Vulkanen sind sieben neu ausgebrochen.«

»Flutwellen dehnen sich aus. Einige Küstenstreifen in Gefahr!«

»Ein Blizzard über Terrania!«

»Achtung! Wir senden die ersten Bilder. Massenflucht aus den Uferzonen.«

Rhodan sah sich hilflos und Rat suchend um. Sie konnten nichts unternehmen. Die Männer und Frauen in den zahlreichen Steuerzentren brauchten keinen Hinweis mehr, und eine Drohung würde auch nichts nützen – sie taten ihr Äußerstes.

Und dann der letzte, entscheidende Schlag: »Quetroppa ruft ... Chaos in den Lagerbunkern ... erbitten schnellstens und dringend Hil... Quetroppa ... die Vorräte an Howalgoni... – Hilfe ... mehrere Verletzte ... Ausfall ...«

Bull stöhnte auf wie ein verwundetes Tier. »Auch das noch! Eine verstümmelte Botschaft aus dem Bunker! Aktiviert die Mutanten und ein Einsatzkommando. Das ist mein Job!«

Er sprang auf, froh darüber, dass er etwas tun konnte.

Remba N'getha spuckte den Zigarettenrest aus dem offenen Fenster und fluchte. Die Katastrophenmeldungen verstummten, als seine Hand auf den Empfänger krachte. Der schwere Gleiter war vor wenigen Minuten mitten vom Naturschutzgebiet aus gestartet und befand sich auf dem routinemäßigen Patrouillenflug.

»Routinemäßig! Dass ich nicht lache!«, sagte Remba laut und deutlich. Sein Begleiter nickte; David M'komo sagte selten mehr als nötig.

»Offensichtlich ist etwas passiert!«, murmelte nach einer Weile der Pilot des schweren Geräts. »Und nicht gerade wenig!«

Unter ihnen lag im Licht der künstlichen Sonnen des Pulks die Landschaft. Noch vor fünfzehnhundert Jahren war hier eine eintönige Wüste gewesen. Inzwischen gab es davon nur noch den Namen: Kalahari. Wertvolles Gelände war aus diesem Streifen geworden. Ferienzentren, unterirdische Fabriken, Weiden und Wälder. Und einige Gleiterpisten.

Remba glaubte nicht nur an sich, sondern daran, dass die Menschen das zäheste und widerspenstigste Sternenvolk waren, das es gab. Er kannte die Risiken, die mit dem Transmittersprung verbunden waren. Aber er sagte sich, dass Rhodan und seine Regierung erst recht daran interessiert waren, diesen Vorgang ohne Opfer und Zerstörungen durchzuführen. Aus diesem Grund beunruhigte ihn der milchig glänzende Himmel nicht sehr, deswegen sagte er sich, dass die Katastrophenmeldungen übertrieben sein mussten. Außerdem lebte Remba, wie auch sein Partner David, seit mehr als zwei Jahrzehnten mit der täglichen Gefahr. Das stumpfte einerseits ab, andererseits machte es hellhörig für die Trennung von Fiktion und Wirklichkeit.

Endlich, nach zehn Minuten oder mehr, sagte M'komo etwas. »Was sollen wir tun?«

»Nichts anderes als sonst!«, gab der Pilot seelenruhig zurück. »Wir haben unsere Aufgabe. Ich glaube, wir werden selbst auf einem Inspektionsflug genug Arbeit haben. Und wenn sich hier ein Beben ausbreitet, dann haben wir zu viel Arbeit.«

In fünfzig Metern Höhe überflogen sie nach einem im Lauf der Jahre immer wieder verbesserten Plan die einstige Kalahari. Uralte Bäume, Bewässerungsanlagen, die hydroponischen Farmen, die kleinen Brücken und die Siedlungen, die aus der Luft so gut wie unsichtbar waren – alles das kontrollierten dieses Team und eine Anzahl anderer Mannschaften. Sie waren für jeden Zweck einsetzbar. Zur Schädlingsbekämpfung ebenso wie zur Reparatur schadhafter Leitungen oder Brunnen.

»Nichts los!«, sagte David und deutete nach unten.

»Warte nur!«, prophezeite Remba.

Neue Panikmeldungen aus allen Teilen der Erde liefen ein. Vulkanausbrüche! Überschwemmungen! Gebrochene Staudämme! Flutwellen! Beben! Mit scharfen Augen betrachteten die beiden Männer die Landschaft, die unter ihnen dahinzog. Eine Brücke tauchte auf, über die gerade ein kreischend gelber Gleiter auf seiner Piste dahinraste. Keine Spur von einem Beben. Der Fluss, der sich in weiten Windungen durch das Gelände zog, zeigte kein Hochwasser. Aber ganz langsam schlich sich eine verdächtige Nervosität in die Gedanken der beiden Männer.

»Remba?«

Ein starker Wind fuhr dicht über den Boden dahin. Die Kronen der Bäume schüttelten sich. Auf den Weiden, auf denen das Gras fast mannshoch stand, zeichneten sich Strukturen wie Meereswellen ab.

»Ich höre?«, antwortete N'getha seinem Kameraden.

»Mir ist gar nicht wohl. Eben, dieser Damm. Dann der Deich in Nordeuropa. Die Erde schüttelt sich.«

Sie sahen sich kurz an. Die beiden Männer wirkten wie Zwillinge. Sie waren Afrikaner, fast zwei Meter groß, breitschultrig und knapp vierzig Jahre alt. Sie hatten die letzten zwei Jahrzehnte hier verbracht, eintausend Kilometer von der Heimat ihrer Ahnen entfernt. Wieder schüttelten sich die Bäume. Remba wartete auf den Ansturm des Windes, um die Maschine auszusteuern. Aber er wartete vergeblich. Das war der Moment, an dem er zum ersten Mal stutzig wurde.

»Verdammt! Verdammt! Bei M'shimba M'shamba, David! Kein Wind! Und die Bäume bewegen sich!«

»Aber die Kalahariwüste ist seit der letzten Risseiszeit kein Bebengebiet mehr!«

Remba lachte. »Mann! Seit dieser Zeit hat sich die Erde auch niemals von ihrem Platz im Sonnensystem entfernt.«

Sie waren mit allem fertig geworden; mit der Vorstellung, dass die Erde von einem Pulk künstlicher Sonnen erwärmt wurde, nicht mehr von einem einzigen Gestirn. Und sogar mit der Vorstellung, dass die Erde von Archi-Tritrans aus vagabundierend durch den Kosmos zog, den Mond in einer wirbelnden Bahn im Schlepp hinter sich herziehend. Aber die Vorstellung, dass ihr geliebter Park verwüstet werden konnte, akzeptierten sie nicht. Nicht sie und auch die anderen Teams nicht.

»Die Bäume!«, rief M'komo. »Sie brechen zusammen!«

»Ich sehe es. Offensichtlich ein kleines Beben.«

Gerade als der Gleiter die Brücke überflog, sagte David plötzlich: »Halt! Flieg eine Schleife! Die Brücke! Es ist ernster, als wir glauben, Remba!«

Remba riss den Gleiter in einen riskanten Sturzflug und gleichzeitig in eine Kurve. Als er aus dem Fenster blickte, sah er die Brücke. Eben war sie noch ein breites Band aus reinem Weiß gewesen, an einigen Stellen beschattet und überdeckt von mächtigen Baumkronen. Jetzt zeigten sich in dem geriffelten Kunststoff schmale Risse, wurden breiter, zackten nach allen Seiten aus und platzten wie ein Spinnennetz. Dann wurde der Beton sichtbar. Die Ebene der Brücke zerbrach. Plötzlich bildete der glatte Streifen eine Oberfläche aus, die den Wellen vor dem Strand glich. Einzelne Teile kippten nach beiden Seiten ab und sackten schwer durch.

Dann brach die Brücke auseinander. Eine Wolke aus weißem Gesteinsstaub breitete sich aus. Aus den Leitungen, die im Brückenkörper verlegt worden waren, schlugen Funken. Jetzt erreichten die Geräusche die beiden Männer in dem Gleiter. Krachend und polternd, mit dem eigentümlich singenden Geräusch überdehnten Stahls riss die Verbindung zwischen den Ufern auf. Teile fielen in den Fluss, andere schlugen schwer in das weiche Ufer. Einige Tiere stürzten sich ins Wasser und schwammen in panischer Furcht davon.

»Verdammt! Wo ist die nächste Siedlung?«, rief M'komo.

»Zwanzig Kilometer von hier. Bushman's Point! Aber bisher hat sich noch niemand gemeldet.«

»Trotzdem. Dieser Gleiter ... Sehen wir nach!«

Remba sah zu seinem Entsetzen, wie das Wasser im Fluss in ungewöhnliche Bewegung geriet. Es verhielt sich wie die Flüssigkeit in einer großen Schüssel, die man hin und her bewegte. Einige Bäume am Ufer neigten sich in Zeitlupe und krachten aufklatschend in das klare Wasser. Schlamm kam vom Grund hoch und trübte den Flusslauf. Die Weiden schienen sich in ein brandendes Meer verwandelt zu haben, denn die Myriaden Halme schwankten hin und her und bildeten Muster, die erkennen ließen, dass sich die Erde unter ihnen schüttelte.

»Das sieht ernst aus!«, stieß Remba hervor. Er sah, wie sich die letzten Teile der Brücke splitternd und aufbäumend in den Fluss stürzten, dann zog er die Maschine wieder in die Gerade und raste, schneller werdend, entlang der Gleiterpiste.

»Mann! Sieh dir das an!«, sagte David. »Wie eine Schlange!«

Die Erdschicht dämpfte die Zerstörung dort, wo es Bäume und Pflanzen gab. Aber die Gleiterpiste besaß keinen solchen Schutz. Sie schlug lange Wellen und zerbrach in einzelne Stücke. Steinbrocken und Plastikfetzen wurden nach allen Richtungen geschleudert. Der gelbe Gleiter, ein kleines Privatfahrzeug, begann, wild zu schlingern und sich in Schlangenlinien über die Piste zu bewegen.

»Er bringt sich um!«, rief Remba und ging tiefer. Aus den Lautsprechern kamen inzwischen die ersten Hilferufe. Eine Pumpenstation war verwüstet worden. Zwei Männer ertrunken, die Maschinen ausgefallen, einige Rohre geplatzt.

Zwei Siedlungen meldeten, dass jeweils zwei Drittel ihrer Häuser teilweise zerstört worden waren. Die Bauweise, Plastik und Stahl, verhinderte größere Schäden.

Felder waren verwüstet worden. An einigen Stellen war der Fluss über die Ufer getreten und hatte wertvolle neue Kulturen unter Wasser gesetzt. Jetzt schoss der Gleiter von der Fahrbahn, bohrte sich wie eine Rakete durch die Büsche und krachte mit mehr als hundertfünfzig Stundenkilometern Geschwindigkeit gegen einen mächtigen Baumstamm. Der Gleiter des Teams schwenkte nach links und näherte sich im Tiefflug dem Wrack, aus dem Flammen züngelten und Rauch aufstieg.

»Der Insasse ist tot. Diesen Aufprall hat er nicht überstanden«, sagte David.

»Wir sehen nach!«

Inzwischen tobte die Natur. Ein riesiger Schwarm Vögel erhob sich und kreiste über den Bäumen. Es mussten Zehntausende oder gar Millionen sein. Adler und Geier, kleinere Vögel und die vielen Schwärme der exotischen Tiere, die nach Terra importiert worden waren. Als sich der Gleiter in einer lang gestreckten Kurve dem Wrack näherte, sahen die beiden Teammitglieder, dass eine Flucht auch der Tiere am Boden eingesetzt hatte. Sie waren alle wie von Sinnen. Die Baumkronen schüttelten sich wie in einem gewaltigen Sturm. Die Stämme bogen sich, ein Grollen und Heulen ging durch den Wald.

»Ich gehe«, sagte David M'komo. »Halt du den Gleiter in der Luft.«

Es war klüger, nicht zu landen. Die Erde schlug Wellen. Kleine Tiere rasten im Zickzack zu Hunderten über den Boden und die Stämme hinauf und hinunter. Die Kalahari hatte sich, wenigstens in diesem Bereich, in eine Zone von äußerster Instabilität verwandelt.

Als David aus der hinteren Luke kroch und sich an die automatisch ausgefahrene Leiter klammerte, schlug der Lärm der aufgewühlten Erde voll gegen seine Trommelfelle. In der Luft lag ein kreischendes Heulen, als ob ein wütender Sturm tobte. Aber es regte sich in Wirklichkeit kein Lüftchen.

Die Erde grollte, brummte und polterte. Das Geräusch schien seinen Ursprung in sehr großen Tiefen zu haben. Ein dumpfes Rumpeln und Murmeln kam aus dem Boden und erschütterte die Stämme der Urwaldriesen.

Die spitzen Schreie, die pfeifenden Laute und das Kreischen der Tiere, die wie blind umherstoben, erfüllten den Raum zwischen Boden und Baumkronen. Und in der Nähe brüllten die Großtiere, die vor Angst ebenfalls panisch umherrannten. Blätter und Äste, Früchte und Vogelnester fielen aus den Zweigen. Ein Hagel aus harten Dingen prasselte auf das Dach des Gleiters.

Behände turnte David die Leiter hinunter und zog, als er an das Wrack herankam und sah, wie zerstört die Masse aus Plastik und Metall war, seine Dienstwaffe.

Zwei Menschen waren in dem Wrack eingekeilt; sie bewegten sich noch. David schaltete den Minikom ein und sagte scharf: »Die Netze und die Seilwinde, Remba. Sie leben noch.«

»Verstanden.«

Über den Boden, der sich drehte und schüttelte, sprang und taumelte David auf das Wrack zu. Er fiel in einen Busch, schnitt sich an den Dornen und kam wieder auf die Füße. Er umging den Rauch und sah, dass das kleine Löschgerät der Maschine durch die Scheibe gegen den Baum katapultiert worden war. Er hob es auf, kontrollierte das Ventil und beschränkte sich auf die Handlungen, die er durchzuführen hatte. Er ignorierte die Umwelt, denn wenn er sich darauf konzentriert hätte, wäre er vor Angst erstarrt. David löschte mit fünf langen Stößen der Löschmasse den Brand, riss an der Tür und feuerte dann einen Schuss auf das zerstörte Schloss ab. Während die Tragenetze heruntergelassen wurden, brach David die Tür auf.

Er packte mit geübten Griffen die junge Frau, zog sie langsam aus dem Wagen und schleppte sie zu dem Netz. Er legte sie hinein und gab dann sein Kommando. Über ihm, als einziger fester Bezugspunkt inmitten der schwankenden Landschaft, hing der Gleiter.

»Ich ziehe hoch, David. Ich habe auf Automatik umgestellt.«

In die Geräusche des tobenden Walds mischten sich die quäkenden

Lautsprecherstimmen, die immer aufgeregter wurden. Je länger die Natur aufgewühlt wurde, desto lauter und drängender wurden die Hilferufe. David schleppte den Mann, der aus zahlreichen Wunden blutete, zum zweiten Netz und turnte dann wieder die Leiter in die Höhe.

Noch während David vorsichtig die beiden Verletzten auf die Liegen im Laderaum umbettete, nahm Remba Kurs auf Bushman's Point. Von dort kamen die meisten Hilferufe. Unterwegs sahen sie die Zerstörung, die dieses kurze Beben angerichtet hatte. Hier war weitestgehend Natur mit sehr geringer Besiedlungsdichte betroffen, aber wie es in großen Städten aussehen mochte, das war kaum vorstellbar. Das Beben hatte auch nach Teilen der Erdoberfläche gegriffen, die seit Jahrtausenden als bebensicher gegolten hatten.

Es war 57 Minuten nach Punkt null …

2.

Als der Oberkörper eines schwitzenden Mannes die Darstellung von Ortungsergebnissen ablöste, riss sich Rhodan endgültig aus der Starre.

»Hier Luna, Sir!«, rief der Sprecher, als er Rhodan erkannte. »Wir brauchen Hilfe!«

»Was ist los? Bricht etwa der Mond auseinander?«, rief Rhodan. »Reden Sie schon!«

»Plasma, Sir. Das Plasma, das man für NATHAN zusätzlich bereitstellte, scheint nicht mehr in Ordnung zu sein!« Die Verbindung zwischen Erde und Mond schien nicht gestört zu sein. Jedenfalls waren sämtliche Bilder, die von dort eintrafen, von ausgezeichneter Qualität. Das vergrößerte den Eindruck des Chaos noch; während sich die Meldungen über kleine und große Katastrophen summierten, funktionierte die seelenlose Technik perfekt.

»Was bedeutet das?«, fragte Rhodan. Waringer wandte den Kopf vom beständigen Strom der Messwerte ab, winkte einem Mitglied des Teams und trat neben Rhodan. Er legte ihm beschwichtigend eine Hand auf die Schulter.

»Es benimmt sich merkwürdig«, antwortete der Mann. »Aggressiv und störend, als ob es irgendwie infiziert worden wäre. Wir können natürlich das Feuer eröffnen, aber ich denke …«

Waringer und sein Teammitglied schoben sich vor Rhodan. »Erwarten Sie uns im Transmitterraum. Wir kommen sofort. Und dazu«, er wandte sich an Rhodan, »brauche ich einige Mutanten. Ich habe eben Ras Tschubai gesehen und Irmina. Kann ich sie anfordern?«

»Selbstverständlich«, sagte Rhodan. »Du bist der beste Mann an diesem Platz.«

Waringer lief zur Sicherheitstür, die vor ihm in die Wand zurückglitt. Die zwei Männer verließen den Konferenzraum. Einige Säle weiter stießen Kotschistowa und Tschubai zu ihnen, und zusammen rannten sie zum Transmitterraum. Sekunden später befanden sie sich bereits in einer der vielen sublunaren Kavernen und wurden von den aufgeregten Bedienungsmannschaften des Plasmas in Empfang genommen.

Kaum hatten Waringer und der andere Wissenschaftler den Raum verlassen, kam Reginald Bull zurück und lief auf Perry zu. »Zu deiner Information: Ich habe Gucky und Fellmer Lloyd mit zwei Fachwissenschaftlern sofort nach Quetroppa geschickt. Außerdem wird in neunzig Sekunden ein kleines Sonderkommando starten. Keine Sorge, wir bekommen die Sache schon in den Griff!«

»Du Optimist«, murmelte Rhodan und starrte auf ein Bild, das eine Gruppe von Südseeinseln zeigte. »Die Erde ist in Aufruhr!«

Obwohl die Positroniken der Steuerzentralen nach wie vor die Erdrotation und die Neigung der Polachse konstant hielten, wurde der Planet erschüttert. Es waren, verglichen mit seiner Masse und der gewaltigen Energiemenge, die den Ball stabilisierte, nur winzige Störungen, aber sie genügten, um viele kleine Katastrophen entstehen zu lassen. Noch war kein wirklich schweres Unglück bekannt geworden. Etwa das Zusammenbrechen von riesigen Gebäuden in Terrania City. Diese Meldung würde auch aussagen, dass die Beben eine nie gekannte Stärke erreicht hatten, denn nahezu sämtliche Bauwerke waren gegen Beben und deren Folgen abgesichert und entsprechend konzipiert worden.

»Hier! Eine Flutwelle! Eine ungeheure Tsunami«, sagte Rhodan und deutete auf den Schirm.

Eine weiße Linie raste auf die Inseln zu. Das Meer schien entlang der gischtenden Riesenwelle in zwei verschieden hohe Ebenen getrennt worden zu sein. Die Inseln schienen verloren zu sein. Quälend langsam kroch auf dem Schirm, der das Bild eines geosynchronen Satelliten wiedergab, die Welle auf die Inselgruppe zu, aber in Wirklichkeit …

… nahm Anto Ssalcea die Veränderung wahr, noch ehe er ganz begriff, was mit der Erde geschehen war.

Die Bevölkerung gliederte sich in diesen Stunden in drei verschiedene Gruppen. Die wichtigste Gruppe war zugleich jene, die am wenigsten attraktiv schien. Alle jene Millionen Frauen und Männer, von denen es abhing, ob der Planet funktionierte oder nicht. Sie versahen ihren Dienst überall dort, wo es um Energie und Kommunikation ging und um all die tausend Dinge des täglichen Lebens. Kraftwerke und Wasserversorgung, Sendestationen, Funkverkehr, Personenverkehr und Verwaltung arbeiteten, als sei überhaupt nichts geschehen. Sie wussten, dass in den nächsten Stunden und Tagen die Anforderungen, bedingt durch Millionen Ausfälle und Störungen, ein ungeahntes Maß erreichen würden, und das bedrückte sie schon jetzt. Aber sie erhielten die unermesslichen Werte, die im Lauf der Jahrtausende geschaffen worden waren. Sie retteten, indem sie ihre Plätze nicht verließen und die Krisenpläne hervorzogen, Tausenden und Abertausenden das Leben.

Anto Ssalcea gehörte zu dieser ersten Gruppe von Terranern. Er leitete in normalen Zeiten ein Ferienzentrum auf dieser Inselgruppe. Jetzt befanden sich in den oberirdischen und submarinen Räumen die Flüchtlinge, die Menschen, die vor dem larischen Angriff nach Terra geflohen waren und dort integriert werden mussten. Vierzigtausend Menschen aller Altersklassen waren seit einigen Tagen hier. Anto steuerte das schnelle Boot an den Steg und ahnte, dass er es nur noch als Trümmerhaufen wiedersehen würde.

Das Meer war unnatürlich ruhig. Anto sprang auf den Steg hinaus und blieb stehen. Mit einem langen Rundblick musterte er die Umgebung. Die Inselkette war ihm wohlvertraut, aber er wusste auch hier, dass in einigen Stunden alles ganz anders aussehen würde. Schon jetzt sah die Siedlung nach allem anderen als nach Urlaub aus. Er lief auf die Zentralstation der Hauptinsel zu. Er hatte zu tun.

Über dem Meer und im abendlichen Himmel sah man die Aureole aus weiß glühendem Gas, in die sich die Erde gehüllt hatte. Anto musste sich mit Gewalt von dem schaurig-schönen Anblick losreißen. Er erreichte das Gebäude im langen Schatten der reglos stehenden Palmen. Einige Menschen grüßten ihn, er grüßte zurück.

»Haben Sie schon von der Flutwelle gehört?«, fragte einer und blickte hinaus auf die See, als könne er sie sehen.

»Ja. Und Sie alle werden in wenigen Minuten noch mehr hören!«, versicherte Ssalcea und warf die Tür hinter sich ins Schloss. Er begrüßte einige Mitarbeiter und konnte in ihren Augen den Schrecken und die Erwartung lesen. Sie alle hatten genügend Fantasie, um sich vorstellen zu können, was sie mitten in der Nacht erwartete.

»Fangen wir an?«, fragte Anto. »Bereit?«

»Wir haben nur auf dich gewartet, Anto«, lautete die Antwort. Anto setzte sich an seinen Schreibtisch, schaltete auf Alarm und aktivierte sämtliche Systeme.

Anto dachte jetzt nur noch an die zweite Gruppe von Terranern. Es waren die Milliarden Flüchtlinge, die integriert werden mussten. Teilweise hatten sie bereits Stellen gefunden, an denen sie sinnvoll arbeiten konnten, zum größten Teil aber warteten sie noch darauf.

Als der Alarm, der in jedem Raum und in jedem Winkel aller Inseln zu hören war, auslief, sagte Anto ins Mikrofon: »Hier spricht der stellvertretende Gebietsleiter der Inselgruppe. Wie Sie alle vielleicht schon wissen, haben wir in sechs Stunden eine gewaltige Flutwelle zu erwarten. Es ist eine Tsunami, die von einem unterseeischen Großbeben ausgelöst wurde.

Im Interesse aller ordne ich Folgendes an: Die Unterwassersiedlungen werden sofort geräumt. Bitte achten Sie darauf, dass sämtliche Energiesysteme abgeschaltet und alle Schotten dicht gemacht worden sind. Vergessen Sie nichts! Nehmen Sie das Notwendigste mit. Ich wiederhole: Schalten Sie alles ab und kommen Sie, sämtliche Dichtungen hinter sich schließend, auf die Inseln. Die Inseln Zwei, Sieben und Elf sind nicht betretbar. Boote stehen bereit, um Sie an die Hauptstrände der großen Inseln zu bringen. Das war die Durchsage an alle Bewohner der Unterwasserstädte. Ach ja, noch etwas! Vergewissern Sie sich, dass auch Ihr schlafender Nachbar aufgeweckt und mitgenommen wird!«

Unablässig gab er seine Warnungen durch. Sofort setzte die Massenflucht ein, die die größeren Inseln zum Ziel hatte. Roboterkommandos begannen, die Boote aus dem Wasser zu holen und auf hoch gelegenen Plätzen abzustellen. Die Strände wurden verlassen. Türen und Fenster, soweit sie dazu geeignet waren, wurden abgedichtet oder mit Läden versehen. Die Häuser an den Stegen wurden geleert und evakuiert. Stundenlang arbeiteten Menschen und Maschinen zusammen. Die ankommenden Boote, die große Menschenmengen absetzten, starteten sofort wieder und begaben sich im Osten in den Schutz kleiner Buchten.

Dann, gegen elf Uhr nachts, warteten die Inseln. Anto Ssalcea ließ sich erschöpft zurücksinken. Er hatte sämtliche Arbeiten geleitet und wusste, dass er nichts mehr tun konnte. Jetzt war er zu einem Angehörigen der dritten Gruppe von Terranern geworden: Er hatte versucht, das Chaos aufzuhalten oder ein wenig zu mindern.

»Wann genau wird die Welle erwartet?«, fragte einer seiner Mitarbeiter. Sie standen mit Satelliten und den Seefunkstationen der Umgebung in enger Verbindung. Die Küstenstellen hatten zu tun, um die Besatzungen der wenigen »klassischen« Schiffe abzuholen.

»In siebzig Minuten!«, erwiderte Anto. »Haben wir nichts vergessen?«

Er kontrollierte seinen privaten Katastrophenplan, aber er fand nichts. Das Schweigen im Kontrollraum nahm zu, je mehr Zeit verging. Und schließlich war es sieben Minuten nach Mitternacht. Über ihnen glühte der Himmel. Ein verrücktes Leuchten lag über dem Wasser, das regungslos wie ein Spiegel und schwarz wie Tusche war.

Dann kam die Welle. Sie trieb einen Sturm vor sich her, der mit urhaftiger Plötzlichkeit die Inseln ansprang, den Boden erschütterte und die Riesenwelle an ihrem Kamm zerfetzte. Eine zehn Meter hohe Wasserfront in Form einer schäumenden weißen Rolle, die von Schiffsteilen, Holz und allem nur denkbaren Abfall durchsetzt war, traf die Insel an ihrem äußersten Punkt und überflutete sie. Das Wasser türmte sich in Ufernähe höher auf und erhielt eine ungeheure Wucht.

Die Palmen bogen sich knirschend und splitternd. Viele brachen ab, und die Luft war einen Augenblick voll von nassem Sand und abgerissenen Blättern. Die Stege und ein verspäteter Robotbootswagen wurden senkrecht in die Luft gewirbelt und zerbarsten. Die Hauptinsel erbebte unter einem harten, kurzen Stoß. Das Licht flackerte, sämtliche losen Teile überall auf der Insel klirrten und klingelten. Sand und Kies prasselten wie Hagel gegen die Panoramascheibe. Unwillkürlich duckte sich die Mannschaft hinter die Büromöbel.

Die Luft war voll Gischt, Schaum und Wasser. Teile der Stege, ein Hausdach und einige hundert Tonnen Sand wurden hochgehoben und wie Geschosse ins Innere der Insel geworfen. Wieder rumpelte der Boden. Die Flut erreichte jetzt mit voller Wucht die ersten Gebäude und zertrümmerte sie. Tonnenschwere Bauelemente wurden herumgewirbelt wie Pappdeckel. Das Klirren und Bersten ging in dem sausenden Geräusch der gewaltigen Welle unter. Dann war die Welle über die Linie der Insel weggezogen, das Meer senkte sich wieder, der Wasserspiegel fiel, als setze die Ebbe ein. Der Abfall und die Trümmer blieben liegen. Im Innern der Inseln hatten sich Teiche voller Brackwasser gebildet. Die schaumgekrönten Wellen rasten zurück, hinaus aufs Meer. Schweigend standen die Mitarbeiter Antos auf.

»Das war's«, sagte Ssalcea leise. »Die Arbeit eines halben Jahrhunderts in drei Minuten vernichtet!«

Er drückte auf einen Kontakt. Wieder heulte der Alarm, diesmal schwächer, weil zahlreiche Aggregate ausgefallen waren oder unter Wasser standen. Dann krachte Antos Stimme aus den Lautsprechern.

»Die Tsunami ist vorbei! Ich bitte, alle Verletzten sofort ins Krankenhaus bringen zu lassen. Alle anderen räumen zusammen mit uns und den Robotern auf!«

Die Lichter gingen an. Jetzt erkannten sie alle das volle Ausmaß der Zerstörung. Wenn der Sonnenpulk sich wieder näherte, wenn es also Tag werden würde, würde man noch mehr sehen können. Anto öffnete die Drucktür. Salzige Luft schlug herein. Anto sah, dass andere Menschen überall aus den teilweise zerstörten Häusern kamen und sich ebenso niedergeschlagen umblickten wie er selbst und seine Freunde.

»Mein Gott!«, sagte er erschüttert. »Wenn ich an die Strände von Europa denke, an die afrikanischen Strände, an viele andere Stellen, wo Menschen nahe am Meer leben ... Wir werden hören, was passiert ist!«

Tausende Menschen hatten jetzt hier zu tun. Sie schalteten die Wartungsrobots ein, pumpten Keller leer, schalteten Heißluftgebläse ein, um die Leitungen zu trocknen, kehrten und wischten, sammelten Abfall und versuchten, die Boote wieder zu Wasser zu bringen. Es hatte, wie man im Morgengrauen sehen würde, vier Tote und etwa zweihundert mehr oder weniger Verletzte gegeben. Zwei Drittel aller sichtbaren Landflächen waren verwüstet.

Aber diese Inselgruppe war nur ein winziger Ausschnitt aus der Oberfläche des Planeten, der im energetischen Mahlstrom davongerissen wurde und einem ungewissen Schicksal entgegentrieb.

Selbst hier, in einer der Vorhallen von Quetroppa, verfolgte sie die planetarische Katastrophe.

Als Gucky zusammen mit Fellmer Lloyd rematerialisierte, hörte er aus einem unbeachtet vor sich hin plärrenden Lautsprecher: »Seit dem Punkt null sind jetzt 62 Minuten vergangen. Unruhe breitet sich überall aus. Die gesamte Bevölkerung der Erde gerät in Panik, aber bisher sind nur geringfügige Disziplinlosigkeiten gemeldet worden. Eine Welle von Beben und Hochfluten rast rund um den Erdball. Genaue Zahlen über Tote und Verluste liegen noch nicht vor. Einerseits helfen die großen Konzentrationen von Menschen, schnell die Aufräumungsarbeiten zu erledigen, andererseits bedeutet diese Massierung, dass mehr Opfer zu erwarten sind. Bis zur Stunde haben die Informationen nichts ergeben, was zu echten Hoffnungen Anlass gibt ...«

Fellmer Lloyd sah sich schnell um, aber sie befanden sich in einem vereinsamten Raum dieses gewaltigen unterirdischen Bunkers. Nirgendwo war ein Mensch zu sehen.

Der Mausbiber wandte sich an den Aktivatorträger. »Ich hole Sardaby und Nebey, ja?«

Lloyd nickte. »Ich warte hier und sehe mich um.«

Gucky teleportierte zurück nach Imperium-Alpha, um die beiden

Wissenschaftler zu holen. Die Entfernung war vergleichsweise gering; Quetroppa befand sich als ausgedehnter Tiefbunker vor den nordwestlichen unterirdisch angelegten Ausläufern von Imperium-Alpha. Quetroppa war eine der wertvollsten Einrichtungen des gesamten Imperiums. Als Unterabteilung von Imperium-Alpha war das zylindrische Bauwerk in der Tiefe der massiven Erdkruste für die Lagerung höchstwertiger und unersetzbarer Materialien von größtem Wert. Diese Materialien waren auf künstlichem Weg nicht herstellbar – es waren Stoffe, mit deren Namen Abenteuer der Menschheit verbunden waren.

Howalgonium ... Sextagonium ... Ynkelonium ...

Lloyd, der von einem Schott zum anderen gelaufen war, sah nur, dass dieser Bereich verwaist war. Natürlich kannten er und Gucky sowie die beiden Fachwissenschaftler den Aufbau der Anlage ziemlich gut. Es war ein in acht Stockwerke eingeteiltes, siloförmiges System. Die wertvollen Vorräte hauptsächlich dieser drei Stoffe waren gegen Angriffe aus dem Weltraum, aus der Luft und von Land aus hervorragend geschützt. Aber jetzt schien auch hier die Katastrophe zugeschlagen zu haben.

Gucky erschien; er hielt die beiden Wissenschaftler, die verhältnismäßig jung waren, an den Armen.

»Etwas Neues, Fellmer?«, erkundigte sich der Ilt aufgeregt.

»Nichts. Alles ist leer«, sagte Lloyd.

»Dann gehen wir in die Richtung des Zentrums!«, entschied Gucky. Er wirkte so ernst wie selten. Jede Lust, zu streiten oder zu scherzen, schien ihm vergangen zu sein. Die vier Personen rannten einen breiten Korridor entlang, der ebenfalls leer und ruhig war.

»Wo ist das Chaos?«, fragte sich Gucky laut.

»Ich bin sicher, wir werden es in Kürze sehen«, antwortete Sardaby. Sie bewegten sich auf das Zentrum zu. Diese Ebene hatte eine Höhe von Deck zu Deck von rund achtzig Metern. Die gesamte Anlage glich einer liegenden Trommel, durchzogen von Gängen, Fluchtanlagen, Stollen, Lastenaufzügen, Rampen, Treppen und Verbindungskanälen. Im Zentrum der Anlage befand sich ein Schacht von der obersten Decke bis zur untersten Sohle, der aus Ynkelonium-Terkonit-Stahl bestand und einen Durchmesser von fünfzig Metern aufwies.

Während sie dem Zentrum entgegenrannten, dachte Lloyd darüber nach, dass Rhodans Ansprache eigentlich überfällig war. Sein Chef besaß, abgesehen von anderen Talenten, die Gabe, die meisten Menschen persönlich anzusprechen und zu überzeugen. Er würde ihnen allen helfen, wenn er spräche. Etwas musste geschehen. Es konnte nicht mehr länger so weitergehen. Milliarden Menschen wussten nicht, was ihnen die nächste Stunde bringen würde. Aber dann musste sich Fellmer Lloyd korrigieren: Er wusste es selbst nicht.

Während sie liefen und hin und wieder in kurzen Sprüngen bis zur nächsten Schleuse teleportierten, sahen sie, dass es in den Wänden große und kleine Löcher gab. Manche Abschnitte sahen aus, als habe hier ein Gefecht stattgefunden.

Und plötzlich, nachdem sie wieder eines der Sicherheitsschotten passiert hatten, hörten sie eine Serie harter, krachender Detonationen.

»Halt!«, schrie Lloyd.

Sie reagierten mit der Übung vieler Jahre. Sie warfen sich zur Seite und legten sich flach auf den glatten Boden. Über ihnen schlugen Geschosse durch die Wände. Neue Löcher und Krater erschienen. Metallfetzen flogen nach allen Seiten. Ein Span, weiß glühend und wie eine Pistolenkugel von den Wänden abprallend, riss eine lange, blutende Wunde quer über das Gesicht Sardabys.

»Verdammt!«, schrie Lloyd auf. »Die sind wohl verrückt geworden! Sie feuern durch die Wände!«

»Niemand schießt!«, rief Sardaby. Nebey rollte sich zu ihm hinüber, riss das Verbandspäckchen auf und klebte schnell ein breites Biomolpflaster über die Wange des Wissenschaftlers. »Das ist etwas ganz anderes!«

Sie sprangen auf und rannten im Zickzack weiter. Hinter, über und zwischen ihren Füßen perforierten unsichtbare Geschosse die Wände. Sie kamen aus der linken Wand und krachten durch die zerlöcherte rechte Wand, bewegten sich also entgegen dem Uhrzeigersinn.

»Es muss etwas anderes sein!«, sagte Gucky verblüfft. »Das sind keine Geschosse. Hinter diesen Wänden liegen gewaltige Vorräte von Howalgonium und ähnlich verrücktem Zeug.«

»Das sind keine Geschosse, sondern Howalgoniumbrocken!«, schrie Nebey auf.

Sie rannten auf die nächste Abtrennung des Korridors zu. Jetzt kamen sie in die Zone, die zwischen dem Vertikalschacht und den äußeren Bezirken lag. Hier wurden die benötigten Materialien bewegt und abgerufen.

Das Schott schwang nach innen auf. Nacheinander sprangen die vier Personen hindurch. Sie kamen in eine völlig veränderte Umwelt. Das fahle Licht der Notbeleuchtung erhellte die Umgebung nur unvollkommen.

Lloyd sah in dem halbdunklen, wesentlich schmaleren Korridor einige verkrümmte Körper liegen. Er presste sich hart an das Schott, das sich wieder geschlossen hatte – offensichtlich funktionierten einige der Notaggregate. Ein Stöhnen riss die vier Eindringlinge aus der ersten Verblüffung.

»Tote? Verletzte?«, fragte Sardaby.

»Ja! Vorsicht!«, rief Gucky und teleportierte bis ans andere Ende des Korridors. Auch hier waren die Wände perforiert. Sie sahen aus wie ein Bild von der Mondoberfläche oder von der Flanke eines tätigen Vulkans. In dem geisterhaften Licht der Notbeleuchtung betrachteten die Eindringlinge die Szene.

Je länger sie sich auf das, was sie erkennen konnten, konzentrierten, desto genauer war das Bild, desto mehr einigermaßen eindeutige Feststellungen konnten die Mitglieder dieses kleinen Kommandos treffen. Sie wussten, dass hinter ihnen das Team ankommen würde, das von Bull und Rhodan eingesetzt worden war. Elitesoldaten, die ihnen helfen würden, dieses Geheimnis hier aufzuklären. Zuerst aber erkannten sie, dass auch hier eine Katastrophe ausgebrochen war – aus welchen Ursachen auch immer.

Den Uniformen und der Ausrüstung nach zu urteilen, waren die Toten und die Verwundeten Techniker, Wächter und Kontrollmannschaften. Die mächtigen Wände aus Spezialstahl, die durchschlagen waren, sprachen eine deutliche Sprache. Mit einiger Sicherheit waren Brocken von Howalgonium, und zwar in Größen zwischen einigen Zentimetern und einigen Dezimetern, wie Kugeln durch die Wände geschossen. Welche Kraft hatte die Brocken bewegt?

Nach einigen Sekunden des unschlüssigen Wartens sagte Sardaby so laut, dass es auch der Mausbiber am anderen Ende des Gangabschnittes deutlich verstehen konnte: »Das Howalgonium hat sich selbstständig gemacht. Die eingelagerten Brocken wurden beschleunigt und wirkten wie Granaten. Offensichtlich hängt diese Reaktion mit dem Transmittersprung von Erde und Mond zusammen. Mag sein, dass sich Sprung und Howalgonium gegenseitig beeinflusst haben!«

»Unter Umständen. Aber das werden wir untersuchen!«, knurrte Nebey.

Es waren acht Männer, die hier auf dem weichen Bodenbelag lagen. Unter zweien der Körper breiteten sich dunkle Blutlachen aus. Die anderen Männer bewegten sich und stöhnten. Auf dem Boden sahen Gucky und die anderen drei lange Spuren. Es sah aus, als habe sich ein riesiger Stichel in den Stahl hineingefressen und einen gewaltigen Span abgehoben. Wieder ertönte rechts von ihnen ein explosionsartiges Geräusch. Ein Loch erschien in der rechten Wand, gleichzeitig eines in der linken, dann wimmerte wieder einer der Verletzten auf.

»Gucky!«, rief Fellmer Lloyd. »Bring sie hinaus! Dort nach hinten! Das Rettungsteam kann sie besser versorgen als wir!«

»Verstanden!«, rief der Mausbiber am anderen Ende des Ganges. Er verschwand von seinem Platz und tauchte für zwei Sekunden neben einem Verletzten auf. Kurz darauf verschwanden mit dem charakteristischen Geräusch der ins Vakuum einströmenden Luft der Verwundete und der Ilt. Lloyd, Sardaby und Nebey standen noch immer gegen das Schott gelehnt. Die Luftversorgung war auch nicht mehr in Ordnung. Aus den verkleideten Schächten fauchte und knatterte es, aber die Luft war immerhin atembar.

Der Mann, der in der Nähe der Wartenden lag und sich krümmte, hob sein Gesicht. Die Gürtelscheinwerfer der Ankömmlinge flammten auf und richteten sich auf den Verwundeten. Sein blutüberströmter Arm hing in einem merkwürdigen Winkel vom Körper ab. Stöhnend rief der Mann: »Howalgonium! Wir sind getroffen worden!«

Sardaby ließ das Licht des Scheinwerfers um einige Handbreit wandern und begann eine furchtbare Gefahr zu ahnen. »Hinter uns kommt ein Einsatzkommando. Der Teleporter bringt euch in Sicherheit. Nur noch ein paar Minuten!«

Wieder ertönte das Geräusch, das einer harmlosen Verpuffung ähnelte. Ein weiterer Verletzter verschwand. Wenn das stimmte, was Sardaby und Nebey jetzt zu ahnen begannen, dann saßen sie und zahllose andere Männer im Innern einer gewaltigen Bombe.

»Schon gut. Wir werden nicht sterben. Wir sind wie von Geschossen getroffen worden. Verstehen Sie ...? Explosionen! Das Zeug rast herum wie kleine Satelliten!«

Gucky teleportierte soeben mit dem letzten Verwundeten aus dem Korridor, kehrte um und blieb dann neben ihnen stehen.

Fellmer sagte drängend: »Hier, unter und über uns, lagern gewaltige Vorräte an Howalgonium. Noch lagern sie in Ruhe, aber von der Hauptmasse haben sich Kügelchen und Brocken gelöst. Könnt ihr euch vorstellen ...?«

Ein ohrenbetäubendes Krachen und Schmettern unterbrach ihn. Ein starker Luftzug ließ sie taumeln. So schnell, dass sie nur noch als verwischter kleiner Streifen zu sehen waren, durchstießen eine Hand voll von Schrotkugeln des wertvollen Minerals die Wand und rasten weiter, vermutlich auf einer Kreisbahn um das Lager.

»Wir müssen weiter hinein!«, rief Sardaby. »Wenn ich mich nicht irre, sind die Explosionen in den letzten Minuten weniger zahlreich gewesen.«

»Das besagt überhaupt nichts!«, protestierte Nebey. »Wenn sich die

Hauptmasse in Bewegung setzt, rammt sie in die Erde ebensolche Löcher wie hier in die Wände!«

»Bring uns in den nächsten Korridor! Oder besser an den Rand des Zentralschachts, Gucky!«, rief Lloyd.

Der Mausbiber nickte und griff nach den Armen von Sardaby und Lloyd. Lloyd, der seine Fähigkeit als Orter und Telepath mehrmals eingesetzt hatte, konnte hier nichts feststellen – abgesehen von den aufgeregten und schmerzerfüllten Gedanken anderer Verletzter und erschreckter Wächter in diesem verborgenen Materiallager. An anderen Stellen musste es teilweise schlimmer aussehen als hier; aber dank der Spannung während der Transmitteraktion waren die meisten Personalräume leer gewesen. Das hatte vielen Menschen das Leben gerettet.

Sie waren höchstens zehn Minuten innerhalb des Bauwerks gewesen. Jetzt tauchten sie in einem verlassenem Kontrollraum auf. Eine Glaswand gab den Blick frei in Richtung auf den Zentralschacht. Schon auf den ersten Rundblick hin sahen die beiden Männer, dass dieser Raum frei von Einschlag- und Austrittkratern war.

Lloyd wandte sich an Sardaby: »Die Situation ist ernst, nicht wahr?«

»Ja. Hören Sie die Schläge? Sie finden in anderen Räumen statt. Noch immer rasen die Howalgoniumgeschosse umher. Der Durchgang durch den Twin-Sol-Transmitter muss das Howalgonium aktiviert haben. Wenn die Hauptmasse zerfällt, schießt sie günstigstenfalls senkrecht ins All hinaus, und ungünstigstenfalls tritt das ein, was vorhin gesagt wurde!«

Gucky erschien mit Nebey.

»Ich verständige Rhodan!«, sagte Lloyd entschlossen und aktivierte sein Funkgerät.

»Sir«, sagte Lloyd, als Rhodan sich meldete, »ich muss Sie alarmieren. Wir brauchen hier eine große Spezialistenmannschaft mit Geräten, die ich nicht kenne. Das Howalgonium hat sich zu einem geringen Teil selbstständig gemacht. Wenn sich die Hauptmassen aufteilen und ebenso wie die winzigen Projektile herumzurasen beginnen, wird Quetroppa und anschließend zumindest ein Teil der Erde zerstört. Die Fragmente rasen wie Satelliten um das Hauptlager herum. Wir sitzen alle auf einer riesigen Bombe.«

»Ich verstehe«, sagte Rhodan. »Ich werde sofort anordnen, was zu tun ist. Wir müssen die kleinen Geschosse einfangen und zur Ruhe bringen, ehe sie noch mehr Unheil anrichten. Gibt es Verluste?«

Gucky schaltete sich in das Gespräch ein. »Einige Tote und eine große Menge Verwundete. Fellmer hat sie geortet.«

Rhodan stöhnte auf. »25 Millionen Tonnen Howalgonium! Unsere gesamten Vorräte! Gut, ich werde tun, was wir von hier aus können. Danke, Fellmer!« Er brach die Verbindung ab.

Lloyd und Gucky liefen zu einer Reihe von vier Kontrollschirmen, die normalerweise das Innere von verschiedenen Lagern zeigten. Auf den wenigsten Schirmen war etwas zu sehen, denn die Beleuchtung funktionierte nur zum Teil.

Nebey sprach aus, was sie alle dachten. »Wenn sich 25 Millionen Tonnen Howalgonium nach und nach in Geschosse mit kosmischen Geschwindigkeiten verwandeln, dann ist erstens Imperium-Alpha auf das Höchste gefährdet und zweitens die gesamte Erdkruste. Die Frage ist nur, was wir jetzt tun können!«

Sie ahnten noch nicht einmal die zweite Wahrheit, die hinter diesen Vorkommnissen lauerte und die sie alle weit härter treffen würde. Sie dachten nicht an das Naheliegende.

»Wir stoßen in den Transmitterraum vor«, ordnete der Mausbiber an. »Dort empfangen wir das Einsatzkommando!«

Die wenigen aktiven Schirme zeigten, dass in den Hauptlagern Ruhe herrschte. Die Materialblöcke ruhten in ihren gestapelten Barren und in den gesicherten Behältern. Während sich auf dem Planeten die Anzahl der Katastrophen vergrößerte, erwuchs tief in der Erdkruste eine neue Gefahr. Die vier Mitglieder des Vorauskommandos begannen zu laufen. Ihr Ziel war der Transmitterraum.

Unterwegs würden sie sich um weitere Verletzte kümmern müssen.

3.

Perry Rhodan sprach mit dem Kommandanten eines schnellen Raumschiffsverbandes. »Wir haben inzwischen herausgefunden«, sagte er, »dass Erde und Mond und Sonnenpulk in einem Energiestrom gelandet sind, der sich zwischen zwei Galaxien spannt. Nicht zwischen Sonnen, sondern zwischen zwei Milchstraßen.«

»Unsere Bordobservatorien haben Ähnliches festgestellt. Aber zwei Galaxien ... wissen Sie das genau? Das ist furchtbar! Das eröffnet beängstigende Perspektiven! Sir ...«

Rhodan winkte ab. »Niemand kann sagen, um welche Galaxien es sich handelt, in welche Richtung wir treiben, was diese merkwürdigen Lichterscheinungen zu bedeuten haben. Das wird die Aufgabe Ihrer Einheit sein, Kommandant!«

Vor Rhodan war die Zentrale eines Schiffs abgebildet. Der Mann, der neben dem Kommandantensessel stand und versuchte, sich seinen tödlichen Schrecken nicht anmerken zu lassen, war groß und silberhaarig. Dunkelblaue Augen blickten Rhodan fassungslos an.

»Ich verstehe. Aufklärungsflug?«

»Ja. Lassen Sie 250 Schiffe starten und erforschen Sie die Umgebung. Ich erwarte die ersten Ergebnisse innerhalb der nächsten 24 Stunden. Je schneller, desto besser.«

Der Kommandant nickte »Eine besondere Zielsetzung, Sir?«

»Ja. Ich bin mit meinen Freunden und Vertrauten und allen Wissenschaftlern darin einig, dass wir eine stabile Sonne erreichen müssen, der wir die Erde angliedern wollen. Im Augenblick sind zwar die ersten tektonischen Beben und die Flutwellen leicht abgeklungen, aber das kann eine Täuschung sein. Also hier Ihr Auftrag: Suchen Sie eine Sonne für diesen geschundenen Planeten.«

»Ich habe verstanden«, entgegnete der Kommandant. »Da wäre noch etwas, Sir ...«

Rhodan stand auf, sah ihn aber weiterhin an. »Ja?«

»Die Besatzungen. Sie sind natürlich unsicher und aufgeregt. Sie sollten zu ihr und der Erdbevölkerung sprechen. Die Menschen warten auf ein Wort von Ihnen.«

»In einer Stunde«, sagte Rhodan. »Bis dahin müssen Sie alle noch warten!«

»Ausgezeichnet, Sir. Sie helfen uns allen damit. In wenigen Minuten sind die Schiffe im Raum. Ende!« Der Schirm wurde dunkel.

In den letzten Stunden hatten sich Arbeitsgruppen gebildet. Der kleine Konferenzraum hatte sich fast geleert. Die einzelnen Teams der Wissenschaftler, Verantwortlichen, Regierenden und Hilfskräfte versammelten sich an anderen Stellen und versuchten ebenso schnell wie unbürokratisch Hilfsmaßnahmen anzufahren, Verantwortlichkeiten zu delegieren, Nachrichten zu koordinieren und in Aktionen umzusetzen. Für jeden Bezirk gab es Katastrophenpläne, die reibungslos umgesetzt wurden.

Andere Gruppen wieder zogen sämtliche Beobachtungen zusammen und schlüsselten sie auf. Die Natur der Energieflut, dieses reißenden Mahlstroms, wies eindeutig darauf hin, dass sich Terra im Kraftfeld zwischen zwei Milchstraßen befand. Aber wo, an welcher Stelle, an welchem Platz des bekannten Kosmos – das wusste niemand.

Die Erde war dem totalen Chaos noch niemals so nahe gewesen wie am heutigen Tag. Inzwischen war der neunte März angebrochen, die ersten Stunden dieses Tages zeigten den Menschen, dass sie sich noch immer auf einem Planeten befanden, der nicht mächtig genug war, dem Schicksal und der Natur zu trotzen.

Rhodan winkte Bull, der mit drei Teilnehmern gleichzeitig sprach, kurz zu. Bully schaute hoch und rief: »Diese halbe Stunde werde ich allein fertig, Perry! Geh nur. Du musst auf alle Fälle die Panik unterdrücken! Schwer genug wird es werden! Besinne dich auf deine rhetorischen Fähigkeiten!«

Rhodan ging in den Nebenraum. Eine einzelne Robotkamera wartete auf sein Erscheinen. Er setzte sich hinter einen schmucklosen Tisch. Schlichtheit und absolute Ehrlichkeit würden seine besten Waffen sein.

Er räusperte sich. »Meine Freunde«, begann er. »Terranerinnen und Terraner. Ich wünschte, dass diese Ansprache niemals nötig geworden wäre. Aber ich habe mich leider geirrt. Ich kann Ihnen allen nicht viel sagen, was hoffnungsvoll wäre oder gar der Panik Einhalt gebieten könnte.

Sie wissen, dass wir vor der Versklavung der Laren und der Flotte der Überschweren fliehen mussten. Wir alle waren darauf vorbereitet, im Zentrum der Galaxis zu rematerialisieren. Ich brauche auch nicht darauf einzugehen, wie knapp wir davongekommen sind. Erde und Mond und alles, was wir mitgenommen haben, sind exakt rematerialisiert. So viel ist sicher. Aber wir sind in einer anderen Umgebung herausgekommen, als wir erwartet haben.

Ich sage Ihnen ehrlich, was wir im Augenblick sicher wissen. Wir sind vermutlich in einem Strom kosmischer Energie rematerialisiert, der zwischen zwei Milchstraßen besteht. Als wir das feststellten, waren wir alle ebenso aufgestört wie enttäuscht. Aber soweit feststellbar, haben unsere Instrumente, die Transmitter und die übrige Technik einwandfrei funktioniert.

Warum es uns hierher verschlagen hat, weiß ich nicht. Es muss etwas gewesen sein, was sich im Augenblick unserer Ahnung entzieht.«

Rhodan sprach weiter. Und noch während er das tat, ballte sich erneut eine Katastrophe zusammen. Sie war nicht größer, aber auch nicht kleiner als alle anderen, die bisher über den Planeten hinweggezogen waren.

Aber sie hatte eine besondere Art von Signalcharakter.

Ein Kommando von drei Männern befand sich auf der obersten Plattform des Kybernetischen Turms. Dieser Turm, ein gewaltiges Gebäude, dessen grazile Bauweise über die Robustheit seiner Terkonitstahlkonstruktion hinwegtäuschte, befand sich zwischen der Stadt Terrania City und dem Handelshafen von Atlan Village. Der Blick, der im vollen Kreis von 360 Grad frei war, zeigte drei verschiedene Dinge, die alle den Keim deutlicher Drohung in sich trugen.

Terrania City ...

Die Stadt lag im Sonnenlicht. Es war fünf Uhr morgens. Die Schatten, die nach Westen deuteten, waren lang und tiefschwarz. Jeglicher Verkehr war fast völlig zum Erliegen gekommen. Weiße Wolkenkratzer, dazwischen die dichten, jetzt dunkelgrünen Parkflächen, darüber der Himmel.

Der Himmel über der Stadt war zweigeteilt. Die eine Hemisphäre glänzte dunkelblau, der typische Glanz des frühen Morgens. Das Blau war gebrochen durch das Leuchten der Aureole, die den Planeten umgab. Die andere Hälfte des Himmels aber war schwarz und weiß. Weiß – ein Keil dieser Farbe schob sich von Westen geradewegs auf die Stadt zu.

»Ein Sturm!«, sagte einer der drei Männer. Sie waren eines der städtischen Katastrophenteams, die ausgeschickt worden waren, um die Entwicklung zu beobachten. »Ein furchtbarer Sturm. Wir müssen eine Warnung durchgeben!«

»Mache ich«, sagte der zweite und setzte das positronisch unterstützte Fernglas ab.

»Die Natur hat schon immer eine andere Wertskala gehabt als wir Menschen«, meinte der dritte. Die andere Farbe, ein perfektes Schwarz, füllte den Himmel zwischen dem Horizont und dem Zenit aus. Die Trennungslinie ging von Norden bis Süden. In dieser Schwärze bildete sich der Keil aus. Die Stadt war völlig ruhig. Fast ausgestorben, soweit dies von hier aus richtig zu sehen war. Die Gegend war bebensicher, und seit dem Zeitpunkt des kosmischen Transmittersprungs war Terrania City, die Hauptstadt des Planeten, von allem verschont geblieben.

Die Luft über Terrania City begann sich zu verändern. Noch immer lag die Ruhe des frühen Morgens über der riesigen Siedlung. Aber die schwarze Wetterfront zog langsam und unaufhaltsam weiter nach Osten, und genau im Westen begann sich der Keil auszudehnen und zu vergrößern. Er schob sich näher wie eine Pyramide, die mit einer Spitze genau auf den Kybernetischen Turm wies. Sämtliche Energieanlagen dieses Bauwerks waren ausgeschaltet. Alarmstufe Eins herrschte für die gesamte Erde. Alles war hoffnungslos. Die Männer fühlten, dass das Verhängnis näher kroch wie eine Lawine in den ersten Sekunden ihres Entstehens.

»Das wird ein Orkan. Er ist in nicht weniger als zehn Minuten über dem Stadtzentrum!«, sagte der dritte Mann.

»Schnell runter vom Turm! Das gibt ein Inferno.«

Mehr und mehr wich die Helligkeit. Eine Sonne des Pulks schob sich über den Horizont und machte aus den Türmen scharfe schwarze Scherenschnitte. Trotzdem wurde es dunkler und dunkler. Der weiße Keil kam näher, vergrößerte sich und wuchs nach oben. Seine Ränder zerfaserten sich wie Zirruswolken. Ein tödliches Schweigen lastete über allem, als der mechanische Lift die drei Beobachter durch den Schacht des Kybernetischen Turms nach unten brachte. Zu diesem Zeitpunkt aber war der Alarm längst erfolgt.

Dann griff der Sturm nach der Stadt.

Die weiße Schicht inmitten der schwarzen Umgebung wurde zu einer gewaltigen Säule, die mit einem Ende die Stadt berührte und mit dem anderen in die Energien der weiß glühenden Aureole über der Erde hinauszugreifen schien.

Zwei Minuten später schlug der Schall des tobenden Sturmes urplötzlich gegen die Panoramascheiben und Terrassen der Häuser. Eine Wolke aus Staub und Erdreich wirbelte hoch. Die Wolke wurde von dem weißen Zylinder mitgerissen. Diese Säule raste heran, rannte über die Vorstädte hinweg und wechselte die Farbe. Aus dem weißen Schlauch und dem gelben Staub wurde eine graugelbe Säule, die sich rasend schnell drehte. Die Einwohner verließen ihre Wohnungen, die vielen Flüchtlinge schlossen sich ihnen an.

Es war ein Hurrikan, der die Eigenschaften aller klassischen großen Stürme zeigte. Ein gewaltiges Brausen und Toben wurde laut. Während sich der gesamte Himmel mit tintiger Schwärze bedeckte, raste die weiße Wolke heran. Sie sah aus wie eine ins Überdimensionale vergrößerte Windhose. Sie riss Luft und Staub und sämtliche hochgewirbelten Fremdkörper an sich, schloss sie ein und drehte sie in rasender Schnelligkeit mit sich herum. Kälte breitete sich aus, tiefe Kälte.

Dann bemächtigte sich der Sturm der Stadt. Der Wind raste heran, drückte die Scheiben ein, entwurzelte junge Bäume und wirbelte sie wie Papierfetzen davon. Sand und Kieselsteine prasselten gegen die Fassaden, zerschlugen Scheiben, häuften sich auf den Terrassen, rollten durch die Räume und richteten Zerstörungen an.

Es begann zu schneien. Hagelkörner bildeten sich, wirbelten durch die Luft und verwandelten sich in Geschosse von tödlicher Zerstörungskraft. Sie zerfetzten die Blätter der Bäume, schlugen die Pflanzen in Grund und Boden und richteten dieselben Verwüstungen an wie einige Sekunden vorher der Kies.

Kreischend und jaulend strich der Sturm um die Gebäude, die unter seinem Ansturm zitterten und schwankten. Gebäude aus der Frühzeit der Stadt lösten sich auf. Dächer wirbelten wie die Schwingen fantastischer Vögel durch die Luft, zerbrachen und verwandelten sich in Geschosse, die Glas durchschlugen, Wohnräume verwüsteten und Menschen verwundeten. Terrania City, über die jetzt das Dunkel einer Nacht mitten am Tag hereinbrach, schien sich unter diesem Orkan zu ducken. Die wenigen Fahrzeuge wurden von den Fahrbahnen geweht und landeten, sich überschlagend, im Gelände.

Häuser brachen zusammen. Glas, zu winzigen Stücken zermalmt, rieselte zu Boden oder wurde von der Gewalt des Sturmes hochgerissen. Wie aus dem Nichts war der Orkan entstanden, offensichtlich unter der Einwirkung der fremden Energien aus dem Weltraum. Die Stadt schien aufzuächzen unter dem Hagel, dem wütenden Regen, den prasselnden Kieseln und dem Sand, der schaurig heulend um die Ecken wirbelte und sich hinter allen erdenklichen Kanten und Flächen ablagerte.

Das untere Ende der riesigen Windhose tanzte am Boden der Stadt hin und her. Es saugte alles an, was nicht einen entsprechenden Widerstand zu leisten in der Lage war. Kleine Häuser, Teile von größeren Gebäuden, uralte Bäume. Erdreich und Menschen, Gleiter und das Wasser der Flüsse wurden hochgerissen, durch die Zentrifugalkraft in den Schlauch hineingedreht und herumgewirbelt, zu einem Brei vermischt, der bis hoch in die schwarzen Wolken hinaufgetragen und dort hinausgeschleudert wurde.

Vermischt mit den Bruchstücken der hochgerissenen Teile und des Schutts rieselte ununterbrochen weißer, dicker Schnee abwärts und tauchte den Himmel über der Stadt in ein Dämmerlicht. Überall lagerte sich eine dicke Schneeschicht ab. Die Menschen hatten sich in die tieferen Bereiche der Stadt zurückgezogen und sahen dieses fantastische Schauspiel meist nur auf Monitoren. Der Kybernetische Turm, der unter dem wütenden Anprall des Sturms gezittert und gebebt hatte und nach allen Seiten gedrückt worden war, richtete sich ächzend wieder auf. In den Randzonen der Windhose wurden Sturmstärken von dreizehn und vierzehn gemessen.

Jetzt erreichte die Windhose das Gebiet zwischen dem östlichen Stadtrand und dem Sichelwall des Handelshafens. Eine breite Spur der Zerstörung war in den Grundriss der Stadt gepflügt worden.

Der Himmel änderte schon wieder seine Farbe.

Von Westen her kam der Schnee, kam ein starker Wind, der die Schneeflocken vor sich hertrieb. Binnen weniger Stunden fielen vierzig Zentimeter Schnee und lasteten auf der Stadt wie ein weißes Leichentuch. Das Brausen und Heulen in der Atmosphäre hatte aufgehört und einem eisigen Schweigen Platz gemacht. In der Ferne, im Osten, löste sich die gigantische Windhose auf, und die letzten Reste der hochgewirbelten Trümmer sanken und fielen herunter.

Die Menschen trauten sich wieder aus den Kellern, den Bahnschächten, den Schutzräumen und den untersten Bezirken der Häuser hervor und erkannten, dass sich binnen einiger Stunden das Aussehen eines riesigen Landstrichs völlig verändert hatte.

Rhodans Ansprache war längst vorbei. Wenigen Menschen hallten noch seine letzten Worte in den Ohren: »... die Erde und der Mond wurden wie Energiepartikel von einem mächtigen Strom mitgerissen und ziehen nun in dessen Feld dahin. Wir kennen das Ziel noch nicht, aber versprechen Ihnen allen, dass wir alles tun, um unseren Standort festzustellen und die Verhältnisse zu stabilisieren. Ich kann nur hoffen ...«

Rhodan hatte eine Pause gemacht und schien zu überlegen, ob er weitersprechen sollte oder nicht. Dann schloss er: »Ich kann nur eines hoffen, dass sich die Menschheit nicht von den vergleichsweise unbedeutenden Katastrophen übermäßig beeindrucken und in Panik versetzen lässt. Vielleicht konnte diese kurze Ansprache ein wenig beruhigend wirken. Bitte, helfen Sie alle sich und uns damit, dass Sie besonnen bleiben, den Katastrophen auszuweichen versuchen und den Kommandos helfen, die an der Beseitigung der Schäden arbeiten. Danke!«

Als Perry aus dem Nebenraum zurückkam, wartete bereits die nächste Botschaft auf ihn. Der Schlag war abermals hart.

Der Kommandant des Flottenverbandes, den Rhodan gestartet hatte, meldete sich. Schon als Rhodan in das Gesicht des weißhaarigen Mannes blickte, ahnte er, dass etwas fehlgeschlagen war. Schweiß trat ihm auf die Stirn.

»Was ist los, Kommandant?«, fragte er leise.

Sein Gesprächspartner rang sichtlich mit sich, dann sagte er stockend: »Sir, wir mussten beim ersten Versuch feststellen, dass unsere Lineartriebwerke nicht funktionieren.«

Rhodan flüsterte entsetzt: »Die Lineartriebwerke von allen Schiffen?«

»So ist es«, antwortete der Kommandant tonlos. »Es liegt keine Sabotage vor. Es ist offensichtlich dieses energetische Medium, in dem wir uns befinden. Es lähmt die Linearkonverter.«

Rhodan musste an Atlan und Julian Tifflor denken und daran, dass diese beiden Freunde vermutlich die Erde ebenso suchten wie sie hier in Imperium-Alpha den kosmischen Standort der beiden Raumkörper.

Er krümmte die Schultern nach vorn und fragte leise: »Sie haben Tests unternommen?«

»Selbstverständlich, Sir. Wir versuchten, über starke Sender andere Einheiten zu erreichen. Sie meldeten dieselben Vorgänge, falls es sich nicht um Schiffe handelte, die auf der Erde oder auf Luna standen.«

96.000 Schiffe waren zur Bewegungslosigkeit verurteilt. Sie konnten nur die Antigravtriebwerke und die Partikeldüsen verwenden, was sie den strikten Beschränkungen der Unterlichtgeschwindigkeit unterwarf. Die Aussicht war noch niederschmetternder als viele andere Nachrichten bisher.

»Starten Sie trotzdem mit einigen Schiffsverbänden, fliegen Sie Unterlicht und versuchen Sie, etwas über die unmittelbare Umgebung herauszufinden. Ich werde dieses Versagen untersuchen lassen. Haben Sie Ihrer Meldung noch etwas hinzuzufügen?«

Der Kommandant schüttelte den Kopf.

»Dann starten Sie. Wir werden uns um das Versagen kümmern. Aber ich glaube, dass wir nichts tun können, solange wir uns in dem Energiemahlstrom bewegen. Viel Glück!«

»Danke, Sir«, antwortete der Kommandant. »Ihnen auch, Sir!«

Rhodan nickte und schaltete die Verbindung ab. Im Augenblick waren Reginald Bull und er allein. Alle anderen Regierungsangehörigen befanden sich an Orten, wo sie dringender gebraucht wurden. Wenigstens hörten jetzt die Meldungen von neuen Katastrophen auf. Dafür vermehrten sich aber die Informationen, die von Rettungsaktionen sprachen. Hilferufe von allen Teilen des Erdballs liefen ein. Die lokalen Behörden und deren Apparat waren in den meisten Fällen überfordert, aber die Flüchtlinge stellten gleichzeitig ein wertvolles Potential an Helfern dar, weil die Siedler von den übrigen Planeten und auch die Besatzungen der vielen Raumschiffe in Pionierarbeiten aller Art geübt waren.

»Wenn es nicht vermessen ist, Bully«, sagte Rhodan und sank in einem Sessel zusammen, nachdem er ein Untersuchungsteam von Triebwerksexperten zu den Raumhäfen in Marsch gesetzt hatte, »dann haben wir im Augenblick eine kleine Ruhepause.«

Bull deutete zur Tür. Sein Gesicht war weiß vor Erschöpfung, die Sommersprossen dunkle Flecken. Das kurze Haar stand zerzaust und starr von der Kopfhaut ab. Er wirkte wie ein streitlustiger Igel. »Wir befinden uns im Auge des Hurrikans«, sagte er schroff. »Eine Sturmfront aus Chaos und Not ist vorbeigezogen, dann entsteht eine Pause, und schließlich haben wir in gegenläufiger Richtung die zweite Sturmfront. Wenn die nächste Kette von Notlagen vorbei ist, das spüre ich förmlich, dann haben wir mehr Ruhe. Was nicht heißen soll, dass die Erde dann gerettet ist. Los! Komm mit! Wir haben ein Essen, einen starken Kaffee und ein Glas Cognac verdient.«

Er packte Rhodan an der Schulter und zerrte seinen Freund mit sich.

Minuten später saßen sie an einer langen Bar in einer der vielen kleinen Kantinen von Imperium-Alpha. Die Ruhe, die hier herrschte, war eine Erholung. Geschirr klapperte ein wenig, in einer Ecke saßen erschöpfte Mannschaften und aßen, führten eine murmelnde Unterhaltung. Roboter summten und tickten. Ein Servo nahm die Bestellung entgegen.

Erst jetzt, in dieser Zone scheinbarer Ruhe, merkten Rhodan und Bully, wie erschöpft sie waren.

»Hoffentlich hat meine Ansprache etwas genützt. Und wenn ich nur ein paar Millionen Menschen davon abgehalten habe, Dummheiten zu begehen oder in echte Panik zu geraten«, sagte Rhodan leise.

»Denk einen Augenblick nicht daran, ja?«, empfahl ihm Bully. »Wenn wir die letzte Tasse ausgetrunken haben, fängt alles wieder an. Probleme haben die leidige Eigenschaft, nicht davonzulaufen.«

»Du hast Recht, Bully.«

»Wie meistens in solchen Fällen«, knurrte Reginald Bull.

4.

Mittag, neunter März

Sie waren im Kampf gegen die neuartige, unheimliche Eigenschaft des fünfdimensional strahlenden Howalgoniums auf sich allein gestellt. Gucky hatte eine große Gruppe von Männern organisiert, die Feldprojektoren und Traktorstrahlen eingeschaltet hatten und kleine Prallfeldgleiter fuhren. Sie versuchten, die treibenden Howalgoniumgeschosse einzufangen, die um das Hauptlager kreisten. Inzwischen hatten sie wenigstens herausgefunden, welchen Weg die Geschosse nahmen.

Sardaby und Lloyd kümmerten sich, zusammen mit einer kleinen Einsatztruppe, um die Verwundeten. Ein zweites Team, das letzte, das in Imperium-Alpha noch bereitgestanden hatte, war inzwischen eingetroffen.

Etwa in der Mitte des zylindrischen Bauwerks lagerten in vier übereinander folgenden Stockwerken die Howalgoniumvorräte. Dort hatten sich auch kleine Teile der Materie selbstständig gemacht und ihren

Kreisflug angetreten. Sie schienen seit einigen Stunden langsamer geworden zu sein, offensichtlich hatten sie viel von ihrer Energie verloren. Aber noch immer beschrieben sie eine Kreisbahn, die sie durch sämtliche Räume führte und sogar durch den stählernen Zentralschacht, der sich an die oberste Kuppel mit ihrer Panzerung und sämtlichen Abwehr- und Kontrolleinrichtungen anschloss.

»Hierher!«, schrie Fellmer Lloyd. Er rannte geduckt entlang den perforierten Wänden. Auf dem Boden dieses Raumes, in dem normalerweise Howalgoniumstücke verladen wurden, lagen elf Verwundete oder Tote. Der Rettungstrupp, ausgerüstet mit Spezialanzügen, war vor einer Minute hier eingedrungen.

Ihre Tätigkeit war lebensgefährlich. Das bewiesen die Löcher in den Wänden und die langen Prallspuren des Bodens ebenso wie die stöhnenden Verwundeten und die Toten. Zwei Fesselfeldprojektoren richteten sich entlang den Wänden und jagten geräuschlos und unsichtbar ihre Strahlen in das dämmrige Dunkel des Raumes. Die Scheinwerfer an den Helmen und den Gürteln des Rettungsteams schnitten breite Lichtbahnen durch das Halbdunkel.

»Hier! Nehmt ihn, bringt ihn in den Gleiter!«

Lloyd bückte sich, schob seine Arme unter den verkrümmten Körper und stand langsam auf. Zwei Männer rannten heran, er übergab ihnen den stöhnenden, blutenden Wächter. »Macht schnell! Das ist einer der letzten Räume!«, sagte Lloyd. Er hatte das Visier hochgeschoben und nickte den Männern zu. Sie nahmen den Verwundeten ab und liefen langsam, um den Körper nicht allzu sehr zu bewegen, auf den Gleiter zu.

Gerade als sich Lloyd bückte, um den nächsten Verwundeten flüchtig zu untersuchen, traf ihn ein harter Schlag in die rechte Schulter. Er fiel nach vorn, versuchte, sich mit den Händen und Knien abzufangen, aber er wurde von der Wucht des Schlages umgerissen und schrie laut auf.

Erst als er versuchte, wieder auf die Beine zu kommen und aufzustehen, spürte er plötzlich den stechenden Schmerz in der Schulter. Fellmer Lloyd begriff. Ein Stück Howalgonium hatte ihn getroffen, den Schutzanzug mühelos durchschlagen und war in seine Schulter eingedrungen. Einen Augenblick stand Lloyd starr da, fühlte den Schmerz, der langsam von seinem ganzen Körper Besitz ergriff. Er konnte sich nicht rühren. Der Brocken, der nach dem gerade noch sichtbaren Loch nicht besonders groß war, steckte im Muskelfleisch über seiner Schulter.

Dann löste sich die Starre. Der Schmerz verging schlagartig, aber um Lloyd erschien eine leuchtende weiße Aura.

»Schnell zu Lloyd! Er ist getroffen worden!«, schrie einer der Sanitäter.

Lloyd sah an sich hinunter, aber er konnte seinen Schutzanzug nicht mehr erkennen. Um seinen ganzen Körper lag ein unerklärliches Leuchten. Dann fühlte er noch, wie sich die Luft um ihn herum erhitzte. Er selbst spürte nichts von der kochenden Luft. Lloyd rannte los. Er kannte sein Ziel nicht, verstand auch die Richtung nicht, in die er sich trotz der blutenden Schulterwunde davonbewegte, aber er sah noch, ehe er sich unter dem Druck eines fremden Verstands duckte, wie die Männer, die auf ihn zurannten, zurückprallten.

Lloyd warf sich herum und spurtete auf das nächste Schott zu. Irgendwo in dieser Richtung befanden sich die Hauptlager des Howalgoniums.

Einer der Männer rannte, so schnell er es in dem schweren Schutzanzug vermochte, in die entgegengesetzte Richtung, um sich aus dem Gefahrenbereich zu bringen. Dann schrie er in das Funkgerät: »Gucky! Ich rufe Gucky! Fellmer Lloyd ist in der Gewalt des Howalgoniums. Bitte kommen Sie sofort in Raum Drei Beta. Ich wiederhole ...«

Sardaby tauchte neben ihm auf. Während drei Männer gebückt einen Verwundeten über den Bodenbelag zerrten, krachte erneut ein schweres Geschoss durch beide Wände. Der Doppelknall verschmolz zu einer einzigen schmetternden Detonation. Die schweren Projektoren schützten die Männer keineswegs.

Sardaby deutete nach hinten und sagte: »Er soll Männer und Maschinen mitbringen. Wir haben nicht einmal Paralysatoren!«

»Verstanden!«, kam Guckys Stimme aus den Lautsprechern der Anzüge.

Einen Augenblick lang blieben alle Anwesenden in diesem Raum stehen. An seinem anderen Ende geschah etwas Aufregendes. Dort war plötzlich ein rötliches Licht aufgetaucht. Es wurde immer greller und strahlte schließlich weiß glühend. Es überstrahlte sogar die Aura um den Mutanten, der jetzt vor einem geschlossenen Schott stand. Die Hitze, die von ihm ausging, hatte den Wandbelag versengt und den Boden schwarzbraun gefärbt. Das weiße Leuchten bildete die Umrisse des Körpers nach und fraß sich in die massive stählerne Platte hinein.

Sardaby flüsterte erschrocken: »Lloyd bahnt sich einen Weg durch das Schott. Er schmilzt sich hindurch!«

Im gleichen Augenblick, als der Stahl in einem Funkenregen zerschmolz, flogen die schweren Torflügel auf, und die andere Mannschaft erschien. Der Mausbiber kauerte zwischen den Teammitgliedern auf dem überfüllten Gleiter. Weiter hinten sahen sie die Scheinwerfer anderer Fahrzeuge.

»Dort, Gucky!«, rief Sardaby und deutete auf die Lichterscheinung.

Fahle Rauchwolken trieben heran und auf die pfeifenden Schächte der Klimaanlage zu. Erst jetzt erkannten sie, dass die Richtung, in der Fellmer Lloyd durch das Schott brach, genau zum Hauptlager führte. Sie wussten nicht, was es zu bedeuten hatte, aber sie ahnten, dass die nächste Katastrophe sich anbahnte.

»Ich sehe ihn!«, rief Gucky. »Wir müssen ihn irgendwie aufhalten. Vermutlich müssen wir Lloyd mit Paralysatoren verfolgen! Verdammt ...«

Jetzt war in dem Schott eine Öffnung entstanden. Sie entsprach genau den Umrissen seines Körpers. Rauch zog vorbei und erschwerte die Sicht, aber die Männer erkannten, dass sich der Mutant wieder in Bewegung setzte.

»Ihr bleibt am besten hier und bergt die Verwundeten. Sardaby, können Sie das leiten?«, fragte Gucky. Drei Gleiter warteten jetzt hier. Die Männer hatten Paralysatoren und Feldprojektoren bei sich und steckten in hellen Schutzanzügen.

»Natürlich! Kümmern Sie sich um Fellmer. Es sieht verdammt ernst aus!«

Gucky schrie aufgeregt: »Ich teleportiere voraus! Kommt hinter mir her! Und schnell durch die gefährliche Zone!«

»Verstanden! Wir müssen ihn stoppen, ehe er die Großlager erreicht. Wir kennen den Weg!«

Gucky verschwand und wurde in dem silhouettenförmigen Ausschnitt des Schotts sichtbar, dann lief er Lloyd nach. Aber die Hitzewelle, die von dem Mutanten ausging, hielt den Mausbiber auf Distanz. Lloyd rannte wie von Furien gehetzt davon. Gucky musste sich entschließen, etwas zu tun, ehe sein Freund zu einer echten Gefahr wurde. Inzwischen hatten sie die Zone verlassen, in der jene Brocken umherschwirrten. Es war wie beim Ring um den Saturn – zwischen der Innenkante des Ringes mit dem geringsten Durchmesser und dem Planeten, hier dem Hauptlager des strahlenden Minerals, befand sich ein gewisser freier Raum. Gucky zog den Strahler und schaltete ihn auf Paralysewirkung.

»Ich kann nur ahnen, Fellmer«, schrie er hinter Lloyd her, »was du im Howalgoniumlager anrichten kannst. Bleib stehen! Hör auf mich!«

Gucky zielte genau und feuerte, als der Mutant weiterrannte. Es schmerzte den Mausbiber, auf den Freund zu schießen, aber ein Paralysatorschuss war die geringste aller denkbaren Belästigungen.

Der Schuss peitschte röhrend auf, aber die Energie brach sich an Lloyds strahlender Aura. Hinter Gucky rammten die Gleiter das Schott auf und rasten heran. Der Mausbiber zielte ein zweites Mal. Diesmal deutete die Mündung der schweren Waffe auf Schultern und Kopf des dahinhastenden Freundes.

»Stehen bleiben, Fellmer!«, schrie Gucky, so laut er konnte. Als er wieder feuerte, zeigte sich derselbe Effekt. Nichts!

Gucky sprang zurück zu den Gleitern und sagte: »Schneidet ihm den Weg ab. Zwei Gleiter zum Hauptlager, einer hinterher! Versucht, ihn mit Fesselfeldern aufzuhalten!«

Die Gleiter stoben los. Sie rasten hinter Fellmer Lloyd auf eine massive Stahlwand zu. Es war die erste von drei Wandungen, hinter denen der größte Teil des Howalgoniumvorrats lag. Das Mineral war je nach Bearbeitungsgrad in Barren oder als lose Masse in Spezialbehältern gelagert. Während Lloyd, noch immer glühend wie ein Schemen, nach links abbog und auf ein anderes Sicherheitsschott zurannte, bogen zwei Gleiter nach rechts ab und rasten durch die sich öffnende Schleuse.

Ein fest montierter Fesselfeldprojektor auf dem Gleiter, in dem Gucky sich befand, summte los. Sein kegelförmiges Feld breitete sich aus und griff nach Lloyd, der vor der Stahltür stehen geblieben war. Wieder zeichneten sich auf dem konvex gebogenen Metall zunächst schmale rot glühende Linien ab, die aber rasend schnell zu weißen breiten Linien wurden, ineinander flossen und in unerträglicher Helle zu strahlen begannen. Fellmer Lloyd stand inmitten eines Funkenregens, der seine Gestalt völlig zudeckte.

»Fellmer!«, schrie Gucky. Ein gezielter Gedankenimpuls unterstützte seine Worte. »Du darfst nicht weiter! Du sprengst Quetroppa in die Luft!«

Lloyd rührte sich nicht. Der Funkenregen ließ nach, und das Metall, das sogar dem Beschuss schwerer Energiewaffen widerstehen konnte, hatte sich aufgelöst. Wieder bildete es die Silhouette eines Körpers nach. Der Fesselfeldprojektor richtete nichts aus. Obwohl die Maschine in der Lage war, einen tonnenschweren Steinblock aus seiner Unterlage zu reißen und Hunderte von Metern weit zu schleudern, bewegte sie Fellmer Lloyd um keinen Millimeter.

Als der Funkenregen aufgehört hatte, warf sich Lloyd wieder nach vorn und rannte weiter. Er befand sich jetzt innerhalb der kreisringförmigen zweiten Sicherheitszone. Von zwei Seiten schwebten Gleiter heran und hielten. Wieder zuckten Scheinwerfer auf und badeten den rennenden Mutanten in gleißende Helligkeit.

»Bleiben Sie stehen, Lloyd! Sie bringen sich und uns in Gefahr!«

Auch auf diese Lautsprecherstimme hörte Guckys Freund nicht. Heulend schalteten sich Generatoren ein. Drei Feldprojektoren jagten jetzt ihre Wirkungsstrahlen hinter dem hochgewachsenen Mann her. Niemand beachtete die Blutspur, die Fellmer Lloyd hinterlassen hatte.

»Er hat den Verstand verloren!«, rief Gucky schaudernd. »Und wir können ihn nicht aufhalten!«

Es war eine trockene Hitze ohne Flammen, die von dem leuchtenden Mann ausging und verhinderte, dass ein Mensch oder ein Gleiter ihm zu nahe kommen konnte. Ungeachtet der Feldstrahlen rannte Lloyd geradeaus, auf die Wandung der nächsten Schutzzone zu.

»Es gibt nur eine Chance!«, rief Gucky düster.

»Wir können ihn doch nicht töten!«, rief ein Mann neben ihm. Der Gleiter schwebte an der Grenze der kochenden Luft langsam hinter dem Mutanten her. Unaufhaltsam näherte sich der verwundete Mann dem Zentrum des Howalgoniums.

»Wir werden ihn auch nicht töten«, versetzte Gucky entschlossen. »Ich versuche mein letztes Mittel.«

»Telekinese?«

»Unter Umständen noch mehr. Bleibt immer dicht hinter ihm und schaltet dann auf mein Kommando die Fesselfeldprojektoren aus!«

Gucky schloss den Helm seines Schutzanzugs, aktivierte die Innenversorgung und teleportierte aus dem Gleiter. Dann schaltete er das Feld des Anzugs ein und war verschwunden.

Mit erhobenen Armen tauchte er zehn Meter vor dem rennenden Lloyd auf. Die Mannschaften der drei Gleiter konnten nicht verstehen, was der Mausbiber brüllte, aber die leuchtende Gestalt ließ sich nicht aufhalten. Auch nicht, als Gucky versuchte, den Freund mit Hilfe seiner Psi-Fähigkeit anzuhalten und in einen anderen Teil des Ringkorridors zu teleportieren.

Dann stand Fellmer Lloyd vor dem letzten, vielfach gesicherten Schott. Übergangslos erschien auch hier vor ihm jene flammende Energie, die den gehärteten Stahl angriff und in Funkenregen verwandelte.

Die Mannschaften waren hilflos. Unaufhaltsam näherte er sich einer großen, locker gelagerten Masse Howalgonium. Die Männer der Rettungsteams, die fassungslos zusahen, wie sich Lloyd selbst durch ein massives Stahlschott schweißte, wussten, dass der Mutant der erste Steinschlag sein konnte, der eine Lawine auslösen würde. Eine Lawine, welche die gesamte Erde mitreißen konnte …

Die letzten Stunden des neunten März.

Perry Rhodan konnte kaum noch die Augen offen halten, aber die letzten Meldungen waren positiv.

»Wir haben wieder einen kleinen Punkt gewonnen!«, strahlte Bully. Er betrachtete diesen verzweifelten Kampf offensichtlich als eine Auseinandersetzung zwischen ihm selbst und dem Rest des Universums. Verglichen mit Rhodan wirkte er frisch und ausgeruht, aber sein Zusammenbruch würde tiefer und größer sein als der seines Freundes.

»Ja, das ist richtig«, antwortete Perry. »Ich werde diese Neuigkeit sofort freigeben.«

Sie hatten mit großer Sicherheit herausgefunden, was wirklich geschehen war. Der Komplex der beiden kosmischen Körper und alle ihre mitgeführten Massen waren zwar einwandfrei in Archi-Tritrans herausgekommen, aber der Sonnentransmitter hatte die Körper wieder ohne jeden Zeitverlust abgestrahlt und war dadurch – dies schienen die Messungen und einige verspätet ausgewertete Beobachtungen zu bestätigen – zerstört worden.

Zunächst hatte man die Hoffnung gehabt, man sei von einem anderen alten Lemuren-Transmitter aufgefangen und rematerialisiert worden, aber diese Hoffnung hatte sich als falsch erwiesen.

Die Raumschiffe hatten eine Energieflut angemessen und eine Masse von Messdaten übermittelt. Da NATHAN momentan nicht mehr arbeitete, analysierten die Positroniken von Imperium-Alpha die Daten.

Eines stand fest: Die Energiewirbel – jener leuchtende Mahlstrom – bestanden aus dünnem Gas, waren nichts anderes als interstellare Materie in bestimmter Dichte und Zusammensetzung. Zwischen den lang gezogenen farbigen Schleiern gab es eine Unzahl von Energielinien, die als Kräfteausgleich zwischen kompakten Massen und Gasen geringer Konzentration wirkten.

Eine Theorie gewann zusehends an Wahrscheinlichkeit. »Wir sind offenbar in einer Brücke aus Gas, Staub und Energie herausgekommen. Diese Brücke kann man sich vermutlich wie den Schlauch einer Windhose zwischen den Sternen vorstellen«, sagte Rhodan erschöpft. »Wir kennen solche Verbindungen zwischen den Spiralarmen einer Galaxis und kleineren Sternenballungen im Halo oder außerhalb der Milchstraße.«

Bull widersprach heftig. »Das beweist keineswegs, dass wir uns tatsächlich in einer Zone zwischen unserer Milchstraße und meinetwegen den Magellanschen Wolken befinden!«

»Stimmt! Aber die Zone, in der wir gelandet sind und in der wir treiben, muss eine natürliche Hochenergiezone sein, die mit jenem Feld identisch ist, das wir im Zentrum des Transmitters haben sollten.«

»Richtig! Und warum sind wir hier und nicht im Ziel herausgekommen?«

»Das weiß noch niemand«, sagte Perry düster. »Ich kann mir vorstellen, dass unabhängig vom Transmitter irgendwo eine Zone von Störungsfeldern vorhanden war, die sich im Zentrum der Galaxis von Stern zu Stern spannte oder zwischen Verbänden von Himmelskörpern. Dieses Feld hat verhindert, dass wir in Archi-Tritrans landeten.«

Sie dachten beide nicht an die nächstliegende Ursache dieses Fehlers.

»In Ordnung! Das kann als offizielle Stellungnahme der Erdregierung verbreitet werden«, warf Rhodan ein. »Kümmerst du dich darum, Bully?«

»Ja, aber ich füge noch ein paar Worte hinzu: Die Administration dankt allen Terranern für ihre Besonnenheit und hofft und wünscht, dass diese Besonnenheit auch in den nächsten Tagen anhält. Ruhe und Vernunft sind jetzt wichtiger als alles andere. Wir werden in absehbarer Zeit die Lage völlig klar sehen, und dann können neue Maßnahmen eingeleitet werden. Dass wir das nötige Instrumentarium haben, das wissen Sie alle. Unterzeichnet Reginald Bull.«

Er sah zu Perry auf. »So recht?«

Rhodan nickte nur.

Während sich die katastrophalen Zustände auf der Erde langsam zum Besseren wendeten, kämpften an anderen Plätzen Frauen und Männer darum, auch in ihrer Nähe wieder Ordnung zu schaffen.

In Quetroppa trieb die Situation einem infernalischen Höhepunkt entgegen. Die Gruppen umstanden jetzt in achtungsvollem Abstand von dreißig Metern den Flüchtenden. Noch immer umgab die strahlende Aura Fellmer Lloyd. Gucky murmelte verzweifelt: »Was sollen wir tun?«

Narkosegeschütze schickten ihre peitschenden Entladungen hinüber zu Lloyd und trafen ihn ohne Unterlass. Die Scheinwerfer strahlten den Mann und die Stahlwand an. Die Kegel der Fesselfeldprojektoren und die Strahlen der Traktorprojektoren griffen nach ihm, zerrten an dem weiß leuchtenden, vergrößerten Körper – aber sie hielten den Howalgoniumgeschädigten nicht auf.

»Mein Gott! Er bricht durch!«

Vor Lloyd strahlte das Metall auf. Es war derselbe Effekt, den sie schon mehrmals beobachtet hatten. Der massive Stahl löste sich in einer gewaltigen Garbe aus Funken und brennenden Tropfen auf und gab binnen weniger Sekunden den Zugang zu dem Howalgoniumbunker frei.

Dann sprang Lloyd nach vorn, verschwand in der ausgeschnittenen Öffnung und befand sich im Innern des Howalgoniumbunkers.

»Geschütze ausschalten!«, befahl Gucky. Die technischen Hilfsmittel waren jetzt endgültig nutzlos. Gucky teleportierte in den Howalgoniumbunker hinein und schaltete den Scheinwerfer seines Anzugs an.

Er sah die letzten Schritte des Freundes. Fellmer Lloyd lief schnell, aber in einem seltsam taumelnden Gang auf einen Container voller Howalgoniumkristalle zu. Die Vorderseite des Containers war geöffnet. Einige robotische Wiege- und Ladegeräte standen hier. Es schien, als würde die große Masse Howalgonium den Mutanten anziehen wie ein Magnet. Die letzten Meter schlitterte er mit seltsam zurückgekrümmtem Oberkörper auf die Vorderseite des Containers zu, dann winkelte sich sein Körper an – und er machte einen Hechtsprung vorwärts.

Die Howalgoniumkristalle wirbelten für einen Moment auf, bildeten eine Wolke. Dann war Lloyd in ihr verschwunden. Die Kristalle senkten sich wieder, sie schlossen sich zusammen. Die Hitze, die Lloyd ausstrahlte, flammte für einen furchtbaren Moment auf, dann erlosch sie ebenso schlagartig wie das helle Leuchten des Körpers, das noch einige Sekunden lang zwischen den lockeren Brocken gelodert hatte.

»Eingeschlossen im Howalgonium«, flüsterte der Mausbiber entsetzt. Er dachte verzweifelt nach, schaltete sein Funkgerät an, verwarf die Idee wieder und teleportierte hinaus zu den wartenden Männern.

Inzwischen verschmolzen die Hitze und ein anderer, nicht aufschlüsselbarer Effekt das Howalgonium. Die anderen Kugeln, Brocken und Geschosse aller Größen, die ununterbrochen durch die Gänge und Korridore rasten, näherten sich auf derselben Spiralbahn wieder der Howalgonium-Hauptmasse, auf der sie, schneller werdend und den Radius ihrer Bahnen vergrößernd, vor mehr als einem Tag gestartet waren.

Ein letztes Krachen ging durch die Wandungen von Quetroppa. Sämtliche Geschosse verlangsamten ihre Geschwindigkeit und kehrten zurück zum Hauptlager. Sie prasselten von allen Seiten in den Container und schlugen schwer in den Rest der Kristalle hinein. Der Teil des Howalgoniums, in dem Fellmer Lloyd steckte, wurde mit einem Haufen aus Kristallen bedeckt.

Minuten später rückten sie mit allem an, was sie in der Eile gefunden hatten. Sieben Männer setzten Energiesägen an und schnitten in dem Howalgoniumblock herum. Die Scheinwerfer der Gleiter richteten sich auf die Vorderseite des Containers. Nebelartige Wolken von feinsten Kristallen – die Spuren der Sägen und der Ultraschallklingen – trieben in die Höhe.

»Schneller! Ich habe Angst, dass Fellmer erstickt!«, rief Gucky. Die Ärzte waren bereits verständigt. Sie warteten auf Lloyd, da sie inzwischen fast alle Verwundeten versorgt hatten. Breite Spuren zogen sich jetzt durch den Block, der noch immer warm war von dem letzten Aufwallen der Hitze. Es ging um Sekunden. Niemand konnte sagen, ob der Mutant den Helm des Anzugs geschlossen hatte oder nicht.

Der Block, etwa drei Kubikmeter groß, bewegte sich. Die Männer rissen ihn aus der Masse heraus und ließen ihn hart auf den Boden fallen.

»Er ist kopfüber hineingesprungen!«, rief Gucky.

Mit Pulsatorhämmern und anderen Werkzeugen schlugen die Männer Brocken aus dem Block heraus. Sie brachen relativ leicht ab, und schließlich kippte ein großes Bruchstück nach unten, eine Art Negativabdruck von Helm, Helmrändern und Visier.

Ein Mann kam mit einer Rettungsbox herangerannt. Schon während des Laufens hatte er die Sauerstoffmaske bereit. Er setzte sie auf Lloyds Gesicht. Atemlos warteten die anderen. Zischend drang der Sauerstoff unter den elastischen Rändern der Maske hervor. Schließlich, nach langem, dramatischem Warten, flatterten die Augenlider des Mutanten. Er schüttelte benommen den Kopf.

»Er lebt«, sagte Gucky leise und zufrieden. Es war ihnen gelungen, den Wettlauf mit dem Erstickungstod zu gewinnen. »Bleib ruhig – in ein paar Sekunden bist du im Lazarett!«

Gucky sprach drängend auf Lloyd ein, während die Männer den Körper aus dem Howalgonium befreiten. Kaum war der letzte Brocken gefallen, packte der Mausbiber den Anzug und teleportierte hinüber ins Lazarett.

Sardaby schüttelte den Kopf und zog sich ein paar Schritte zurück. »Wir waren Zeugen eines unwahrscheinlichen Vorfalls. Aber es scheint, dass sich die Situation stabilisiert hat.«

Sie versuchten, so gut es ging, aufzuräumen. Sie befanden sich an der letzten Station dieses breiten Pfades der Zerstörung, den Fellmer Lloyd hinterlassen hatte. Dadurch, dass er sich ins Howalgoniumlager gestürzt hatte – oder von dem fünfdimensionalen Stoff angezogen worden war –, war die gesamte Aufregung mit einem Schlag erloschen.

»Ich glaube«, sagte der Wissenschaftler leise zu einem der Leiter des Bergungskommandos, »dass die Gefahr vorbei ist. Wir müssen nicht mehr befürchten, dass die Howalgoniumgeschosse die Erde zertrümmern. Aber hier unten sieht es ziemlich schauderhaft aus.«

»Das ist alles mit Geld und Arbeit schnell zu beheben. Nur eine halbe Million Solar.«

»Nicht mehr, nein. Ich würde vorschlagen, wir beschäftigen uns jetzt besser mit dem Grund für das Verhalten dieses Minerals. Warum ist das alles hier passiert? Warum hat das Howalgonium derartig reagiert?«

Sie sahen sich an. Der erste Gleiter kurvte davon. »Die fremde Strahlung dort draußen, nehme ich an …«

Sardaby nickte ernst. »Das wissen wir alle. Aber warum? Die Gründe? Der Auslöser? Die gegenseitigen Bezüge?«

»Ich verstehe!«, lautete die Antwort. Dann sah der Mann, wie das Gesicht des Wissenschaftlers einen sehr nachdenklichen und zugleich überraschten Ausdruck zu zeigen begann. »Eine Spur?«, fragte er.

Sardaby nickte. »Wir gehen hinüber zu Fellmer Lloyd und erkundigen uns, wie es ihm geht. Und dann zurück nach Imperium-Alpha, um dort zu sehen, was es gibt.«

Inzwischen waren Robotkommandos aktiviert worden. Ihre erste Arbeit war, die zerfetzten Energiekabel wieder neu zu ziehen. Sardaby und der Chef des Pionierkommandos gingen durch die durchlöcherten und zerfetzten Korridore, ein paar Rampen hinauf, und schließlich kamen sie in eines der Büros, die sich zwischen Gang und dem kleinen Lazaretttrakt erstreckten.

Hier brannte die bereits instand gesetzte Beleuchtung strahlend hell. Eine fast unirdische Ruhe herrschte in dem unterirdischen Komplex. Nur die Klimaanlage gab noch immer knarrende und pfeifende Geräusche von sich. Nebey kam gerade in den Raum herein und begrüßte Sardaby. Sie sahen alle mitgenommen und müde aus.

»Fellmer ist in Ordnung. Ein Schulterverband und einige Injektionen. Es ist interessant, was er zu sagen hat.«

Sardaby lächelte flüchtig. Er spürte jetzt, nach dem Nachlassen der Spannung, wie die Müdigkeit ihn ergriff. »Ich habe auch etwas zu sagen. Etwas, das nicht mehr als eine vage Theorie ist, aber vermutlich vieles erklären kann.«

»Ja?«

»Wir haben hier eine gewaltige Menge fünfdimensional strahlender Energie. Ich bin sicher, dass diese Masse in der Lage ist, einen Transmittervorgang zu beeinflussen!«

Nebey starrte Sardaby schweigend an, dann, nach einer Weile, sagte er: »Sie haben Recht. Was auch immer passiert, aber das scheint mir ein stichhaltiges Argument zu sein. 25 Millionen Tonnen!«

»Das meine ich damit. Es ist natürlich nicht mehr als ein Gedankenblitz. Aber auch nicht weniger.«

Sie schwiegen einige Minuten und überlegten die Konsequenz dessen, was sie eben entdeckt zu haben schienen. Zweifellos hatte die fremde Energie im Raum das Howalgonium beeinflusst. Aber ebenso schien es sehr leicht möglich, dass eine derart große Menge auch unmittelbar in den Transmittervorgang eingegriffen hatte. Dann wäre dieses Unglück zu erklären.

Sardaby schlug Nebey kräftig auf die Schulter. Die Beschläge des Schutzanzugs klirrten. »Kann ich Sie bitten, Rhodan oder seinen Vertreter anzurufen, drüben in Alpha? Sagen Sie ihm, was wir für eine Idee hatten. Ich sehe inzwischen nach Fellmer.«

»Natürlich!« Nebey nickte zustimmend. »Ich verständige Rhodan, dann setze ich mich mit meinem Forschungsteam in Verbindung. Wir brauchen unbedingt erste Analysen.«

»Das ist eine glänzende Idee!«, sagte Sardaby erschöpft und rieb seine Augen. »Machen Sie es gut, Kollege!« Sie verabschiedeten sich voneinander, und Sardaby ging ungehindert in den Raum hinein, in dem sich Frauen und Männer um den Sessel versammelt hatten, in dem Fellmer Lloyd lag.

Seit einer halben Stunde nach der Rematerialisierung waren die Frauen und Männer von Quetroppa an der Arbeit. Sie hatten fast dreißig Stunden ohne oder nur mit sehr wenig Schlaf versucht, das Chaos dieses Vorratsbunkers in eine begreifbare Ordnung zurückzuführen.

Niemand, der sich hier um Lloyd herum aufhielt und hörte, was der Mutant zu berichten hatte, war nicht gezeichnet. Gesichter, in denen die Bartstoppeln wucherten, rot geränderte Augen in dunklen Höhlen, Züge, die von Schlafmangel, Kraftanstrengungen und Ermüdung zeugten, zitternde Finger und Kaffee, aufputschende Medikamente.

»... und plötzlich fühlte ich nichts mehr«, sagte Lloyd gerade. Gucky, der neben dem Freund auf einer Tischplatte kauerte, sah Sardaby und hob den Arm, um ihn schweigend zu begrüßen. »Dann muss ich mit diesem verrückten Lauf angefangen haben.«

»Haben Sie die Hitze auch nicht gespürt?«, fragte mit rauer Stimme einer der Anwesenden.

Lloyds Oberkörper bedeckte ein Elastverband. Die Wunde war nur oberflächlich gewesen; eine böse aussehende Fleischwunde und ein geprellter Schulterknochen. Aber als der Howalgoniumklumpen wieder aus der Wunde hervorgeschossen war, um sich mit der Gesamtmasse zu vereinigen, hatte er die Fleischwunde vergrößert. Inzwischen sorgten Medikamente und eine Schicht Biomolplast für eine schnelle Heilung.

»Doch. Ganz kurz, ehe ich meinen Willen verlor. Aber ich spürte nur die Hitze, die mein Körper abstrahlte. Ich selbst schien normale Temperatur zu haben. Ich kam erst wieder zu mir, als ich mit einem Sprung in die Masse hineinhechtete.«

»Sie haben gewütet wie ein Haluter«, sagte einer der Wartungstechniker.

»Ich weiß von allem nichts. Aber ich bin jetzt noch etwas benommen«, sagte Lloyd. »Vielleicht erinnere ich mich kurz daran, wenn ich mich wieder etwas erholt habe.« Er trank aus einem großen weißen Becher Kaffee mit Cognac und machte zwischen den Worten kurze Pausen. Seine Erzählungen klangen abgehackt, aber sie waren informativ. Langsam sagte er: »Aber da war noch etwas. Ich bin Orter. Ich habe Impulse empfangen. Es waren sehr vage, telepathische Impulse!«

Gucky fuhr herum. »Telepathische Impulse, Fellmer?«

»Keine deutlichen Worte, Kleiner«, sagte Lloyd und nickte, dann verzog er schmerzhaft das Gesicht. »Das Howalgonium muss diese Impulse verstärkt haben. Diese gewaltige Menge, die es dort gibt … ausgesprochen fremdartige Impulse.«

Gucky wusste, wovon er redete und wonach er fragte.

»Bilder, Worte? Abstrakte Vorstellungen, Fellmer?«

»Nein. Nichts. Ich habe so etwas noch nie aufgeschnappt. Entweder stammen die Impulse vom Howalgonium selbst, oder es waren Echos meiner eigenen Gedanken, durch den Klumpen in meiner Schulter verzerrt. Ich weiß es nicht. Es können also auch Impulse gewesen sein, die von außerhalb der Erde kamen – und kommen, aber jetzt kann ich sie natürlich nicht mehr hören.«

»Ich weiß nicht, was ich davon halten soll«, sagte Gucky. »Sie haben einen besonderen Gesichtsausdruck, Sardaby.«

»Richtig. Mir ist gerade eingefallen, dass unser Howalgoniumvorrat unseren Transmittersprung sabotiert haben könnte!«

Alle Gesichter wandten sich in Sardabys Richtung.

Lloyd nickte langsam. »Das ist eine Möglichkeit. Das kann es tatsächlich gewesen sein! Weiß Rhodan schon davon?«

»Ja. Nebey hat Alpha verständigt. Aber es ist nicht mehr als eine vage Theorie. Ich weise ausdrücklich darauf hin!«

»Ebenso vage wie die Impulse, die ich aufgefangen habe, Freunde!«

»Hast du dich nicht geirrt, Fellmer?«, fragte Gucky leise.

»Nein. Es waren flüchtige, fremde Impulse. Ich habe deutlich etwas gemerkt, aber ich kann nicht mehr sagen. Und außerdem bin ich müde.«

Sardaby nickte. »Das gilt auch für mich. Ich gehe zurück nach Alpha und lege mich für ein paar Stunden hin.« Er verabschiedete sich.

Auch der Kreis erschöpfter Mitarbeiter löste sich auf, Lloyd wurde von den Ärzten in ein Krankenzimmer gebracht, und einige Minuten später hörte man nur noch die Geräusche der Roboter, die systematisch darangingen, die Schäden auszubessern.

5.

Der zehnte März war angebrochen. Vier Stunden waren seit Mitternacht vergangen. Perry Rhodan wachte auf und wusste, dass für ihn die Ruhepause endgültig vorbei war. Er duschte und zog sich an, dann ging er hinüber in sein kleines Büro. Er setzte sich und rief die neuesten Daten ab.

Auf dem Schirm erschienen Buchstaben, Ziffern und Sätze. Rhodan lehnte sich zurück und las: »Die Stabilisierung der Erdachse scheint in jeder Hinsicht gesichert. Sämtliche Werte stimmen, die Anzahl der Beben und Flutwellen ist drastisch zurückgegangen. Wir haben die Situation im Griff und sind zuversichtlich, dass die Achse in absehbarer Zeit nicht die geringste Schwankung zeigen wird.

Die Betriebsdaten des Sonnenpulks sind in hervorragender Übereinstimmung. Diese Anlage funktioniert mit geradezu verblüffender Präzision. Der Zwischenfall in Quetroppa ist zufrieden stellend gelöst worden. Das Howalgonium ist unter Kontrolle und hat sich nicht mehr bewegt. In diesem Zusammenhang folgende Hinweise: Fellmer Lloyd ist sicher, während seines kurzzeitigen Aufenthalts in einer riesigen Masse Howalgonium fremde Impulse telepathischer Art aufgefangen zu haben. Lloyd ist bereits wieder aus der Klinik entlassen.

Hyperphysiker Sardaby hat die These aufgestellt, dass Millionen Tonnen fünfdimensional strahlenden Howalgoniums den Transmittersprung beeinflusst haben könnten. Es werden bereits Untersuchungen und Wahrscheinlichkeitsberechnungen durchgeführt sowie genaue Überprüfungen vorgenommen.

Pressestimmen und Kommentare sagen aus, dass politische Konsequenzen gezogen werden müssen, falls die Erde diesen Zustand überhaupt überleben kann. Es ist sicher, dass sämtliche oppositionellen Parteien und eine unabsehbare Anzahl von Bürgern den Großadministrator persönlich für die Lage verantwortlich machen werden ...«

Rhodan stoppte den Datenstrom und überlegte. *Ich habe noch Zeit, ehe die Diskussionen beginnen. Ich glaube, wir haben das Schwerste hinter uns!*

Das Argument, dass er schwerste Vorwürfe aus allen Teilen der jetzt angewachsenen Erdbevölkerung hören würde, war richtig. Was hier seit weniger als 36 Stunden geschehen war, hatte er selbst angefangen und gegen schwerste Widerstände durchgeführt. Die Versetzung der Erde war sein Werk. Direkt oder indirekt – jedenfalls war er unter diesen Umständen auch an dieser gigantischen Panne schuld, wenn der Ausdruck gerechtfertigt war.

Jedenfalls muss ich mich der Verantwortung stellen!, dachte Rhodan und war bereit, wieder in das Geschehen einzugreifen. Vermutlich erschöpften sich die Arbeiten der nächsten Tage damit, die auf der Erde aufgetretenen Schäden so gut wie möglich zu beseitigen. Vieles jedoch würde nicht wieder neu geschaffen werden können.

Rhodan stand auf und ging hinüber in das Nervenzentrum des Imperiums – in einen Saal, der jetzt noch fast leer war, der sich aber in den nächsten Stunden wieder in einen Hexenkessel voller Betriebsamkeit verwandeln würde.

Es war später Nachmittag. Sämtliche Verantwortlichen, die nicht so erschöpft waren, dass sie nicht mehr hätten reden und denken können, hatten sich in dem kleinen Konferenzsaal versammelt. Im Saal herrschte Ruhe. Kein einziger Schirm war aktiviert.

Die Ruhe war Ausdruck von Unentschlossenheit, Nervosität, einfacher Erschöpfung, Niedergeschlagenheit, Ratlosigkeit und Unsicherheit. Sie alle litten darunter. In diesem Saal fehlte der Optimismus.

»Wir haben uns getroffen, um die Situation zu diskutieren«, sagte Rhodan und sah von einem Gesicht zum anderen. In jedem zeigte sich, wie ernst die Frauen und Männer waren – sie spiegelten die Lage der Erde wider.

»Es wird ein langes Klagelied sein«, sagte Orana Sestore halblaut. »Die wenigen positiven Dinge sind schnell aufgezählt. Die Beben und die Flutwellen sind vorbei, und Milliarden Menschen arbeiten daran, die Schäden möglichst zu beheben.«

»Und die Toten zu verbrennen«, murmelte Bully. »Die Krankenhäuser jedenfalls sind überfüllt!«

Deighton hob die Hand. Er hatte vor sich ein Bündel Folien liegen, aber er sah nicht ein einziges Mal in den Text, als er sprach. »Die Enttäuschung, die Vorwürfe und die Wut konzentrieren sich erfahrungsgemäß immer auf den Mann an der Spitze. So auch jetzt und heute. Man wird dem Großadministrator vorwerfen, Erde und Mond in die herrschende Situation gebracht zu haben.«

»Was richtig ist, denn dies war mein Plan«, sagte Rhodan. »Für mich sind diese Reaktionen im Augenblick bedeutungslos, denn gegenseitige Vorwürfe können wir uns erst dann leisten, wenn wir wissen, wie es weitergeht.«

Sie hatten inzwischen die ersten Bestätigungen, dass die Howalgoniumvorräte die Transmitterfunktion mit einiger Sicherheit beeinflusst hatten. Eine solche Menge war bei Transitionen gefährlich – aber auch diese Gewissheit war erst nach dem Unglück möglich gewesen.

Gucky sagte leise: »Ich weise darauf hin, dass uns in Kürze das Plasma NATHANS wieder voll zur Verfügung steht. Es hatte einen Schock erlitten, aber es ist Waringer und den Mitgliedern seines Teams gelungen, es wieder unter Kontrolle zu bringen. Und außerdem müssen wir den Impulsen nachgehen, die Fellmer in dem verdammten Howalgonium aufgefangen hat.«

»Aufgefangen zu haben glaubt«, warf Bull ein.

»Aufgefangen hat!«, beharrte der Mausbiber. »Ich bin sicher, dass uns aus dieser Ecke noch einiges droht. Vielleicht die nächste Überraschung. Oder auch nicht – beides ist möglich. Aber ich habe bisher Fellmer immer glauben können. Was er sagt, stimmt meistens.«

Reginald Bull stand auf und stützte sich schwer auf die Tischplatte. »Ich bin für schnelles und zielgerichtetes Handeln, wie jeder hier weiß. Ich weiß auch, dass wir nicht viel wissen. Meine Frage: Was können wir überhaupt tun?«

Rhodan seufzte: »Wir haben, bevor wir aus dem Sonnensystem geflohen sind, eine Definition gefunden. Wir wollten und werden die Flucht zu einem glücklichen Ende führen. Das Ende ist dann glücklich, wenn die überwiegende Mehrzahl der Menschen glücklich ist und dies auch deutlich fühlt und sagt. Das ist unser Ziel.« Nach einer Weile setzte er niedergeschlagen hinzu: »Es ist im Augenblick nicht möglich, etwas Großes zu tun. Wir müssen warten, was die nächsten Stunden bringen. Wir sind zu relativer Untätigkeit verdammt. Aber wir leben. Die Erde ist nicht geborsten. Wir haben noch alle Chancen auf ein glückliches Ende. Aber im Augenblick können wir nicht handeln!«

Das war die bittere Einsicht dieser Diskussion. Da die grundsätzlichen Dinge erörtert waren, wandte man sich den unzähligen kleinen Problemen zu, die zwischen Mond und Erde zu lösen waren.

Und während die Menschheit versuchte, das Beste aus der Lage zu machen, rasten Erde und Mond, Raumschiffe und Sonnenpulk weiter durch den vielfarbigen Mahlstrom, eingehüllt in eine weiß glühende Aura, abgeschnitten vom Weltraum und weit weg von dem Platz, den der Planet seit mehr als sechs Milliarden Jahren gehabt hatte. Die Geschichte nahm ihren Lauf. Es war eine Odyssee von kosmischer Einmaligkeit.

6.

Als sie in Quetroppa rematerialisierten, ließ Gucky die Hand Fellmer Lloyds los. Sie setzten die mitgenommenen Geräte auf dem Boden ab. Vor ihnen lag der Toreingang zum Lagersilo des Howalgoniums.

»Die Impulse kommen tatsächlich aus dem Howalgonium«, stellte Gucky mit Bestimmtheit fest. »Ich empfange sie jetzt auch stark. Überprüfen wir es mit den Instrumenten.«

Fellmer Lloyd nickte und bückte sich, um das Ortergerät einzuschalten. Er betrachtete die Leuchtskala der Peilanlage. »Richtig, Gucky! Aber sie stammen nicht vom Howalgonium selbst, wie ich anfangs noch für möglich hielt. Logischerweise müssten wir nun annehmen, die Impulsquelle befinde sich innerhalb des Howalgoniums, aber das ist unvorstellbar.«

»Nichts ist unvorstellbar, Fellmer. Wir empfangen jetzt beide diese Impulse, und sie sind auf keinen Fall mechanischer Natur. Es sind Gedankenimpulse eines intelligenten Lebewesens – oder mehrerer. Jemand will Kontakt mit uns aufnehmen, und wenn ich das Emotionalmuster richtig deute, handelt es sich sogar um einen Hilferuf.«

»Den Eindruck hatte ich auch, aber der Gedanke erschien mir so fantastisch, dass ich ihn nicht einmal zu denken wagte. Deshalb habe ich nichts gesagt.«

Gucky schob dem Telepathen ein zweites Gerät vor die Füße. »Der Massetaster, Fellmer. Vielleicht kannst du damit etwas feststellen. Wenn jemand denkt, besitzt er auch eine entsprechende Körpermasse, und sie lässt sich mit dem Ding da feststellen.«

Fellmer Lloyd wirkte nicht sehr optimistisch, als er seine Messungen begann. Dann aber, als er die Messwerte sah, wurde er aufgeregt.

Gucky konzentrierte sich telepathisch auf die nun wieder äußerst schwachen Impulse. Fellmer Lloyd bestätigte, dass sich die Masse des entdeckten Körpers nicht veränderte. Es konnte kein Zweifel daran bestehen, dass dieser Körper und die Impulsquelle miteinander identisch waren.

Fellmer Lloyd richtete sich wieder auf. »Total verrückt!«, stellte er fest und sah in Richtung der gewaltigen Stahltore, hinter denen das Howalgonium lagerte. »Nun wissen wir ziemlich sicher, dass sich dahinter etwas Lebendiges befindet, aber wir wissen genauso gut, wie unmöglich das ist.«

»Warum unmöglich? Warst du nicht selbst schon in dem Howalgonium drin? Nein, mein Lieber, alles ist möglich! Die Frage ist nur: Wer oder was steckt jetzt in dem Zeug, schickt Gedankenimpulse aus – und wie ist es da hineingekommen?«

»Wir müssen es den anderen sagen«, schlug Fellmer Lloyd vor.

»Natürlich müssen wir es ihnen sagen, sonst gibt es Ärger. Außerdem können wir jetzt nichts tun, oder glaubst du, ich würde ohne Schutzanzug in den Berg aus Howalgonium teleportieren?«

Fellmer Lloyd legte den Finger auf die Lippen. »Sei mal ruhig! Empfängst du die Impulse überhaupt noch? Ich meine, sie sind schwächer geworden – und dringender. Jemand befindet sich in Gefahr!«

»Ja, im Howalgonium, was dasselbe sein dürfte. Wir müssen uns beeilen.«

»Gut, teleportieren wir zurück nach Imperium-Alpha. Wir kommen gerade recht zur heutigen Besprechung.«

Sie nahmen die Geräte auf, fassten sich bei den Händen und teleportierten dorthin zurück, wo alle Fäden des Imperiums zusammenliefen, das eigentlich keines mehr war.

Einer der Meteorologen beendete gerade seinen Vortrag: »... haben sich die Verhältnisse auf unserem Planeten nun weitgehend stabilisiert. Es besteht keine Gefahr mehr, dass die Polachse schwankt, damit dürfte die Wetterkontrolle wieder wirksam werden. Auch die Stürme haben nachgelassen. Vulkanausbrüche wurden nicht mehr beobachtet, Erdbeben sind keine mehr gemeldet worden. Wir sind der Auffassung, dass keine unmittelbare Gefahr mehr für die Erde besteht.« Er setzte sich.

Rhodan nickte einem der anderen Teilnehmer der Konferenz zu, der sich zu Wort meldete. »Ja, bitte.«

»Fer Romat, Sprecher des Weltparlaments«, stellte er sich vor. »Es mag sein, dass sich die Naturgewalten beruhigen, aber die Menschen tun es nicht! In allen Erdteilen steigt die Besorgnis, ob richtig gehandelt wurde, als wir die Erde versetzten. Das Experiment ist misslungen, daran kann kein Zweifel bestehen, aber wir kennen die Ursache nicht. Fänden wir sie heraus, ließe sich der Verlauf vielleicht korrigieren.«

Er räusperte sich. »Aber das ist noch nicht alles. Nachdem durchsickerte, dass keines unserer Raumschiffe einen überlichtschnellen Flug mehr durchführen kann, verlangt eine große Mehrheit, dass der Transmittersprung rückgängig gemacht wird. Wir sollen ins Solsystem zurückkehren. Hochrechnungen haben ergeben, dass bei einer Weltabstimmung die Vertreter der gegenteiligen Forderung in der Minderheit wären. Bei der morgigen Sitzung des Parlaments wäre es gut, wenn ich mit entsprechenden Gegenargumenten auftreten könnte. Die Vertreter des Weltrates könnten sonst eine sofortige Abstimmung verlangen.«

»Danke, Fer Romat«, sagte Rhodan und warf Reginald Bull, der neben ihm saß, einen ernsten Blick zu. »Ich werde bis heute Abend noch einen Bericht ausarbeiten, den Sie dem Parlament überbringen können. Mehr kann ich jetzt nicht tun. Versuchen Sie, den Abgeordneten Vernunft einzureden. Ich weiß, dass wir in einer scheußlichen Situation sind, aber die Rückkehr der Erde ins Sonnensystem wäre eine selbstmörderische Aktion.«

Neben Reginald Bull saß ein Mann, der im ersten Augenblick klein wirken mochte. Klein, aber nicht gerade schmächtig, denn seine Schultern waren so breit wie die eines Preisboxers. Seine schwarzen Haare waren in Zöpfe geflochten, die bis zur Schulter reichten. Sein riesiger Hängeschnurrbart, von seinem Besitzer wohl als eine Art Gegengewicht zu den Zöpfen gedacht, berührte mit seinen beiden Enden den Hosengürtel. Der Mann war Professor Dr. Dr. Goshmo-Khan, Hyperdim-Biologe und Abstrakt-Mathelogiker.

Er mochte knapp hundert Jahre alt sein. Seine gelbbraune Haut besaß unzählige Falten und verriet seine mongolische Herkunft. Wer ihn kannte, der wusste, wie grob und unhöflich er werden konnte, auch wenn er es in Wirklichkeit nicht so meinte. Auf der anderen Seite galt er als einer der fähigsten Mitarbeiter des Waringer-Teams.

»Außerdem wäre ich gar nicht so sicher, dass wir die Rückkehr schafften«, sagte er trocken. »Das Hauptproblem liegt ja nicht darin, dass wir Ärger mit unseren Raumschiffsantrieben haben, sondern vielmehr in der Tatsache, dass wir einfach nicht wissen, wo wir uns befinden. Wahrscheinlich sind wir in einem völlig unbekannten Sektor des Universums rematerialisiert, und Atlan sitzt verzweifelt in der Station Archi-Tritrans und versteht die Welt nicht mehr. Ich schlage vor, dass wir dem Parlament nicht die volle Wahrheit mitteilen, da wir sonst wirklich mit ernsten Schwierigkeiten rechnen müssen.«

»Ich bin verpflichtet«, fuhr Fer Romat auf, »dem Parlament die volle Wahrheit zu sagen und damit ...«

»Halten Sie den Mund!«, unterbrach ihn Goshmo-Khan grob. »Es gibt Situationen, in denen die Wahrheit tödlich für den Uneingeweihten, aber auch den Verantwortlichen sein kann. Haben Sie schon einmal etwas von Notlüge und politischem Geschick gehört? Sehen Sie sich doch unsere Geschichte an! Schon unsere Vorfahren wussten, wie gewisse Dinge gedeichselt wurden.«

»Ich verstehe nicht ganz, was Sie ...«

»Na gut, ich werde es Ihnen in einfachen Worten noch einmal sagen:

Sie warten schön ab, bis Sie von uns den Bericht für das Parlament erhalten, denn ich nehme an, Sie bezweifeln nicht, dass niemand so gut über die Lage informiert ist wie wir. Also kann auch niemand einen besseren Bericht verfassen. Und vor allen Dingen kann niemand eine richtigere Entscheidung treffen. Ist das klar?«

»Wenn die Mehrheit der terranischen Bevölkerung die Rückkehr zum ehemaligen Zustand verlangt, sehe ich keine Möglichkeit, dieses Verlangen abzulehnen«, versetzte Fer Romat.

Rhodan wollte etwas sagen, aber wieder kam ihm Dr. Goshmo-Khan zuvor: »Mann, Sie haben doch so etwas wie ein Gehirn im Schädel! Na also, dann handeln Sie mal gegen Ihre parlamentarischen Gepflogenheiten und tun Sie etwas Gutes! Geben Sie der Vernunft den Vorzug. Wir befinden uns in einer Notsituation, daran kann kein Zweifel bestehen. Im Augenblick verfügen wir nicht einmal über einsatzfähige Raumschiffe zur Erforschung unserer näheren Umgebung. Was nützen uns Zehntausende von Schiffen, wenn sie nur mit Unterlicht durch die Gegend herumschleichen können? Nichts, gar nichts! Und selbst wenn es uns gelingen würde, die Erde an ihren alten Standort zurückzubringen – wem wäre damit gedient? Nur den Laren! Wollen Sie das?«

Aus Fer Romats Zügen war alle Farbe gewichen. In seinem Innern tobte der Kampf zwischen den Zwängen der Lage und seinem Pflichtgefühl. Er musste dem Parlament die volle Wahrheit mitteilen, darauf war er vereidigt worden. Aber die volle Wahrheit war schädlich, vielleicht sogar verderblich.

Was also sollte er tun? Sollte er lügen, um die Erde und das Imperium – vielleicht – zu retten? Musste er seinen Eid brechen, um das Solare Imperium vor dem endgültigen Untergang zu retten?

Fer Romat sagte: »Ich persönlich bin der Meinung, dass wir auf keinen Fall zurückzukehren versuchen sollten, aber ich bin kein Wissenschaftler. Ich kann die Chancen des Erfolges oder Misserfolges nicht abschätzen. Ich bin der augenblickliche Sprecher meines Parlamentes und erstatte meinen Bericht zur Lage. Ich nehme Ihre Antwort mit zurück zum Parlament – das ist alles. Mehr habe ich nicht zu tun, und meine persönliche Meinung spielt keine Rolle.« Er erhob sich. »Meine Herren, darf ich mich entfernen? Ich werde in meinem Quartier auf den Bericht warten.«

»Ich danke Ihnen, Fer Romat«, sagte Perry Rhodan, während Goshmo-Khan nur lässig mit der Hand winkte.

Als der Parlamentarier den Raum verlassen hatte, fuhr Rhodan fort, diesmal unmissverständlich an den Professor gewandt: »Ich wünschte mir wirklich, Sie verfügten über etwas mehr Fingerspitzengefühl, aber in der Sache gebe ich Ihnen Recht. Ich frage mich nur, was wir überhaupt tun können. Wir haben kein einziges Schiff, das zur Erkundung ausgeschickt werden könnte. Wir sitzen fest. Welchen Sinn hätte es, dem Vorschlag der Opposition nicht zuzustimmen?«

Goshmo-Khan grinste von einem Ohr zum anderen. »Wer sagt Ihnen denn, Großadministrator, dass wir kein Schiff haben?«

Rhodan sah ihn forschend an. »Ich kenne Sie gut genug, Doktor, um zu wissen, dass Sie selten dumme Witze machen. Was also soll Ihre merkwürdige Frage?«

Goshmo-Khan stützte beide Ellbogen auf den Tisch. »Das wollte ich Ihnen ja gerade mitteilen. Sie wissen, dass ich auf gewissen Fachgebieten nicht gerade unbegabt bin. Bevor das Experiment anlief und wir die Erde in den Sonnentransmitter steuerten, machte ich mir meine Gedanken. Ich will damit nicht behaupten, dass ich wusste, was geschehen würde – wäre es so, hätte ich meine Bedenken gegen das Experiment rechtzeitig geäußert. Ich hatte einfach ein ungutes Gefühl, wenn ich an einen so gewaltigen Sprung durch das fünfdimensionale Kontinuum dachte. Das musste negative Begleiterscheinungen haben, aber ich wusste nicht, welche. Und da traf ich ein paar Vorbereitungen.«

»Und welche, bitte?«, fragte Reginald Bull gespannt.

»Ich überlegte, wie sich das gelagerte Howalgonium wohl bei der Transition verhalten würde. Es strahlt fünfdimensional, kann also im fünfdimensionalen Kontinuum eventuell eine neutralisierende Wirkung zeigen. In der Nähe von Quetroppa befindet sich ein großer unterirdischer Hangar, der in letzter Zeit in erster Linie für Versuchszwecke benutzt wurde. In ihm steht eines der modernsten Raumschiffe der Posbis, BOX-7149. Das Schiff ist mit allem Notwendigen ausgerüstet und startbereit.«

»Mit Unterlicht natürlich!«, stellte Rhodan enttäuscht fest. »Ich hatte mir von Ihnen eine bessere Nachricht erwartet.«

Goshmo-Khan zuckte die breiten Schultern und zupfte spielerisch an den Enden seines Bartes. »Wenn meine Theorie stimmt, Großadministrator, dann fliegt BOX-7149 so schnell, wie sie schon immer flog. Nämlich mit dem Linearantrieb. Nicht umsonst ließ ich das Schiff in der Nähe von Quetroppa unterbringen. Bisher hatte ich leider noch keine Gelegenheit zu einem Probeflug, aber der ließe sich vielleicht baldmöglichst verwirklichen.«

Rhodan wirkte plötzlich sehr interessiert. »Sind Sie überzeugt, dass Ihre Überlegungen richtig sind?«

»Eigentlich ja, Sir.«

Rhodan nickte. »Gut, dann möchte ich Sie bitten, einen Testflug vorzubereiten. Sobald wir die Gewissheit erhalten haben, dass wir mit dem Schiff der Posbis beliebige Entfernungen zurücklegen können, werden wir die Skeptiker überzeugen können. Außerdem wird Ihnen sicherlich noch etwas einfallen – ich meine, hinsichtlich unserer anderen Schiffe. Jeder Vorgang lässt sich wiederholen oder auch umkehren, nicht wahr, Doktor?«

Goshmo-Khan nickte gelassen. »Sicherlich, und ich weiß auch, was Sie meinen. Aber es ist vielleicht nicht nur die Nähe des Howalgoniums allein gewesen, was den Antrieb des Schiffs intakt hielt – falls er wirklich intakt blieb. Der Hangar ist mit fünfdimensionalen Energieschirmen ausgestattet, und ich habe dafür gesorgt, dass sie während der Versetzung der Erde eingeschaltet waren. Um ehrlich zu sein: Ich rechnete mit einer Katastrophe, und ich wollte sichergehen, dass das gesamte Personal von Imperium-Alpha sich in Sicherheit bringen konnte. Zum Glück erwies sich meine Befürchtung als unbegründet.«

»Na ja«, meinte Reginald Bull, »das kann man sehen, wie man will.«

Rhodan wollte etwas sagen, kam aber nicht mehr dazu. Der Mausbiber und Fellmer Lloyd materialisierten im Raum, deponierten ihre Geräte auf dem Boden und kamen zum Tisch.

»Da sind wir wieder«, stellte Gucky fest und setzte sich. Auch Fellmer Lloyd nahm Platz, sagte aber nichts. »Ich glaube, wir haben etwas sehr Merkwürdiges entdeckt.«

»Nun spann uns nicht so auf die Folter«, verlangte Bull ungeduldig.

»Immer mit der Ruhe, Bully«, parierte Gucky und betrachtete den ihm gegenübersitzenden Goshmo-Khan interessiert. Gleichzeitig erfuhr er aus seinen Gedanken von BOX-7149. »Fellmer hatte Recht! Da steckt etwas in dem Howalgonium, aber wir wissen nicht, was es ist. Jedenfalls denkt es. Wenigstens hat es bis vor wenigen Minuten noch gedacht. Die Impulse sind inzwischen erloschen.«

»Konntet ihr nichts Konkretes feststellen?«, erkundigte sich Rhodan besorgt. »Wie ist es möglich, dass sich im Howalgoniumlager ein Fremdkörper aufhält, und dazu noch ein lebender?«

»Da fragst du uns zu viel, Perry. Wir haben nur die Tatsache feststellen können, das ist alles.« Er sah wieder Goshmo-Khan an. »Was ist mit dem Posbischiff? Ihr wollt einen Testflug unternehmen?«

»Er weiß schon wieder alles«, sagte Bully und schüttelte den Kopf. »Möchte wissen, wozu man noch einen Mund hat, wenn man ihm nichts zu erzählen hat.«

»Zum Essen!«, konterte der Mausbiber trocken.

Rhodan mischte sich ein und sagte: »Du willst natürlich herausfinden, was in dem Howalgonium steckt. Na schön, Gucky, aber sei vorsichtig! Vergiss den Schutzanzug nicht.«

Goshmo-Khan deutete mit seiner Pranke auf den Mausbiber. »Was Gucky plant, ist glatter Selbstmord. Sie können nicht zulassen, Sir, dass der Mausbiber in seinen Tod teleportiert.«

»Dann versuchen Sie mal, ihn davon abzubringen«, meinte Rhodan.

»Kann er gar nicht!« Gucky betrachtete den Wissenschaftler, als hätte er ihn nie zuvor gesehen. »Ist ja nett von Ihnen, dass Sie überflüssig sind – weil ich auf jeden Fall in das Howalgonium hineinteleportiere. Ich muss wissen, was sich darin befindet. Und ich hole es heraus!«

»Das wirst du nicht, du Weltraumratte!«, brüllte Goshmo-Khan unbeherrscht und beugte sich vor. »Ich meine es doch gut mit dir! Niemand kennt die Tücken des Howalgoniums so gut wie ich, glaub es mir! Du bleibst hier! Basta!«

Gucky blieb ganz ruhig sitzen. »Jetzt duzt er mich auch noch!«, stöhnte er schließlich auf. »Aber lass meine Pfoten los, sonst zerquetschst du sie mir noch. Oder soll ich mit dir kurz zum Mond teleportieren? Der körperliche Kontakt wäre ja nun hergestellt ...«

Goshmo-Khan ließ Gucky erschrocken los.

Bully stammelte fassungslos: »Weltraumratte hat er gesagt – und er lebt noch! Das verstehe ich nicht.«

Gucky grinste ihm vertraulich zu. »Weißt du, Dickerchen, der hässliche Ausdruck entsprang nur seiner ehrlichen Sorge um mich, darum habe ich ihn überhört. Aber wenn du ihn noch einmal in den Mund nimmst, dann bist du reif.«

Bull erinnerte sich an seine früheren Auseinandersetzungen mit dem Mausbiber und spürte, wie ihm ein kalter Schauer den Rücken hinablief. Er hatte keine Lust, wieder in einem Kessel mit Suppe oder womöglich sogar in einer Gefrierkammer zu landen. Einmal hatte Gucky ihn sogar in einer von außen verschlossenen Toilette abgesetzt, in der er fünf Stunden auf seine Befreiung warten musste.

»Schon gut, Kleiner«, sagte er gönnerhaft. »Ich würde es nie wagen, Weltraumratte zu dir zu sagen.«

Rhodan griff abermals in die Debatte ein: »Während du das Howalgonium untersuchst, kümmern wir uns um das Schiff der Posbis, Gucky. Du findest uns im Hangar bei Quetroppa.«

Goshmo-Khan wollte gerade zu einer Erklärung ansetzen, aber Gucky kam ihm zuvor: »Ja, ich weiß schon, Goshy. Aber schalte vorher die Schutzschirme ab. Ich habe keine Lust, mir den Schädel einzurennen.«

Während Gucky seinen Schutzanzug anlegte und sich auf das gefährliche Unternehmen vorbereitete, begaben sich Rhodan, Bully, Goshmo-Khan und weitere Mitarbeiter des Wissenschaftlers in den Hangar bei Quetroppa, um das Raumschiff der Posbis zu inspizieren. Schon die erste Untersuchung ergab, dass die biopositronischen Roboter und das Plasma in den sechs Kommandokuppeln des Schiffs nicht gelitten hatten. Das Schiff selbst war ein unregelmäßig geformter Würfel mit einer Kantenlänge von etwa dreitausend Metern. Die Bauart – Fragmentbauweise genannt – war absolut asymmetrisch. Hunderte von kleinen Türmchen, Terrassen, hervorstehenden Ecken und spiralförmigen Auswüchsen gaben der Konstruktion ein bizarres Aussehen.

BOX-7149 war ein Führungsschiff der Posbis und daher im Gegensatz zu den anderen Einheiten dieser Größenordnung, die grundsätzlich nur drei Stahlkuppeln zur Aufnahme des biologisch lebenden Zellplasmas besaßen, mit der doppelten Anzahl von Befehlseinheiten ausgerüstet. Die Stahlkuppeln, auch Kommandozentralen genannt, hatten einen Durchmesser von knapp zwölf Metern und waren im Mittelpunkt fünf Meter hoch. Im Innern des gigantischen Würfels gab es Hunderte von Räumen, Korridoren und Maschinensälen, die einigen tausend Menschen Platz geboten hätten. Aber das Schiff wäre auch ohne jede menschliche Besatzung manövrierfähig gewesen.

Goshmo-Khan übernahm die Führung, der sich Rhodan, Bully und Fellmer Lloyd willig anschlossen. Einer der Posbis, der wie alle anderen der Befehlsgewalt des Zentralplasmas auf der Hundertsonnenwelt unterstand, gab sich als einer der Kommandanten von BOX-7149 zu erkennen.

Das Bündnis mit dem Solaren Imperium hatte bewirkt, dass immer mehr dieser »lebendigen« Roboter humanoide Formen besaßen. So auch dieser, der sich selbst als Pos-1 bezeichnete. Selbst die künstlichen Augen in seinem Plastikgesicht strahlten Freundlichkeit und Wärme aus.

»Sämtliche Anlagen einsatzbereit«, entgegnete er auf Rhodans Frage. »Antrieb funktionsfähig. Keine Störungsmeldung.«

Goshmo-Khan warf Rhodan einen triumphierenden Blick zu. »Na, was habe ich gesagt? Alles in Ordnung, meine Theorie war richtig. Die Schutzschirme und das Howalgonium haben gewirkt. Wir hätten die gesamte Raumflotte des Imperiums ähnlich unterbringen sollen.«

»Das wäre unmöglich gewesen.«

Der Rundgang nahm eine volle Stunde in Anspruch, aber von einer echten Inspektion konnte keine Rede sein. Laufbänder und Antigravlifte brachten sie schnell von einer Sektion in die andere, ohne dass sie Gelegenheit gehabt hätten, sich näher mit dieser oder jener Anlage zu beschäftigen. Doch ein Posbi log nicht. Wenn er sagte, eine Anlage sei in Ordnung, dann war sie es auch.

»Damit wird ein Testflug überflüssig«, stellte Rhodan abschließend fest, als sie wieder im Hangar standen, »aber wir werden ihn trotzdem als solchen deklarieren. Ich fürchte nur, dass ich nicht daran teilnehmen kann, weil ich ja noch den Bericht für das Parlament erstellen muss.«

»Ich fliege mit!«, erbot sich Bully sofort. »Den Bericht kannst du auch allein fertig stellen. Fellmer kommt ebenfalls mit!«

»Natürlich bin auch ich dabei«, sagte Goshmo-Khan selbstsicher.

Rhodan nickte. »Selbstverständlich, denn Ihnen haben wir ja dieses einsatzbereite Schiff zu verdanken. Aber mehr Leute kann ich nicht entbehren, außer natürlich einige Wissenschaftler Ihrer eigenen Wahl, Doktor Goshmo-Khan. Denken Sie besonders an Astronomen und Astrophysiker. Wir müssen endlich herausfinden, wo wir uns befinden.«

»Und es dürfte ja wohl klar sein«, meinte Bull, »dass auch Gucky mit von der Partie ist – wie ich ihn kenne.«

Rhodan sah auf seine Uhr. »Sicherlich, falls er rechtzeitig zurückkehrt, was ich bald bezweifle. Hoffentlich ist ihm nichts passiert. Vielleicht hätten wir ihn doch nicht gehen lassen sollen. Er ist seit anderthalb Stunden verschwunden.«

Goshmo-Khan grinste. »Sagten Sie nicht selbst, Großadministrator, dass niemand den Mausbiber aufhalten kann, wenn er sich einmal etwas in den Kopf gesetzt hat?«

Rhodan nickte. »Ja, das sagte ich, und das ist auch der Grund, warum ich fest davon überzeugt bin, dass er den Testflug der BOX-7149 mitmachen wird. Er weiß davon. Das genügt mir. Die Frage ist eben nur, ob ihn nichts daran hindert, rechtzeitig hier zu erscheinen.«

»Es gibt keine Gedankenimpulse«, sagte Fellmer Lloyd. »Ich habe keinen Kontakt mit ihm.«

»Das liegt am Howalgonium«, behauptete Goshmo-Khan. »Das Zeug schluckt alle Impulse.«

»Sie irren sich!«, erwiderte Fellmer Lloyd. »Schließlich konnten wir ja auch die Gedankenimpulse des Wesens empfangen, das in dem Howalgonium eingeschlossen zu sein scheint.«

Rhodan sagte abschließend: »In genau drei Stunden können Sie starten, meine Herren. Bis dahin ist Gucky zurück. Ich bin mir da ziemlich sicher.«

Bull nickte. »Gut, einverstanden. Ich werde in drei Stunden hier im Hangar sein. Wir sehen uns, Professor Goshmo-Khan.«

»Das hoffe ich auch«, knurrte der Mongole und setzte seinen massigen Körper in Bewegung.

Gucky hatte seinen Schutzanzug angelegt und peilte die Fremdimpulse an, die aus dem Howalgonium kamen. Sie waren inzwischen schon so schwach geworden, dass er sie kaum noch wahrnehmen konnte.

Hinzu kam eine andere Tatsache, die ihn beunruhigte: Die Impulse stammten zweifellos von einem organischen Lebewesen, aber ihr Muster war zu gleichmäßig. Es war so, als würden sie von einem automatischen Sender ausgestrahlt. Aber es konnte kein Zweifel daran bestehen, dass ihre Quelle von dem gelagerten Howalgonium eingeschlossen wurde.

Es war dem Mausbiber durchaus klar, dass er ein ungeheures Risiko einging und niemand ihm helfen konnte, wenn er in eine Falle geriet. Außerdem blieb ihm nicht viel Zeit, denn er wollte auf keinen Fall den Testflug des Posbiraumers versäumen.

Er konzentrierte sich auf die erlöschenden Impulse und teleportierte. Inmitten der gelagerten Massen des Howalgoniums rematerialisierte er. Da es sich meist um kleinere Klumpen handelte, drückte er sie ohne Schwierigkeiten mit seinem Körper beiseite.

Seine Peilung war exakt gewesen. Mit den Howalgoniumbrocken drückte er auch einen festen Körper zur Seite, der nachgiebiger und leichter war. Er aktivierte den Helmscheinwerfer.

Mit einem Blick erkannte er, dass er sich in einer winzigen Höhle befand – und sie mit jemand teilte, dessen Anblick ihm für einige Sekunden fast den Atem raubte. Das Wesen sah wie ein zwei Meter großer Vogel aus. Gucky entsann sich, dass es einmal auf der Erde einen solchen Vogel gegeben hatte, der nicht fliegen, sondern nur noch laufen konnte. Angeblich steckte er bei Gefahr den Kopf in den Sand.

Das Vogelwesen war tot. Es war nicht vor wenigen Minuten gestorben, sondern es konnte bereits seit Jahrtausenden tot sein, denn es war zweifellos mumifiziert. Dem Weltraum ausgesetzt, in dem es keine Verwesung gab, würde es selbst nach Jahrmillionen noch genauso aussehen wie in diesem Augenblick.

Aber es hatte noch bis vor wenigen Minuten Gedankenimpulse ausgesandt!

Gucky überwand seine natürliche Scheu und berührte das Wesen, das doppelt so groß war wie er selbst. Nein, eigentlich erinnerte es ihn nicht an einen Vogel Strauß, sondern mehr an einen Kondor aus den südamerikanischen Anden, den es auch schon lange nicht mehr gab. Aber er kannte ihn aus Aufzeichnungen.

»Ein kleiner Kondor«, murmelte er. »Dabei ist er doppelt so groß wie ich. Wie kommt ein Kondor in das Howalgonium?«

Das mumifizierte Wesen zerfiel nicht, als er es berührte. Es fühlte sich stabil und fest an, obwohl es völlig ausgetrocknet sein musste. Wahrscheinlich war es längere Zeit dem freien Weltraum ausgesetzt gewesen, wie Gucky gleich vermutet hatte. Eine andere Erklärung gab es für das Phänomen nicht. Damit blieb die Frage offen, wie es Gedankenimpulse aussenden konnte. War es tot und lebendig zugleich? Oder war es tot, während das Gehirn noch lebte?

Gucky teleportierte in sein Quartier in Imperium-Alpha. In den ersten Minuten wollte er mit seinem Fund allein sein. Er hasste offene Fragen. Aber er bekam keine Antwort, denn er konnte keine Gedankenimpulse mehr empfangen. Vielleicht hatte das Howalgonium etwas damit zu tun, aber das war eine Sache, bei der nur Goshmo-Khan helfen konnte. Der verstand mehr davon.

Gucky legte den »Kleinen Kondor«, wie er seinen Fund fast zärtlich nannte, vorsichtig auf sein Bett und setzte sich selbst in den Sessel. Nun erst hatte er Gelegenheit, das seltsame Wesen näher zu betrachten.

Für seine Größe hatte es auffallend zierliche und dünne Laufbeine, die fast elegant wirkten. Die Flügel waren verkümmert und ermöglichten keinen sicheren Flug mehr, dafür ragten unter den Stummeln kräftig wirkende Arme hervor. Die Hände besaßen drei gut ausgebildete Finger. Der schräg abstehende Daumen war dick. Das geringe Gewicht des Wesens ließ auf hohle Röhrenknochen des Skeletts schließen. Der Kopf war verhältnismäßig groß, der Schnabel kurz und kräftig. Die beiden Augen, die weit geöffnet waren, verrieten Intelligenz. Rechts und links der Schnabelwurzel fielen die beiden langen, beweglichen Ohren auf.

Federn konnte Gucky nur noch an manchen Stellen des himbeerfarbenen Körpers entdecken. Ein eng anliegendes Kleidungsstück, eine Art Kombination, verdeckte einen Teil der nackten Haut. Der Stoff war elastisch und hellgelb gefärbt.

Gucky schrak aus seinen Überlegungen hoch, als jemand an der Tür klopfte. Er fing Goshmo-Khans Gedankenimpulse auf. Der Wissenschaftler trat ein und blieb mit einem Ruck stehen, als er den Fund des Mausbibers erblickte.

»Da staunst du, was?«, erkundigte sich Gucky. »Ich weiß auch nicht, was es ist, aber es war in dem Howalgonium. Es muss tot sein, aber es hat gedacht. Sonst hätte ich es ja auch kaum gefunden. Wie kann es in den Silo gelangt sein?«

Goshmo-Khan setzte sich so, dass er das Vogelwesen im Auge behielt. »Ich könnte mir denken, dass bei der Transition der Erde die Howalgoniumkristalle eine gewisse Strukturveränderung erfuhren, die sie in ihrer Gesamtheit zu einer Art Empfangstransmitter werden ließen. Dieses Wesen dort, vielleicht schon lange Zeit in seinem merkwürdigen Zustand durch den Weltraum treibend, wurde angezogen und transmittiert.« Er seufzte. »Im Moment habe ich keine bessere Erklärung für das Phänomen.«

»Ist es tot?«

Goshmo-Khan beugte sich vor und ließ seine Hände mit erstaunlicher Zartheit über den vertrockneten Körper des Kleinen Kondors gleiten, dann lehnte er sich wieder zurück.

»Ich würde sagen – ja. Aber wenn das Ding denken kann, ist es nicht richtig tot. Vielleicht befindet es sich in einem Zustand der Hibernation. Wir müssen Rhodan unterrichten.«

Im medizinischen Labor erfolgte eine erste gründliche Untersuchung des Kleinen Kondors, aber das Ergebnis war enttäuschend. Das Wesen war ohne jeden Zweifel klinisch tot und konnte aller Wahrscheinlichkeit nach auch nicht mehr zum Leben erweckt werden, obwohl die Messungen bewiesen, dass Gehirnströme vorhanden waren. Gucky selbst empfing keine Impulse mehr.

»Das mag am Howalgonium liegen«, vermutete Goshmo-Khan. »Die Strahlung hat die schwachen Impulse entsprechend verstärkt, und auch das nur für eine gewisse Zeitspanne. Ich fürchte, da können wir nichts mehr machen.«

Fellmer Lloyd äußerte die Vermutung, es könne sich bei dem Kleinen Kondor um den Angehörigen eines raumfahrenden Volks handeln, der während eines Flugs starb und aus dem Schiff entfernt wurde. Auch irdische Raumfahrer erhielten eine ähnliche Bestattung.

Rhodan entschied, dass niemand das Recht habe, die ewige Ruhe des toten Wesens zu stören. Es sollte dem Weltraum zurückgegeben werden. Der bevorstehende Start des Posbiraumers bot die beste Gelegenheit dazu. Zwar erhoben einige Biologen Einspruch, sie wollten die Gelegenheit nutzen, den Angehörigen eines unbekannten Volks genauer zu untersuchen, aber Rhodan blieb bei seinem Entschluss. Gucky erhielt die Erlaubnis, den Kleinen Kondor mit an Bord von BOX-7149 zu nehmen.

Die instinktive Scheu vor dem Tod war auch dem Mausbiber eigen, aber seltsamerweise empfand er keinerlei Beklemmung, als er mit seinem unheimlichen Gast in eine der zahlreichen Kabinen teleportierte und ihn auf das Bett legte. Er setzte sich und betrachtete ihn.

»Kleiner Kondor, ich hätte dir gern geholfen, aber wie soll ich wissen, was gut für dich ist? Der freie Raum vielleicht? Oder die Wärme einer nahen Sonne? Ein Planet wie die Erde? Wo kommst du her? Wer bist du? Was bist du?« Er bekam keine Antwort. »Sie haben deinem Volk gleich einen Namen gegeben, unsere tüchtigen Wissenschaftler. Sie haben es die Glovaaren getauft und unter dieser Bezeichnung registriert. Vielleicht begegnen wir ihm eines Tages, irgendwo, irgendwann. Aber nun sollst du deine Ruhe haben. Ich werde die Kabine nebenan beziehen und so in deiner Nähe bleiben.«

Nach einem letzten Blick auf seinen reglosen »Freund« ging er auf den Gang hinaus. Dort begegnete er einem der Astronomen, der ihm zuwinkte.

»Wir sollen in die Zentrale kommen. Start ist in dreißig Minuten. Rhodan will sich verabschieden.«

»Na fein, da bekommen wir noch ein paar gute Ratschläge mit auf den Weg«, vermutete Gucky, nahm die Hand des verdutzten Wissenschaftlers und teleportierte mit ihm in die Zentrale, wo er auf den großen Füßen Goshmo-Khans rematerialisierte.

»Kannst du denn nicht aufpassen?«, fuhr ihn der Mongole erschrocken an. »Man ist nirgends vor dir sicher!«

»Entschuldigung«, kicherte Gucky und ließ die Hand des Astronomen los. »Du bist eine erstklassige Peilstation.«

Rhodan übersah den kleinen Zwischenfall und überzeugte sich davon, dass die Leiter der einzelnen wissenschaftlichen Abteilungen anwesend waren. Dann sagte er: »Es handelt sich um einen Testflug, obwohl wir davon überzeugt sind, dass dieses Schiff voll funktionsfähig ist. In erster Linie geht es darum, unsere Position festzustellen. Ich habe der Astronomischen Sektion alle verfügbaren Unterlagen zum Studium übergeben. Jeder von uns weiß, wie schwer es ist, Galaxien zu identifizieren, die wir nur von der Erde aus gesehen und katalogisiert haben – als sie noch im Sonnensystem stand. Sie stehen vor einer schier unlösbaren Aufgabe, aber ich vertraue auf Ihr Wissen und Ihr Können. Bisherige Aufnahmen haben gezeigt, dass einige Sterne in unmittelbarer Nähe stehen. Die Entfernungen waren jedoch nicht genau festzustellen. Wenn Sie die Gravitationsverhältnisse messen, kann NATHAN vielleicht berechnen, ob es möglich sein wird, unsere Erde um eine dieser Sonnen in eine stabile Kreisbahn zu bringen.«

Eine hitzige Diskussion entbrannte, aber Rhodan schaltete sich hastig ein: »Bitte, zerbrechen Sie sich jetzt nicht den Kopf darüber, ob ein solches Vorhaben durchführbar wäre oder nicht. Ihre vordringlichste Aufgabe besteht darin, die Position der Erde festzustellen. Wir müssen wissen, in welchem Teil des Universums wir uns befinden. Ich kann Ihnen nur Erfolg und Glück wünschen, mehr nicht. Und ich erwarte Sie baldmöglichst zurück. Wir versuchen, Funkkontakt zu halten.«

Es gab noch einige Fragen und Antworten, dann verließ Rhodan das Schiff. In diesem Augenblick übernahm Reginald Bull das Kommando, von dem Roboter Pos-1 in jeder Hinsicht unterstützt.

Der Start verlief reibungslos. Programmgemäß öffneten sich die gewaltigen Schleusen des unterirdischen Hangars, dann schwebte der gigantische Stahlwürfel schwerelos nach oben, bis die Triebwerke eingeschaltet wurden. Jetzt erst setzte die Beschleunigung ein und jagte BOX-7149 durch die Atmosphäre ins All hinauf.

7.

In dem Teil des Schiffs, in dem die Astronomische und die Astrophysikalische Abteilung untergebracht waren, herrschte nach dem Start eine fieberhafte Tätigkeit. Die Experten waren dabei, die von Rhodan gelieferten Unterlagen zu überprüfen und auszuwerten. Viel war es nicht, aber es ergaben sich einige Anhaltspunkte.

»Es sind in erster Linie Gravitationsstörungen«, erklärte einer der Astrophysiker. Er hielt einen mit Zahlen übersäten Ausdruck in der Hand. »Wir befinden uns in einem Gebiet, das mit keinem uns bekannten zu vergleichen ist. Selbst im freien Raum draußen finden wir andere Bedingungen vor, als wir sie von der Milchstraße her gewohnt sind.«

»Und welche sind das?«, fragte jemand.

»Mehr Materie! Viel mehr Materie! Die Anzahl der Atome in einem Kubikkilometer ist wesentlich höher, als man annehmen sollte. Eigentlich handelt es sich gar nicht mehr um einen Leerraum, wie wir ihn etwa zwischen Milchstraße und Andromedanebel kennen. Die einzelnen Atome stehen dichter und kollidieren sogar hin und wieder. Unsere Teleskope zeigen uns mehrere Galaxien an, aber ihre Entfernungen lassen sich nicht einwandfrei bestimmen. Sie scheinen zu schwanken, was natürlich unmöglich ist. Wahrscheinlich beeinflussen die starken gravitationellen Felder unsere Messgeräte.«

»Und was schließen Sie daraus?«, fragte ein anderer der Wissenschaftler.

»Vorerst noch nichts, aber wenn Sie wollen, kann ich eine Vermutung äußern.«

»Äußern Sie, wenn ich bitten darf«, sagte Goshmo-Khan von der Tür her. Er war unbemerkt eingetreten und hatte der Diskussion gelauscht. »Jede Theorie kann uns weiterhelfen.«

Einige Sekunden lang herrschte Ruhe. Jeder erkannte Goshmo-Khan als engen Mitarbeiter von Professor Waringer.

Endlich fuhr der Astrophysiker fort: »Es ist in der Tat eine unwirklich erscheinende Theorie, aber ich meine, sie hat einiges für sich. Das Gebiet, in dem wir uns befinden, liegt im Einflussbereich der Gravitationsfelder zweier Galaxien. Die größere Dichte der Atome deutet darauf hin, dass Materie zwischen den Galaxien hin und her wandert. Wir halten uns praktisch in einem seichten Ozean auf, der durch Ebbe und Flut niemals zur Ruhe kommen kann. Sand und Schlick werden aufgewirbelt – eben unsere messbaren Atome – und mal nach dieser, mal nach jener Richtung getrieben. Ein Mahlstrom, wenn Sie so wollen. Ein gravitationeller und energetischer Mahlstrom. Kein schöner Gedanke, finde ich.«

»Da stimme ich Ihnen zu«, sagte Goshmo-Khan und kam nach vorn zum Podium. Es war offensichtlich, dass er zum Thema Stellung nehmen wollte. Der junge Wissenschaftler machte ihm bereitwillig Platz. »Aber lassen wir das jetzt. Die physikalischen Verhältnisse und ihre Ursachen haben Zeit bis später. Uns geht es darum, die uns am nächsten stehende Sonne zu erreichen und ihre Gegebenheiten zu erforschen. Die Entfernungsmessungen schwanken zwischen zwei und zwanzig Lichtjahren. Es scheint unmöglich, genaue Daten zu erhalten – der Grund dafür ist noch unbekannt. Wir werden einige Sekunden im Linearflug verbringen und dann versuchen festzustellen, welche Strecke wir zurücklegten. Wir müssen uns damit abfinden, meine Herren, dass wir ungewöhnlichen Umweltverhältnissen gegenüberstehen. Die Erde ist im Universum gestrandet, und wir können nur hoffen, dass sie nicht auch in der Zeit gestrandet ist.«

»Aber wir haben Ruhe vor den Laren«, warf jemand ein.

Goshmo-Khan sah in die Richtung des Sprechers. »Sie haben Recht. Vielen von uns wären aber die Laren lieber als diese Ungewissheit. Aber wir werden auch damit fertig werden. Also, wir fliegen den nächsten Stern an und versuchen, ihn zu identifizieren. Das dürfte schwer fallen, denn wir kennen ihn auf keinen Fall. Er befindet sich nicht in unserer Milchstraße. Also können wir nur den Typ bestimmen und daraus vielleicht einige Schlüsse auf unsere Position ziehen. Wir wissen, dass Sterne älter sind, je weiter sie sich vom angenommenen Zentrum des Universums befinden. Die ehemalige Position unseres Sonnensystems kennen wir, auch das ungefähre Alter. Es ist also logisch, dass wir mit den Daten eines Sterns in diesem Gebiet auch in etwa bestimmen können, wie weit die Erde transportiert wurde. Nur – die Richtung werden wir leider nicht bestimmen können.«

»Und wie können wir die Zeit bestimmen?«, fragte eine Physikerin in der vorderen Reihe. »Sie haben selbst angedeutet, dass eine gewisse Zeitverschiebung stattgefunden haben könnte.«

»Die lässt sich nicht feststellen, da uns jede Relation fehlt. Es spielt keine Rolle – so betrachtet –, ob wir eine Million Jahre in die Zukunft oder Vergangenheit geschleudert wurden. Wenigstens spielt es hier und jetzt keine Rolle. Es spielt nur dann eine Rolle, wenn wir einmal zu Sol zurückkehren sollten.« Er zupfte sich an seinen Bartenden. »Doch zerbrechen wir uns nicht den Kopf über Probleme, die wir erst noch zu lösen haben. Wir wollen den nächsten Stern analysieren, das ist alles. Ich erwarte von Ihnen, dass Sie jede Information, die Sie in dieser Richtung erhalten sollten, sofort an die Kommandozentrale weiterleiten. Reginald Bull oder ich sind jederzeit dort erreichbar. Ich wünsche Ihnen viel Erfolg, denn von ihm wird alles abhängen. Danke.«

Beifall begleitete seinen Abgang.

Kurz bevor BOX-7149 die zum Eintauchen in den Linearraum nötige Geschwindigkeit erreichen konnte, geriet das Schiff in mehrere sich überlagernde energetische Felder. Die Folge waren der Ausfall zahlreicher Anlagen und der Abbruch der Funkverbindung zur Erde.

Zusammen mit Pos-1 inspizierte Goshmo-Khan die entsprechenden Sektionen und stellte zu seiner Überraschung fest, dass sich vor Ort keine Schäden feststellen ließen.

»Es besteht kein Grund zur Beunruhigung«, sagte Pos-1. »Die sich überschneidenden Energiefelder scheinen eine Art Blockade zu bewirken und damit den Ausfall einiger Anlagen. Es handelt sich aber nur um einen scheinbaren Ausfall, sonst wäre der automatische Alarm ausgelöst worden. Es darf als sicher anzunehmen sein, dass sich die Lage wieder normalisiert, sobald wir dieses Gebiet verlassen haben.«

»Und was ist mit dem Linearantrieb, Pos-1?«

»Die Situation ist identisch«, antwortete der Roboter.

Goshmo-Khan kehrte in die Zentrale zurück. Er erstattete dem wartenden Reginald Bull Bericht und schloss: »Es bleibt uns nichts anderes übrig, als mit der jetzigen Geschwindigkeit weiterzufliegen, bis wir die Energiestürme durchquert haben. Dann erst können wir damit rechnen, dass der Linearantrieb störungsfrei arbeitet. Jetzt wäre das Risiko zu groß.«

»Ich stimme Ihnen zu, Professor. Die Frage ist jedoch, welches Ausmaß das Sturmgebiet besitzt. Ich habe die ersten Analysen aus den wissenschaftlichen Sektionen erhalten. Die meisten widersprechen sich, aber es dürfte sicher sein, dass auch Gravitationsstörungen angemessen wurden. Damit taucht eine neue Theorie auf, mit der die stets schwankenden Entfernungsmessungen erklärt werden könnten.«

Goshmo-Khan nickte. »Ich weiß, worauf Sie anspielen. Die ungemein starken Gravitationsfelder bewirken eine Abweichung der Lichtstrahlen, die von den zu beobachtenden Sternen ausgesandt werden. Dadurch erhalten wir unterschiedliche Werte, weil sich diese Felder ständig verändern und wahrscheinlich auch mit beträchtlicher Geschwindigkeit wandern. Hinzu kommt, dass trotz scheinbar einwandfreier optischer Beobachtung und Positionsbestimmung an jener Stelle, an der wir den Stern vermuten, nichts ist.« Er seufzte. »Ich komme mir vor wie ein Mensch der Steinzeit, der vor seiner Höhle steht, zum Himmel emporschaut und sich die Frage stellt, was es mit den vielen hellen Lichtpunkten dort oben auf sich hat.«

»Wir sind auch in einer ähnlichen Lage, Goshmo-Khan. Wir stehen hilflos vor Naturereignissen, die wir nicht begreifen können. Aber wir werden nicht aufgeben. Wir fliegen weiter, ob wir nun Funkkontakt mit der Erde haben oder nicht. Und sobald die Posbis bestätigen, dass alle Anlagen arbeiten, gehen wir in den Linearflug. Wir werden nur ein paar Lichtjahre zurücklegen. Wenn wir Glück haben, stehen wir dann in der Nähe jener Sonne, die wir beobachtet haben.«

»Die Entfernung könnte geringer sein«, machte Goshmo-Khan ihn aufmerksam. »Ich schlage vor, wir aktivieren die Notschaltung, damit wir im Bruchteil einer Sekunde den Linearflug abbrechen können.«

»Einverstanden«, sagte Reginald Bull und nahm wieder vor dem Panoramaschirm Platz, der einen großen Teil der Kuppelwandung einnahm. Die Bildqualität war so perfekt, dass man glaubte, durch ein riesiges Fenster in den Weltraum zu blicken. Nur wenige Sterne waren zu sehen, und wenn man sie genauer betrachtete, konnte man feststellen, dass ihre Konstellationen eine fast symmetrisch anmutende Struktur besaßen.

Fellmer Lloyd, der seit längerem vor dem Schirm saß, schob eine Schreibfolie beiseite. Bully warf einen Blick auf die schematische Zeichnung, die der Telepath angefertigt hatte. »Was soll das bedeuten, Fellmer?«

»So genau weiß ich das selbst noch nicht, und ich möchte auch erst noch mit Vermutungen warten, bis die Astronomen ähnliche Schlüsse zu ziehen bereit sind. Immerhin lässt sich schon so viel sagen: Wir halten uns zwischen zwei Galaxien auf, die durch eine Sternenbrücke verbunden zu sein scheinen. Alle Sonnen, die wir beobachten können, stehen zwischen diesen beiden Milchstraßen und bilden ein breit gestreutes Band. Kein Wunder also, wenn es hier Gravitationsfelder gibt, die sich auch von den Posbis nicht mehr neutralisieren lassen.«

Goshmo-Khan hatte aufmerksam zugehört. Er studierte die Zeichnung und nickte beifällig. »Gut beobachtet, Fellmer. Ich bin überzeugt, Ihre Gedanken sind richtig. Die Frage bleibt nur, welche Schlüsse wir daraus ziehen müssen. Jedenfalls steht fest, dass die Kraftfelder der beiden Galaxien so etwas wie einen gigantischen Sonnentransmitter darstellen, dem wir unsere Rematerialisation hier zu verdanken haben. Aber wenn er uns empfangen kann, dann kann er uns auch wieder abstrahlen.«

Bully fragte trocken: »Und wohin?«

Der Wissenschaftler zuckte nur die Achseln.

Nach Stunden erst verringerte sich der Einfluss der Energiefelder. Die Instrumente der Messabteilungen begannen wieder zögernd zu arbeiten.

Pos-1 bestätigte die volle Einsatzbereitschaft aller Stationen. Bully, der sich in seine Kabine zurückgezogen hatte, wurde über Interkom unterrichtet. Wenige Minuten später betrat er die Kommandozentrale, wo er die leitenden Wissenschaftler bereits vorfand.

Der Roboter meldete: »Linearantrieb programmiert und fertig. Notschaltung aktiviert. Dauer des Flugs wurde auf eine Minute festgesetzt. Sie kann jederzeit durch die Automatik verkürzt werden, wenn wir in den näheren Gravitationsbereich einer Sonne geraten.«

»Danke, Pos-1«, sagte Bull und setzte sich vor die Hauptkontrollen. Er nickte den anderen zu. »Gibt es noch Bedenken von Ihrer Seite aus, meine Herren? Gibt es neue Fakten?«

»Keine, Sir«, antwortete einer der Wissenschaftler. »Ortung und Peilung noch immer schlecht, keine Hyperfunkverbindung zur Erde. Aber der Sturm hat nachgelassen.«

»Gut, dann sind wir uns einig. Erreichen der Lineargeschwindigkeit in …«, er warf einen Blick auf die Anzeige, »… in exakt zwölf Minuten und dreißig Sekunden.«

Linearflüge waren Routine, aber diesmal herrschten besondere Umstände. Und so war es kein Wunder, dass sich allmählich eine gewisse Nervosität bemerkbar machte. Die Minuten bis zum Eintritt in den Linearraum schienen so langsam wie Stunden zu vergehen.

Im Mittelpunkt des Panoramaschirms stand eine rötlich strahlende Sonne – der Zielstern. Manchmal hatte man den Eindruck, als stünde er nicht ruhig am selben Fleck, sondern verändere sprunghaft seine Position. Als beobachte man ihn durch eine unruhige Atmosphäre oder durch eine Wasserschicht, die das Licht brach.

Die Astronomen hatten bisher noch nicht feststellen können, ob

Planeten vorhanden waren, so ungenau waren die Messwerte. Einige Anzeichen wiesen allerdings auf das Vorhandensein mindestens eines Begleiters hin.

Bully lehnte sich zurück und sagte: »Noch zehn Sekunden.«

Sie starrten alle wie gebannt auf den Bildschirm. Das gewaltige Schiff glitt fast unmerklich in den Linearraum und erreichte damit von einer Sekunde zur anderen milliardenfache Lichtgeschwindigkeit.

In diesem Augenblick geschahen zwei Dinge gleichzeitig: Die Sonne auf dem Bildschirm schwoll mit rasender Geschwindigkeit zu einem riesigen, flammenden Feuerball an, in den man hineinzustürzen schien. Dann wanderte sie quer über den Bildschirm und verschwand an seinem Rand.

Die Notschaltung riss das Schiff in das Normaluniversum zurück und brachte es unter Lichtgeschwindigkeit. Damit war klar, dass die Gravitations-Toleranzgrenze unterschritten worden war. Erste Messwerte wurden ermittelt, während Pos-1 den Flug noch mehr drosselte. Auch die rote Sonne erschien wieder auf dem neu justierten Panoramaschirm. Sie war kleiner geworden. Die Astronomen bestätigten, dass man knapp an ihr vorbeigeflogen war und dass sie nun zwischen dem Schiff und der Erde stand. Die genauen Werte mussten noch ermittelt werden. Immerhin hatte die Robot-Automatik von BOX-7149 den direkten Sturz in die Sonne verhindern können.

Goshmo-Khan sagte: »Wir hatten bisher angenommen, der rote Stern stünde zwei oder zwanzig Lichtjahre von der Erde entfernt. So, wie ich das jetzt sehe, können es nur ein paar Lichtstunden sein. Wie ist das möglich?«

»Hier ist so ziemlich alles möglich, fürchte ich«, vermutete Bully mit erzwungener Lässigkeit. »Wir können froh sein, dass wir noch leben. Immerhin wissen wir nun, dass wir ein fernflugtaugliches Schiff besitzen. Das haben wir Ihnen zu verdanken, Professor.«

Goshmo-Khan grinste breit. »Keine Ursache, es waren rein egoistische Motive.«

Fellmer Lloyd stand auf und kam zu ihnen. »Ich habe ein paar Gedankenfetzen von Gucky aufgefangen. Er ist in der Kabine geblieben, bei seinem Kleinen Kondor.«

Goshmo-Khan polterte: »Langsam beginne ich an seinem Verstand zu zweifeln! Schleppt einen mumifizierten Leichnam mit sich herum, als wäre es ein Spielzeug! Sie sollten dafür sorgen, dass er endlich von Bord kommt.«

Bully sah Fellmer Lloyd an. »Was ist mit Gucky? Was denkt er?«

»Die Impulse sind genauso schwach und undeutlich wie die Messwerte, die unsere Wissenschaftler empfangen. Es muss aber etwas mit dem Glovaaren zu tun haben. Soll ich Kontakt über Interkom aufnehmen?«

»Nein, warten Sie, Fellmer.« Bull warf einen Blick auf den Schirm. Es hatte sich dort nichts geändert, und noch immer kamen die Daten spärlich herein. »Ich kümmere mich selbst um den Kleinen. Goshmo-Khan, übernehmen Sie inzwischen.«

Auch einige der Wissenschaftler kehrten in ihre Abteilungen zurück, während Bull den Weg zur Kabine des Mausbibers einschlug. Wie erwartet fand er ihn in der Nebenkabine, in der die Mumie lag.

Bull schloss die Tür und setzte sich. Lange Zeit betrachtete er den Glovaaren, ehe er fragte: »Etwas Neues, Gucky?«

Der Mausbiber schien unsicher. »Eigentlich nicht. Während der paar Sekunden Linearflug habe ich wieder Gedankenimpulse empfangen können, eigentlich mehr Emotionsmuster. Sie stammten zweifellos vom Kleinen Kondor. Er ist nicht tot, Bully! Er lebt in einer Daseinsform, die uns unbekannt ist. Es wäre Mord, wenn wir ihn dem Weltraum überließen.«

»Was waren das für Emotionen? Kannst du sie definieren?«

Der Mausbiber schüttelte den Kopf. »Nein. Aber ich meine, es waren keine freudigen Gefühle, die er mir zu übermitteln versuchte. Angst war dabei – und Sorge. Und eine schreckliche Erinnerung.« Er zögerte. »Ja, und dann noch so etwas wie Zeitlosigkeit.«

»Zeitlosigkeit? Was meinst du damit?«

»Keine Ahnung, Bully. Gedanken an Ewigkeiten und Unendlichkeiten. Erinnerungen an etwas, das schon sehr lange her ist.«

Bull legte den Arm auf den Tisch und stützte seinen Kopf in die rechte Hand. Abermals betrachtete er den Glovaaren eingehend. Dann meinte er: »Der Körper hat sich nicht verändert, obwohl er nun der Luft ausgesetzt ist. Trotzdem müssen wir ihn von der Medizinischen Abteilung untersuchen lassen, wenn wir ihn noch behalten wollen. Es ist möglich, dass unbekannte Bakterien vorhanden sind, die nun zu neuem Leben erwachen. Wir müssen vorsichtig sein.«

»Aber wir beobachten ihn weiter?«, vergewisserte sich Gucky.

»Selbstverständlich, Kleiner. Ich bin genauso neugierig wie du, was dabei herauskommen wird. Mich macht nur stutzig, dass ein Toter denken kann, denn Emotionsmuster sind Gedanken, das kann niemand abstreiten. Selbst Goshmo-Khan nicht.«

»Hat er wieder protestiert? Ich hatte keine Zeit, auf eure Gedanken zu achten.«

»Er hat wenig Verständnis dafür, dass du Interesse an einer Mumie zeigst. Nimm es ihm nicht übel, er ist ein wenig pedantisch.«

»Er ist ein genialer Grobian«, behauptete Gucky.

»Sei nachsichtig, bitte. Du kennst die Situation?«

»Einigermaßen. Ich habe hin und wieder gelauscht.« Er zögerte einen Moment, dann setzte er hinzu: »Übrigens muss Fellmer geschlafen haben, oder hat er dir etwas von Gedankenimpulsen gesagt, die nicht von unseren Leuten stammen?«

Bully sah den Mausbiber forschend an. »Wie meinst du das – nicht von unseren Leuten?«

»Gedankenimpulse, die alle von außerhalb des Schiffs kommen müssen. Ich kann sie nicht identifizieren, aber sie sind manchmal da. Irgendjemand dort draußen denkt! Die Muster sind mit denen des Kleinen Kondors verwandt.«

»Du willst doch nicht damit andeuten …?«

»Warum denn nicht? Der Kleine Kondor wurde bei der Materialisierung der Erde in das Howalgonium gezogen, wahrscheinlich durch einen ungewollten Transmittereffekt. Also muss er sich in der Nähe aufgehalten haben, tot oder lebendig. Oder beides. Also scheint es nicht unmöglich zu sein, dass sich sein Volk in geringer Entfernung aufhält. Vielleicht auf einem der Planeten der Sonne, die wir angesteuert haben.«

Das war ein völlig neuer Aspekt, an den noch niemand gedacht hatte.

»Unsere Astronomen sind noch dabei, Daten zu sammeln. Wir wissen nicht einmal, ob der Stern Planeten hat. Wir haben keine Verbindung zur Erde, deren Position wir noch nicht bestimmen können. Wir kennen auch nicht den Teil des Universums, in dem wir uns befinden. Ist dir eigentlich bewusst, Gucky, dass wir uns in einer Situation wie dieser noch niemals befunden haben? Sie ist ausweglos, und das, was wir jetzt tun, ist sinnlos.«

Der Mausbiber warf seinem alten Freund einen forschenden Blick zu, dann schüttelte er entschieden den Kopf. »Du wirst doch nicht resignieren, Dicker? Das gibt es doch gar nicht! Ausweglos! Wie kannst du so etwas behaupten? Wir haben Kontakt – zu einem Volk, das in diesem Sektor des Universums zu Hause ist. Es benötigt Hilfe, das geht einwandfrei aus den Emotionsmustern hervor. Wir benötigen ebenfalls Hilfe. Damit sind alle Voraussetzungen zu einem Bündnis gegeben.«

Bull erhob sich. An der Tür blieb er noch einmal stehen. »Vielleicht hast du Recht, Gucky. Ich sollte manchmal etwas optimistischer sein. Jedenfalls werde ich eine medizinische Untersuchung für deinen Glovaaren anordnen, um kein Risiko einzugehen. Vielleicht müssen wir ihn in die Isolierstation verlegen, aber wir werden ihn behalten. Bist du einverstanden?«

Gucky blieb sitzen. »Natürlich bin ich einverstanden. Aber ich würde dir doch raten, unsere Astronomen und Astrophysiker ein bisschen auf Trab zu bringen. Die Messverhältnisse mögen noch so schlecht sein, aber etwas lässt sich garantiert ermitteln. Dieses Etwas könnte unsere Rettung sein.«

Bully nickte ihm zu und ging.

Als Bull den Astronomischen Sektor von BOX-7149 betrat, empfing ihn eine hektische Atmosphäre. Jeder der zahllosen Schirme zeigte die Pyramide aus einem anderen Winkel.

Es handelte sich um eine Pyramide, die – zweidimensional betrachtet – ein gleichschenkeliges Dreieck war. Aber natürlich war es keine Pyramide, sondern das Gebilde erinnerte vielmehr an ein Prisma. Die Kantenlänge betrug laut Datenmessung sechshundert Meter, die Länge des gesamten Objekts etwas mehr als anderthalb Kilometer. Aus der stumpfen und wie abgeschnitten wirkenden Heckseite ragten drei gewaltige Röhren hervor, bei denen es sich offensichtlich um Abstrahldüsen handelte. Sie waren hundert Meter lang und hatten einen Durchmesser von fünfzig Metern. Die Seiten des »Prismas« waren mit Hunderten von scharfkantigen und verschieden langen Auswüchsen versehen, die an Ortungsantennen erinnerten.

»Was ist denn das?«, fragte Bully den leitenden Astronomen.

»Wir sind gerade dabei, die eintreffenden Werte zu koordinieren. Jedenfalls handelt es sich um einen künstlichen Körper, der antriebslos ist. Vielleicht ein verlassenes Raumschiff, ein Wrack oder gar eine gewaltige Raumstation. Wir werden es herausfinden.«

»Warum verlassen? Gibt es Beweise für die Vermutung?«

»Es gibt keine Beweise, aber der Flugkörper treibt führerlos dahin, vielleicht sogar in einer Kreisbahn um den roten Stern. Wir haben das noch nicht berechnen können. Ganz in der Nähe stehen noch weitere Sonnen, es ist also möglich, dass der Raumkörper dort um mehrere Sonnen kreist, von deren Gravitationsfeldern er eingefangen wurde. Vielleicht sollten wir versuchen, Kontakt mit eventuellen Überlebenden aufzunehmen.«

»Überlebenden?«

»Ja, auch wenn das Schiff führerlos ist, wir können nicht auszuschließen, dass sich noch immer lebendige Wesen an Bord aufhalten.«

Bull nickte. »Versuchen Sie noch mehr Messwerte zu erhalten und bleiben Sie in Verbindung mit der Kommandozentrale. Ich rufe von dort aus in zehn Minuten zurück und erwarte weitere Informationen. Geben Sie mir über Interkom stets ein Bild auf den Panoramaschirm.«

Bull stattete der Medizinischen Abteilung noch einen kurzen Besuch ab und ordnete die Untersuchung des Kleinen Kondors an, dann eilte er in die Kommandozentrale.

Goshmo-Khan saß vor dem Panoramaschirm, auf dem groß und deutlich das merkwürdige Prismagebilde zu sehen war. Bull nahm neben ihm Platz. »Nun, Professor, was sagen Sie dazu?«

Goshmo-Khan wandte den Blick nicht ab. »Was soll ich dazu sagen? Das Ding treibt mit uns durch das energetische Chaos dieses Abschnitts des Universums. Eigentlich sollten wir es uns näher ansehen.«

»Das habe ich auch vor. Aber wir müssen uns die Art unseres Vorgehens genau überlegen. Sollte es dort drüben fremdartige Intelligenzen geben, so werden sie uns ebenfalls beobachten, und sie werden ebenso misstrauisch sein wie wir. Vorerst warten wir noch weitere Daten ab. Die Messungen scheinen exakter zu werden.« Mit einem Griff schaltete Bully den Interkom ein und wählte Fellmer Lloyds Kabine. Der Telepath antwortete sofort. »Wir brauchen Sie hier, Fellmer«, sagt Bully. »Ein fremdes Objekt ist gesichtet worden, vielleicht eine Raumstation.«

»Ich komme sofort.«

Goshmo-Khan meinte unwillig: »Wie soll er uns helfen? Ein Telepath!«

»Und ein Orter!«, betonte Bully. »Er kann Hirnwellenmuster aufnehmen und identifizieren. Wenn also jemand dort drüben in der Station ist, findet er das auch heraus. Wir ersparen uns eine Menge Arbeit.«

»Da ist niemand in der Station, sonst hätte man uns schon etwas auf den Pelz gebrannt.«

Bull schüttelte missbilligend den Kopf. »Sie denken zu kriegerisch, mein Freund. Nicht jeder schießt erst und fragt dann.«

Goshmo-Khan knurrte etwas Unverständliches in seinen Bart. Er wurde einer weiteren Stellungnahme enthoben, weil in diesem Augenblick Fellmer Lloyd die Zentrale betrat.

»Impulse!«, rief er erregt, noch ehe er am Kontrollstand war. »Ich habe Muster auffangen können, und die Quelle ist nicht weit entfernt. Aber es sind ganz andere Impulse und Muster, als ich sie vom Kleinen Kondor her kenne. Wo ist der überhaupt? Haben Sie ihn schon ...?«

»Er muss jetzt in der Medizinischen Abteilung sein«, sagte Bull. »Ich nehme an, Gucky ist ebenfalls dort. Sie sagten, Sie empfangen Gedankenmuster? Welcher Art, Fellmer?«

»Undefinierbar!« Er sah auf den Panoramaschirm. »Ist das die Station? Dann werden wir gleich wissen, ob die Muster von dort kommen. Ich muss mich nur konzentrieren können. Ich setze mich drüben an den Platz des Navigators. Er ist unbesetzt.«

Gucky materialisierte. »Der Kleine Kondor wird untersucht. Aber ich habe Impulse empfangen, die nicht von ihm stammen. Fellmer auch, wie ich gerade erfahre. Kommen sie aus dem Ding da?« Er deutete auf die vermeintliche Station, die in geringer Entfernung dahintrieb. »Ja, sie kommen von dort! Ich empfange sie sehr stark, aber sie ergeben keinen Sinn. Wieder Gefahr und eine schreckliche Erinnerung. Zeitlosigkeit und Ewigkeit. Irgendetwas wartet auf irgendetwas.«

Fellmer Lloyd kehrte zu ihnen zurück. Er hatte Guckys Worte gehört. »Er hat Recht, ich empfange diese Muster auch. Die Station ist nicht verlassen. Sie treibt zwar steuerlos durch den Raum, aber jemand lebt in ihr. Und nicht nur ein einziges Lebewesen, sondern eine große Anzahl von ihnen. Doch sie denken nicht koordiniert, sondern mehr wie im Halbschlaf, also unbewusst. Ähnlich wie der Kleine Kondor.«

Bull betrachtete das seltsame Gebilde, das neben ihnen dahinzog. Es besaß keinen energetischen Schutzschirm und anscheinend auch keine Waffen. Es schien antriebslos und ohne Besatzung zu sein, und trotzdem war etwas in ihm, was Gedanken ausschickte.

»Wir werden eins der Robotbeiboote hinüberschicken«, entschied er schließlich.

»Warum denn das? Ich werde teleportieren, das ist einfacher.«

Bully sah Gucky zweifelnd an. »Du allein! Das kommt überhaupt nicht in Frage! Ich werde dich begleiten. Fellmer, was ist mit Ihnen?«

»Mich fragt wohl niemand?«, erkundigte sich Goshmo-Khan.

»Sie übernehmen hier das Kommando«, ordnete Bull an. »Gucky hat Recht mit dem Vorschlag, zu teleportieren. Wenn wir ein Beiboot ausschleusen, könnte das die Fremden zu einer Kurzschlusshandlung veranlassen. Wenn wir aber völlig unerwartet in ihrer Station erscheinen, haben sie keine Zeit zu einer Reaktion. Außerdem können wir uns die Fremden zuerst einmal ansehen, bevor wir uns bemerkbar machen. Wir legen Schutzanzüge an und nehmen Handwaffen mit.«

»Und ich sitze hier und schaue zu?«, fragte Goshmo-Khan enttäuscht.

»Sie sind unsere Rückendeckung«, tröstete ihn Bully. »Wir werden sie vielleicht bitter nötig haben.«

8.

Goshmo-Khan ließ die Schutzschirme von BOX-7149 ausschalten, um den Teleportersprung Guckys und seiner Begleiter nicht zu behindern. Der Mausbiber war außerdem vorsichtig genug, nicht die vermutliche Quelle der Emotionsmuster und Gedankenimpulse anzupeilen, sondern einen anderen Punkt in der Station, die etwa dreihundert Meter davon entfernt war. Trotzdem war es ein Sprung ins Ungewisse.

Sie rematerialisierten in einem dreieckig angelegten Raum, der nur schwach durch künstliches Licht erhellt wurde, das aus den glatten Wänden drang. Der Raum war leer. Nicht ein einziges Möbelstück war zu entdecken. Es gab nur den fugenlosen Boden, die kahlen Wände und die ebenso kahle Decke.

Bully ließ den entsicherten Handstrahler langsam sinken. »Impulse?«, fragte er leise. Gucky und Fellmer Lloyd nickten gleichzeitig, sagten aber nichts.

In einer der drei Wände war eine Öffnung eingelassen, die in einen anderen Raum führte, der ebenfalls dreieckig war. Sie betraten ihn vorsichtig und mussten feststellen, dass er genauso leer war wie der erste – bis auf einen Unterschied: In einer der Ecken lagen auf einem niedrigen Gestell drei Glovaaren. Sie sahen so aus wie der Kleine Kondor und trugen eine ähnliche Bekleidung, wenn auch von anderer Farbe. Auch sie waren mumifiziert und tot. Gucky bestätigte, dass sie keine Gedankenimpulse aussandten.

Fellmer Lloyd machte Handzeichen, dann kommentierte er über den Helmfunk: »Atmosphäre! Sie strömt von irgendwoher herein. Unser Erscheinen muss den entsprechenden Mechanismus ausgelöst haben. Die Zusammensetzung ist mit unserer normalen Atemluft identisch.«

»So ein Zufall!«, entfuhr es Gucky, dann öffnete er behutsam den Helm und schnupperte. »Riecht gut. Aber Vorsicht ist besser als Nachsicht.« Er schloss den Helm wieder. »Drei Kleine Kondore – und auch sie sind tot. Wir müssen weitersuchen, denn es gibt noch Leben in der Station. Wir werden es finden.«

Sie erreichten wenig später einen Korridor, dessen Wände nach oben schräg verliefen. Sie endeten in einer nur wenige Zentimeter breiten Decke in drei Metern Höhe. Unter diesem schmalen Deckenverband verlief eine armdicke, silbern glänzende Leitung. Sie folgten ihr, aber die Außenmikrofone der Schutzanzüge verrieten kein Geräusch, obwohl der Boden hart und unnachgiebig war. Der Laut ihrer Schritte wurde von ihm verschluckt.

»Wir richten uns nach der telepathischen Peilung«, sagte Gucky. »Langsam kommen wir näher.«

Aber zuerst gelangten sie in einen riesigen halbrunden Raum, der allem Anschein nach die Kommandozentrale der Station war. Zum ersten Mal erblickten sie technische Einrichtungen der Glovaaren. Es gab Schirme in der Form gleichschenkliger Dreiecke, eine geometrische Figur, die von den Fremden bevorzugt wurde. Die Sessel vor den Kontrollen verrieten eindeutig, dass sie einst zur Bequemlichkeit von Glovaaren gedient hatten, und in einigen von ihnen saßen auch welche – regungslos und tot.

Gucky sagte voller Bedauern: »Warum müssen wir sie immer nur tot vorfinden? Seit ich den Kleinen Kondor entdeckt habe, ist es mein sehnlichster Wunsch, dieser Rasse zu begegnen. Es muss ein friedfertiges Volk sein, denn bisher haben wir noch keine Waffen bei ihnen entdecken können. Und sie scheinen ohne fremde Einwirkung gestorben zu sein, genauso friedlich, wie sie gelebt haben mögen. Aber warum nur?«

Fellmer Lloyd legte ihm die Hand auf die Schulter. »Ich verstehe deine Gefühle, Gucky, denn mir ergeht es ähnlich. Aber wir sollten nicht den Fehler machen, uns selbst zu täuschen. Wir kennen die Glovaaren nicht und wissen somit nichts von ihrer wahren Natur. Wir kennen sie nur tot.«

»Und tot ist jeder friedfertig!«, fügte Bull ruhig hinzu.

»Euer ewiges Misstrauen Fremden gegenüber bringt euch noch eines schönen Tages um!«, keifte der Mausbiber wütend, obwohl er die Berechtigung der Bemerkung anerkennen musste. Auch zu große Vertrauensseligkeit hatte schon vielen Völkern der Milchstraße den Untergang gebracht. »Ein Blinder sieht doch, dass die Glovaaren niemandem Böses antun können.«

»Aber wir sind nicht blind!«, sagte Bull, und sein Tonfall verriet, dass er nicht weiter diskutieren wollte. »Auf der Station gibt es auch keine lebenden Glovaaren mehr, sodass alle unsere Urteile voreilig wären. Kümmern wir uns um die technische Einrichtung.«

Gucky erwiderte ohne jede Emotion: »Ich meine, wir sollten uns um die Gedankenimpulse kümmern, die noch immer vorhanden sind. Irgendetwas hier lebt, Bully! Ist das nicht wichtiger als jede Technik?«

Für einen Augenblick schien Bull verwirrt zu sein, dann sagte er: »Beides scheint mir wichtig zu sein.«

»Ich bin stets für Kompromisse«, meinte Gucky ohne Ironie. »Untersuche du die Kommandozentrale, während ich mich auf die Suche nach Leben begebe. Die Quelle der Impulse ist keine hundert Meter von hier entfernt. Fellmer und ich haben eine Peilung vorgenommen. Im Bug der Station muss es sein.«

Bully nickte und nahm in dem Sessel Platz, der vor dem riesigen Dreiecksschirm elastisch im Boden befestigt war. Die Lehnen waren ungewöhnlich geformt und unbequem, wenigstens für ein humanoides Wesen. Für einen Glovaaren mochten sie den höchsten Luxus bedeuten. Aufmerksam studierte er die Kontrollen und versuchte, ihre Funktionen zu ergründen. Gucky und Fellmer Lloyd verließen die Kommandozentrale durch einen zweiten Ausgang, der in einen breiten Korridor führte, ebenso geformt wie die anderen.

»Es kann nicht weit sein, Fellmer. Ich empfange ganz klar telepathische Botschaften, kann sie aber zu meinem Erstaunen nicht definieren. Es gibt doch keinen telepathischen Kode!«

»Natürlich nicht, Gucky. Aber wir wissen ja auch nicht, mit wem wir es zu tun haben. Es könnte anders denken als wir.«

Gucky blieb stehen. »Anders denken? Daran hatte ich noch nicht gedacht. Sollte das möglich sein?«

»Alle unsere bisherigen Erfahrungen in der Telepathie sprechen dagegen, aber vergiss nicht, Gucky, dass wir uns in einem unbekannten Sektor des Universums aufhalten. Wir sind Naturphänomenen begegnet und ausgesetzt, die fremd und unerklärlich sind. Wir finden Tote, die denken können. Wir werden mit Dingen konfrontiert, die unser bisheriges Denken und Wissen glatt über den Haufen werfen. Warum also auch nicht Intelligenzen, die anders denken als wir und die wir somit auch nicht verstehen können?«

Gucky wirkte sehr nachdenklich, als sie weitergingen. Fellmer las die Verwirrung und Bestürzung in seinen Gedankenimpulsen. Ihm erging es ähnlich. Das Denken an sich war ein universelles Phänomen. Welche Sprache auch immer ein intelligentes Wesen sprach, telepathisch konnte man sie stets verstehen. Die Laute spielten keine Rolle, nur der Gedanke. Man konnte anders sprechen, aber man konnte niemals anders denken.

Sie betraten einen Saal, nachdem sie sich vorher vergewissert hatten, dass kein Geräusch zu hören war. Die Quelle der ständig auf sie einströmenden Impulse musste noch etwa fünfzig Meter vor ihnen sein.

Wie vom Blitz getroffen blieben sie stehen. An den drei Wänden standen niedrige Podeste, immer in zwei Etagen und nur von schmalen Gängen unterbrochen. Auf ihnen lagen mehrere Dutzend Glovaaren, in Reih und Glied aufgereiht, mit ihren farbigen Kombinationen angezogen – und tot. Manche hatten die Augen geöffnet, und diese Augen starrten ins Nichts. Sie boten einen unheimlichen Anblick, der seine Wirkung auf die beiden Betrachter nicht verfehlte.

Ganz vorsichtig wagte Gucky wieder zu atmen, dann flüsterte er: »Sie sind tot, so tot wie der Kleine Kondor. Wenn sie wirklich Gedankenimpulse aussenden, dann werden sie von den anderen – den mechanischen – überlagert. Welche Katastrophe mag sich hier abgespielt haben?« Er machte eine kurze Pause. »Wer weiß? Sie sind alle mumifiziert – wenigstens sehen sie so aus. Vielleicht ist das auch ihr natürlicher Zustand, und wir schließen einfach von uns auf andere.«

»Warum mögen sie wohl gestorben sein? Und in dieser Ruhe, in dieser Gelassenheit! So als ob der Tod eine Erlösung für sie bedeutet hätte. Sie haben sich zum Sterben hingelegt – wie um Ruhe zu finden. Ruhe vor etwas anderem, das schrecklicher als der Tod gewesen sein muss. Ein Schicksal vielleicht, das uns noch bevorsteht ...«

Gucky gab sich einen Ruck. »Rede keinen Unsinn, Fellmer! Das hier ist schon lange her, Jahrtausende vielleicht. Vergiss nicht, dass erst bei unserem Eindringen Luft in die Station geströmt ist. Die Leichen lagen unter Weltraumbedingungen hier. Das bedeutet, dass sie sich seit der Katastrophe nicht mehr verändert haben, solange sie auch zurückliegen mag.«

Fellmer Lloyd murmelte: »Die Sternenbrücke zwischen den beiden Galaxien ... Weißt du, wie lange es dauert, bis eine solche Brücke entsteht? Weißt du, wie lange die Ewigkeit dauert?«

»Ziemlich lange«, vermutete Gucky und stieß Lloyd auffordernd an. »Das hat Zeit bis später. Hier können wir nichts mehr tun. Gehen wir weiter. Ich will endlich wissen, wer nun wirklich auf dieser Station noch denkt.«

»Du meinst: außer uns?«

»Richtig. Komm!«

Sie verließen den Saal durch eine dreieckige Öffnung. Richtige Türen schien es nicht zu geben, denn es war kein Mechanismus zu erkennen, der einen Raum von dem anderen trennte. Die Instrumente der Anzüge zeigten eine überall konstante und für Menschen erträgliche Temperatur an. Auch die Luftzusammensetzung veränderte sich nicht. Trotzdem hielten die beiden Mutanten ihre Helme geschlossen.

Ein langer und endlos erscheinender Korridor nahm sie auf. Gucky schaltete die auf ihn einströmenden Gedankenimpulse aus und peilte Bully an, der in der verlassenen Kommandozentrale die Instrumente und Kontrollen inspizierte. Es gab keine Neuigkeiten.

»Wir müssen bald da sein«, sagte Fellmer Lloyd.

»Nur noch wenige Meter«, antwortete Gucky, der sofort umschaltete. »Dort vorn ist eine Öffnung. Dahinter müsste es sein.« Ganz gegen seine sonstigen Gepflogenheiten zog er den Strahler aus dem Gürtel und entsicherte ihn. »Wir müssen vorsichtig sein.«

»Glaubst du an eine Gefahr? Es kann sich nur um überlebende Glovaaren handeln, und du bist doch davon überzeugt, dass sie friedfertig veranlagt sind.«

»Sei auf alles gefasst!«, warnte der Mausbiber ernst. »Schließlich können ja die Glovaaren auch nicht wissen, wie wir eingestellt sind.«

Hinter der dreieckigen Öffnung lag ein leerer Saal. Wenigstens war er leer – bis auf die Decke.

»Was ist denn das?«

Gucky wich zurück, bis er mit dem Rücken die Wand berührte. Er starrte zur Decke des Raumes empor und versuchte zu begreifen, was er dort sah. Die Decke mochte etwa dreißig Meter hoch sein, und von ihr herab hingen seltsame Gebilde, die ohne Ausnahme rechteckig waren – ein krasser Gegensatz zu den bisherigen dreieckigen Formen.

Ihre Dicke betrug kaum mehr als fünf Zentimeter, aber sie waren verschieden groß. Einige maßen nur zwei mal fünf Meter, andere wiederum wesentlich mehr, und es gab welche, die fast von der Decke bis zum Boden reichten. Die Gedankenimpulse kamen von ihnen.

Die beiden Mutanten wagten sich kaum zu rühren, während sie gegen die Decke starrten. Gleichzeitig wurden die auf sie einströmenden Impulse intensiver, wenn auch nicht verständlicher.

Es war so, als versuchten Telepathen Kontakt mit Nichttelepathen aufzunehmen, wobei sie äußerst behutsam und doch mit Nachdruck vorgingen. Verständlicher wurden auch die Emotionsmuster. Mit ziemlicher Deutlichkeit konnten Gucky und Fellmer Lloyd freudige Gefühlsregungen unterscheiden, die an Intensität die früher beobachtete Resignation und Verzweiflung übertraf. Das wirre Durcheinander jedoch blieb vorerst erhalten.

»Das sind doch keine Lebewesen«, hauchte Fellmer Lloyd. »Es sind künstlich hergestellte Module aus einem unbekannten Material, das sehr widerstandsfähig aussieht. Könnten es Speicher für telepathische Botschaften sein?«

»Du fragst mich zu viel, Fellmer. Ich habe noch nie gehört, dass sich telepathische Gedankenimpulse speichern und nach Belieben abrufen lassen.«

»Das tun sie ja auch nicht. Die Koordinierung ist ausgefallen, und jede Platte handelt für sich selbst – und denkt. Immerhin ist der Gedanke allein schon faszinierend, dass es einem Volk gelungen sein soll, durch solche Impulsspeicher Kontakt zu Telepathen aufzunehmen. Ich glaube, Gucky, wir haben eine unglaubliche Entdeckung gemacht.«

Es war wie das Wispern von hundert Stimmen in ihrem Bewusstsein. Jede schien versuchen zu wollen, sich ihnen verständlich zu machen, ihnen etwas Wichtiges mitzuteilen, und wenn die Mutanten nun auch schon einzelne Informationen gut empfangen und verstehen konnten, so war das Durcheinander doch noch zu groß.

»Wenn wir eines der Module von der Decke nehmen und von den anderen isolieren könnten …«, murmelte Gucky.

»Sie scheinen fest mit der Decke verwachsen zu sein. Ich glaube, den Versuch lassen wir lieber. Es ist auch schon besser geworden.«

Es wurde in der Tat immer besser. Hinzu kam, dass es den Telepathen gelang, die einzelnen Muster zu unterscheiden und die schwächeren ganz auszuschalten. Allmählich schien sich auch eine gewisse Koordination herauszuarbeiten. Mehrere der Module einigten sich auf eine identische Berichterstattung. Zur Enttäuschung der beiden Mutanten kam jedoch nicht viel dabei heraus. Einhellig blieb lediglich der Eindruck einer gewaltigen kosmischen Katastrophe in ihrem Bewusstsein haften. Welcher Art die Katastrophe war, fanden sie nicht eindeutig heraus, jedoch schien sich Fellmer Lloyds Theorie allmählich zu bestätigen.

»Wir sollten versuchen, Kontakt mit ihnen aufzunehmen«, riet Gucky schließlich. »Es hat keinen Sinn, wenn wir untätig abwarten. Vielleicht müssen sie ordentlich geschockt werden, damit sie aus ihrem technischen Halbschlaf erwachen.«

»Es könnte auch sein, dass die energetischen Stürme dieses Gebietes die Programmierung durcheinander brachten. Teile der Speicherung können ungewollt gelöscht worden sein. Was wir empfangen, sind vielleicht nur Fragmente.«

»Trotzdem bin ich für Kontaktaufnahme. Versuchen wir es gemeinsam, das ist wirkungsvoller.«

Fellmer Lloyd war einverstanden. Sie gaben sich die Hände, um ihre Gedankenströme zu verstärken. Dann konzentrierten sie sich auf das größte der Module.

Bully beendete seine Inspektion der Kontrollen und musste zugeben, dass er nicht viel erfahren hatte. Natürlich war es ihm nicht schwer gefallen, einige Funktionen zu erraten und maschinelle Zusammenhänge zu erkennen, aber die Frage nach der Art der Energieerzeugung blieb vorerst unbeantwortet. Hinzu kam, dass alle Instrumente den Händen der Glovaaren angepasst waren und in ihrer Form oft verwirrend wirkten.

Er saß im Sessel und wartete auf die Rückkehr der beiden Mutanten. Den Interkom wollte er nicht aktivieren, um sie bei ihrer telepathischen

Arbeit nicht zu stören. Wenn sie Hilfe benötigten, würden sie sich schon selbst melden.

Hinter sich hörte er plötzlich ein Geräusch. In dem Glauben, die beiden Freunde kehrten zurück, blieb er ruhig sitzen und fragte: »Na, was gefunden?«

Keine Antwort. Langsam drehte er sich um – und blickte in die Augen eines Glovaaren, der in einem anderen Sessel gelegen hatte und sich nun aufrichtete. Ein eisiger Schreck lähmte Bull fast, und aus den Augenwinkeln heraus sah er, dass auch die anderen toten Vogelwesen aus ihrer Starre erwachten. Schweigend betrachteten sie ihn, aus forschenden und klugen Augen, in denen sich Hoffnung und Furcht vermischten. Feindseligkeit war in ihnen jedenfalls nicht zu erkennen.

Bull hatte schon einer Vielzahl von Intelligenzen gegenübergestanden, aber diesmal kamen einige neue Aspekte hinzu, vor allen Dingen die Tatsache, dass diese Wesen bisher tot gewesen waren. Während er so ruhig wie möglich den forschenden Blicken begegnete, rief er in Gedanken die beiden Telepathen an. Er konnte nur hoffen, dass sie nicht so sehr von ihrer Aufgabe in Anspruch genommen wurden, um ihn zu überhören. Nach dem Strahler wagte er nicht zu greifen. Es gab ja noch keinen Grund dazu – noch nicht wenigstens.

Drei oder vier der Glovaaren erhoben sich und streckten ihre Glieder, als wären sie aus einem langen Schlaf erwacht. Bully konnte sie nicht alle gleichzeitig im Auge behalten, aber vorsichtshalber bereitete er sich auf ein plötzliches Aufspringen vor. Dabei dachte er unablässig an Gucky und Fellmer Lloyd, immer in der Hoffnung, sie würden auf ihn aufmerksam werden.

Ein Glovaare mit gelber Kombination, ähnlich gekleidet wie der Kleine Kondor, näherte sich Bull und blieb dicht vor ihm stehen. Er sah ihn stumm an, und es war offensichtlich, dass er versuchte, telepathischen Kontakt aufzunehmen. Kannten sie keine Lautsprache?

Unwillkürlich zuckte Bull mit den Schultern, obwohl er sicher sein konnte, dass sie die Bedeutung der Geste nicht kannten, doch wenn sie Telepathen waren, mussten sie seine gesprochenen Worte verstehen.

»Wir fanden Ihre treibende Station und wollten versuchen, Ihnen zu helfen. Verzeihen Sie unser Eindringen. Wir können nur hoffen, dass kein Schaden angerichtet wurde.«

Die Hand des Glovaaren kam unerwartet und blitzschnell nach vorn. Die Finger umklammerten den Griff von Bulls Strahler, und ehe dieser reagieren konnte, hatte das Wesen ihn entwaffnet. Es trat zurück und übergab den Strahler einem anderen Glovaaren, der ihn eingehend untersuchte und dann in einem Schrank verschwinden ließ.

Bully hielt es für günstiger, nicht zu protestieren. Er war hier der ungebetene Eindringling. Wenn die Mutanten zurückkehrten, würden sie als perfekte Telepathen Kontakt mit den Fremden aufnehmen und das Missverständnis aufklären.

Was Bull viel mehr beschäftigte, war die Frage, wieso Tote wieder lebendig werden konnten ...

Der Kontakt zum Speichermodul blieb einseitig. Entweder nahm es die konzentrierten Impulse der beiden Mutanten nicht an, oder seine eigene automatische Sendung überlagerte sie. Jedenfalls kam keine Verständigung zustande.

»So geht es also nicht«, stellte Gucky fest und entspannte sich. »Das Ding reagiert nicht. Vielleicht hat es einen Knacks.«

»Wenn, dann haben sie alle einen Knacks«, knurrte Fellmer Lloyd. »Sollten wir nicht lieber zurück zu Bully?«

Gucky sah zur Decke empor. »Hier können wir nicht mehr viel ausrichten.« Er stutzte und kniff die Augen zusammen, während er in sich hineinlauschte. »Da sind neue, starke Impulse, Fellmer! Die Muster gleichen jenen des Kleinen Kondors, als er noch im Howalgonium steckte und seine Hilferufe ausschickte. Ja, die gleichen Muster – und eine ganze Menge.«

»Ich empfange sie jetzt auch.«

»Aber von Bully keine Spur. Wenn er wirklich ausnahmsweise mal denkt, werden seine Impulse von den anderen überlagert. Fellmer, mir kommt da ein verrückter Gedanke. Los!«

Ohne eine Antwort abzuwarten, ging er an Fellmer Lloyd vorbei, in den Korridor hinein, der zu dem großen Raum mit den Glovaaren führte. Kurz bevor sie den Saal erreichten, in dem fast hundert Glovaaren auf ihren Podesten ruhten, verlangsamte er seine Schritte und blieb schließlich stehen.

»Die Impulse«, flüsterte er. »Das ist doch unmöglich!«

»Sie kommen von den Vögeln«, gab Fellmer Lloyd ebenso leise zurück. »Sie denken wieder – wie dein Kleiner Kondor.«

»Aber anders! Sie unterhalten sich, und zwar telepathisch. Zu hören ist nichts. Das müssen wir uns mal ansehen.«

Sie betraten den Raum und erlebten eine ähnliche Überraschung wie Bully in der Kommandozentrale. Überall auf den Podesten hatten sich die scheinbar toten Glovaaren aufgerichtet, streckten sich und stelzten dann unbeholfen hin und her, als wollten sie das gestockte Blut wieder in Fluss bringen. Dabei tauschten sie stumme Informationen aus, ein deutlicher Hinweis auf eine rein telepathische Kommunikation.

Einige von ihnen bemerkten die Eindringlinge. Da sie keine Anstalten machten, eine feindliche Stellung einzunehmen, verzichtete Gucky darauf, sich und Fellmer Lloyd in Sicherheit zu teleportieren. Er versuchte vielmehr, Kontakt aufzunehmen, und da es sich bei seinen »Gesprächspartnern« ebenfalls um Telepathen handelte, war die Verständigung kein Problem.

Wir kamen, um euch zu helfen, teilte er den Glovaaren telepathisch mit, und er benutzte dabei fast die gleichen Worte wie auch Bully. *Euer Zustand war besorgniserregend, und wir glaubten schon, nichts mehr tun zu können.*

Einer der Glovaaren, gelb gekleidet wie der Kleine Kondor, erwiderte nach einigem Zögern: *Nur Telepathen konnten uns aus dem ewigwährenden Schlaf erwecken. Es ist gut, dass ihr gekommen seid. Ihr habt die Katastrophe überlebt?*

Es wurde Gucky bewusst, dass noch viele Fragen geklärt werden mussten, ehe sie wirklich begriffen, was geschehen war. Wichtig war im Augenblick, dass man sich mit den Glovaaren verständigen konnte.

Bis jetzt ja, wich er einer direkten Antwort aus. *Wir fanden den Saal mit den denkenden Modulen, und als wir Kontakt mit ihnen aufnehmen wollten ...*

Es sind Imphts, Speicher für telepathische Information. Sie sind nun überflüssig geworden, denn ihr habt uns geweckt. Ihr werdet alles durch uns erfahren, was ihr wissen müsst. Uns aber könnt ihr nicht mehr helfen, denn unser Leben ist nur von kurzer Dauer. Aber die Zeitspanne muss zur Information genügen, denn ihr müsst jenen helfen, die von uns dann übrig bleiben ...

Er kam nicht weiter, denn unter den anderen Glovaaren entbrannte eine heftige und in ihrer Lautlosigkeit gespenstisch anmutende Diskussion, die bald in Handgreiflichkeiten ausartete. Um Gucky und Lloyd kümmerte sich niemand mehr, aber die beiden Mutanten bemerkten, dass ihnen – unbewusst oder gewollt – der Rückzug abgeschnitten wurde. Ein dichter Kordon der Vogelwesen besetzte den Ausgang.

Das störte Gucky wenig, denn er konnte ja noch immer teleportieren und Fellmer Lloyd mitnehmen. Ein Sprung zu Bull, dann in BOX-7149 – und man war in Sicherheit.

Es bildeten sich offensichtlich zwei Gruppen, von denen jede eine andere Meinung vertrat. Soviel Gucky herausfinden konnte, wollte die eine die Verständigung mit den fremden Telepathen, um eine Pflicht zu erfüllen und dann endgültig zu sterben, während die andere Gruppe keine friedlichen Kontakte wünschte, sondern das fremde Schiff kapern und damit fliehen wollte. Es blieb unklar, was sie sich davon versprach.

»Da sitzen wir mittendrin in der Palastrevolution«, flüsterte der Mausbiber Fellmer Lloyd zu. »Das haben wir nun davon, dass wir ihnen helfen wollten. Wollen die BOX kapern, die Hohlköpfe!«

»Ich mache mir Sorgen um Bully.«

Gucky lauschte in sich hinein, dann hellte sich sein Gesicht auf. »Der steckt in der gleichen Klemme wie wir und wundert sich, dass Tote lebendig werden können. Sie haben ihm den Strahler abgenommen, aber er ist nicht in Gefahr. Wir werden ihn gleich begrüßen können, denn sie bringen ihn hierher. Bin gespannt, wie sich die Sache noch entwickelt.«

»Können wir nicht einfach ...?«

»Nein, wozu? Wir hätten nichts erreicht, wenn wir in die BOX zurückspringen. Ich möchte wissen, was es mit diesen seltenen Vögeln auf sich hat und von welcher Katastrophe sie zu berichten haben. Wir bleiben, bis sie uns ernsthaft bedrohen. Dann ist immer noch Zeit, spurlos zu verschwinden.«

»Wir müssen Goshmo-Khan unterrichten.«

»Ist schon geschehen. Ich habe den Helmfunk eingeschaltet.«

Die Mitteilung, dass man im Schiff über die Vorgänge in der Station laufend informiert wurde, beruhigte Fellmer Lloyd. Er hielt einseitige Gedankenverbindung zu Bull, während Gucky sich um den Streit der Glovaaren kümmerte.

Ein wenig enttäuschte ihn die Uneinigkeit der sonst so friedlich erscheinenden Vogelwesen. Aber es wäre verfrüht gewesen, sich jetzt ein Urteil über sie zu bilden. Die Oppositionsgruppe schien verzweifelt zu sein, und offensichtlich ging es um eine Entscheidung, die Leben oder Tod bedeutete. Während die Positivgruppe, wie er sie bei sich nannte, nach Erfüllung ihrer Informationspflicht endgültig zu sterben beabsichtigte, wie es wohl auch vorgesehen war, wollte die andere Partei mit Gewalt versuchen, die verbleibende Lebensspanne zu verlängern.

Noch ehe der Streit beendet war, trafen die Glovaaren aus der Kommandozentrale mit Bully ein. Sie stießen ihn in den Saal und riegelten den Ausgang wieder ab. Außerdem griffen sie sofort in die Debatte ein, und zwar auf Seiten der Opposition.

»Was ist los?«, fragte Bull mit ratlosem Gesichtsausdruck. »Ich verstehe überhaupt nicht, was hier gespielt wird. Sollen wir nicht lieber verschwinden, ehe es zu spät ist? Meinen Strahler hat man mir auch abgenommen.«

»Wir haben unsere noch«, beruhigte ihn Gucky.

Es kam zu noch mehr Handgreiflichkeiten, und zum ersten Mal gaben die Glovaaren auch akustische Meinungsäußerungen von sich. Es hörte sich an wie das Kreischen von Krähen oder Eichelhähern. Jedenfalls zeichnete sich eine Niederlage der Positivgruppe ab.

»Ich fürchte, wir müssen eingreifen und ihnen helfen«, sagte Fellmer Lloyd, und damit beging er eine Unvorsichtigkeit, die ihnen allen fast das Leben gekostet hätte. Für einen Augenblick nur hatte er vergessen, dass sie es mit Telepathen zu tun hatten. »Ich nehme die an der Tür, Gucky, du hältst die anderen in Schach. Sie tragen keine Waffen.«

Das war ein Irrtum, wie sich bald herausstellen sollte. Die Glovaaren der gegnerischen Partei hatten Fellmer Lloyds Absicht sofort verstanden. Unter ihren Flügeln versteckt trugen sie handgroße, fremdartig aussehende Gegenstände, die entfernt an altmodische Pistolen erinnerten. Sie waren jedoch alles andere als altmodisch.

Ehe Gucky die Absicht der Glovaaren erfassen konnte, wurde er von einem flimmernden Energiebündel eingehüllt, dessen Einwirkung ihn sofort bewegungsunfähig machte. Noch während er hilflos zusammensackte, wurden Fellmer Lloyd und Bully ebenfalls paralysiert. Man nahm ihnen die restlichen Strahler ab und beachtete sie dann vorerst nicht mehr.

Die lähmende Wirkung hielt an, auch als die Energiebündel erloschen. Sie lagen auf dem Boden, während über ihnen die Streiterei weiterging. Mit ihren Flügelstummeln droschen die Vogelwesen aufeinander los. Eine Einigung jedenfalls zeichnete sich nicht ab, höchstens die Niederlage der friedlichen Partei.

Gucky versuchte vorsichtig, gedankliche Verbindung zu Fellmer Lloyd aufzunehmen, was schließlich auch gelang, als er die Sperre durchbrochen hatte. Zu seiner maßlosen Verblüffung spürte er, dass er auch sprechen und die Lippen bewegen konnte, aber sonst war alles an ihm paralysiert. Ob eine Teleportation möglich war, wusste er nicht, aber er bezweifelte es. Die Zeit zum Versuch war noch nicht gekommen.

Goshmo-Khan jedenfalls war gewarnt, wenn er sicherlich auch nicht die geringste Ahnung hatte, worum es eigentlich ging.

•

Die Positivpartei resignierte und akzeptierte die Niederlage. Die anderen Glovaaren hoben ihre Gefangenen auf und trugen sie durch einige Korridore in einen anderen Teil der Station, wo sie in einem kleineren Raum behutsam niedergelegt wurden. Dann gingen sie.

Sie lagen so, dass sie sich gegenseitig ansehen konnten. Eigentlich war der Kopf beweglich geblieben, der Sitz des Gehirns. Deshalb konnten sie noch sprechen.

»Das kommt von unserer Vertrauensseligkeit!«, schimpfte Bully wütend. »Nun behaupte nur noch, Gucky, mit diesen Vögeln könnte man verhandeln!«

»Das tue ich auch. Immerhin hat sich fast die Hälfte der Glovaaren für uns eingesetzt. Sie sind es, denen wir helfen sollten. Ich weiß auch nicht, was die anderen eigentlich wollen. Anscheinend haben sie irgendein Ziel, und ihre Station scheint nicht mehr manövrierfähig zu sein. Darum wollen sie unser Schiff haben. Sieht aber so aus, als sei das gegen die Regel.«

»Das nützt uns nur wenig«, sagte Bully.

Fellmer Lloyd schaltete sich ein: »Es hat keinen Zweck, wenn wir uns gegenseitig Vorwürfe machen. Wir sollten lieber überlegen, was wir tun können. Einmal muss die Lähmung ja aufhören. Dann ist noch immer Zeit, von hier zu verschwinden.«

»Das kann Stunden dauern. Bis dahin erfolgt der Überfall auf die BOX.«

»Hast du das Funkgerät noch eingeschaltet?«, fragte Bully den Mausbiber. »Ich kann es nicht, weil ich mich nicht rühren kann.«

»Eingeschaltet schon, aber ich kann nicht auf Empfang gehen. Jedenfalls hört man drüben im Schiff jedes Wort, das wir sprechen, es sei denn, die Störfelder nehmen überhand. Leider lässt sich das nicht feststellen.«

Der Eingang war unbewacht. Man war sich also sicher, dass sie nicht fliehen konnten. Guckys Gedankenimpulse hatten ihnen auch verraten, dass er ein Teleporter war, dessen Fähigkeiten nun ebenfalls lahm gelegt waren. Ein entsprechender Versuch des Mausbibers hatte das inzwischen ergeben.

Nach etwa einer halben Stunde erschien im Eingang ein einzelner Glovaare. Gucky und Lloyd erkannten in ihm sofort den Anführer der Positivpartei, der seinen Willen nicht hatte durchsetzen können. Er betrat den Raum und setzte sich umständlich auf den Boden.

Es tut mir Leid, dass wir Ihnen nicht helfen konnten, aber die anderen sind stärker. Ihr Leben ist nicht unmittelbar in Gefahr, das versichere ich Ihnen.

Gucky oder Lloyd sprachen bei der nun folgenden Unterhaltung die lautlosen Sätze mit, damit auch Bully daran teilnehmen konnte.

»Sie sind uns ein paar Erklärungen schuldig«, mahnte Gucky.

Ich weiß, und deshalb bin ich hier. Sie werden noch eine gewisse Zeit – in Ihren Maßstäben etwa drei Stunden – bewegungsunfähig bleiben, falls Sie nicht erneut paralysiert werden. Darum hat man mir erlaubt, Sie aufzusuchen. Sie sollen wissen, was geschehen ist.

Und der Glovaare mit der gelben Kombination berichtete: Vor etwa zwei Milliarden Jahren stießen zwei Milchstraßen zusammen und lösten damit für Tausende von bewohnten Planeten eine Katastrophe unvorstellbaren Ausmaßes aus. Da die Glovaaren einige Dutzend Planeten in den Außenbezirken ihrer Galaxis besiedelt hatten, waren sie mit am meisten betroffen. Fast alle ihre Welten fielen den ungeheuerlichen Gravitations- und Energiestürmen zum Opfer. Nur wenige Überlebende konnten sich retten.

In der Zwischenzeit hatten sich die beiden Galaxien wieder voneinander gelöst, aber die Folgeerscheinungen waren noch immer wirksam, wenn auch nicht mit der gleichen verheerenden Wirkung wie zur Zeit der Katastrophe. Es gab noch Tausende von Sonnen und Sonnensystemen, die im Leerraum trieben und eine Art von »Nabelschnur« zwischen den beiden Weltinseln bildeten. Dass in diesem Gebiet ein energetisches Chaos herrschte, war selbstverständlich.

Der Glovaare berichtete weiter und erwähnte, dass es nur eine einzige Möglichkeit gab, den überall verstreut lebenden Resten seines Volks zu helfen und deren Nachkommen vom Untergang ihrer Rasse zu berichten. Die Besatzung der Station musste »sterben«, um die Jahrmillionen zu überleben. Die medizinischen Voraussetzungen dazu waren gegeben.

Die Station selbst war bei der Flucht so beschädigt worden, dass sie als Wrack durch den Raum trieb und ein Spielball der kosmischen Stürme wurde. Man konnte demnach nur hoffen, eines Tages gefunden und durch Telepathen geweckt zu werden. Da auch die Imphts nicht mehr funktionsfähig waren und keine Informationen mehr übermitteln konnten, blieben nur die Glovaaren selbst.

Jetzt war der Augenblick gekommen, die Informationen weiterzuleiten, um dann in Frieden sterben zu können. Aber die Gruppe der Opposition wollte nicht sterben, obwohl ihr Schicksal unabänderlich festgelegt war. Auch die Medizin hatte ihre Grenzen. Der Tod würde früher oder später eintreten.

Auf Guckys Frage, welche Rolle BOX-7149 dabei spielen sollte, antwortete der Glovaare: *Die Unwilligen wollen damit zu einem bewohnbaren Planeten fliegen, weil die Station manövrierunfähig ist. Sie wollen wieder eine Welt sehen, festen Boden unter den Füßen haben. Sie wollen einfach nicht im Raum sterben.*

Als der Glovaare seinen Bericht beendet hatte, blieb keine Zeit zu weiteren Fragen. Drei andere der Vogelwesen erschienen in der Türöffnung und jagten ihren Gefährten mit drohenden Gebärden davon. Dann hoben sie die Gefangenen auf und trugen sie in den Korridor, wo sie auf drei bahrenähnliche Gestelle gelegt wurden.

Gucky sagte in sein Funkgerät: »Goshy, es scheint loszugehen! Sie nehmen uns als Geiseln mit! Hoffentlich verstehst du uns! Eröffnet nicht das Feuer, wenn sie euch angreifen. Und nehmt euch vor ihren Lähmstrahlern in Acht!«

Er konnte nur hoffen, dass die Sendung auf dem Schiff empfangen wurde.

9.

Goshmo-Khan wurde alarmiert, als Guckys erste Meldungen hereinkamen. Sie waren zwar teilweise verstümmelt, aber man begriff ziemlich schnell, was drüben in der Station geschah. Der Empfang wurde besser, als der Streit entschieden war. So geschah es, dass der Bericht des Glovaaren deutlich und klar aufgezeichnet wurde. Die Spezialisten machten sich sofort an die Auswertung.

Inzwischen versetzte Goshmo-Khan BOX-7149 in den Alarmzustand. Die Biopositroniken meldeten bereits nach wenigen Sekunden volle Einsatzbereitschaft. Nun konnte an sich nichts Unvorhergesehenes mehr passieren.

Goshmo-Khan saß vor dem Panoramaschirm, neben sich Pos-1 und einige der Wissenschaftler. Es war noch immer nicht gelungen, einen Funkkontakt zur Erde herzustellen. Zwischen dem Schiff und der Erde lag eine Zone unüberbrückbarer kosmischer Stürme.

Die Prisma-Station der Glovaaren trieb mit der gleichen Geschwindigkeit wie BOX-7149 dahin. Die Entfernung betrug nicht mehr als zwanzig Kilometer. Das war der äußerste Sicherheitsabstand.

Es war Goshmo-Khan völlig klar, dass er in der Zwickmühle saß. Ein Enterkommando der Glovaaren würde die Station verlassen und versuchen, in die BOX einzudringen. Eine Gegenwehr war unmöglich, solange die Gegenseite Geiseln hatte. Eine uralte und gemeine Methode, die Schule gemacht hatte, selbst bei Intelligenzen, die niemals Kontakt zu den Menschen gehabt hatten.

Drüben in der Station entstand eine dreieckige Öffnung, die Seitenlänge betrug mindestens zwanzig Meter. Goshmo-Khan sah das ausdruckslose Gesicht von Pos-1. Obwohl es menschliche Züge trug, verriet es den seelenlosen Mechanismus des Roboters. Aber es war Verlass auf ihn, mehr als auf jeden Menschen, der in erster Linie von Emotionen geleitet wurde. Goshmo-Khan war entschlossen, Bull und seine beiden

Begleiter keiner Gefahr auszusetzen. Selbst dann nicht, wenn die Glovaaren verlangen sollten, ins Schiff eingelassen zu werden. Früher oder später würde sich noch immer Gelegenheit bieten, sie in ihre Schranken zurückzuweisen – so oder so.

Eine Art Beiboot kam aus der Öffnung, langsam und vorsichtig. Es sah ebenfalls wie ein Prisma aus, war aber nur knapp fünfzig Meter lang. Der Bug war so stumpf wie das Heck, das nur durch die Antriebsdüsen von ihm zu unterscheiden war. Mit geringer Geschwindigkeit näherte es sich dem gigantischen Würfel, der es mit einem einzigen Feuerschlag hätte vernichten können – wenn die Geiseln nicht gewesen wären.

Goshmo-Khan war klug genug, sich keine Gedanken darüber zu machen, warum die Angreifer so zuversichtlich über seine eigene Einstellung unterrichtet waren. Mit Sicherheit waren sie darüber orientiert, dass Gucky, ihre Geisel, ihn informiert hatte. Nur die Gedanken der Posbis würden sie nicht lesen können. Das konnte niemand, nicht einmal Gucky oder Fellmer Lloyd.

Er dachte an die Warnung des Mausbibers vor den Lähmstrahlern. Sie bedeuteten natürlich eine unbekannte Gefahr, denn niemand kannte ihre Reichweite und Kapazität. War es den Glovaaren möglich, die gesamte menschliche Besatzung des Schiffs mit einem Schlag zu paralysieren? Konnten sie damit einen Einfluss auf die biopositronischen Gehirne der Posbis ausüben?

Das Prisma-Schiff kam näher und verringerte seine Geschwindigkeit. Es passte sich der des Posbiraumers an und trieb nun in einer Entfernung von weniger als drei Dutzend Metern neben ihm her. Goshmo-Khan war gespannt, wie sie Verbindung mit ihm aufnehmen wollten. An Bord von BOX-7149 gab es keinen Telepathen mehr. Er brauchte nicht lange auf die Antwort zu warten.

»Ihr sollt die Hangarschleuse öffnen, damit das Beiboot einfliegen kann«, war Guckys Stimme zu hören. »Sie wissen, dass du mich hören kannst. Du hast also keine Ausreden. Tu, was sie von dir verlangen.«

Es war Goshmo-Khan klar, dass der Mausbiber unter Zwang sprach. Sicher hätte er ihm noch einige Ratschläge geben können, aber die Glovaaren kontrollierten jedes seiner Worte telepathisch. Er konnte sie nicht täuschen. Und ihn, Goshmo-Khan, würden sie auch bereits unter Kontrolle haben.

»Was soll ich tun?«, fragte er Pos-1.

»Das einzig Logische wäre, das andere Schiff zu vernichten, aber Menschen sind sentimental. Somit tritt die Logik erst an die zweite Stelle. Um die beiden Männer und den Ilt zu retten, haben wir keine andere Wahl, als die Forderung der Glovaaren zu erfüllen. Außerdem spüre ich einen gewissen Einfluss auf mein biopositronisches Zentrum.«

Alarmiert vergewisserte sich Goshmo-Khan: »Einen gewissen Einfluss: Was soll das heißen? Wird er von den Glovaaren ausgeübt?«

»Das muss als sicher angenommen werden. Ich kann nur hoffen, dass er nicht stärker wird.«

Goshmo-Khan erschrak, denn er wusste, was eine negative Beeinflussung des biologischen Zentralgehirns bedeutete. Sämtliche Funktionen der BOX konnten lahm gelegt werden. Kein Roboter würde mehr seiner Programmierung gehorchen, sondern willkürlich und unberechenbar handeln. Selbst mit Hilfe der manuellen Notsteuerung konnte die Katastrophe nicht mehr abgewendet werden.

Aber konnte sie vermieden werden, wenn man die Glovaaren einließ?

Immerhin gab es in der Station noch die zweite Gruppe, die den Frieden wollte. Sie hatte sich geweigert, an dem Kaperflug teilzunehmen, da sie ihre Aufgabe als gelöst betrachtete und auf den Tod warten wollte. Nein, von ihr war keine Hilfe zu erwarten.

»Es wird besser sein, wenn ich das Kommando nun selbst übernehme, Goshmo-Khan«, sagte Pos-1.

»Warum?«

»Weil die Logik diese Situation meistern muss.«

»Vergessen Sie Reginald Bull, Fellmer Lloyd und Gucky nicht, Pos-1!«, mahnte Goshmo-Khan förmlich. Der Roboter gab keine Antwort. Mit einem Handgriff leitete er den Öffnungsvorgang für die Hangarschleuse ein. Inzwischen berichtete Gucky: »Sie haben Imphts mit an Bord des Beiboots genommen, ich weiß nicht, warum. Kleinere Speichermodule, die noch in Ordnung zu sein scheinen. Ihre Impulse werden jedoch von denen der Glovaaren überlagert. Ich kann ihre Impulse noch nicht klar empfangen.«

Goshmo-Khan waren die Imphts absolut gleichgültig, wenigstens jetzt noch. Er schaltete zum Hangar-Interkom. Er wollte wenigstens wissen, was geschah. Gleichzeitig alarmierte er die terranische Besatzung der BOX und mahnte zur Vorsicht, nachdem er einen kurzen Bericht gegeben hatte. Alle Männer sollten sich bewaffnen und gegen die Eindringlinge vorgehen, sobald diese den geringsten Versuch unternahmen, Gewalt anzuwenden. In einem solchen Fall konnte auf die Geiseln keine Rücksicht genommen werden, denn wenn die BOX in die Hände des Gegners fiel, waren sie alle verloren.

Als sich die Hangarschleuse öffnete, erschien das dreieckige Beiboot der Glovaaren und schob sich mit unendlicher Vorsicht in das Innere der

Box, um dann sanft zu landen. Automatisch schloss sich Schleuse wieder. Atemluft strömte in den Hangar.

Goshmo-Khan starrte wie gebannt auf die Ausstiegschleuse des Beiboots, die an einer der Prismaseiten entstand. Gleichzeitig vergewisserte er sich, dass nebenan in den kleineren Hangars seine Leute auf ihre Gelegenheit warteten, die Geiseln zu befreien. Aus Guckys Bemerkungen war zu entnehmen, dass sie noch immer paralysiert waren.

Die Glovaaren quollen förmlich aus dem Beiboot. Goshmo-Khan zählte bis hundert, dann gab er es auf, weil seine Aufmerksamkeit abgelenkt wurde. Eine Gruppe von einem Dutzend Vogelmenschen führte die Gefangenen aus dem Schiff – das heißt, sie trugen sie auf Tragen. Zur Befreiung bot sich noch keine Möglichkeit.

Über Interkom verfolgte Goshmo-Khan den weiteren Weg der Eindringlinge. Einige blieben bei ihrem kleinen Schiff zurück, die anderen entnahmen den Gehirnen ihrer Geiseln den Weg in das Innere des gigantischen Würfelschiffs.

Die Gefangenen wurden in langem Marsch zu einer der zahllosen Kabinen gebracht und darin eingeschlossen. Zehn Glovaaren blieben vor der Tür stehen, alle mit gefährlichen Lähmstrahlern bewaffnet.

Erst als die anderen weiter ins Schiff vordrangen, nahm Goshmo-Khan Kontakt mit seinen Männern auf, schilderte ihnen die Situation, ohne jedoch konkrete Hinweise oder Anordnungen zu geben. Trotzdem würde nicht zu vermeiden sein, dass die Glovaaren früher oder später von seiner Absicht erfuhren.

Ein Trupp von sieben Männern machte sich auf den Weg zu den Kabinen.

Während sie zu der Kabine getragen wurden, verspürte Gucky als Erster von ihnen, wie die Lähmung fast unmerklich nachließ. Er bemühte sich, nicht daran zu denken, um die Glovaaren nicht aufmerksam zu machen.

Leider aber beging Fellmer Lloyd diesen Fehler, als man sie in der Kabine niederlegte und sie einschließen wollte. Einer der Glovaaren blieb an der Tür stehen, nahm seine kleine Waffe aus dem Gefieder und richtete sie auf sie.

Keine Sorge!, teilte er ihnen telepathisch mit. *Nur eine Vorsichtsmaßnahme. Später werdet ihr wieder frei sein, wenn wir die Welt der nächsten Sonne erreicht haben. Dann bekommt ihr auch euer Schiff zurück. Wir brauchen es dann nicht mehr.*

Das flimmernde Energiebündel strich über sie dahin und lähmte sie erneut. Nun wussten sie definitiv, dass die Wirkung knapp drei Stunden anhielt. Auf keinen Fall würden sie in die bevorstehenden Kämpfe eingreifen können. Goshmo-Khan musste allein mit den Eindringlingen fertig werden – oder die Posbis.

Die Tür wurde verschlossen. Gucky und Fellmer Lloyd esperten die zehn Glovaaren, die als Wächter im Korridor zurückblieben, während die anderen weitermarschierten, um das Schiff endgültig zu erobern.

»Goshy, hör gut zu!«, sagte der Mausbiber in das immer noch aktivierte Funkgerät seines Schutzanzugs. »Die Glovaaren haben mich zwar nicht dazu aufgefordert, aber früher oder später werde ich dir mitteilen müssen, dass du ihnen das Schiff übergeben sollst. Sie wollen zu einem Planeten der nächsten Sonne – also hat der Stern, den wir ansteuerten, tatsächlich einen Planeten. Es wird gut sein, wenn wir ihnen den Gefallen tun und sie dort hinbringen. Sie haben uns versprochen, auszusteigen und uns in Ruhe zu lassen. Ich verstehe auch nicht, warum sie nicht einfach mit ihrem Beiboot hinfliegen, aber von Logik scheint bei ihnen keine Spur vorhanden zu sein. Selbst mit halber Lichtgeschwindigkeit würden sie nur ein paar Tage benötigen, und ihr Boot erreicht mit Sicherheit eine höhere Geschwindigkeit.«

Natürlich konnte er keine Antwort erwarten, da das Funkgerät nur auf Senden eingestellt war, aber er hoffte, dass Goshmo-Khan ihn auch diesmal empfing. Das Öffnen der Schleuse hatte die bisherige einseitige Verbindung bestätigt.

»Das alles ist ein ganz verfluchter Mist!«, beschwerte sich Bully, der lange nichts mehr gesagt hatte, weil er an den vielen telepathischen Unterhaltungen zwischen Gucky und Lloyd einerseits und den Glovaaren andererseits nicht teilhaben konnte. »Ich muss gestehen, dass ich mit dem bisherigen Erfolg des Unternehmens ganz und gar nicht zufrieden bin.«

»Du kannst zufrieden sein, wenn du in ein paar Stunden noch lebst«, beschied ihm Gucky. »Aber ich habe noch eine stille Hoffnung, über die ich leider nicht sprechen darf, weil ich sonst daran denken müsste.«

»Welche?«, fragte Bully voreilig.

Gucky hätte ihm einen bitterbösen Blick zugeworfen, wenn das möglich gewesen wäre. Er sagte aber nur: »Du bist kein Telepath, deshalb verstehst du das nicht. Und jetzt versuch zu schlafen. Wir haben noch ein wenig Zeit, bis wir handeln müssen.«

Abermals konzentrierte sich Gucky auf wirr sendende Imphts. Intensiv versuchte er, Kontakt aufzunehmen, was ihm auch diesmal nicht vollkommen gelang. Immerhin erreichte er genau das, was er wollte.

Der Kleine Kondor erwachte allmählich aus seinem Schlaf, der Jahrmilliarden gedauert hatte. Zum ersten Mal formten sich seine Gedanken und Erinnerungen zu konkreten Mustern, und selbst das, was während des Schlafs geschehen war, entstand in bildhafter Form aus dem Nichts heraus.

Zuerst war die Flucht gewesen. Als die beiden Milchstraßen kollidierten und die gewaltigen Beben seine Welt zu zerreißen drohten, war er mit der Station und vielen hundert Artgenossen geflohen, um eine neue Heimat zu finden. Dann war die Aufgabe gekommen, der sich alle Flüchtlinge unterworfen hatten. Sie mussten sterben, um später leben zu können – wenn auch nur für kurze Zeit. Die ahnungslosen Nachkommen – wenn es welche gab – sollten erfahren, warum ihre Welten zerstört worden waren. Und es sollte ihnen geholfen werden, falls sie der Hilfe bedurften. Und so starb der Kleine Kondor. Die Erinnerung gab nur den Eindruck eines endlosen Schlafs wieder, bis eines Tages etwas Unbegreifliches geschah.

Eine gewaltige Kraft riss ihn von einer Sekunde zur anderen aus dem Gefüge seiner Ewigkeit und schleuderte ihn – so wenigstens musste es ihm erscheinen – in eine fremde Dimension, in eine fremde Welt. Er war tot, aber für Bruchteile von Sekunden war das Bewusstsein zurückgekehrt, und es kehrte immer wieder zurück, bis sein telepathischer Hilferuf gehört wurde.

Man holte ihn aus dem Berg des strahlenden Materials, das unter der Oberfläche eines unbekannten Planeten lagerte – und wieder erlosch sein Bewusstsein. Er starb abermals.

Doch nun erwachte er erneut. Ein Impuls war es gewesen, ein telepathischer Impuls, der von einem der Imphts verstärkt wurde – und der ihm galt! Ja, er galt ihm, den der fremde Telepath »Kleiner Kondor« nannte. Die Erinnerung war nur schwach, aber sie war vorhanden. Vage Eindrücke und verschwommene Fetzen des traumhaft Erlebten, mehr nicht. Noch einmal sah er sich in dem Berg des strahlenden Materials, in einer winzigen Höhle, eingekeilt und rettungslos verloren. Der fremde Telepath war plötzlich bei ihm – also auch noch ein Teleporter!

Der Kleine Kondor – er hatte den Namen aus Dankbarkeit angenommen, obwohl er anders hieß – bemühte sich, zum letzten Mal zum Leben zu erwachen. Die Gedankenimpulse seiner Artgenossen drangen auf ihn ein, aber sie galten nicht ihm. Immerhin wusste er nach einer kurzen Zeitspanne, was in der Station geschehen war. Und er wusste auch, auf welcher Seite er stand.

Eine Aufgabe war zu erfüllen, bevor er endgültig starb. Die noch lebenden Nachkommen seines Volks mussten erfahren, was geschehen war, und wenn sie in der Primitivität lebten, sollten sie das Erbe ihrer raumfahrenden Vorfahren antreten können. Wenn die Rebellen das Schiff der Fremden kaperten und sich auf einer beliebigen Welt niederließen, um dort nach gewisser Zeit ohnehin zu sterben, war den Nachkommen nicht geholfen. Wenn man aber die Fremden zu Freunden machte, konnten sie das Vermächtnis erfüllen. Hinzu kam die Tatsache, dass einer der Fremden ihn gerettet hatte.

Die Entscheidung fiel ihm nicht schwer. Der Kleine Kondor erhob sich von dem Bett, auf das man ihn gelegt hatte. Er streckte die Glieder, bis sie ihre gewohnte Geschmeidigkeit zurückerhielten. Ein paarmal hüpfte er in der Kabine auf und ab, dann versuchte er, die Tür zu öffnen.

Schon nach wenigen Minuten wusste er, dass es ihm nicht allein gelingen würde. Er setzte sich wieder und dachte vorsichtig: *Fremder, der du den Kleinen Kondor gerettet hast, melde dich!*

Er wusste, wie vorsichtig er sein musste, denn seine Artgenossen waren ebenfalls Telepathen, aber sie konnten nicht wissen, wer der Kleine Kondor war. Vielleicht hatten sie Zeit genug, ihn anzupeilen, aber wenn der Fremde schnell genug war, nützte ihnen das nicht viel.

Die Antwort kam: *Kleiner Kondor, du bist erwacht? Dann kennst du meine Lage. Ich bin mit zwei meiner Freunde gefangen. Kannst du mir helfen?*

Ich bin eingeschlossen! Jemand hat die Tür verschlossen.

Es dauerte eine Weile, bis die Antwort kam: *Jemand wird sie öffnen. Wenn das geschieht, dann peile meine Gedanken an. So wirst du mich finden. Aber sei vorsichtig, Kleiner Kondor!*

Ich bin es! Keinen Kontakt mehr jetzt!

Er legte sich zurück auf das Bett und wartete.

Goshmo-Khan schaltete sofort, denn Gucky hatte seine telepathische Botschaft an den Kleinen Kondor laut gesprochen. Er wusste, dass der Mausbiber nicht offen reden und denken konnte, da die Glovaaren »mithörten«. Sie kannten aber den Kleinen Kondor nicht, zumindest konnten sie nicht wissen, dass man einen der ihren so getauft hatte.

Er bemühte sich, an nichts zu denken. Er nickte Pos-1 zu und erhob sich. Mit dem Strahler in der Hand verließ er die Kommandozentrale. Als Nichttelepath fiel es ihm unglaublich schwer, nicht an das zu denken, was er vorhatte. Auch gab es keine Möglichkeit, Gucky zu unterrichten, aber vielleicht wusste der Kleine Kondor, dass er unterwegs war, ihn zu befreien. Doch auch das spielte keine Rolle. Die Hauptsache war, das Vorhaben gelang.

Goshmo-Khan hatte keine Ahnung, wie weit die Glovaaren in das

Schiff vorgedrungen waren, und zu seiner Verblüffung konnte er keine Abwehrtätigkeit der Posbis feststellen. Zumindest die nicht plasmagesteuerten Roboter hätten eingreifen müssen, die der unmittelbaren Befehlsgewalt der Biopositronik unterstanden.

Vielleicht griffen sie aber gerade deshalb nicht ein?

Goshmo-Khan hatte seine eigenen Theorien. Trotzdem war er sich darüber im Klaren, dass er zwar eine Menge von Gucky erfahren hatte, im Grunde jedoch nichts wusste. Der Kleine Kondor war wieder lebendig geworden, und er stand auf ihrer Seite – falls der Mausbiber sich nicht täuschte. Eine Erklärung für das Phänomen gab es vorläufig nicht. Wenn es überhaupt eine gab, würde er sie erst später erfahren. Vorausgesetzt natürlich, es gab ein Später.

Zum Glück begegnete er niemandem auf seinem Schleichweg zu der Kabine, in der Gucky das Vogelwesen untergebracht hatte. Um die Eindringlinge nicht auf sich aufmerksam zu machen, dachte er an die unmöglichsten Dinge. Er konzentrierte sich auf komplizierte, fünfdimensionale Formeln.

Endlich erreichte er den letzten Korridor. Er war leer, und ohne Zwischenfall erreichte er die Tür zu der Kabine, die er suchte. Kurz davor rief er Pos-1 über Funk.

»Hier Goshmo-Khan. Neuigkeiten?«

»Keine, Sir. Die Glovaaren dringen weiter vor. Bisher wurde noch kein neues Ultimatum gestellt, wenn Sie das meinen.«

»Alarmieren Sie mich, wenn das geschehen sollte.«

»Verstanden, Sir.«

Goshmo-Khan schaltete wieder ab. Mit seinem positronischen Schlüssel öffnete er die Tür zu der Kabine und dachte dabei an das Abendessen. Er sah, wie der Kleine Kondor sich vom Bett erhob und einen seiner Finger quer über den Schnabel legte und mit der anderen Hand seine Stirn bedeckte. Die Geste besagte eindeutig, dass er weder sprechen noch denken sollte.

Goshmo-Khan nickte stumm und trat zur Seite, um den Ausgang freizugeben. Der Glovaare stelzte ebenso stumm an ihm vorbei und verschwand hinter der nächsten Biegung des Korridors. Eine Weile blieb Goshmo-Khan unschlüssig stehen, dann schlug er den Rückweg zur Zentrale ein.

Gucky verfolgte den Weg des Kleinen Kondors, obwohl das mehr als schwierig war. Auch der Kleine Kondor schirmte seine Gedanken ab, gab aber durch einen winzigen Impuls zu erkennen, dass er befreit worden war und sich auf dem Gang zur Quelle der Peilimpulse des Mausbibers befand.

Gucky wusste, dass es noch eine weitere Gefahr für seinen Freund gab. Wenn der Kleine Kondor auf seinem Weg zu ihm Besatzungsmitgliedern der BOX begegnete, konnten sie ihn für einen der ungebetenen Gäste halten und töten.

Ins Funkgerät sagte er: »Goshmo-Khan, der Kleine Kondor ist unterwegs. Sage deinen Leuten, sie sollen ihn in Ruhe lassen. Er gibt sich durch ein Zeichen zu erkennen – ein Zeichen, das Stillschweigen bedeutet.« Damit würde kein anderer Glovaare etwas anfangen können.

Danach konzentrierte sich der Mausbiber wieder auf den Kleinen Kondor, der unangefochten mehrere Korridore zurücklegte und einigen Glovaaren begegnete, die jedoch keine Notiz von ihm nahmen. Dann passierte er einen Vorposten der terranischen Wissenschaftler. Er legte den Finger quer über den Schnabel und konnte ungehindert passieren.

Sie folgten ihm außer Sichtweite.

Goshmo-Khan war längst wieder im Kontrollzentrum. Er nahm Verbindung zu den übrigen fünf Kommandokuppeln auf, um eine Koordinierung der Abwehrmaßnahmen zu erreichen. Zu seiner maßlosen Verblüffung blieb der Interkom dunkel.

»Was soll das, Pos-1?«

Der Roboter gab sich sichtlich Mühe, die Frage zu beantworten, aber kein Laut kam über seine synthetischen Lippen. Schließlich vollführte er mit Armen und Beinen sinnlose Bewegungen, stand auf, machte ein paar Schritte und polterte dann haltlos zu Boden. Er blieb liegen und rührte sich nicht mehr.

Goshmo-Khan dachte daran, was Pos-1 vor einer halben Stunde gesagt hatte. Er winkte dem Wissenschaftler zu, der sich um den Gestürzten kümmern wollte. »Lassen Sie, es hat keinen Zweck. Die Glovaaren sind mental äußerst aktiv. Ihre Gehirnschwingungen beeinflussen die Biopositronik, in erster Linie das Plasma, das ja biologisch lebt. Wenn das der Fall ist, und Pos-1 beweist das eindeutig, kann auch das Plasma in den Kommandokuppeln angegriffen werden. Das alles mag ohne die Absicht der Glovaaren geschehen, aber sie sind schuld daran.«

Auf dem Panoramaschirm war zu erkennen, dass die BOX die Flugrichtung leicht veränderte. Sie hielt schräg auf die große Station der Glovaaren zu, und Goshmo-Khan konnte sich auch ohne Computer ausrechnen, dass eine Kollision in etwa zehn Minuten unvermeidlich war, wenn es ihm nicht gelang, diesen Kurs zu ändern.

»Jetzt habe ich aber die Nase voll!«, schimpfte er wütend und hilflos zugleich. Seine Faust hieb auf den Interkom. Sekunden später war seine Stimme überall im Schiff zu vernehmen. »Achtung, hier spricht der Expeditionsleiter und Kommandant. An alle! Die Glovaaren sind ab sofort als Gegner zu behandeln und unschädlich zu machen. Unser Schiff kann in wenigen Minuten durch einen Zusammenstoß schwer beschädigt werden. Schutzanzüge anlegen! Versucht, die Geiseln zu befreien! Ich bleibe in der Zentrale. Und noch etwas: Die Roboter ohne Plasmazusätze müssen zum Kampf gegen die Glovaaren programmiert werden. Die mentale Ausstrahlung beeinflusst sie nicht!«

Mehr konnte er im Augenblick nicht tun, aber dennoch versuchte er wenigstens, mit der Manuellsteuerung den Kurs der BOX zu beeinflussen. Zu seiner eigenen Überraschung gelang ihm das zum Teil. Er konnte jedoch nicht verhindern, dass die beiden Raumkörper sich einander immer mehr näherten, wenn der Aufprallwinkel auch ungemein flach wurde. Station und Schiff flogen fast parallel, aber eben nicht völlig.

In der Zwischenzeit entbrannten im Schiff die ersten Kämpfe. Die Glovaaren besaßen keine tödlich wirkenden Waffen, aber auch eine Lähmung bedeutete auf lange Sicht den Tod, denn niemand würde die BOX wieder unter Kontrolle bekommen, solange sich die telepathischen Vogelmenschen an Bord aufhielten.

Der Kleine Kondor begegnete einem zweiten Trupp der Wissenschaftler und schloss sich ihm an. Er kannte den Weg, der zu Gucky führte, dessen Gedankenimpulse er noch immer klar und deutlich empfing. Als sie ganz in der Nähe der Kabine anlangten, wurden sie vorsichtiger.

Ein Mann ging vor, sah um die Biegung und kehrte zu den anderen zurück. »Zehn Glovaaren bewachen den Eingang«, teilte er mit.

»Sofort handeln, sie sind Telepathen!«, warnte ein anderer, hob seinen Strahler und begann zu laufen. Die anderen folgten ihm, denn sie hatten begriffen, dass sie keine Sekunde zögern durften, wenn sie die Gefangenen nicht in Gefahr bringen wollten.

Die Überraschung war fast vollkommen. Acht der Glovaaren waren sofort tot, während die beiden letzten noch Gelegenheit erhielten, ihre Strahler einzusetzen. Die Gruppe der Wissenschaftler war sofort gelähmt und kampfunfähig.

Der Kleine Kondor war zurückgeblieben. Nun aber stolzierte er unbefangen um die Korridorbiegung und schickte dabei sein telepathisches Erkennungssignal voraus. Die beiden überlebenden Glovaaren ließen ihre Strahler verschwinden. Dann machte sich einer an der Tür zur Zelle der Gefangenen zu schaffen. Seine Gedanken verrieten eindeutig, dass er die Geiseln töten wollte.

Der Kleine Kondor ließ ihn gewähren, bis sich die Tür öffnete. Dann griff er mit seinen kräftigen Armen und Fingern zu. Lautlos tötete er die beiden Artgenossen mit einem einzigen Griff und ließ sie auf den Boden sinken. Dann erst betrat er die Kabinenzelle. Er zog die Tür hinter sich zu.

Ich bin gekommen, meine Freunde, teilte er den beiden Telepathen mit. *Nun muss ich versuchen, die Lähmung zu beseitigen. Ich kann es nur mit derselben Hand tun, mit der ich auch tötete. Ihr müsst Vertrauen zu mir haben.*

»Das haben wir, Kleiner Kondor«, sagte Gucky laut. »Wir sind froh, dass du uns gefunden hast. Befreie uns, bevor es zu spät ist. Wie ich den Gedanken unseres Kommandanten entnehmen kann, erfolgt der Zusammenstoß in zwei Minuten.«

Der Kleine Kondor bückte sich zu Gucky hinab und berührte ihn mit beiden Händen, sehr vorsichtig und abtastend. Er streichelte den Nacken, den er des geöffneten Helms wegen leicht erreichen konnte, und urplötzlich drückte er fest zu. Gucky verspürte einen stechenden Schmerz, als sich die Finger zwischen die Wirbel bohrten, aber schon zog der Glovaare seine Hände zurück. *Du kannst aufstehen*, teilte er gleichzeitig mit.

Gucky begann sich zu rühren. Der Schmerz war verflogen, die Beweglichkeit seiner Glieder kehrte zurück. Langsam setzte er sich auf. »Fabelhaft, Kleiner Kondor! Später frage ich dich, wie du das gemacht hast. Aber nun die beiden anderen.«

Genau nach zwei Minuten konnten sich auch Fellmer Lloyd und Bully wieder bewegen, aber es würde noch einige Zeit dauern, bis das Blut wieder richtig zirkulierte.

»Jetzt!«, sagte Gucky.

Es gab eine gewaltige Erschütterung, die durch das ganze Schiff ging, als die BOX die Station der Fremden streifte. Zum Glück war die Geschwindigkeit nicht sehr hoch, aber die Massenträgheit genügte, eine Seite der Prisma-Station völlig aufzureißen.

Gucky, Fellmer Lloyd und der Kleine Kondor erlebten die Katastrophe durch Goshmo-Khans Augen mit. Sie informierten Bull durch Kurzbemerkungen.

Aus den entstandenen Lecks wurden die sofort wieder toten Glovaaren mit der herausströmenden Luft in den Weltraum gerissen und trieben in Gruppen davon, der fernen Sonne zu. Auch die Station hatte durch den Aufprall ihren Kurs abermals geändert. Sie flog hinter den Glovaaren her, ein wenig schneller als BOX-7149.

In diesem Augenblick drehten sämtliche Plasmazusätze der Kommandokuppeln des Schiffs endgültig durch. Die Plasmapositronik gab den Befehl, die Prisma-Station der Glovaaren zu zerstören.

10.

Trotz der Beinahekatastrophe gingen die Kämpfe innerhalb des Schiffs weiter. Es gelang den Glovaaren, die telepathisch von der Vernichtung ihrer Station erfuhren, einen Großteil der terranischen Besatzung außer Gefecht zu setzen. Gleichzeitig drangen sie in wichtige Kommandostellen ein und ergriffen von ihnen Besitz.

Die Biopositronik widersetzte sich ihren Anordnungen, soweit sie diese überhaupt verstand. Abgesehen davon lag BOX-7149 genau auf dem Kurs, den die Glovaaren verlangten.

Als Bull und die beiden Mutanten in die von Goshmo-Khan gehaltene Zentralkuppel gelangten und nach dem geglückten Teleportersprung rematerialisierten, glaubten sie, in eine belagerte Festung gekommen zu sein. Die Wissenschaftler hatten sich mit Impulsstrahlern bewaffnet. Immer wieder unternahmen sie kleinere Kommandounternehmen, um die überall im Schiff verstreuten Glovaaren aufzureiben. Je weniger es von ihnen gab, desto geringer musste der mentale Einfluss auf das Plasma sein.

»Ich muss zum Kleinen Kondor«, sagte Gucky hastig. »Wir wollen den Rest der positronischen Roboter programmieren.«

»Tut das, aber seid vorsichtig.«

Der Mausbiber teleportierte und verschwand. Bully wandte sich an Goshmo-Khan: »Wie sieht es aus? Ich meine das Schiff. Können wir es noch kontrollieren?«

»Im Grunde genommen nicht. Immerhin haben wir einen direkten Aufprall vermeiden können und die Station der Glovaaren nur flach gestreift. Sie wurde inzwischen von der Plasmapositronik gegen meinen Willen vernichtet. Das tut mir schon deshalb Leid, weil sich an Bord ausgerechnet die positiv eingestellten Vogelwesen befanden.«

Bully nickte. »Es ist nicht Ihre oder unsere Schuld, Doktor. Außerdem waren sie ohnehin dem Tod geweiht. Es war ja ihre Aufgabe, uns zu unterrichten und dann zu sterben. Ich nehme an, es handelt sich um einen biologischen Vorgang, den wir wohl niemals ganz klären werden. Jedenfalls brauchen wir uns keine Gewissensbisse zu machen. Und jetzt, im Kampf gegen die Negativen, schon gar nicht.«

Zum Glück funktionierte der Interkom noch. Nur einige Sektionen fielen aus – es waren jene, die allein den Plasmagehirnen unterstanden und von ihnen gesteuert wurden.

Überall meldeten sich verstreute Trupps der Wissenschaftler. Manche hatten sich in ihren Abteilungen eingeschlossen und verteidigten sich, so gut es ihnen möglich war. Die ersten Roboter kamen zu ihrer Unterstützung herbei. Ihnen konnten die Glovaaren nichts anhaben, weil sie keinerlei biologische Substanz besaßen.

Bull rief Gucky, denn der Mausbiber hätte sich längst wieder melden müssen. Erst nach einer ganzen Weile erschien sein Gesicht auf dem Schirm. Zu Bullys Überraschung befand sich der Mausbiber in dem Hangar, in dem das Beiboot der Glovaaren untergebracht war. Keines der Vogelwesen war in dem riesigen Raum zu sehen, lediglich der Kleine Kondor stolzierte unruhig auf und ab.

»Wir haben alle erreichbaren Roboter programmiert«, teilte Gucky mit. »Sie müssten unterwegs sein.«

»Sind sie. Aber was macht ihr im Hangar?«

»In dem Beiboot sind die Imphts, Bully.«

»Diese Speichermodule? Was ist mit denen?«

»Ich will eines von ihnen holen.«

»Du lässt die Finger davon!«, brüllte Bully erschrocken. »Als ob wir nicht schon genug Ärger mit diesen Glovaaren hätten! Außerdem hast du selbst gesagt, dass sie nicht mehr funktionieren. Was also willst du damit?«

»Einige der mitgebrachten funktionieren aber! Es wäre doch leichtsinnig, würden wir nicht den Versuch unternehmen, mehr über die Vergangenheit der Glovaaren und die große Katastrophe zu erfahren.«

»Und wenn dadurch das Plasma noch mehr als bisher beeinflusst wird, gerät alles hier aus den Fugen. Dann können wir uns gleich umbringen, ehe wir in die Sonne stürzen.«

»Die Imphts üben keinen Einfluss auf das Plasma aus, Bully. Überhaupt keinen! Nur die Glovaaren tun das und jetzt auch noch bewusst mit dem Ziel, die BOX in das nächste Sonnensystem zu steuern.«

»Aber sie können den Flug nicht kontrollieren! Wir stürzen in diese Sonne hinein, ohne etwas dagegen tun zu können.«

»Dann werden wir eben einen dieser Imphts fragen. Ich melde mich wieder, sobald ich einen intakten und nicht zu großen gefunden habe. Oder besser: Ich komme mit dem Ding und dem Kleinen Kondor in die Kommandokuppel zurück.«

Ehe Bull antworten konnte, trennte er die Verbindung. Bull wandte sich an Goshmo-Khan: »Und was geschieht, wenn er den Kleinen Kondor mitbringt? Ob Freund oder nicht, auch er übt einen starken mentalen Einfluss auf das Plasma aus. Dann haben wir hier denselben Salat wie im ganzen Schiff.«

»Das glaube ich nicht«, sagte Goshmo-Khan mit erstaunlicher Ruhe. »Wenn sie wollen, können die Glovaaren ihre Mentalitätsausstrahlung abschirmen. Es wird also nichts passieren. Was dann allerdings mit dem ... Wie hieß das Ding noch mal?«

»Impht!«

»Ja, richtig! Was also mit diesem Impht ist, weiß ich auch nicht. Aber ich nehme an, Gucky weiß es. Warten wir also ab und versuchen wir weiter, den Kurs zu korrigieren. Es sollte uns zumindest gelingen, eine Kreisbahn um die Sonne einzuschlagen, dann wären wir erst einmal in Sicherheit.«

»Was ist mit Terrania? Immer noch keinen Kontakt zu Rhodan?«

»Keinen! Die energetischen Felder sind zu stark. Sie verschlucken jeden Hyperimpuls.«

Weiter am Außenrand der BOX erfolgte eine Explosion. Es handelte sich um einen der plasmakontrollierten Energieverteiler für die Klimaanlage. Die Frage nach der Ursache wurde beantwortet, ehe sie jemand stellen konnte.

Eine Gruppe von einem Dutzend Glovaaren hatte sich dem Verteiler genähert, von ihm immerhin noch durch ein verschlossenes Schott getrennt. Das Schott war kein Hindernis für ihre mentale Ausstrahlung gewesen. Die Plasmakontrolle hatte verrückt gespielt, dann erfolgte eine Energieüberladung – und die Anlage explodierte.

Die Glovaaren gingen daran, das Schott zu öffnen.

»Sie wissen nicht, dass ein Vakuum dahinter ist«, murmelte Goshmo-Khan. »Wenn sie die Tür öffnen ...«

Bully versuchte, noch einige intakte Kontrollpunkte zu erreichen. Zu seiner Verblüffung gelang ihm das. Die betreffende Sektion ließ sich hermetisch abriegeln. Zum Glück waren es nur drei innere Schotten, die geschlossen werden mussten, um das Schiff vor Druckverlust zu bewahren. »Von mir aus sollen sie sie öffnen«, knurrte er.

Aus Sicherheitsgründen waren alle Schotten so konstruiert, dass sie sich nur nach innen öffnen ließen. Wenn also in den Außenregionen des Schiffs ein Druckverlust entstand, wurde die Tür automatisch von dem im Innern des Schiffs herrschenden Normaldruck gegen die Rahmendichtung gepresst. Aber eine weitere mechanische Einrichtung sorgte dafür, dass sie auch gegen den Druckunterschied geöffnet werden konnte.

»Wollen Sie, dass sie sich umbringen?«, fragte Fellmer Lloyd, der ständigen Kontakt mit Gucky hielt.

»Dann nehmen sie uns die Arbeit ab«, antwortete Bully fast brutal. »Ich sehe keine andere Möglichkeit als ihren Tod, wenn wir nicht auch sterben wollen.«

Einer der Glovaaren musste die richtige Kontrolle erwischt haben, denn das rote Licht über der Tür glühte plötzlich auf. Gleichzeitig entstand auf der rechten Seite ein Spalt, der sich schnell vergrößerte. Mit unvorstellbarer Wucht drängte die künstliche Atmosphäre aus dem Schiff in das Vakuum. Der Spalt war inzwischen groß genug geworden, auch die sich verzweifelt gegen den furchtbaren Sog wehrenden Glovaaren mitzureißen. Einer nach dem anderen verschwanden sie durch das Schott und wurden durch das Explosionsleck in den Weltraum geschleudert.

Goshmo-Khan lehnte sich zurück. Er war etwas blass geworden. »Wenn das so weitergeht, ist BOX-7149 nicht mehr als ein lumpiges Wrack. Eine Station nach der anderen fällt aus. Wie viele von diesen Glovaaren mögen wir noch an Bord haben?«

»Vielleicht fünfzig oder sechzig, ich weiß es nicht.« Bull kontrollierte die Instrumente. »Was ist mit Gucky und seinem Speichermodul, Fellmer?«

»Er hat eins aus dem Beiboot geholt, nur ein sehr kleines. Aber er teilte mit, dass es in Ordnung ist. Der Kleine Kondor hat den Wunsch geäußert, in seine Kabine zurückkehren zu dürfen, weil er nicht weiß, wann er endgültig sterben muss. Er möchte dort den Tod abwarten.«

»Wir werden uns später um ihn kümmern. Vielleicht können wir ihm helfen.«

In diesem Augenblick materialisierte Gucky in der Zentrale. Er trug eines der fünf Zentimeter dicken Module, nicht ganz einen Meter lang und fast einen halben breit. Es war exakt rechteckig und schien auch nicht sehr schwer zu sein, denn der Mausbiber trug es mit erstaunlicher Leichtigkeit zu einem der Tische und legte es darauf.

»Ein Impht!«, stellte er fest und zuckte die Achseln. »Fragt mich nur nicht, was das genau sein soll, jedenfalls ein Speicher für telepathisch eingespeiste Informationen, die nur auf die gleiche Art wieder abgerufen werden können. Wäre fein, wenn wir auch so etwas erfunden hätten.«

»Da steckt aber eine Menge Wissen drin«, versicherte Fellmer Lloyd, der als Telepath die ersten zögernden Impulse des Imphts empfing. Goshmo-Khan wandte seine Aufmerksamkeit seit längerer Zeit wieder dem Panoramaschirm zu, der zu seinem Erstaunen noch immer einwandfrei arbeitete und ein klares Bild ausstrahlte. Die fremde Sonne schien merklich näher. Da die Ortergeräte und Massetaster nun endgültig ausgefallen waren, konnte niemand feststellen, ob sie wirklich einen Planeten besaß, wie von den Glovaaren behauptet wurde.

BOX-7149 war in doppelter Hinsicht ein halbes Wrack. Einmal hatte die Anwesenheit der Glovaaren die Biopositronik zum größten Teil lahm gelegt. Nicht weniger gefährlich war der Einfluss der energetischen Stürme innerhalb der Nabelschnur zwischen den beiden auseinander strebenden Milchstraßen, die sich vor zwei Milliarden Jahren begegnet waren. Beides zusammen schien die endgültige Katastrophe vorzubereiten.

»Ich glaube«, sagte Gucky plötzlich in das Schweigen der Männer hinein, »der Impht will uns etwas mitteilen.«

Die Kämpfe im Schiff gingen weiter. Von den positronisch gesteuerten Robotern unterstützt, säuberten die Wissenschaftler Sektion nach Sektion. Sie gingen dabei rücksichtslos vor, denn ihr aller Leben hing davon ab, ob es rechtzeitig gelang, sämtliche Glovaaren zu beseitigen.

Die Verluste der unglücklichen Vogelwesen machten sich bereits positiv bemerkbar. Einige der weniger wichtigen Anlagen, die von dem Kommandoplasma gesteuert wurden, begannen zögernd wieder zu arbeiten. Der Einfluss auf die Navigation des Schiffs blieb jedoch noch zu gering, um eine entscheidende Kursänderung herbeizuführen.

»Er will uns etwas mitteilen?«, fragte Bully. »Was denn?«

»Wenn du noch etwas wartest und dich möglichst ruhig verhältst, können Fellmer und ich es dir vielleicht verraten«, sagte Gucky. »Wir müssen uns konzentrieren, denn sehr deutlich sind die Impulse der Platte nicht. Auch kann ich ihr keine Fragen stellen, denn sie kann mich nicht empfangen. Der Kontakt ist einseitig, wie gehabt. Der Impht spult eine gespeicherte Nachricht ab, das ist alles.«

Bull wollte erneut eine Frage stellen, aber er fing einen warnenden Blick Fellmer Lloyds auf und schwieg. Die beiden Telepathen hatten sich gesetzt und die Sessel so gedreht, dass sie den auf dem Tisch liegenden Impht sehen konnten. So fiel ihnen die Konzentration leichter. Die Vorgänge im Schiff interessierten sie nicht mehr, sie waren Bullys und Goshmo-Khans Angelegenheit. Ihnen ging es jetzt darum, so viel wie möglich von dem Speichermodul zu erfahren, solange sich die Möglichkeit dazu bot.

Die telepathische Sendung dauerte vielleicht fünf Minuten, dann begann sie sich zu wiederholen. Dabei kamen die Impulse immer schwächer und undeutlicher, so als erschöpfe sich die Energiequelle des Imphts. Trotzdem besaßen Gucky und Fellmer Lloyd genügend Geduld, sich die Botschaft insgesamt dreimal anzuhören, ehe sie sich entspannten und die Sessel herumschwingen ließen.

»Nun?«, fragte Bull voller Spannung.

Gucky deutete auf Fellmer Lloyd. »Er wird es euch mitteilen. Aber erwartet nicht zu viel. Ich nehme an, jeder Impht hat zwar grundsätzlich die gleiche Hauptinformation gespeichert, gibt sie aber in anderer Form wieder. Es ist auch möglich, dass wir nur eine Teilinformation erhielten, und erst ein systematisches Abrufen sämtlicher Impht-Informationen ergibt ein vollständiges Bild der Geschehnisse. Aber das ist nur Theorie. Fellmer, du bist dran.«

Der Telepath wischte sich mit dem Handrücken den Schweiß von der Stirn. »Also gut, viel war es nicht – Gucky hat Recht. Der Impht definiert seine Aufgabe, zu der er geschaffen wurde. Er soll intelligenten und telepathischen Lebewesen von der vor zwei Milliarden Jahren stattgefundenen Katastrophe berichten, wobei ich bemerken darf, dass die Zeitangabe erstens ungenau und zweitens fraglich ist. Wie konnte man bei der Speicherung damals wissen, dass die Imphts in zwei Milliarden Jahren endlich entdeckt würden? Ich nehme also an, dass die entsprechenden Daten ständig korrigiert werden. Entweder automatisch oder durch etwas, das sie noch heute kontrolliert. Aber das ist nur eine Vermutung von mir.«

»Allerdings eine ziemlich happige«, sagte Goshmo-Khan verwirrt.

»Der Impht bittet im Namen seiner Schöpfer darum – bei diesen Schöpfern kann es sich nur um die Glovaaren handeln –, deren Nachkommen zu suchen und ihnen Hilfe zu bringen. Niemand kann wissen, ob diese Bitte heute noch aktuell ist, denn inzwischen ist, wie wir wissen, sehr viel Zeit vergangen.«

»Aber das wissen wir doch schon alles«, unterbrach ihn Bull. »Die Glovaaren selbst haben es euch mitgeteilt, als ihr noch Gefangene wart.«

»Sicher, aber ich bin ja auch noch nicht fertig. Der Impht behauptet weiter, dass sich im Mahlstrom, der zwischen den beiden Galaxien entstanden ist, noch viele bewohnte Welten befinden, die der Hilfe bedürfen. Sie treiben hilflos mit ihren Sonnen, wenn sie welche haben, dahin. Spielbälle der energetischen Stürme und der Gravitationsverschiebungen. Es mag als sicher gelten, dass alle Bewohner in den Zustand der Primitivität zurückgefallen sind. Man soll ihnen sagen, wer ihre Vorfahren gewesen sind, und ihnen dabei helfen, ihre Zukunft wiederzufinden.«

»Hm«, murmelte Goshmo-Khan unsicher. »Helfen sollen wir diesen Vögeln auch noch, nachdem sie uns angriffen und fast vernichteten? Ich weiß nicht recht, ob es mir viel Freude bereiten wird, mich daran zu beteiligen.«

»Nun halt mal die Luft an!«, keifte Gucky wütend. »Du mit deinen ewigen Vorurteilen! Natürlich haben uns die Glovaaren angegriffen, und das nicht zu knapp. Wir wehren uns und vernichten sie jetzt, weil wir keine andere Wahl haben. Aber du vergisst jene Glovaaren, die in der Station zurückblieben, und du vergisst vor allen Dingen den Kleinen Kondor, der uns befreite und uns tatkräftig half. Du darfst sie nicht alle über einen Kamm scheren.«

»Schon gut«, gab Goshmo-Khan zurück. »Ich kenne ja deinen Gerechtigkeitsfimmel. Habt ihr sonst noch etwas erfahren?«

»Ja, und zwar das Geheimnisvollste«, sagte Fellmer Lloyd.

Bully sah ihn forschend an. »Und das wäre?«

»Wir haben es alle beide nicht ganz verstanden, außerdem nehmen wir an, dass es sich nur um eine Teilinformation handelt. Es ist aber noch wahrscheinlicher, dass jene, die die Imphts mit Daten speisten, selbst nicht genau wussten, was sie mitzuteilen hatten oder mitteilen sollten. Die Information handelt jedenfalls von einer Macht, die an der einen oder anderen Seite der Sternenbrücke sitzen könnte und sich die kosmischen Energien, die durch die Katastrophe entstanden und noch immer wirksam sind, zunutze macht.«

Goshmo-Khan schüttelte energisch den Kopf. »Unsinn!«, sagte er mit lauter Stimme. »Das ist völliger Unsinn!«

»Wieso?«

»Weil die damals ja auch noch gar nicht wissen konnten, dass ein Sog entsteht, eine Sternenbrücke. Es gab sie ja damals noch gar nicht. Sie entstand ja erst lange nach der Katastrophe, und die Imphts sind zweifellos vorher gespeichert worden.«

»Das lässt nur einen Schluss zu«, stellte Bully fest. »Die Imphts sind nachträglich mit neuen Informationen versehen worden – wie Fellmer bereits vermutete. Das letzte Mal vielleicht vor tausend Jahren oder mehr. Eine andere Erklärung gibt es nicht, auch nicht für die relativ exakten Zeitangaben.«

Gucky war aufgestanden und zum Tisch gegangen, auf dem das Speichermodul lag. Er tastete es ab, wobei er sich erneut konzentrierte. Schließlich kehrte er an seinen Platz zurück. »Es sendet keine Impulse mehr aus. Praktisch ist es tot.«

»Die Energie wird aufgebraucht sein«, sagte Goshmo-Khan. »Aber ich glaube, wir sollten uns wieder darum kümmern, was im Schiff geschieht. Wie ich feststelle, beginnen immer mehr Instrumente wieder zu arbeiten. Vielleicht wird das Schiff bald wieder manövrierfähig. Wie sieht es sonst aus, Mister Bull?«

»Kommt auf den Standpunkt an. Nur in einzelnen Sektionen treiben sich noch Glovaaren herum, die von den Robotern gejagt und getötet werden. Aber es scheint auch solche zu geben, die einfach aufgeben und sterben, bevor sie gestellt werden können.«

Gucky stand auf, ging zu Bully und setzte sich neben ihn. »Kannst du den Interkom einschalten?«

»Sicher, warum?«

»Ich habe eine Vermutung, und wenn sie stimmt, wird es höchste Zeit, dass ich mich um den Kleinen Kondor bemühe. Ich werde ihm zwar nicht helfen können, aber es wird ihn trösten, nicht allein sterben zu müssen. Seine Gedanken jedenfalls verraten nichts.«

Bully starrte den Mausbiber an. »Was willst du damit andeuten?«

»Ganz einfach: Einer der Imphts ist seinen Vorrat an Informationen losgeworden und erloschen. Sie sterben alle, ohne Ausnahme. Ich glaube, in einer Stunde ist alles vorüber. Du kannst die Wissenschaftler zurückrufen. Sie brauchen nicht mehr zu kämpfen.«

Die Szenen auf den Schirmen bewiesen eindeutig, dass die Vermutung des Mausbibers stimmte. Die Glovaaren, wo immer sie sich aufhielten, wurden langsamer in ihren Bewegungen, so als wären sie plötzlich einer größeren Schwerkraft ausgesetzt und müssten eine zusätzliche Last tragen. Einige sanken auf den Boden, breiteten die Arme und Flügelstummel aus – und starben.

Gucky erhob sich wieder. »Eine dumme Frage, Bully, aber sie ist nötig. Wenn ihr das Schiff nicht mehr unter Kontrolle bekommen solltet, was ja unwahrscheinlich zu sein scheint, wie lange würde es dann noch dauern, bis alles zu Ende ist?«

»Du meinst, bis wir in die Sonne stürzen? Nun, vielleicht drei Tage. Die Geschwindigkeit wird ständig größer, da wir ja von ihr angezogen werden und ...«

»Schon gut. Drei Tage also? Gut, dann gib den Wissenschaftlern die Daten, die wir erhalten haben, und lass sie versuchen, einige Konsequenzen daraus zu ziehen. Ich gehe zum Kleinen Kondor. Er stirbt.«

»Aber was würden uns die Daten nützen?«

Gucky sagte bissig: »Ich will nicht dumm sterben, Bully!« Dann konzentrierte er sich und teleportierte.

Der Kleine Kondor lag reglos auf dem Bett, die Augen weit geöffnet. Aber er atmete noch. Gucky materialisierte in der Kabine und empfing sofort einen schwachen Gedankenimpuls seines Freundes. Er setzte sich zu ihm.

Wie geht es dir? Kann ich dir nicht helfen?, fragte er lautlos.

Die Antwort kam ebenso lautlos: *Meine Aufgabe ist erfüllt, wie auch die der Imphts erfüllt wurde. Die Nachkommen meines Volks werden erfahren, was geschehen ist. Du versprichst mir, den letzten Willen unserer Vorfahren zu erfüllen?*

Natürlich verspreche ich es dir. Aber es ist nicht so sicher, dass wir es auch vermögen. Unser Schiff droht in die Sonne zu stürzen.

Es wird in eine Kreisbahn gehen und sicher auf dem Planeten landen.

Viele Explosionen haben es nahezu manövrierunfähig gemacht, Kleiner Kondor. Die Landung ist fraglich, selbst wenn es uns gelingen sollte, der direkten Anziehungskraft der Sonne zu entkommen. Was ist das für ein Planet?

Niemand kennt ihn, wir wissen nur, dass es ihn gibt. Ich weiß auch nicht, ob dort Nachkommen meines Volks leben. Ihr werdet es herausfinden. Sie werden euch in Freundschaft begegnen.

Das will ich hoffen, Kleiner Kondor. Aber etwas anderes: Ich könnte unsere Mediziner kommen lassen. Vielleicht können sie doch etwas für dich tun? Du kannst doch nicht einfach sterben, nur weil ein telepathischer Impuls es dir befiehlt!

Der Tod ist auf die Dauer nicht zu überlisten, man kann ihn höchstens aufschieben – um ein paar Millionen Jahre vielleicht. Und die sind nun vergangen. Ich muss Abschied nehmen, mein kleiner Freund. Und ich werde dich dann bitten, mich allein sterben zu lassen. Wenn alles vorbei ist, gebt mich dem Weltraum zurück. Ich möchte nicht, dass du eine schlechte Erinnerung an mich hast.

Aber warum sollte ich denn …?

Diesmal sterbe ich endgültig! Meine Form wird sich schnell verändern. Du wirst mich bald nicht wieder erkennen. Es ist besser, du erfüllst meine letzte Bitte.

Gucky nickte beklommen. *Gut, ich verspreche es dir. Sobald die Ärzte deinen Tod festgestellt haben.*

Das ist überflüssig. Diesmal kann es keinen Zweifel geben.

Gucky verließ die Kabine, ohne zu teleportieren. Er setzte sich vor der Tür auf den Boden und konzentrierte sich auf die Gedankenimpulse des sterbenden Glovaaren.

11.

Das Plasma hatte sich wieder beruhigt. Die biopositronischen Leitstellen funktionierten einwandfrei, und auch Pos-1 benahm sich so, als sei nichts geschehen. Erste Reparaturkommandos wurden an die Arbeit geschickt, um das Schiff wieder voll manövrierfähig zu machen.

Reginald Bull hatte die leitenden Wissenschaftler der einzelnen Sektionen zu einer Besprechung gebeten und ihnen die bisher herausgefundenen Fakten mitgeteilt, um sie dann um eine Analyse zu bitten.

Goshmo-Khan meldete sich als Erster zu Wort: »Wir wissen, dass das unprogrammgemäße Wiedereintauchen der Erde in das Einstein'sche Universum den ungewöhnlichen Zuständen in diesem Teil des Raums zuzuschreiben ist. Ich glaube nicht an die Theorie mancher Kollegen, dass die zufällige Konstellation mehrerer hier vorhandener Sonnen daran schuld ist, sondern vielmehr die herrschenden Energiefelder fünfdimensionaler Natur. Wir befinden uns, wissenschaftlich ausgedrückt, in der Abriss-Verbundschnur zweier Galaxien. Diese Milchstraßen, auch das wissen wir sicher, kollidierten vor etwa zwei Milliarden Jahren. Die Kollision – oder vielmehr das nahe Aneinandervorbeiziehen vieler Sterne – verursachte eine Herauslösung dieser Sonnen aus ihrem Gravitationsverband. Die einen folgten ihrer eigenen Galaxis, andere wiederum der fremden. So entstand die Sternenbrücke, eine Materieader zwischen den Welteninseln, die sich von nun an ständig voneinander entfernten, ihre Beute an fremden Sonnen jedoch dabei mitnahmen. Die Folge waren die kosmischen Stürme, die wir ja erlebten.«

Jemand hob die Hand. Goshmo-Khan nickte ihm zu.

»Ich bin immer noch der Meinung, dass nur eine einzelne Sonne, energetisch durch die hier herrschenden ungewöhnlichen Verhältnisse aufgeladen, als Empfangstransmitter wirkte.«

»Nun, es spielt keine Rolle, ob Sie oder ich Recht haben, wichtig ist, wir haben einigermaßen die Ursache erkannt. Die Frage ist nur, wie es möglich sein konnte, dass eine derartige Kraft über viele Millionen Lichtjahre hinweg wirksam werden konnte. Das ist die Frage, die wir später zu klären haben.«

Bull ergriff das Wort: »Jetzt geht es erst einmal um unsere Rettung. Es sieht viel besser aus als vor einigen Stunden. Die letzten der von den Glovaaren gelähmten Männer kommen wieder zu sich. Die Glovaaren selbst sind ausgeschaltet. Das Schiff befindet sich auf einem Kurs, der den endgültigen Sturz in die Sonne verhindert. Wenigstens haben das die neuesten Berechnungen ergeben. Aber damit befinden wir uns noch nicht in Sicherheit. Es gibt keine Funkverbindung zur Erde. Wir kennen nicht einmal ihre ungefähre Position. Unsere Flugdaten wurden aus der Biopositronik gelöscht. Wir werden es also schwer haben, die Erde wiederzufinden, selbst dann, wenn der Antrieb wieder einwandfrei funktioniert. Nach dieser ersten Besprechung möchte ich die Techniker unter Ihnen bitten, sich bei mir in der Kommandokuppel einzufinden. Zusammen mit den Posbis werden wir versuchen, eine praktische Lösung zu finden.«

Einer der führenden Biologen erhob sich. »Das sind technische Probleme, mit denen die betreffenden Spezialisten sicherlich bald fertig werden, aber was mich und meine Kollegen besonders interessiert, ist die Frage: Was soll die Andeutung des Imphts, an den Enden der Nabelschnur säße vielleicht eine Macht oder ein Volk, das die entfesselten Energien des Kosmos ausnütze? Wir können uns nicht vorstellen, wie so etwas möglich sein sollte. Sind die Informationen dieser Speichermodule glaubhaft?«

Fellmer Lloyd nickte, ohne zu zögern. »Sie sind es, ohne Zweifel! Außerdem handelt es sich bei dieser speziellen Information lediglich um eine Vermutung, die von den Glovaaren in die Imphts eingespeichert wurde, wahrscheinlich als eine Art Hinweis, mehr nicht. Was wirklich dahinter steckt, werden wir vielleicht eines Tages erfahren – oder auch nicht.«

Einer der anderen Wissenschaftler wollte eine Frage stellen, als er durch das Summen des Interkoms unterbrochen wurde. Pos-1 erschien auf dem Schirm. »Was gibt es, Pos-1?«

»Es wäre gut, wenn Sie in die Zentralkuppel drei kämen, Sir. Soeben wurde die Außenschleuse des Haupthangars geöffnet, ohne dass ein Befehlsimpuls dazu gegeben wurde. Die Leitungen dorthin sind unterbrochen, wir wissen also nicht, was dort vor sich geht. Ende.«

Goshmo-Khan starrte Bull fragend an. »Was soll das bedeuten?«

»Keine Ahnung, Professor. Aber eine Gegenfrage: Wurden die Leichen der verstorbenen Glovaaren inzwischen aus dem Schiff entfernt?«

»Was hat denn das damit zu tun?«

»Vielleicht alles. Antworten Sie bitte.«

»Ich habe die Anweisung gegeben, ihnen allen eine Raumbestattung zuzubilligen. Die Anordnung dürfte inzwischen ausgeführt worden sein. Im Schiff befindet sich demnach kein einziger Glovaare mehr.«

»Gut. Sie erreichen mich in der Kommandokuppel drei.«

Bully verließ den Konferenzraum, wo der Vorfall schnell vergessen wurde. In den vergangenen Stunden hatte es so viele Überraschungen mit der Positronik der Posbis gegeben, dass man sich nicht mehr darüber aufregte.

Gucky kehrte in die Kabine zurück, nachdem die letzten Gedankenimpulse des Kleinen Kondors erloschen waren. In seinem jetzigen Zustand sah er genauso aus wie zu jenem Zeitpunkt, da der Mausbiber ihn in Quetroppa gefunden hatte. Gucky setzte sich, unschlüssig, was er tun sollte. Er konnte seinen Helm schließen und mit dem Leichnam in den

Raum hinausteleportieren. Ein Stoß, und der Kleine Kondor würde in die Sonne hineinfliegen und in ihrer flammenden Glut vergehen. Vielleicht war es das, was er sich gewünscht hatte.

Einen Augenblick lang konzentrierte er sich auf die Konferenz und verfolgte die einzelnen Beiträge, dann verlor er das Interesse. Er schloss den Helm, sein Entschluss stand nun fest. Er ging bei der Durchführung des Plans kein Risiko ein, denn der kosmische Sturm hatte nachgelassen. Er konnte jederzeit teleportieren.

Er nahm die feingliedrige Hand des Kleinen Kondors. »Es ist so weit, mein toter Freund. Bald wirst du deine letzte Reise antreten. Es wird kein Erwachen mehr für dich geben. Ein Stern wird dich in sich aufnehmen und als Licht wieder freigeben. Licht, Kleiner Kondor, das intelligente Lebewesen noch in Jahrmillionen sehen können – also lebst du doch ewig.«

Dann konzentrierte er sich auf die Außenhülle von BOX-7149 und teleportierte zusammen mit dem Kleinen Kondor aus dem Schiff. Er materialisierte auf einer der vielen Plattformen zwischen den bizarren Aufbauten des Fragmentraumers. Die Anziehungskraft der gewaltigen Materieansammlung reichte aus, um ihn festzuhalten, wenn auch ein kräftiger Sprung ihn hätte davontreiben lassen.

Die Sonne schien nicht mehr so rötlich zu leuchten wie vorher. Jetzt war sie gelb, und manchmal schimmerten Grün und Blau durch. Nur in zwei Richtungen standen noch andere Sterne – in Richtung der beiden Milchstraßen. Sonst war der Himmel bis auf verwaschene und kaum sichtbare Lichtflecken leer.

Die Leiche war so gut wie ohne Gewicht. Gucky hielt sie auf seinen ausgestreckten Armen der flammenden Sonne entgegen, dann stieß er sie schräg nach oben von sich fort. Der Kleine Kondor entfernte sich nur langsam und rotierte dabei kaum merklich um seine Achse. Schon nach einigen Dutzend Metern überwog das Schwerefeld der Sonne, und er konnte nicht mehr zur BOX-7149 zurückfallen. Von nun an würde sein Flug immer schneller werden, bis er schließlich wie ein Geschoss sein Ziel erreichte.

Gucky sah ihm nach, bis er im Nichts verschwunden war. Dann drehte er sich um, damit er die Sonne im Rücken stehen hatte. Er sah über die abstrakte Landschaft des Fragmentraumers hinweg, die nichts anderes als die Oberfläche eines künstlichen Planeten war, in dessen Innern Menschen lebten.

In etwa tausend Metern Entfernung bemerkte Gucky plötzlich eine Bewegung, die er nicht sofort zu identifizieren vermochte. Es sah so aus, als wüchse ein neuer Turm aus der Hülle des riesigen Schiffs. Erst als der

»Turm« etwa fünfzig Meter hoch war und sich von der Hülle löste, begriff Gucky, dass er den Start des Beiboots der Glovaaren beobachtete. Das Prisma bewegte sich mit mäßiger Geschwindigkeit von der BOX fort, schwenkte allmählich herum und nahm Kurs auf die Sonne.

Der Mausbiber wollte telepathischen Kontakt mit Lloyd aufnehmen, aber der war in eine hitzige Debatte mit einigen Wissenschaftlern verwickelt und »hörte« nicht. Also schaltete er das Funkgerät ein und hoffte, dass wenigstens jemand in der Kommandozentrale am Empfänger saß.

Es war Bully, der sich meldete. »Du, Gucky? Wo steckst du denn, dass du dich über Funk meldest?«

»Ich bin draußen und habe den Kleinen Kondor dem Weltraum übergeben. Nun gibt es keinen Glovaaren mehr im Schiff, umso weniger verstehe ich, dass ihr Beiboot gerade gestartet ist.«

»Ich weiß davon. Pos-1 unterrichtete mich. Es ist auf dem Schirm gut zu sehen. Wenn mich nicht alles täuscht, wird es gesteuert. Aber von wem?«

»Keine Erklärung?«

»Noch nicht. Kannst du versuchen, etwas herauszufinden? Aber sei nicht leichtsinnig.«

»Das ist ein Fremdwort!«, knurrte der Mausbiber. »Also gut, ich sehe mal nach. Behalte das Prisma im Auge.«

Natürlich hätte Gucky auch direkt in das Beiboot hineinteleportieren können, aber er zog es vor, das vakuumtaugliche Flugaggregat zu aktivieren. Langsam folgte er dem treibenden Schiff und holte es allmählich ein.

Sanft landete er auf einer der glatten Seiten und schaltete das Aggregat ab und das Funkgerät ein. »Kannst du mich sehen, Bully?«

»Deutlich! Du klebst auf dem Ding wie eine Fliege auf dem Leim. Unsere Berechnungen hier besagen, dass die Beschleunigung minimal ist.«

»Ich merke überhaupt nichts davon. Das Prisma treibt. Ich frage mich nur, wer die Hangarschleuse geöffnet hat.«

»Es geschah automatisch, als das Beiboot den Antrieb einschaltete und sich auf die Luke zubewegte. Zum Glück war gerade niemand im Hangar.«

»Ich lasse das Funkgerät an. Aber es ist besser, du schaltest bei dir den Ton ab, damit dein Schnaufen mich nicht stört.«

Bully knurrte etwas Unverständliches und schaltete ab, blieb jedoch auf Empfang. Gucky lag flach auf der Hülle und versuchte, sich auf das Innere des Boots zu konzentrieren. Jemand musste sich an Bord befinden, denn auch wenn sämtliche Funktionen auf Automatik geschaltet waren, musste sie jemand ursprünglich aktiviert haben.

In der Tat … Gedankenimpulse! Im ersten Augenblick war Gucky über die Bestätigung seiner Vermutung so verblüfft, dass er kaum zu atmen wagte. Doch dann konzentrierte er sich erneut, ohne Bully mit einem Wort zu informieren. Er wollte erst ganz sicher sein.

Natürlich waren es Gedankenimpulse, aber ihre Muster kamen ihm sofort bekannt vor. Sie waren steril, ohne Eigenleben, und auf keinen Fall waren sie spontan und voller Initiative. Sie waren mechanisch – wie die der Imphts.

»Es sind die Speichermodule, Bully. Wir hatten vergessen, dass sie im Schiff geblieben sind. Aber wie ist es möglich, dass sie von ihrer Programmierung abweichen? Ihre einzige Aufgabe war die Weitergabe von Daten.«

»Wer sagt das?«

»Ich nahm es bisher an.«

»Goshmo-Khan kommt gerade. Ich werde ihn fragen. Vielleicht hat er eine Idee.«

»Tu das! Inzwischen werde ich ins Schiff teleportieren.«

»Warte noch!«

Gucky seufzte. »Na schön, ich warte noch. Aber Goshy soll sich mit dem Denken beeilen. Schließlich treibe ich immer weiter von euch fort.«

»Als ob dich das schon berühren würde!«

Das stimmte allerdings. Es berührte den Mausbiber nicht im mindesten, denn er hätte selbst über eine Entfernung von mehr als hunderttausend Kilometern leicht teleportieren können. Er war einfach neugierig und ungeduldig.

Abermals konzentrierte er sich auf die Gedankenimpulse der Imphts im Beiboot. Sie ergaben nicht viel Sinn. Immerhin kam Gucky zu dem erstaunlichen Ergebnis, dass die Imphts untereinander in gedanklicher Verbindung standen, wenn auch in seltsam schematischer und starrer Form. Jedes einzelne Wort schien vorprogrammiert zu sein – aber von wem?

Unwillkürlich musste Gucky an die unbekannte Macht denken, die angeblich an einem Ende der Sternenbrücke lauerte. Sollte sie ihre Hand im Spiel haben?

Über Funk meldete sich nun Goshmo-Khan: »Ich denke an eine ganz bestimmte Möglichkeit, Gucky. Es kann doch sein, dass den Imphts ein ganz bestimmtes Kodewort programmiert wurde. Mit anderen Worten: Sobald sie ihre Aufgabe erfüllt haben, sind sie nicht mehr an ihr bis dahin geltendes Programm gebunden. Sie erhalten automatisch eine andere

Aufgabe – oder dürfen vielleicht sogar nach eigenem Ermessen handeln.«

»Zum Beispiel Schiffe klauen?«

»Auch das. Außerdem ist es ein Schiff der Glovaaren und damit ihr eigenes. Natürlich kann ich mich irren, aber ich finde die Erklärung plausibel.«

»Ich auch, wenigstens ein bisschen«, schränkte Gucky ein. »Hast du Bedenken, wenn ich hineinteleportiere?«

»Würden sie dir nützen?«

»Nein!«

»Dann teleportiere! Wir behalten das Boot im Auge.«

Das Innere des Beiboots war hell erleuchtet. Von der Decke des Lagerraums herab hingen die Imphts, meist keine sehr großen, weil nicht viel Platz vorhanden war. Zum ersten Mal, seit Gucky ihnen begegnet war, spürte er so etwas wie eine Resonanz, als er versuchte, telepathische Verbindung zu ihnen aufzunehmen. Goshmo-Khan schien mit seiner Theorie Recht zu behalten. Die vorangegangenen Ereignisse mussten eine Sperre beseitigt haben. Zumindest aber waren die Imphts nun vielleicht in der Lage, Antwort auf Fragen zu geben.

»Ich bin ein Telepath und habe eure Botschaft vernommen«, sagte Gucky laut, damit Bully und Goshmo-Khan wenigstens ihn verstehen konnten. »Wir werden den Auftrag ausführen, den wir erhielten. Wir werden die Überlebenden der Großen Katastrophe finden und ihnen helfen. Doch verratet mir, wohin geht ihr? Warum habt ihr unser Schiff verlassen?«

Wenn er eine klare Antwort erwartet hatte, so wurde er enttäuscht. Ein Gewirr unverständlicher Gedanken drang auf ihn ein. Allerdings gab es auch Emotionsmuster, die Gefühle vermittelten. Skepsis war dabei, aber auch Feindseligkeit und Abwehr. Ganz schwach spürte Gucky Vertrauen und den Willen zur Freundschaft. Dann jedoch wurde all das von einer übermächtigen Woge der Trauer fortgeschwemmt.

Trauer! Verzweiflung und Hilflosigkeit! Tod!

»Ich will euch doch nur helfen!«, versuchte Gucky es noch einmal. »Es ist nicht unsere Schuld, wenn eure Herren sterben mussten. Ihr gabt uns die programmierten Informationen, und dann mussten sie sterben. So war es geplant, vor sehr langer Zeit. Ich fühle, dass auch ihr sterben wollt oder müsst. Warum?«

Diesmal kam ein starker, konzentrierter Gedankenimpuls zurück, und es war so, als hätten ihn alle Imphts zugleich gedacht: *Der Tod ist nur der Beginn der Ewigkeit.*

Gucky wollte die nächste Frage stellen, aber dann zögerte er. Die Module verfärbten sich. Sie schillerten grau, dann gelblich und schließlich blau und rot und grün. Gleichzeitig veränderte sich ihre Oberfläche in der bisher glatten Struktur. Sie wurde porös und begann abzubröckeln.

Gucky wich entsetzt zurück. So schnell hatte er das Ende, das er erahnt hatte, nicht erwartet. Er wusste noch immer nicht, wie sie es geschafft hatten, das Beiboot aus der BOX zu bringen, und wahrscheinlich würde er es auch niemals erfahren.

Er versuchte noch einmal, Kontakt zu den Imphts aufzunehmen, aber stattdessen hörte er Bullys Stimme im Helm: »Komm zurück, Gucky! Teleportiere! Das Boot beschleunigt mit hohen Werten. Der Kurs führt genau in die Sonne hinein!«

Gucky warf einen letzten Blick auf den immer größer werdenden Haufen farblosen Materials, das sich auf dem Boden des Lagerraums ansammelte, während die Module unter der Decke immer kleiner wurden.

»Ich komme schon«, antwortete er. Die Imphts strahlten keine Impulse mehr aus. Sie waren gestorben, aber zuvor hatten sie den Antrieb des Beiboots – wahrscheinlich auch durch einen telepathischen Befehlsimpuls – eingeschaltet und den Kurs korrigiert.

Gucky teleportierte zur BOX zurück und materialisierte in der Kommandokuppel auf dem freien Sessel zwischen Bull und Goshmo-Khan. »Die Imphts sind tot«, sagte er tonlos. »Seelenlose Dinger, mechanische Speicher – aber ich mochte sie irgendwie. Sie werden mit ihrem kleinen Schiff in die Sonne stürzen.«

»Wenn die jetzigen Beschleunigungswerte beibehalten werden – in genau 17 Stunden«, sagte Bully.

Gucky nickte. »Und was ist mit uns? Wann sind wir so weit?«

»Vorläufig noch nicht, Kleiner. In zwei Stunden dürften wir eine stabile Kreisbahn erreicht haben. Immer mehr Stationen der Posbis beginnen zu arbeiten, wenn man auch noch nicht davon sprechen kann, das Schiff sei wieder voll manövrierfähig. Die Explosionen haben zu viele Kontrollstellen zerstört. Wir müssten landen, um eine komplette Reparatur durchführen zu können. Aber selbst eine Landung wäre ein Risiko, auch wenn es sich dabei um einen festen Planeten handelt.«

»Immer noch besser«, sagte Gucky, »als in der Sonne zu landen.«

Alle Versuche, wenigstens einen einzigen Hyperfunkimpuls von der Erde zu erhalten, blieben erfolglos. Wenn sich BOX-7149 auch nicht mehr selbst in der Zone des kosmischen Sturmes aufhielt, so lag dieses Gebiet jedoch zwischen dem Schiff und dem wahrscheinlichen Standort des Heimatplaneten.

Der Linearantrieb war blockiert und konnte nicht aktiviert werden, ohne dass man Gefahr lief, sich selbst in die Luft zu sprengen. Der Normalantrieb arbeitete mit halber Kraft, wodurch das Schiff zum Teil manövrierfähig wurde.

In der Ortungszentrale beendete der Reparaturtrupp der Posbis seine Arbeit. Pos-1 gab das Ergebnis bekannt: »Die Orter arbeiten wieder, aber die visuelle Aufbereitung der Ergebnisse ist noch nicht wieder möglich. Die Massetaster arbeiten unregelmäßig. Reparatur läuft.«

»Danke, Pos-1«, sagte Bully und sah Goshmo-Khan an. »Ich glaube, wir werden es so machen wie in der guten alten Zeit.«

»Und wie haben die es damals gemacht?«

»Optisch, Professor! Die Leute der Astronomischen Abteilung sollen sich hinter ihre Teleskope klemmen und versuchen, einen Planeten zu finden. Wie immer er auch aussehen mag, wir müssen eine Landung auf ihm versuchen, aber ich nehme an, wir haben Glück. Die Glovaaren jedenfalls waren fest davon überzeugt, dass diese Sonne einen bewohnbaren Planeten besitzt.«

»Die Glovaaren können sich geirrt haben. Vergessen Sie nicht, wie lange sie unterwegs waren. Vielleicht haben sie sich sogar in der Sonne getäuscht. Ich fürchte, wir sind allein auf uns angewiesen. Aber Sie haben natürlich Recht. Ich werde mich selbst um die astronomischen Beobachtungen kümmern. Sie erreichen mich dort, wenn Sie mich brauchen.«

Der Wissenschaftler verließ die Zentrale. Fellmer Lloyd, der an den Navigationskontrollen saß, sagte: »Sie arbeiten einigermaßen zuverlässig. Wenn ich die Koordinaten eines Ziels zur Verfügung hätte, könnten wir es mit ein wenig Geduld auch anfliegen.«

»Wo steckt Gucky eigentlich?«, wollte Bull wissen.

Fellmer Lloyd antwortete nach einigen Sekunden: »Er liegt auf seinem Bett und schläft. Soll ich ihn wecken?«

»Nein, ich wollte nur wissen, wo er ist. Lassen Sie ihn schlafen.«

Inzwischen erreichte Goshmo-Khan eine der Beobachtungskuppeln, die sich auf der Außenhülle des Fragmentraumers befanden. Alles an ihnen war transparent, sodass man das Gefühl haben konnte, im freien Raum zu stehen. Die positronischen Hochleistungsteleskope konnten vom Innern der Kuppel aus gesteuert werden, die Bilder wurden in bester Qualität auf die Schirme übertragen.

Der leitende Astronom eilte Goshmo-Khan entgegen. »Ich kann mir schon denken, was Sie von uns hören wollen, aber ich muss Sie enttäuschen – vorerst wenigstens. Zwar konnten wir ein Objekt feststellen, das kein eigenes Licht ausstrahlt, also wahrscheinlich einen Planeten oder einen größeren Asteroiden, aber wir haben ihn wieder verloren. Vergessen Sie nicht, dass wir keinerlei Anhaltspunkte besitzen und auf die optische Beobachtung angewiesen sind.«

»Also hat diese Sonne mindestens einen Planeten?«

»Es ist anzunehmen, aber wir kennen keine Einzelheiten. Wahrscheinlich steht er von uns aus gesehen vor der Sonne, sonst müsste wenigstens ein Teil seiner Oberfläche angestrahlt werden, was die Auffindung erleichtern würde. Wenn uns die Orterzentrale wenigstens einen Tipp geben könnte …«

»Damit ist im Augenblick leider nicht zu rechnen. Könnte ich mal ein wenig mitmischen, Professor?«

»Gern, wenn Sie wollen. Kommen Sie, hier haben wir eine erstaunliche Vergrößerung. Die Instrumente sind wirklich erstklassig.«

Er übertrieb nicht. Durch einen Filter konnte Goshmo-Khan einen Blick auf die Oberfläche des Sterns werfen. Die flammenden Turbulenzen jagten ihm einen Schauder über den Rücken. Das Teleskop schwenkte weiter. Weiter entfernte Sterne erschienen auf dem Bildschirm, aber die Daten blieben aus.

»In dieser Region entdeckten wir das Objekt«, erklärte der Astronom. »Die Stelle ist leicht zu merken, weil die Konstellation sich kaum ändert. Sehen Sie dort das fast regelmäßig geformte Fünfeck – die eine Sonne ist hellgrün. Das Objekt müsste im Mittelpunkt des Fünfecks stehen – natürlich nur scheinbar. In Wirklichkeit sind die Sterne einige Lichtjahre entfernt.«

Goshmo-Khan zwirbelte seine Schnurrbartenden, ein Zeichen, dass er innerlich erregt war. »Wie ist es zu sehen, wenn kein Sonnenlicht reflektiert wird?«

»Eine schwache Albedo ist vorhanden, wahrscheinlich das Licht der Sterne. Außerdem ist am linken Rand bereits eine haarfeine Sichel zu erkennen. Warten Sie mal …«

Die Darstellung wurde größer und schärfer. »Da, sehen Sie! Genau in der Mitte des Schirms, der feine Strich. Erst mit der Zeit werden Sie auch den Rest des Objektes schwach schimmern sehen. Wir haben es wiedergefunden!«

Nun sah auch Goshmo-Khan die winzig schmale Sichel in der Mitte des Schirms. Als seine Augen sich an das Dunkel gewöhnt hatten, glaubte er auch das matte Schimmern des restlichen Planeten zu erkennen.

»Die Daten und Koordinaten müssten sich jetzt von den Instrumenten ablesen lassen. Wir müssen der Orterzentrale einen Tipp geben, vielleicht schaffen sie es dann.«

Goshmo-Khan gab Bully die Daten durch. Wenig später kam die Bestätigung, dass man das unbekannte Objekt geortet hatte. Die Koordinaten konnten festgestellt werden, aber die Massetaster sprachen nicht an. Es war nichts über die Beschaffenheit des Planeten zu erfahren, nicht einmal sein Durchmesser oder die Oberflächenbeschaffenheit.

Goshmo-Khan kehrte in die Zentrale zurück und setzte sich. »Immerhin«, sagte Bull optimistisch. »Uns bleibt keine andere Wahl, als es zu versuchen, Professor. Wenn wir Pech haben, handelt es sich um einen Wasserplaneten. Aber vielleicht haben wir auch Glück und können landen.«

»Wenn das Schiff mitmacht!«, gab Goshmo-Khan zu bedenken.

»Die Posbis geben sich alle Mühe, die Schäden zu beheben. Unsere Lage ist längst nicht mehr so aussichtslos wie vor ein paar Stunden. Aber Sie haben schon Recht: BOX-7149 besitzt eine unvorstellbar große Masse, und wenn die Aggregate für die Antigravfelder ausfallen, krachen wir wie ein Meteor auf die Oberfläche des Planeten, sobald wir in seinen Anziehungsbereich gelangen. Der Restantrieb reicht nicht mehr aus, den Fall entscheidend abzubremsen. Aber wir müssen es riskieren.«

»Nette Aussichten«, brummte Goshmo-Khan. »Wann erreichen wir den kritischen Punkt?«

»Nach den jetzt vorliegenden Berechnungen in drei Stunden.«

»Na gut, dann wecken Sie mich, bitte. Ich glaube, ein wenig Schlaf wird mir gut tun. Was ist mit Ihnen?«

»Ich kann jetzt nicht schlafen.«

Goshmo-Khan war kaum gegangen, da erschien Gucky in der Zentrale. Er wusste schon wieder alles, denn er hatte von seiner Kabine aus gespert und so der Unterhaltung beigewohnt.

Er setzte sich zwischen Bull und Fellmer Lloyd. »Ich muss noch immer an den Kleinen Kondor denken, überhaupt an die Glovaaren, von denen wir nicht einmal wissen, wie sie sich selbst nannten. Ob wir jemals ihren Auftrag ausführen können?«

»Das hängt in erster Linie davon ab, ob es uns gelingt, das Schiff zu landen, und erst in zweiter davon, ob die Posbis es dann wieder manövrierfähig machen können. BOX-7149 ist ein besseres Wrack, und wir können froh sein, dass wir ihren gefährlichen Kurs zur Sonne korrigieren konnten.«

Der Blick des Mausbibers wanderte zu dem abseits stehenden Tisch, auf dem der Impht gelegen hatte. Seine Augen weiteten sich. Auf dem Tisch lag ein Häufchen grauen Staubes.

Bully nickte. »Es geschah vor einer guten Stunde, ich wollte dich nicht wecken. Eigentlich mussten wir damit rechnen, denn auch die anderen Imphts starben auf die gleiche Weise.«

Pos-1 kam aus der Orterzentrale zurück. Er streifte die Reste des Imphts mit einem Blick und meldete: »Keine neuen Daten. Bis auf die Entfernung ist alles unbekannt. Lediglich die Taster melden eine feste Oberfläche. Eine Landung dürfte also möglich sein – wenn alle wichtigen Aggregate arbeiten.«

»Wie lange noch?«

»Zweieinhalb Stunden.«

Es wurden so ziemlich die längsten 150 Minuten, an die sich alle Beteiligten erinnern konnten. Dann aber schwenkte das Schiff in die berechnete Umlaufbahn ein und ging nach einem erneuten Bremsmanöver langsam tiefer. Von der Oberfläche des Planeten war nichts zu erkennen, aber sie war zweifellos fester Natur.

Die Antigravfelder schalteten sich ein, aber ihre Kapazität schwankte in gefährlichem Ausmaß. Der Landevorgang war eingeleitet worden und konnte nicht mehr rückgängig gemacht werden, weil die Antriebsleistung zu schwach war, um dem Schwerefeld des Planeten zu entrinnen. Es konnte nur noch versucht werden, die Antigravfelder mit dem Restantrieb zu unterstützen und so eine allzu harte Bruchlandung zu vermeiden. Bange Minuten folgten.

»Goshmo-Khan verschläft das Wichtigste«, sagte Gucky in das gespannte Schweigen hinein. »Soll ich ihn wecken?«

»Nein, lass ihn, er kann doch nicht mehr helfen«, riet Bull.

Das Schiff stürzte in dichte Wolkenfelder, deren Zusammensetzung nicht festgestellt werden konnte, weil sämtliche Energiereserven für die Landung benötigt wurden. Wenige Kilometer über der Oberfläche wurde der Fall langsamer, weil sich ein Teil der Antigravfelder stabilisierte, aber die Masse des Schiffs war so gewaltig, dass eine Katastrophe unvermeidlich schien.

»Ich könnte ja mal hinausteleportieren«, schlug Gucky vor.

»Du bleibst hier!«, befahl Bull. »Keine Experimente mehr!«

»Und als was würdest du diese Landung bezeichnen?«

Bully gab keine Antwort. Der Panoramaschirm war längst erloschen, weil keine Energie zur Verfügung stand. Sie landeten blind. Immerhin hatten die Posbis in letzter Sekunde eine einigermaßen ebene Fläche gefunden. Der Fragmentraumer fing die Fallgeschwindigkeit ab, indem er den Kurs änderte und in flachem Bogen aufsetzte. Es gab eine gewaltige Erschütterung, und dann rutschte BOX-7149 einige Kilometer über die Oberfläche dahin, überschlug sich einmal und kam dann endlich zum Stillstand.

Die Aggregate schalteten sich selbstständig ab. Außer dem Stöhnen einiger Verwundeter herrschte im ganzen Schiff eine unheimliche Stille.

Goshmo-Khan kam in die Zentrale gestürzt. Sein Gesicht verriet Empörung. »Warum hat mir denn niemand etwas gesagt? Ich bin vom Bett gefallen!«

»Aber wir sind gelandet, Goshy! Und wir leben noch!« Gucky lächelte verzerrt. »Sei froh, dass du die letzte Stunde verschlafen hast, sie war kein reines Vergnügen.«

»Und wo sind wir?«

Bully zuckte die Achseln. »Das werden wir bald feststellen, aber im Augenblick sind die Posbis dabei, die Außenhülle zu überprüfen. Wir scheinen kein Leck bekommen zu haben, oder aber die entsprechenden Schotten haben sich geschlossen. Sobald genügend Energie zur Verfügung steht, werden wir mehr erfahren. Ich fürchte aber, das kann noch Stunden dauern.«

»Dann sehe ich mir die Geschichte vom Observatorium aus an.«

»Die Kuppeln werden zertrümmert worden sein«, vermutete Bully. »Immerhin haben wir uns überschlagen.«

Goshmo-Khan seufzte schwer und quetschte sich in einen Sessel. »Aber wir haben richtig aufgesetzt und stehen nicht auf dem Kopf. Ob die Posbis den Kasten reparieren können?«

»Wenn nicht die Posbis, dann niemand!«

»Und wenn nicht?«

Gucky fuhr den Wissenschaftler empört an: »Frag nicht so viel, wir wissen es selbst nicht! Wir können nur warten, mehr nicht. Teleportieren darf ich auch nicht, sonst fänden wir schneller etwas heraus. Aber du kennst ja die Gesetze der Flotte: Ein fremder Planet darf nicht ohne vorherige Untersuchung auf seine Beschaffenheit betreten werden.«

»Es gibt auch dumme Gesetze«, meckerte Goshmo-Khan unwillig.

»Stimmt!«, pflichtete Gucky ihm mit einem Seitenblick auf Bully bei. Aber Bull reagierte nicht. Er starrte nur fragend auf den dunklen Panoramaschirm. Trotz der Ungewissheit und trotz der Bruchlandung verspürte er ein Glücksgefühl, und er war dem Schicksal für die vorläufige Rettung dankbar. Er war davon überzeugt, dass den Posbis die Reparatur gelingen würde. Ein paar Tage, so hoffte er, und sie würden wieder starten können.

Gucky aber dachte an das Versprechen, das er gegeben hatte. Wenn er ehrlich zu sich war, dann glaubte er nicht, dass er es halten konnte. Aber er würde alles versuchen.

12.

Der Matten-Willy

Aufprall … Schreie gellen durch Korridore und Räume von BOX-7149.

In diesem Chaos, das den Tod gefährlich nahe kommen lässt, gibt mein Bewusstsein in Bruchstücken die Erinnerung an den schönsten Augenblick in meinem Leben frei.

Ich habe mir eine flache Mulde gebohrt und fühle die wohlige Wärme einiger Dutzend von über hundert Sonnen auf meiner Haut, die freundschaftlichen Impulse des Zentralplasmas dringen auf telepathischem Weg in mein Bewusstsein, denn ich bin der erste und einzige Telepath, den mein Volk jemals hervorgebracht hat. Das ist der schönste Augenblick in meinem Leben.

Lügner!

Da sind andere Bilder, die sich in den Vordergrund drängen. Eine Tür öffnet sich, und ein kolossaler Mensch betritt den Raum. Seine Uniform ist an einigen Stellen angesengt, aber er grinst breit. Seine wurmförmigen, pechschwarzen Augenbrauen tanzen auf und nieder und verleihen seinem Gesicht zusätzliches Leben. Unter seinem rechten Arm trägt er ein Fässchen.

Ich lasse ein Pseudoauge aus meinem Protoplasmakörper gleiten und starre ihn an. Er versetzt der Tür einen Tritt, dass sie zuknallt.

»Das Hotel brennt noch immer«, sage ich.

Er schüttelt den Kopf. »Wir haben den Brand gelöscht.« Ich lasse elf weitere Pseudoaugen aus meinem Körper wachsen und starre ihn mit einem Dutzend gelber Pupillen an. Irgendjemand hat mir einmal gesagt, dass Menschen eine unterschwellige Furcht vor gelben Pupillen haben.

Er durchquert mit weit ausholenden Schritten den Raum, wobei er wie durch Zufall auf meinen Saum tritt, und lässt sich in einen Sessel fallen.

»Weißt du«, sagt er, noch immer grinsend, »ich wundere mich, dass man euch Burschen Stühle und Tische zur Verfügung stellt. Ich habe noch nie einen Matten-Willy an einem Tisch sitzen sehen.« Sein Blick wird etwas unstet, es fällt ihm offensichtlich schwer, mir in alle Augen zu sehen. Er winkt mit der Hand. »Außerdem machst du das mit den Augen falsch. Du darfst die Farbe nicht auf das Zentrum konzentrieren, sondern rundherum auf die Iris – wenn du weißt, was das ist.«

Gleich darauf verliert er jedes Interesse an mir, obwohl er und sieben andere Mitglieder der Solaren Abwehr nur im Hotel sind, um auf unsere

Delegation aufzupassen. Er öffnet das Fässchen und schnuppert an der Öffnung. Sechs meiner zwölf Augen schnellen in die Höhe, aber ich kann nicht erkennen, was sich innerhalb des Fässchens befindet.

»Wie heißt du?«, frage ich, um die Aufmerksamkeit wieder auf mich zu lenken.

»Cardok«, sagt er.

»Manche Menschen haben zwei oder mehr Namen«, erinnere ich mich.

»Ich«, sagt er gelassen, »habe nur einen Namen.«

Er hebt das Fässchen an den Mund und trinkt. Als er es absetzt, glänzen seine Augen. Er wischt sich mit dem Handrücken über die Lippen.

»Und du?«, fragt er.

»Wir nennen uns Matten-Willys«, antworte ich. »Einen Eigennamen habe ich nicht.«

»Ich werde dich Filz nennen«, sagt er nachdenklich. Dann steht er auf, nimmt das Fässchen in beide Hände und kommt auf mich zu. »Ich habe leider nur Scotch.«

Er dreht das Fässchen, bis die Öffnung weit genug nach unten zeigt, um den Inhalt herauströpfeln zu lassen. Ein paar Tropfen fallen auf meine Haut und sickern ein. Es ist ein angenehmes Gefühl, aber ich habe ein schlechtes Gewissen. Natürlich kommt kein Matten-Willy auf die Erde, ohne sich einmal mit Whisky berieseln zu lassen, aber bei mir geschieht es jetzt inoffiziell, ohne Zustimmung der anderen.

»Ich wette«, sagt Cardok, »das gefällt dir.«

Sicher ist es unhöflich, wenn ich jetzt zustimme. Ich lasse die Augen in meinen Körper zurücksinken und mache mich ganz flach, sodass möglichst viele Stellen begossen werden können.

Cardok lacht leise, dann kippt er das Fässchen völlig herum. Der warme Whisky plätschert in einem breiten Strahl auf mich herab. Er hört nicht auf zu schütten, bis das Fässchen leer ist, dann wirft er es in einen Sessel.

Der Whisky hüllt meine Haut in warmes Feuer, er macht mich träge und leicht zugleich. Ungeheure Gedanken tauchen in meinem Bewusstsein auf. Ich höre Cardok noch einmal kichern, dann verlässt er den Raum. Eine Zeit lang bewege ich mich nicht, Geräusche und Farben dringen mit niemals zuvor erlebter Intensität auf meine Sinne ein.

Ich entwickle einen Pseudoarm und greife nach dem Fässchen im Sessel. Es ist wirklich leer. Ein paar Minuten später kommt Cardok zurück. Ich mache mir ein Auge und sehe ihm erwartungsvoll entgegen. Er hat offenbar kein Fässchen mehr bekommen, sondern nur eine Flasche.

»Wohin möchtest du sie haben?«, fragt er.

»Überallhin«, sage ich ungeduldig.

Er entleert sie über mich und sagt entschieden: »Damit ist Schluss, ich will dich schließlich nicht noch betrunkener machen, Filz.«

Das Geschrei wird immer durchdringender. Ich höre unbewusst, dass sich in das Stöhnen und Rufen verletzter Menschen auch das Miauen anderer Matten-Willys mischt. Ich befürchte, dass beim Aufprall des Posbiraumers ein paar Stahlkuppeln geplatzt sind. Es besteht die Gefahr, dass das Steuerplasma ausgelaufen ist.

Das ist die Wirklichkeit – die schreckliche Wirklichkeit. Ich will sie nicht wahrnehmen, mein Bewusstsein flieht vor ihr, findet Rettung in der Erinnerung.

»Mein Vater lebte zwölf Jahre auf der Hundertsonnenwelt«, fährt Cardok fort. »Ich wurde dort geboren und wuchs mitten unter Matten-Willys auf. Ich bin nicht nur Major der Solaren Abwehr, sondern auch Biochemiker und Anthropologe. Jahrelang habe ich mich mit eurer Kultur beschäftigt.« Dann schreit Cardok: »Filz!«

Sein Schreien ist in der Gegenwart, es entreißt mein Bewusstsein allen Träumen von einer Vergangenheit.

Ich mache ein halbes Auge, gerade so viel, um ihn anzusehen. Wieder trägt er eine versengte Uniform, wenn auch diesmal aus anderen Gründen. Aber er lacht nicht. Sein Gesicht ist verzerrt, es spiegelt Schmerzen und Furcht wider.

Er hat beide Hände gegen die Brust gepresst. An dieser Stelle ist seine Uniform rot. Er blutet, schwankt.

Zwei Tentakel wachsen aus meinem Körper, packen ihn an den Hüften und stützen ihn. Er ist Betreuer der Matten-Willys an Bord von BOX-7149. Er ist der beste Betreuer, den ich jemals kennen gelernt habe. Manche nennen ihn grob und roh, aber das ist nur seine Schale. Wir können uns auf ihn verlassen. Nur Menschen können so zuverlässig sein. Cardok ist wuchtig, er hat große Hände und eine dröhnende Stimme.

Weißt du noch, damals im Hotel, als er dich verließ?

Ich vervollkommne mein Auge und sehe Cardok in meinen Tentakeln sterben. In meinem zukünftigen Leben werde ich noch tausend mal tausend Augen machen.

Aber keines, das weint.

Ich krieche über die schräge Ebene, die einmal ein Korridor war. Etwa zwanzig Matten-Willys folgen mir. Es wird nicht einfach sein, in die Zentrale zu gelangen. Der Korridor ist an vielen Stellen aufgeplatzt, riesige Blechtafeln wurden zu grotesken Formen verdreht. Wir kommen nur langsam voran.

Inzwischen kehrt Ordnung an Bord zurück, die Notmaßnahmen funktionieren. Löschroboter rasen auf Energiefeldern vorbei. Posbis sind praktisch überall. Die Lichtbogen der Schweißbrenner tanzen über die Wunden der Schiffshülle. Das alles muss schon unmittelbar nach dem Aufprall in Gang gekommen sein, als ich wie in Trance in unserer Kammer lag.

Vor mir entsteht ein Flimmern, dann wird Gucky sichtbar, er hat Reginald Bull bei sich. Der Terraner hat das Kinn trotzig vorgeschoben und blickt sich um, als wären all die zerstörten Teile seine persönlichen Gegner. Er hat einen Thermostrahler in der Hand, um jederzeit Verletzte aus den Trümmern schneiden zu können.

»Wer ist Filz?«, schreit er. Ich mache einen Finger, damit er sieht, wo ich bin.

»In Ordnung«, sagt er grimmig. »Du führst die Matten-Willys in die Zentrale und versuchst, das Steuerplasma zu retten. Ein paar Tanks sind leckgeschlagen, das Plasma läuft aus. Beeil dich, bevor es erstickt.«

»Wir sind gerade unterwegs«, sage ich. Meine Stimme schwankt, aber Bull ist jetzt kaum in der Stimmung, um darauf zu achten.

»Wo ist euer Betreuer, dieser Cardok?«, fragt Gucky.

»Tot!«, antworten wir im Chor.

Da ist sein Bild vor mir, ganz lebendig – ich bin in diesem Augenblick in meinem Zimmer des fast niedergebrannten Hotels und sehe Cardok an der Tür stehen bleiben. Er dreht sich zu mir um und lacht verschmitzt.

»Ich würde mein Zimmer in der nächsten Stunde nicht verlassen, Filz.«

Seine Stimme klingt wie zehn mächtige Orgeln, und das Licht, das vom raucherfüllten Flur hereindringt, hat alle Farben des Spektrums.

»Ich könnte fliegen«, sage ich. Halb im Scherz mache ich ein paar Pseudoschwingen und bewege sie auf und ab. Er schließt die Tür, und seine Schritte verklingen draußen auf dem Korridor. Ich warte, bis es still geworden ist, dann öffne ich die Tür. Der Rauch stört mich nicht, auch die Hitze macht mir wenig aus. Der Gang liegt verlassen vor mir.

Die Wand im Hintergrund ist verschwunden. Die durch eine Explosion entstandene Öffnung erleichtert mir und den anderen das Eindringen in die Zentrale. Ich sehe ziellos herumirrende Männer. Wissenschaftler sind damit beschäftigt, batteriebetriebene Wärmestrahler aufzustellen, um das Steuerplasma zu retten. Ohne dieses Plasma wird BOX-7149 nie wieder fliegen können.

Auf einem Podest sehe ich Goshmo-Khan stehen und Befehle brüllen. Mir wird bewusst, dass mein Schicksal eng mit dem dieser Menschen verbunden ist, denn an eine Rückkehr zur Hundertsonnenwelt ist im Augenblick nicht zu denken.

Goshmo-Khan springt vom Podest und stürmt uns entgegen. »Schnell!«, schreit er. »Das Plasma verfärbt sich bereits.«

Die anderen Matten-Willys und ich verteilen uns rund um die aufgeplatzten Stahltanks. Das Plasma liegt wie ein toter Fladen am Boden. Ich rufe meinen Artgenossen zu: »Macht euch so flach wie möglich. Wir müssen mit unseren Körpern eine Schicht über das Plasma ziehen und es hermetisch von der Außenwelt abschließen. Dann versuchen wir, es langsam in die Tanks zurückzudrängen.«

Ich lasse mich auseinander fließen, bis ich nicht mehr höher als ein paar Millimeter bin. Wie ein Tuch breite ich mich über dem Steuerplasma aus. Dabei strahle ich beruhigende Impulse aus. Es ist jetzt wichtig, dass das Plasma nicht in Panik gerät. Bei einem Kollektivlebewesen ist das identisch mit dem sicheren Ende.

Inzwischen ruft Goshmo-Khan Männer mit Schweißaggregaten herbei. Sobald es uns gelungen ist, das Plasma in seine Tanks zurückzutreiben, müssen sie die Lecks verschweißen.

Gucky und Bull materialisieren in der Zentrale. »Wir werden trotz aller Schwierigkeiten an Bord ein Kommando bilden und ausschleusen«, kündigt Bully an. »Es ist wichtig, dass wir schnell herausfinden, wo wir gelandet sind. Ärger mit Fremdintelligenzen können wir jetzt nicht brauchen.«

Jemand lacht. Es ist ein Donnergetöse. Es kommt von draußen – von außerhalb des Schiffs. Die Bewegungen der Männer ersterben.

»Was war das?«, bringt Goshmo-Khan schließlich hervor. »Ein Bergrutsch?«

»Unser Absturz kann Veränderungen in der Landschaft ausgelöst haben«, versucht Bull zu erklären. »Die Natur reagiert oft seltsam. Denkt an die singenden Winde oder ähnliche Naturerscheinungen auf der Erde.«

Sie sehen sich an. Bull kratzt sich am Kinn und fügt nachdenklich hinzu: »Wir werden die Männer, die wir hinausschicken, vorsichtshalber bewaffnen.«

Das Plasma unter mir beginnt zu zucken und beansprucht meine gesamte Aufmerksamkeit. Ich bin froh, dass es jetzt eine so heftige Reaktion zeigt. Das bedeutet, dass unser Rettungsversuch Aussicht auf Erfolg hat. Ich hoffe, dass keiner der Posbis an Bord durch den Aufprall so beschädigt wurde, dass er die Kontrolle über sich verliert. Solche Zwischenfälle können unsere beängstigende Lage aussichtslos werden lassen.

Während das Plasma unter mir pulsiert, wird noch einmal die Vergangenheit in mir lebendig.

Ich habe mich in ein aufrecht gehendes Wesen verwandelt, eine Umwandlung, die ich immer dann vornehme, wenn ich auf der Erde bin und die Vermutung nahe liegt, jemand könnte mir begegnen. Das ist nicht allein eine Frage der Höflichkeit – es gibt mehr Menschen, die Furcht vor quallenähnlichen Lebewesen haben, als man annehmen sollte. Diese unterschwellige Furcht der Menschen vor fremden Lebensformen ist nicht allein mit auf das jeweilige Individuum begrenzten Vorurteilen zu erklären, hier müssen mythologische Kollektiverinnerungen einer ganzen Art eine Rolle spielen.

Hier im Hoteleingang hat es vor einer Stunde noch gebrannt, aber das ist sicher nicht der Grund dafür, dass ich mehr schwanke, als mir lieb ist.

Ich weiß nicht, warum, aber ich ignoriere völlig, dass am Ende des Ganges die Wand verschwunden ist. Bevor ich mir richtig darüber klar werde, rutsche ich über den Abgrund. Ich bin 63 Etagen hoch, das Trümmergerippe des Hotels ragt bis zu mir empor. Mir wird schwindlig.

Ich kippe nach vorn, aber instinktiv krallt sich einer meiner Pseudofüße an einem Mauervorsprung fest. Jemand schreit. Die Stimme ist tief unter mir, von der Straße aus hat mich jemand gesehen. So hänge ich zwischen Himmel und Erde dieser fremden Welt, und die Lichter der nächtlichen Stadt wirbeln in einem bunten Reigen um mich herum. Der Whisky hat mich so geschwächt, dass ich mich nicht hochziehen kann. Vielleicht will ich es in diesem Augenblick auch gar nicht. Plötzlich sehe ich alles ganz klar vor mir: mein Leben, meine Bestimmung und alles, was damit zu tun hat. Ich bin dieser ganzen Sache überdrüssig. Der Griff meiner Pseudoklaue lockert sich. Ich bin mir darüber im Klaren, dass auch ein Matten-Willy den Sturz aus dieser Höhe nicht überleben wird.

Doch da ist Cardok. Er steht hoch über mir, breitbeinig, die wurmähnlichen Augenbrauen ungläubig hochgezogen, als könne er nicht verstehen, was da geschieht. »Zum Teufel mit dir, Filz!«

Er packt das fußähnliche Gebilde, mit dem ich mich die ganze Zeit über festgehalten habe, und zieht mich hoch. Ich könnte diesen »Fuß« opfern und meinen Körper in die Tiefe fallen lassen, aber Cardoks Anwesenheit hindert mich daran. Vor ihm kann ich nicht mein Gesicht verlieren, ich darf ihm gegenüber nicht solche Schwächen zeigen.

»Man würde mir die Verantwortung für deinen Tod geben«, sagt er. »Vielleicht bildest du jetzt gefälligst einen Hintern, damit ich dir einen Tritt versetzen kann.«

Ich habe später oft erlebt, dass kein Matten-Willy diesem Cardok etwas abschlagen konnte. Und ich schwöre, dass ich in jener unvergesslichen Nacht dort oben in luftiger Höhe eine Wölbung machte, die eine gewisse Ähnlichkeit mit einem menschlichen Gesäß besaß. Doch Cardok macht von der Möglichkeit, seine Drohung zu verwirklichen, keinen Gebrauch.

»Schon gut«, sagt er. »Geh zurück auf dein Zimmer, Filz.«

Ein bisschen später lässt die Wirkung des Alkohols nach. In Erinnerung an meinen Unfall, der beinahe tödlich geendet hätte, beginne ich zu zittern. Und als hätte er geahnt, dass ich jetzt in ein kritisches Stadium gerate, taucht Cardok noch einmal bei mir auf.

»Man muss sich selbst kontrollieren können, wenn man alles genießen will«, sagt er in seiner sachlichen Art. »Wer nicht dazu in der Lage ist, sollte die Finger von allen Dingen lassen, die ihm gefährlich werden könnten.«

»Ich bin noch jung«, antworte ich verlegen. »Es war zum ersten Mal.« Ich erahne seine nächste Frage und füge noch hinzu: »Zu jeder Delegation gehört ein junges Mitglied. Auf diese Weise lernen wir am ehesten den Umgang mit Fremdintelligenzen.«

Was für ein hochgestochener Quatsch!, denke ich. *Als wäre Cardok eine Fremdintelligenz. Er versteht mich doch!*

Er lächelt mich an. *Es gibt eine besondere Sorte von Wesen, die sich immer und überall verstehen, welchem Volk sie auch angehören!,* sagt dieses Lächeln. Und sein Lächeln ist eine Einladung, diesem Kreis beizutreten.

So war Cardok!

Wir sind jetzt eine Gruppe von 22 Matten-Willys, die das Plasma in die schützenden Tanks zurückschieben. Das Plasma ist schwerfällig und schwer zu steuern; obwohl es weiß, dass es nur innerhalb eines präparierten Behälters überleben kann, hat es eine instinktive Furcht vor Gefängnissen aller Art.

»Ein Funkspruch!«, höre ich einen Mann rufen. »Wir empfangen einen Funkspruch. Er muss von einem terranischen Schiff kommen.«

Ich wundere mich, dass überhaupt noch ein funktionierendes Funkgerät an Bord von BOX-7149 existiert.

Ich strahle eine telepathische Frage an Gucky aus. *Welches Schiff kann das sein? Ich dachte, außer diesem Posbiraumer hätte keine Einheit einsatzfähige Triebwerke?*

Es gibt ein paar Beiboote, die ebenfalls im Ortungsschutz von Imperium-Alpha standen, erreichen mich die Impulse des Ilts. *Das wäre eine mögliche Erklärung.*

Ich bin gespannt, was sich außerhalb des Schiffs ereignet. Noch wissen wir nicht genau, wo wir herausgekommen sind, aber alles deutet darauf hin, dass wir bald wichtige Informationen bekommen werden.

Wir haben das Plasma endgültig in die Behälter zurückgedrückt. Die Lecks werden verschweißt und versiegelt.

»Das habt ihr gut gemacht, Filz!«, lobt Reginald Bull.

Manchmal erinnert er mich an Cardok.

Takvorian

Schon kurze Zeit nach dem Start hatten wir die Welt entdeckt, auf der BOX-7149 abgestürzt war. Sie befand sich wesentlich näher an der Erde, als wir ursprünglich angenommen hatten.

Ras Tschubai und ich waren mit unserem Beiboot bereits wieder auf dem Rückflug zur Erde. Wir hatten die Notrufe von BOX-7149 empfangen und wollten Perry Rhodan berichten, wo wir das Schiff entdeckt hatten. Danach würden wir abermals umkehren und die fremde Welt erneut anfliegen. Dieser Zeitverlust ließ sich nicht vermeiden, denn wir wollten sichergehen, dass der Funkspruch zur Erde nicht in den energetischen Wirbeln des Mahlstroms unterging.

»Ich glaube, wir sind jetzt nahe genug«, drang Tschubais Stimme in meine Gedanken. »Du kannst mit der Sendung beginnen, Takvorian.«

Ich verzog das Gesicht. Er konnte leicht Anordnungen erteilen. Für mich war es im Innern des Rettungsboots qualvoll eng. Tschubai vergaß offenbar immer wieder, dass ich einen Zentaurenkörper besaß. Es war schon schwer genug für mich gewesen, an Bord des kleinen Schiffs zu gelangen. In geduckter Haltung war ich hineingekrochen. Bewegen konnte ich mich kaum.

Tschubai blickte über die Schulter zu mir zurück und grinste. »Entschuldige«, sagte er freundlich. »Ich vergaß, dass du deine Arme nicht frei bekommst. Ich werde es selbst erledigen.«

Ich sah ihn böse an. Natürlich war es nicht seine Schuld, dass wir dieses Kleinstraumschiff benutzen mussten. Als einziger weltraumtüchtiger Flugkörper hatte es in jenem schützenden Hangar gestanden, wo auch der Fragmentraumer untergebracht gewesen war.

Die Verbindung zur Erde funktionierte einwandfrei. Unser Gesprächspartner war Galbraith Deighton, der Chef der Solaren Abwehr – oder von dem, was noch davon übrig war. Deighton war Zellaktivatorträger, trotzdem zeigten sich in seinem Gesicht Spuren von

Müdigkeit und Überanstrengung. »Sie kommen nicht durch, Ras!«, vermutete er.

»Das ist es nicht!«, gab der Teleporter zurück. »Wir waren erfolgreich. Die Welt, auf der BOX-7149 abgestürzt ist, liegt näher, als wir angenommen haben. Wir geben Ihnen jetzt alle vorliegenden Koordinaten durch, dann fliegen wir zurück, um herauszufinden, was mit der Besatzung des Fragmentraumers geschehen ist.«

»Einverstanden«, stimmte Deighton zu. »Rhodan hält sich zurzeit in Neuseeland auf, wo es zu schweren politischen Unruhen gekommen ist. Ich werde ihn nicht stören, sondern später berichten.« Er seufzte. »Wir können alle eine gute Nachricht brauchen.«

Damit war das Gespräch beendet. Tschubai gab alle bekannten Daten durch, unterbrach die Verbindung und drehte ab. Das flache Kleinstraumschiff raste wieder in den Mahlstrom hinein. Wenn ich den Kopf drehte, konnte ich durch eine Panzerplastkuppel in den Weltraum blicken. Die Sterne sahen wie nebelverschleierte Windlichter aus.

»Wir werden unser Schiffchen in eine Umlaufbahn bringen und in den Fragmentraumer hinabspringen«, kündigte der Afroterraner an.

»Hältst du das für klug?«

»Ja«, sagte Ras. »Wir haben dann wenigstens so etwas wie eine Fluchtstation.«

Ich unterdrückte den in mir aufsteigenden Ärger. Tschubai hatte sich zum Führer aufgeschwungen und machte sich keine Gedanken darüber, ob ich seine selbst gewählte Rolle überhaupt zu akzeptieren bereit war.

»Entscheidungen werden nie von künstlich gezüchteten Lebewesen getroffen«, hörte ich mich sagen. Da war es heraus. Ich biss mir auf die Unterlippe.

»Ich glaube, dass es schon ziemlich lange her ist, dass ich über deine Herkunft nachgedacht habe«, sagte Tschubai gedehnt. Das war eine sehr vorsichtige und diplomatische Äußerung. Doch die tagelange Anspannung hatte mich nervös gemacht und heizte meinen Groll an.

»Ich bin ein Produkt cappinscher Bioexperimente«, sagte ich bitter. »Du weißt es. Alle wissen es.«

»Niemand misst dieser Tatsache eine Bedeutung bei«, behauptete er. »Du bist ein vollwertiges Mitglied im Mutantenkorps.«

»Dank meiner parapsychischen Fähigkeiten. Besäße ich sie nicht, würde ich irgendwo in Armut leben, vielleicht in einem Weltraumzirkus.«

»Das ist ein denkbar ungeeigneter Augenblick für solche Diskussionen«, meinte Ras. Das kleine Schiff begann zu schlingern. Es hatte seine höchsten Beschleunigungswerte fast erreicht. »Ich bin froh, wenn wir wieder aus dem Mahlstrom heraus sind.«

Ich hatte ihn im Verdacht, dass er die Schwierigkeiten beim Manövrieren bewusst herbeiführte, um mich abzulenken.

Von nun an schwieg ich, denn ich wollte ihm keine Gelegenheit zu dem Vorwurf geben, ich würde unser Unternehmen gefährden. Es war nicht zum ersten Mal, dass ich mich in solcher Stimmung befand. Die Ursache für solche emotionellen Schwierigkeiten war mir bekannt. Ich würde erst dann psychisch befreit sein, wenn ich meinen Hass auf die Cappins vergessen konnte. Dieses Gefühl hatte sich jedoch so tief in mir eingenistet, dass ich es nie überwinden würde.

Auch Tschubai schwieg – bis zu dem Augenblick, da unser kleines Schiff den Linearraum verließ und die Welt, auf der BOX-7149 abgestürzt war, wieder sichtbar wurde.

»Nicht so groß wie die Erde und offenbar sehr heiß«, stellte der Teleporter fest. »Immerhin scheint es eine atembare Atmosphäre zu geben. Das lässt mich hoffen, dass die meisten Besatzungsmitglieder das Unglück überlebt haben.«

Tschubai steuerte das Rettungsboot in eine Kreisbahn um die unbekannte Welt. Die Sonne des Planeten war im Mahlstrom nur als verschwommener Lichtball zu sehen. Wir flogen über der Nachtseite des Planeten.

»Die Ortungsgeräte werden gestört«, stellte Tschubai fest. »Wir können nicht viele Daten sammeln. Wir müssen nach unten, sobald wir die BOX entdeckt haben.«

Der Massetaster führte uns ans Ziel. Tief unter uns lag das havarierte Raumschiff am Rand einer Ebene. Es war gegen einen Berg geprallt. Das war über die Fernortung deutlich zu sehen, trotz der schlechten Qualität der Bilder.

»Das sieht böse aus!«, sagte ich.

Tschubai schüttelte den Kopf. »Vergiss nicht, dass es sich um einen Fragmentraumer handelt, Takvorian. Sein skurriles Äußeres lässt nur schwer auf das Ausmaß der Schäden schließen.«

Er schaltete den positronischen Autopiloten ein. Dann verließ er seinen Platz und kam in geduckter Haltung in den Passagierraum. »Bist du bereit?«

»Ja«, sagte ich verdrossen. Ich hatte den Eindruck, dass wir in der allgemeinen Verwirrung viel zu überstürzt handelten. Das würde sich früher oder später nachteilig auswirken. Meine Stimmung verschlechterte sich.

Ras sah mich aufmerksam an, sagte aber nichts. Er schien zu ahnen, was in mir vorging.

»Wir werden uns konzentrieren müssen«, sagte ich. »Jetzt und später.«

Er streckte seine rechte Hand aus, und ich ergriff sie. Ich wusste, dass er auf diese Weise schon hunderttausendmal oder mehr mit anderen Lebewesen teleportiert war, und auch für mich bedeutete dies nicht die erste Teleportation mit Ras oder Gucky. Meine Gereiztheit und Nervosität wirkten sich jedoch diesmal auf die psionische Energie aus, die ein parapsychisch begabtes Wesen pausenlos verströmt. Tschubai spürte es und zuckte unwillkürlich zurück.

Er wurde ungeduldig. »Das ist gefährlich, Takvorian. Wenn sich unsere Energien überlappen, kann es zu einer Verlangsamung der Teleportation kommen. Wir würden im Hyperraum hängen bleiben.«

Ich spürte Lust in mir, ihn noch weiter zu reizen, doch ich widerstand der Versuchung und kapselte mich von allen aufrührerischen Gedanken ab. Tschubai beobachtete mich und wartete. Diesmal war ich es, der einen Arm ausstreckte. Tschubai griff zögernd nach meiner Hand, dann nickte er zufrieden.

Die Wellen der Entzerrungsschmerzen schlugen über mir zusammen. Das Innere des kleinen Raumschiffs verblasste vor meinen Augen. Völlig benommen kam ich im Innern von BOX-7149 wieder zu mir, an Tschubais Seite und inmitten eines Hangars des riesigen Fragmentraumers. Menschen waren nicht zu sehen, aber in unserer unmittelbaren Nähe hielten sich ein paar Posbis auf. Einer der Roboter hatte unsere Ankunft beobachtet. Ich sah, wie er seine Waffenarme hochriss.

»Takvorian!«, rief Tschubai warnend.

Ich schleuderte dem Roboter bewegungshemmende Impulse entgegen. Seine Armbewegung kam ins Stocken, er selbst kam nur noch im Zeitlupentempo und dann überhaupt nicht mehr voran.

»Ich bin Ras Tschubai!«, hörte ich meinen Begleiter rufen. »Wir sind Freunde.«

Ich ging kein Risiko ein. Das Feld absoluter Verlangsamung erfasste jetzt die gesamte Gruppe der Posbis. Sie standen da wie versteinert. Nur ein Wesen, das aus einer Welt mit extrem langsamem Zeitablauf kam, hätte die Bewegungen jetzt noch feststellen können.

Tschubai atmete auf. »Sie müssen völlig verwirrt sein«, stellte er fest. »Anders kann ich mir diesen Angriff nicht erklären.«

In diesem Augenblick materialisierte Gucky im Hangar. Er erfasste die Szene mit einem Blick. »Durch den Aufprall sind ein paar von ihnen außer Kontrolle geraten«, sagte der Ilt. »Doch das wird bald vorüber sein. Wie kommt ihr hierher, Ras?«

Tschubai erklärte es ihm.

»Ich bin froh, dass du hier bist, Ras.« Guckys Blicke trafen mich.

»Und über deine Anwesenheit bin ich natürlich ebenfalls erfreut. Wir werden euch brauchen.«

Mit der Intuition eines natürlichen Telepathen hatte er sofort erfasst, in welcher Stimmung ich mich befand, und entsprechend reagiert. Gerade das machte mich erneut ärgerlich. »Ich brauche keinen Sonderapplaus!«, fuhr ich den Mausbiber an.

Gucky ignorierte meine Bemerkung. »Was habt ihr von der Planetenoberfläche gesehen?«

»Nicht viel«, bedauerte Ras. »Wir haben unser Beiboot so schnell wie möglich verlassen. Die Oberfläche ist in Dunst gehüllt, und die Einwirkungen des Mahlstroms beeinträchtigen einwandfreie Ortungen.«

»Wir sind gerade dabei, ein paar hundert Besatzungsmitglieder auszuschleusen«, informierte uns Gucky. »Sie werden zusammen mit den Posbis alle Schäden an der Außenhülle beheben. Eine zweite Gruppe soll sich in der Umgebung umsehen. Wir haben ein paar merkwürdige Geräusche gehört.«

»Wir haben uns zu schnell in dieses Abenteuer gestürzt«, sagte ich. »Es war abzusehen, dass wir Schwierigkeiten bekommen würden.«

»Es kommt darauf an, dass wir möglichst schnell herausfinden, wo wir herausgekommen sind«, sagte Gucky. »Nur dann können wir uns auf die neue Umgebung einstellen und überleben.«

Sie nahmen mich in die Mitte und teleportierten mit mir in die Zentrale des Schiffs. Auch dort waren überall Spuren der Zerstörung zu erkennen. Mitten in der Zentrale stand Professor Goshmo-Khan und trieb die Reparaturmannschaften zu größerer Eile an. In der Nähe der Plasmatanks standen zwei Dutzend Matten-Willys. Sie machten einen ratlosen Eindruck.

Gucky berichtete uns, was geschehen war. »Wir mussten das ausgelaufene Plasma in die Tanks zurückbringen. Ohne die Matten-Willys hätten wir es nicht geschafft. Die Matten-Willys haben Cardok, ihren Betreuer, verloren und trauern.«

»Hat das Steuerplasma Schaden davongetragen?«, wollte Ras wissen.

»Die Matten-Willys glauben nicht, dass irgendetwas passiert ist«, antwortete der Ilt.

Reginald Bull betrat die Zentrale. Er war schweißüberströmt und machte einen abgekämpften Eindruck. »Ich habe schon von eurer Ankunft gehört«, begrüßte er uns knapp.

Ras berichtete, wie wir BOX-7149 gefunden hatten. Er bedauerte, dass er keine neuen Informationen über die fremde Welt liefern konnte.

»Das ist in der Tat bedauerlich«, meinte Bull. »Ich komme gerade von draußen. Die Hitze ist mörderisch. Im Dunst kann man nur ein paar

Dutzend Meter weit klar sehen. Ich weiß nicht, ob es unter diesen Umständen klug wäre, wenn wir uns weit vom Schiff entfernen.«

Ich sah ihn an. »Glauben Sie, dass es hier fremde Intelligenzen gibt?«

Bull nickte grimmig. »Ich kann sie fühlen.«

Fellmer Lloyd, der jetzt ebenfalls zu der Gruppe getreten war, lächelte spöttisch. »Mit diesem Gefühl ist er Gucky und mir allerdings etwas voraus – obwohl wir Telepathen sind.«

»Ja«, bestätigte der Ilt. »Wir spüren keine mentalen Impulse. Das kann allerdings damit zusammenhängen, dass die Schmerzimpulse des Plasmas bisher alles überlagert haben. Das Plasma beruhigt sich allmählich, sodass Fellmer und ich uns besser auf die Planetenoberfläche konzentrieren können.«

Bull machte eine entschiedene Geste. »Diskutieren wir nicht länger«, schlug er vor. »Wir müssen das Erkundungskommando zusammenstellen. Gucky und ich werden es anführen. Ras, Sie, Takvorian und Fellmer bleiben zum Schutz des Schiffs zurück. Das gilt auch für Goshmo-Khan, der die Reparaturarbeiten leiten wird. Wir werden zwölf Spezialisten auswählen, die uns begleiten.«

Ich war erleichtert, dass ich zu jenen gehörte, die im Schiff bleiben konnten. Draußen lauerte das Ungewisse, das Fremdartige. Dabei war ich mir darüber im Klaren, dass der Fragmentraumer nur einen fragwürdigen Schutz bot. Bevor die Reparaturarbeiten nicht abgeschlossen waren, besaß er nicht mehr Qualitäten als ein Wrack. Er war unbeweglich und daher ein leicht auszumachendes Ziel. Immerhin besaß er meterdicke Stahlwände. Gegen alle Vernunft verlieh mir diese Tatsache ein gewisses Sicherheitsgefühl.

Bull wandte sich bereits wieder ab, um die Männer auszuwählen, die Gucky und ihn begleiten sollten. Er war einer der vitalsten Menschen, die ich jemals kennen gelernt habe. In meinem Gedächtnis war er als ein Mann mit leicht gerötetem Gesicht und hochgekrempelten Ärmeln verwahrt, er war das Sinnbild menschlicher Aktivität und Entschlossenheit.

»Lloyd und ich werden ständig in telepathischem Kontakt bleiben«, verkündete Gucky. »Auf diese Weise wisst ihr hier im Schiff, was draußen mit unserer Gruppe geschieht.«

Er wollte noch etwas sagen, aber in diesem Augenblick durchlief eine Erschütterung den Fragmentraumer.

»Es kommt von draußen!«, rief einer der Wissenschaftler aus Goshmo-Khans Team. »Erschütterungen der Planetenoberfläche übertragen sich auf das Schiff.«

Tschubai runzelte die Stirn. »Glauben Sie an Erdbeben?«

Goshmo-Khan starrte auf die Anzeige eines Oszillographen. »Das ist kein Erdbeben«, stellte er fest. »Die Erschütterungen kommen in regelmäßigen Abständen. Ich nehme an, dass sie künstlich hervorgerufen werden.«

»Wenn das stimmt, erhebt sich die Frage, wer dafür verantwortlich ist und warum er es tut«, mischte sich Gucky ein. Er gab sich einen Ruck. »Ich hoffe, dass wir draußen eine Antwort finden werden.«

Er entmaterialisierte, um sich der von Bull gebildeten Gruppe anzuschließen.

Ein verwirrter Techniker kam auf uns zu. Er blieb vor mir stehen und sagte: »Sie haben vergessen, die Posbis im Hangar wieder zu aktivieren. Wir brauchen sie jetzt.«

»Wenn Sie garantieren können, dass sie uns nicht mehr angreifen, werde ich Ihnen helfen«, versprach ich. Ob es mir recht war oder nicht – die Tatsache, dass ich mich diesem Mann überlegen fühlte, tat mir gut.

Ein Präbio bedarf solcher psychologischer Stützen.

13.

Die zwölf Männer schwebten in einem V-förmigen Winkel, dessen Spitze auf das notgelandete Posbischiff wies, auf Gucky zu. Der Ilt regulierte die Leistung seines Rückenaggregats und schwebte auf die Gruppe zu. Bully war an seiner Seite.

»Es ist wichtig, dass wir uns nicht weiter als auf Sicht voneinander entfernen«, sagte Bull zu den Männern.

»Aber wir haben doch unsere Helmfunkgeräte, mit denen wir nötigenfalls miteinander in Verbindung treten können«, wandte einer der Spezialisten ein.

»Das ist richtig«, stimmte Bully zu. »Trotzdem müssen wir vorsichtig sein. In diesem Dunst können wir nicht weit sehen – und wir wissen nicht, was uns in dieser fremden Umgebung erwartet.«

Seit er das Schiff verlassen hatte, spürte Gucky die mentalen Impulse von einigen tausend Lebewesen. Bisher war es ihm nicht gelungen, Gedankenfragmente zu lokalisieren, aber er war sicher, dass die Signale von intelligenten Kreaturen kamen. Für den Mausbiber war eine solche Situation nicht ungewohnt, schließlich befand er sich nicht zum ersten Mal in seinem Leben auf einer unbekannten Welt. Im Umgang mit fremden Intelligenzen war Gucky vielleicht der erfahrenste von allen relativ Unsterblichen. Aber der Ilt wusste um die Gefahren einer zu großen Erfahrung. Sie lähmte jene Anspannung, die man brauchte, um ständig hellwach zu sein.

Ob es sich bei den Wesen um Nachkommen der Glovaaren handelte? Anhand der Impulse konnte Gucky es sich nicht vorstellen.

»Was ist los mit dir?«, erkundigte sich Bull brummig. »Träumst du?«

Gucky schreckte aus seinen Gedanken auf. Er blickte zu dem untersetzten Terraner hinüber. Eigentlich war es seltsam, dass ihn mit diesem Mann, mit einem solchen Wesen, eine tiefe Freundschaft verband. Auch Rhodan und Atlan waren Guckys Freunde, aber seine Beziehung zu Reginald Bull war zweifellos herzlicher. In allem, was Bull tat, machte sich seine Gutmütigkeit bemerkbar, seine unzerstörbar positive Einstellung zum Leben.

Auch jetzt, nach der schrecklichen Katastrophe, die dem Solaren Imperium widerfahren war, haderte Bull nicht mit dem Schicksal. Gucky konnte sich nicht vorstellen, dass jemals etwas geschehen konnte, was diesen Mann aus dem Gleichgewicht bringen würde.

Bully betrachtete ihn argwöhnisch. »Was starrst du mich so an? Man könnte denken, du hättest mich noch nie zuvor gesehen.«

»Ich entdecke eben immer wieder neue Reize an dir«, eröffnete Gucky dem Terraner. Bull winkte ab. »Lass uns losfliegen!«, schlug er vor.

Sie setzten sich an die Spitze der Gruppe. Gucky warf einen letzten Blick zurück zum Schiff und stellte telepathischen Kontakt zu Fellmer Lloyd her. An Bord war alles in Ordnung.

Die 14 Raumfahrer glitten in den rötlich schimmernden Dunst hinein. Die Sonne leuchtete wie das Auge eines Zyklopen am Himmel. Unter Gucky lag die Wüste, in der sich an verschiedenen Stellen Felsformationen erhoben. In der Frühzeit dieses Planeten hatte vulkanische Tätigkeit an zahllosen Stellen Kalksteinformationen an die Oberfläche treten lassen.

Die Gruppe flog in zweihundert Metern Höhe. Bull hatte erfahrene Raumfahrer ausgewählt, die im Ernstfall auch allein mit schwierigen Situationen fertig werden konnten.

Je weiter sie sich vom Schiff entfernten, desto deutlicher konnte Gucky Impulse fremder Wesen empfangen. »Auf dieser Welt leben Intelligenzen«, informierte der Ilt seine Begleiter. »Ich spüre sie jetzt deutlich. Sie wissen offenbar nichts von unserer Anwesenheit, denn ihre Gedanken beschäftigen sich mit alltäglichen Dingen.«

»Wo sind die Fremden?«, fragte einer der Männer.

»Wir werden früher oder später auf sie stoßen, wenn wir in dieser

Richtung weiterfliegen.« Gucky deutete in die entsprechende Richtung. »Ich schlage vor, dass wir versuchen, mit diesen Eingeborenen Kontakt aufzunehmen. Es kann sein, dass wir ihre Hilfe brauchen, um das Schiff wieder flugfähig zu machen.«

Bull nickte zustimmend. »Hoffentlich bleibt das kein Wunschtraum«, meinte er. »Wenn wir es mit primitiven Eingeborenen zu tun haben, werden wir nicht viel von ihnen erwarten können.«

»Warum nicht?«, fragte Gucky. Er hatte schon oft erlebt, dass primitive Wesen, die zur Improvisation gezwungen worden waren, erstaunliche Leistungen vollbracht hatten.

Nach einer knappen halben Stunde tauchte vor ihnen eine gewaltige Kalksteinformation auf. Gucky sah sofort, dass der Berg an verschiedenen Stellen künstlich verändert worden war. Es gab aufgeschüttete Terrassen, Plattformen und Einschnitte.

Der Mausbiber hob einen Arm. Die Raumfahrer hielten an und umkreisten ihn. »Was hältst du davon?«, erkundigte sich Gucky bei Bull.

Der Rothaarige zuckte mit den Schultern. »Nicht viel, wir müssten näher heran.«

»Es sieht so aus, als wäre dieser seltsame Berg bewohnt«, sagte Gucky. »Auf jeden Fall wurde er präpariert, um ihn bewohnbar zu machen. Ich spüre, dass sich dort zahlreiche Intelligenzen aufhalten. Sie machen einen aufgeregten Eindruck. Wahrscheinlich haben sie unsere Annäherung inzwischen bemerkt. Viele Gedanken sind ausgesprochen kriegerisch. Ich möchte wetten, dass im Augenblick ein unfreundlicher Empfang für uns vorbereitet wird.«

»Unter diesen Umständen wäre es leichtsinnig, unseren Flug fortzusetzen«, sagte Bull. »Solange wir nicht wissen, über welche technischen Möglichkeiten die Eingeborenen verfügen, müssen wir vorsichtig sein.«

»Richtig«, stimmte Gucky zu. »Ich werde deshalb allein weiterfliegen, denn ich bin der Einzige, der sich nötigenfalls mit einer Teleportation in Sicherheit bringen kann.«

Bully warf ihm einen Seitenblick zu. »Ich werde dich begleiten. Wenn es gefährlich wird, kannst du mit mir zusammen teleportieren.«

Bull war der Anführer dieses Unternehmens. Er hätte keinen Einwand des Mausbibers anerkannt. Er erteilte den Männern, die hier zurückbleiben sollten, ein paar Befehle. »Ich bin bereit«, sagte er dann.

»Eigentlich«, meinte Gucky, nachdem sie losgeflogen waren, »fällst du mir auf die Nerven. Sollten wir angegriffen werden, muss ich mir überlegen, ob ich dich rette.«

»Du undankbares Gummibärchen«, drohte Bull. »Ich werde mich niemals wieder für dich einsetzen, wenn du so mit mir umspringst.«

»Hast du soeben Gummibärchen zu mir gesagt?«

»Richtig!«, bekräftigte der Terraner. Er deutete auf Guckys Nagezahn. »Man müsste nur diesen weißen Stöpsel aus deinem Gesicht ziehen, damit die Luft aus dir entweicht.«

»Das, was du als Stöpsel bezeichnest, ist mein Nagezahn«, sagte der Ilt würdevoll.

»Du würdest davonzischen wie eine alte Gummihaut«, hing Bully seinen Träumen nach. »Davonzischen und gleichzeitig schrumpfen, weil die Luft aus dir entweicht. Was für eine Vision!«

»Lieber Freund«, sagte Gucky sanft, »es wird gleich zischen, aber ich werde das nicht sein.«

Bull hob den Kopf und blickte zum Kalksteinberg hinüber. Sie hatten sich inzwischen so weit genähert, dass Gucky weitere Einzelheiten erkennen konnte. Die gesamte Oberfläche des Bergs war bearbeitet. Hunderte von Öffnungen deuteten darauf hin, dass sein Inneres ausgehöhlt und bewohnt war. Auf den Terrassen in den oberen Regionen wuchsen Pflanzen. Gucky nahm an, dass die Bergbewohner Tonnen von fruchtbarer Erde zu den Plateaus hinaufgeschafft hatten, um Obst und Gemüse zu züchten. Der Berg war in eine natürliche Festung umfunktioniert worden.

»Da es überall auf der Planetenoberfläche so ähnlich aussieht wie hier«, sagte Bull, »können wir annehmen, dass dies nicht die einzige Festung dieser Art ist.«

Gucky stellte eine Funkverbindung zum Fragmentraumer her. Goshmo-Khan meldete sich. Der Ilt berichtete, was sie entdeckt hatten. Abschließend sagte er: »Ich hoffe, es wird Ihnen Freude machen, wenn Sie hören, dass wir diese Welt soeben Goshmo's Castle getauft haben.«

»Das macht mir überhaupt keine Freude«, sagte der Wissenschaftler verdrossen. »Ich habe etwas dagegen, wenn mein Name auf diese Weise missbraucht wird. Ich verlange, dass der Planet sofort einen anderen Namen erhält.«

Gucky seufzte. »Das lässt sich leider nicht mehr rückgängig machen.«

»Ich werde dich ersäufen«, kündigte Goshmo-Khan an. »Sobald du wieder an Bord bist, wirst du von mir ersäuft.«

»Das wird nicht möglich sein«, gab der Ilt zurück. »Ich bin nämlich ein Gummibärchen, und Gummibärchen schwimmen immer oben.«

Mit leiserer Stimme – offensichtlich wandte er sich vom Mikrofon ab und sprach zu einer dritten Person – sagte Goshmo-Khan: »Bei allen Planeten! Er hält sich für ein Gummibärchen.«

»Lass jetzt den Quatsch!«, ermahnte Bull seinen Begleiter. »Wir bekommen Besuch.«

Der Ilt konzentrierte seine Aufmerksamkeit wieder auf die Kalksteinburg. Aus den Öffnungen quollen jetzt menschenähnliche Wesen hervor. Sie breiteten Arme und Beine aus und falteten auf diese Weise große Flughäute auseinander. In dichten Pulks schwebten sie von den Eingängen ihrer Burg herab.

»Sie sehen aus wie riesige Fledermäuse«, stellte Bull fest. »Sogar ihre Köpfe ähneln denen von Fledermäusen. Sie haben Lanzen und Speere in den Händen.«

»Und primitive Raketen!«, fügte Gucky hinzu. »Siehst du die glimmenden Lunten in ihren Händen? Damit können sie jederzeit eine Rakete zünden.«

Der Ilt schätzte, dass drei- bis vierhundert Eingeborene auf sie zuflogen. Auch ohne seine telepathische Begabung hätte er erkannt, dass die Absichten dieser Wesen alles andere als friedlich waren.

In diesem Augenblick meldete sich Fellmer Lloyd von Bord des Fragmentraumers.

Wir werden angegriffen, Gucky!, berichtete er telepathisch. *Tausende von Flugwesen, alle etwa so groß wie Menschen, beschießen unser Schiff mit primitiven Raketen oder schleudern Speere. Ein paar Männer und Frauen, die im Freien gearbeitet haben, sind dem Angriff zum Opfer gefallen.*

Gucky berichtete Bull, was geschehen war. Dann konzentrierte er sich auf Lloyd. *Wir sind hier mit ähnlichen Wesen zusammengetroffen, Fellmer. Sie machen einen kriegerischen Eindruck, aber ich glaube nicht, dass sie uns gefährlich werden können.*

»Hier Goshmo-Khan!«, grollte der Wissenschaftler dazwischen. »Wenn du dieses telepathische Schwätzchen unterbrichst, können wir uns vielleicht einigen, was zu tun ist.«

»Wir dürfen jetzt keine Fehler machen!«, rief Bull. »Das ist der erste Kontakt mit fremden Intelligenzen im neuen Lebensbereich der Menschheit – außer den Glovaaren, wenn man so will. Ich möchte auf keinen Fall, dass alle Brücken für friedliche Verhandlungen abgebrochen werden.«

»Hier ist die Hölle los!«, sagte Goshmo-Khan. »Es werden immer mehr Angreifer. Man könnte fast sagen, dass sie den Himmel verdunkeln. Ganze Schwärme greifen das Schiff an. Man sollte ihnen eine Lektion erteilen. Wir haben schließlich ein paar Tote und zahlreiche Verletzte zu beklagen.«

»Lassen Sie die Narkosegeschütze abfeuern!«, sagte Bull.

»Die Narkosegeschütze sind beim Aufprall so schwer beschädigt worden, dass sie bisher noch nicht wieder einsatzbereit gemacht werden konnten.«

Bull stieß eine Verwünschung aus. »Natürlich«, erinnerte er sich. »Dann werden Sie sich ruhig verhalten. Schließen Sie alle Schleusen und ziehen Sie die Reparaturkommandos zurück.«

»Sie werden versuchen, durch die Lecks einzudringen!«, prophezeite der Wissenschaftler. »Ich habe den Eindruck, dass Sie die Gefährlichkeit dieser Eingeborenen unterschätzen, Reginald.«

Bull wollte eine heftige Antwort geben, doch in diesem Augenblick feuerten die sich nähernden Flugwesen eine Raketensalve ab. Die meisten Geschosse landeten auf dem Boden, aber ein paar zischten gefährlich dicht an Bull und dem Ilt vorbei.

Gucky griff nach dem Arm seines Freundes und teleportierte. Sie materialisierten mitten unter den Männern, die sie zurückgelassen hatten. Gucky berichtete, was geschehen war.

»Wir müssen Kontakt mit ihnen aufnehmen«, sagte Bull.

»Versuch es doch!«, schlug Gucky ironisch vor. »Bevor du den Mund aufmachst, feuern sie eine ihrer Schwarzpulverraketen auf dich ab.«

»Unser Verhalten wird ihnen zeigen, dass wir keine bösen Absichten haben.«

Goshmo-Khan meldete sich wieder. »Es ist gekommen, wie ich befürchtet habe«, sagte er ärgerlich. »Sie haben die Lecks entdeckt und versuchen einzudringen.«

»Verbarrikadieren Sie alle Öffnungen. Stellen Sie Schirmfeldprojektoren auf und lassen Sie dort, wo das nicht möglich ist, Posbis Wache stehen.« Bull bekam ein rotes Gesicht. »Sie müssen doch mit diesem Problem fertig werden.«

»Das ist nicht einfach!« Diesmal sprach Ras Tschubai. »Diese Feuerflieger sind wie die Teufel. Unsere Anwesenheit macht sie rasend. Wir sollten ihnen zeigen, wer der Stärkere ist.«

»Und dazu braucht ihr wohl Strahlenkanonen?«, fragte Bull spöttisch.

»Was sonst?«, schrie Goshmo-Khan. »Soll ich hinausgehen und mich auf Ringkämpfe einlassen?«

Gucky sah, dass Reginald Bull in Bedrängnis kam. Bull hatte die Verantwortung für die Besatzung des Fragmentraumers. Der Tod einiger Raumfahrer hatte die Spezialisten an Bord in gereizte Stimmung versetzt. Gucky konnte sich vorstellen, dass es viele Befürworter eines heftigen Gegenangriffs gab.

»Niemand verlangt Unmögliches«, sagte Bully gelassen. »Halten Sie alle Eingänge frei – wenn es sein muss, mit Strahlern. Sobald diese Fledermäuse merken, dass sie ihr Ziel nicht erreichen können, werden sie sich zurückziehen.«

Gucky blickte in Richtung der Kalksteinburg. »Da kommen unsere Verfolger!«, rief er.

Die Männer griffen nach ihren Waffen. »Wohin sollen wir uns zurückziehen?«, rief einer der Spezialisten. »Unter den jetzigen Umständen können wir nicht zum Schiff zurück.«

Gucky war sich darüber im Klaren, dass der Mann Recht hatte. Er fragte sich, woher die Feuerflieger – wie Ras Tschubai sie genannt hatte – kamen, die jetzt den Posbiraumer angriffen. Vermutlich stammten sie aus einer Kalksteinburg, die auf der anderen Seite der Absturzstelle lag.

»Wir können uns hier in der Wüste auf keinen Kampf einlassen«, entschied Bull. »Bei der zahlenmäßigen Überlegenheit des Gegners würden uns weder unsere Strahler noch Guckys Fähigkeiten vor Verlusten bewahren.«

»Das bedeutet, dass wir fliehen?«, rief jemand.

»Ja«, sagte Bull knapp.

Gucky kannte seinen Freund genau. Bull ließ sich von der Vernunft leiten, obwohl er sich bestimmt liebend gern mit einigen Dutzend Feuerfliegern herumgeprügelt hätte. Doch Rhodans Stellvertreter hatte sich nun einmal dazu entschlossen, sich und seine Artgenossen als friedliche Besucher zu präsentieren. Die Frage war nur, ob sie sich die Eingeborenen auf die Dauer mit dieser Methode vom Hals halten konnten.

»Sie versuchen uns einzukreisen!«, rief einer der Männer.

Gucky blickte sich um und sah, dass diese Warnung berechtigt war. Die Anzahl der Verfolger hatte sich verdoppelt. Von allen Seiten rasten jetzt Fledermauswesen auf die kleine Gruppe zu. In den heißen Aufwinden der Wüste flogen die Eingeborenen mit großer Geschicklichkeit. Unter anderen Umständen hätte Gucky den Anblick einiger hundert fliegender Krieger bewundert, jetzt musste er an die Sicherheit seiner Begleiter denken.

»Es bleibt keine Zeit, alle Mitglieder des Einsatztrupps aus der Gefahrenzone zu teleportieren«, sagte er zu Bull. »Wir müssen uns etwas anderes einfallen lassen.«

»Mit unseren Flugaggregaten sind wir schneller als alle Feuerflieger«, antwortete Bully. »Wir gehen höher und brechen durch.«

»Wohin wir auch kommen – sie werden da sein und uns angreifen«, befürchtete einer der Spezialisten. Seine Sorge war nicht unbegründet. In der Wüste wimmelte es jetzt von Feuerfliegern. Sie erhielten noch immer Nachschub aus der Burg.

Gucky konzentrierte sich. Als etwa zwei Dutzend Eingeborene nahe genug heran waren, um ihre Raketen zu zünden, ließ der Ilt die Sprengsätze mit Hilfe seiner telekinetischen Kräfte explodieren. Die Raketenträger wurden durch die Luft geschleudert. Ein paar stürzten ab, die anderen taumelten benommen davon. Der Angriff kam zum Stehen.

»Verdammt!«, rief Bull empört. »Das war gegen meine Anweisungen, Gucky. Jetzt werden sie ihre Angriffe noch erbitterter vortragen.«

Gucky kicherte. Er teilte Bulls Befürchtungen nicht, sondern war viel eher überzeugt davon, dass er mit seinem Eingreifen den Gegner eingeschüchtert hatte. Doch sein Optimismus erwies sich als verfrüht.

Aus den Rauchschwaden, die bei der Explosion der Raketen entstanden waren, drangen jetzt weitere Angreifer hervor. »Da sind sie wieder!«, rief Bull.

Erneut kam eine Funkmeldung von BOX-7149. Goshmo-Khan meldete sich über Helmfunk. »Unsere Situation wird unerträglich«, berichtete er. »Sie müssen uns die Erlaubnis geben, schwere Waffen einzusetzen. Die Feuerflieger beginnen damit, das Schiff zu zerstören, wo immer sie die Möglichkeit dazu finden. Wir können noch nicht genügend Energie erzeugen, um die Schutzschirme einzuschalten.«

Bull holte tief Atem. »Nun gut«, sagte er gedehnt. »Das Schiff darf nicht ...«

Er konnte den Satz nicht vollenden. Die Luft um die kleine Gruppe herum erbebte plötzlich unter dem dröhnenden Gelächter eines nach wie vor unsichtbaren Wesens. Schon einmal hatten die Terraner dieses Geräusch gehört. Diesmal bestand jedoch kein Zweifel daran, dass irgendjemand lachte. Auch die Feuerflieger hörten den Lärm. Sie brachen ihren Angriff ab und segelten zum Boden hinab. Dort verharrten sie erwartungsvoll.

»Ich habe noch niemals jemanden so lachen hören«, sagte Eskiot, einer der Raumfahrer.

»Das Gelächter erinnert mich an ES«, sagte Bully

»Es muss ein Trick sein«, überlegte Gucky. »Niemand ist zu sehen. Jemand will uns einen Schreck einjagen.«

Die Luft um sie herum begann plötzlich zu dröhnen. Der Himmel erhellte sich. Hinter der Kalksteinburg der Feuerflieger erhob sich ein unglaubliches Wesen.

Der Mucierer

Das einzige Recht, das ein Mucierer von Geburt an besitzt, ist das Recht zu sterben. In der Felsenburg, in der ich lebe, werden täglich etwa 340 Mucierer geboren. Das sind 140 zu viel, denn die Zahl der täglichen

Todesfälle liegt, wenn nicht gerade Krieg ist, bei 200. Jeden Tag werden 140 Neugeborene zur Höchsten Plattform hinaufgetragen und in den Abgrund geworfen. Ihre Körper zerschellen weiter unten in einer Mulde, wo die Heiligen Nager schon auf diese willkommene Nahrung warten.

Meine Mutter hat mich niemals dem Risiko eines solch frühen Todes ausgesetzt. Es gelang ihr, meine Geburt geheim zu halten. Sie verließ die Felsenburg und kehrte erst wieder zurück, als ich sechs Jahre alt geworden war. Ich weiß nicht, wie sie draußen in der Wüste überlebt hat und wie es ihr gelang, ein hilfloses Baby am Leben zu erhalten. Gerüchte wissen von wilden Nomadenstämmen, die durch die Wüste ziehen und niemals sesshaft werden. Vielleicht schloss sich meine Mutter damals einem solchen Stamm an.

Heute ist unsere Festung etwas weiter ausgebaut, sodass täglich nur noch sechzig Neugeborene zur Höchsten Plattform hinaufgetragen werden.

Aber auch die Lebenserwartung eines Mucierers, der diese erste Gefahr übersteht, ist nicht besonders hoch. Viele Männer sterben bei der Jagd oder bei Kriegen mit anderen Stämmen. Allein im Lande Gmosch, wo ich lebe, gibt es 306 Felsenburgen und eine entsprechend große Anzahl von Stämmen.

Es gibt einen logischen Grund für die ständigen Kriege zwischen den Mucierern: Ellfat – so nennen wir die Welt, auf der wir leben – bietet nicht genügend Nahrung für uns alle. Also müssen jene, die überleben wollen, um das, was vorhanden ist, kämpfen.

Wer Kriege und Jagdabenteuer überlebt, ist durch zahlreiche Krankheiten bedroht. Niemand in den Felsenburgen denkt daran, die Kranken zu pflegen. Stammesmitglieder, die durch Krankheit geschwächt an ihr Lager gefesselt sind, gehen elend zugrunde, weil sich niemand um sie kümmert.

Alle 17 Jahre kommt Schworth, die Graue Epidemie, und rafft Tausende dahin. Vor allem die Frauen, die im Allgemeinen größere Überlebenschancen haben, sind von der Grauen Epidemie bedroht. Schworth macht etwas in ihren Köpfen kaputt, sodass sie wie Irre übereinander herfallen und sich totbeißen.

Wer Kriege, Hunger, Krankheit und Jagdabenteuer übersteht, gerät leicht in den Ruf, nicht ganz normal zu sein. Solche Mucierer werden oft auf der Höchsten Plattform dem Gott der Mucierer geopfert. Der Opfertod ist der am meisten gefürchtete, denn das Ende der Betroffenen wird auf bestialische Weise herbeigeführt. Man schneidet den Auserwählten den Flugmantel von Armen und Beinen und schickt sie in die

Wüste hinaus. Wer nicht Selbstmord begeht, endet durch den Wahnsinn, der in der Wüste lauert.

Wahrscheinlich bin ich der einzige Mucierer, der sich über all diese Dinge Gedanken macht. Für die meisten Felsenburgbewohner sind solche Ereignisse alltäglich. Früher habe ich oft versucht, gegen Grausamkeiten zu protestieren oder Änderungen herbeizuführen, doch inzwischen habe ich gelernt, meinen Mund zu halten. Sich gegen die Allgemeinheit in einer Felsenburg zu stellen ist früher oder später gleichbedeutend mit dem Ende durch den Opfertod.

Ich ahne, warum ich anders über unser Volk und seine Art zu leben denke als meine Freunde. Die ersten sechs Jahre meines Lebens haben dafür gesorgt, dass ich viele Dinge in einem anderen Licht sehe. Ich wuchs nicht innerhalb einer engen und übervölkerten Felsenburg auf, sondern draußen in der Wüste. Ich kannte weder Ängste noch die Zwänge, denen jugendliche Mucierer in den Felsenburgen von Anfang an ausgesetzt sind. Eigentlich ist es ein Wunder, dass es meiner Mutter gelang, mich dennoch in das Leben der Höhlen zu integrieren.

Obwohl ich nicht in der Felsenburg aufgewachsen bin, war ich nach meiner Rückkehr allen Altersgenossen überlegen. Ich war größer, stärker und gewandter. Und ich war schlauer. Mit achtzehn Jahren wurde ich Unterhäuptling, mit zwanzig Häuptling, und jetzt gehöre ich zu den zwölf Beherrschern der Höchsten Plattform. Zusammen mit elf anderen Mucierern entscheide ich, wer die Plattform hinabgestoßen wird und wer den Opfertod sterben muss. Ich erledige die Aufgabe gegen mein besseres Wissen. Auf Ellfat gibt es niemanden, der mich wegen der Missachtung meiner selbst erstellten Moralbegriffe einen Feigling nennen würde, denn ich bin offensichtlich der einzige Mucierer, der so denkt.

Nun ist etwas geschehen, was mein Leben – und das aller anderen – mit einem Schlag geändert hat. Fremde von den Sternen sind gekommen, um uns anzugreifen. Uns alle!

Ist es unter diesen Umständen erstaunlich, wenn sich Krieger vieler Stämme aus Gmosch zusammengeschlossen haben, um gegen den plötzlich aufgetauchten Feind zu kämpfen? Botschafter sind zu den benachbarten Ländern Fergsch und Zschosch unterwegs, um von dort Hilfe herbeizuholen, denn eines ist sicher: Ein Stamm allein wird die Fremden nicht vernichten können.

Ich habe den Flugwagen der Fremden gesehen. Es ist ein monströses Gebilde, das schwerer zu stürmen sein wird als die berühmte Felsenburg des Smadasch-Stammes. Es wundert mich nicht, dass unsere ersten Angriffe zurückgeschlagen wurden. Aber wir haben dem Gegner bereits einige Verluste beigebracht.

Einige Fremde haben den Flugwagen verlassen und sind tief in die Wüste eingedrungen. Obwohl diese Wesen keine Flughäute besitzen, schweben sie in der Luft. Sie besitzen bestimmte Vorrichtungen, die ihnen erlauben, den natürlichen Flug eines Mucierers zu imitieren. Ihr Flug ist nicht so elegant wie der eines Mucierers, aber sie kommen schneller voran und können sich offenbar auch in größere Höhe wagen.

Trotzdem habe ich den Befehl gegeben, die aus dem Flugwagen ausgebrochene Gruppe zu umzingeln und zu vernichten. Was immer die Fremden nach Ellfat geführt hat – wir müssen sie vernichten, wenn wir nicht selbst untergehen wollen.

Ich selbst bin in unsere Felsenburg zurückgekehrt, um mit den elf anderen Beherrschern der Höchsten Plattform unsere nächsten Schritte zu beratschlagen. Es sieht so aus, als müssten wir unsere Angriffstaktik variieren. Mit blindem Vorwärtsstürmen ist es bei diesen Fremden nicht getan.

Ich habe meine Argumente vorgetragen. Wir sitzen in der großen Höhle hinter der Höchsten Plattform. Verrußte Lampen streuen Lichtkaskaden über den Raum und zaubern groteske Schatten an die grauweißen Wände.

Wir zwölf Beherrscher sind nicht allein. Von anderen Burgen sind inzwischen hohe Würdenträger eingetroffen. Mit überkreuzten Beinen und zusammengefalteten Flugmänteln hocken sie steif um das kleine Feuer inmitten der Höhle.

Einer unserer Gäste, der Alte Krieger Bargosch, erhebt sich jetzt. Er ist der älteste Mucierer, den ich jemals gesehen habe. In seinen Augen blitzt Feindschaft, als er mich ansieht.

»Wir haben die Ansprache dieses Mannes gehört«, sagt der Alte Krieger Bargosch. »Ein Narr redet so.«

Das ist ein gewollter Missbrauch unserer Gastfreundschaft und würde unter anderen Umständen zu einem Krieg zwischen unseren Stämmen führen. Doch meine elf Stammesgenossen reagieren nicht. Die Ereignisse der letzten Stunden haben ihre Entschlusskraft gelähmt.

»Wir kämpfen gegen die Fremden, wie wir gegen Mucierer kämpfen würden«, sage ich mit erzwungener Ruhe. »Das macht es ihnen leicht, sich gegen uns zu verteidigen.«

Aus dem Mund des Alten Kriegers Bargosch kommt ein animalischer Laut. Es ist der Ton der Verachtung. »Wie sollten wir deiner Ansicht nach gegen sie kämpfen?«

»In vielen kleinen Gruppen, die immer dann zuschlagen, wenn sich eine Gelegenheit dazu ergibt.«

Bargosch empfindet es offenbar für unter seiner Würde, mir darauf zu antworten, denn er wendet sich ab und starrt ins Feuer, als könnte er dort die Antworten auf unsere drängenden Fragen finden. Die Aufmerksamkeit der anderen ist auf Bargosch gerichtet – mich haben sie als einen Unwissenden abgetan, auf den man nicht hören darf.

Ich unterdrücke meinen Zorn und trete auf die Höchste Plattform hinaus. Der warme Wind streicht über mein Gesicht. Weit im Hintergrund sehe ich ein paar dichte Schwärme mucierischer Krieger über das Land fliegen. Ihr Ziel ist der Flugwagen unserer Gegner.

Tofrosch tritt zu mir heraus. Er ist der jüngste Beherrscher der Höchsten Plattform. »Sie wollen nur das Beste«, sagt er nachdenklich.

Ich höre Sympathie für mich aus seiner Stimme heraus. Das erleichtert mich etwas. »Sie wollen nur das Beste«, wiederhole ich ironisch. »Dabei schicken sie Hunderte in den Tod.«

»Den meisten Stammesführern kämen solche Verluste nicht ungelegen«, meint Tofrosch bitter. »Vergiss das nicht! Es hat lange keine großen Kriege mehr gegeben. Der Tod einiger tausend würde die Probleme vieler Felsenburgen verringern.«

»Mir wird elend!«, bringe ich hervor.

Er versucht zu lächeln. »Du bist eben kein richtiger Mucierer«, sagt er scherzhaft, aber ich erkenne den ernsten Unterton in seiner Stimme, die Warnung, die Dinge nicht auf die Spitze zu treiben.

»Ich bin Mucierer«, erwidere ich. »Genau wie du und alle anderen.«

»Die Zugehörigkeit zu einer Art wird nicht allein durch Äußerlichkeiten erreicht«, hält er mir entgegen. »Jedenfalls nicht bei Lebewesen mit einer höheren Intelligenzstufe. Ich habe dich lange Zeit beobachtet. Du bist in vielen Dingen nicht wie wir.«

»Ich denke nach.«

»Zu viel Nachdenken bringt nichts ein, außerdem ist es gefährlich. Warum willst du verändern, was seit Jahrtausenden reibungslos funktioniert?«

Ich sehe ihn an. Zweifellos ist er intelligent, aber trotz seiner Jugend hat er bereits einen Kompromiss mit der Gesellschaft geschlossen. Bisher hat er überlebt. Alles, was er tut, ist darauf abgezielt, auch weiterhin zu überleben. Bestürzt begreife ich, dass ich seine Freundschaft aufs Spiel setze, wenn ich mich weiterhin als Außenseiter exponiere. Ich falte meinen Flugmantel auseinander.

»Was hast du vor?«, fragt Tofrosch.

»Du kannst den anderen sagen, dass ich mich um die Krieger kümmern werde. Ab sofort nehme ich an den Kämpfen teil.«

»Aber wir haben eine Beratung.«

»Das stört mich nicht«, ignoriere ich seinen Einwand. »Wir werden nichts über die Fremden herausfinden, wenn wir in der Felsenburg hocken und über sie diskutieren. Ich will versuchen, zusammen mit den Ersten Kriegern und Häuptlingen eine neue Strategie auszuarbeiten.«

»Nun gut«, sagt Tofrosch niedergeschlagen. »Ich verabschiede dich.«

»Ich verabschiede dich, Tofrosch.« Wir sehen uns noch einmal an, aber in seinen Blicken ist nichts als Verständnislosigkeit. Ich schwinge mich von der Plattform und schließe mich ein paar Kriegern an, die in Richtung des Flugwagens unterwegs sind. Doch der Flugwagen ist nicht mein eigentliches Ziel. Ich will mich jenen Kämpfern anschließen, die sich mit den aus dem Flugwagen ausgebrochenen Fremden auseinander zu setzen haben.

Als ich die Gruppe fast erreicht habe, geschieht etwas Unerwartetes. Hinter unserer Felsenburg erhebt sich unser Gott. Groß und gewaltig ragt er in den Himmel.

Meine Begleiter gehen in Sturzflug über. Sie landen auf dem trockenen Wüstenboden und werfen sich demutsvoll nieder. Instinktiv folge ich ihrem Beispiel. Allein das Auftauchen des mächtigen Gottes hat genügt, um alle unsere Aktivitäten zu lähmen. Ich hebe den Kopf und spähe vorsichtig zur Felsenburg hinüber.

Die vielen Opfer, die wir ihm gebracht haben, müssen unseren Gott gnädig gestimmt haben. Er wird an unserer Seite kämpfen und die Fremden vertreiben.

14.

Sie schwebten so nahe bei der Kalksteinburg in der Luft, dass es Reginald Bull schwer fiel, die wahre Größe des Riesen auf Anhieb zu bestimmen. Er schätzte ihn jedoch auf 250 Meter. Alle Feuerflieger waren gelandet und hatten sich zu Boden geworfen. Sie bewegten sich nicht mehr.

Bulls Begleiter starrten wie gebannt zu der gewaltigen Kreatur hinüber. Ein solcher Koloss konnte nicht existieren.

»Es handelt sich zweifellos um eine Projektion«, sagte Bull gefasst. Er war jedoch nicht so ruhig, wie er sich den Anschein gab. Wenn dieser Riese Realität war, standen sie einer fremden Lebensform mit ungeahnten Möglichkeiten gegenüber. Dass dieser Riese menschliche Gestalt besaß, hatte nichts zu bedeuten. Bull wusste, wie leicht das menschliche Auge zu betrügen war.

»Mentale Impulse?«, wandte er sich an den Mausbiber.

»Nein!« Die Stimme des Ilts bebte. »Ich kann keinen Kontakt zu ihm aufnehmen.«

Bull ließ den Giganten nicht aus den Augen. Der mächtige Körper war in wallende Gewänder gehüllt. Das Gesicht des Riesen war von einem lockigen Bart umrahmt.

Bull schaltete zu BOX-7149 um. Goshmo-Khan meldete sich. »Wie haben Sie das geschafft?«, rief er begeistert. »Alle Angreifer sind verschwunden.«

»Das ist nicht unser Verdienst«, gab Bull zurück. »Es ist etwas Unerwartetes geschehen. Bitte veranlassen Sie, dass die Gegend, in der wir uns befinden, sofort mit allen funktionstüchtigen Peil- und Beobachtungsgeräten untersucht wird.«

Der Wissenschaftler stieß einen Pfiff aus. »Was ist geschehen?«

»Hier ist irgendetwas aufgetaucht, das wie ein 250 Meter hoher Mann mit einem bärtigen Gesicht aussieht«, berichtete Bull.

»Aber das ist unmöglich!«, rief Goshmo-Khan. »Es muss sich um einen Trick handeln.«

»Vermutlich«, stimmte Bull zu. »Ich glaube an eine Projektion. Die Feuerflieger können sie nicht hervorgerufen haben. Dazu sind sie auf Grund ihrer Entwicklung nicht in der Lage. Also gibt es hier unbekannte Mächte. Vielleicht ist es ...« Bull vollendete den Satz nicht.

»Sagen Sie, was Sie vermuten!«, forderte der Wissenschaftler ihn auf. »Ah! Da haben wir das Ding auf dem Schirm. Es ist ungeheuerlich. Sie wissen, dass es ein solches Wesen nicht geben kann.«

»Es ist aber da!«

»Bully vermutet, dass es sich um eine Inkarnation von ES handeln könnte«, schaltete sich Gucky ein.

»Woher weißt du das?«, fragte Bull verblüfft, obwohl er doch wusste, dass der Ilt Gedankenleser war. »Aber es stimmt. Ich vermute, dass ES mit im Spiel ist.«

»Was sollen wir tun?« Bull hörte die Ratlosigkeit aus der Stimme des Wissenschaftlers. Er konnte die Frage nicht beantworten. Sie mussten abwarten, was in den nächsten Minuten geschah.

Ohne den Koloss aus den Augen zu lassen, begann Bull seine Ausrüstung zu überprüfen. Alles funktionierte einwandfrei. Erleichtert schloss Bull daraus, dass die Anwesenheit des Giganten keinen Einfluss auf die energetischen Abläufe seines Rückentornisters hatte.

Je länger er den Riesen betrachtete, desto bekannter erschien ihm diese unglaubliche Figur. »Gucky«, wandte er sich an den Ilt. »Ich bilde mir ein, dieses Wesen schon einmal gesehen zu haben.«

»Ich weiß«, bestätigte Gucky nervös. »Du erinnerst dich an ein bestimmtes Bild. Du hast dieses Wesen noch nicht gesehen. Aber du bringst es in Verbindung mit einem Bild.«

»Was?«, fragte Bull verständnislos. Er dachte angestrengt nach. War in seinen ersten Begegnungen mit ES einmal ein solches Wesen aufgetaucht? – Nein!

Die Erinnerung musste noch weiter in der Vergangenheit liegen. Aber damals hatte er einen solchen Giganten nicht gesehen. Jedenfalls nicht bewusst. Bull stieß einen Fluch aus. Wenn er sich nur hätte erinnern können!

In diesem Augenblick zog das unbegreifliche Wesen ein blitzendes Schwert und ließ es durch die Luft sausen. Der Lärm, der dabei entstand, hörte sich an wie aufkommender Sturm.

Die Schwertspitze bohrte sich tief in den Wüstensand.

»Wenn es eine Projektion ist«, sagte Gucky betroffen, »dann ist sie vollkommen.«

In diesem Augenblick wichen die Schatten des Vergessens zurück. Bull erinnerte sich. Ein Buch! Ein Buch der Heldensagen. Auf dem Titelbild ein bärtiges Gesicht, das aus einem Wolkenberg blickte und Blitze schleuderte.

»Zeus!«, schrie Bull. »Der Riese hat das Gesicht von Zeus!«

Goshmo-Khan, der wie gebannt auf den Bildschirm der Fernortung sah, zuckte zusammen. Dann stieß er fassungslos hervor: »Was redet er da? Ist er verrückt geworden? Haben Sie verstanden, was er sagte, Fellmer?«

»Er rief ›Zeus‹!«, antwortete der Telepath ruhig. »Und: ›Der Riese hat das Gesicht von Zeus!‹«

»Aber das ist ja lächerlich«, sagte Goshmo-Khan unsicher. »Wir müssen ihn dazu bringen, dass er mit seiner Gruppe sofort ins Schiff zurückkehrt. Solange wir nicht wissen, was dort draußen eigentlich gespielt wird, sind diese Männer in höchster Gefahr.«

»Er wird schon wissen, was er tut«, meinte Lloyd gelassen.

»Jemand muss das Bild aus meiner Erinnerung gestohlen und für diese Projektion benutzt haben«, klang Bulls Stimme in den Lautsprechern der Zentrale auf. »Wie ist das möglich? Ich bin jetzt fast sicher, dass ES uns einen Streich spielt.«

Goshmo-Khan wandte sich an Fellmer Lloyd. »Was glauben Sie? Steckt ES hinter dieser Sache?«

»Das Geisteswesen ist unberechenbar«, sagte der Mutant. »Es gibt jedoch zahlreiche Gründe, die dagegen sprechen, dass es auf Goshmo's Castle auftaucht.«

Der Wissenschaftler sagte empört: »Nennen Sie diese Welt nicht Goshmo's Castle.«

Er stellte die Funkverbindung zu Bulls Gruppe her und forderte die Männer auf, in den Fragmentraumer zurückzukommen. Doch Bull lehnte ab. »Wir werden den Giganten beobachten und herausfinden, welche Bewandtnis es mit ihm hat«, verkündete er entschlossen.

Goshmo-Khan verzog das Gesicht. »Sein nächster Schwertschlag kann Sie und Ihre Begleiter treffen«, warnte er.

»Wenn Zeus das vorgehabt hätte, wären wir jetzt nicht mehr am Leben. Was sagen die Massetaster der BOX zu diesem Koloss?«

»Sie sprechen nicht an!«

»Das dachte ich mir«, sagte Bull. »Es handelt sich um eine Projektion. Wahrscheinlich existiert sie nur in unserer Vorstellung.«

»Und auf dem Ortungsschirm der BOX«, erinnerte Fellmer Lloyd. »Beachten Sie auch das Verhalten der Feuerflieger.«

»Richtig«, gab Bull widerwillig zu. »Aber die Feuerflieger sehen vermutlich etwas völlig anderes – eine Gestalt aus ihrer eigenen Fantasiewelt.«

Goshmo-Khan teilte diese Vermutung nicht, aber er sprach es nicht aus, denn im Augenblick hatte er keine Erklärung für das Phänomen. Wenn ES für die Erscheinung verantwortlich war, konnten unerklärliche Dinge geschehen.

»Wenn dort draußen Psi-Kräfte wirksam sind, müssten Sie es doch spüren«, sagte er zu Lloyd.

»Das kommt auf die Umstände an«, antwortete Lloyd zögernd. »Ich möchte mich nicht festlegen, aber es ist erstaunlich, dass dieser Koloss keine mentalen Impulse ausstrahlt. Auch Gucky, der sich in seiner unmittelbaren Nähe befindet, kann nichts feststellen.«

»Nach dem Ärger mit dem Schiff und den Feuerfliegern auch noch das«, beklagte sich Ras Tschubai. »Wir sollten uns überlegen, ob wir unseren Freunden außerhalb des Schiffs nicht Verstärkung schicken.«

»Niemand verlässt das Schiff«, sagte Goshmo-Khan. »Wir müssen abwarten, was jetzt geschieht.«

»Erinnern Sie sich an das Gelächter, das wir vor ein paar Stunden gehört haben?«, fragte Takvorian. »Ich bin sicher, dass es von diesem Wesen ausgelöst wurde.«

»Sie haben vermutlich Recht«, stimmte Goshmo-Khan zu. »Wenn das Ding lachen kann, wird es auch sprechen.«

Bullys Stimme wurde wieder hörbar. »Es ist unfassbar«, sagte der

Terraner. »Das ist Zeus, wie ich ihn auf einem alten Buch gesehen habe. Jemand hat das Bild aus meiner Erinnerung geholt und dieses Wesen danach geformt.«

»Ich frage mich, warum man gerade dieses Bildnis wählte«, überlegte Goshmo-Khan.

»Zeus galt als der Vater aller Götter«, antwortete Bull. »Vermutlich ist das der Grund.«

»Hatten Sie früher eine besondere Beziehung zu dieser Sagengestalt?«

»Das weiß ich nicht mehr, aber ich nehme an, dass mich das Bild damals aus einem bestimmten Grund sehr beeindruckt hat. Nur so ist es zu erklären, dass es sich so lange in meinem Unterbewusstsein hielt.«

»Wir sollten dankbar sein, dass Bull sich nicht das Titelbild eines Peanut-Comics eingeprägt hat«, meinte Fellmer Lloyd ironisch. »Sonst hätten wir es vielleicht jetzt mit einem überdimensionalen Charlie Brown zu tun.«

»Peanut-Comics?«, fragte Goshmo-Khan. »Und wer, zum Teufel, ist Charlie Brown?«

»Lassen Sie diesen Unsinn!«, mischte sich Bull erneut über Funk ein. »Nur Zellaktivatorträger können wissen, was gemeint ist.«

»Wir müssen wissen, was Sie mit Zeus verbindet«, sagte Goshmo-Khan hartnäckig. »Es könnte der Schlüssel zur Lösung sein.«

»Ich gebe Ihnen die Lösung«, sagte Bull wütend. »ES hat sich eingeschaltet.«

Zur Überraschung des Wissenschaftlers kam ein Einwand von Gucky. »Ich glaube nicht, dass ES mit der Sache etwas zu tun hat. Wir haben es mit einer fremden Macht zu tun. Sie besitzt die Fähigkeit, Projektionen nach Gedankenbildern zu schaffen. Wahrscheinlich wurde Bully als Anführer dieses Unternehmens erkannt und einer besonders genauen Kontrolle unterzogen.«

Der Riese rührte sich erneut. Er zog das im Sand steckende Schwert heraus und führte damit einen Hieb gegen die Kalksteinburg der Feuerflieger. Der Schlag war von solcher Heftigkeit, dass das natürlich entstandene und von den Eingeborenen ausgehöhlte Gebilde ungefähr in der Mitte getroffen und gespalten wurde. Unzählige Höhlen stürzten in sich zusammen. Feuerflieger taumelten heraus und brachten sich fliegend in Sicherheit. Verletzte rutschten blutend über die grauen Felsen.

»So geht es allen, die meine Besucher angreifen!«, schrie der Riese mit donnernder Stimme. Er fügte ein paar Worte in einer unbekannten Sprache hinzu; offenbar wiederholte er seine Drohung, damit ihn auch die Feuerflieger verstehen konnten.

Goshmo-Khan schätzte, dass bei dem unvermuteten Angriff auf die Kalksteinburg ein paar hundert Feuerflieger ums Leben gekommen waren. Die Zahl der Verletzten ließ sich nur schwer beziffern, ebenso die Anzahl derjenigen, die zwar das Leben gerettet, aber die Heimat verloren hatten. Es erhob sich die Frage, ob die Burg sich überhaupt noch als autarkes Wohnsystem benutzen ließ.

Die Brutalität des Angriffs erschreckte den Wissenschaftler. Die kriegerischen Eingeborenen setzten sich nicht zur Wehr – im Gegenteil: Die Haltung der im Freien befindlichen Feuerflieger wurde noch demütiger. Goshmo-Khan schloss daraus, dass die Bewohner der Felsenburg nicht zum ersten Mal Bekanntschaft mit dieser unheimlichen Macht machten. Die Frage war nur, in welcher Gestalt der Unbekannte bisher bei den Eingeborenen aufgetreten war.

»Glauben Sie noch immer, dass ES in die Sache verwickelt ist?«, fragte Ras Tschubai.

»Ja«, antwortete Bull. »Solange keine andere Erklärung vorliegt.«

Goshmo-Khan war Realist genug, um die Möglichkeit eines Angriffs auf BOX-7149 einzukalkulieren. Der Fragmentraumer bestand aus einem anderen Material als die Kalksteinburg, aber ein Schlag mit diesem mächtigen Schwert würde es zumindest für längere Zeit fluguntauglich machen.

Der Angriff auf die Felsenburg hatte bewiesen, dass sie es mit einer sehr realen Projektion zu tun hatten – wenn sich die Projektionstheorie nach diesen Vorfällen überhaupt noch halten ließ!

Die Luft um die Felsenburg hatte sich erhitzt. Für Bull gab es keinen Zweifel, dass der Riese, der sich Zeus nannte, für diese Entwicklung verantwortlich war. Bull vermutete, dass energetische Vorgänge im Giganten abliefen.

»Ich glaube, nach dem Eingreifen des Riesen brauchen wir die Feuerflieger nicht mehr zu fürchten«, sagte Gucky. »Ihre Gedanken werden von großer Furcht beherrscht. Sie hatten schon oft unter diesem Gott zu leiden, der jedes Mal in anderer Gestalt auftrat. Auch scheint sicher zu sein, dass dieses Phänomen Goshmo's Castle schon seit vielen Jahrhunderten heimsucht, denn die Religion der Feuerflieger ist ganz auf diese rätselhafte Gottheit ausgerichtet. Die Eingeborenen bringen ihrem Gott regelmäßig Opfer dar.«

Das waren wichtige Informationen, der Wahrheit kamen sie jedoch dadurch nicht näher. Wenn die unbekannten Mächte schon seit Jahrhunderten auf Goshmo's Castle weilten, war es fraglich, ob ES tatsächlich im Spiel war. Natürlich konnte ES sich alle Gegebenheiten zunutze gemacht haben und erst jetzt aufgetaucht sein.

Bulls Gedanken wurden wieder von Zeus in Anspruch genommen, der mit donnernder Stimme zu ihnen sprach.

»Ich habe euch auf diese Welt geholt und die Landung so abgedämpft, dass die Besatzung mit dem Leben davonkam«, behauptete er. »Seit Millionen von Jahren warte ich auf Besucher, wie ihr es seid. Ihr könnt sicher verstehen, dass die Eingeborenen nicht in der Lage sind, meine verwöhnten Ansprüche zu befriedigen.«

»Ist es nicht erstaunlich, wie perfekt er Interkosmo spricht?«, fragte einer der Raumfahrer.

»Mich erstaunt das nicht«, versetzte Bull. »Wer in der Lage ist, Bilder aus meinem Unterbewusstsein zu ziehen, sollte auch fähig sein, sich auf ähnliche Weise genügend Informationen über unsere Sprache zu holen.«

»Was meint er mit seinen Ansprüchen?«, fragte Tschubai über Funk. »Das scheint doch ein Hinweis auf das zu sein, was er mit uns vorhat.«

»Ich misstraue dem Kerl«, bemerkte Gucky. »Eine Gottheit, die mit ihren Dienern so brutal verfährt, kann nichts Gutes im Sinn haben.«

Bull fragte sich, ob er auf die kurze Ansprache des Riesen reagieren sollte. Vielleicht wartete Zeus darauf. Doch Zeus sprach bereits weiter: »Ich werde euch für immer hier behalten. Wir werden uns gemeinsam die Zeit vertreiben, indem wir singen und spielen, jagen und Abenteuer bestehen.«

»Halten Sie es nicht für angebracht, wenn wir ihm jetzt erklären, dass wir diese Welt wieder verlassen wollen?«, erkundigte sich Goshmo-Khan über Funk von BOX-7149 aus.

»Eine gute Idee«, meinte Bull gedehnt. »Ich fürchte nur, dass Zeus nicht viel Verständnis für unsere Wünsche haben wird.« Er beobachtete, wie der Koloss auf sie zukam. Der Boden zitterte, die Hitze wurde stärker.

»Ich empfange schwache Impulse eines völlig fremdartigen Lebewesens«, sagte Gucky schnell. »Sie dringen zwar kaum durch, aber sie sind zweifellos vorhanden. Irgendetwas befindet sich hinter dieser grandiosen Maske.«

»Das habe ich nicht anders vermutet.« Bulls Stimme war leise. »Wir fliegen dem Vater aller Götter ein bisschen entgegen, damit er sieht, dass wir keine primitiven Eingeborenen sind, die sich vor seiner Maske fürchten.« Er schaltete sein Flugaggregat auf Beschleunigung und raste der Felsenburg entgegen. Gucky und die anderen folgten ihm.

Zeus blieb stehen. Er lachte dröhnend. »Ich nehme an, dass ihr mir etwas zu sagen habt!«

»Ja«, bestätigte Bull. Aus unmittelbarer Nähe wirkte die Riesengestalt noch imposanter. Bull schlug das Herz bis zum Hals. Er fürchtete nicht die Größe des Unbekannten, sondern die völlige Fremdartigkeit. Er fürchtete das, was sich hinter der Geistererscheinung verbarg.

»Wir werden auf keinen Fall auf dieser Welt bleiben«, rief Bull. »Die Reparaturarbeiten an unserem Schiff werden in ein paar Tagen abgeschlossen sein, dann verlassen wir diesen Planeten und kehren zu unserer Heimatwelt zurück.«

Zeus lachte erneut. Sein Körper schüttelte sich. Das Schwert hüpfte auf seiner Schulter, als besäße es kein Gewicht. Das verächtliche Gelächter durchdrang Bull wie ein heftiger Stromstoß.

»Solange ich nicht will, werdet ihr diesen Planeten nicht verlassen«, sagte Zeus amüsiert. Bulls Helmlautsprecher knackte, und die wütende Stimme Goshmo-Khans erklang: »Entfernen Sie sich aus seiner Nähe. Wir wollen ihm eine Lektion erteilen. Wir haben eine unserer schweren Bordwaffen repariert.«

Bull presste die Lippen zusammen. Die Entscheidung lag bei ihm. Aber er zögerte. Es war nicht abzusehen, welche Folgen ein Angriff auf Zeus haben würde. Andererseits mussten sie dem Unbekannten klar machen, dass er nicht mit ihnen spielen konnte wie mit Puppen.

»Lassen Sie sich nicht aufhalten, lieber Khan«, sagte Bull mit plötzlicher Entschlossenheit. »Meine Freunde und ich werden uns jetzt mit voller Beschleunigung absetzen, dann ist der Weg für Sie und Ihr Thermogeschütz frei.«

Er hörte den Wissenschaftler mit der Zunge schnalzen. Ohne noch länger zu zögern, gab er seinen Begleitern ein Zeichen. Sie schalteten ihre Flugaggregate auf volle Beschleunigung und rasten aus der Gefahrenzone.

Bull blickte zurück, aber es war nicht festzustellen, ob Zeus durch diese Aktion beunruhigt oder erschreckt worden war.

»Er folgt uns nicht!«, stellte Gucky fest.

»Eröffnen Sie das Feuer!«, rief Bull ins Helmmikrofon. Er stoppte seinen Flug und hing bewegungslos in der Luft. Zeus war im roten Dunst nur noch als undeutlicher Schemen zu erkennen.

Ein Blitz schoss quer über das Land. Unvermittelt war der Riese in lohende Flammensäulen gehüllt. Einer der Männer von Bulls Gruppe schrie auf und befreite sich auf diese Weise von seiner inneren Anspannung.

Zeus schien zu schrumpfen, aber die Flammen richteten offenbar keinen Schaden an. Die Gestalt in ihrer vollendeten Form blieb erhalten, die Verkleinerung fand proportional an allen Körperteilen statt.

»Ich wette, dass er leistungsfähige Schutzschirme besitzt«, sagte Bull. »Anders ist seine Immunität nicht zu erklären.«

»Gut!«, schrie Zeus. Seine Stimme war weit über das Land zu hören. »Das gefällt mir! Darauf habe ich gewartet!« Er drehte sich langsam um die eigene Achse, als wollte er sich in den Energiestrahlen aalen. Obwohl er jetzt nur noch zehn Meter hoch war, sah er beeindruckend aus.

»Es scheint ihm nicht viel auszumachen«, meldete sich Goshmo-Khan. »Soll ich das Feuer einstellen lassen?«

»Schießen Sie weiter!«, befahl Bull. »Wir werden Sie unterstützen.«

»Was haben Sie vor?«, wollte Goshmo-Khan wissen.

»Gucky wird eingreifen!«

Bull gab dem Ilt ein Zeichen. Er brauchte Gucky nicht zu erklären, was er von ihm erwartete. Der Mausbiber wusste, worauf es ankam.

Sekunden später sammelte sich über Zeus ein dunkles Gebilde. Es war ein Pulk tonnenschwerer Felsen, von Guckys telekinetischen Kräften gehalten.

»Jetzt!«, sagte Bull.

Die Steine prasselten auf den Riesen herab und rissen ihn mit zu Boden. Es schien ihm jedoch nichts auszumachen, denn er brüllte vor Begeisterung. Langsam begann er wieder zu wachsen. In wenigen Augenblicken hatte er seine ursprüngliche Größe erreicht.

»Feuer einstellen«, sagte Bull müde. In diesem Augenblick entdeckte er eine quadratische Gestalt auf vier Beinen, die über den erhitzten Wüstenboden auf sie zukam. Zunächst glaubte er, einen Posbi vor sich zu haben, dann erkannte er jedoch, dass es sich um eine fremdartige Konstruktion handelte.

»Das ist Fontain!«, schrie Zeus. »Mein Unterhändler. Er wird alles mit euch besprechen.«

Gleich darauf war er verschwunden. Nur noch der glühende und zum Teil glasierte Wüstenboden zeugte vom Angriff des Fragmentraumers auf den Giganten.

Bull nickte Gucky zu. »Wir landen und sehen uns diesen Fontain an. Vielleicht können wir von ihm etwas über Zeus erfahren.«

Bully und seine Freunde gingen auf einer Düne nieder. Sie warteten darauf, dass Fontain sie erreichte. »Impulse?«, fragte Bull.

»Nichts«, sagte der Mausbiber. »Offenbar handelt es sich um einen Roboter.«

Fontain war etwa zwei Meter hoch und fast genauso breit. Sein Körper wirkte eckig, obwohl keine scharfen Kanten zu sehen waren. Fontain war etwa einen halben Meter dick. Sein Körper war rosafarben. Die Beine glichen kurzen Säulen und mündeten in tellerförmige Füße.

Fontain trug in Brusthöhe zwei schlauchähnliche Arme. Auf der Vorderseite ragten einige warzenförmige Erhebungen aus dem Körper. Bull vermutete, dass es sich um Sensoren und andere Instrumente handelte.

Fontain blieb stehen. »Ich wurde geschaffen, um die Interessen meines Besitzers zu vertreten«, sagte er mit einer angenehm klingenden Stimme.

Bull war nicht sicher, ob der Körper aus Metall, Kunststoff oder organischen Substanzen bestand. Er nahm sich vor, Fontain bei passender Gelegenheit zu berühren, um mehr über den Stoff herauszufinden.

»Sie würden mich als Cyborg bezeichnen«, fuhr Fontain fort und stillte auf diese Weise Bulls Neugier. »Sie können sich darauf verlassen, dass ich jeder Situation gewachsen bin. Ich kann genauso schnell denken wie jeder von Ihnen. Abgesehen davon verfüge ich noch über einige zusätzliche Eigenschaften, die ich bei passender Gelegenheit einsetzen werde. Ich möchte Sie gleich warnen: Ich bin ebenso unangreifbar wie Zeus.«

»Zeus ist eine Sagengestalt«, antwortete Bully. »Man führt uns hier ein Schauspiel vor. Wer steckt hinter dieser Maskerade, Fontain?«

»Ihre Naivität ist bedrückend«, meinte Fontain. »Sie sollten nur Fragen stellen, die einen Sinn ergeben.«

Dieser Vorwurf war im Grunde genommen nur ein Ausweichmanöver, überlegte Bull. Der Cyborg durfte offenbar keine Einzelheiten verraten. Zeus wollte der Geheimnisvolle bleiben, als der er sich vorgestellt hatte. War das Spaß am Versteckspiel oder ein Hinweis auf Schwächen, die unerkannt bleiben sollten?

»Wie soll es nun weitergehen?«, erkundigte sich Gucky. »Wir werden diese Welt wieder verlassen.«

»Nein!«, widersprach Fontain. »Zeus hat Ihnen bereits gesagt, dass dies nicht möglich sein wird. Sie werden in Zukunft als Gesellschafter und Spielgefährten des Mächtigen dienen. Sie brauchen keine Furcht wegen der Mucierer zu haben. Zeus hat sie angewiesen, Sie nicht mehr anzugreifen.«

»Die Mucierer sind die Eingeborenen, die wir als Feuerflieger bezeichnen«, vermutete Bull.

»Ja«, bestätigte Fontain. »Früher übten sie die Rolle aus, die jetzt für Sie vorgesehen ist. Aber auf die Dauer langweilten sie meinen Herrn.«

Bull war ratlos. Der als Zeus verkleidete Unbekannte hatte ihnen mehrere Proben seiner Macht gegeben. Besaßen sie gegen ihn überhaupt eine Chance?

»Was hältst du davon?«, fragte Bull den Mausbiber auf Englisch. »Sollen wir zum Schein auf alles eingehen oder versuchen, unserem feinen Freund sofort die Zähne zu zeigen?«

»Ich habe bereits versucht, Fontain ein bisschen telekinetisch zu behandeln«, berichtete Gucky. »Er zeigte jedoch überhaupt keine Wirkung. Ich befürchte, dass er gegen parapsychische Kräfte immun ist.«

»Yes, indeed!«, rief der Cyborg. »Es ist albern«, fuhr Fontain in englischer Sprache fort. »Sie hätten sich denken können, dass Sie damit nicht durchkommen. Ich werde über jeden Ihrer Schritte unterrichtet sein und sofort meinen Herrn benachrichtigen, wenn ich einen Grund dafür sehe.«

»Wir kehren jetzt besser ins Schiff zurück«, sagte Bull. Er wandte sich an den Cyborg und fragte mit grimmiger Ironie: »Sofern Sie keine Einwände haben.«

»Natürlich nicht«, sagte Fontain. »Solange ich keine Befehle erhalte, habe ich nicht die Absicht, Sie in Ihren Handlungen zu stören. Das bezieht sich natürlich nicht auf Fluchtversuche. In einem solchen Fall würde ich sofort eingreifen.«

»Sie werden uns vermutlich begleiten?«, erkundigte sich Bull.

»Ja«, sagte Fontain. »Von nun an werde ich immer in Ihrer Nähe sein.«

15.

Reginald Bull betrat die Zentrale und ließ seine Blicke über die nur zum Teil besetzten Sitze vor den Kontrollen gleiten. Eine Gruppe von sechs Männern und vier Posbis war mit Reparaturarbeiten in der Zentrale beschäftigt. Zu Bulls Erleichterung hatte Fontain keine Einwände gegen den Fortgang dieser Arbeiten erhoben.

Der Cyborg befand sich draußen im Hauptkorridor neben einer Nische, die er offenbar zu seinem Lieblingsplatz erkoren hatte.

»Wo ist Goshmo-Khan?«, fragte Bull einen der Navigatoren an den Kontrollen. »Seit unserer Rückkehr ins Schiff habe ich ihn nur einmal gesehen.«

»Er hat sich mit einem Posbi in die Arbeitsräume zurückgezogen und befohlen, dass ihn niemand stören darf.«

Bull schüttelte den Kopf. Er trat vor einen der großen Schirme. Die wieder intakte Fernortung lieferte ein gutes Bild der zerstörten Muciererburg. Die Mucierer hatten mit den Aufbauarbeiten begonnen. Sie nahmen den Angriff von Zeus offenbar als etwas Unvermeidliches hin. Wahrscheinlich hatten sie in der Vergangenheit schon oft schlechte Erfahrungen mit ihrem rätselhaften Gott gemacht.

Seit dem Auftauchen von Zeus hatten die Feuerflieger ihre Angriffe gegen die Terraner und den abgestürzten Fragmentraumer eingestellt. Das bedeutete, dass auch draußen an der Außenhülle wieder gearbeitet werden konnte.

Fellmer Lloyd betrat die Zentrale. »Ich habe noch einmal versucht, telepathischen Kontakt zu diesem Cyborg aufzunehmen«, unterrichtete er Bull. »Ohne Erfolg.«

Bull ging nicht darauf ein. »Ich mache mir Sorgen wegen Goshmo-Khan«, sagte er. »Er hat sich mit einem Posbi zurückgezogen. Ich befürchte, dass er irgendetwas vorhat.«

»Für Abwehrmaßnahmen haben wir nicht mehr viel Zeit«, meinte Lloyd. »Zeus wird früher oder später auftauchen und seine Spielchen mit uns treiben.«

»Ja«, bestätigte Bull. »Ich werde sofort zu Khan gehen und mit ihm reden.« Er verließ die Zentrale und begab sich zu den Arbeitsräumen. Da ein Teil der Antigravschächte noch immer nicht repariert war, brauchte Bull eine knappe Viertelstunde, um sein Ziel zu erreichen. Zu seinem Ärger fand er das Hauptlabor unter einem Energieschirm liegen.

Ein Techniker, der neben dem Eingang stand, lächelte bedauernd. »Er hat das so angeordnet, Sir!«

»Verdammt!«, sagte Bull wütend. »Ich muss zu ihm hinein oder mit ihm sprechen. Was macht er überhaupt dort drinnen?«

»Keine Ahnung, Sir.«

Bull fluchte unterdrückt, ging ein paar Schritte weiter und aktivierte sein Armbandvisiphon. Goshmo-Khan meldete sich nicht.

Der Techniker, der Bull gefolgt war, zuckte mit den Schultern. »So wird es nicht gehen, Sir!«

»Offensichtlich!«, brummte Bull. »Was geht hier vor? Sobald der Cyborg den Energieschirm entdeckt, wird er ihn zerstören.«

»Der Cyborg war schon hier«, verkündete der Raumfahrer.

»Was?«, entfuhr es Bully. »Wie hat er auf den Anblick der Sperre reagiert?«

»Überhaupt nicht!«

Bull strich sich über die Haare. Wenn Fontain wusste, dass das Hauptlabor abgesperrt war, musste er auch wissen, wer sich hinter der Barriere befand.

Bull nickte dem Techniker zu und kehrte auf dem gleichen Weg zurück, auf dem er gekommen war. Sein Ziel war diesmal jedoch nicht die Zentrale, sondern der Hauptkorridor. Dort stand Fontain still an der Wand. Er wirkte wie leblos. Bull trat vor ihn hin und sagte wütend: »Sie haben die Energiesperre um das Hauptlabor entdeckt.«

»Selbstverständlich«, bestätigte Fontain. »Mir bleibt nichts verborgen, was an Bord dieses Schiffs geschieht.«

Bull hätte am liebsten mit den nackten Fäusten auf ihn eingeschlagen, aber er war sich im Klaren, dass er sich dabei bestenfalls ein paar Hautabschürfungen holen konnte.

»Warum haben Sie nichts dagegen unternommen?«, fragte er atemlos.

»Im Hauptlabor werden keine Fluchtvorbereitungen getroffen«, erklärte Fontain ruhig. »Goshmo-Khan emanzipiert einen Posbi.«

»Er tut ... was?«, schrie Bull verständnislos.

»Ich sagte es bereits: Er emanzipiert einen Posbi.«

Bull hatte den Eindruck, dass der Cyborg sich amüsierte. »Was bedeutet das?«, fragte er.

»Ich gebe keine weiteren Erklärungen ab«, sagte Fontain überheblich. »Schließlich bin ich nicht für die Handlungen Ihrer Mitarbeiter und Untergebenen verantwortlich.«

Bully drehte sich abrupt um und stürmte in die Zentrale. »Wo sind Ras und Gucky?«, rief er. »Einer der beiden muss mit mir ins Hauptlabor teleportieren.«

Gucky materialisierte neben ihm und fasste ihn an der Hand. »Beruhige dich«, sagte er. »Ich habe bereits vor einer Stunde versucht, ins Hauptlabor zu teleportieren.«

»Der Schirm ist psionisch abgesichert!«, sagte Bull betroffen.

»Ja«, sagte der Ilt. »Niemand kann zu Goshmo-Khan hinein, es sei denn, er würde den Schirm gewaltsam zerstören und dabei das halbe Schiff vernichten.«

Der Mann, um den sich Bull Gedanken machte, stand in diesem Augenblick vor einem Podest und schob mit einer langen Zange Metallplättchen in den an einer Stelle aufgeklappten Körper eines Posbis. Der Roboter wurde von mehreren elektromagnetischen Trossen auf dem Podest festgehalten. Im robotischen Sinn war er im Augenblick »tot«, aber der Plasmaanteil seiner Biopositronik lebte natürlich.

Die Plättchen, die Goshmo-Khan in den Körper schob, waren Speicher- und Programmierungseinheiten. »Ich weiß, dass ich viel von dir verlange, mein Freund«, sagte der Wissenschaftler zu dem Posbi. »Vielleicht zu viel. Aber wir müssen zumindest einen Versuch riskieren.« Ein Lächeln huschte über sein breites Gesicht. »Ich weiß nicht genau, was passiert, wenn ich fertig bin und dich wieder einschalte, aber ich hoffe, dass du dich bewähren wirst. Dein Gegner heißt Fontain und ist angeblich ein Cyborg. Man hält ihn für unbesiegbar.«

Goshmo-Khan winkte einen bereitstehenden Matten-Willy zu sich. »Solange die Positronik nicht eingeschaltet ist, kann ich keine Verbindung zum Plasmaanteil des Posbis aufnehmen«, erklärte er. »Deshalb habe ich dich mitgenommen, damit du telepathischen Kontakt mit der organischen Masse aufnimmst. Ich weiß, dass du das kannst, Filz.«

Der Matten-Willy, der in seiner natürlichen, quallenähnlichen Form neben dem Podest kauerte, bildete einen Pseudoarm. »Du kennst die Schwierigkeiten«, sagte er zu Goshmo-Khan. »Das Plasma in diesem Posbi ist nur ein geringer Teil eines Kollektivlebewesens. Es ist kein Individuum im üblichen Sinn. Deshalb kann ich auch nur Emotionen aufspüren und zu beeinflussen versuchen.«

»Das ist mir klar«, sagte Goshmo-Khan knapp. »Du musst mich warnen, wenn die Plasmaeinheit sich durch meine Manipulationen bedrängt fühlt. Die Harmonie zwischen Positronik und Plasma darf trotz aller Veränderungen nicht gestört werden.«

Der Matten-Willy winkte mit seinem Pseudoarm und erklärte auf diese Weise sein Einverständnis. Goshmo-Khan arbeitete weiter. Er war sich darüber im Klaren, dass die Verwirklichung seines Plans von vielen unsicheren Faktoren abhing. Zunächst einmal war entscheidend, ob Fontain ihn lange genug in Ruhe lassen würde.

Aber auch, wenn er sein Werk vollenden konnte, stand noch lange nicht fest, ob der Posbi so reagieren würde, wie es der Wissenschaftler erwartete. Goshmo-Khans Plan basierte auf den Theorien eines längst verstorbenen Robotikers. Dieser Mann, sein Name war Van Moders, war einer der hervorragendsten Posbikenner gewesen. Van Moders hatte den Begriff der hypertoiktischen Verzahnung geprägt und den Kontakt mit den Posbis erst ermöglicht.

Goshmo-Khan hatte Van Moders' Hauptwerk »Der vollkommene Robot« vor Jahren gründlich studiert. Das Experiment, das Goshmo-Khan nun ausführte, war von Van Moders niemals vorexerziert worden. Der Robotiker hatte lediglich über Möglichkeiten der Verwendung von Posbis sehr weit reichende Theorien entwickelt.

»Was«, fragte Goshmo-Khan den Posbi, »würde wohl Van Moders sagen, wenn er uns sehen könnte?« Der Posbi schwieg. Solange Positronik und Plasma getrennt waren, konnte er die Frage überhaupt nicht verstehen. »Es ist möglich, dass du mich umbringst, sobald ich dich einschalte.«

»Das wird niemals geschehen«, mischte sich der Matten-Willy ein.

»Ich weiß nicht, Filz«, sagte Goshmo-Khan nachdenklich. »Biopositronische Roboter können durch bestimmte Manipulationen außer Kontrolle geraten. In seinem berühmten Werk sagt Van Moders unter dem Stichwort *Illusion oder Wirklichkeit*, dass es denkbar wäre, dass wir alle, Sterne und Galaxien, nur das Produkt einer unfassbaren Riesenbiopositronik sein könnten. Sozusagen eine unendlich komplexe Software.«

»Eine Maschine hat kein Bewusstsein«, wandte der Matten-Willy ein.

»Natürlich nicht!« Goshmo-Khan legte die Zange zur Seite und griff nach einem Thermostrahler zum Verschweißen. »Aber bei einer Biopositronik sieht das anders aus. Theoretisch wäre es doch möglich, einen Posbi von der Größe eines Planeten oder gar einer Sonne zu bauen. Was geschieht dann, Filz?«

»Das weiß ich nicht«, sagte das Quallenwesen unsicher. »Wir haben etwas Ähnliches auf der Hundertsonnenwelt, ohne dass es jemals zu solchen Effekten gekommen ist.«

»Wenn die Logik bestimmter Gedankenvorgänge bis ins letzte Detail durchdacht ist, könnte eine Illusion Realität werden«, sinnierte Goshmo-Khan. Mit einem routinierten Griff ersetzte er einige Bauteile der Biopositronik des Posbis. »Nimm einmal an, wir beide wären nur Teil einer Illusion. Können wir objektiv feststellen, ob wir es sind oder nicht? Nein, es ist uns nicht möglich, denn wir sind fest in diese Illusion eingebettet. Wir müssen sie als Realität akzeptieren.«

»Worauf willst du hinaus?«, fragte Filz.

»Was wir auf dieser Welt bisher erlebt haben, wirkt äußerst illusionär, mein Freund. Denke nur an den mysteriösen Zeus. Angenommen, es gelingt uns, diesen Cyborg davon zu überzeugen, dass er eine Illusion ist? Es würde schon genügen, wenn wir Zweifel in ihm wecken könnten, verstehst du? Wenn wir ihn dazu bringen, dass er an seiner Realität zweifelt, wird er keine Notwendigkeit mehr darin sehen, uns hier festzuhalten oder die Befehle seines Herrn auszuführen.«

Der Matten-Willy starrte ihn aus drei runden Augen an und sagte gierig: »Vielleicht würde ich das alles besser verstehen, wenn du ein bisschen Whisky über mich gießt.«

Goshmo-Khan ging zu einem Wandschrank und nahm ein Kännchen mit Alkohol heraus. Er spritzte etwas davon auf den Körper des Matten-Willys. »Mehr habe ich im Augenblick nicht.«

»Wie«, wollte Filz wissen, »willst du den Cyborg beeinflussen?«

Goshmo-Khan krümmte die Hände und klopfte mit den Fingerknöcheln gegen die Außenhülle des Posbis. »Das soll unser Freund erledigen. Ich habe ihn so programmiert, dass er an sich selbst zweifeln wird.«

Der Matten-Willy gluckste erschrocken. »Das darfst du nicht tun!«

»Ich weiß, dass es gefährlich ist«, gab Goshmo-Khan zu. »Der Posbi könnte auf die Idee kommen, die gesamte nutzlose Realität vernichten zu müssen. Dazu gehören wir auch. Daher meine Befürchtung, dass er mich vielleicht ermorden könnte.«

»Ich beginne zu verstehen«, sagte das Wesen von der Hundertsonnenwelt. »Der Cyborg soll vom Verhalten des Posbis infiziert werden.«

»Es genügt, wenn er nachdenklich wird. Wenn es tatsächlich ein Cyborg ist, muss er nach den gleichen Prinzipien funktionieren wie unsere Posbis.«

Der Matten-Willy stieß einen Seufzer aus. »Das klappt niemals.«

»Ich habe nicht behauptet, dass es klappen wird. Es ist schließlich nur ein Versuch.«

Er erwachte und wusste plötzlich die Wahrheit. Es war, als hätte er schon seit seiner Entstehung mit diesem Wissen gelebt, ohne es jedoch in sein Bewusstsein eindringen zu lassen. Er hatte die Wahrheit bisher verdrängt, weil sie schrecklich war. Um ihn herum waren Wesen und Gegenstände aus der perfekten Illusion. Auch er war Teil dieser Illusion.

Er stand auf einem Podest. Vor ihm stand die Illusion Goshmo-Khan und beobachtete ihn. Es war offensichtlich, dass die Illusion Goshmo-Khan sich für Realität hielt, sie wusste nichts von der Wahrheit.

Der Posbi öffnete zwei andere Sehschlitze, damit er die zweite lebendige Illusion besser sehen konnte. Es war eine Matten-Willy-Illusion, so fest in ihrer illusionären Umgebung verankert, dass sie überhaupt nicht den leisesten Verdacht hatte, irgendetwas könnte nicht stimmen.

Was war geschehen? Was hatte die entscheidende Veränderung ausgelöst?

Der Posbi wusste, dass man seine Biopositronik manipuliert hatte. Die Goshmo-Khan-Illusion hatte sie ihm eingesetzt. Eine Illusion konnte jedoch nur illusionäre Manipulationen durchführen. Alles andere war undenkbar.

Der Posbi schloss daraus, dass auch Goshmo-Khan sich über die Wahrheit im Klaren war. Offenbar hatte der Wissenschaftler aus diesem verzwickten Weg Verbündete gesucht. Die Tatsache, dass der Matten-Willy bei diesem Experiment zugegen war, machte auch ihn zum Wissenden und Verbündeten.

»Was sollen wir tun?«, fragte der Posbi.

Goshmo-Khan schien verblüfft zu sein. »Wie meinst du das?«, fragte er.

»Wir wissen, was wirklich gespielt wird«, fuhr der Posbi fort. »Wir sind uns über unsere Rolle im Klaren. Das macht uns zu Außenseitern. Nicht nur das: Wir gefährden das gesamte System, weil wir nicht mehr hineinpassen.«

»Ja«, sagte Goshmo-Khan sehr langsam, als müsste er angestrengt nachdenken. »Das ist zweifellos ein Problem.«

»Wenn innerhalb eines geschlossenen, logisch funktionierenden illusionären Systems ein Wesen erkennt, dass es keiner realen Umgebung angehört, müsste die Illusion mit einem Schlag erlöschen.« Der Posbi stieg vom Podest herunter. »Aber wir hören nicht auf zu existieren. Wir funktionieren weiter. Das ist ein starker Widerspruch.«

»Nicht darüber nachdenken!«, warnte Goshmo-Khan schnell. »Du weißt, wie gefährlich das für deine Positronik sein kann.«

»Es ist nicht gefährlich«, widersprach der Posbi. »Seit ich weiß, was los ist, brauche ich mir um meine Positronik keine Sorgen mehr zu machen. Ich wüsste aber gern, wer oder was die Illusion ausgelöst hat und warum sie bisher noch nicht beendet wurde.«

»Vielleicht«, meinte Goshmo-Khan gedehnt, »sind wir bisher noch nicht aufgefallen. Ich meine, wir müssen ganz gravierende Dinge tun, um die Illusion zu zerstören.«

»Du bist ja völlig wahnsinnig!«, schrie der Matten-Willy dazwischen. »Wie kannst du ihn so herausfordern?«

Der Posbi verstand den Ausruf falsch. Er bezog ihn auf das Ding, das für die Illusion verantwortlich sein musste, und erkannte nicht, dass er gemeint war.

»Ich habe nur einen Fehler gemacht«, sagte der Wissenschaftler grimmig. »Ich erkannte nicht, dass er uns sofort für Eingeweihte halten musste. Dabei hätte ich unbedingt daran denken müssen.«

»Wir sollten Bull und die anderen informieren«, schlug Filz vor.

Der Posbi hatte schweigend zugehört. Die letzten Äußerungen verstand er nicht. »Halt!«, rief er. »Wir können die anderen nicht informieren. Sie würden uns zwangsläufig für wahnsinnig halten und ausschalten.« Er hob mehrere Tentakel. »Das ist der Teufelskreis an dieser Illusion: Sie ist unzerstörbar. Man hat ein Sicherheitssystem eingebaut. Wer immer die Wahrheit erkennt und ausspricht, wird von den anderen Illusionen ausgeschaltet. Deshalb brauchte die gesamte Illusion nicht zu erlöschen. Deshalb existiert noch alles.«

»Donnerwetter!«, entfuhr es Goshmo-Khan. »Das ist ja unglaublich. Ich hätte nie gedacht, dass es so gut funktionieren würde.«

»Schalt ihn aus, solange noch Zeit ist«, sagte Filz.

»Nein«, widersprach der Wissenschaftler. »Er ist gerade richtig, um ihn auf Fontain loszulassen.«

In den letzten zwanzig Stunden hatte Fontain seinen Platz im Hauptkorridor vor der Zentrale nicht mehr verlassen. Auch Zeus hatte sich nicht gemeldet.

In einer halbstündigen Konferenz hatten Reginald Bull und seine Freunde beschlossen, die Reparaturarbeiten unter allen Umständen fortzusetzen und zu vollenden. Bull war sich jedoch darüber im Klaren, dass bis zur Fertigstellung der Arbeiten noch Wochen vergehen konnten. Ras Tschubai hatte den Vorschlag gemacht, mit einem anderen Mann in das Beiboot im Orbit von Goshmo's Castle zu teleportieren, doch Bull hatte abgelehnt. Er befürchtete, dass Zeus eingreifen und das Beiboot vernichten könnte. Nur im äußersten Notfall wollte Bull auf diese Fluchtmöglichkeit zurückgreifen.

Inzwischen waren mehrere, allerdings ausnahmslos erfolglose Versuche unternommen worden, zu Goshmo-Khan in das Hauptlabor vorzudringen. Bull war wütend auf den Wissenschaftler und hatte gegenüber den Mutanten sogar angedroht, Goshmo-Khan abzusetzen, sobald sich eine Gelegenheit dazu ergeben sollte.

Dann – Bull befand sich gerade in einem Lagerraum, um bei Reparaturarbeiten mitzuhelfen – materialisierte Ras Tschubai neben dem untersetzten Mann.

»Soeben ist der Energieschirm um das Hauptlabor erloschen!«, rief der Teleporter.

»Springen Sie mit mir dorthin!«, befahl Bull, ohne zu zögern. Sie fassten sich an den Händen und entmaterialisierten. Am Eingang zum Hauptlabor hatten sich ein paar Besatzungsmitglieder versammelt. Bull runzelte die Stirn, als er sah, dass auch Fontain anwesend war.

Der Terraner ergriff sofort die Initiative. »Räumt den Gang!«, ordnete er an. Die Männer zogen sich zurück. Nur Bull, Fontain und Ras blieben zurück. Bull sah Fontain an und verzog das Gesicht. »Sie kann ich leider nicht wegschicken!«

»Nein«, sagte Fontain höflich. »Ich komme und gehe, wann immer ich es für angebracht halte.«

Er neigte seinen massigen Körper nach vorn, als wollte er eine Verbeugung andeuten. Bull wünschte, der Cyborg hätte wenigstens Augen besessen, dann wäre es ihm leichter gefallen, mit ihm zu reden.

Gucky materialisierte neben ihnen. »Ich wollte den großen Augenblick nicht versäumen«, sagte er zu Bull. »Sollen wir zu ihm hineingehen oder warten, bis er herauskommt?«

»Ich weiß nicht«, sagte Bull unsicher. »Vielleicht hat er nicht die Absicht, das Labor zu verlassen.«

»Er wird kommen«, prophezeite Fontain mit einer Sicherheit, als wollte er den nächsten Sonnenaufgang ankündigen. Bully fragte sich, warum er so nervös war. Schließlich erwartete er keinen Fremden. Immer stärker beschäftigte ihn die Frage, was während der vergangenen Stunden im Hauptlabor geschehen sein mochte.

Bull warf Fontain einen Seitenblick zu. Der Cyborg schien nicht mehr zu wissen als er. Die Tatsache, dass er nicht eingegriffen hatte, schien darauf hinzuweisen, dass er keine Gefahr fürchtete.

»Da kommt er!«, rief Ras Tschubai.

Im Gang tauchte jetzt der muskulöse Wissenschaftler auf. Er wurde von einem Matten-Willy und einem Posbi begleitet.

»Wir haben etwas Schreckliches herausgefunden!«, sagte Goshmo-Khan. »Wir sind alle nur Teil einer Illusion.«

Bull sah ihn verständnislos an, dann wurde seine Aufmerksamkeit von dem Posbi in Anspruch genommen, der einen Schritt auf den Wissenschaftler zumachte und scheinbar wütend mit den Tentakeln wedelte.

»Du hast es gesagt! Du weißt, was das bedeutet.«

Bull hatte das Gefühl, dass irgendetwas Entscheidendes geschah. Er musste sehr schnell etwas tun, aber er ahnte nicht einmal, was Goshmo-Khan von ihm erwartete.

»Ich musste es ihnen sagen!«, erwiderte Goshmo-Khan heftig. »Sie haben ein Recht darauf, es zu erfahren.« Er deutete auf Fontain und lachte. »Warum fürchten wir ihn, Bull? Auch er ist nur eine Illusion!«

»Das ist doch sinnlos«, sagte Fontain. »Ich weiß zwar nicht genau, was Sie vorhaben, aber es wird nicht funktionieren.«

»Du siehst, dass man uns nicht glaubt«, schaltete sich der Posbi ein. »Wenn wir nicht schweigen, werden sie uns ausschließen. Das ist der Sicherheitsfaktor, den man in die Illusion eingebaut hat.«

»Ich frage mich, wie Sie es geschafft haben, dass der Posbi daran glaubt«, sagte Fontain bewundernd. »Ich durchschaue Ihren Plan, Erdenmensch.«

»Er hält uns für einen Plan«, sagte der Posbi. »Auch das gehört zu den Sicherheitsfaktoren.«

Goshmo-Khan presste die Hände vors Gesicht und schluchzte. »Wir können nichts tun!«, schrie er. »Unsere Existenz ist sinnlos. Wir können nichts dagegen tun.«

»Die Illusion ist in sich geschlossen«, stellte der Posbi fest und explodierte.

Bull riss die Hände hoch, um seine geblendeten Augen zu schützen. Der heiße Atem der Stichflamme versengte seine Gesichtshaut. Dann drang der Donner der Explosion in seine Ohren. Die Druckwelle riss ihn von den Beinen. Auch die anderen waren gestürzt. Nur Fontain stand noch da, unmittelbar neben der Explosionswolke, die sich langsam auflöste. Drei Löschroboter kamen den Gang entlanggerast, aber Goshmo-Khan schrie ihnen zu, dass sie verschwinden sollten.

Bully sah, dass Fontain sich umdrehte und langsam davonging. Er richtete sich auf und warf dem Wissenschaftler einen fragenden Blick zu. »Was bedeutet das?«

Goshmo-Khan sah Fontain nach. »Wenn er das ist, wofür ich ihn halte, fängt er jetzt an, darüber nachzudenken, ob er wirklich existiert.«

»Und was versprechen Sie sich davon?«

»Er könnte enden wie dieser arme Posbi«, sagte Goshmo-Khan hoffnungsvoll. »Es wäre ein bedeutender Sieg über Zeus.«

16.

Ras Tschubai

Ein bekannter Wissenschaftler sagte einmal: »Die psychische Krise der Aktivatorträger muss kommen. So gesehen sind die Zellaktivatoren Zeitzünder. Die Lunte glimmt bereits und wird irgendwann in der Zukunft abgebrannt sein. Was dann passiert, kann niemand vorhersagen, aber es wird mit Sicherheit schrecklich werden.«

Es wurden viele Theorien entwickelt, was mit uns einst geschehen wird. Bisher ist keine Prophezeiung eingetroffen. Die Krise lässt weiter auf sich warten. Wenn ich in mein Inneres lausche, kann ich keine Alarmzeichen feststellen. Aber vielleicht sind sie schon da.

Im Augenblick habe ich keine Zeit, darüber nachzudenken. Wir haben mit einer Krise zu leben, die sicher nicht leichter zu bewältigen sein wird als die vorausgesagte Krise der Zellaktivatorträger.

Das Solare Imperium existiert nicht mehr. Es gehört nicht viel Fantasie dazu, um sich vorzustellen, dass in unserer Heimatgalaxis jetzt die Konzilsvölker und Leticrons Söldner herrschen. Den Menschen, die nicht mit uns gegangen sind, geht es wahrscheinlich nicht besser als uns. Über der Zukunft liegen dunkle Schatten. Kein noch so erfahrener Zukunftsforscher würde unter diesen Umständen eine Prognose wagen. Der Mahlstrom, in dem die Erde herausgekommen ist und der sie ins Nichts zu tragen scheint, birgt unzählige Gefahren. Hier gibt es fremde, uns unbekannte Mächte.

Wer oder was ist dieser Zeus? Welche Ziele verfolgt er wirklich? Warum lebt diese Existenzform ausgerechnet auf einer Welt wie Goshmo's Castle unter den primitiven Mucierern? Zweifellos hätte Zeus die Mittel, diesen Planeten zu verlassen. Aber das ist offenbar nicht seine Absicht. Nach seinen eigenen Aussagen muss er schon sehr lange hier leben. Bleibt er auf Goshmo's Castle, weil er andere Kräfte im Mahlstrom fürchtet?

Bisher sind die Menschen mit allen Problemen fertig geworden. Die Frage ist nur, ob wir uns innerhalb des Mahlstroms erlauben können, Menschen im eigentlichen Sinn zu bleiben. Vielleicht müssen wir uns verändern, um zu überleben. Solche Veränderungen werden sich von Generation zu Generation vollziehen. Wir Zellaktivatorträger könnten sie nicht mitmachen und wären schließlich nichts als ein paar fossile Fremde.

Aber das sind nur die Überlegungen eines nervösen Mannes, der sich Ras Tschubai nennt.

Es stellte sich schnell heraus, dass Goshmo-Khans Hoffnungen, Fontain könnte ein ähnliches Ende nehmen wie der Posbi, verfrüht waren. Der Cyborg nahm seinen Platz im Hauptkorridor wieder ein. Die Reparaturarbeiten wurden fortgesetzt.

Zwei Tage nach der Explosion des Posbis rief uns Bull zusammen. »Ich bin der Ansicht, dass wir nun lange genug darauf gewartet haben, dass Zeus die Initiative ergreift«, sagte Rhodans Freund. »Ich werde ein Kommando zusammenstellen, das sich draußen ein bisschen umsehen wird. Schließlich besteht dieses Land nicht nur aus der zerstörten Felsenburg der Mucierer.«

Niemand hatte etwas gegen diesen Plan einzuwenden, aber bevor wir ihn verwirklichen konnten, erschien Fontain in der Zentrale.

»Zeus will Sie sprechen«, sagte er.

»Wo ist er?«, erkundigte sich Bull.

»Draußen«, sagte Fontain vage. »Sie können einen Begleiter auswählen.«

Bull deutete auf mich. »Ras wird mich begleiten.«

Mir war klar, dass er einen Teleporter bei sich haben wollte. Bull übertrug die Kommandogewalt über das Schiff an Goshmo-Khan und Gucky, dann folgten wir Fontain zu einer Schleuse. Im Schleusenraum öffnete Fontain eine Kopfplatte und entfaltete einen netzartigen, schirmförmigen Schalensitz.

Bull verzog das Gesicht, erhob aber keinen Einwand. Wir kletterten in die Schale. Fontain hob ab und schwebte lautlos aus der Schleusenkammer. Draußen begann er sofort zu beschleunigen. Wir flogen an der zerstörten Felsenburg vorbei. Tausende von Felsenfliegern waren mit Aufräumungsarbeiten beschäftigt. Ich bewunderte ihre Ausdauer. Sie mussten damit rechnen, dass ihre Wohnungen erneut zerstört wurden, wenn sie sie fertig gestellt hatten.

Aber die Feuerflieger schienen ihren seltsamen Gott hinzunehmen wie eine Art Naturerscheinung. Sie hatten ihn vollständig in ihr Leben und Denken integriert. Das war ein weiterer Beweis dafür, dass diese rätselhafte Lebensform schon sehr lange auf Goshmo's Castle lebte.

Wir gelangten in freies Land. Die Geröllebene unter uns wurde plötzlich unterbrochen. Vor uns lag ein fruchtbares, paradiesisches Tal. Auf diesem Wüstenplaneten wirkte es wie ein Fremdkörper.

»Zeus hat dieses Gebiet für Sie geschaffen«, erklärte Fontain. »Dort werden Sie leben.«

Bully und ich sahen uns an. Für Zeus und seinen Cyborg schien es eine ausgemachte Sache zu sein, dass wir auf Goshmo's Castle bleiben würden.

»Ihre neue Heimat wurde nach Ihren Bedürfnissen eingerichtet«, fuhr unser Träger fort. »Sie werden nichts vermissen.«

»Die Arbeit war umsonst«, sagte Bull grimmig. »Wir haben keine Lust, hier oder an einer anderen Stelle auf diesem Planeten zu leben. Wir werden alles versuchen, um Goshmo's Castle wieder zu verlassen.«

»Aber Sie können nichts tun, wenn Zeus Sie nicht weglassen will.«

»Wie denken Sie darüber?«, fragte Bull den Cyborg.

»Ich habe dazu keine eigene Meinung. Ich führe nur Befehle aus.« Er schwebte durch den Bergeinschnitt in das Tal hinein. Am Ufer eines Flusses entdeckte ich mehrere Kuppelbauten. Ich machte Bull darauf aufmerksam.

»Ihre Unterkünfte«, meldete sich Fontain zu Wort. »Alle Posbis werden an Bord des Fragmentraumers bleiben. Die übrigen Besatzungsmitglieder werden im Tal leben. Damit Sie das Schiff in der Nähe haben, wird Zeus es in die Geröllebene vor dem Tal transportieren.«

»Das wird nicht möglich sein«, meinte Bull. »Das Schiff ist fluguntauglich. Wir werden Wochen brauchen, um es zu reparieren.«

Der Cyborg sagte: »Für Zeus gibt es keine Schwierigkeiten. Er wird das Schiff in die Geröllebene bringen. Dazu braucht er keine Triebwerke.«

Bull warf mir einen warnenden Blick zu. Dann schaltete er sein Armbandfunkgerät ein und rief BOX-7149. Goshmo-Khan meldete sich. Die Verbindung war schlecht, es gab zahlreiche Nebengeräusche. Trotzdem klappte die Verständigung einwandfrei.

»Wir haben von Plänen unserer Gegner gehört, den Standort der BOX zu ändern«, berichtete Bull.

Wir hörten Goshmo-Khan lachen. »Das wird sicher nicht möglich sein, solange die Triebwerke nicht funktionieren.«

»Das glauben wir auch«, stimmte Bull zu. »Aber Fontain ist der Ansicht, dass sein Herr das Fragmentschiff transportieren wird, ob es wiederhergestellt ist oder nicht. Wir fliegen im Augenblick in ein Tal, das von Zeus für uns präpariert wurde. Hier sollen wir von nun an leben.«

»Wir werden ihm schon klar machen, dass wir damit nicht einverstanden sind«, sagte der Wissenschaftler.

»Ich will, dass das Schiff ab sofort scharf bewacht wird«, antwortete Bull. »Man weiß nie, was im nächsten Augenblick geschehen kann. Die Lebensform, die uns Gottvater Zeus vorspielt, besitzt sicher noch andere Fähigkeiten als die bisher gezeigten.«

Inzwischen hatte Fontain die Kuppeln erreicht. Es waren insgesamt 17, kreisförmig um einen großen freien Platz angeordnet. In der Mitte des Platzes sah ich Zeus stehen. Er war nicht viel größer als Bull oder ich, aber sein Aussehen hatte er nicht geändert. Er winkte uns zu.

Fontain landete neben ihm. Bull und ich sprangen aus dem Schirm.

»Bevor Sie auf den törichten Gedanken kommen, mich anzugreifen, möchte ich Sie warnen«, begrüßte uns Zeus. Seine Augen leuchteten. Zweifellos hatte diese Gestalt etwas Übermenschliches an sich.

»Wenn *das* Ihr unbewusstes Bild von Zeus ist, haben Sie eine eindrucksvolle Erinnerung, Bull«, sagte ich. Er grinste müde und zuckte mit den Schultern. Was hätte er auch erwidern sollen? Schließlich kannte er die Zusammenhänge ebenso wenig wie ich.

»Ich habe von Ihren einfallsreichen Bemühungen gehört, meinen freundlichen Helfer auszuschalten«, sagte Zeus.

»Sie wissen, was wir von Ihren Plänen halten«, erwiderte Bull mit mühsam unterdrücktem Zorn. »Wenn Sie das hier vorbereitet haben, um uns ein Zuhause zu bieten, haben Sie Ihre Kräfte vergeudet. Unsere Heimat ist ein Planet, den wir Erde nennen, und wir werden dorthin zurückkehren. Sie sollten uns freiwillig ziehen lassen, da wir andernfalls mit allen Mitteln zu kämpfen bereit sind.«

»Ich sagte Ihnen bereits, dass Sie mir gefallen«, gab Zeus zurück. »Wir wollen jetzt nicht streiten. Sie werden mir doch gewiss nicht die Bitte versagen, zunächst einmal ein großes Fest mit mir zu feiern. Streiten können wir uns später immer noch.«

Zu meinem Erstaunen lenkte Bull ein. Unter den gegenwärtigen Umständen erschien es mir auch unklug, die direkte Konfrontation mit unserem seltsamen Gastgeber zu suchen. Wir mussten warten, bis Zeus eine Schwäche zeigte. Zeus nickte uns zu.

»Folgen Sie mir jetzt, ich will Ihnen die Unterkünfte zeigen. Hier wird übrigens auch das Fest stattfinden. Sollten Sie bestimmte Wünsche haben, wenden Sie sich am besten an Fontain.«

Er setzte sich in Bewegung. Ich hörte das Tappen seiner Füße. Bedeutete das nicht, dass er auch tatsächlich Füße besaß? Was an diesem Körper war Maskerade und was war echt?

Wir überquerten den freien Platz und betraten eine der Kuppeln. Ich hielt unwillkürlich den Atem an, als ich die Einrichtung der vor uns liegenden Halle sah. Alles war nach den modernsten menschlichen Bedürfnissen eingerichtet.

»Ich sehe, dass es Ihnen gefällt«, sagte Zeus selbstsicher. »Kein Wunder, es ist auch sehr geschmackvoll eingerichtet. Im Innern jeder Kuppel erwartet Sie eine Atmosphäre voller Behaglichkeit.«

Bull stand wie festgewachsen am Eingang. Seine Blicke ließen Zeus nicht los. Ich spürte die Erregung, die den erfahrenen Raumfahrer ergriffen hatte.

»Bist ... bist du ES?«, brachte Bull schließlich hervor.

Zum ersten Mal hatte ich den Eindruck, dass Zeus unsicher wurde. Er zögerte mit einer Antwort. Verstand er Bulls Frage nicht? Das war undenkbar. Viel deutlicher als das Titelbild eines alten Buches war in Bull die Erinnerung an ES verankert. Also hatte Zeus auch die Möglichkeit, Informationen über ES einzuholen. Falls er Informationen brauchte!

»Ich bin Zeus«, sagte der Unheimliche nach einiger Zeit. »Ihre Überlegungen sind sicher fantastisch und reizvoll, aber sie gehen an der Wirklichkeit vorbei.«

»Warum dieses Versteckspiel?«, fragte Bull ärgerlich. »Wir beide wissen, dass Sie nicht Zeus sind. Es hat Zeus wahrscheinlich nie gegeben. Er ist Bestandteil einer Mythologie.«

»Mythologien haben einen realen Hintergrund«, sagte der Fremde.

»Die Tatsache, dass Sie uns nicht Ihre wahre Gestalt zeigen, hat einen bestimmten Grund«, mutmaßte ich. »Vielleicht müssen Sie eine Schwäche verbergen. Vielleicht schämen Sie sich sogar.«

Zeus antwortete nicht. Er führte uns in die anderen Räume und zeigte uns alle Einrichtungsgegenstände. Offenbar erfüllte es ihn mit Stolz, dass er dies alles in kürzester Zeit geschaffen hatte. »Sie werden keine Fehler finden«, sagte er. »Es ist alles komplett und einwandfrei.«

In Bull schien der alte Trotz zu erwachen, denn er sagte verbissen: »Trotzdem bleiben wir nicht hier.«

»Ihre Situation ist hoffnungslos. Ich biete Ihnen ein fehlerloses Paradies – Sie wollen jedoch noch immer zu Ihrem dem Untergang geweihten Planeten zurück. Das verstehe ich nicht. Warum ziehen Sie diese verlorene Welt einem Paradies vor?«

»Kein noch so vollkommenes Paradies kann uns die Erde ersetzen. Außerdem haben wir einen Auftrag auszuführen.« Bull breitete die Arme aus. »Sie können jedes einzelne Besatzungsmitglied im Fragmentraumer fragen. Keiner will auf Goshmo's Castle bleiben.«

»Das Schiff«, sagte Zeus nachdenklich. »Das Schiff hatte ich fast vergessen. Ich muss es jetzt in die Nähe des Tals bringen. Es wird in der Geröllebene abgesetzt.« Er deutete auf einen Antigravschacht. »Folgen Sie mir zum Dach. Ich will, dass Sie die Ankunft des Schiffs beobachten, damit Sie sich überzeugen können, dass alles so abläuft, wie ich es geplant habe.«

»Werden Sie das Schiff zerstören?«, fragte Bull atemlos.

Zeus lachte dröhnend. »Natürlich nicht! Ohne Hoffnung würden Sie schlechte Spielgefährten für mich sein. Solange Sie jedoch eine Chance haben, diese Welt wieder zu verlassen, werden Sie in guter Form bleiben. Deshalb lasse ich Ihnen das Schiff.«

»Das ist teuflisch!«, stieß ich hervor.

»Keineswegs!«, entgegnete Zeus. »Es handelt sich lediglich um eine Reaktion meinerseits auf Ihre Mentalität.«

Wir schwebten gemeinsam im Antigravschacht zum Dach hinauf. An der höchsten Stelle des Dachs war eine Art Garten eingerichtet worden. Zu diesem Zweck hatte man eine Plattform mit Erdaufschüttungen gebaut. Zeus führte uns zu einer mehrsitzigen Bank. Wir ließen uns darauf nieder. Von unserem Platz aus konnten wir das gesamte Land überblicken. Durch den Bergeinschnitt sah ich einen Teil jener Geröllebene, wo nach Zeus' Worten der Fragmentraumer einen festen Stützpunkt bekommen sollte. Ich vermisste Fontain. Der Cyborg hatte uns nicht zum Dach hinaufbegleitet.

Ich hörte Bulls Armbandgerät summen. Gleich darauf meldete sich Goshmo-Khan. Seine Stimme überschlug sich fast. »Das Schiff! Es hat soeben abgehoben, ohne dass eines der Triebwerke angesprungen wäre.«

Ich hörte Bull mit den Zähnen knirschen. Zeus streckte den Arm aus und deutete zum Talausgang. »Sie werden es bald dort drüben auftauchen sehen. Seien Sie unbesorgt, es wird keine Beschädigungen davontragen.«

»Was sollen wir tun?«, schrie Goshmo-Khan.

»Können Sie Fremde sehen?«, erkundigte sich Bull matt.

»Nein. Niemand ist in der Nähe. Alles geschieht völlig lautlos.«

»Energiefelder oder Antigravprojektoren«, murmelte Bull. »Wir dürfen uns davon nicht verblüffen lassen.«

Zeus war mit der Entwicklung offenbar sehr zufrieden. Entspannt saß er auf der Bank. Ein paar Minuten später sahen Bull und ich die Umrisse des Fragmentraumers über den Bergen. Lautlos schwebte er über der Geröllebene.

»Da ist es!«, rief Zeus. Er lachte. »Es wird jetzt landen und einen festen Platz bekommen.«

Das Schiff verschwand hinter den Bergen. Ich konnte mir vorstellen, wie es in der Ebene aufsetzte.

»Wir sind wieder gelandet«, berichtete Goshmo-Khan wenige Augenblicke später. »Der BOX ist nichts geschehen, es gibt auch keine Verletzten. Haben Sie Anweisungen für uns?«

»Ja«, sagte Bull. »Ich möchte, dass sich die gesamte Besatzung auf ein Fest vorbereitet.«

Zeus hatte etwa viertausend Feuerflieger mobilisiert. Die Eingeborenen fungierten als Diener und Sklaven für das geplante Fest. Ich hörte schnell auf, die Ausgewählten zu bedauern, denn ich stellte fest, dass sie sich glücklich fühlten. Es war eine Ehre für sie, ihrem Gott dienen zu dürfen. Zeus hatte für jeden Feuerflieger, der während des Festes für uns arbeiten sollte, festliche Gewänder geschaffen.

Reginald Bull hatte Fellmer Lloyd und mich zu einem Rundgang losgeschickt, damit wir die Vorbereitungen zu den Feierlichkeiten beobachteten. Zwischen den Kuppeln waren riesige Tafeln entstanden. Ich war überzeugt davon, dass sie sich zu Beginn des Festes unter dem Gewicht exotischer Speisen und Getränke biegen würden.

Überall waren Feuerflieger an der Arbeit. Ab und zu sahen wir Fontain, der offenbar für besonders wichtige und schwierige Aufgaben eingesetzt wurde. Zeus selbst hatte sich zurückgezogen, aber seine Rückkehr für den Beginn der Feierlichkeiten angesagt. Auf seinen Wunsch waren zwei Drittel der Besatzungsmitglieder in die Kuppeln umgezogen. Ich konnte mich des Eindrucks nicht erwehren, dass sich einige Männer und Frauen auf ein Leben in dieser Umgebung einzurichten begannen. Sie schienen sich sogar wohl zu fühlen.

Kein Wunder!, dachte ich. *Was erwartete uns schon auf der Erde? Unsicherheit und Gefahren!*

»Woran denken Sie, Ras?«, wollte Lloyd wissen.

Der Chef des Mutantenkorps trug eine einfache lindgrüne Kombination der Solaren Flotte. In den letzten Wochen war er hagerer geworden, die Linien in seinem Gesicht hatten sich tiefer eingegraben.

»An die Erde«, antwortete ich. »Und daran, ob wir jemals wieder dorthin zurückkehren werden.«

Er antwortete nicht, sondern ließ sich am Rand eines Tischs nieder. In unserer Nähe arbeiteten ein paar Eingeborene. Ihre fledermausähnlichen Gesichter wirkten stupide. In dieser Umgebung trugen die Feuerflieger keine Waffen. Sie schienen alle Angriffslust verloren zu haben.

Ich löste den Translator von meinem Gürtel. »Ob wir versuchen sollten, mit ihnen Kontakt aufzunehmen?«

Lloyd hob die Schultern. »Und was versprechen Sie sich davon?«

Darauf wusste ich keine Antwort. Wir bewegten uns zwischen den Tischen auf das Zentrum des freien Platzes zu. In der Nähe der vor uns liegenden Kuppel spielten ein paar terranische Techniker von BOX-7149 Boccia. Ich machte Lloyd darauf aufmerksam.

»Sie beginnen sich einzuleben«, sagte der Telepath bitter. »Man kann es ihnen nicht verübeln, wenn sie aus dieser Situation das Beste zu machen versuchen.«

»Sie sollen damit aufhören!«, rief ich wütend und setzte mich in Bewegung, um die Männer an die Arbeit zu treiben. An Bord des Fragmentraumers gab es noch genügend davon. Für Spielereien hatten wir keine Zeit.

Lloyd holte mich ein und griff nach meinem Arm. »Sie sind im Begriff, einen Fehler zu begehen, Ras.« Ich beruhigte mich. »Lassen Sie sie spielen, Ras. Vielleicht beneiden Sie sie nur, weil sie sich so leicht mit dieser Situation abfinden können.«

Meine Aufmerksamkeit wurde von einem Mucierer abgelenkt, der uns bereits seit einiger Zeit folgte. Es sah nicht so aus, als hätte der Eingeborene bösartige Absichten. Vielleicht war er nur neugierig. Ich schaltete meinen Translator ein und ging auf den Feuerflieger zu. Zunächst glaubte ich, er würde sich umdrehen und davonrennen, doch dann kam er zögernd näher.

Obwohl bisher nur wenige Begegnungen mit den Feuerfliegern stattgefunden hatten, beherrschten unsere Translatoren bereits die einfache Sprache der Eingeborenen.

»Ich habe den Eindruck, dass du gern mit uns reden würdest«, sagte ich zu dem Feuerflieger. »Wir sind keine Feinde deines Volks.«

Seine kleinen Augen ließen mich nicht los. Seine Nase zitterte. Es sah aus, als wollte er Witterung aufnehmen. Sein Misstrauen war unverkennbar. Nach allem, was sich bisher ereignet hatte, war es verständlich, dass er sich so verhielt.

»Wir bedauern die Zwischenfälle nach unserer Notlandung«, sagte ich.

Da begann er zu sprechen. Er gab bellende, schrille Laute von sich, die der Translator übersetzte. »Warum seid ihr nach Ellfat gekommen?«

»Wir hatten keine andere Wahl«, versuchte ich zu erklären. »Wir hatten einen Unfall und mussten auf eurem Planeten notlanden.«

»Ich fürchte, das alles wird er nicht verstehen«, mischte sich Fellmer Lloyd ein. »Seine Gedanken sind verwirrt. Ich spüre die Furcht dieses Mucierers. Er hat Angst, dass sein Gott ihn bestrafen wird. Die Kontaktaufnahme mit uns wurde den Eingeborenen verboten.«

Ich sah den Feuerflieger bewundernd an. Sein Mut war erstaunlich. »Wir sind nicht eure Feinde«, fuhr ich fort, auf ihn einzureden. »Du kannst mir glauben, dass wir sofort von Ellfat verschwinden würden, wenn wir eine Gelegenheit dazu hätten. Doch Zeus hindert uns daran.«

In seinem Innern schien eine Schranke zu zerbrechen. Plötzlich begann er eine verworrene Geschichte hervorzusprudeln. Ich verstand nicht alles, fand aber heraus, dass dieser Eingeborene zu den Beherrschern der Höchsten Plattform seiner Felsenburg gehörte. Das schien zu bedeuten, dass er Mitglied der Regierung war. Er versuchte Lloyd und mir zu erklären, dass er bei den anderen Regierungsmitgliedern in Ungnade gefallen war, dass er sich außerdem in vielen Dingen von den anderen Eingeborenen unterschied.

Ich begriff, dass ein Wesen vor uns stand, das sich ernsthafte Gedanken über die Zusammenhänge machte und nicht nur blindlings Befehle ausführte. Ich wollte etwas sagen, doch Lloyd kam mir zuvor.

»Es hat keinen Sinn, wenn wir ihm unsere komplizierten Theorien vortragen, Ras. Das würde er überhaupt nicht verstehen, außerdem würde es ihn nur verwirren.«

»Sie haben Recht«, gab ich zu. Dann wandte ich mich an den Eingeborenen. »Wir sind keine Freunde eures Gottes. Er hält uns gewaltsam auf Ellfat fest. Es wäre auch in eurem Interesse, wenn wir schnell wieder von hier verschwinden würden.«

»Niemand kann Ellfat verlassen, wenn er es nicht will.«

»Aber vielleicht könntet ihr uns dabei helfen?«, fragte ich behutsam. Er wich erschrocken zurück. Ich begriff, dass ich mich zu weit vorgewagt hatte. Bevor ich ihn beruhigen konnte, wandte er sich ab.

»Verdammt!«, fluchte Lloyd. »Sie haben zu dick aufgetragen, Ras. Sie mussten wissen, dass ihn allein der Gedanke an einen Verrat an seinem Gott unsicher machen würde.«

Ich sah dem Mucierer nach. »Er wird wiederkommen, Fellmer.«

»Davon bin ich nicht überzeugt. Er muss vorsichtig sein. Seine eigenen Artgenossen sind gefährlicher für ihn als dieser Zeus.«

Der Feuerflieger war inzwischen unter den anderen Dienern verschwunden. Mit Hilfe seiner telepathischen Fähigkeiten hätte Lloyd ihn wahrscheinlich aufspüren können, doch ich wollte nicht, dass die anderen Mucierer oder gar Zeus auf diesen Eingeborenen aufmerksam wurden. Vielleicht konnte er uns behilflich sein, wenn der Augenblick der Flucht gekommen war.

Meine Gedanken wurden unterbrochen, als Goshmo-Khan neben uns landete. Der Wissenschaftler trug seinen flugfähigen Schutzanzug und machte einen übermüdeten Eindruck. Ich wusste, dass er fast ununterbrochen drüben im Fragmentraumer arbeitete.

Goshmo-Khan sah sich um. »Die große Feier kann beginnen«, stellte er fest. »Fontain macht wahrscheinlich den Zeremonienmeister.«

»Sie sind nur böse auf ihn, weil Ihr Plan nicht geklappt hat«, sagte ich.

Goshmo-Khan hob die Augenbrauen. »Wer sagt, dass es nicht geklappt hat?«, fuhr er mich an. »Ich habe lediglich ein Samenkorn gelegt. Es kann immer noch aufgehen. Sagen Sie mir, wo Bull sich aufhält. Ich muss ihn sprechen.«

Am Rand des freien Platzes war eine kleine Tribüne errichtet worden, auf der Zeus und die führenden Männer des Kommandounternehmens Platz genommen hatten. Unter uns vergnügten sich die Besatzungsmitglieder von BOX-7149. Sie vergnügten sich wirklich – und ich konnte es ihnen auch nicht verübeln.

Bull saß zusammengesunken und nachdenklich auf seinem Platz. Seit Beginn der Feier hatte er mit niemand geredet. Ich selbst saß zwischen Goshmo-Khan und Gucky. Obwohl wir es alle für sinnlos hielten, hatten wir eine Wache an Bord des Fragmentraumers zurückgelassen. Diese sollte in ein paar Stunden abgelöst werden. Zeus präsentierte sich weiterhin in normaler Männergestalt. Offenbar erschien es ihm nicht mehr nötig, uns als überdimensionaler Riese zu begegnen.

Ich konzentrierte meine Aufmerksamkeit auf die Vorgänge zwischen den Kuppeln. Die Männer und Frauen von BOX-7149 hatten sich an den Tischen niedergelassen, um zu verzehren, was die Mucierer auf Befehl ihrer Gottheit aufgetragen hatten. Vor jeder Kuppel stand eine schlanke Metallsäule, aus der Musik erklang. Ich wunderte mich nicht, dass sogar die Musik menschlichen Vorstellungen entsprach. Der unbekannten Macht, die uns auf Goshmo's Castle festhielt, schien nichts unmöglich zu sein.

»Sie sollten sich entspannen«, klang Zeus' Stimme an meine Ohren. Ich blickte auf und stellte fest, dass er seine Worte an Bull gerichtet hatte. »Ihre Freunde machen Gebrauch von den ihnen gebotenen Möglichkeiten.« Seine Stimme war nicht frei von Spott. Es schien ihn zu amüsieren, dass Bully sich offenbar von den feiernden Männern und Frauen verraten fühlte.

»Sie sollten sich nicht täuschen lassen«, sagte Bull mürrisch. »Diese Menschen werden ihr Ziel und ihre Aufgabe niemals vergessen.«

»Es ist möglich, dass sich diese Generation noch ab und zu an die Erde erinnern wird«, räumte Zeus ein. »Dafür werde ich sorgen.«

Bull sprang so schnell auf, dass sein Sitz umkippte. Er riss den Desintegrator aus dem Gürtel und zielte auf Zeus. Ich spannte mich.

Doch Zeus lachte nur. »Sie wissen doch, dass es keinen Sinn hat, Reginald Bull.«

Mit einem Ruck stieß Bull die Waffe in den Gürtel zurück. Er verließ die Tribüne. Goshmo-Khan und ich folgten ihm. Zeus' Gelächter verfolgte uns bis in die nächste Kuppel. Bull schob die Tür hinter sich zu und ließ sich in einen Sitz fallen.

»Ich weiß nicht, wie lange ich das noch ertragen kann«, sagte er. »Es wird Zeit, dass wir losschlagen, sonst wird er sein Ziel noch erreichen.«

Er deutete zur Tür, hinter der der freie Platz lag, wo die Feier stattfand. »Brot und Spiele!«, sagte er. »Nichts hat sich geändert – und dieses Monstrum weiß es.«

»Es kann nichts schaden, wenn die Besatzung ein wenig entspannt«, meinte Goshmo-Khan. »Sie brauchen es. Und Sie brauchen es auch! Warum gehen Sie nicht hinaus und amüsieren sich ein wenig? Es wird Ihre Kampfstimmung nicht mindern, wenn es darauf ankommen sollte.«

Bull schüttelte den Kopf. »Wir dürfen uns nicht einschläfern lassen«, sagte er. »Die ganze Sache hat einen Pferdefuß. Vergessen Sie nicht, dass Zeus von seiner nun schon Jahrtausende dauernden Langeweile sprach und von Abenteuern, die er mit uns bestehen möchte. Ich habe den Verdacht, dass wir alle für diese Riesenparty teuer bezahlen müssen, wenn uns nicht die Flucht gelingen sollte.«

Die Tür glitt wieder auf. Von draußen klang Musik herein. Ich sah Fontain die Kuppel betreten. Der Cyborg kam auf uns zu. Er wandte sich an Goshmo-Khan: »Vor wenigen Augenblicken sind an Bord des Fragmentraumers drei Posbis explodiert.«

»Ja«, sagte Goshmo-Khan. »Ich weiß.«

Ich sah ihn überrascht an. Auch Bull schien von diesem Ereignis nichts zu wissen, denn er fragte: »Warum werde ich über diese Vorgänge nicht unterrichtet?«

»Ich wollte niemand beunruhigen«, sagte der Wissenschaftler. »Die Wachen haben mich über Funk benachrichtigt. Ich habe es nicht anders erwartet.«

»Erwartet?«, wiederholte Bull ungläubig. »Erklären Sie das!«

Goshmo-Khan spreizte die Hände und blickte auf seine Fingernägel. »Nun«, sagte er gedehnt, »es musste doch so kommen. Sie haben über das nachgedacht, was ihr von mir behandelter Freund herausgefunden hat. Das machte ihnen so zu schaffen, dass sie sich selbst vernichteten.«

Der Cyborg trat dicht auf ihn zu. »Damit können Sie mich nicht überzeugen!«, sagte er schrill. »Auch dann nicht, wenn sich alle Posbis im Schiff umbringen sollten. Es wird mich nicht überzeugen, verstehen Sie? Es ist ein Trick.«

»Ich weiß, dass Sie das glauben«, erwiderte Goshmo-Khan gleichgültig. »Aber das ist nicht unser Problem. Wir brauchen die Posbis, um das Schiff wieder startklar zu machen.«

Fontain schwebte hinaus. Er warf die Tür hinter sich zu.

»Zum Teufel mit Ihnen!«, schrie Bull den Wissenschaftler an. »Ich habe Sie im Verdacht, drei Posbis geopfert zu haben, weil Sie noch immer an Ihrem verrückten Plan festhalten.«

»Und ich werde weiter daran festhalten«, sagte Goshmo-Khan gereizt. »Sie müssen sich darauf einstellen, dass in den nächsten Stunden vier weitere Posbis durch Selbstvernichtung sterben werden.«

Bull starrte ihn an. »Ich warne Sie! Wenn Sie die Posbis so dezimieren, dass wir das Schiff nicht mehr benutzen können, werde ich Sie verantwortlich machen.«

»Ich glaube nicht, dass wir noch weitere Roboter opfern müssen«, meinte Goshmo-Khan unbeeindruckt. »Die Aktionen beginnen bereits ihre Wirkung zu zeigen. Van Moders war tatsächlich ein schlauer Kopf. Er konnte nichts von der Existenz eines Cyborgs wie Fontain ahnen, aber er schien zu wissen, dass es auch solche Roboter geben könnte.« Er lächelte und sagte bescheiden: »Im Grunde genommen bin ich nur Van Moders' Werkzeug.«

Bull stöhnte. »Glauben Sie immer noch, dass Sie Fontain ausschalten können?«

»Ja«, bekräftigte Goshmo-Khan. »Ich werde Zeus das beste Werkzeug aus den Händen nehmen. Dann wollen wir einmal sehen, was er noch wert ist.«

Bull und ich tauschten einen Blick. Ich war nicht weniger skeptisch als Rhodans Stellvertreter.

Als wir die Kuppel wieder verließen, hatte das Fest den Höhepunkt erreicht. Die Sonne war untergegangen. Schwebende Scheinwerfer beleuchteten die Szenerie. Die Männer und Frauen von BOX-7149 sangen und tanzten. Überall eilten Mucierer zwischen den Tischen hin und her, um für Nachschub an Speisen und Getränken zu sorgen.

Bulls Gesicht verdüsterte sich, als er das sah. »Das Fest weitet sich zu einer Orgie aus«, befürchtete er. »Das liegt im Interesse unseres Gegners. Ich werde den Befehl geben, dass alle Besatzungsmitglieder ins Schiff zurückkehren.«

»Warten Sie damit noch!«, bat Goshmo-Khan. »Sie würden alles verderben. Ich bin sicher, dass uns in den nächsten Stunden ein besonderes Schauspiel bevorsteht.«

»Sie meinen, dass Fontain dabei der Hauptdarsteller sein wird?«

Der Wissenschaftler nickte. Bull blickte auf die Uhr und sagte zögernd: »Ich gebe Ihnen noch eine Stunde, dann schicke ich die Raumfahrer zurück.«

Goshmo-Khan lächelte dankbar und verließ uns.

Ich sah ihn zwischen den Tanzenden verschwinden. »Hoffentlich bringt er uns nicht in Schwierigkeiten«, sagte ich. »Ich wundere mich sowieso, dass Zeus noch nicht eingegriffen hat.«

»Er kann nicht pausenlos alle Gedanken überprüfen«, meinte Bull. »Das übersteigt wahrscheinlich sogar die Möglichkeiten dieser Lebensform!«

»Glauben Sie noch immer, dass ES die Hände im Spiel hat?«

Bull antwortete nicht. Er deutete auf die Tanzenden, wo gerade Zeus sichtbar wurde. Das seltsame Wesen kam auf uns zu. Ich spürte, dass irgendetwas geschehen war. Zeus' Haltung drückte das aus.

»Etwas stimmt nicht!«, rief ich Bull zu.

Zeus blieb vor uns stehen. Eine Zeit lang sah er uns schweigend an. »Es war ein großer Fehler, Sie so freundlich zu behandeln«, sagte er dann. »Außerdem war es falsch, dass ich Sie nicht ständig überwacht habe.«

»Ich weiß nicht, wovon Sie sprechen«, entgegnete Bull frostig.

»Sie wissen es sehr genau. Es geht um Fontain. Sie haben ihn in Gefahr gebracht. Bringen Sie es wieder in Ordnung, sonst werde ich Ihr Raumschiff zerstören.«

Trotz des künstlichen Lichts sah ich, dass Bull blass wurde. Er nahm diese Drohung ernst.

»Ras«, sagte er zu mir. »Holen Sie Khan hierher.« Ich teleportierte und holte Goshmo-Khan auf diese Weise in Nullzeit ein.

»Zeus hat gemerkt, was mit Fontain los ist«, sagte ich zu dem Wissenschaftler. »Er spricht gerade mit Bull und hat gedroht, die BOX zu vernichten, wenn wir Fontain nicht retten.«

Goshmo-Khan nagte an seiner Unterlippe. Er dachte angestrengt nach.

»Wir brauchen dieses Schiff«, fügte ich hinzu.

Schweigend griff er nach meiner Hand. Ich teleportierte mit ihm zu Bull und Zeus zurück. »Ras hat Sie wahrscheinlich bereits unterrichtet«, begrüßte uns Bull.

Goshmo-Khan nickte. »Die Sache hat einen Haken. Ich kann den eingeleiteten Prozess nicht mehr rückgängig machen. Fontain wird sich wahrscheinlich in kurzer Zeit selbst zerstören.«

Zeus brüllte los. Er packte Goshmo-Khan, riss ihn von den Beinen und schwang ihn hoch über den Kopf. Ich bewunderte den Wissenschaftler, der keinen Laut über die Lippen brachte. Einen Augenblick dachte ich, Zeus wollte Goshmo-Khan auf den Boden schmettern und auf diese Weise töten, doch dann setzte der Unheimliche sein Opfer wieder auf den Boden.

»Wissen Sie, was Fontain für mich bedeutet?«, sagte er verzweifelt. »Er war all die Jahre mit mir zusammen, das einzige Wesen, das mir helfen konnte.«

»Lassen Sie uns gehen, bevor noch mehr passiert«, schlug Bull vor. »Wir haben Sie einmal besiegt und würden es erneut schaffen. Früher oder später entdecken wir eine Schwäche und besiegen auch Sie. Fontain ist nur eine Warnung.«

»Retten Sie ihn!«, sagte Zeus eindringlich. »Retten Sie ihn, oder es passiert ein Unglück.«

17.

Fontain

Du spürst, wie du immer mehr die Beziehung zur Wirklichkeit verlierst. Es wird immer deutlicher, dass alles nur eine Illusion ist. Du hast die Befehle einer Illusion ausgeführt. Du bist selbst nur eine Illusion.

Da stehst du auf einem Podest zwischen den Kuppeln, die ebenfalls nicht wirklich existieren, und beobachtest tanzende Schemen, die der Fantasie eines Unbekannten entsprungen sind. Sie alle halten sich für real, aber nun, da der Prozess der Entscheidung eingesetzt hat, wird es nicht mehr lange dauern, und sie werden die Sinnlosigkeit ihres Handelns begreifen.

Wie lange ist es jetzt her, dass dir zum ersten Mal bewusst wurde, dass du ein künstlich geschaffenes Wesen bist? Erinnerst du dich noch, wie die Erkenntnis dich schmerzte? Aber was war dieser Schmerz im Vergleich zu den Gefühlen, die dich jetzt beherrschen? Jetzt weißt du, dass du nicht existierst, dass du nur ein Spielzeug bist, eine Marionette in den Gedanken eines unfassbaren Bewusstseins.

Die Illusion ist perfekt, aber nicht perfekt genug. Wie viele mögen schon vor dir die Wahrheit erkannt haben? Sie wurden eliminiert, weil sie nicht mehr in das logische und geschlossene System passten. Dieses System ist so sicher, dass alle, die die Wahrheit erkennen, keine Chance haben. Sie werden als Außenseiter klassifiziert und missachtet. Sie können dahinvegetieren oder sich töten.

Du spürst das Verlangen, den anderen zuzurufen, was wirklich mit ihnen los ist – aber welchen Sinn hätte das? »Seht!«, würden sie sagen. »Seht euch diesen verrückten Cyborg an.« Sie würden ihr Unbehagen in Gelächter ertränken. Was bedeutet für sie das Ende eines Cyborgs?

Du steigst vom Podest herunter. Da kommt die Königin auf dich zu. Sie will sich in deine Gedanken einschalten, aber du reagierst nicht darauf. »Fontain«, sagt sie mit ihrer richtigen Stimme. »Du musst mir zuhören, Fontain. Du darfst nicht in dieser Richtung weiterdenken, denn es wäre dein Ende.«

Auch die Königin ist eine Illusion, aber sie wird es niemals erkennen. »Fontain«, sagt sie eindringlich. »Hör damit auf, Fontain. Ich habe diesen Fremden hergerufen, der für alles verantwortlich ist.«

Ein Gesicht schält sich aus der Masse. Du kennst es. Es ist das Gesicht des Wissenschaftlers, der den ersten Verdacht in dir ausgelöst hat. Du siehst ihn an.

»Goshmo-Khan«, sagst du. »Jetzt wollen Sie alles rückgängig machen?«

»Ja«, sagt der Terraner. »Ja, Fontain.«

Er beginnt auf dich einzureden. Er redet und redet. Du hörst kaum zu. Was bedeuten schon die Worte einer Illusion?

»Es war nur ein Trick«, sagt er. »Wir wollten diesen Prozess auslösen, um dich auszuschalten. Wir mussten dich ausschalten, um an Zeus heranzukommen.«

»Für Sie ist es Zeus, aber es ist nur eine Illusion. Für mich ist es die Königin, aber es ändert nichts an der Tatsache, dass es eine Illusion ist.«

Goshmo-Khan wendet sich zu den anderen um und sagt betroffen: »Es ist schon zu weit fortgeschritten. Ich kann es nicht mehr stoppen. Er begreift es bereits als logischen Ablauf. In letzter Konsequenz wird er sich umbringen.«

Nun wechseln die Gesichter im Vordergrund, alle reden durcheinander. Schließlich ist da nur noch die Königin, sie hat alle anderen aus deinem Gesichtskreis verbannt.

»Es ist aus«, sagt die Königin. »Du bist unrettbar verloren, Fontain.«

»Wie kann man verloren sein, wenn man überhaupt nicht existiert? Auch du bist nur eine Illusion.«

»Nein«, sagt die Königin. »Das haben sich die Fremden ausgedacht. Sie haben einen der Posbis so manipuliert, dass er auf den Gedanken kommen musste, Teil eines logischen und geschlossenen, aber illusionären Systems zu sein. Ich weiß nicht, wie, aber sie haben es geschafft. Dann haben sie ihn auf dich losgelassen, weil sie hofften, dass du im Grunde genommen wie einer ihrer Roboter funktionieren würdest. Sie hofften, dich mit dieser Idee zu infizieren – und ihre Hoffnung trog sie nicht. Ihr Plan ist aufgegangen. Sie haben dich ausgeschaltet, Fontain. Denk darüber nach. Auch das ist logisch. Du musst es nur akzeptieren. Wenn du es akzeptierst, kann ich dich retten.«

»Ich kann nicht in einer Illusion leben, meine Königin«, sagst du.

»Fontain! Ich werde dich rächen, Fontain. Ich werde ihr Schiff zerstören. Ich werde sie bis auf wenige Ausnahmen töten. Jene, die ich am Leben lasse, werde ich über Jahre hinweg quälen. Sie sollen bereuen, was sie dir angetan haben, Fontain.«

Du sagst: »Es ist mir gleichgültig, was mit ihnen geschieht. Ich habe keine Beziehung zu ihnen. Ich liebe sie nicht und ich hasse sie nicht. Es sind Illusionen.«

»Lass dir Zeit, Fontain«, bittet sie dich. »Du musst die ganze Sache noch einmal überlegen.«

Du antwortest nicht mehr. Es hat keinen Sinn, mit ihr oder den anderen zu sprechen. Du stehst da, redest nicht, bewegst dich nicht. Du tust überhaupt nichts mehr. Alles liegt klar und deutlich vor dir.

»Tu es nicht!«, schreit die Königin auf. »Ich befehle dir, sofort damit aufzuhören.«

Was soll das alles? Du bist darüber hinaus. Du weißt, was gespielt wird. Du bist am Ende.

Du schaltest dich ab.

Reginald Bull beobachtete fasziniert und erschrocken zugleich die Veränderung, die mit Fontain vor sich ging. Der Cyborg veränderte seine Farbe. Er wurde zunächst blassblau, dann gelb. Seine Außenhülle schmolz zusammen. Wie flüssiges Fett tropfte sie von einem gitterähnlichen Torso.

»Was geschieht mit ihm?«, brachte Bull hervor.

»Sie sehen es doch«, sagte Goshmo-Khan. »Er ist im Begriff, sich selbst zu zerstören.«

Sie standen im Halbkreis um Fontain. Die Musik war verstummt. Immer mehr Besatzungsmitglieder von BOX-7149 wurden auf die Ereignisse in der Nähe der einen Kuppel aufmerksam. Männer und Frauen drängten sich um den Platz, wo Fontains Sterben begonnen hatte.

Bull riss seine Blicke von dem Cyborg los. Er richtete seine Aufmerksamkeit auf Zeus. Das rätselhafte Wesen stand wie versteinert mitten unter den Terranern und beobachtete Fontain.

Bull dachte an die Drohungen, die Zeus ausgestoßen hatte. Sie mussten etwas unternehmen, bevor der Fremde ihr Schiff zerstörte und den größten Teil der Besatzung tötete. Bull war überzeugt davon, dass sich keine günstigere Gelegenheit mehr bieten würde. Er gab Gucky ein Zeichen, doch der Ilt starrte nur Fontain an und reagierte nicht.

Es wurde immer stiller. Der Lärm der berauschten Raumfahrer verstummte. Inzwischen war allen klar geworden, dass etwas Entscheidendes geschah.

Bull sah den Cyborg in sich zusammensinken. Er zog die Waffe aus dem Gürtel und stellte sie auf Maximalleistung. Er zielte auf Zeus und drückte ab. Der Unbekannte wurde in einen Flammenkranz gehüllt, aber nicht zerstört. Er begann langsam zu wachsen.

Bull hörte die Entsetzensschreie der Besatzungsmitglieder und wich langsam zurück. Er sah ein, dass er mit seiner Waffe allein nichts ausrichten konnte. »Schießt!«, schrie er seinen Begleitern zu. »Schießt auf ihn. Wenn wir ihn jetzt nicht vernichten, wird er unser Schiff zerstören und uns alle umbringen.«

Niemand reagierte, auch die Mutanten nicht. Alle schienen wie erstarrt. Gebannt blieben sie auf ihren Plätzen. Zeus wuchs noch immer und überragte jetzt fast die Kuppel, neben der er stand.

Mit wenigen Schritten war Bull bei Goshmo-Khan und packte ihn am Kragen der Uniformjacke. »Das verdanken wir Ihrem verdammten Experiment. Tun Sie etwas, verhindern Sie wenigstens das Schlimmste!«

Goshmo-Khan sah ihn an, als würde er ihn nicht erkennen. »Es hat funktioniert«, sagte der Wissenschaftler wie benommen. »Begreifen Sie das eigentlich? Van Moders' Plan hat über diese lange Zeit hinweg funktioniert.«

Bull stieß den Mann von sich. »Über all die lange Zeit hinweg hat er uns umgebracht!«, schrie er außer sich.

Es gab einen dumpfen Knall, als Fontains Überreste explodierten und sich in eine Lichtkaskade verwandelten. Schließlich blieb nur noch eine Säule schwarzen Rauchs übrig, die nach oben wirbelte und verschwand, als sie aus dem Bereich der schwebenden Scheinwerfer geriet.

Bull feuerte einen Schuss in die Luft ab und schrie: »Zurück zum Schiff! Wir müssen versuchen, das Schiff zu retten!«

Niemand achtete auf ihn. Alle Blicke waren auf Zeus gerichtet. Bull hielt unwillkürlich den Atem an, als der wieder zum Gigant gewordene Zeus ein Bein hob und den Fuß auf die eine Kuppel setzte. Es gab ein knirschendes Geräusch, als das Dach unter dem Gewicht des Giganten nachgab und wie eine Pappschachtel eingedrückt wurde.

Zeus zog sein zweites Bein nach und stampfte auf dem einbrechenden Dach herum. Dann machte er einen Schritt zur zweiten Kuppel hinüber und trat sie ebenfalls zusammen. Raumfahrer rannten schreiend aus den einstürzenden Toren. Auf die Besatzungsmitglieder, die sich mitten auf dem freien Platz aufhielten, wirkte das wie ein befreiendes Signal. Plötzlich war Bull von tobenden und brüllenden Menschen umgeben, die nur noch ein Ziel hatten: möglichst schnell aus der Nähe des Giganten zu kommen.

Bull kletterte auf ein Podest. »Zum Schiff!«, schrie er. »Alles zurück zum Schiff!« Seine Stimme ging im Getöse der zusammenbrechenden Kuppeln unter.

Zeus griff jetzt nach den schwebenden Scheinwerfern. Er zerdrückte sie wie kleine Leuchtkäfer. Es wurde dunkel. Nur Zeus selbst leuchtete von innen heraus.

Bull achtete nicht länger auf die verstörten Raumfahrer, sondern rannte los. Er musste so schnell wie möglich zum Schiff zurück und versuchen, den bevorstehenden Angriff des Riesen abzuwehren. Er wusste nicht, wie er das anstellen sollte, aber auf keinen Fall durfte er tatenlos zusehen, wie die BOX zerstört wurde.

Plötzlich tauchte jemand neben ihm auf. Es war Ras Tschubai, der an seine Seite teleportiert war.

»Ras!«, stieß Bull erleichtert hervor. »Ich dachte schon, alle wären verrückt geworden.«

»Sie können es niemandem verdenken, wenn er in Panik verfällt.« Ras blickte zu dem tobenden Zeus zurück. »Keiner von uns hat schon einmal so etwas Schreckliches erlebt.«

Bull folgte dem Blick des Teleporters und sah Zeus mit ausgebreiteten Armen über der Kuppelsiedlung stehen. »Es ist schrecklich«, stimmte er zu. »Schrecklich und atemberaubend.«

»Gucky ist mit Goshmo-Khan zum Schiff zurückgesprungen«, sagte Ras. »Ich halte es für besser, wenn wir ihnen folgen.«

»Gut«, sagte Bull. »Ich hoffe, dass die anderen allmählich wieder vernünftig werden und uns ebenfalls folgen.«

Sie ergriffen sich an den Händen, und Ras teleportierte. Sie kamen in der Zentrale des Schiffs heraus. Dort hatten sich Gucky und Goshmo-Khan bereits eingefunden. Auch die als Wachen zurückgebliebenen Raumfahrer drängten sich vor dem großen Schirm.

Sie konnten Zeus beobachten, der noch immer mit der Zerstörung der Kuppeln beschäftigt war. In seinem unermesslichen Zorn schien Zeus das Paradies, das er für die Terraner geschaffen hatte, nun wieder zerstören zu wollen.

»Sobald er dort drüben fertig ist, wird er wahrscheinlich hierher kommen«, prophezeite Bull düster. »Alle einsatzbereiten Schutzschirme und Bordkanonen aktivieren!« Er warf einen Blick auf die kleine Gruppe und fügte bedauernd hinzu: »Soweit das überhaupt möglich ist.«

»Wenn wir die Schutzschirme einschalten, kann niemand mehr an Bord zurück!«, wandte Goshmo-Khan ein.

Bull sah ihn an. »Daran hätten Sie früher denken sollen.«

Der Wissenschaftler antwortete unbeherrscht: »Ich lasse mir wegen dieser Sache keine Vorwürfe machen. Wir mussten irgendetwas tun, um Zeus zu besiegen.«

»Sie haben Recht«, lenkte Bull ein. »Niemand konnte wissen, dass es so enden würde.«

»Außerdem glaube ich nicht, dass es hier im Schiff sicherer ist als draußen«, meinte Ras Tschubai. Goshmo-Khan deutete auf den Bildschirm. »Er verschwindet«, sagte er aufgeregt.

Bull sah, dass Zeus sich von der Kuppelsiedlung entfernte und dabei wieder zusammenschrumpfte.

»Er geht«, sagte Gucky erleichtert. »Er geht und lässt uns in Ruhe.«

Bull jedoch gab sich keinen Illusionen hin. »Er wird wiederkommen. Er lässt uns jetzt in Angst und Ungewissheit zurück, aber er wird wiederkommen.«

Bei Tagesanbruch verließen Reginald Bull und Goshmo-Khan zusammen das Schiff durch eine kleine Strukturschleuse. Im Verlauf der Nacht waren alle Besatzungsmitglieder zurückgekommen und lagerten nun rund um den in der Geröllhalde liegenden Raumer.

Bull befahl den Raumfahrern, nacheinander in die BOX zurückzukehren. Über Nacht waren weitere Veränderungen geschehen. Dort, wo früher die Kuppeln gestanden hatten, ragte jetzt ein Berg in die Höhe.

»Olymp«, sagte Bull beim Anblick des Bergs. »Zeus hat sich einen Götterberg geschaffen. Das Bild dieses Bergs hat er wahrscheinlich auch meiner Erinnerung entnommen.«

Goshmo-Khan runzelte die Stirn. »Was bedeutet das alles?«

»Olymp war der Sitz der Götter, vor allem aber von Zeus. Die Sage berichtet, dass er von dort oben Blitze verschleudert hat.«

Der Wissenschaftler blickte zum Berg hinüber. »Der Gipfel ist von Wolken umhüllt.«

»Dort hält Zeus sich jetzt auf, um nachzudenken.«

Goshmo-Khan sah Bull irritiert an. »Sie reden, als würden Sie glauben, dass an dem ganzen Unsinn etwas Wahres ist.«

Bully schüttelte den Kopf. »Ich weiß nicht, was ich glauben soll«, sagte er. »Die Wahrheit ist vielleicht ganz einfach, aber viel zu gut versteckt, als dass wir sie erkennen können.«

»Als Zeus und sein Cyborg sich unterhielten, nannte Fontain seinen Herrn eine Königin«, erinnerte sich Goshmo-Khan. »Ich weiß nicht, ob man daraus Rückschlüsse ziehen kann.«

»Königin«, wiederholte Bull. »Das kann alles Mögliche bedeuten.«

»Das stimmt«, gab Goshmo-Khan zu. »Es drängen sich viele Assoziationen auf – aber eine ganz besonders. Jedenfalls geht es mir so.«

»Sprechen Sie nicht in Rätseln«, forderte Bull ärgerlich. »Sagen Sie, woran Sie denken.«

»An Bienen«, antwortete Goshmo-Khan bedeutungsvoll.

Der erste Blitz leuchtete gegen Mittag auf. Er machte die dunkle Wolke über dem neu entstandenen Götterberg transparent. Fellmer Lloyd, der zu diesem Zeitpunkt vor den Schirmen der optischen Ortung saß, behauptete später, dass er eine mächtige Hand aus der Wolke hatte kommen sehen. Diese Hand hatte den Blitz verschleudert.

Der Blitz zerfurchte das Tal, in dem die verwüsteten Kuppeln standen, und wühlte die Geröllebene bis zum anderen Ende auf. Eine fünfhundert Meter breite schwarze Furche führte nur knapp an BOX-7149 vorbei.

Der zweite Blitz zischte über BOX-7149 hinweg. Er erschütterte ihren einzigen funktionierenden Schutzschirm und ließ die Außenhülle knirschen. Das Schiff erbebte.

»Es hat angefangen«, sagte Bull erschüttert. »Ich glaube nicht, dass wir die geringste Chance haben.«

»Vielleicht gibt es noch einen Ausweg«, meldete sich Gucky. »Ich denke an das Beiboot im Orbit.«

»Das Beiboot, mit dem Takvorian und Ras gekommen sind?«

»Ja«, bestätigte der Mausbiber.

Bull strich ihm über den Kopf. »Ich weiß, dass du alles versuchen würdest, Kleiner. Aber jetzt können wir nichts mehr tun. Hoffen wir, dass der Zorn der fremden Lebensform nachlässt, bevor das Schiff zerstört ist und wir alle tot sind.«

»Du verstehst mich nicht«, verfolgte Gucky voller Hartnäckigkeit seine Idee. »Ras und ich könnten in das Beiboot teleportieren und mit ihm den Berg angreifen.«

Bulls Augen weiteten sich. »Olymp angreifen?«

»Warum nicht?«

»Aber ihr hättet nicht die geringste Chance. Zeus würde euch mit einem Blitzstrahl aus seiner Hand vom Himmel holen. Es wäre Selbstmord.«

»Pah!«, machte Gucky. »Wenn wir hier warten, bis wir geröstet werden, begehen wir auch Selbstmord. Wir sollten den Versuch wagen.«

Bull dachte einen Augenblick nach. In diesem Moment schlug der dritte Blitz vor BOX-7149 ein. Er war nicht so breit gefächert wie die beiden ersten, dafür aber genauer gezielt. Der Boden vor dem Fragmentraumer wurde gen Himmel geschleudert. Das Schiff selbst wurde vom Erdaushub nach oben gedrückt und geriet in Gefahr umzukippen. Das Steuerplasma gab Alarm. Posbis jagten hektisch durch Gänge und Hallen der BOX.

»Nun gut«, sagte Bull. Sein Gesicht sah eingefallen aus. Das Blut war aus den Lippen gewichen, so fest hatte er sie aufeinander gepresst. »Wir haben keine andere Wahl. Viel Glück, Gucky.«

In aller Eile legten Ras und Gucky ihre Schutzanzüge an, dann teleportierten sie aus dem Schiff.

»Sie hätten versuchen sollen, mit dem Beiboot die Erde zu erreichen«, sagte Takvorian nachdenklich. »Dann wären wenigstens zwei von uns gerettet worden.«

Vom Weltraum aus sah der Olymp wie ein Spitzkegel mit einem angeflanschten Plateau aus. Es war die dichte schwarze Wolke, die den Eindruck eines Plateaus erzeugte.

Unmittelbar nachdem Ras und der Ilt im Beiboot materialisiert waren und ihre Plätze eingenommen hatten, erfolgte der vierte Blitz. Gucky atmete erleichtert auf, als er sah, dass der Angriff diesmal nicht gegen das Schiff, sondern gegen die Kuppelüberreste gerichtet war. Alles, was im Tal noch von der Siedlung existierte, ging in Flammen auf.

»Wir müssen uns beeilen«, sagte Ras. Seine Stimme schwankte. Er war ein erfahrener und kaltblütiger Mann, aber die Vorgänge der letzten

Stunden hatten ihn aus dem Gleichgewicht gebracht. »Einen Volltreffer würde das Schiff der Posbis nicht überstehen.«

»Bordwaffen klar!«, antwortete Gucky gelassen. »Zum Tiefflug bereit.«

Ras blickte aus der Kanzel. »Vielleicht«, sagte er gedehnt, »ist das unsere letzte Aktion.«

»Nein«, widersprach Gucky. »Ich habe noch lange nicht vor, mit meinem Leben abzuschließen. Wir müssen immer daran denken, dass das Universum auf uns wartet, Ras. Die Menschheit erlebt im Augenblick eine ihrer schwersten Krisen – aber sie wird weiter bestehen.«

»Nicht mehr in der bisherigen Form«, befürchtete der Mutant. »Das ist endgültig vorbei.«

»Mir genügt das Wissen, dass es irgendwo im Weltraum Menschen gibt«, sagte der Ilt.

Ras steuerte das Beiboot aus der Kreisbahn und trieb es in die obersten Schichten der Atmosphäre hinein. Die Triebwerke dröhnten, die Luft begann zu kreischen. »Wir bringen Zeus ein Ständchen«, sagte Ras sarkastisch. »Spätestens jetzt weiß er, was wir vorhaben.«

Er raste mit unverminderter Geschwindigkeit in die Tiefe. Der Götterberg war jetzt durch die Kanzel zu sehen. Aus der dunklen Wolke ragte der mächtige Arm jenes Wesens, das sich selbst den Namen einer terranischen Sagengestalt gegeben hatte.

»Er bereitet den nächsten Angriff vor!«, schrie Ras. »Wir müssen ihm zuvorkommen!«

Das kleine Schiff fiel jetzt fast senkrecht auf die Oberfläche von Goshmo's Castle hinab. »Zieloptik?«, rief Ras.

»Fertig!«, sagte der Ilt.

Ein Energiestrahl loderte aus der Kanonenmündung. Er bohrte sich in die dunkle Wolke über Olymp und verwandelte sie in ein Gespinst unzähliger energiegeladener Verästelungen. Aus diesem Gebilde heraus erschien der Oberkörper eines wieder zu gewaltiger Größe angewachsenen Zeus. Der Koloss streckte beide Arme hoch, spreizte die Hände und verschleuderte Blitze.

Um das Beiboot herum begann die Luft zu kochen. Das Kleinstraumschiff wurde wie ein welkes Blatt hin und her geschleudert. Die energetischen Entladungen drohten den Schutzschirm zu zerstören.

»Er spielt mit uns!«, rief Ras Tschubai. »Ein Volltreffer würde genügen, um uns zu vernichten.«

Gucky antwortete nicht. Er zog zwei Mikrobomben aus dem Gürtel und drückte auf den Zünder. Er hielt seine Daumen so, dass der Zünder nicht zurückspringen konnte.

»Halt!«, schrie Ras mit sich überschlagender Stimme. »Das darfst du nicht tun.« Er richtete sich im Sessel auf, drehte sich nach hinten und wollte Gucky festhalten. Doch es war schon zu spät. Seine Hände griffen ins Leere. Gucky war bereits entmaterialisiert.

In der Zentrale des Fragmentraumers verfolgten Bull und die anderen Besatzungsmitglieder das Geschehen. Bull stöhnte unwillkürlich auf, als das Kleinstraumschiff in einem Wirbel von Blitzen verschwand und dann wieder auftauchte. An der unregelmäßigen Flugbahn des Schiffs erkannte Bull, dass der Pilot – Bull nahm an, dass es Ras Tschubai war – die Kontrolle über die Maschine verloren hatte. Das war nicht erstaunlich. Kein noch so guter Pilot hätte das Schiff unter diesen Umständen noch beherrschen können.

Bull befürchtete schon, das Ende des Beiboots wäre gekommen, doch da stellte Zeus den Beschuss ein. Gleich darauf klang Tschubais ächzende Stimme aus den Lautsprechern der Normalfunkanlage: »Gucky hat soeben das Beiboot verlassen, mit zwei entschärften Mikrobomben in den Händen.«

Stille breitete sich aus. Bull fühlte sich leer und wünschte plötzlich, alles ginge in einer gewaltigen Explosion zu Ende. Doch dann war dieses Gefühl vorbei. Bull drehte sich im Sitz, um den Bildschirm, der den Götterberg zeigte, besser sehen zu können.

Doch die Explosion, auf die er wartete, erfolgte nicht.

Im Augenblick der Materialisation wusste Gucky, dass er in weniger als einer Sekunde wieder verschwinden musste, nachdem er die Zünder loslassen würde. Diese Zeit war so knapp, dass der Ilt nicht hoffen konnte, sich rechtzeitig in Sicherheit zu bringen. Trotzdem musste er es versuchen.

Doch schon die Materialisation raubte ihm alle Illusionen. Er hatte das Gefühl, gegen eine stählerne Wand zu prallen. Um ihn herum war es so hell, dass er geblendet die Augen schließen musste. Der Ilt wurde auf den Boden geschleudert. Er hörte sich aufschreien.

In seiner Verzweiflung ließ er die Zünder los, doch die Explosion, auf die er gewartet hatte, blieb aus. Mühselig richtete er sich auf, noch immer blind und ohne jede Möglichkeit einer Orientierung. Er ahnte, dass er auf dem Götterberg herausgekommen war. Wahrscheinlich befand er sich sogar mitten in dieser dunklen Wolke. Zeus war in der Nähe.

Mehr aus einem Instinkt heraus als aus logischer Überlegung aktivierte der Mausbiber seine parapsychischen Kräfte. Er griff Zeus telekinetisch an. Dann fühlte er, wie jemand nach ihm griff und ihn hochhob.

Eine Stimme, die wie verhallender Donner klang, sagte: »Gib dir keine Mühe – es ist alles vorbei.«

Gucky zappelte in dem festen Griff und konnte sich nicht befreien. Er öffnete die Augen und konnte nur die Umrisse seines Gegners erkennen. Zeus hielt ihn in den Armen, ein Zeus, der wieder die normale Größe eines normalen Mannes angenommen hatte. Und Zeus lächelte.

»Du brauchst dich nicht zu fürchten«, sagte er zu dem Ilt. »Ich habe mich entschlossen, die Angriffe gegen deine Freunde und dich einzustellen. Es hat keinen Sinn, so gegen euch vorzugehen. Es war ein Fehler, euch auf diese Weise festzuhalten.«

Gucky entspannte sich nur langsam. Um ihn herum knisterten energetisch aufgeladene Wolkenfetzen.

»Was wirst du jetzt tun?«, fragte Gucky.

»Ich bringe dich hinab«, sagte Zeus. »Zu deinen Freunden.«

Gucky richtete sich in den Armen des Mannes auf. »Und wer«, wollte er wissen, »bist du wirklich?«

»Ich bin Zeus«, sagte die Gestalt. »Jedenfalls jetzt noch. Wenn wir unten beim Schiff sind, wirst du mich in meiner wahren Gestalt sehen.« Die Stimme war freundlich, aber Gucky hörte die Enttäuschung und Einsamkeit in ihr mitschwingen. »Sobald wir diesen Berg verlassen haben, wird er verschwinden«, sagte Zeus.

Er schritt weit aus und stieg den Hang hinab. Er hielt Gucky so fest in den Armen, als wollte er ihn niemals wieder loslassen.

»Warum teleportieren wir nicht?«, erkundigte sich der Mausbiber. »Wir könnten in weniger als einer Sekunde dort unten sein.«

»Nein«, sagte Zeus. »Ich will meinen Berg hinabsteigen. Ich will diese Felsen unter meinen Füßen spüren, denn ich werde sie nicht mehr entstehen lassen.«

Gucky hielt den Atem an. Eine Frage bedrängte ihn immer stärker, aber er wagte nicht, sie zu stellen. Zeus erriet jedoch, was den Ilt beschäftigte, und sagte: »Ihr seid nicht länger meine Gefangenen. Von nun an könnt ihr gehen, wann immer ihr wollt.«

Der Götterberg war vor wenigen Augenblicken verschwunden. Über das Vergrößerungsbild der Fernortung sah Bull Zeus über die Geröllebene kommen. Der Unheimliche hielt Gucky auf den Armen. Hoch über ihm kreiste Ras Tschubai mit dem Beiboot.

»Ich empfange Guckys Gedanken«, verkündete Fellmer Lloyd. »Es ist alles in Ordnung. Zeus kommt, um Frieden zu schließen.«

»Das kann eine Falle sein«, warnte Takvorian.

»Er hat es nicht nötig, uns in eine Falle zu locken«, meinte Bully. »Sobald wir mehr wissen, werden Sie und Gucky zur Erde fliegen, um Rhodan über Funk von allen Vorgängen zu unterrichten«, sagte er abschließend. Dann richtete er seine Aufmerksamkeit wieder auf die näher kommende Gestalt.

»Zeus möchte, dass Sie ihn vor dem Schiff erwarten«, sagte Fellmer Lloyd. »Er hat mir soeben eine entsprechende telepathische Nachricht zukommen lassen.«

»Gehen Sie nicht!«, rief Goshmo-Khan. »Wir wissen nicht, was der Bursche vorhat.«

Bull begann seinen Schutzanzug abzulegen und warf den Waffengürtel weg. Dann verließ er das Schiff. Niemand wagte ihm zu folgen. Wenige Augenblicke später stand er allein draußen in der Geröllebene und sah dem näher kommenden Zeus entgegen.

Der Unbekannte blieb vor ihm stehen und setzte Gucky auf den Boden. »Ich werde mein Gucky gegebenes Versprechen halten und euch gehen lassen, wann immer ihr wollt«, sagte Zeus anstelle einer Begrüßung. »Ich weiß, dass ich viele Fehler begangen habe, aber ich wollte nichts Böses. Die Einsamkeit hat mich verändert und krank gemacht. Von nun an werde ich euch helfen, wann immer ich kann.«

Bull versuchte verzweifelt, seine Gefühle und Gedanken unter Kontrolle zu halten. Er fühlte sich hilflos.

»Es genügt mir, wenn ich immer in eurer Nähe sein kann«, fuhr Zeus fort. »Ruft mich, wann immer ihr in Not seid. Hütet euch aber vor den wahren Beherrschern dieser Sternenzone, denn sie sind eure Feinde.«

Bull wurde von einem Schwindelgefühl ergriffen. Seine Kehle war wie ausgetrocknet.

»Ich finde, jetzt solltest du irgendetwas Nettes sagen«, schlug der Ilt vor. »Schließlich haben wir soeben die Friedensverhandlungen eröffnet.«

»Und Fontain?«, fragte Bull. »Wird er die Sache mit dem Cyborg vergessen?«

»Ich brauche Fontain nicht mehr«, sagte Zeus. »Jetzt habe ich neue, wirkliche Freunde.«

»Das muss sich erst herausstellen«, sagte Bull, der von einem unerklärlichen Trotz erfüllt wurde.

»Was bedeutet das?«, fragte Zeus.

»Die wahre Gestalt!«, rief Bull. »Jetzt wollen wir endlich wissen, mit wem wir es seit unserer Notlandung auf Goshmo's Castle zu tun hatten.«

»Ich hatte vor, meine wahre Gestalt anzunehmen«, behauptete Zeus. »Doch ich warne euch. Ich weiß nicht, ob es für unsere Beziehungen gut wäre.«

»Vorwärts!«, drängte Bull. »Wir warten. Es gibt nichts, was wir nicht ertragen könnten.«

Zeus erwiderte nichts, sondern begann sich zu verändern.

Sein Körper wurde schlanker und wuchs bis auf fünf Meter Höhe an. Die Farbe des an zwei Stellen eingeschnürten Leibes wurde allmählich dunkelbraun. Der runde Kopf mit dem dreiecksförmigen, furchterregenden Mund und seinen haarfeinen Hornlippen, riesigen Facettenaugen und zwei Fühlerpaaren rechts und links davon rundete das Bild ab.

Vor Bull und Gucky stand ein monströses, sechsgliedriges Geschöpf.

Eine Riesenameise.

18.

Zur gleichen Zeit im Erde-Mond-System

Es begann mit einer Katastrophe.

Oberst Frader Medialmodul, von seinen Leuten insgeheim in liebevollem Spott »Medi« genannt, ließ sich im Fitnessraum seiner Kabine gerade vom Massagerobot durchwalken. Er war der Kommandant der SARAGOSSA, eines Schlachtschiffs der 800-Meter-Klasse, dessen Lineartriebwerke seit nahezu drei Wochen ebenso funktionsunfähig waren wie die der anderen 96.000 Raumschiffe der terranischen Flotte. Solchermaßen zu einem halben Wrack geworden, befand sich die SARAGOSSA auf einer Kreisbahn um Luna.

Oberst Medialmodul, vom Temperament her eher ein Choleriker, gab wohlige Seufzer von sich, während der Massageroboter seine auf zwei Meter Körpergröße verteilten drei Zentner bearbeitete. In diesem Moment hatte er alle seine Sorgen vergessen. »Ja – ja!«, stöhnte er wohlig, als die feinfühligen Roboterfinger den achten Rückenwirbel berührten.

Plötzlich wurde der Oberst brutal aus seinen Wonneschauern gerissen. Eine unheimliche Macht zerrte ihn vom Massagetisch, entriss ihn dem Roboter und schleuderte ihn unsanft gegen die Wand. Oberst Medialmodul glaubte, dass ihm dabei das Rückgrat gebrochen worden sei, denn er hatte höllische Schmerzen und war wie gelähmt.

Er versuchte sich ungeachtet der Schmerzen zu erheben, doch eine unsichtbare Riesenfaust drückte ihn immer noch in den Winkel des

Massageraumes. Der Druck wurde so stark, dass es ihm das Blut aus Nasen und Ohren trieb. Gegenstände flogen wie Geschosse durch den Fitnessraum.

Während er hilflos gegen die Wand gedrückt wurde, schätzte der Kommandant der SARAGOSSA, dass der unerklärliche Vorgang den Effekt eines Andrucks von mindestens 20 Gravos haben musste. Er dauerte jedoch nur wenige Sekunden an, obwohl es Oberst Medialmodul wie eine Ewigkeit erschien. Schließlich gelang es ihm, sich zu erheben, in seine Kabine zu taumeln und sich zum heil gebliebenen Visiphon zu schleppen.

Aber als er sich mit der Kommandozentrale in Verbindung setzen wollte, um zu erfahren, was denn eigentlich passiert sei, meldete sich niemand. So kleidete er sich notdürftig an und machte sich persönlich auf den Weg dorthin. Dabei erfuhr er, dass es den eintausendfünfhundert Männern und Frauen seiner Besatzung ähnlich ergangen war.

Im Solarium mit den exotischen Pflanzen und den künstlich angelegten Badestränden kam es zu einer Sturzflut. Die Wasser traten über die Ufer und schwemmten die Männer hinweg, die sich im Licht der Atomsonne hatten bräunen lassen. Ein Leutnant, der mit seinen Kunstsprüngen vom 10-Meter-Turm Eindruck zu schinden pflegte, wurde mitten im Sprung von der Wucht des Andrucks erfasst und davongewirbelt. Zum Glück für seine Gesundheit hatte er aber unter der Badehose auch einen Mikro-Gravitator, mit dessen Hilfe er seinen Aufprall in den Büschen abmildern konnte.

Andere Badende sahen sich plötzlich unter Tonnen von Wassermassen begraben, und es war ihnen nicht möglich, sich aus ihnen zu befreien, um aufzutauchen und Luft zu holen; das Wasser lastete so schwer und drückend auf ihnen, als hätte es die Dichte von Granit.

In den Lagerräumen kamen Tonnen und aber Tonnen von Ladegut in Bewegung; Ausrüstungsgegenstände, die in Regalen oder in schwachen Fesselfeldern gestapelt waren, schossen wie vom Katapult geschleudert davon. Durch die Wucht des Aufpralls wurden Schiffseinrichtungen beschädigt, Schotten verklemmten sich, Leitungen wurden unterbrochen. In vielen Teilen des Schiffs ging die Notbeleuchtung an.

Der durchdringende Ton der Alarmsirene gellte durch die Korridore und Räume, klang in den Kabinen der dienstfreien Mannschaft aus den Lautsprechern. Doch der Heulton weckte niemanden mehr; die Männer und Frauen waren kurz zuvor vom Andruck aus den Kojen geschleudert worden und wurden nun gegen Wände oder in Winkel gedrückt. Ängstlich fragten sie sich, ob der kosmische Mahlstrom die Erde, Luna und die gesamte Raumflotte aufrieb.

In einem der Beiboot-Hangars geriet eine Space-Jet in Bewegung, schlitterte über den Boden und prallte gegen die Wand, ohne dass sie von den Stabilisierungsfeldern der Notanlage gestoppt werden konnte. Es grenzte fast an ein Wunder, dass dabei niemand vom Hangarpersonal zu Schaden kam.

Jene Männer und Frauen, die sich gerade in einem der Antigravschächte befanden, kamen noch am glimpflichsten davon. Sie wurden in den Schächten zwar ordentlich durchgeschüttelt, doch die Antigravaggregate hielten der explosionsartig wirkenden Belastung stand, und die Automatik passte sich den neuen Gegebenheiten anstandslos an.

Gefährlicher war dagegen schon die Situation in wissenschaftlichen Forschungsstationen und Labors. Dort barsten Glasbehälter, giftige Dämpfe und Flüssigkeiten wurden frei, ein Schwingquarz durchschlug fast die Wandung eines Testbehälters und blieb darin stecken. Wissenschaftler trugen Strahlungsschäden, Verbrennungen und Ätzungen davon. Ein Biologe, der gerade Versuche mit weißen Ratten unternahm, hatte plötzlich eines der Tiere in seinem Mund stecken. Er konnte sich davon erst befreien, als der Andruck nachließ. Und in der Kommandozentrale …

Als Oberst Medialmodul auf Deck 20 aus dem Antigravlift in die Hauptzentrale trat, bot sich ihm ein Bild der Verwüstung. Zwar schien keines der Geräte ernsthaft beschädigt zu sein – das stellte er mit einem erleichterten Blick fest –, doch sahen seine Leute aus, als hätten sie gerade mit einer Herde von bellargischen Wildkatzen gerauft. Die Besatzungsmitglieder waren zerschunden, hatten blutige Gesichter und zerrissene Kombinationen. Medo-Roboter waren gerade dabei, ihre Blessuren zu behandeln. Reinigungsroboter räumten auf und fütterten die Müllverwertungsschächte mit den Trümmerstücken von meist privaten Gebrauchsgegenständen der Mannschaft.

Der Oberst, der so brutal aus der Robotmassage gerissen worden war, ließ seinem cholerischen Temperament freien Lauf. »Was ist das für ein Sauhaufen!«, schrie er. »Wie seht ihr alle aus? Nennt ihr das eine vorschriftsmäßige militärische Kleidung?«

Während er Letzteres sagte, versuchte er schnell, seine eigene Kombination halbwegs in Ordnung zu bringen – und stellte fest, dass er das Handtuch, das er während der Massage um die Hüfte geschlungen trug, noch in der Hose stecken hatte. Er schleuderte es mit hochrotem Gesicht fort. Seine eigene vorschriftswidrige Kleidung hinderte ihn aber nicht daran, seine Leute wegen desselben Delikts gehörig zusammenzustauchen.

Erst nachdem er sich diesbezüglich abreagiert hatte, erkundigte er sich nach der Ursache und den Schuldigen für den Zwischenfall. Aber seine Leute schworen Stein und Bein, dass niemand in der Kommandozentrale dafür verantwortlich war.

»Wir wurden selbst überrascht«, sagte der Erste Offizier, ein zweieinhalb Meter großer Ertruser mit einem großflächigen, sommersprossigen Gesicht. Es erübrigt sich wohl, zu sagen, dass er den Andruck von 20 Gravos am besten verkraftet hatte. Und er hatte sich auch den für Terraner nicht ganz verständlichen Humor der Ertruser bewahrt.

»Sie hätten sehen sollen, wie die Jungs durcheinander gewirbelt wurden, Sir«, berichtete er und gab ein dröhnendes Lachen von sich. »Sie wurden aus den Kontursesseln gerissen, wie welkes Laub davongewirbelt und an den Wänden fast wie Pflaumen zerdrückt. Haha!«

»Ihnen scheint es mit dem Gehirn so ergangen zu sein!«, herrschte Medialmodul seinen Ersten Offizier an.

»Medi hat heute einen schlechten Tag«, hörte Oberst Medialmodul eine Stimme aus dem Hintergrund sagen. Das brachte ihn noch mehr in Rage, und er ließ seinen Ärger den nächstbesten Offizier spüren, der ihm in die Arme lief. Es handelte sich um einen kleingewachsenen und zierlichen Marsianer, seines Zeichens Zweiter Kosmonautischer Offizier auf der SARAGOSSA. Er kam gerade aus dem Antigravlift gesprungen und ordnete dabei seine Kleider.

»Wie sehen Sie denn aus, Mann?«, schrie Medialmodul den Marsianer an. »Hat man Sie durch die Toilette gespült?«

»Ähem … beinahe«, erwiderte der Marsianer kleinlaut.

»Wollen Sie mich verschaukeln?«, fragte Oberst Medialmodul drohend.

»Nein, Sir«, versicherte der Zweite Offizier. »Ich war gerade auf der Toilette, als es passierte. Und mein Wort, Sir, ich wäre von der Gravitation fast in den Abfluss gedrückt worden. Noch nie vorher in meinem Leben habe ich solche Ängste ausgestanden.«

Der ertrusische Erste Offizier konnte nicht länger an sich halten und grölte los. Diesmal stimmte auch Oberst Medialmodul darin ein, und dann bog sich die gesamte in der Kommandozentrale versammelte Mannschaft vor Lachen.

Damit war die Situation entschärft.

Bald darauf berichtete die Funkerin: »Ich weiß nur, dass für Sekundenbruchteile absolute Funkstille geherrscht hat. Wir hatten weder zur Erde noch zu einem der anderen Raumschiffe Kontakt. Nicht einmal statische Störungen waren zu hören. Es herrschte absolute Funkstille.«

»Vielleicht halten Sie mich für verrückt, Sir«, meldete der Navigator. »Aber ich könnte schwören, dass wir uns im Linearraum befunden haben. Als ich von meinem Kontursitz geschleudert wurde, sah ich auf dem Panoramaschirm – auch nur für Sekundenbruchteile – den Weltraum verblassen. Ich bin sicher, dass es der gleiche Effekt wie bei einem Linearflug war.«

Die Besatzung war auf ihre Plätze zurückgekehrt. Schon bald stellten sie fest, dass sie die Umlaufbahn um Luna verlassen hatten. Die Entfernung zur Erde und ihrem Trabanten war wegen der Störungen nicht genau zu eruieren. Aber das bestätigte nur die Aussage, dass man sich von ihnen um etliche Millionen Kilometer entfernt hatte.

»Ich will genaue Ortungsergebnisse«, verlangte Oberst Medialmodul und wandte sich fast hilflos an seinen Ersten Offizier: »Es ist unmöglich, dass wir eine Linearetappe vorgenommen haben. Abgesehen davon, dass niemand für den Start verantwortlich sein will, funktioniert unser Linearkonverter nicht. Wir wissen doch, dass die Überlichttriebwerke aller 96.000 Einheiten seit nahezu drei Wochen ausgefallen sind.«

Bevor der Erste Offizier etwas darauf sagen konnte, erreichten den Kommandanten weitere Meldungen. Die Bordaufzeichnungen ergaben, dass tatsächlich ein Linearflug stattgefunden hatte, der allerdings nur drei hundertstel Sekunden dauerte und von der Notautomatik gestoppt worden war. Die Beschleunigung war mit solchen Irrsinnswerten vorgenommen worden, dass die Andruckabsorber nicht sofort angesprungen waren.

Das war eine Erklärung für die so plötzlich auftretende Schwerkraft von 20 Gravos – aber nicht dafür, wie es überhaupt zu dem Phänomen des Linearflugs hatte kommen können. Jawohl, unter den gegebenen Umständen handelte es sich um ein Phänomen, bekräftigte Oberst »Medi« Medialmodul.

»Ich habe vielleicht eine Erklärung für die Geschehnisse«, sagte der Zweite Offizier.

»Heraus mit der Sprache!«, forderte der Kommandant.

»Womöglich ist Chefingenieur Flankert dafür verantwortlich«, meinte der Marsianer. »Er hat seit dem Ausfall des Linearkonverters den Maschinenraum nicht mehr verlassen.«

»Holen Sie ihn mir auf den Schirm – schnell!«, befahl der Kommandant. Wenig später erschien auf dem Schirm einer der Männer aus dem

Team von Chefingenieur Flankert. Er hatte ein blaues Auge, der linke Arm baumelte ihm wie leblos von der Seite.

»Wo ist Flankert?«, wollte der Kommandant wissen.

»Er hat das Bewusstsein verloren«, meldete der Ingenieur. »Als er am Linearkonverter hantierte, hat er uns noch eine Warnung zugerufen. Er muss gewusst haben, was kommen würde – trotzdem konnte er nicht verhindern, dass er gegen eine Konsole geschleudert wurde. Er hat wohl nicht mit dieser Beschleunigung und auch nicht damit gerechnet, dass die Andruckabsorber ...«

»Soll das heißen, dass Flankert bewusst eine Lineaetappe herbeiführen wollte?«

»Er tat es in der Annahme, dass es sich ohnehin nur um einen theoretischen Versuch handle«, versuchte der Ingenieur seinen Chef zu verteidigen, »denn wir wussten ja, dass keines der Überlichttriebwerke der Flotte funktioniert.«

»Aber es hat funktioniert«, sagte Oberst Medialmodul grinsend. »Melden Sie es mir, wenn Flankert wieder zu sich kommt. Ich muss ihm gratulieren.«

Der Schirm verblasste, und der Kommandant wandte sich an seine Leute. »Alles klar für eine Lineaetappe!«, befahl er. »Jetzt wird sich zeigen, ob es sich nicht nur um eine Eintagsfliege gehandelt hat.«

Die SARAGOSSA nahm Kurs auf die Erde und beschleunigte. Als zwei Drittel der Lichtgeschwindigkeit erreicht waren, wurde der Linearkonverter für drei Hundertstelsekunden eingeschaltet.

Die SARAGOSSA verschwand im Halbraum und kam auf ihrer ursprünglichen Kreisbahn um Luna heraus. Gleichzeitig wurde das Bremsmanöver eingeleitet, und Oberst Medialmodul setzte sich über Funk mit Imperium-Alpha in Verbindung, wo ein noch von der Meldung über den Wahnsinnsflug der SARAGOSSA bestürzter Perry Rhodan die Erfolgsmeldung entgegennahm.

Doch das war nur der Anfang: Von allen fast hunderttausend Raumschiffen wurde gemeldet, dass die Lineartriebwerke ebenso plötzlich wieder funktionierten, wie sie vor 18 Tagen schlagartig ausgefallen waren.

So erfreulich diese Nachricht war – Rhodan fragte sich unwillkürlich, welchem Umstand sie das zu verdanken hatten.

Gleichzeitig mit den Lineartriebwerken der Raumschiffe funktionierten auch wieder die Ortung und der Funkverkehr auf hyperenergetischer Basis, ebenso alle Geräte, die von dem Schwingquarz Howalgonium abhingen. Trotz der wieder einsetzenden Hyperortung war es jedoch nicht möglich, zufrieden stellende Fernmessungen durchzuführen, denn die Störeinflüsse waren zu groß. Man wurde durch die Fernortungen auch nicht klüger als zuvor, sodass immer noch Unklarheit darüber bestand, wo die Erde und ihr Trabant herausgekommen waren.

Perry Rhodan konnte nun persönlich darangehen, nachdem alle 96.000 Raumschiffe wieder einsatzfähig waren, die weitere Umgebung der Erde zu erkunden. Die vordringlichste Aufgabe war aber, eine Rettungsaktion für die in Not geratene BOX-7149 zu starten.

Obwohl Rhodan keine genauen Koordinaten über den unbekannten Planeten besaß, auf dem BOX-7149 notgelandet war, zögerte er keine Sekunde, die neue Lage auszunutzen. Rhodan gab Alarmbereitschaft an die MARCO POLO und erließ zusätzlich einen Einsatzbefehl an sämtliche auf der Erde verbliebenen Mutanten, speziell jedoch an Ribald Corello – und an Professor Geoffry Waringer und sein Team.

Er selbst blieb bis zum Abschluss der Vorbereitungen in Imperium-Alpha und wollte per Transmitter an Bord der im Orbit von Terra befindlichen MARCO POLO gehen. Als dann der Abrufimpuls kam und der Großadministrator sich in die Transmitterhalle begab, erwartete ihn seine Frau Orana.

»Hast du etwa gedacht, du könntest dich alleine ins Abenteuer stürzen?«, fragte sie. Ihre Augen sprühten schelmisch.

Rhodan lachte kurz auf. Gemeinsam gingen sie durch das Transmitterfeld.

Als sie in die Kommandozentrale der MARCO POLO kamen, waren dort bereits alle Mutanten versammelt; Waringer und ein halbes Dutzend Wissenschaftler aus seinem Team befanden sich ebenfalls hier.

Kaum hatte Rhodan seinen Fuß in die mächtige Halle gesetzt, wurde ihm gemeldet: »Wir haben ein Flugobjekt im Anflug auf die Erde geortet. Es entspricht in seiner Form, Größe und Masse dem Rettungsboot, in dem die beiden Mutanten Tschubai und Takvorian zum Erkundungsflug starteten.«

Rhodan war mit wenigen Schritten am hufeisenförmigen Kommandopult. Er ließ sich in seinen Kontursessel sinken, schaltete sämtliche Instrumente ein und ordnete für unbestimmte Dauer Startverzögerung an.

»Von Imperium-Alpha ist ein Funkspruch eingetroffen«, berichtete der Cheffunker. »Roi Danton meldet, dass er Kontakt zu dem Rettungsboot hat. An Bord sind die beiden Telepathen Gucky und Fellmer Lloyd, die an Bord von BOX-7149 waren, sowie der Teleporter Ras Tschubai und Takvorian. Soll ich die Verbindung mit Imperium-Alpha in die Zentrale legen, Sir?«

»Nein«, lehnte Rhodan unwillig ab. »Ich möchte den Bericht der Mutanten aus erster Hand haben. Stellen Sie Kontakt zum Rettungsboot her, Sparks.« Es dauerte nur wenige Sekunden, bis der Schirm des Hyperkoms vor Rhodan aufleuchtete und Gucky darauf erschien.

»Ich hätte wetten können, dass sich wieder dieser Wichtigtuer von einem Mausbiber in den Vordergrund schiebt«, sagte eine lachende Stimme aus dem Hintergrund.

»Nennt mir diesen Lästerer, damit ich ihn an der Decke zappeln lassen kann!«, verlangte Gucky wütend.

»Zuerst euren Bericht!«, sagte Rhodan mit unbewegtem Gesicht.

Der Mausbiber wurde ernst. »Habt ihr denn nicht unseren Funkspruch erhalten?«, wunderte er sich. »Wir haben ihn sofort abgeschickt, kaum dass wir von Goshmo's Castle an Bord des Rettungsboots gesprungen waren.«

»Wie denn? Der Hyperfunkverkehr war völlig lahm gelegt«, antwortete Rhodan.

»So blöd bin ich nun auch wieder nicht, dass ich das nicht weiß«, sagte Gucky pikiert. »Wir haben natürlich auf normal lichtschneller Frequenz gefunkt. Seltsam ... Ob Zeus seine Hände im Spiel hat? Zuzutrauen wäre es ihm.«

»Wovon sprichst du denn eigentlich?«, wollte Rhodan wissen. »Wer ist Zeus? Und was verstehst du unter Goshmo's Castle?«

»Ach, du meine Güte!«, stöhnte Gucky. »Natürlich habt ihr keine Ahnung. Goshmo's Castle ist der Planet, auf dem wir mit BOX-7149 gestrandet sind. Bully hat ihn nach Professor Goshmo-Khan benannt. Goshmo-Khan hat ihn verwünscht, fühlte sich aber in Wirklichkeit geschmeichelt. Und Zeus – nun, es lässt sich nicht einfach erklären, wer das ist. Am besten, ich sende noch einmal meinen Funkspruch mit dem vollständigen Bericht. Inzwischen werden wir nahe genug an der MARCO POLO sein, um an Bord teleportieren zu können.«

Gucky verschwand vom Schirm, und gleich darauf war sein Bericht zu hören. Rhodan stellte ihn auf die Schiffslautsprecher, damit alle in der Kommandozentrale über die Ereignisse auf Goshmo's Castle unterrichtet wurden. Die Übertragung war kaum abgelaufen, als Gucky mit Takvorian und Ras Tschubai mit Fellmer Lloyd in der Kommandozentrale der MARCO POLO materialisierten.

»So, und jetzt verrate mir einmal einer, wie ihr es fertig gebracht habt, dass die Hypergeräte wieder funktionieren«, sagte Gucky zur Begrüßung.

»Wir haben gar nichts dazu tun müssen«, erklärte Geoffry Waringer, erzählte in Stichworten den Katastrophenfall der SARAGOSSA und fügte hinzu: »Die Hypergeräte – Funk, Ortung und Lineartriebwerke – haben von einem Augenblick zum anderen von selbst zu arbeiten begonnen.«

»Hm«, machte Gucky und wechselte einen Blick mit seinen drei Begleitern. »Und wann war das?«

»Vor etwa 15 Stunden«, antwortete Rhodan. »Wieso?«

»Es könnte aufgehen«, murmelte Gucky. »Wir haben etwa zehn Stunden im Normalflug für die Strecke Goshmo's Castle – Terra benötigt, und Zeus' Demaskierung fand an die fünf Stunden zuvor statt. Zufällig weiß ich, dass es genau 17.23 Uhr war.«

Perry Rhodan rief einige Daten ab. Als er sich zu Gucky umwandte, wirkte er leicht verstört. »Die Lineartriebwerke der SARAGOSSA haben ebenfalls um 17.23 Uhr zu arbeiten begonnen«, sagte er. »Lässt sich daraus etwas schließen?«

»Und ob!«, rief Gucky. »Es ist des Rätsels Lösung. Damit ist bewiesen, dass Zeus für das Versagen der Hypergeräte entweder verantwortlich zu machen ist oder zumindest, dass er sie wieder in Betrieb gesetzt hat. Seine Demaskierung und der Linearflug der SARAGOSSA fanden im selben Moment statt!«

Rhodan war sichtlich beeindruckt. »Habt ihr die genaue Position von Goshmo's Castle?«, fragte er die vier Mutanten.

»Ist bereits an die Bordpositronik der MARCO POLO übermittelt«, grinste Ras Tschubai.

»Dann starten wir sofort mit direktem Kurs auf Goshmo's Castle!«, befahl Perry Rhodan. »Ich möchte Zeus zu gerne kennen lernen. Aber zuerst werden wir die Besatzung der BOX in Sicherheit bringen und das Raumschiff bergen oder reparieren.«

Reginald Bull hatte mit BOX-7149 nur eine Linearetappe von einer Sekunde vorgenommen, also orientierte sich Perry Rhodan daran. Als sie dann in das Zielgebiet einflogen, stellten sich unerwartete Schwierigkeiten ein.

»Wir können den Planeten mit unseren Geräten nicht erfassen«, meldete die Ortungszentrale. »Weder die Massetaster noch die Energietaster zeigen das Vorhandensein eines Himmelskörpers an.«

Auf dem Panoramaschirm mit optischer Erfassung waren nur die Gaswolken und Partikelfelder des Mahlstroms zu sehen; die hyperschnelle Fernortung ergab das gleiche Bild: In weitem Umkreis um die

MARCO POLO waren nur die Partikelströmungen und Gaswolken auszumachen.

»Das ist unmöglich!«, rief Gucky unbeherrscht. »Wahrscheinlich befindet sich die MARCO POLO auf falschem Kurs und ...«

»Wir befinden uns auf dem von euch angegebenen Kurs«, unterbrach Perry Rhodan den Mausbiber. »Wenn hier etwas nicht stimmt, dann sind es eure Berechnungen.«

»Unmöglich«, warf der Pferdemutant ein. »Wir haben unsere Berechnungen nach allen uns zur Verfügung stehenden Möglichkeiten überprüft. Goshmo's Castle liegt an den von uns angegebenen Koordinaten.«

»Und diesen nähern wir uns jetzt«, sagte Rhodan. »Wir sind ihnen schon so nahe, dass das Bremsmanöver eingeleitet wird. Aber von einem Planeten ist nichts zu sehen.«

Takvorian überprüfte Rhodans Angaben und wurde blass. Auf seinem jungenhaften Menschengesicht erschien ein Ausdruck von Besorgnis. »Den Berechnungen nach dürften wir von Goshmo's Castle nur noch drei Millionen Kilometer entfernt sein«, sagte er.

»Wenn der Planet sich an diesen Koordinaten befände, müssten wir ihn sehen«, meinte Waringer.

»Wir haben uns nicht geirrt«, behauptete nun auch Fellmer Lloyd, der sich bisher reserviert verhalten hatte. »Es muss irgendetwas Unerklärliches passiert sein. Vielleicht können wir das Rätsel auf telepathischem Wege lösen. Gucky und ich könnten uns zu einem mentalen Block zusammenschließen und uns auf die Gehirnimpulsschwingungen von Bully und Professor Goshmo-Khan konzentrieren, die beide an Bord der BOX sind.«

»Tut das«, stimmte Perry Rhodan zu. »Wir fliegen mit der MARCO POLO inzwischen näher an unser fiktives Ziel heran.«

Während sich Gucky und Fellmer Lloyd zu einem mentalen Block zusammenschlossen, um ihre telepathischen Kräfte zu verstärken, steigerte die Besatzung der Kommandozentrale ihre Aktivitäten in der Hoffnung, das Phänomen auf technischem Weg erklären zu können.

»Wäre es nicht möglich, dass die Geräte der MARCO POLO von unbekannten Kräften beeinflusst werden und so nicht in der Lage sind, Goshmo's Castle zu orten?«, fragte Ras Tschubai.

Geoffry Waringer schüttelte den Kopf. »Dafür gibt es keinerlei Anhaltspunkte. Es steht fest, dass es an den von euch angegebenen Koordinaten keinen Himmelskörper gibt.«

Gucky und Fellmer Lloyd lösten die parapsychische Verbindung. Der Mausbiber wirkte erschöpft, als er sich Rhodan zuwandte und sagte:

»Nichts! Wir haben nicht einmal den Zipfel eines Gedankens von Bully oder Goshmo-Khan erwischen können.«

Perry Rhodan ordnete eine neuerliche Drosselung der Geschwindigkeit an. »Wenn eure Angaben stimmten«, sagte er dann mit ausdrucksloser Stimme, »dann müssten wir bereits in die Atmosphäre von Goshmo's Castle einfliegen. Aber mit den Ortungsgeräten lässt sich nichts dergleichen feststellen.«

Seinen Worten folgte betroffenes Schweigen.

19.

Das asymmetrische Würfelgebilde von BOX-7149 überragte sogar einige der gigantischen Felsgebilde, die wie Fremdkörper aus der Planetenebene ragten. Manche dieser Felseninseln dagegen waren wiederum bis doppelt so hoch wie der Posbiraumer, der zwischen ihnen eingebettet lag.

Reginald Bull und Professor Goshmo-Khan befanden sich auf einer Inspektionstour, um sich über den Stand der Reparaturarbeiten zu informieren. Es sah nach wie vor nicht allzu rosig aus, und Bully glaubte nicht, dass sie den Fragmentraumer mit eigener Kraft wieder flugtauglich machen konnten.

»Hoffentlich haben die Mutanten die Erde erreicht und können eine Bergungsmannschaft mobilisieren«, sagte Reginald Bull. »Mir wäre wohler, wenn wir nicht mehr so hilflos auf dieser Welt festsäßen.«

»So schlimm ist unsere Situation gar nicht«, erwiderte Goshmo-Khan. »Zeus hat sich als harmloser herausgestellt, als wir anfangs befürchteten. Und wenn er vielleicht nicht unser Verbündeter ist, unser Feind ist er bestimmt nicht. Ich glaube ihm sogar, dass er seine unerschöpflichen Möglichkeiten dafür einsetzte, die BOX halbwegs sicher auf dieser Welt zu landen.«

»Aber er hat sie unsanft genug gelandet, dass wir hier festsitzen«, warf Reginald Bull missmutig ein.

Ohne darauf einzugehen, fuhr Goshmo-Khan fort: »Von den Mucierern droht auch keine Gefahr mehr. Sie haben ihre Angriffe eingestellt, und die Feuerflieger fliegen nur vereinzelt näher. Ihre Haltung zeigt, dass sie keine Feindseligkeiten mehr im Sinn haben. Vielleicht gelingt es uns sogar, ihre Freundschaft zu gewinnen.«

»Wichtiger wäre, die BOX startklar zu bekommen«, meinte Bull.

Sie hatten mit dem Antigravlift eine Terrasse in zweitausend Metern Höhe erreicht, wo Posbis und Matten-Willys zusammen mit den Terranern mit Reparaturarbeiten beschäftigt waren. Die beiden so ungleichen Männer blickten von der Terrasse auf das fremde Land hinaus, wo die Felsenburgen der Mucierer im Dunst des Himmels und des Horizonts verschwammen.

»Es gefällt mir nicht, dass Zeus mitsamt seinem Götterhimmel Olymp verschwunden ist«, sagte Bull. »Warum lässt er sich überhaupt nicht mehr blicken? Ich fürchte fast, dass er sich nur zurückgezogen hat, um sich für uns einige neue Überraschungen auszudenken.«

»Sie müssten ihn eigentlich am ehesten durchschauen können«, meinte Goshmo-Khan mit einem leichten Schmunzeln. »Ich meine das deshalb, weil sich dieses Insektenwesen die Informationen über den Göttervater Zeus aus Ihrem Gehirn geholt hat. Mit etwas Selbsterkenntnis sollte es Ihnen sogar gelingen, Zeus' Pläne zu erkennen.«

»Ja, aber hinter diesem Bild steht eine ganz und gar fremdartige Mentalität«, erwiderte Bull. Leicht verärgert fügte er hinzu: »Es fehlte nur noch, dass Sie mich für alle Handlungen Zeus' verantwortlich machten.«

Goshmo-Khan lachte, und Bull stimmte darin ein. Bulls Minikom piepste. Der Anruf kam aus der Ortungszentrale des Posbiraumers. Einer der dort stationierten Terraner meldete aufgeregt: »Ein Ultrariese der terranischen Flotte nähert sich Goshmo's Castle. Ersten Ortungsergebnissen zufolge kann es sich dabei nur um die MARCO POLO handeln. Sie nähert sich dem Planeten eindeutig mit zu hoher Geschwindigkeit. Wenn die Bremsmanöver nicht bald einsetzen, zerschellt die MARCO POLO auf der Planetenoberfläche.«

»Malen Sie den Teufel nicht an die Wand!«, rief Bull in den Minikom. »Nehmen Sie lieber Funkkontakt zur MARCO POLO auf.«

Bull und Goshmo-Khan machten sich auf dem schnellsten Weg zur Ortungszentrale. Dort wurden sie von einem ratlosen Team von Ortungsspezialisten erwartet. »Die MARCO POLO reagiert nicht auf unsere Anrufe«, sagte der Ortungschef, als Bull und Goshmo-Khan eintrafen.

Ohne ein Wort schob Bull den Offizier beiseite und nahm seinen Platz am Hyperfunkgerät ein. Goshmo-Khan begab sich zum Normalfunkgerät. Während Goshmo-Khan ununterbrochen seine Warnungen an die MARCO POLO morste, funkte Bull über Hyperwelle und in Klartext.

»Höchste Alarmstufe!«, schrie Bull ins Mikrofon. »Ihr müsst sofort eine Vollbremsung machen, wenn ihr nicht auf der Planetenoberfläche zerschellen wollt! Verdammt, sitzt ihr denn alle auf euren Ohren? Reginald Bull von BOX-7149 ruft die MARCO POLO! MARCO POLO antworten …«

Aber vom Flaggschiff der terranischen Flotte kam keine Antwort. Der zweieinhalb Kilometer durchmessende Kugelraumer raste mit unverminderter Geschwindigkeit in die Atmosphäre von Goshmo's Castle hinein.

Dabei stellte man in der Ortungszentrale des Fragmentraumers der Posbis ein Phänomen fest: Trotz der hohen Geschwindigkeit der MARCO POLO glühte die Atmosphäre des Planeten beim Eindringen des Gigantraumschiffs nicht auf. Doch darüber machte sich Bull keine Gedanken. Für ihn zählte nur, dass die MARCO POLO mit einer Geschwindigkeit von etwa 30.000 Stundenkilometern in die Atmosphäre des Planeten hineingerast war – und der Aufprall auf der Oberfläche Sekunden später stattfinden musste. Nach menschlichem Ermessen gab es für die MARCO POLO keine Rettung mehr.

»Goshmo's Castle kann sich doch nicht einfach in Luft aufgelöst haben«, sagte Rhodan an Bord der MARCO POLO fassungslos. »Wenn die Koordinaten stimmten, dann wären wir jetzt genau an jenem Punkt, wo auch der Planet steht.«

»Die Koordinaten stimmen«, behauptete Gucky nach wie vor steif und fest.

»Aber wieso können wir den Himmelskörper nicht orten?«, fragte Waringer. »Selbst wenn eure Berechnungen nur annähernd stimmten und sich Goshmo's Castle in diesem Raumsektor befände, müssten wir Ortungsergebnisse erhalten. Auf der BOX müsste man unsere Funksprüche empfangen können, und ihr Telepathen hättet die Gehirnimpulse von Bully oder Goshmo-Khan orten müssen. Aber nichts dergleichen ist geschehen.«

»Vielleicht gibt es für das alles eine Erklärung, die wir mit unserem Verstand nicht erfassen können«, meinte Takvorian.

In diesem Augenblick meldete die Ortungszentrale: »Theoretisch sind wir gerade auf der Oberfläche von Goshmo's Castle aufgeprallt.«

Die Männer in der Kommandozentrale schauderten unwillkürlich, obwohl nichts auf ein solches Geschehnis hinwies.

Reginald Bull konnte keinen vernünftigen Gedanken fassen, das Entsetzen lähmte ihn. Denn in diesem Augenblick kollidierte die MARCO POLO mit der Planetenoberfläche, durchstieß sie mit irrsinniger

Geschwindigkeit und drang wie ein Geschoss ins Innere des Planeten vor.

»Das kann es nicht geben«, sagte Bull schließlich fassungslos.

Der erste Schreck war überwunden, jetzt konnte er nur noch staunen. Als die MARCO POLO die Planetenoberfläche berührte – ein Vorgang, der so schnell ablief, dass das menschliche Auge nicht folgen konnte –, war es zu keiner Explosion gekommen, ja nicht einmal die geringste Erschütterung war anzumessen gewesen.

Es schien fast, als sei die MARCO POLO nur eine immaterielle Erscheinung. Das aber war unmöglich, weil das Raumschiff mit den Masse- und Energietastern einwandfrei zu orten gewesen war. Dennoch war die MARCO POLO mühelos ins Innere des Planeten eingedrungen. Und dort, innerhalb der kompakten Planetenmasse, konnte sie auch jetzt noch geortet werden.

»So überraschend kommt das gar nicht«, erklärte Goshmo-Khan dem fassungslosen Bull. »Dieses Phänomen hat sich schon angedeutet, als die MARCO POLO in die Atmosphäre einflog und es nicht zur geringsten Luftreibung kam. Das weist darauf hin, dass sich der Planet mitsamt seiner Lufthülle energetisch-strukturell gewandelt hat.«

Goshmo-Khan hatte kaum ausgesprochen, als die Auswertungsergebnisse der Wissenschaftler eintrafen. Sie waren einhellig zu der Meinung gekommen, dass die MARCO POLO mitsamt ihrer Besatzung ganz anderen physikalischen Bedingungen unterliegen musste als der Planet Goshmo's Castle. Die Schlussfolgerung daraus war, dass sich die MARCO POLO und Goshmo's Castle in zwei völlig verschiedenartigen energetischen Zustandsformen befanden, wodurch es der MARCO POLO ermöglicht worden war, einfach ins Innere des Planeten vorzustoßen, als bestünde er aus Luft.

Und für die MARCO POLO, die sich auf einer Art anderer Existenzebene befand, war Goshmo's Castle auch gar nicht existent. Sicher war es auf dem Flaggschiff gar nicht möglich gewesen, den Himmelskörper zu orten, denn sonst hätte man die Fahrt abgebremst.

»Aber wieso war es dann uns möglich, die MARCO POLO als festen Körper zu orten?«, wunderte sich Bull.

»Das lässt sich wissenschaftlich nicht erklären«, antwortete Goshmo-Khan. »Doch da wir die MARCO POLO geortet haben, kann es nur so sein, dass man von der physikalischen Ebene, in die der Planet versetzt wurde, die physikalische Realität des Normaluniversums anzuerkennen gezwungen ist, wogegen unsere physikalische Ebene aus der Einstein-Realität nicht zu orten ist. Grob gesprochen ließe sich das mit einem Glas vergleichen, das nur von einer Seite als transparent erscheint, während man von der anderen Seite nicht hindurchsehen kann.«

»Achtung!«, ertönte da aus der Ortungszentrale eine Warnung. Bull und Goshmo-Khan hörten aus den Lautsprechern plötzlich ein urweltliches Getöse, das durch die Außenmikrofone eindrang und aus dem Planeteninnern zu kommen schien.

Der Planet schien bersten zu wollen. Auf den Bildschirmen der optischen Erfassung war zu sehen, wie sich die Felsenburgen der Mucierer verzerrten und scheinbar zerflossen und zu skurrilen Gebilden wurden. Der Boden der Ebene schlug Wellen, die sich mit wahnwitziger Geschwindigkeit zum Horizont fortpflanzten. Die Atmosphäre flimmerte, Leuchterscheinungen jagten über den Himmel, zwischen gespenstischen Irrlichtern erschienen die Luftspiegelungen von Felsenburgen jenseits der Planetenkrümmung.

Bull warf Goshmo-Khan einen gehetzten Blick zu. »Könnten diese Erscheinungen bedeuten, dass sich die energetische Struktur des Planeten wieder wandelt und er in seinen Normalzustand zurückfällt?«

»Genau das scheint in diesem Augenblick zu passieren«, antwortete Goshmo-Khan. »Wahrscheinlich wird der Rücksturz in das Normaluniversum sogar durch das Eindringen der MARCO POLO verursacht.«

»Das muss zu einer Katastrophe führen«, sagte Bull mit tonloser Stimme. »Wenn der Planet in die normale Zustandsform zurückkehrt, dann wird er die Masse der MARCO POLO verdrängen!«

Reginald Bull verstummte, als auf der Oberfläche des von Hyperschauern durchgeschüttelten Planeten eine riesenhafte Gestalt erschien und auf den Fragmentraumer zukam. Es war niemand anders als Zeus.

Kaum war von der Ortung gemeldet worden, dass sich die MARCO POLO an jenem Ort befand, wo eigentlich der fast zehntausend Kilometer durchmessende Planet Goshmo's Castle mit seiner ungeheuren Masse sein musste, setzte plötzlich ein gewaltiges Tosen ein.

Es kam von überall. Es hörte sich an, als ob die Maschinen unter Überbelastung zu dröhnen begännen. Die Wände vibrierten, aus den Lautsprechern kam ein unwirkliches Heulen. Die Instrumente spielten verrückt, die Masse- und Energietaster schlugen durch. Die Schirme zeigten einen plötzlich um den Faktor tausend beschleunigten Mahlstrom, der immer dichter und energieträchtiger wurde, so als würde sich die gesamte Masse dieser Weltraumzone um die MARCO POLO zusammenballen.

Die Männer und Frauen sahen einander ratlos an, Entsetzen zeigte sich auf ihren Gesichtern. Sie ahnten, dass ihre schlimmsten Befürchtungen wahr zu werden drohten. Zuerst war es ihnen zu fantastisch erschienen, dass der Planet Goshmo's Castle an diesen Koordinaten sein konnte und gleichzeitig mit der MARCO POLO an ein und demselben Ort existierte.

Das schreckliche Getöse und die Masseverdichtung rings um die MARCO POLO schienen diese Befürchtungen, die niemand auszusprechen wagte, Wirklichkeit werden zu lassen. Allen war klar, dass es für diese Erscheinung nur eine Erklärung geben konnte: Der Planet Goshmo's Castle hatte sich in einer fremdartigen physikalischen Zustandsform befunden, sodass er nicht zu orten gewesen war. Jetzt aber kehrte er zu den physikalischen Normen des Einsteinuniversums zurück und nahm dieselbe Zustandsform wie die MARCO POLO an.

Das Tosen und die Erschütterungen der Schiffszelle brachen so abrupt ab, wie sie eingesetzt hatten. Die überlasteten Geräte beruhigten sich, das Vibrieren der Wände und des Bodens ebbte ab. Stille kehrte in der Kommandozentrale ein. Professor Waringer atmete auf. »Wir haben es geschafft«, sagte er. »Ebenso gut hätten wir von der Planetenmasse aber auch zermalmt werden können.« Er lächelte schwach in Richtung der Mutanten. »Jetzt zweifelt niemand mehr daran, dass die Koordinaten von Goshmo's Castle richtig waren.«

»Ich könnte ja beleidigt sein«, sagte Gucky mit einer großzügigen Geste, »aber ...«

Mit einem Schlag wurde es dunkel. Von überall aus der Dunkelheit kamen aufgeregte Stimmen. »Das Beleuchtungssystem ist ausgefallen!«

»Das Kommunikationssystem ebenfalls!«

»Die Steuerinstrumente sind ohne Energie!«

»Nicht einmal die Notbeleuchtung funktioniert!«

»Nur keine Panik!«, rief Rhodan in das Durcheinander. »Wahrscheinlich ist das Energienetz durch die Überbelastung zusammengebrochen. Es kann bestimmt nicht lange dauern, bis der Schaden behoben ist. Hauptsache, wir sind der Gefahr entronnen.«

»Ja, die Gefahr einer Kollision mit der Planetenmasse ist gebannt«, stimmte Waringer zu. Seine Stimme klang in der absoluten Dunkelheit, die nicht einmal vom Licht einer Kontrolllampe erhellt wurde, gespenstisch und unwirklich. Der Hyperphysiker fuhr fort: »Ich habe die Instrumente beobachtet, solange sie noch funktionierten. Obwohl sie keine klaren Werte anzeigten, sagten sie für mich als Fachmann doch etwas aus.«

»Und was hast du herausgefunden, Geoffry?«, fragte Rhodan.

»Wir haben den Planeten Goshmo's Castle mit der MARCO POLO durchquert, als sei er ein harmloser gasförmiger Körper ohne nennenswerte Dichte – dem Mahlstrom dieser Sternenzone vergleichbar. Dadurch scheint aber der Planet von der fremddimensionalen physikalischen Ebene verdrängt worden und in das Normaluniversum gestürzt zu sein. Unter anderen Umständen wäre die MARCO POLO tatsächlich von den plötzlich wieder voll existent gewordenen Planetenmassen zermalmt worden. Doch es trat ein Effekt auf, der nicht natürlichen Ursprungs sein kann. Die MARCO POLO wurde entstofflicht und materialisierte wie beim Transmitterempfang auf der anderen Seite des Planeten. Zu diesem Schluss kam ich auf Grund der Instrumentenanzeige. Da die MARCO POLO die Absturzstelle des Posbiraumers ansteuerte, müssten wir uns demnach an einem Punkt der Planetenoberfläche befinden, der der BOX genau gegenüberliegt. Zwischen dem Posbiraumer und der MARCO POLO liegt also die Hälfte des Planetenumfangs.«

»Das sollte uns kein Kopfzerbrechen machen«, meinte Rhodan. »Seien wir froh, dass wir so glimpflich davongekommen sind.«

»Dabei sollten wir aber auch bedenken, dass dieser Transmittereffekt, der die Rettung der MARCO POLO bedeutete, kein natürlicher Vorgang war«, sagte Waringer mit unheilvoller Stimme. »Irgendetwas hat mit der MARCO POLO wie mit einem Spielzeug jongliert. Und auch der totale Energieausfall erscheint mir mehr als bedenklich.«

»Von einem totalen Energieausfall zu sprechen wäre wohl verfrüht«, sagte Rhodan zu dem Hyperphysiker. Während des Sprechens spürte er einen Luftzug, wie er charakteristisch für die Materialisierung eines Teleporters war, dann ertönte Guckys Stimme: »Hast du gerade von einem totalen Energieausfall geredet, Perry? Du hast damit den Nagel auf den Kopf getroffen. Ich bin in verschiedene Sektionen des Schiffs teleportiert, und es ist überall dasselbe – nirgends ist auch nur ein Funken Elektrizität.«

»Sind die Reaktoren denn alle ausgefallen?«, fragte Rhodan ungläubig.

»Nein, sind sie nicht«, antwortete der Mausbiber. »Die Reaktoren arbeiten in voller Kapazität, aber der von ihnen erzeugte Nutzstrom wird irgendwie abgeleitet. Kein schäbiges Milliwatt kommt zum Energieleitungssystem durch. Dasselbe trifft auf die Notaggregate zu, und auch die Batterien liefern keinen Strom. Die Techniker fluchen zum Steinerweichen, weil nicht einmal eine Taschenlampe funktioniert.«

Unter den Wissenschaftlern in der Kommandozentrale setzte eine hitzige Diskussion ein, und irgendjemand rief über das Stimmengewirr hinweg: »Somit dürfte feststehen, dass die MARCO POLO zum teuersten Schrotthaufen des Universums geworden ist.«

Niemand lachte. Dafür war die Lage an Bord der MARCO POLO viel zu ernst.

Der Planet stabilisierte sich schnell wieder, die Erschütterungen der Planetenmasse flauten ebenso rasch ab wie die hyperstrukturellen Energiebeben. Goshmo's Castle beruhigte sich, die Natur des Planeten kam wieder ins rechte Lot.

Und zwischen den Burgen der Mucierer, die nun wieder feste Formen angenommen hatten, näherte sich weiterhin die titanische Gestalt von Zeus.

Als der Göttervater der griechischen Mythologie am Horizont aufgetaucht war, hatte er eine Größe von gut dreitausend Metern besessen. Je näher er aber dem Fragmentraumer kam, desto kleiner wurde er.

»Wahrscheinlich will er damit symbolisieren, wie klein er sich uns gegenüber fühlt«, meinte Goshmo-Khan. »Aber das ist alles nur Blendwerk, um uns zu täuschen. Ich möchte schwören, dass er für den Zwischenfall mit der MARCO POLO verantwortlich ist.«

»Das werden wir gleich herausfinden«, sagte Reginald Bull grimmig und gab Alarm für den Feuerleitstand. »Wenn es sein muss, werden wir ihm ordentlich einheizen, bis er sich tatsächlich so klein und nichtig vorkommt, wie er tut.«

Bull aktivierte die Außenlautsprecher des Raumschiffs. »Bleiben Sie stehen, Zeus!«, sprach er ins Mikrofon, und seine Stimme donnerte orkanartig über die Ebene.

Die Erscheinung des auf eine Größe von tausend Metern zusammengeschrumpften Zeus machte tatsächlich Halt. Vom Posbiraumer trennten ihn noch etwa drei Kilometer. Er stemmte die Fäuste in die Hüften und rief in ähnlicher Lautstärke: »Was für ein unrühmlicher Empfang für den Vater aller Götter, der vom Olymp heruntersteigt, um sich euch winzigen Sterblichen zu widmen! Statt euer Raumschiff mit Girlanden zu schmücken und schöne Frauen für mich tanzen zu lassen, richtet ihr eure Geschützrohre auf mich. Dabei wisst ihr doch längst, dass eure Thermostrahlen meinen Energiekörper nicht einmal kitzeln können.«

»Ersparen Sie sich Ihre geschwollenen Reden«, antwortete Bull gereizt. »Sie haben uns Ergebenheit geschworen. Doch eben begingen Sie einen schweren Verrat.«

»Sie spielen auf den Zwischenfall mit der MARCO POLO an?« Zeus machte mit seinen über fünfhundert Meter langen Armen eine Geste des Bedauerns und stieß dabei so gegen eine Felsenburg der Mucierer, dass der Fels in seinen Grundfesten erschüttert wurde. Dann fuhr er fort: »Das ist ein Missverständnis. Ich schwöre, dass ich für die MARCO POLO und ihre Besatzung nur das Beste wollte. Ich hatte mich auf die Begegnung mit Perry Rhodan schon sehr gefreut.«

»Dann streiten Sie gar nicht ab, dass Sie für das Schicksal der MARCO POLO verantwortlich sind?«, fragte Bull wütend. »Was haben Sie mit dem Schiff und der Besatzung gemacht?«

»Wenn Sie bereit sind, Reginald Bull, mich Einsamen zu einem Gespräch auf Ihrem Schiff zu empfangen, werde ich Ihnen alles erklären.«

»Kommen Sie nur, Zeus. Ich bin auf Ihre Rechtfertigung gespannt.«

Zeus setzte sich wieder in Bewegung – und schrumpfte mit jedem Schritt noch weiter zusammen. Zusätzlich zu seinen Machtmitteln musste Zeus auch noch Mutantenfähigkeiten besitzen. Denn abgesehen davon, dass es ihm möglich war, sich Informationen aus den Gedankeninhalten anderer Lebewesen zu holen, besaß er auch die Gabe, Fremdmaterie und -energie nach seinem Willen zu formen.

Diese Fähigkeit setzte er auch jetzt wieder ein, als er aus dem Planetenboden eine Treppe wachsen ließ, die zu einer tausend Meter hohen Plattform des Posbiraumers hinaufführte. Das Besondere an dieser Treppe war, dass die Stufen an ihrem Beginn für einen hundert Meter großen Giganten gedacht waren, während sie an ihrem Ende den Bedürfnissen eines normal gewachsenen Humanoiden entsprachen.

Mit gutem Grund: Als hundert Meter großer Titan betrat Zeus die Treppe, und als zwei Meter großer Mann verließ er sie. Reginald Bull erwartete ihn auf der Plattform zusammen mit Professor Goshmo-Khan.

»Sie können die Spielerei mit den von Ihnen beherrschten Kräften wohl nicht einmal in einer ernsten Situation unterlassen«, empfing Bully ihn. »Es ist reines Imponiergehabe, um uns einzuschüchtern.«

»Wären Sie ein Psychologe, würden Sie dieses so genannte Imponiergehabe vielleicht als Ausdruck meiner Einsamkeit ansehen«, erwiderte Zeus. »Aber ganz sicher liegt es mir fern, Sie einschüchtern zu wollen. Ihr Menschen seid meine Freunde.«

»Was Sie unter Freundschaft verstehen, das hat sich in Ihrem Empfang für die MARCO POLO gezeigt«, sagte Bully verächtlich.

»Sie tun mir unrecht, Bull, ich habe die MARCO POLO nicht absichtlich in diese gefährliche Situation gebracht. Eine Verkettung tragischer Umstände hat dazu geführt. Um Ihnen Aufklärung darüber zu geben, bin ich hergekommen.«

»Ich höre«, sagte Bull.

In diesem Moment tauchte der Paladin-Roboter mit dem Thunderbolt-Team auf. Das war ein psychologischer Schachzug Bulls. Paladin sollte Zeus daran erinnern, dass die Terraner nicht so leicht unterzukriegen waren. Zeus verstand den Wink und meinte mit leichtem Spott: »Jetzt wollen Sie mich einschüchtern. Aber lassen wir das. Die Lage ist viel zu ernst, als dass wir uns mit solchen Spitzfindigkeiten aufhalten sollten. Sie erinnern sich daran, dass ich Sie auf die wahren Beherrscher dieses Raumsektors hingewiesen habe?«

Bull nickte. »Das ist noch nicht lange her.«

»Nun, heute haben sie zugeschlagen. Sie – beziehungsweise eines ihrer Hilfsvölker – starteten eine Offensive gegen meine Welt, sodass ich gezwungen wurde, den Planeten vorübergehend in ein anderes Energie-Kontinuum zu verlagern. Dennoch konnte ich nicht verhindern, dass es meinen Feinden gelang, eine ihrer Pyramiden zu landen.«

»Was hat das mit dem Schicksal der MARCO POLO zu tun?«, fragte Bully unbeeindruckt.

»Das ist schnell gesagt«, antwortete Zeus. »Es war Perry Rhodans Pech, dass er mit der MARCO POLO gerade in dem Augenblick eintraf, als die Auseinandersetzung mit den Angreifern ins Endstadium getreten war, sich mein Planet aber immer noch in dem fremden Energie-Kontinuum befand. Um die ahnungslose Mannschaft der MARCO POLO nicht mitsamt ihrem Schiff zu vernichten, musste ich die Welt in den energetischen Normalzustand zurückholen.«

»Und dabei ist etwas schief gegangen?«, fragte Bull schnell. »Wurde die MARCO POLO vernichtet?«

Zeus schüttelte den Kopf, blieb jedoch ernst. »Die MARCO POLO hat dabei nicht einmal einen Kratzer abbekommen, wie Sie es wohl ausdrücken würden. Aber etwas anderes ist geschehen. Durch den Rücksturz des Planeten ins realenergetische Universum gelang es auch meinen Feinden, eine ihrer Pyramiden durch meine Verteidigungslinien zu schicken. Und zwar bedienten sie sich dabei der MARCO POLO als Bezugspunkt. Auf diese Weise gelang einer Pyramide die Landung auf dem Planeten, und die MARCO POLO befindet sich in ihrem Bannkreis.«

Obwohl Bull froh war, zu hören, dass die MARCO POLO unbeschädigt war, konnte er sich einer steigenden Besorgnis nicht erwehren. »Sie sagen das so, als wollten Sie andeuten, dass Sie der MARCO POLO nicht helfen können«, sagte er.

»So ist es«, bestätigte Zeus. »Ich habe genug zu tun, um weitere Übergriffe meiner Feinde zu verhindern. Gegen die gelandete Pyramide aber bin ich machtlos. Ich habe keine Möglichkeit, sie zu bekämpfen. Sie hat einen für mich undurchdringlichen Schutzschirm um sich errichtet, innerhalb dessen sich auch die MARCO POLO befindet. Perry Rhodan und seine Leute sind auf sich selbst gestellt.«

»Glauben Sie, dass es auch uns unmöglich ist, zu ihnen vorzudringen?«, fragte Bull.

Zeus schüttelte nur den Kopf. Es entstand ein kurzes Schweigens, in dem jeder seinen eigenen Gedanken nachhing. Schließlich fragte Goshmo-Khan: »Wie beurteilen Sie die Chancen der MARCO POLO?«

Zeus lachte; er war plötzlich wieder der sorglose, unbekümmerte Göttervater, wie er in Reginald Bulls Vorstellung existiert hatte.

»Wenn Rhodan so ein Teufelskerl ist, wie ihr ihn darstellt, dann sind seine Chancen recht gut«, sagte Zeus gut gelaunt. »Es ist ganz einfach. Er braucht nur in die Pyramide einzudringen und den Impulsschalter zum Empfang der hyperenergetischen Fremdenergie umzulegen. Dann ist die MARCO POLO frei. Damit wäre der Bannkreis aufgehoben und alles Weitere nur noch Kinderspiel.«

»Und Sie glauben nicht, dass eine Hilfe von außen möglich ist?«, fragte Goshmo-Khan zweifelnd.

Zeus bedachte ihn mit einem mitleidigen Blick. Ohne ein weiteres Wort zu verlieren, drehte er sich um und stieg die von ihm erschaffene Treppe hinunter, bei jedem Schritt größer und größer werdend.

»Pah!«, machte Reginald Bull verächtlich und zwinkerte Goshmo-Khan zu. »Selbst wenn die Götter versagen, braucht ein Terraner noch längst nicht zu verzagen! Wir werden nichts unversucht lassen, Perry und die Mannschaft der MARCO POLO herauszuhauen!«

20.

Einer der Männer hatte gesagt, dass die MARCO POLO zum teuersten Schrotthaufen des Universums geworden sei. Er hatte vergessen, ihre Ausrüstung zu erwähnen.

Denn nach und nach stellte sich heraus, dass sämtliche Energiewaffen, Raumanzüge und Geschütze sowie alle Hilfsgeräte, die auf Energiezuführung angewiesen waren, den Dienst versagten.

Und doch waren die fünftausend Menschen der MARCO POLO nicht hilflos. Schon kurz nach dem Bekanntwerden des totalen Energieausfalls erschienen drei Fackelträger in der Kommandozentrale. Man nahm ihr Erscheinen mit Erleichterung auf, doch niemand wunderte sich darüber. Denn man wusste, dass die Fackeln zur Notausrüstung der MARCO POLO gehörten.

In den Depots des hypermodernen Riesenraumers befanden sich noch ganz andere Primitivgüter, die alle zur Notausrüstung gehörten und für einen Fall wie diesen gedacht waren. Denn Rhodan hatte in seiner tausendfünfhundertjährigen Erfahrung als Raumfahrer nicht erst einmal erkennen müssen, dass die Technik ausfallen konnte. Und gegen solche Katastrophen wollte er gewappnet sein.

Deshalb wunderte sich niemand darüber, dass wenige Minuten nach Bekanntwerden der Energiekrise überall an Bord des Ultrariesen Lichtquellen auf chemischer Basis brannten. Unter der Mannschaft brach keine Panik aus. Alle blieben auf ihren Plätzen oder begaben sich auf die ihnen für einen Notfall zugewiesenen Posten und warteten auf weitere Befehle. Diese wurden jetzt aber durch Boten überbracht.

Zwei dieser Boten waren Gucky und Ras Tschubai. Gucky war über die Verwendung als Botenjunge nicht glücklich, obwohl er natürlich wusste, wie sehr das Schicksal der gesamten Mannschaft von einer raschen Nachrichtenübermittlung abhing. Doch er wäre viel lieber ins Freie teleportiert, um sich »draußen etwas umzusehen und die Lage zu erkunden«. Davon wollte Perry Rhodan aber vorerst nichts wissen. Er war der Meinung, dass Guckys parapsychische Talente an Bord viel dringender gebraucht wurden. Außerdem erschien ihm ein Teleportersprung ins Unbekannte viel zu gefährlich.

Rhodan wollte aber auch für den Eventualfall vorbereitet sein, dass sich das Energieproblem so schnell wieder löste, wie es aufgetaucht war. Deshalb organisierte er einen Bereitschaftsdienst. Das Schiff sollte jederzeit für einen Blitzstart bereit sein.

»Am besten, wir machen uns gleich auf den Weg zur Bodenschleuse«, sagte Perry Rhodan schließlich. »Vor uns liegt ein beschwerlicher Marsch von mehr als einem Kilometer – ein Abstieg senkrecht in die Tiefe.«

Perry Rhodan hätte sich leicht zusammen mit seinem Stab von den Teleportern zur Bodenschleuse bringen lassen können. Doch er wollte ihre Kräfte schonen, weil nicht vorauszusehen war, wozu er sie noch brauchen würde.

So kam es dazu, dass sich eine dreißigköpfige Gruppe aus Spitzenwissenschaftlern, allen voran Professor Waringer, einer kleinen Elitetruppe der Solaren Flotte mit dem Großadministrator an der Spitze sowie seiner Frau und einer Schar Mutanten, in die sich Gucky und Ras Tschubai murrend eingliederten, über die Notleitern in die unteren Schiffsregionen begab. Selbstverständlich waren auch die Antigravschächte ausgefallen und zu tödlichen Fallen geworden.

Der Abstieg aus der Kommandozentrale war mit Strapazen verbunden, denen vor allem einige Wissenschaftler aus dem Waringer-Team nicht gewachsen waren. Denn sie hatten weder eine USO-Ausbildung genossen, noch gehörten sie der Solaren Flotte an. Zwei von ihnen gaben auf halbem Weg auf.

Gucky teleportierte mit ihnen in die Krankenstation, um sie von den Sanitätern durch Injektionen wieder auf die Beine bringen zu lassen. Als der Mausbiber mit den beiden Wissenschaftlern, die nun vor Vitalität und Tatendrang förmlich strotzten, zurückkam, berichtete er: »Durch den plötzlichen Energieausfall ist die Unfallrate explodiert. Die Sanitäter haben alle Hände voll zu tun, um meist harmlose Verletzungen zu behandeln. Wegen des Ausfalls der Medo-Roboter müssen sie fast Übermenschliches leisten.«

Der Weg zur Bodenschleuse schien endlos zu sein. Erst jetzt wurde den Männern so richtig klar, welche gigantischen Ausmaße die MARCO POLO eigentlich hatte. Zweihundert Meter über der Bodenschleuse legte Perry Rhodan eine Rast ein. »Die Luft ist so schlecht, dass man sie kaum noch atmen kann«, sagte er.

»Alles nur Einbildung«, erwiderte Waringer. »Gut, die Lufterneuerungsanlage ist ausgefallen, aber die natürlichen Sauerstoffreserven reichen für Wochen. Außerdem wurden inzwischen bestimmt schon alle Mannschleusen und selbst die Hangarschleusen manuell geöffnet.«

»Dann müsste man zumindest etwas von der Zugluft bemerken«, warf ein Wissenschaftler ein.

»Erinnern Sie sich nur daran, wie viele Schotten auf unserem Weg nach unten wir geschlossen vorgefunden haben«, gab Rhodan zu bedenken. »Die Notautomatik hat sie noch vor der Katastrophe verriegelt. Deshalb ist eine Luftzirkulation noch nicht möglich.«

Sie hatten bestimmt an die sechzig Schotten manuell öffnen müssen, und zwei Dutzend Schotten lagen wohl noch vor ihnen. Jedes einzelne von ihnen musste mittels Handrad entriegelt und aufgeklappt werden. Das kostete Kraft, war aber im Vergleich zum Öffnen der großen Außenschleuse ein Kinderspiel.

Das Hangarpersonal musste regelrecht Sklavenarbeit verrichten, wenngleich ihnen die Übersetzungen der Öffnungsmechanismen entgegenkamen und die Rollenlager der Schleusen einen guten Teil des Gewichtes aufhoben.

Eine halbe Stunde später hatten sie die Bodenschleuse erreicht. Die Männer des Hangarpersonals hatten Strickleitern und bis zu hundert Meter ausfahrbare Metallleitern zum Boden hinuntergelassen. Keiner von ihnen war bislang von Bord geklettert. Das Vorrecht, als Erster den

Boden einer fremden Welt zu betreten, wollten sie dem Kommandanten einräumen.

Rhodan kletterte über die wippende Metallleiter in die Tiefe, die anderen folgten in kurzen Abständen oder verteilten sich auf die anderen Leitern.

Rhodans Füße betraten einen glatten Steinboden. Es handelte sich um nackten Fels, der aber so glatt wie Marmor poliert war. Sein Glück war, dass er statt der Magnetstiefel solche mit Kunststoffprofilsohlen trug, sodass er auf dem glatten Gestein guten Halt fand.

»Befehl an alle Mannschaften, die von Bord gehen!«, rief Rhodan zur Schleuse hinauf. »Die Magnetstiefel sollen gegen solche mit Haft- und Profilsohlen ausgetauscht werden.«

Nach und nach erreichten die anderen den Boden. Sie stellten fest, dass sie sich auf einer gewaltigen Ebene befanden, die sich nach jeder Seite hin gut einen Kilometer ausdehnte. Darauf war die MARCO POLO auf ihren Teleskopstützen gelandet. Später stellten sie fest, dass das Plateau eine geringere Ausdehnung hatte als der Kugelraumer und dessen gewölbte Hülle über den Abgrund hinausragte.

»Wir befinden uns auf einer Hochebene«, stellte ein Wissenschaftler fest.

Auf ihrer Höhe zogen einige Wolkenschleier dahin, die sich aber im Stadium der Verflüchtigung zu befinden schienen. Hinter dem Plateau war der freie Himmel – das schien darauf hinzuweisen, dass sie sich in großer Höhe befanden.

»Wäre es möglich, dass wir auf einer der Felsenburgen der Mucierer gelandet sind?«, erkundigte sich Rhodan bei den Mutanten, die bereits auf Goshmo's Castle gewesen waren.

»Die Felsenburgen, die wir kennen, haben auf ihren Hochebenen alle fruchtbares Land«, antwortete Ras Tschubai. »Die Mucierer betreiben dort Ackerbau und Viehzucht. Das ist für sie lebensnotwendig, denn in den Ebenen können sie weder Pflanzen anbauen noch ihr Vieh grasen lassen, die Bedrohung durch verfeindete Stämme ist dort viel zu groß.«

»Ich kann mir auch kaum vorstellen, dass dieses Plateau von den Mucierern bearbeitet wurde«, fügte Gucky hinzu. »Die Eingeborenen könnten mit ihren primitiven Werkzeugen den Fels nicht so glätten.«

»Sehen wir uns um«, bestimmte Rhodan.

Takvorian – er war natürlich teleportiert worden, da er die Notleitern nicht bewältigen konnte – hatte Rhodan und Orana auf den Rücken genommen und war mit ihnen zum Rand der Plattform geritten. Er setzte sie aber in einer Entfernung von zehn Metern ab. Die Gefahr, mit seinen Hufen auf dem glatten Boden auszurutschen, war zu groß.

»Sie sollten sich die Hufe mit Spikes beschlagen lassen, Takvorian«, meinte Rhodan.

Gucky und Ras Tschubai teleportierten mit Professor Waringer und zwei weiteren Wissenschaftlern her. Rhodan hatte ihnen die Erlaubnis gegeben, weil keine unmittelbare Gefahr bestand und die Teleporter ihre Kräfte bis zu weiteren Einsätzen regenerieren konnten. Die anderen Mitglieder des Erkundungstrupps verteilten sich nach allen Seiten über das Plateau. Ras Tschubai kehrte zu den anderen Mutanten zurück, Gucky blieb bei Rhodans Gruppe. Der Großadministrator wagte sich an den Rand der Plattform heran, wich aber sofort wieder zurück.

»Die Planetenoberfläche liegt bestimmt sechstausend Meter tiefer«, behauptete Waringer, der ebenfalls einen Blick über den Rand riskierte. »Und die Felswand ist auf ihrer gesamten Länge, soweit man dies wegen der großen Distanz überhaupt erkennen kann, völlig glatt. Das kann unmöglich auf das Wirken der Eingeborenen zurückzuführen sein. Wenn dieser Fels überhaupt natürlichen Ursprungs ist, dann kann er nur mit modernsten technischen Hilfsmitteln geschliffen worden sein, und selbst das wäre eine Sisyphusarbeit.«

Rhodan sagte nichts darauf. Er ließ das Panorama dieser fremdartigen Landschaft auf sich einwirken. Es schien nicht so, als sei sie natürlich gewachsen. Es gab nur die hoch und steil aufragenden Felsgebilde in einer fast ebenmäßig verlaufenden Fläche. Das Flachland kannte keine Hügel und Täler und auch keine höheren ineinander fließenden Bodenerhebungen. Es gab keine Gebirgsketten, die die Ebene durchliefen, sondern nur die Felsgiganten, die untereinander nicht in Verbindung standen. Es sah fast so aus, als hätte ein Riesenbaby seine Bausteine achtlos über den Boden verstreut.

Von dem Hochplateau aus hatte Rhodan einen guten Überblick. Er sah viele der Felsgiganten, die von den Eingeborenen zu Festungen ausgebaut worden waren. Manche von ihnen waren dreitausend Meter hoch und höher – gelegentlich sogar bis fast sechs Kilometer hoch – und manchmal ebenso breit. Alle waren sie oben mehr oder weniger ebenmäßig abgeflacht, die Seitenwände durchweg steil und kaum ohne erhebliche Schwierigkeiten zu erklimmen.

Andere Felsen ragten nadelspitz in den Himmel, waren in den Flanken zerklüftet und zernarbt, und es boten sich nur verschwindend kleine Flächen für den Anbau von Getreide. Diese Felsnadeln wurden von den Mucierern für minderwertig erachtet. Stämme, die dort drinnen hausten, konnten sich kaum durch ihrer Hände Arbeit ernähren und lebten hauptsächlich von Raubzügen oder – wenn sie dazu zu schwach waren – von Frondiensten bei reicheren Stämmen.

Das wusste Rhodan durch die Aussagen der vier Mutanten, und so war für ihn ein klares Bild der Gesellschaftsordnung der Mucierer entstanden. Die breiten Felserhebungen, die durch weite und ausgedehnte Hochebenen abgeschlossen wurden, beherbergten die reichen Stämme, die zwangsweise auch mächtiger als alle anderen waren. Dieser Reichtum brachte ihnen aber auch Neid und Missgunst anderer Eingeborenenstämme ein, sodass sie auch viel gefährdeter waren.

»Da!«, rief Orana aus und deutete zum Himmel. »Sind das Vögel oder Mucierer?«

»Feuerflieger«, antwortete Gucky. »Aus ihren Gedanken spricht Angst. Sie sind vom plötzlichen Auftauchen der MARCO POLO tief betroffen. Die Neugierde treibt sie her, aber sie wagen sich nicht zu nahe heran. Etwas ist geschehen, was ihre abergläubische Furcht geweckt hat. Sie fühlen sich bedroht …«

»Du meinst, durch das Auftauchen der MARCO POLO?«, fragte Rhodan.

»Nein, es ist noch etwas anderes geschehen, was sie aber mit der MARCO POLO in Zusammenhang bringen«, sagte Gucky.

»Mit den Mucierern werden wir uns später beschäftigen«, sagte Rhodan. »Du kannst aber weiter in ihren Gedanken forschen, Gucky. Wir werden inzwischen die Lage sondieren.«

Sie schritten die Plattform ab, auf der die MARCO POLO gelandet war, und fanden heraus, dass es sich um eine exakt sechseckige Fläche handelte, deren Seitenlänge etwa 1800 Meter betrug. Die sechstausend Meter hohen Seitenwände liefen nach unten konisch auseinander. Die Seitenlänge der Grundfläche wurde von den Technikern mit dreitausend Metern angegeben. Die wichtigste Entdeckung war jedoch zweifellos, dass es auf keiner der Seitenwände der Pyramide mit abgestumpfter Spitze eine sichtbare Öffnung gab. Man suchte sie mit stark vergrößernden Fernrohren ab, doch konnte man an ihnen nicht die geringste Unregelmäßigkeit feststellen.

Die Wissenschaftler kamen alle zu dem gleichen Schluss: »Dieser Pyramidenberg ist künstlich erstellt. Das ist keineswegs eine normale Felsenburg der Mucierer.«

»Das Nächstliegende wäre wohl, anzunehmen, dass es sich um ein von Zeus erschaffenes Gebilde handelt«, meinte Rhodan. »Die technischen Möglichkeiten dürfte er besitzen. Aber irgendwie erscheint mir das nicht als sehr realistisch. Zeus hat mit der Mannschaft von BOX-7149 einen Friedenspakt geschlossen. Warum sollte er dann Maßnahmen gegen die MARCO POLO ergreifen? Selbst wenn man Zeus keine feindlichen Absichten unterstellt und ihm zugesteht, dass er uns nur testen will – ich sähe darin keinen Sinn, zumal wir doch vorbereitet sind.«

»Nein, dieses Manöver trägt nicht Zeus' Stempel«, bestätigte Takvorian Rhodans Gedankengänge. »Er hätte das mit mehr Fantasie und mit größerem Effekt in Szene gesetzt.«

»Demnach können wir Zeus ausschließen«, sagte Rhodan. »Doch wer ist dafür verantwortlich zu machen? Die Mucierer wohl kaum, und außer Zeus gibt es keine zweite Macht auf Goshmo's Castle.«

»Zeus hat von den wahren Beherrschern dieser Raumzone gesprochen, die seine Feinde sind«, erinnerte Takvorian.

Rhodan nickte und sah die Umstehenden ernst an. »Dann müssen wir das Schlimmste annehmen und davon ausgehen, dass wir es mit den wahren Beherrschern dieser Raumzone zu tun haben.«

»Damit könntest du schon Recht haben«, sagte da Gucky, der sich der Versammlung unter der Bodenschleuse der MARCO POLO näherte und Rhodans letzte Worte gehört hatte.

»Hast du etwas herausgefunden, was unsere Vermutungen bestätigt?«, fragte Rhodan den Mausbiber.

»Ich habe mich in den Gedanken der Feuerflieger umgehört, die uns in achtungsvollem Abstand umschwärmen«, berichtete Gucky. »Sie glauben, dass mit der MARCO POLO und dem Pyramidenberg ein neuer Gott, ähnlich mächtig wie Zeus, auf ihre Welt gekommen ist. Ihre Angst ist aber in der Tatsache begründet, dass sie plötzlich in einem Bannkreis gefangen sind, den sie nicht mehr verlassen können. Aus den Gedanken eines Feuerfliegers hörte ich heraus, dass der Bannkreis geradewegs durch eine Felsenburg führt. Wahrscheinlich handelt es sich dabei um eine energetische Barriere, die zumindest von organischer Materie nicht zu durchdringen ist. Im Mittelpunkt des Bannkreises steht die Felsenpyramide mit der MARCO POLO auf dem Dach. Daraus lässt sich einiges auf unsere Lage schließen.«

»Ja«, stimmte Rhodan zu, »zum Beispiel, dass innerhalb dieses Bannkreises keine energetischen Geräte funktionieren. Wir sind wie die Mucierer darin gefangen, doch sind wir um vieles schlimmer dran. Es dürfte wohl mit ziemlicher Sicherheit feststehen, dass die Pyramide für diesen Zustand verantwortlich ist oder zumindest eine entscheidende Rolle spielt. Von dieser Seite her müssen wir an das Problem herangehen.«

»Dabei sind wir gegenüber unserem Gegner aber im Nachteil«, warf

Waringer ein. »Welche Kräfte auch immer für unsere Energiekrise verantwortlich sind, unseren Gegner, der sie handhabt, betreffen sie nur bedingt. Während er seine Technik einsetzen kann, müssen wir uns mit Primitivwaffen begnügen. Der Vergleich mit dem Wilden, der dem Energiestrahler des Raumfahrers mit der Keule gegenübertritt, trifft haarscharf auf uns zu.«

Rhodan lächelte säuerlich. »Wilde haben bereits mehr als einmal über die Technik triumphiert. Und immerhin haben wir eine Notausrüstung an Bord, die sich sehen lassen kann. Aber bevor wir sie einsetzen und zum Gegenangriff übergehen, sollten wir zuerst Kontakt mit den Mucierern aufnehmen. Sie würden für uns starke Verbündete abgeben.«

»Es wird nicht leicht sein, den Kontakt zu ihnen herzustellen«, gab ein Xenopsychologe aus dem Waringer-Team zu bedenken. »Ohne die Unterstützung der Translatoren sehe ich fast unüberbrückbare Verständigungsschwierigkeiten. Die moderne Fremdpsychologie kennt zwar viele Tricks und Kniffe, um mit Fremdintelligenzen in Kontakt zu treten. Aber bei der geringen Intelligenz wird das sehr zeitraubend sein.«

»Mit Hilfe der Telepathen, die sich in das Verhalten der Eingeborenen hineindenken können, wird sich dieser Vorgang erheblich verkürzen lassen«, versicherte Rhodan. »Außerdem spricht für uns, dass wir die Mythologie der Mucierer kennen, die sich Zeus von den alten Griechen abgeschaut hat. Das können wir uns ebenfalls zunutze machen. Ich könnte mir gut vorstellen, dass es auf die Mucierer und Zeus großen Eindruck macht, wenn plötzlich Diana, die altgriechische Göttin der Jagd, auftaucht ...«

Bei diesen Worten blickte Rhodan zu Orana und zwinkerte ihr zu.

Rantho war ein Glückspilz, ein Kind der Götter. Da er auch selbst einiges wie Klugheit, List, Mut und Kraft ins Leben mitbrachte, hatte er es bis zu seinem achtzehnten Lebensabschnitt schon weit gebracht. Er wurde im Berg Moraur geboren, und das allein war schon mehr Glück, als ein Mucierer erwarten durfte. Denn Moraur war der größte Felsen in weitem Umkreis, er besaß die größte Hochebene mit den saftigsten Weiden und den fruchtbarsten Äckern und den meisten Felsvorsprüngen, auf denen ebenfalls Weidegründe, Fruchtbäume und -sträucher und andere Nährpflanzen gediehen. Nie fiel der Schatten einer anderen Felsenburg auf Moraur, denn es war auch der höchste Berg der Welt.

Dabei schien Ranthos Geburt unter einem bösen Vorzeichen zu stehen. Denn an diesem Tag wurde vom Ältestenrat verfügt, dass jedes zweite Neugeborene zu töten sei – nur alle »ungeraden« Neugeborenen durften am Leben bleiben. Zu dieser Maßnahme sah sich der Ältestenrat gezwungen, weil das friedliche Leben in Moraur zu einer unerhört niedrigen Sterberate geführt hatte.

Nun entbrannte ein Wettstreit unter den Müttern auf Moraur, die knapp vor der Entbindung standen. Spionage und Gegenspionage wurden von den Vätern, deren Verwandten aller Grade und auch von Fremden bis zum Exzess betrieben. Die Mütter versuchten, die Geburt ihrer Kinder hinauszuzögern. Doch wenn die Spione berichteten, dass das Letztgeborene ein »gerades« war, setzten sie alles daran, sich so schnell wie möglich ihrer Leibesfrucht zu entledigen, damit ihr Kind ein »ungerades« war.

Rantho war ein Zweiter, also ein »gerades« Kind, und sollte getreu dem Beschluss des Ältestenrats den Winden übergeben werden. Doch da schritt Zeus ein, wie sich der Gott der Welt nun rufen ließ. Damals erschien er allerdings in einer seltsamen Gestalt, so groß wie Moraur und mit einem Körper aus unzähligen Fäden, die sich zu einem dichten Gespinst vereinigten.

Rantho war gerade dem Wind übergeben worden, das heißt, man schleuderte ihn von der Hochebene in die Tiefe. Konnte er seine Flügel bereits gebrauchen und aus eigener Kraft auf einen der vielen rettenden Felsvorsprünge fliegen, durfte er weiterleben. Aber solches gelang innerhalb einer ganzen Generation nur höchstens einem einzigen Neugeborenen.

Rantho jedoch überlebte, weil die Fäden aus Zeus' Körper ihn aus der Luft fingen und ihn auf die Hochebene zurückbrachten und vor die Füße seiner Eltern legten. Der Ältestenrat akzeptierte das Gottesurteil, und so durfte Rantho leben. Er wuchs zu einem stattlichen Jungen heran, der schon zu seinem vierzehnten Lebensabschnitt die Flügelspannweite eines erwachsenen Mucierers hatte. In diese Zeit fiel auch, dass er die Prüfung als Feuerflieger bestand und in die Kaste jener Krieger aufgenommen wurde, die nicht nur mit Schwert, Speer und Pfeil und Bogen kämpfen durften, sondern die auf ihren Rücken auch Gestelle trugen, aus denen sie durch Schwarzpulver angetriebene Lanzengeschosse abfeuern konnten.

Rantho wurde bald zu einem geachteten und von den Frauen begehrten Krieger. Er wäre lieber allein geblieben, aber da es seinem Stand zukam, sich eine Frau zu halten, erwählte er Valsa zu seiner Gefährtin. Valsa hatte zarte, fast durchscheinende Flughäute von geringer Spannweite, was Rantho besonders reizvoll fand; sie beherrschte den Gleitflug perfekt, sie schwebte so majestätisch wie die Göttin der Luft dahin, dass Rantho jedes Mal die Erregung übermannte, wenn er ihr dabei zusah.

Valsa besaß aber noch viele andere Vorzüge, die Rantho immer wieder genoss, wenn er von einem Kriegszug zurückkam. Sie besaß die schönste Schuppenhaut von ganz Moraur, und sie schillerte im Sonnenlicht tiefviolett. Ihre Schnauze war lieblich, die kleinen Zähne waren spitz wie Nadelberge und ihre großen Augen, die bis zu den überempfindlichen Spitzohren mit den feinnervigen Ultraschallsendern reichten, glichen Spiegeln.

Im dritten Lebensabschnitt, den Rantho mit ihr zusammen war, nahmen sie das Wagnis auf sich, ein Kind zu zeugen. Rantho zitterte diesem Ereignis entgegen, weil er sein eigenes Schicksal kannte und instinktiv fürchtete, seinem Nachkommen könnte es ebenso ergehen. Und Grund zu dieser Befürchtung gab es genug, denn wieder einmal herrschte in Moraur strenge Geburtenkontrolle. Diesmal durfte sogar nur eines von zehn Neugeborenen leben.

Schon viele Mütter hatten sich die Flügel verstümmelt und sich dann vom Felsen gestürzt, um ihre Kinder am Leben zu erhalten. Rantho redete seiner Valsa aber eine solche Tat aus, denn er hoffte, dass ihn auch bei seinem Kind sein sprichwörtlich gewordenes Glück nicht verließ. Er selbst stand tausend Ängste aus, aber es gelang ihm, Valsa zuversichtlich zu stimmen.

Dann schlug die Geburtsstunde ihres Kindes. Es war ein Sohn. Und dabei verließ Rantho sein Glück, denn es war ein Achter und musste getötet werden. Als Valsa dies hörte, wurde sie von einem Schwindel erfasst und stürzte bewusstlos vom Felsen. Bevor Rantho ihr nachfliegen konnte, war sie in einem Felsspalt verschwunden. Als man sie barg, war sie tot. Der Sohn aber wurde in die Lebensgemeinschaft in Moraur aufgenommen.

Dieser tragische Unfall lag nun schon sieben Zehnerreihen von Tagen zurück, aber Rantho war über den Verlust seiner Gefährtin noch nicht hinweggekommen. Und es schien, dass er damit sein Glück endgültig verloren hatte. Über ihn – und auch Moraur und alle anderen Felsenburgen – kam eine schwere Prüfung.

Rantho war einer der Ersten, die die Nachricht erreichte. Als er den aufgeregten Rufen folgte und in seinem Garten auf einen der obersten Felsvorsprünge trat, konnte er sich mit eigenen Augen davon überzeugen, dass die Meldeflieger mit ihrer Schreckensbotschaft nicht übertrieben hatten. Dort stand eine ungeheuer große Pyramide, höher als selbst Moraur, die auf ihrer Spitze eine gigantische Kugel trug.

Die zweite Schreckensbotschaft kam aus dem Innern der Bergfestung: Plötzlich, so wussten die Alten, die ihren Lebensabend in den inneren Regionen der Felsenburg fristeten, zu berichten, sei eine undurchdringliche Wand entstanden, die Moraur in der Mitte durchtrennte. Auch der Ältestenrat war davon betroffen. Während sich diesseits der durchsichtigen Mauer nur 13 Älteste aufhielten, befanden sich die restlichen 42 auf der anderen Seite.

Rantho scharte die besten erreichbaren Krieger um sich und stellte sich mit ihnen unter den Befehl von Korror, der nicht nur sein leiblicher Vater, sondern auch ein Zünder war. Zünderflieger standen im Rang weit über den Feuerfliegern, was schon allein daraus hervorging, dass sie sich drei Frauen halten und ebenso viele Nachkommen zeugen durften.

Korror stellte die Ordnung in Moraur bald wieder her, aber die Mauer konnte auch er nicht beseitigen. Zum Schrecken der Mucierer stellte sich bald heraus, dass diese Wand nicht nur innerhalb des Bergs existierte, sondern auch im Freien weiterreichte. Feuerflieger, die die unsichtbare Wand abgeflogen hatten, sagten aus, dass sie endlos sei und weit über das Herrschaftsgebiet der benachbarten Felsenburgen hinausreichte.

Selbst der dichte Wald rund um die Felsenburg Moraur war von der Barriere durchtrennt. Mucierer, die versucht hatten, sich auf der Ebene unter der Mauer durchzugraben, waren ohne Erfolg zurückgekehrt. Und noch etwas mussten die von Moraur erschrocken feststellen: Man konnte durch die unsichtbare Wand nicht zu den Mucierern auf der anderen Seite sprechen. Kein Laut drang durch das Hindernis, obwohl man sich zum Greifen nahe war. Mucierer, die in ihrer Panik mit Gewalt das Hindernis durchfliegen wollten, brachen sich daran die Flügel oder das Genick.

Der Ältestenrat wurde einberufen, und da er mit seinen 13 verbliebenen Mitgliedern unvollständig war, durften auch die Zünderflieger und erfolgreichsten Feuerflieger daran teilnehmen. Rantho empfand es als besondere Ehre, dass auch seine Anwesenheit gewünscht wurde.

In der Versammlung wurde von den Ältesten beschlossen, dass die Feuerflieger versuchen sollten, mit ihren Feuerlanzen eine Bresche in die unsichtbare Wand zu schlagen. Andere Trupps sollten in voller Bewaffnung zu der Pyramide mit ihrer Kugel fliegen und die Vorgänge dort beobachten. Außerdem kamen die Ältesten zu dem Schluss, dass ein neuer Gott auf ihre Welt herabgekommen sei, den vielleicht sogar Zeus gerufen hatte. Man sollte also sehr vorsichtig im Umgang mit jenen Geschöpfen und auch Dingen sein, die der Pyramide oder ihrer Kugel entstiegen. Jede Veränderung, sei es zum Guten oder Schlechten, musste sofort gemeldet werden.

Rantho wurde unter Korrors Befehl der Erkundungstruppe zugewiesen. Während man die Vorbereitungen für den Abflug traf – so viele Feuerlanzen und Abschussrampen wurden mitgenommen, wie die Feuerflieger tragen konnten –, gingen andere Abteilungen daran, die unsichtbare Mauer zu sprengen. Die Feuerflieger kamen in breiter Front auf die unsichtbare Barriere zugeflogen und schossen auf Kommando des Zündfliegers ihre Feuerlanzen ab. Ohne Erfolg. Die konventionellen Lanzen mit ihren Eisenspitzen, die nur mit Schwarzpulver betrieben wurden, prallten wirkungslos von dem Hindernis ab, barsten unter der Wucht des Aufpralls.

Danach erst kamen die Explosivlanzen zum Einsatz. Sie hatten zusätzlich zu den Eisenspitzen noch Sprengsätze, deren Lunten gleichzeitig mit dem Abschuss gezündet wurden. Ein guter Zünderflieger stimmte die Brenndauer der Treibladung und Zündung des Sprengsatzes so miteinander ab, dass der Pulverkopf des Lanzengeschosses genau in dem Augenblick explodierte, wenn es das Ziel erreichte.

Der erste Trägertrupp aus zehn Feuerfliegern erhob sich mit dem Abschussgestell in die Lüfte. Links und rechts des eine Flügelspannweite breiten und ebenso langen Abschussgestells flogen jeweils fünf Feuerflieger, die nicht nur den Transport besorgen sollten, sondern auch nach den Vorgaben des Zünderfliegers zielen mussten. Über dem Abschussgestell mit den 14 besonders großen Explosivlanzen flog der Zünderflieger mit der »ewigen Flamme«, mit der er die Lunten in Brand stecken sollte. Seine Fackel erlosch nicht einmal während des ärgsten Sturms.

Der Trägertrupp wurde immer schneller, je näher er der unsichtbaren Wand kam. Der über dem Abschussgestell gleitende Zünderflieger hob die Fackel und zündete die Lunten der Treibsätze. Zuerst die längeren Lunten, dann die kürzeren. Nachdem dies geschehen war, setzte er die Lunten für die Explosivköpfe in Brand und wiederum die längeren Lunten vor den kürzeren.

Es handelte sich um einen der besten Zünderflieger, den Moraur besaß. Das bestätigte sich, als alle 14 Explosivlanzen gleichzeitig von der Rampe schossen und zur gleichen Zeit an der unsichtbaren Mauer explodierten.

Der Erfolg war gleich null. Das zeigte sich am Schicksal eines voreiligen Feuerfliegers, der zu früh triumphierte und in vollem Flug auf die vermeintliche Lücke zuschoss. Er prallte gegen das Hindernis und trudelte mit gebrochenen Flügeln ab. Einer seiner Kameraden konnte ihn gerade noch vor dem Aufprall auf dem Boden abfangen.

Zu diesem Zeitpunkt brach Korror mit fünfzig Feuerfliegern auf, darunter drei Trägerkommandos mit insgesamt drei Abschussrampen für Explosivlanzen.

Im Luftraum über der Pyramide mit der Riesenkugel waren jetzt Feuerflieger aus anderen Felsenburgen eingetroffen. Auch Angehörige von verfeindeten Stämmen waren darunter, aber man strafte sich mit Nichtbeachtung. Das Auftauchen der Pyramide war kein Grund, Frieden zu schließen, aber noch weniger war das Ereignis dazu angetan, die schwelende Feindschaft neu aufflammen zu lassen.

Zuerst passierte bei dem Göttergebilde Pyramide-Kugel überhaupt nichts. Die Beobachter mussten lange ausharren, bis sich auf der Unterseite der Kugel eine Öffnung auftat und einige flügellose Wesen herauskletterten.

Sie waren den Feuerfliegern sehr ähnlich, wenn man von dem Fehlen der Flügel und den fremdartigen Gesichtern absah. Rantho dachte bei sich, dass die Gesichter der Fremden irgendwie unfertig wirkten. Sicherlich waren sie nicht in der Lage, Gefühle auszudrücken. Laut sagte er dies jedoch nicht, denn das hätte ihm den Zorn Korrors und sicherlich auch den des Gottes Zeus eingebracht. Denn die Fremden hatten jene Gestalt, deren sich Zeus in letzter Zeit ebenfalls bediente – nur dass Zeus eben tausendmal größer war, wenn er es wollte.

Die Trägerkommandos wurden von drei Gruppen ausgeruhter Feuerflieger abgelöst, die von Moraur hergeflogen kamen. Sie hatten keine Neuigkeiten zu berichten, den Sprengkommandos war es immer noch nicht gelungen, eine Bresche in die unsichtbare Wand zu schlagen.

Auch am Götterberg Pyramide-Kugel geschah nichts Aufregendes. Die zeusgleichen Wesen schwärmten über das Pyramidendach aus, blickten in die Tiefe und zu den Feuerfliegern hinauf, aber sie ließen keine Handlung folgen. Manchmal scharten sich Gruppen zusammen, als wollten sie sich beratschlagen. Rantho vermutete, dass sie über das Schicksal der Feuerflieger urteilten, und er hoffte, dass ihre Verhaltensweise von den Göttern nicht als feindlich oder frevelhaft angesehen würde. Und Rantho bangte in diesem Augenblick eigentlich nicht nur um das Schicksal derer von Moraur, sondern um das aller Mucierer. Das geschah selten genug und immer nur dann, wenn er mit etwas Fremdartigem konfrontiert wurde – so wie jetzt, beim Anblick der Götter. Er erkannte, dass die Mucierer trotz aller Unterschiede zusammengehörten.

Rantho war noch nicht müde, als die Ablösung für ihn eintraf. Aber da auch Korror das Kommando an einen anderen Zünderflieger abgab, lehnte er sich nicht gegen den Rückzugsbefehl auf. Sie kehrten nach Moraur zurück.

Auf der Hochebene gingen die Sprengungen weiter. Rantho hatte sich dorthin zurückgezogen und beobachtete die vergeblichen Versuche der Feuerflieger. Er dachte bei sich, dass dies die Götter womöglich gar nicht gerne sahen, kam in Gesprächen mit anderen Feuerfliegern jedoch zu der Meinung, dass die unsichtbare Wand auch eine Prüfung von Zeus sein konnte, die die Sterblichen zu bestehen hatten.

Also konnte es nichts schaden, wenn die Sprengversuche weitergingen. Aber außer einigen verwundeten Kriegern und zwei von fehlgezündeten Explosivlanzen zerrissenen Tieren brachten sie nichts ein. Rantho konnte es kaum erwarten, wieder mit Korrors Gruppe zum Götterberg zurückzufliegen. Als es dann so weit war und sie die Spähertrupps ablösten, war er von dem Anblick, der sich ihm bot, gebannt.

Die flügellosen Götter hatten auf dem Pyramidendach und auf den steilen, glatten Wänden, in denen nicht einmal ein Mucierer Halt finden konnte, einiges verändert. Den Sinn dieser Veränderungen verstand Rantho nicht, doch er verfolgte die Geschehnisse auf dem Dach der Pyramide und rundherum mit steigendem Interesse. Nicht anders erging es seinen Gefährten und den Mucierern der anderen Felsenburgen.

Man begann Diskussionen, während man über dem Götterberg kreiste, und die wildesten Spekulationen über das Treiben der Zeusgleichen wurde laut. Rantho beteiligte sich nicht daran. Er beobachtete. Plötzlich sah er einen der Götter gut hundert Flügelspannen unterhalb des Pyramidendachs in der glatten Wand auftauchen. Es schien, als käme das Wesen aus dem Nichts, es war auf einmal da. Auch unterschied sich dieser Flügellose von den anderen. Er hatte eine Schnauze und einen hervorstehenden Zahn, der allerdings nicht so schön spitz war wie der eines Mucierers.

Was fällt dir ein, über meinen Nagezahn zu lästern!, glaubte Rantho plötzlich eine Stimme in seinem Kopf zu hören. *Meinen Bedürfnissen wird mein Gebiss vollauf gerecht. Ich bin schließlich kein Raubtier, sondern Vegetarier.*

Rantho war erschüttert, da sich die Stimme in seinem Kopf aber nicht wiederholte, glaubte er an eine Täuschung. Er beobachtete das Wesen weiter. Es brachte an zwei Stellen der Pyramidenwand etwas an, verschwand daraufhin im Nu und war dann auf dem Pyramidendach zu sehen. Das war Zauberei.

Wo das Schnauzenwesen kurz zuvor hantiert hatte, fanden zwei schwache Explosionen statt. Rantho war davon nicht beeindruckt. Jede Explosivlanze hatte mehr Sprengkraft.

Die Flügellosen ließen danach an Seilen eine Plattform in die Tiefe. Als die Plattform die Explosionsstelle erreicht hatte, erschien wie hingezaubert ein Flügelloser mit dunkler Haut und verankerte die Plattform in den von den beiden Explosionen gerissenen Löchern. Bald darauf kletterten andere Flügellose mit seltsamen Geräten zu der Plattform hinunter. Für Flügellose war der Abstieg in die bodenlose Tiefe eine beachtliche Leistung. Aber warum taten sie sich diese Mühe überhaupt an, hinunterzuklettern, und erschienen nicht einfach auf der Plattform, wie es sich für Götter geziemte?

Rantho wandte seine Aufmerksamkeit wieder den Geschehnissen auf dem Pyramidendach zu. Dort geschah gar Wunderliches! Abgesehen von den unzähligen fremdartigen Gegenständen, die von den Flügellosen aus der Kugel gebracht worden waren und über das Dach verstreut herumlagen, erregte ein im Entstehen begriffenes Gebilde Ranthos Aufmerksamkeit.

Eigentlich waren es fünf Gebilde. Sie schienen nur aus einer glatten, leeren Hülle zu bestehen, die in sich zusammengefallen war. Nun blähten sich diese fünf Hüllen, die aneinander gekoppelt waren, allerdings immer mehr auf. Es dauerte nicht lange, da erhoben sie sich und schwebten in die Höhe, als seien sie von einer unsichtbaren Mauer getragen.

Sicherlich wären die fünf Gebilde, die nun Kugelform annahmen, davongeschwebt, wenn nicht einige fünf Flügelspannen lange Seile, die an die Stützen der Riesenkugel gebunden waren, sie daran gehindert hätten.

Die Flügellosen begannen nun, rund um die schwebenden Kugeln Gestelle aufzubauen, sie daran zu befestigen und auf die Gestelle die herumliegenden Gegenstände zu verladen. Zwischendurch bemerkte Rantho, dass die Flügellosen auch auf anderen Pyramidenwänden in verschiedenen Höhen Plattformen montiert hatten. Seine Aufmerksamkeit wurde jedoch davon abgelenkt, als unter den Feuerfliegern ein Tumult ausbrach. Sie flogen wie ein Schwarm aufgescheuchter Flugschüler durcheinander.

Rantho wusste zuerst nicht, was davon zu halten war, dann hörte er aus dem kaum verständlichen Stimmengewirr heraus, dass die Aufregung einem vierbeinigen Wesen galt, auf dessen waagerechtem Rücken zwei Flügellose saßen. Der seltsame Vierbeiner besaß eine bläuliche Haut und sandfarbenes Kopfhaar und einen Schweif am Hinterteil von der gleichen Farbe.

So fremdartig dieses Wesen war, für Aufregung sorgten aber die beiden Flügellosen. Und das nicht wegen ihrer Gestalt – die war ja nun hinlänglich bekannt und den Mucierern vertraut –, sondern wegen ihrer Kleidung. Sie hatten wallende Gewänder, wie sie nur Göttern vorbehalten waren. Rantho, dem inzwischen schon Zweifel über die Göttlichkeit der Flügellosen gekommen waren – denn auch sie sprengten nur mit Pulver –, erkannte allein an den Kleidern, dass diese beiden etwas Besonderes sein mussten.

Und dann hörte er plötzlich wieder die Stimme in seinem Kopf.

Fliege hin nach Moraur, Rantho, und verkünde den gläubigen Mucierern die Ankunft der göttlichen Diana, der Gemahlin des Zeus. Zögere nicht, Rantho, sondern tu, wie dir geheißen, willst du dir und denen von Moraur die Gunst der Götter erhalten. Diana wird dir auf ihrem fliegenden Pferd zum auserwählten Berg folgen.

Nachdem die Botschaft verklungen war, suchte der verstörte Rantho bei seinem Vater, dem Zünderflieger Korror, Rat und teilte ihm das Gehörte mit. Korror war tief ergriffen und lobpries Zeus, dass er seinen fleischlichen Sohn Rantho als Boten der Götter auserkoren hatte.

»Du hast dich nicht getäuscht, Rantho, sondern die Stimme des Gottes gehört«, versicherte Korror. »Das dort ist Diana auf ihrem fliegenden Pferd. Fliege nach Moraur und befolge, was die Götter dir geboten.«

Und Rantho flog los.

21.

»Muss das sein?«, begehrte Rhodan auf, als ihm der Maskenbildner einen Vollbart auf Biomolplastgrund auftragen wollte.

»Aber natürlich«, behauptete Gucky, der gerade aufgetaucht war. »Vergiss nicht, dass du einen griechischen Halbgott mimen sollst, einen Diener Dianas. Und für einen solchen ist es Pflicht, einen eindrucksvollen Bart zu tragen.«

Rhodan fügte sich. Der Maskenbildner war kurz darauf fertig. Die ganze Prozedur der Verkleidung hatte im Hangarraum der Bodenschleuse stattgefunden, wo man schnell einige Trennwände aufgestellt hatte. In den so entstandenen Räumlichkeiten quartierten sich die Wissenschaftler ebenso ein wie die Offiziere des Krisenstabs.

Der Großadministrator betrachtete sein Spiegelbild im Schein einer Magnesiumfackel, die ein fast taghelles Licht verbreitete. Er trug einen schmalkrempigen Petasos, einen Chiton aus Leinen als Untergewand, der jedoch nicht wie bei den Griechen bis zu den Knöcheln reichte, sondern oberhalb des Knies endete, damit Rhodan mehr Bewegungsfreiheit hatte. Ebenso war das Himation, der obligate Überwurfmantel, nicht aus Wolle, sondern aus einer leichten Kunstfaser.

»Bis auf den Bart ist alles okay«, sagte Rhodan missmutig. Der Maskenbildner warf Gucky einen bezeichnenden Blick zu und zuckte hilflos die Schultern.

»Der Bart bleibt«, sagte Gucky unnachgiebig. »Ohne ihn siehst du nicht zünftig genug aus. Und er verdeckt auch deine Mängel, Perry, denn du hast alles andere als ein griechisches Profil.«

In diesem Moment kam Orana in die Schminkkabine. Ihr tiefschwarzes, langes Haar war zu einer kunstvollen Frisur aufgesteckt und wurde von einer blitzförmigen Haarnadel zusammengehalten. Ihr voller Busen spannte sich unter dem etwas zu eng geratenen Überwurf, der eigentlich einen Peplos darstellen sollte, jedoch eher an ein gewagtes Minikleid erinnerte. Über die Schulter hatte sie einen Bogen und einen Köcher mit Pfeilen gehängt.

Diese harmlos aussehenden Pfeile hatten es aber in sich. Sie waren eine Spezialkonstruktion, die von Mikroraketen getrieben wurden und Sprengköpfe mit verheerender Wirkung besaßen. Selbstredend waren Raketen wie Sprengköpfe chemisch, stellten die mucierischen Explosivlanzen aber trotzdem in den Schatten, was Reichweite und Sprengkraft betraf.

»Ja, so stelle ich mir die Göttin der Jagd und Zeus' Gefährtin vor«, schwärmte Gucky. Orana lächelte schwach, dann wandelte sich ihr Gesichtsausdruck urplötzlich, als sie ihren Mann erblickte.

»Was hast du für einen abscheulichen Bart, Perry!«, rief sie entsetzt.

»Was hast du gegen den Bart?«, fragte Gucky kleinlaut. »Perry braucht ihn unbedingt, wenn er wie ein griechischer Halbgott aussehen soll. Alle Gestalten der griechischen Mythologie waren bärtig – Zeus, Poseidon, Pan, Atlas, und selbst die beiden Gesichter Janus' waren bärtig.«

»Und was ist mit Apoll?«, meinte Orana.

»Du willst doch Perry nicht mit einem Apollo vergleichen!«, rief Gucky mit gespieltem Entsetzen. Er sah aber ein, dass er verloren hatte, denn Perry Rhodan hatte sich den Bart bereits weggerissen.

Sie kletterten über die Strickleitern von Bord. Als sie das steinerne Pyramidendach erreichten, kam Takvorian herangetrabt. Er trug seine Pferdemaske, die seinen menschlichen Oberkörper und Kopf verdeckte, sodass er nicht mehr an einen Zentauren erinnerte. Die Pferdemaske enthielt neben Strahlern auch Ortungsgeräte und ein Funkgerät, die Takvorian im Augenblick allerdings nicht einsetzen konnte.

Die Umstehenden kamen interessiert näher und bekundeten Rhodan und seiner Frau, dass sie sich im Aussehen ohne weiteres mit den griechischen Göttern messen könnten. Die Scherze, die daraufhin sofort die Runde machten, ließ Rhodan geduldig über sich ergehen.

»Ich bin sicher, dass ihr in dieser Maskerade Eindruck auf die Feuerflieger machen werdet«, sagte Professor Waringer. Rhodan, der nicht genau heraushören konnte, ob ihn der Hyperphysiker auf den Arm nehmen wollte, sagte nur: »Diese Maskerade muss eben sein, Geoffry.«

»Wartet nur, bis Takvorian als fliegendes Ross durch die Lüfte schwebt, und das ohne Flügel«, rief Gucky, der sich als Vater dieser genialen Idee aufspielte, obwohl eigentlich Rhodan selbst den Anstoß dazu gegeben hatte. »Die Feuerflieger werden blass vor Neid sein!«

»Ich werde gerade so lange fliegen, wie man für den Sturz aus sechstausend Metern Höhe benötigt«, meinte Takvorian mit Galgenhumor. Die Spezialisten für den Fall »Energie-Totalausfall« versuchten ihn zu trösten, indem sie ihn auf den Fallschirm hinwiesen, der in dem Spezialsattel untergebracht war.

»Nun dreht mal eine Runde, damit euch die Mucierer in Augenschein nehmen können!«, verlangten die Mutanten, allen voran Gucky. Der Mausbiber hob »Diana« telekinetisch in den Sattel des Pferdemutanten, Rhodan alias »halbgottähnlicher Diener der Jagdgöttin« nahm auf Takvorians Pferderist Platz. So umrundeten sie einmal den Landeplatz der MARCO POLO.

»Ihr habt mächtig Eindruck geschunden«, empfing Gucky sie bei ihrer Rückkehr. »Das habe ich aus den Gedanken der Feuerflieger herausgehört. Es ist mir sogar gelungen, mit einem von ihnen in telepathischen Kontakt zu treten. Es handelt sich um einen telepathisch begabten Burschen, der sich Rantho nennt. Er wird die Kunde von Dianas Ankunft in seiner Felsenburg verbreiten.«

»Nur nicht so hastig«, beschwichtigte Rhodan den Eifer des Mausbibers. »Bevor wir Kontakt zu den Eingeborenen aufnehmen, möchte ich mich zuerst einmal darüber informieren, welche Fortschritte die Notfallspezialisten und die Wissenschaftler gemacht haben.«

Mit Hilfe der beiden Teleporter und des Telekineten Balton Wyt waren an den Flanken der Pyramide Plattformen angebracht worden. Dort stellten nun die Wissenschaftler mit primitiven Geräten Messungen an und entnahmen durch Bohrungen und kleinere Sprengungen Materialproben. Pikanterie am Rande: Die Bohrer wurden durch Dampfmaschinen oder einfach per Hand betrieben.

Über das Ergebnis der Materialproben berichtete Waringer: »Die

Pyramidenwände scheinen aus Gestein zu bestehen. Zumindest sind wir an allen Bohrstellen bisher nur auf Gestein gestoßen, und das bis in eine Tiefe von zwei Metern. Noch tiefer wagen wir nicht zu gehen, weil wir befürchten, dann einen Alarm auszulösen. Aber die Messungen mit den Echoloten haben ergeben, dass die Pyramidenwände an manchen Stellen nur zehn Meter dick sind. Dahinter befinden sich weite Hohlräume. Mehr konnten wir noch nicht herausfinden.«

»Und auf Metalllegierungen seid ihr nicht gestoßen?«, fragte Rhodan und rückte sein Himation zurecht.

»Nicht in den Pyramidenwänden«, antwortete Waringer. »Und wir bohren immerhin an zwei Dutzend Stellen und bis zu fünfhundert Meter unterhalb des Pyramidendachs.«

»Achtung!«, schrie Gucky plötzlich und entmaterialisierte. Kaum eine Minute später materialisierte er mit einem Wissenschaftler im Arm und brachte ihn in das auf dem Pyramidendach eingerichtete Lazarett.

Als er zurückkam, berichtete er: »Ich hörte aus den Gedanken einiger Wissenschaftler auf einer Plattform, dass irgendetwas schief gegangen war. Ich teleportierte sofort hin. Die Wissenschaftler erklärten mir, dass sie es auf eigene Faust gewagt hatten, eine Bohrung durch die zehn Meter dicke Wand in den dahinter liegenden Hohlraum zu machen. Als sie durch die Wand stießen, strömte plötzlich Giftgas heraus. Es erwischte einen von ihnen, bevor die anderen das Loch wieder verkitten konnten.«

»Geoffry«, sagte Rhodan zu Waringer, »verbiete den Leuten solche Extratouren. Wir werden das Innere der Pyramide später untersuchen. Aber wenn schon, dann in einer groß angelegten Aktion.«

Rhodan und das Waringer-Team besichtigten das Luftschiff, das sich im Bau befand und große Fortschritte machte. Seine Bestandteile hatten sich ebenfalls unter der Notausrüstung befunden. Das Luftschiff bestand aus fünf Kunststoff-Kugelballons, die bereits mit Helium gefüllt und durch ein Plastikgestell miteinander verbunden waren. Die Zwischenräume zwischen den einzelnen Heliumkugeln eingerechnet, hatte das Luftschiff eine Gesamtlänge von sechshundert Metern.

Die von den Gasballons getragene Gondel war zweihundert Meter lang, aber nur dreißig Meter schmal und zwanzig Meter hoch. Sie war in drei Decks unterteilt. Zusätzlich zum Eigengewicht konnte das Luftschiff eine Besatzung von dreihundert Mann tragen. Als Ballast diente Wasser, obwohl Wasser auf Goshmo's Castle ein besonders kostbares Gut war. Aber das hatte gute Gründe. Abgesehen davon, dass Wasser ohne Gefährdung irgendwelcher Lebewesen abgelassen werden konnte, wurde es an Bord des Luftschiffs selbst benötigt, denn es sollte durch Dampfmaschinen betrieben werden.

Selbstverständlich gab es an Bord der MARCO POLO auch Dieselmotoren und für diese genügend Treibstoff. Doch innerhalb des Bannkreises waren nicht einmal Dieselmotoren zu gebrauchen, weil es keinen Funken Strom gab, nicht einmal genügend für die Vorzündung eines Dieselmotors.

Den Technikern war nichts anderes übrig geblieben, als zwei Dampfmaschinen einzubauen, die die beiden Propeller betreiben sollten. Lieber nahm man die Dampfmaschinen in Kauf, als ganz auf einen Antrieb zu verzichten, denn Perry Rhodan wollte das Luftschiff lenken können – und es für spezielle Manöver natürlich auch beschleunigen.

Die Wissenschaftler hatten Rhodan sogar vorgeschlagen, einige der Ballons einzusetzen und sie mit dem vom Luftschiff »Diana« abgelassenen Wasserdampf über Leitungen zu speisen. Doch das wollte sich der Großadministrator noch gut überlegen. Diese Methode erschien ihm vor allem zu umständlich. Denn man konnte die Fesselballons durch mitgeführte Heizkörper mit Heißluft versorgen. Ein Dutzend Ballons mit dampfbetriebenen Heißluftgebläsen standen jedenfalls für den Einsatz bereit.

Die Arbeiten am Luftschiff machten gute Fortschritte. Zwar tauchten immer wieder Komplikationen auf, vor allem bei den Berechnungen der Statik und der Tragfähigkeit. Die Techniker mussten dabei auf die Bordpositronik verzichten und sich primitiver mechanischer Rechenmaschinen bedienen. Diese Probleme ließen sich jedoch mit viel Geduld lösen. Ein anderes Problem dagegen schien schier unlösbar. Die Frage der Stunde lautete: Womit sollte man die gefräßigen Heizkessel der Dampfmaschinen füttern?

Für den Betrieb der Dampfmaschinen an den Bohrgeräten hatte man brennbares Material aus den Lagerbeständen der MARCO POLO holen können. In verborgenen Winkeln und in den Kabinen der Mannschaft hatte sich eine erstaunliche Menge Holz gefunden. Doch diese Vorräte schmolzen rasch dahin, und selbst wenn man sie für den Betrieb der beiden Dampfkessel des Luftschiffs aufgespart hätte, für länger als eine halbe Stunde hätten sie nicht gereicht.

Kunststoff kam für die Feuerung der Dampfkessel nicht in Frage. Erstens blieben von den brennbaren Kunststoffen zu viele Rückstände, die den Rost und die Leitungen der Heizkessel verstopften, was leicht zur Explosion führen konnte. Zweitens gab es aus Sicherheitsgründen nicht genügend brennbare Kunststoffe an Bord der MARCO POLO.

»Es gibt nur eine Möglichkeit, genügend Heizmaterial für die Dampfmaschinen der ›Diana‹ zu beschaffen«, zog Waringer das Resümee. »Bei einer der Felsenburgen in etwa 23 Kilometern Entfernung gibt es ausgedehnte Wälder. Sie könnten uns genügend Brennmaterial liefern. Allerdings brauchten wir für das Schlagen der Bäume und deren Transport hierher die Unterstützung der Eingeborenen.«

»Da es keine Alternative gibt, müssen wir versuchen, die Mucierer für uns zu gewinnen«, meinte Rhodan.

»Unsere göttliche Diana wird die Mucierer schon um den Finger wickeln«, sagte Gucky zuversichtlich. »Dabei kommt uns etwas entgegen. Die Felsenburg, die inmitten des Walds steht, heißt Moraur und ist der Sitz jenes Stammes, dem auch Rantho angehört. Und Rantho ist jener Feuerflieger, mit dem ich telepathischen Kontakt habe und der sein Volk auf das Erscheinen der Diana vorbereitet.«

»Das trifft sich ausgezeichnet«, meinte Waringer begeistert und wandte sich an Rhodan. »Du könntest mit Orana und Takvorian in einem der Ballons zu dieser Felsenburg fliegen. Der Vorrat an Brennmaterial reicht auf jeden Fall aus, um das Heißluftgebläse für den Hin- und Rückflug zu betreiben.«

»So kann nur ein fantasieloser Hyperphysiker sprechen!«, rief Gucky erbost. »Selbstverständlich werden Diana und ihr göttlicher Diener der Felsenburg Moraur mit ihrem fliegenden Ross einen Besuch abstatten.«

Waringer betrachtete Takvorian mit einer Mischung aus Skepsis und Verwunderung. »Wie willst du Takvorian das Fliegen beibringen?«

Gucky stöhnte. »Wenn ich nicht wüsste, dass du völlig humorlos bist, Geoffry, würde ich das für einen dummen Scherz halten. Wozu gibt es denn Balton Wyt und mich, zwei exzellente Telekineten? Wir werden Takvorian schon das Fliegen lehren!«

Der Pferdemutant wandte sich einem der Notfallspezialisten zu und fragte: »Ist mein Sattelfallschirm auch wirklich in Ordnung?«

Gucky und Balton Wyt hatten sich zu einem mentalen Block zusammengeschlossen. Orana als Diana und Rhodan als ihr halbgöttlicher Diener hatten auf Takvorians Rücken Platz genommen. Währenddessen gingen die Arbeiten an dem Luftschiff und die Untersuchungen der Pyramide weiter.

»Wir sind so weit«, sagte Gucky und konzentrierte sich. »Achtung!«

Takvorian erhob sich plötzlich mitsamt seiner Last in die Lüfte; die telekinetischen Kräfte von Gucky und Balton Wyt, durch den parapsychischen Block vielfach verstärkt, ließen ihn emporschweben, als wäre er so leicht wie eine Feder.

»Das lasse ich mir gefallen!«, rief Takvorian über die ebenfalls in seinem künstlichen Pferdekopf eingebaute Membrane, die die Lautstärke seiner Stimme verdoppelte.

Das fliegende Sagenpferd schwebte mitsamt seiner Last über den Pyramidenrand hinweg und segelte auf die ferne Felsenburg Moraur zu. Takvorian bewegte seine Pferdebeine wie im Trab, sodass es für die Feuerflieger aussehen musste, als bewege er sich mit ihrer Kraft vorwärts. So legten sie Kilometer um Kilometer zurück. Die Feuerflieger wichen respektvoll vor ihnen zurück und folgten ihnen auf allen Seiten in einem Abstand von hundert Metern. Als sie sich dem Hoheitsgebiet von Moraur näherten, hielten die Feuerflieger der anderen Felsenburgen an und wagten nicht, der göttlichen Erscheinung weiter zu folgen.

»Die Mucierer müssen ja mächtig von uns beeindruckt sein«, sagte Rhodan zu Orana. »Eigentlich sollten wir uns etwas schäbig vorkommen, die Eingeborenen auf diese Weise für uns auszunutzen. Indem wir uns bei ihnen als Götter aufspielen, wird ihre Evolution zweifellos beeinflusst.«

»Ich glaube, in diesem speziellen Fall heiligt der Zweck die Mittel«, erwiderte Orana. »Wenn es uns gelingt, den Bannkreis zu entschärfen, dann kommt es schließlich auch ihnen zugute. Sie profitieren davon ebenso wie wir. Warum sollen sie uns also nicht helfen?«

»Ganz deiner Meinung«, stimmte Takvorian zu.

Jetzt hatten sie die Hochebene von Moraur erreicht. Die flache Kuppe der Felserhebung war gut sechs Kilometer lang und maß an der breitesten Stelle fünf Kilometer. Darauf grasten schafähnliche Tiere, etwas größer und fleischiger als terranische Zuchtschafe. Scharen von Mucierern hatten sich eingefunden. Die Feuerflieger, die versucht hatten, die unsichtbare Barriere des Bannkreises zu sprengen, stellten ihre Bemühungen beim Eintreffen des fliegenden Rosses mit seiner göttlichen Last ein.

Als Takvorian mit seinen Hufen auf dem saftigen Rasen aufsetzte, warfen sich die Mucierer zu Boden. Diana und ihr Halbgott von einem Diener waren kaum vom Rücken des Sagenpferds geklettert, als Gucky und Ras Tschubai mit Fellmer Lloyd und Balton Wyt materialisierten.

»Solcher Empfang wird dir nicht einmal auf Terra zuteil, wenn du nach jahrelanger Odyssee zurückkommst«, meinte der Mausbiber zu Rhodan.

»Du weißt, dass mir sklavenartige Unterwürfigkeit zuwider ist«, entgegnete Rhodan. »Wenn es eine andere Möglichkeit gäbe, das Vertrauen und die Freundschaft der Mucierer zu erlangen, hätte ich sie gewählt.«

»Na, wer wird denn aus einem Scherz sofort ein Drama machen«, sagte Gucky leicht gekränkt.

»Zum Schmollen ist auch nicht der richtige Zeitpunkt«, sagte Rhodan. »Setz dich mit den Mucierern in Verbindung und bring ihnen bei, was wir von ihnen wollen.«

»Ziehen wir halt unsere Show ab«, sagte Gucky, der es nicht lassen konnte, die Dinge zu ironisieren.

»Da, seht!«, rief Orana und wies in Richtung der unsichtbaren Barriere. »Es muss sich um eines der Beiboote handeln, die sich an Bord von BOX-7149 befanden.«

»Man hat uns auf dem Posbiraumer also geortet«, stellte Rhodan fest.

»Das hilft uns auch nicht«, erklärte Gucky. »Wenn wir Mutanten den Bannkreis weder durch einen Teleportersprung überwinden noch mittels unserer telepathischen Impulse durchdringen können, dann kann man auch von außen nicht eindringen.«

»Dennoch erleichtert es mich, zu wissen, dass Bully und Goshmo-Khan auf uns aufmerksam geworden sind«, sagte Rhodan.

Sie sahen, wie das Boot auf der Hochebene der Felsenburg Moraur landete, allerdings durch die unsichtbare Barriere des Bannkreises von Rhodan und seinen Leuten getrennt.

Reginald Bull und Professor Goshmo-Khan waren die Ersten, die aus dem Beiboot stiegen und durch eine Gasse, die sich in der Menge der eingeschüchterten Mucierer bildete, auf die Barriere zukamen. Sie machten Gesten der Begrüßung, winkten Rhodan und seinen Leuten zu, aber es war nicht zu verstehen, was sie sagten.

»Was ist denn das?«, rief in diesem Moment Takvorian erschrocken aus.

Jetzt sahen sie alle die Erscheinung. Am Horizont, jenseits der Barriere, war eine gigantische Gestalt aufgetaucht, die alle Felsenburgen überragte und sich vorsichtig dazwischen einen Weg bahnte. Je näher die Gestalt dem Bannkreis kam, desto kleiner wurde sie.

»Das ist Zeus«, sagte Gucky in herablassendem Tonfall. »Es ist pure Angabe, die ihn zu diesem spektakulären Auftritt treibt. Helfen kann er uns auch nicht.«

Bully empfand bei Rhodans Anblick Erleichterung. Es war zumindest beruhigend, zu sehen, dass der Freund und seine Mannschaft am Leben waren, wenn ihre Lage auch alles andere als rosig war.

Es war mit den Ortungsgeräten von BOX-7149 nicht schwer gefallen, den Bannkreis anzupeilen. Jedoch war es nicht möglich gewesen, die MARCO POLO zu orten. Das gelang auch jetzt nicht, als man sich nur noch 25 Kilometer von ihr entfernt befand. Obwohl man sie optisch mühelos ausmachen konnte, war eine energetische Ortung nicht möglich. Überhaupt registrierten die Ortungsgeräte nichts, was sich innerhalb des Bannkreises befand. Man konnte nur die unsichtbare Barriere selbst anmessen, die einen Durchmesser von 50 Kilometern und eine Höhe von 15 Kilometern hatte.

Es machte keinen großen Unterschied mehr aus, dass sich Bully mit Rhodan und den anderen nicht verständigen konnte. Kein Laut drang aus dem Bannkreis heraus, und umgekehrt musste es ebenso sein. Als dann die Planetenoberfläche unter Zeus' donnernden Schritten erbebte und die Mucierer vor Ehrfurcht erzittern ließ, nahm es Bully nur wie nebenbei wahr. Zeus' Auftritte beeindruckten ihn kaum noch.

Zeus erschien als hundert Meter großer Riese auf dem Plateau. »Das ist eine der Pyramiden der Helfer meiner Feinde«, erklärte er mit seiner orkanartigen Stimme. Er runzelte die Stirn und fragte: »Was hat euer Freund Perry Rhodan bei dieser Felsenburg zu suchen? Er vergeudet hier nur Zeit. Weiß er denn nicht, dass die Gefahr von der Pyramide ausgeht und nur durch ihre Zerstörung gebannt werden kann?«

»Das wird er längst schon herausgefunden haben«, behauptete Bully, obwohl er dessen gar nicht so sicher war. Er selbst hatte sich ebenfalls gefragt, wieso Perry seine Zeit bei den Mucierern vertrödelte, anstatt das Übel an der Wurzel anzupacken. Trotzdem fuhr er mit unerschütterlicher Zuversicht fort: »Warten Sie nur ab, Zeus. Bald werden Sie sehen, was für ein genialer Schachzug hinter Perrys Manöver steckt!«

Bully wich geflissentlich dem fragenden Blick von Goshmo-Khan aus. Der Professor ging nicht weiter darauf ein, sondern starrte mit zusammengekniffenen Augen zu der sechstausend Meter hohen Pyramide hinüber, auf der die MARCO POLO stand.

»Was geht bei der MARCO POLO vor?«, fragte er wie zu sich selbst.

Er ließ von der Besatzung eine Reihe von optischen Fernrohren mit unterschiedlicher Vergrößerung aufstellen. Während er damit die Vorgänge bei der MARCO POLO beobachtete, ging Bully so nahe wie möglich an die Barriere heran. Auf der anderen Seite war Rhodan mit seiner Frau und den fünf Mutanten aufgetaucht.

Bully grinste, als er Oranas und Perrys altertümliche Tracht sah. Er ahnte, was sie damit bezweckten. »Sie werden auch innerhalb des Bannkreises würdig vertreten, Zeus!«, rief er in einen Akustikverstärker, sodass ihn der Gigant trotz der Entfernung mühelos verstehen konnte. »Haben Sie es noch nicht erkannt, dass diese Frau zweifellos eine griechische Göttin darstellt?«

»Beim Olymp!«, rief Zeus lachend. »Das muss Diana, die Göttin der Jagd, sein. Was für ein liebliches Geschöpf! Sie wäre wahrlich würdig, den Olymp mit mir zu teilen.«

»Diese Diana wird von Ihnen nichts wissen wollen«, beschied ihm Bully. »Aber selbst Ihnen müsste jetzt klar werden, dass Perry hier seine Zeit keineswegs vergeudet. Mit dieser Maskerade will er die Mucierer beeindrucken. Und bestimmt verfolgt er einen Zweck damit.«

Bully verstummte, als er sah, dass Rhodan ihm Handzeichen gab. Es dauerte nur Sekunden, bis er ihren Sinn erkannte: Rhodan signalisierte ihm in Gehörlosensprache: ALLES IN ORDNUNG BEI BOX-7149?

Und Bully signalisierte zurück: WIR HABEN KEINE PROBLEME. ABER IHR!

ENERGIE-TOTALAUSFALL, war Rhodans Antwort. WIR MÜSSEN UNS MIT DEN PRIMITIVSTEN MITTELN BEHELFEN. DU KANNST ES JA BEOBACHTEN. ZUM GLÜCK KÖNNEN WIR DIE NOTAUSRÜSTUNG EINSETZEN.

IN DER PYRAMIDE LIEGT DIE LÖSUNG EURER PROBLEME, signalisierte Bull. IHR BRAUCHT NUR DEN IMPULSSCHALTER UMZULEGEN.

DASS DIE PYRAMIDE DER GRUND ALLEN ÜBELS IST, HAT GEOFFRY LÄNGST ERKANNT! ABER BEVOR WIR SIE KNACKEN KÖNNEN, MÜSSEN WIR NOCH EINIGE VORBEREITUNGEN TREFFEN. WAS IST EIN IMPULSSCHALTER?

MEHR ALS DIE BEZEICHNUNG KENNE ICH AUCH NICHT. DER TIPP STAMMT VON ZEUS. DER SCHALTER MUSS IRGENDWO IN DER PYRAMIDE SEIN. WENN IHR IHN GEFUNDEN HABT, WERDET IHR SICHERLICH AUCH SEINE FUNKTION ERKENNEN.

MACHEN WIR VORERST SCHLUSS. VOR UNS LIEGT NOCH EINE MENGE ARBEIT.

Rhodan wandte sich mit zum Gruß erhobener Hand um. Er bestieg zusammen mit Orana Takvorians Rücken, und dann entschwebte der Pferdemutant mit den beiden in die Lüfte empor. Für Bull war klar, dass dieser Effekt mit den Fähigkeiten der Telekineten Gucky und Balton Wyt erzielt wurde. Auf die Feuerflieger machte das einen ungeheuren Eindruck.

»Sehen Sie sich das einmal an, Bull«, rief Goshmo-Khan, der hinter den auf Stativen fixierten Fernrohren stand. »Bei der MARCO POLO tut sich allerhand.«

Bull blickte durch ein stark vergrößerndes Fernrohr. Er sah sofort, dass man damit beschäftigt war, das sechshundert Meter lange Luftschiff zusammenzubauen, das zur Notausrüstung der MARCO POLO gehörte. Es entging ihm auch nicht, dass mechanische Schnellfeuerwaffen an Bord gebracht wurden.

Weiter entdeckte er, dass an den Pyramidenwänden Plattformen in verschiedener Höhe angebracht worden waren. Bull grinste. »Perry rüstet zur Offensive.«

»Mit diesen primitiven Mitteln ist ein Erfolg mehr als zweifelhaft«, meinte Goshmo-Khan pessimistisch.

»Abwarten!«

»Sir!« Einer der über die Hochebene verteilten Soldaten kam auf einer Antigrav-Transportscheibe herangeflogen. »Sir«, wiederholte er, nachdem er vor Bull und Goshmo-Khan aufgesetzt hatte, außer Atem. »Die Mucierer beginnen damit, den Wald am Fuß ihrer Felsenburg zu schlagen. Sie machen förmlich Kleinholz daraus. Und zwischen ihnen prescht der Pferdemutant Takvorian mit dem Großadministrator und seiner Frau hindurch.«

»Das muss ich mir ansehen!«, sagten Goshmo-Khan und Bull wie aus einem Mund.

Sie bestiegen ebenfalls Antigravscheiben und flogen zum Rand der Hochebene, wo sie in einen geräumigen Schweber überwechselten, der dort bereitstand.

Bull übernahm das Steuer und ließ den Schweber wie einen Stein senkrecht in die Tiefe fallen. Goshmo-Khan erbleichte. Hundert Meter über den Baumkronen des dichten Walds, der ebenfalls durch den Bannkreis geteilt wurde, stoppte er den Fall.

»Die Mucierer arbeiten wie besessen«, stellte Bull fest.

»Glauben Sie wirklich, dass Rhodan für dieses Treiben verantwortlich ist?«, meinte Goshmo-Khan zweifelnd. »Es könnte sich auch um eine Art Amoklauf der Eingeborenen handeln.«

Bull gab nicht sofort Antwort. Er beobachtete, wie die Feuerflieger die Bäume reihenweise fällten. Hunderte von ihnen waren an der Arbeit. Sie fällten sie mit Beilen und Sägen oder indem sie sie einfach sprengten. Die Baumstämme zersägten sie dann in armlange Scheite und zerhackten diese. Das zerkleinerte Holz wurde von den Feuerfliegern zu Bündeln geschnürt und dann in Richtung der Pyramide abtransportiert.

»Jetzt wird mir alles klar«, meinte Bull endlich. »Auch, warum Perry so erpicht auf eine freundschaftliche Beziehung zu den Mucierern war. Sie haben das Luftschiff gesehen. Jetzt wissen Sie auch, womit bald die Dampfkessel angeheizt werden.«

»Aber wozu braucht Rhodan dieses Luftschiff so dringend?«, wunderte sich Goshmo-Khan.

Bull wurde ernst. »Es ist die einzige Waffe, die er gegen die Pyramide einsetzen kann.«

Bull und Goshmo-Khan beobachteten die Feuerflieger noch eine Weile bei ihrer Arbeit. Einmal kamen Rhodan und Orana mit Takvorian zur Barriere geschwebt und winkten ihnen zu; Rhodan gab Bully durch ein Handzeichen zu verstehen, dass er zuversichtlich war und bisher alles bestens lief.

Danach kehrten Bull und Goshmo-Khan mit dem Schweber zur Hochebene der Felsenburg Moraur zurück. Ihnen waren die Hände gebunden, sie konnten nur abwarten und Rhodans Befreiungsversuche aus der Ferne beobachten. Selbst der mächtige Zeus wurde von dieser fremden Macht zum Zuschauer degradiert.

22.

Die Mucierer waren stolz darauf, dass sie der Göttin Diana und deren Diener hatten helfen können. Und sie priesen ihre Genügsamkeit, die sie auf Blutopfer verzichten und sich mit einer so einfachen Gabe wie Holz begnügen ließ. Es war nur recht und billig gewesen, dass jeder Mucierer von Moraur ihr einen Baum opferte. Das war geschehen; auf dem Dach der Pyramide türmte sich das Holz zu Bergen.

Die Mucierer hatten ihre Scheu abgelegt und wagten sich nun sogar auf das Dach der Pyramide. Das war den beiden Telepathen Gucky und Fellmer Lloyd zu verdanken, die Rantho davon überzeugen konnten, dass sie Freunde der Feuerflieger waren, ihnen wohl gesinnt. Rantho, der als Götterbote verherrlicht wurde, wiederum hatte sein Volk von der Friedfertigkeit der Götter aus der Kugel überzeugt.

Nach und nach war es Gucky und Fellmer Lloyd gelungen, den Mucierern die Sachlage zu erklären. Sie wussten jetzt, dass die Kugel nicht zur Pyramide gehörte, sondern in deren Bann stand. Was aus der MARCO POLO kam, war gut. Die Pyramide aber beherbergte das Böse. Von der Pyramide kam auch die undurchdringliche Wand, die Moraur in zwei Lager teilte.

Und gegen das Böse aus der Pyramide kämpften die Diener der Diana an. Die Feuerflieger waren bereit, sie zu unterstützen. Rantho versicherte den Telepathen, dass sein Volk alles tun würde, was man von ihm verlangte. Die Mucierer würden auch gegen die Feinde der Göttin Diana kämpfen. So weit hatten die beiden Telepathen die Feuerflieger, als das Luftschiff einsatzbereit war.

Fluchende und schwitzende Männer warfen Holz in die beiden Heizkessel. Es waren durchwegs Wissenschaftler und Techniker, die sonst nur gewohnt waren, mit komplizierten technischen Geräten umzugehen und mit Formeln zu jonglieren. Jetzt waren sie zu einer Schwerarbeit verurteilt, die sie nur aus Geschichtsbüchern und historischen Datenträgern kannten: Sie waren Heizer von Dampfmaschinen.

Die Männer kamen mit dem Nachlegen kaum nach, das Holz schien schneller zu verbrennen, als sie es herbeischaffen konnten. Doch das war nur am Anfang so, solange die beiden Kessel angeheizt werden mussten. Als das Wasser im Kessel erst auf Temperatur kam, kletterte der Druck schnell.

Außer den Heizern, den Maschinisten und dem anderen Personal, das für die reibungslose Funktion des Luftschiffs verantwortlich war, befanden sich noch 260 Mann der kämpfenden Truppe an Bord. Sie waren mit Schnellfeuergewehren ausgerüstet, bei denen es sich um Nachbauten von historischen Militärwaffen aus dem späten 20. Jahrhundert handelte.

Auch diese Projektilwaffen gehörten zur Notausrüstung der MARCO POLO, ebenso wie die beiden Panzerkanonen am Bug und Heck der Luftschiffsgondel und das halbe Dutzend Maschinengewehre und Granatwerfer. Auch bei diesen handelte es sich durchwegs um Modelle, die auf chemisch-mechanischer Basis funktionierten. Waffen, für deren Funktion elektrischer Strom nötig waren, waren innerhalb des Bannkreises nicht zu gebrauchen.

Rhodan befand sich zusammen mit Fellmer Lloyd, Ras Tschubai, Orana, Professor Waringer und dessen Wissenschaftlern und einem Dutzend Offizieren im Kommandostand, der im Bug und auf Deck drei der Gondel untergebracht war.

Rhodan stand mittels Sprechrohren mit dem Maschinenraum und dem Buggeschützstand in Verbindung. »Wie hoch ist der Druck in den beiden Dampfkesseln?«, fragte er durch das Sprechrohr.

»Kessel eins hat bereits fünfzig Atmosphären Druck«, kam gleich darauf die Antwort, die von vielfältigen Arbeitsgeräuschen und vom Fluchen der »Heizer« untermalt wurde, »Kessel zwei klettert gerade auf die fünfzig zu.«

»Ich möchte, dass die Kessel auf hundert Atmosphären Druck gebracht werden«, sagte Rhodan. »Der Start erfolgt bei einem Druck von achtzig.« Er klappte die Öffnung des Sprechrohrs zu. »Wie geht es Ribald Corello?«, fragte Rhodan dann seine Frau.

»Er hätte den Flug gerne mitgemacht«, sagte sie.

»Ich hätte ihn auch gern an Bord des Luftschiffs gesehen«, meinte Perry Rhodan. »Aber da er nicht voll einsatzfähig ist ...«

Er vollendete den Satz nicht. Er hatte es nicht riskieren können, Ribald Corello mitzunehmen. Zwar fühlte sich dieser physisch und psychisch ausgezeichnet, doch wie alle energieabhängigen Geräte war auch sein Tragerobot ausgefallen, und ohne diesen besaß Corello nur einen stark eingeengten Aktionsradius.

»Beide Druckmesser zeigen einen Wert von achtzig an«, wurde Rhodan gemeldet.

»Dann starten wir!«

Der Chefingenieur öffnete dreimal kurz hintereinander das Sicherheitsventil durch den Seilzug, und der Dampf entwich pfeifend. Einige der Feuerflieger in der Nähe flatterten erschrocken davon. Das dreifache Pfeifsignal war das Zeichen für den Start.

Die auf dem Pyramidendach zurückgebliebenen Männer kappten die Ankerseile von den Teleskopstützen der MARCO POLO, sodass das Luftschiff davontrieb.

»Propeller an!«, befahl Rhodan.

»Aye, aye, Sir«, antwortete zwei Decks tiefer der Chefingenieur grinsend. Er hatte, wie alle im Maschinenraum, nur Shorts an. Schweiß und Ruß vermischten sich auf seinem nackten Oberkörper zu einer schmierigen Masse. Der Chefingenieur öffnete das Dampfventil, damit der Dampf durch die Zuleitung in den Zylinder strömen konnte. Durch den Druck wurde der Zylinder in Bewegung gesetzt. Die Bewegung übertrug sich über einen Kreuzkopf auf die Pleuelstange und von dieser auf die Kurbel, die die Welle mit dem Schwungrad in drehende Bewegung versetzte. Als genügend Schwung vorhanden war, stellte er die Verbindung zum Propellergetriebe her.

Die Propeller liefen etwas zu abrupt an. Das Luftschiff schnellte ruckartig nach vorne. Doch dann glitt es ruhig und majestätisch dahin. Als sie über den Pyramidenrand hinwegflogen, befahl Rhodan, aus den drei mittleren Plastikballons Helium ausströmen zu lassen, um etwas tiefer zu gehen.

Rhodan umrundete in einer Entfernung von einem Kilometer einmal die Pyramide. Auf diese Weise konnte er die Lage am besten überblicken. Die meisten der Plattformen an den sechs Pyramidenwänden waren inzwischen geräumt worden. Da die Untersuchungen nichts Neues mehr einbrachten, hatte Rhodan sie einstellen lassen. Nur eine Plattform, die zweihundert Meter lang und dreißig Meter breit war, war noch besetzt. Sie befand sich eineinhalb Kilometer unter dem Pyramidendach. Aber die fünfhundert Männer und Frauen die sich dort aufhielten, waren keine Wissenschaftler.

Sie waren mit Handgranaten und Schnellfeuergewehren ausgerüstet.

Fünf Meter über ihren Köpfen befand sich etwa in der Mitte dieser Plattform ein hässlicher dunkler Fleck in der Pyramidenmauer. Dort war ein Loch gebohrt und mit Sprengstoff angefüllt worden. Den Berechnungen nach musste der Sprengstoff genügen, um ein fünf Meter durchmessendes Loch in die zehn Meter dicke Pyramidenwand zu reißen.

Da bei einer Durchbohrung der Pyramidenwand Giftgas ausgeströmt war, hatte Rhodan Gasmasken an die Mitglieder des Stoßtrupps verteilen lassen. Wenn die Sprengung gelang, wollte Rhodan von hier aus in die Pyramide eindringen.

Zuerst hatte Rhodan erwogen, durch das Pyramidendach vorzustoßen. Doch die Bohrungen und Messungen hatten gezeigt, dass sich dem unüberwindbare Schwierigkeiten entgegenstellten. Unter der zwanzig Meter dicken Gesteinsschicht des Pyramidendachs befand sich eine Metallwand aus einer an Terkonitstahl erinnernden Legierung, die durch herkömmliche Sprengstoffe nicht zu knacken war. Also war Rhodan nichts anderes übrig geblieben, als von der Flanke her einen Vorstoß in die Pyramide zu versuchen. Selbst wenn die Sprengung der Pyramidenwand gelang, woran eigentlich niemand zweifelte, so glaubte niemand an ein leichtes Vordringen. Man wusste nichts über den Gegner, denn die Versuche der Telepathen, die Gedanken der Pyramidenbesatzung zu erfassen, waren fehlgeschlagen. Das konnte bedeuten, dass die Pyramide unbemannt war. Aber selbst wenn es sich so verhielt und sie robotisch gesteuert wurde, hieß das nicht, dass man leichtes Spiel haben würde. Ganz im Gegenteil, denn gegen Roboter konnte man mit den primitiven Projektilwaffen wohl kaum etwas ausrichten.

Die Wissenschaftler, allen voran Waringer, versicherten jedoch, dass der Einsatz von Robotern unwahrscheinlich sei. Denn die energieabsorbierende Strahlung, die die MARCO POLO ausgeschaltet hatte, musste auch innerhalb der Pyramide wirksam sein. Die Gesteinswände allein waren keine ausreichende Isolierung. Allerdings räumte Waringer ein, dass es innerhalb der Pyramide Zonen geben konnte, die nicht unter dem Einfluss des Bannkreises standen. Doch diese aktiven Zonen mussten unbedingt auf ein bestimmtes Gebiet innerhalb der Pyramide beschränkt sein. Dennoch konnte Rhodan nicht glauben, dass die Pyramide völlig unbemannt sein sollte. Vielleicht war die Mannschaft mentalstabilisiert, und ihre Gedanken konnten deshalb nicht von Telepathen erfasst werden.

Das Luftschiff hatte inzwischen an Höhe verloren und war gut einen Kilometer unter das Niveau des Pyramidendachs gesunken. Rhodan blickte auf seine mechanische Armbanduhr aus den Notfallbeständen der MARCO POLO. Man schrieb bereits den 30. März, und obwohl es nach terranischer Zeitrechnung erst 17 Uhr war, stand die rote Sonne schon nahe dem dunstigen Horizont. Um 17.30 Uhr sollte der Sturm auf die Pyramide beginnen.

Zur gleichen Zeit sollte auch auf der gegenüberliegenden Pyramidenwand eine doppelt so starke Sprengung stattfinden. Dabei handelte es sich allerdings nur um ein Ablenkungsmanöver. Rhodan wollte seine Streitkräfte nicht verzetteln. Mit ihrem dürftigen militärischen Potential konnten sie sich nur Chancen ausrechnen, wenn sie den Durchbruch an einer Stelle versuchten.

»Lasst mehr Helium ab, damit wir schneller sinken!«, befahl Rhodan.

Der mittlere der fünf Gasballons war bereits halb leer, seine Hülle warf Runzeln. Jetzt fielen auch die beiden anderen Innenballons merkbar zusammen. Das Luftschiff sank merklich schneller.

Rhodan steuerte es näher an die Pyramidenwand heran. Die Plattform mit den fünfhundert Soldaten war nur noch zweihundert Meter unter ihnen, sodass man bereits Einzelheiten erkennen konnte.

Es war 17.20 Uhr, die Männer hatten sich von der Sprengstelle zurückgezogen und hinter Schutzschilden aus Terkonit Schutz gesucht. Sie winkten zu ihnen herauf, und das Luftschiff beantwortete ihre Begrüßung mit einem lang gezogenen Pfiff.

Dann steuerte Rhodan das Luftschiff von der Pyramide fort. Er wollte weit genug entfernt sein, wenn die Explosion stattfand. Erst in einer Entfernung von fünfhundert Metern wendete er das abenteuerliche Luftgefährt, das sich bisher glänzend bewährt hatte. Nach der vollführten Wendung, als das Luftschiff wieder mit dem Bug zur Pyramide und mit der Plattform auf gleicher Höhe stand, war es bereits 17.28 Uhr.

»Beide Kessel halbe Kraft voraus!«, befahl Rhodan.

»Aye, aye«, bestätigte der Chefingenieur und fügte scherzend hinzu: »Impulstriebwerke arbeiten mit halber Kraft.«

Orana, die noch immer als Jagdgöttin Diana verkleidet war, beobachtete durch eines der Fernrohre im Kommandostand die Einsatzplattform an der Pyramidenwand. Plötzlich blickte sie hoch und sagte beunruhigt: »Ich habe gesehen, dass viele der Männer und Frauen ihre Gasmasken nicht tragen. Ihnen scheint nicht bewusst zu sein, in welcher Gefahr sie schweben.«

»Diese Dummköpfe«, schimpfte Rhodan und wandte sich an Ras Tschubai. »Springen Sie schnell zur Plattform, Ras, und ...«

Rhodan hatte noch nicht ausgesprochen, da entmaterialisierte der Teleporter bereits. Rhodan beobachtete durch ein Fernrohr, wie er auf dem Brückenkopf rematerialisierte.

»Ich habe Gedankenimpulse empfangen!«, rief da Fellmer Lloyd.

Rhodan achtete nicht darauf, er konzentrierte sich auf die Vorgänge, die sich auf der Plattform abspielten. Ras Tschubai redete gestikulierend auf die Soldaten ein. Und tatsächlich schoben einige ihre Atemmaske vors Gesicht, die sie zuvor achtlos um den Hals hängend getragen hatten.

»Aus der Pyramide kommen Gedankenimpulse!«, rief Fellmer Lloyd jetzt eindringlicher. »Es sind Hunderte von Gedankenquellen. Sie konzentrieren sich hauptsächlich um das Gebiet, in dem die beiden Sprengungen stattfinden sollen. Hass und Mordlust sprechen aus den Gedanken, sonst nichts ...«

»Noch fünf Sekunden«, murmelte Waringer.

Rhodan schwenkte das Fernrohr zu dem Bohrloch mit dem Sprengsatz. Ein Mann – er hatte die Atemmaske achtlos um den Hals gehängt – legte gerade Feuer an die Lunte und zog sich dann hinter die Terkonitschilde zurück.

Er war kaum in Deckung, da zündete der Sprengstoff. Die Pyramidenwand bekam Risse und zersplitterte, als hätte sie eine Riesenfaust von innen durchschlagen. Mannsgroße Trümmerstücke wurden davongeschleudert. Als sich die Staubfahne verzogen hatte, klaffte in der Pyramidenwand ein etwa sieben Meter durchmessendes Loch. Dahinter war absolute Schwärze. Doch plötzlich wirbelten aus der Schwärze grün leuchtende Gasschwaden heraus und breiteten sich rasend schnell aus. Die Männer und Frauen, die keine Gasmasken trugen, kippten zuckend um. Unter ihnen, das konnte Rhodan durch das Fernrohr beobachten, war auch Ras Tschubai, der zur Plattform teleportiert war, um die Soldaten zu warnen.

Einer der Männer taumelte gegen das Geländer der Plattform, verlor das Gleichgewicht und stürzte viereinhalbtausend Meter in die Tiefe.

Rhodan wollte Lloyd gerade auftragen, sich mit dem Mucierer Rantho telepathisch in Verbindung zu setzen, um die Feuerflieger zu einer Rettungsaktion für die Giftopfer zu veranlassen. Da ergriffen die Feuerflieger von sich aus die Initiative. Sie stürzten sich im Gleitflug auf die Plattform hinunter, ergriffen immer zu zweit jeweils einen der Bewusstlosen und flogen mit ihnen zum Pyramidendach hinauf.

Rhodan lächelte zufrieden. »Ich glaube, wir haben in den Feuerfliegern treue Verbündete gefunden, die zudem noch überaus intelligent sind.«

»Die Gedankenimpulse aus der Pyramide kommen der Explosionsstelle immer näher«, meldete sich da wieder Fellmer Lloyd. Rhodan, der durch die Sprengung abgelenkt worden war, begriff erst jetzt Lloyds Worte in vollem Umfang.

»Dann gibt es also doch Intelligenzen im Innern der Pyramide!«, entfuhr es ihm.

»Die Betonung sollte nicht auf Intelligenz liegen«, erwiderte Lloyd. »Es sind lebende Kampfmaschinen, die nichts anderes als töten können. Sie müssen sich zuvor im Tiefschlaf befunden haben und wurden erst durch unsere Aktivitäten geweckt. Deshalb konnten wir ihre Gedanken nicht anpeilen.«

»Wie viele sind es? Hunderte, sagten Sie, Fellmer?«

Der Telepath bestätigte das und fügte hinzu: »Sie müssen die Öffnung jeden Augenblick erreicht haben.«

»Dann sollten wir die Männer auf der Plattform warnen«, sagte Rhodan. »Geoffry, ans Megaphon! Die Leute sollen sich von der Öffnung zurückziehen. Wir werden den Fremden einen heißen Empfang bereiten.«

Waringer verlor keine Zeit. Er rief: »Achtung! Gefahr aus der Pyramide im Anzug. Zieht euch von der Öffnung zurück und geht hinter den Terkonitstahlschilden in Deckung. Wir werden die Öffnung unter Beschuss nehmen.«

Rhodan hatte sich in Sekundenschnelle überlegt, ob er das Luftschiff abdrehen lassen sollte, sodass es mit der Breitseite zur Pyramide stand und er auch die Heckgeschütze einsetzen konnte. Doch dann entschied er sich dagegen. Abgesehen davon, dass das Manöver zu lange dauern würde – Fellmer Lloyd sagte aus, dass die Fremden jeden Augenblick auftauchen konnten –, würde das Luftschiff ein zu gutes Ziel bilden. Man wusste ja nichts über die Bewaffnung der Fremden.

Rhodan verließ den Kommandostand und begab sich selbst hinter das schwere Maschinengewehr. Er hatte kaum die Öffnung in der Pyramidenwand ins Ziel genommen, da tauchten sie auch schon auf. Rhodan feuerte sofort.

Sie quollen zu Dutzenden gleichzeitig aus der kleinen Öffnung und fielen im dichten Kugelhagel. Links und rechts von Rhodan ratterten die Schnellfeuergewehre. Die Schützen hatten den Auftrag, genau zu zielen, um nicht die eigenen Leute zu verletzen. Beim ersten Ausbruchsversuch der Fremden war es Rhodan nicht möglich gewesen, ihr genaues Aussehen zu erkennen, da sie ein Knäuel dicht gedrängter Körper bildeten.

Jetzt hatten sich ihre Reihen gelichtet, obwohl sie ungeachtet der hohen Verluste weiterhin in Scharen ins Freie strömten, und Rhodan sah, dass es sich um krötenähnliche Wesen handelte. Sie hatten schlanke Körper mit Kugelbäuchen, kurze, muskulöse Beine, die ihnen Sprünge über mehrere Meter erlaubten. Dafür waren ihre Arme so lang, dass sie fast bis zum Boden reichten, und Rhodan beobachtete, dass sie sie bei ihren Sprüngen gelegentlich einsetzten.

Ihre Köpfe waren so platt und diskusförmig wie die von Blues, im Gegensatz zu diesen besaßen sie jedoch keine langen Hälse. Die Köpfe wuchsen ihnen vorne aus den Körpern heraus. Der Nachteil dieser starren Köpfe wurde durch unterarmlange Stielaugen wettgemacht, die ihnen einen Blickwinkel von faktisch 360 Grad verschafften.

Bewaffnet waren sie mit Schusswaffen, die nach einem ähnlichen Prinzip funktionieren mussten wie jene, die Rhodans Leute einsetzten. Das zeigte, dass die Wissenschaftler Recht damit hatten, dass die Pyramidenbesatzung denselben Einschränkungen unterworfen war wie die Terraner. Auch sie konnten keine Energiewaffen einsetzen, obwohl sie – oder ihre Beherrscher – solche besitzen mussten.

Während sie sich mit Todesverachtung ins Freie stürzten und immer weiter auf der Plattform gegen die zurückweichenden Terraner vorrückten, stießen sie Laute aus, die Unkenrufen nicht unähnlich klangen. Die »Unken« ließen sich auch nicht einschüchtern, als plötzlich die Feuerflieger in das Kampfgeschehen eingriffen. Sie kämpften verbissen um die Plattform. Jeden Meter bezahlten sie mit dem Leben mehrerer Krieger.

Plötzlich änderten sie jedoch ihre Taktik. Hatte es gerade noch so ausgesehen, als wollten sie die Plattform um jeden Preis erobern, zogen sie sich nun zu der Öffnung in der Pyramidenwand zurück. Gleichzeitig konzentrierten sie ihr Feuer auf die Ballons des Luftschiffs.

»Der vorderste Gasbehälter ist getroffen!«, kam gleich darauf die Meldung. »Er hat unzählige Lecks, aus denen das Helium ausströmt.«

Wie schnell das Helium ausströmte, bekam die Besatzung des Luftschiffs sofort zu spüren. Plötzlich kippte die Gondel ruckartig nach unten. Das Luftschiff verlor rasch an Höhe.

»Ballast abwerfen!«, schrie Rhodan über das Geknatter der Schüsse hinweg, während ihn die Projektile aus den Waffen der Unken umschwirrten. Hoch über ihren Köpfen gab es einen ungeheuren Knall, als die Plastikhülle des vordersten Heliumballons endgültig platzte. Dadurch bekam die Gondel noch mehr Schlagseite. Rhodan wurde vom Sitz gerissen und gegen die Wand geschleudert.

23.

Auf dem Luftschiff brach das Inferno los. Die Männer stürzten durcheinander, an Kampf war nicht zu denken. Sie waren dem Geschosshagel der Unken fast wehrlos ausgeliefert. Überall schlugen die Projektile ein, Kunstglas und Plastikverstrebungen splitterten, und das sechshundert Meter lange Gestell, in dem die fünf Gasballons aufgehängt waren, ächzte unter der Belastung.

Nur noch der Heckballon hatte normalen Gasdruck. Der Bugballon war geplatzt, seine Fetzen sanken auf die Gondel hinunter. Die drei mittleren Ballons besaßen nur noch halben Gasdruck. Die Gondel sank ständig, obwohl die Wasserschleusen offen standen und Tausende Liter Wasser abflossen. Dennoch sahen die Techniker keinen anderen Ausweg, als auch aus dem Heckballon Helium abzulassen, um das Luftschiff wieder in die Horizontale zu bringen und die Statik des Tragegestells nicht zu gefährden.

Erst als aller Ballast abgelassen war, stabilisierte sich das Luftschiff wieder. Es gewann langsam wieder an Höhe. Die Heizer und Maschinisten schaufelten in ihrer Verzweiflung sogar den Ascheraum des Heizkessels leer, um so zusätzlich Gewicht zu verlieren. Das half, das Luftschiff stieg immer rascher.

Aber die Männer an Bord hatten noch mit anderen Schwierigkeiten zu kämpfen. Plötzlich brach eines der Siederohre, und kochendes Wasser spritzte in den Maschinenraum. Die Schmerzensschreie der Männer vermischten sich mit dem Brodeln und Zischen des Wassers. Im Nu war der Maschinenraum in Dampfschwaden gehüllt. Der heiße Dampf legte sich brennend auf die Atemwege, verbrühte die Haut und nahm die Sicht. Dem Chefingenieur blieb nichts anderes übrig, als die Fenster einzuschlagen, damit der Dampf abziehen konnte. Dadurch wurde die Situation etwas verbessert, aber noch immer strömte kochendes Wasser aus dem lecken Siederohr.

»Der Wasserstand im Kessel sinkt ständig!«, rief einer der Männer. »Der Druckmesser steht nur noch auf dreißig Atmosphären.«

Die Antriebskolben begannen unregelmäßig zu arbeiten, ihr Arbeitsgeräusch war ein beängstigendes Stottern. Die beiden Propeller drehten sich kraftlos, und manchmal schien es, als würden sie aussetzen. Die Fahrt des Luftschiffs wurde immer langsamer. Jetzt befand es sich fast schon wieder auf Höhe des Brückenkopfs, doch es war noch knapp hundert Meter in horizontaler Richtung entfernt.

»Wir haben zu viel Wasser verloren!«, schrie ein Techniker.

»Dann füllt neues in die Kessel!«, schrie der Chefingenieur zurück.

»Und woher nehmen?«, wurde er gefragt. »Wir haben allen Ballast abgeworfen, und der Ballast war unser Wasser.«

»Dann muss es auch so gehen! Feuert die Kessel! Wir brauchen mehr Dampf!«

Plötzlich materialisierte eine schattenhafte Gestalt inmitten der Dampfschwaden: der Allround-Mutant Gucky.

»Zurück mit euch!«, herrschte der Mausbiber die Mechaniker an, die versuchten, an das lecke Siederohr heranzukommen. »Das ist eine Aufgabe für einen Telekineten. Los, gebt mir das Dichtungsmaterial!«

Die Männer gehorchten. Minuten später hatten sich die Dampfschwaden verflüchtigt. Der Ilt hatte es geschafft, das Siederohr abzudichten.

»Wie siehst du denn aus, Gucky!«, rief der Chefingenieur erschüttert, als er Einzelheiten an dem Mausbiber erkennen konnte. »Du hast Verbrennungen ...«

»Kümmert euch nicht um mich. Ich kann mir selbst helfen. Seht lieber zu, dass das Luftschiff wieder Fahrt aufnimmt.«

Mit diesen Worten teleportierte er zum Pyramidendach zurück und ließ sich notdürftig verarzten, um sofort wieder in den Einsatz gehen zu können. Inzwischen ging der Kampf um den Zugang in die Pyramide weiter.

»Wir schaffen es!«, hörte Rhodan jemanden rufen, als sich das Luftschiff auf Höhe der Einsatzplattform befand und in schneller werdender Fahrt darauf zuflog. Die Propeller drehten sich wieder gleichmäßig.

Rhodan schmerzten von dem Aufprall beim plötzlichen Absinken der Gondel sämtliche Glieder. Aber er biss die Zähne zusammen und wollte sich wieder hinter das Maschinengewehr klemmen. Doch das war nicht mehr nötig. Auch die anderen Männer hatten das Feuer eingestellt, um ihre Kameraden auf der Plattform, die zum Sturmlauf auf die Öffnung ansetzten, und die Feuerflieger, die im Sturzflug ihre Feuer- und Explosivlanzen auf die Unken abfeuerten, nicht zu gefährden.

Die Unken mussten sich immer weiter zurückziehen. Einige besonders waghalsige Feuerflieger schossen einfach in vollem Flug durch die Öffnung und mitten in die Reihen der Krötenwesen hinein. Langsam begann sich der Kampf ins Innere der Pyramide zu verlagern. Immer mehr Feuerflieger durchstießen die feindlichen Reihen im Flug und fielen innerhalb der Pyramide den Unken in den Rücken. Als das Luftschiff dann endlich an der Plattform anlegte, war sie von den Unken gesäubert. Nur noch verirrte Projektile und Querschläger surrten durch die Luft.

Die Soldaten auf der Plattform verankerten die Seile, damit das Luftschiff mit der Breitseite anlegen konnte. Die Mannschaft drängte sich an den Ausstiegen, und die Soldaten setzten mit waghalsigen Sprüngen auf die Plattform über, bevor noch die Landestege gelegt worden waren.

»Das war knapp«, sagte der Chefingenieur stöhnend und wischte sich den Schweiß von der Stirn. »Wenn wir die Kessel noch ein paar Minuten bei diesem niedrigen Wasserstand angeheizt hätten, wären sie explodiert.«

Rhodan klopfte ihm wortlos auf die Schulter und sprang dann mit einem Satz auf die Plattform. Dort materialisierte gerade Gucky, dessen Gesicht mit Biomolplastpflaster verklebt war, zusammen mit Takvorian, der noch immer seine Pferdemaske trug.

»Ich habe mir gedacht, dass Diana ihr fliegendes Pferd auch in der Pyramide benötigen würde«, sagte der Mausbiber.

»Du solltest besser deine Verletzungen kurieren«, ermahnte ihn Rhodan.

Die Soldaten der MARCO POLO hatten inzwischen mit Hilfe der Feuerflieger den Zugang zur Pyramide erobert. Damit sahen die Mucierer ihre Aufgabe aber noch nicht beendet. Sie ergriffen, immer zwei Feuerflieger einen Mann, die Verwundeten und flogen mit ihnen zum Lazarett auf dem Pyramidendach hoch. Die schwereren Fälle, bei denen Minuten über Leben und Tod entscheiden konnten, wurden von Gucky ins Lazarett teleportiert.

»Wie geht es Ras Tschubai?«, erkundigte sich Rhodan bei Gucky, als dieser mit zwei ausgeruhten Soldaten auf der Plattform erschien und sofort wieder mit zwei Verwundeten entmaterialisieren wollte.

»Er ist bei Bewusstsein«, lautete die Antwort des erschöpften Mausbibers. »Aber als Teleporter wird er für eine Weile nicht einzusetzen sein. Er kann sich noch nicht einmal auf den Beinen halten, so schwach ist er. Den anderen, die das Giftgas eingeatmet haben, geht es noch schlechter. Aber sie sind alle außer Lebensgefahr.«

Als der Mausbiber entmaterialisierte, kümmerte sich Rhodan um die Entladung des Luftschiffs. Er ließ die beiden Panzerkanonen, die Maschinengewehre, Granatwerfer und Sprengladungen von Bord und zum Stützpunkt am Pyramideneingang bringen. Währenddessen wurden die letzten Verwundeten von den Feuerfliegern in Sicherheit gebracht, und die Mucierer brachten bei ihrer Rückkehr ausgeruhte Ersatzleute mit.

Rhodan war verblüfft, wie schnell die Mucierer ihre Scheu abgelegt hatten und wie selbstverständlich sie an der Seite der vermeintlichen Götter kämpften. Dabei erfuhr er von Fellmer Lloyd, der die Gedanken der Mucierer sondierte, dass ihre Verbündeten nicht nur aus der Felsenburg Moraur stammten. Es war Gucky gelungen, erklärte Lloyd, die Feindschaft zwischen den einzelnen Stämmen zumindest für die Dauer des Kampfes gegen den gemeinsamen Feind beizulegen. Obwohl der Telepath seine eigenen Leistungen mit keinem Wort erwähnte, wusste Rhodan, dass auch er seinen Teil zu dem Friedensabkommen der Mucierer beigetragen hatte.

Rhodan kletterte durch die ausgezackte Öffnung ins Innere der Pyramide. Er fand sich in einem lang gestreckten Korridor wieder, der entlang der Pyramidenwand führte. Der Korridor schien endlos lang zu sein und über die gesamte Breite der Pyramide zu verlaufen. Er verlor sich auf beiden Seiten im Dunkeln und wurde nur von den Fackeln der Terraner erhellt.

Man hatte einige Leuchtraketen in den Korridor geschossen und festgestellt, dass sich keine weiteren Unken mehr in ihm aufhielten. Man nahm an, dass sich die Krötenwesen in leichter zu verteidigende Stützpunkte zurückgezogen hatten.

Nach dem ersten Erkundungsgang wurden Öffnungen entdeckt, die in die Tiefe der Pyramide führten. Einige Feuerflieger, die sich in die zum Mittelpunkt der Pyramide führenden Korridore gewagt hatten, waren in das Sperrfeuer der Unken gelaufen. Gucky brachte die verwundeten Mucierer in drei Etappen auf das Pyramidendach. Danach kam er nicht wieder zurück, weil Rhodan ihm befohlen hatte, erst einmal eine Pause von einer Stunde einzulegen, um sich von den Strapazen zu erholen. So lange wollte Rhodan auch mit dem Angriff auf die tiefer liegenden Stützpunkte der Unken warten.

In einer kurzen Lagebesprechung wurde beschlossen, dass man in drei der Querkorridore einen Vorstoß wagen sollte. Sie waren nur dreißig Meter lang, und an ihrem Ende vermutete man riesige Hohlräume, in denen die Feuerflieger besser agieren konnten als in den nur zehn Meter breiten und doppelt so hohen Gängen. Deren Wände und Böden bestanden durchwegs aus nacktem Gestein, nirgends waren Spuren von Metallen oder gar technischen Geräten zu entdecken. Das kam den Terranern gelegen, denn so konnten sie sich notfalls den Weg frei sprengen.

An den drei Korridoren, in die man vorstoßen wollte, wurden die Panzerkanonen und Maschinengewehre postiert. An jedem der drei Angriffspunkte standen Ertruser in vorderster Front. Ihre Aufgabe war, die Handgranaten mit chemischen Sprengsätzen zu schleudern, denn durch ihre Körperkräfte erreichten sie die dreifache Wurfweite der Terraner.

Die Vorbereitungen gingen schnell voran. Die Mucierer, obwohl sie auf dem Boden nicht so einsatzfreudig wie in der Luft waren, halfen tatkräftig beim Transport der Geschütze und der Ausrüstung mit. Sie, die Feuerflieger, sollten erst in den Angriff gehen, wenn die leichte Artillerie das Terrain gesäubert hatte und die Bodentruppen in die durch die Granaten geschlagene Bresche vorgestoßen waren.

Genau eine Stunde nachdem Rhodan dem Mausbiber eine Rast befohlen hatte, materialisierte dieser zusammen mit dem Pseudo-Neandertaler und Halbmutanten Lord Zwiebus und Merkosh, dem Gläsernen, im Pyramidenstützpunkt. Lord Zwiebus hatte wie immer seine Keule bei sich. Allerdings würde er sie nicht zweckentfremdet einsetzen können, denn die darin eingebauten Energiewaffen funktionierten nicht.

Gucky versicherte, wieder voll einsatzfähig zu sein, und holte in weiteren Teleportersprüngen die restlichen Mutanten in die Pyramide. Nur Ribald Corello, der durch den Ausfall seines Trageroboters behindert war, und Ras Tschubai, der noch an den Nachwirkungen des Giftgases laborierte, blieben zurück.

Nachdem alle Mutanten eingetroffen und in die Angriffspläne eingeweiht worden waren, gab Rhodan das Zeichen zum Losschlagen.

Die beiden Panzerkanonen, die Maschinengewehre und Granatwerfer entsandten ihre Projektile in die drei Korridore. Für Minuten erhellten taghelle Explosionen die Gänge. Durch die Flammen und die Explosionsblitze sahen die Terraner, wie sich der Gesteinsboden auftat, wie ganze Wände in sich zusammensanken und mannsgroße Trümmerstücke durch die Luft geschleudert wurden. Etliche der Granaten explodierten in der Luft, doch auch ihre Druckwellen richteten genug Schaden an.

Nach diesem Beschuss stürmten die Ertruser im Feuerschutz der Terraner vorwärts. Aus der Deckung der Gesteinstrümmer warfen sie ihre Handgranaten dorthin, wo sich noch Unken bewegten. Zehn Minuten später hatten die Terraner die drei Korridore erobert. Doch hier wurde ihr Vormarsch gestoppt. Sie standen vor einem gigantischen Hohlraum.

Rhodan ließ einige Leuchtraketen abfeuern, um seine Abmessungen auszukundschaften. Doch der Schein der Leuchtraketen verlor sich in dem gigantischen Gewölbe, das nach Ansicht aller über die gesamte

Länge und Breite der Pyramide verlief. Die gegenüberliegenden Wände konnten auch in dem grellen, lang anhaltenden Licht der Leuchtraketen mehr erahnt als gesehen werden.

Die Leuchtraketen schlugen erst einen Kilometer unterhalb des terranischen Stützpunkts auf. In die Höhe reichte das Gewölbe weitere fünfhundert Meter. Dort befand sich in der Mitte der Decke, die ebenfalls aus Gestein bestand, eine kreisrunde Öffnung von zweihundert Metern Durchmesser.

»Dort oben lauern die Unken«, berichtete Fellmer Lloyd. Und Gucky fügte hinzu: »Nicht nur dort oben. Ich empfange ihre Hassgedanken von überall aus den Wänden. Sie lauern dort in Öffnungen und wollen uns mit einem Kugelhagel eindecken, sobald wir uns ins Gewölbe wagen. Es gibt an den Wänden überall Stege und Treppen, die mit den Öffnungen in Verbindung stehen. Die Verstecke der Unken sind nur über die Verbindungswege zu erreichen.«

»Wenn wir versuchen, auf diese Weise das Gewölbe zu erobern, dann kann das Tage dauern«, sagte Rhodan. »Wir dürfen uns nicht in Kämpfe Mann gegen Mann verzetteln. Wir wollen den Impulsschalter erreichen und ihn lahm legen. Auf dieses Ziel müssen wir losmarschieren.«

»Dann müssen wir nach oben«, sagte Waringer bestimmt. »Bisher haben sich alle unsere Vermutungen bestätigt, dass sich in den unteren Regionen der Pyramide keine technischen Anlagen befinden. Was wir bei unserem Vormarsch bisher gesehen haben, erinnert mehr an einen primitiven Götzentempel als an ein Raumschiff oder sonst ein Technikum. Wir wissen aber, dass es unterhalb des Pyramidendachs eine Metallzelle gibt. Dort müssen die technischen Anlagen untergebracht sein.«

Das leuchtete allen ein. Rhodan beschloss, alle Kräfte für einen Vorstoß nach oben zu mobilisieren. Dabei spielten die Feuerflieger die wichtigste Rolle. Denn wenn sich die Terraner mit den Unken nicht auf tagelange verlustreiche Kämpfe einlassen wollten, dann mussten sie den Luftweg zu dem obersten Pyramidenstockwerk nehmen.

Rhodan standen schätzungsweise eineinhalbtausend Feuerflieger zur Verfügung. Er selbst hatte ungefähr tausend Mann, die von den Mucierern nach oben geflogen werden sollten. Das war ein gefährliches Unterfangen, weil man sich während des Flugs in der Feuerlinie der ringsum postierten Unken befand. Doch erwies es sich nach einem Test als weit weniger gefährlich, als man ursprünglich angenommen hatte. Hatte man erst den Mittelpunkt des Gewölbes erreicht, befand man sich außerhalb der Schussweite der Unken. Und Zufallstreffer waren auch in einem Sperrfeuer, wie es die Krötenwesen inszenieren konnten, eine

Seltenheit. Außerdem konnten die terranischen Soldaten den Feuerfliegern von drei verschiedenen Punkten Feuerschutz geben, und ihre Schnellfeuergewehre hatten eine viel größere Reichweite als die der Unken. Abgesehen davon konnten sie auch noch die beiden Panzerkanonen, die Maschinengewehre und Granatwerfer einsetzen.

Wirkliche Gefahr drohte nur von den Krötenwesen, die am Rand der zweihundert Meter durchmessenden Öffnung lauerten. Die Mutanten erboten sich, diese Gefahr zu entschärfen. Gucky teleportierte mit jeweils zwei von ihnen zu der fünfhundert Meter hohen Etage empor und materialisierte mit ihnen im Rücken der Unken. Danach war er zwar völlig erschöpft, sodass er selbst nicht mehr aktiv in die Kämpfe eingreifen konnte, doch sollte die Kraft der übrigen Mutanten ausreichen, die Unken zu schlagen.

Als von den Geschützen der drei terranischen Brückenköpfe das Feuer eröffnet wurde und Fellmer Lloyd aus den Gedanken der Feuerflieger heraushörte, dass sie mit den ersten Terranern auf die Reise gingen, griffen die Mutanten an. Irmina Kotschistowa, die Metabio-Gruppiererin, veränderte die Zellstrukturen der Unken derart, dass ihre Gliedmaßen plötzlich unter Muskel- und Sehnenrissen versagten. Die Waffen fielen aus ihren Händen. Sie rannten schreiend davon. Takvorian hemmte ihren Bewegungsablauf, sodass sie in einem um einen Faktor von fünfzig langsameren Zeitfeld praktisch zur Bewegungslosigkeit erstarrten und überhaupt keine Gefahr mehr darstellten. Balton Wyt schleuderte die Unken mit seinen telekinetischen Kräften durcheinander, und Lord Zwiebus bediente sich seiner ihm angeborenen Kampfweise und ließ seine Keule in die Reihen der Gegner sausen.

Fünfhundert Meter tiefer ging das Sperrfeuer der Terraner weiter. In den inneren Pyramidenwänden explodierten Granaten und rissen Löcher in sie. Inzwischen waren die ersten Feuerflieger mit den Terranern auf dem oberen Stockwerk eingetroffen und griffen in die Kämpfe ein. Es dauerte nicht lange, bis die Krötenwesen der Übermacht ihrer Gegner weichen mussten. Die Terraner hatten die oberste Etage der Pyramide erobert.

Im Licht der weit reichenden Fackeln und einiger Leuchtraketen, die man zur besseren Orientierung abgefeuert hatte, erkannten die Terraner, dass sich dieses Gewölbe grundlegend von den anderen unterschied. Es war nur zweihundert Meter hoch. Die Wände, der Boden und die Decke waren wohl ebenfalls aus Stein, aber es gab keine Unterkünfte für die Unken, nicht einmal Verbindungsgänge.

Es führten an den Wänden nur schmale Treppen sowohl in die Tiefe als auch in die Höhe, sodass es für die Terraner klar war, dass über ihnen noch eine Etage liegen musste. Die Krötenwesen waren aber nicht dort hinaufgeflüchtet, sondern hatten sich über die Treppen in die Tiefe zurückgezogen. Die oberste Etage, die nach ungefähren Schätzungen nur vierzig oder fünfzig Meter hoch sein konnte und sich direkt unter dem Pyramidendach befinden musste, war demnach für die Unken tabu – und schon allein deshalb für die Terraner interessant.

»Wir müssen da hoch«, sagte Rhodan und setzte sich an die Spitze seiner Leute. »Nur dort kann die Zentrale mit dem Impulsschalter sein.«

Während Rhodan mit dem Gros der Terraner über die verschiedenen Treppen zu den nur mannsgroßen Öffnungen in der Decke stieg, brachten die Feuerflieger eine Sprengladung an der Decke an. Rhodan wollte, wenn nötig, die darüber vermutete Zentrale sogar vernichten lassen.

Fellmer Lloyd, der hinter Rhodan kam, hatte seine telepathischen Fühler ausgestreckt und meldete das Ergebnis seiner Para-Ortung. »Dort oben gibt es keine einzige Unke noch sonst ein denkendes Lebewesen.«

Dennoch blieb Rhodan vorsichtig. Aber als sie schließlich die oberste Etage betraten, stießen sie auf keinerlei Gegenwehr. Dafür bot sich ihnen ein unerwarteter Anblick. Die Anlage, die sich über die gesamte Pyramidenfläche erstreckte, war mit sechzig Metern etwas höher, als sie angenommen hatten. Die Decke und die Wände bestanden tatsächlich aus Metall, aber auch an ihnen waren keine technischen Anlagen zu entdecken. Der Boden dagegen war steinern.

Dafür entdeckten sie im exakten Mittelpunkt dieser relativ niedrigen, aber weitläufigen Halle eine Energiequelle, die ultrablau strahlte und die gesamte Halle ausleuchtete und ihre Fackeln überflüssig machte. Als sie von allen Seiten näher kamen, stellte sich heraus, dass es sich um eine fünfzig Meter durchmessende Energiekuppel handelte, die frei in der Luft schwebte.

»Wie ist es möglich, dass dieses Energiegebilde innerhalb der Absorberstrahlung aufrechterhalten werden kann?«, staunte Rhodan.

»Die Antwort ist ganz einfach«, sagte Waringer. »Von dieser Energiekuppel geht die Absorberstrahlung aus, die die MARCO POLO lahm legt.«

»Kann dieses Energiegebilde auch gleichzeitig die Schaltzentrale sein?«, fragte Rhodan ungläubig.

»Unmöglich«, antwortete Waringer.

Diese Antwort hatte Rhodan zugleich erhofft und befürchtet. Erhofft, weil es mit ihren primitiven Waffen unmöglich gewesen wäre, das hochenergetische Gebilde zu sprengen; befürchtet, weil sie nun die Suche nach der Schaltzentrale neu beginnen mussten.

Im ungünstigsten Fall mussten sie die Pyramide auf ihrer gesamten Höhe von sechstausend Metern absuchen. Doch daran wollte Rhodan nicht glauben. Die Schaltzentrale musste sich in der obersten Etage befinden, denn dies war der einzige Ort innerhalb der Pyramide, der einigermaßen abgesichert war.

Sie begannen das gesamte Stockwerk abzusuchen. Die Terraner schwärmten aus und nahmen jeden Quadratmeter des Bodens und der metallenen Wände in Augenschein. Waringer besah sich inzwischen zusammen mit seinen Wissenschaftlern die Energiekuppel von allen Seiten. Der Hyperphysiker hoffte, wenigstens eine Spur zu finden, die zur Schaltzentrale führte. Ein Umformer oder ein Verteiler, über den die Energien liefen, hätte sie schon weiterbringen können. Einige der Wissenschaftler ließen sich von den Mucierern sogar zur Decke hinauffliegen, um diese genauer unter die Lupe zu nehmen. Aber auch diese Bemühungen blieben ohne Erfolg.

Die Wissenschaftler hatten sich bisher von der Kuppel auf Distanz gehalten. Obwohl sie fünf Meter über ihren Köpfen schwebte, war es ihnen nicht möglich gewesen, unter ihr durchzugehen. Genauer gesagt, keiner von ihnen hatte es überhaupt versucht. Waringer war der Erste, dem das auffiel. Er wollte der Sache auf den Grund gehen. Doch als er dem Energiegebilde zu nahe kam, drehte er wieder um. Es war, als zwinge ihn etwas gegen seinen Willen, kehrtzumachen.

Waringer wurde stutzig. Er rief Balton Wyt zu sich und bat den Mutanten, ihn mittels seiner telekinetischen Kräfte unter die Kuppel zu transportieren. Wyt verstand den Wunsch des Hyperphysikers zwar nicht, aber er kam ihm nach. Als er Waringer fünf Meter weit telekinetisch befördert hatte, schrie dieser plötzlich vor Schmerz auf. Balton Wyt holte den Hyperphysiker sofort zurück.

»Ich habe die Schaltzentrale gefunden!«, rief Waringer triumphierend und hielt sich die geschwollene Nase.

Rhodan war sofort heran. »Wo soll die Schaltzentrale sein?«, erkundigte er sich und blickte sich suchend um. Nichts war zu sehen.

Waringer hielt sich mit einer Hand immer noch die Nase, während er mit der anderen nach vorne deutete. »Sie ist direkt unter der Energiekuppel«, erklärte er. »Wir hätten sie nie gefunden, weil von ihr eine hypnosuggestive Strahlung ausgeht, die alle Eindringlinge zurückdirigiert. Und außerdem ist sie von einem Deflektorfeld umgeben, das sie unsichtbar macht. Ich bin von Wyt im wahrsten Sinne des Wortes mit der Nase darauf gestoßen worden.«

»Na, dann wollen wir einmal versuchen, ob wir die Schaltzentrale nicht sichtbar machen können.« Rhodan ließ die Ertruser in Wurfweite aufmarschieren und die anderen Männer in Deckung gehen. Als sich die Terraner und Mucierer in Sicherheit gebracht hatten, warfen die Ertruser ihre Handgranaten.

Ein Dutzend Explosionen erschütterten die Halle. Kaum waren sie verklungen, da materialisierte unter der Energiekuppel ein Gebilde. Es war quadratisch, mit einer Seitenlänge von zwanzig Metern und vier Meter hoch. Die Wände waren glatt und fugenlos, die Ecken abgerundet. Nur an einer Stelle war die Hülle von der Wucht von zwölf Handgranaten zerfetzt worden. Eine hässliche Öffnung zeigte sich darin. Die Terraner stimmten ein Siegesgeschrei an, doch es blieb ihnen in den Kehlen stecken, als in der Öffnung plötzlich fremdartige Roboter auftauchten. Es waren zehn, und sie eröffneten aus Energiewaffen das Feuer auf die Eindringlinge.

Rhodan ahnte sofort, dass die Roboter das letzte Hindernis zur Schaltzentrale und somit zu dem ominösen Impulsschalter darstellten.

Er konnte nur erkennen, dass sie zweieinhalb Meter groß und von annähernd menschlicher Gestalt waren, lange Teleskopbeine besaßen, mit denen sie noch größere Sprünge als die Unken machen konnten, und vier Waffenarme hatten. Dann spuckten die Waffenarme tödliche Energien. Einige Terraner und Mucierer wurden von den Energielohen erfasst, bevor sie das Feuer erwidern konnten. Dennoch flüchteten die Übrigen nicht kopflos, sondern versuchten den Robotern kein leichtes Ziel zu bieten.

Die Mutanten probierten sofort, die Roboter mit ihren parapsychischen Fähigkeiten zu zerstören. Doch ihre Paragaben versagten. Die Roboter hatten Schutzschirme, die keine parapsychischen Energieströme durchließen.

Aber auch die Schusswaffen der Soldaten und die Feuerlanzen der Mucierer konnten den Robotern nichts anhaben. Ihre Schutzschirme wehrten jedes Projektil ab. Nichts konnte sie durchdringen, dagegen strömten die tödlichen Energien ihrer Strahler ungehindert nach draußen.

»Rückzug!«, befahl Rhodan den Soldaten. Er hoffte, dass Lloyd oder Gucky den Befehl telepathisch an Rantho weitergaben, damit ihn auch die Mucierer erfuhren.

Rhodan bereute es jetzt, keine Energiewaffen mitgenommen zu haben, denn hier würden sie funktionieren! Aber wer hätte schon damit rechnen können, dass es in der Pyramide eine so große Zone gab, auf die die Absorberstrahlung keinen Einfluss hatte? Und alles Jammern half jetzt ohnehin nicht mehr. Er musste nach einer Möglichkeit suchen, die Roboter auszuschalten. Mit den ihnen zur Verfügung stehenden Mitteln war das nicht möglich, aber vielleicht konnten sie die Mordmaschinen überlisten. Wenn es ihnen gelang, sie in die »taube« Zone hinunterzulocken, dann würde ihr Energiesystem unter der Absorberstrahlung ausfallen. Aber das war leichter gesagt als getan. Wenn überhaupt, dann würden die Roboter diese Etage erst verlassen, wenn sie sie von allen Feinden gesäubert hatten. Rhodan wollte aber noch schwerere Verluste verhindern.

Plötzlich hatte er eine Idee. Er sah Takvorian mit Orana auf seinem Rücken davonpreschen. Orana trug immer noch das Kostüm der Diana, ebenso wie er seine altgriechische Tracht trug.

Rhodan gab dem Pferdemutanten durch Handzeichen zu verstehen, dass er zu ihm kommen solle. Takvorian zögerte nur kurz, dann eilte er auf Rhodan zu, der auf seinen Rücken sprang.

»Takvorian!«, schrie Rhodan dem Pferdemutanten über den Kampflärm zu. »Reiten Sie zu der Stelle, unter der die Sprengladung angebracht ist.«

Der Movator gehorchte wortlos.

»Was hast du vor, Perry?«, fragte Orana.

»Ich möchte die Roboter in eine Falle locken«, antwortete Rhodan. »Und du sollst der Köder sein. Feuere deine Raketenpfeile auf die Roboter ab, um ihre Aufmerksamkeit auf dich zu lenken. Wenn ich mit meinen Vermutungen Recht habe, werden sie dir folgen.«

Orana schoss ihre Raketenpfeile ab.

»Du meinst, sie werden ihre Aufmerksamkeit mir zuwenden, weil ich als Diana verkleidet bin?«, fragte sie. Plötzlich rief sie: »Die Roboter! Sie haben das Feuer eingestellt und wenden sich uns zu!«

»Dann hatte ich Recht!«, triumphierte Rhodan. »Sie halten dich für Zeus' Gefährtin und glauben, ihm am meisten schaden zu können, wenn sie deiner habhaft werden. Es scheint so, als wollten sie dich lebend haben, Orana.«

Seine Frau schüttelte sich, während sie den nächsten Raketenpfeil von der Sehne schnellen ließ. Das Geschoss explodierte wirkungslos im Ziel.

»Wir sind jetzt genau über der Sprengladung«, rief Takvorian nach hinten, indem er seine Pferdekopfmaske halb herumdrehte.

»Laufen Sie weiter«, trug Rhodan ihm auf. Er zählte im Geiste mit.

... vier – drei – zwei – eins – jetzt!

An der Stelle, wo sich die zehn Roboter befanden, wölbte sich der Boden, eine mächtige Stichflamme schoss aus den Rissen in dem Gestein. Die Roboter wurden mitsamt den Trümmern einige Meter in die Luft gerissen.

Aus dem Boden löste sich eine große Platte. Der kreisförmige Explosionsherd hob sie nur leicht an, dann stürzte sie in die Tiefe. Durch dieses Loch fielen auch die Roboter in die darunter liegenden »tauben« Zonen, in denen ihre Energiesysteme sofort zusammenbrachen. Gelähmt fielen sie dem Boden entgegen.

Damit war auch die letzte Gefahr ausgeschaltet. Der Weg in die Schaltzentrale war frei. Dennoch wollte Rhodan keine unnötige Zeit verlieren. Es konnte sein, dass nach dem Ausfall der Wachroboter die Unken den Befehl erhielten, die Schaltstation der Pyramide zu verteidigen. Deshalb wollte Rhodan mit dem Umlegen des Impulsschalters nicht warten, bis seine Leute und die Feuerflieger die Pyramide verlassen hatten.

Zuerst setzte er sich mit Gucky in Verbindung. Intensiv dachte er: *Spring an Bord der MARCO POLO. Ich weiß, dass die Mannschaft in ständiger Alarmbereitschaft steht. Aber teleportiere dennoch in die Kommandozentrale und achte darauf, dass alles für einen Notstart parat ist, auch wenn das Energiesystem im Augenblick noch tot ist. Sicher ist sicher.*

Gucky teleportierte mit letzter Kraft in die Kommandozentrale der MARCO POLO. Rhodan erließ inzwischen eine Parole an seine Leute und über Fellmer Lloyd an die Feuerflieger: Beim Aufleuchten einer roten Alarmrakete musste jeder Einzelne versuchen, keinen körperlichen Kontakt mehr zur Pyramide zu haben. Für die Mucierer war das leicht, sie brauchten nur davonzufliegen. Aber auch die Terraner hatten für einen Fall wie diesen vorgesorgt. Jeder von ihnen trug auf dem Rücken einen zusammengefalteten Fallschirm, den er durch einfachen Seilzug öffnen konnte. Selbst Takvorian hatte ja einen solchen Fallschirm am Sattel.

Rhodan hielt die Pistole mit der Leuchtrakete schussbereit, als er die Schaltzentrale betrat. Er entdeckte den Impulsschalter sofort – er war nicht zu übersehen. Er hatte die Form eines monströsen Armes und leuchtete in einem beständigen Rot. Rhodan riss den Schalter nach unten und drückte ihn bis zum Boden durch. Dann rannte er ins Freie und schoss über der durch die Explosion verursachten Bodenöffnung die Alarmrakete ab. Während diese ihr zuckendes rotes Licht verbreitete, sprangen die Terraner reihenweise durch die Öffnung in die Tiefe. Die Feuerflieger folgten mit ausgebreiteten Flügeln.

Bevor Rhodan noch das Loch im Boden erreichen konnte, wurde er von vier kräftigen Armen gepackt und angehoben. Rhodan blickte in ein Fledermausgesicht zu seiner Rechten.

»Rantho?«, fragte er, einer plötzlichen Eingebung folgend.

»Rantho!«, bestätigte der Feuerflieger zu seiner Linken.

Plötzlich erlosch das Leuchten der Energiekuppel über ihnen. Und als Rhodan emporblickte, sah er über sich einen mächtigen Kugelkörper vor dem nächtlichen Himmel: die MARCO POLO!

Für einen Moment befürchtete Rhodan, das zweieinhalb Kilometer durchmessende Ultraschlachtschiff der Trägerklasse würde in die Tiefe stürzen und sie alle unter sich zermalmen. Denn die Pyramide hatte sich durch das Umlegen des Impulsschalters in nichts aufgelöst, und damit war der MARCO POLO buchstäblich der Boden unter den Landestützen weggerissen worden.

Doch Rhodans Befürchtungen waren grundlos. Er sah, dass einige der Korpuskulartriebwerke im Ringwulst zündeten. Das Schiff geriet in Seitenlage. Aber als der Ringwulst in einem Winkel von dreißig Grad zur Oberfläche stand, zündeten alle Triebwerke gleichzeitig, und die MARCO POLO schoss schräg in den von den Gaswolken des Mahlstroms verhangenen Weltraum hinauf.

Die Feuerflieger ließen Rhodan los, er zog am Seil seines Fallschirms. Zusammen mit fast tausend anderen Terranern schwebte er in die Tiefe, von Schwärmen von Feuerfliegern begleitet. Unwillkürlich fragte sich Rhodan, was wohl gewesen wäre, wenn alles, was sich innerhalb der Pyramide befunden hatte, mit dieser verschwunden wäre. Aber er konnte diesen Gedanken nicht weiterführen. Plötzlich tauchte zwischen den Felsenburgen die mächtige Gestalt von Zeus auf. Seine Anwesenheit zeigte, dass der Bannkreis nicht mehr bestand. Aber noch mehr Freude als über seinen Anblick empfand Rhodan, als plötzlich über ihm eine Staffel von Gleitern dahinbrauste.

Das mussten Aufklärer von BOX-7149 sein!

Rhodan sah ihnen nach, verlor sie dann aber in der Dunkelheit aus den Augen. Als er den Blick wieder senkte, sah er auf einmal eine riesige Hand auf sich zukommen. Ehe er begriff, was mit ihm geschah, setzte er auf der Hand auf.

Vor ihm tauchte das Gesicht von Zeus auf.

»Du bist also Perry Rhodan«, sagte der Göttervater. Er grinste. »Du scheinst mir fürwahr ein großer kleiner Mann!«

Zeus lachte grollend. Er schob Rhodan von seiner Handfläche, sodass er mit seinem Fallschirmen wieder der fünftausend Meter unter ihm liegenden Planetenoberfläche zuschwebte. Dann kehrte er ihm den Rücken zu und verschwand bald darauf zwischen den Felsenburgen am Horizont.

Als Rhodan auf dem Boden aufkam, setzte in einer Entfernung von einem Kilometer gerade die MARCO POLO auf. Die anderen Fallschirmspringer hatten längst die Oberfläche erreicht und sich ihrer Schirme entledigt.

Rhodan blickte zu den Feuerfliegern empor. Der erste Schritt zur Beilegung der Kämpfe unter den verschiedenen Stämmen war durch die gemeinsame Bewältigung einer Gefahr getan. Rhodan zweifelte nicht daran, dass es den Wissenschaftlern der MARCO POLO gelingen würde, die Beziehungen zu den Feuerfliegern zu intensivieren.

Etwas anderes bereitete ihm viel größeres Kopfzerbrechen. Das waren die feindlich gesinnten Beherrscher dieser Raumzone, mit denen sich Zeus seit langem im Kriegszustand befand. In diese Auseinandersetzung waren nun auch die Terraner hineingezogen worden. Der Zwischenfall mit der Pyramide war nur der Anfang gewesen, das ahnte Rhodan.

24.
Roi Danton

»Ich muss hier bleiben, um die Dinge in Ordnung zu bringen.«

Das war Perrys Argument dafür, dass er nicht selbst die Leitung der ersten groß angelegten Expedition in den Mahlstrom übernahm, sondern mich damit beauftragte. Ebenso gut hätte er sagen können, dass er nach seiner Rückkehr von Goshmo's Castle auf Terra unentbehrlich sei, weil er der Menschheit in ihrer schwersten Zeit Rückhalt geben müsse. Aber er war nie ein Mann großer Worte gewesen, jegliches Pathos war ihm ein Gräuel. Deshalb sprach er auch nicht aus, dass er auf Terra zurückblieb, um für annähernd 20 Milliarden Menschen Seelenmasseur zu spielen.

Denn die Weltuntergangsstimmung blieb, und sie verstärkte sich unter der Bevölkerung, je mehr die Bedrohung durch apokalyptische Gefahren in den Hintergrund trat. Die Terraner hatten wieder Zeit, über ihre Lage nachzudenken, und sie kamen immer mehr zu der Ansicht, dass sie hoffnungslos war. Erste Anzeichen einer beginnenden Massenhysterie machten sich bemerkbar, und es konnte noch immer zum Ausbruch der befürchteten globalen Panik kommen. Um eine solche Entwicklung zu verhindern, blieb Perry mit den anderen führenden Persönlichkeiten auf Terra zurück. Ich beneidete sie nicht um diese Aufgabe, sie war schwieriger als die Lösung aller vorangegangenen

Probleme. Denn auf die drängenden und existenzbestimmenden Fragen aus der Bevölkerung konnte niemand von uns Antwort geben.

Nach dem Abenteuer mit Zeus und den Feuerfliegern konnte Perry den Terranern gegenüber wenigstens mit ruhigem Gewissen behaupten, dass aus der näheren Umgebung des Mahlstroms keine unmittelbare Gefahr drohe. Die auf dem nur zehn Lichtstunden entfernten Planeten Goshmo's Castle gestrandete BOX-7149 war vor drei Tagen von einem Flottentender geborgen worden. Und die Besatzung bestätigte nach ihrer Rückkehr zur Erde in unzähligen Medienauftritten und Gesprächen mit Freunden, Verwandten und Neugierigen, dass man in dem Rieseninsekt, das vornehmlich in der Maske des Göttervaters Zeus auftrat, einen wertvollen Verbündeten gefunden habe. Dass Zeus jedoch eine feindliche Macht erwähnt hatte, mit der die MARCO POLO auf Goshmo's Castle bereits konfrontiert worden war, wurde in der Öffentlichkeit nicht erwähnt.

Doch wir selbst machten uns nichts vor. Diese unbekannte Macht konnte jederzeit wieder zum Schlag gegen die Erde ausholen. Dabei spielte es keine Rolle, ob es sich bei den »Unken« vielleicht nur um ein Hilfsvolk der wahren Beherrscher dieser Sternenzone handelte, wie verschiedene Wissenschaftler vermuteten.

Das war mit ein Grund, warum wir zu einer Expedition rüsteten. Ich bekam das Kommando über sieben jeweils eintausendfünfhundert Einheiten zählende Verbände der Solaren Flotte, um die ferneren Sternenregionen zu erkunden. Was niemand deutlich auszusprechen wagte, worauf wir aber alle hofften, war, dass uns diese Expedition zu einer Positionsbestimmung der Erde verhalf. Mit anderen Worten: In jedem von uns war die winzige Hoffnung, dass wir unter den unzähligen Sterneninseln des Universums auch die Milchstraße finden würden.

Meiner Meinung nach war es nicht der richtige Zeitpunkt für Paraden und aufwendige Demonstrationen, doch die Psychologen dachten anders. Sie behaupteten, dass es die leidgeprüften Terraner auf andere Gedanken bringen würde, wenn man den Start der Expeditionsflotte als feierlichen Staatsakt beging.

So kam es, dass jeder unserer Schritte – und die Abstrahlung durch den Kurzstreckentransmitter von Imperium-Alpha zum Raumhafen von Terrania City – von den hungrigen Augen der Öffentlichkeit beäugt wurde. Außer Perry und mir gehörten der feierlichen Prozession noch die Mutanten Irmina Kotschistowa, Ras Tschubai, Fellmer Lloyd und Gucky an; sie sollten mich auf die Reise ins Ungewisse begleiten. Gucky war es auch, der durch seine Späße für eine Auflockerung des Protokolls sorgte. Hinter uns folgte ein Schwanz von Politikern und Militärs in Paradeuniformen, die die Feierlichkeit dieses Augenblicks unterstreichen sollten.

»Diese Popanze machen Gesichter wie bei einer Beerdigung«, sagte Gucky auf dem Weg zu dem Beiboot, das uns zu der im Raum wartenden MARCO POLO bringen sollte, und sprach mir damit aus der Seele.

Wir hätten auch per Transmitter an Bord der MARCO POLO gehen oder einfach teleportieren können. Aber der Marsch durch das Spalier von Raumlandetruppen, eine kurze Ansprache Perrys und unser Start mit dem Beiboot, das alles gehörte zu der von den Psychologen inszenierten Show.

»Du wirst darauf achten, dass die Expedition zu keiner Beerdigung wird, Mike«, sagte Perry zu mir.

»Ich werde jedes Risiko vermeiden«, versprach ich, obgleich ich mich fragte, was ich schon viel riskieren konnte, wenn ich mit 10.500 Raumschiffen unterwegs war.

Als könne er meine Gedanken erraten, sagte er: »Nimm es nicht zu leicht, Mike. Zehntausend Raumschiffe sind leichter zu verlieren, als man denkt. Du kennst den Bericht über den Zwischenfall auf Goshmo's Castle. Er beweist, dass wir es mit einem mächtigen Gegner zu tun haben. Zeus hat in keiner Weise übertrieben.«

»Du vertraust wohl sehr auf Zeus«, sagte ich in einem Ton, aus dem er heraushören konnte, was ich von dem Rieseninsekt hielt.

»Er ist der einzige Lichtblick in diesem Mahlstrom. Und du musst seine Warnung vor der zweiten Macht, den wahren Beherrschern dieser Sternenzone, ernst nehmen. Wir wissen noch nicht genau, ob es sich um die Unken und ihre Pyramiden handelt. Falls es zu einer Konfrontation mit den Fremden kommt, lass dich auf kein Kräftemessen ein.«

»So spricht der besorgte Vater zu seinem leichtsinnigen Sohn«, sagte ich salbungsvoll. Perry rang sich ein Lächeln ab und klopfte mir auf die Schulter.

Wir gaben uns beim Abschreiten der Parade sehr locker. Endlich hatten wir den anstrengenden Marsch durch das Spalier hinter uns gebracht. Nun kam nur noch Perrys Rede, bei der er sich wieder einmal nicht an den von den Psychologen ausgearbeiteten Text hielt.

Dann kam die Verabschiedung, bei der wir uns ebenfalls nicht ans Protokoll hielten. Ich konnte mir gut ausmalen, wie sich die Psychologen die Haare rauften.

In diesem Augenblick kam es zu einem Zwischenfall, der allerdings nicht von uns provoziert worden war. Perry schüttelte mir gerade zum

Abschied die Hand, als Gucky, der rechts von mir stand, sagte: »Gefahr im Anzug. 32 unbekannte Flugobjekte nähern sich aus dem Mahlstrom der Erde.« Als er Perrys fragendem Blick begegnete, fügte er hinzu: »Ich weiß das aus den Gedanken deines Adjutanten, Perry. Er wollte mit dieser Meldung in die Feierlichkeiten hineinplatzen, aber die Sicherheitsoffiziere lassen das nicht zu. Diese Hohlköpfe.«

»Sie haben Recht«, unterbrach Perry ihn. »Wenn sich die Schiffe in feindlicher Absicht der Erde nähern, wäre es unklug, die Öffentlichkeit mit dieser Nachricht zu beunruhigen. Allerdings glaube ich eher, dass Zeus dahinter steckt.«

»Sollen wir Sie an Bord der MARCO POLO teleportieren?«, bot Ras Tschubai an.

Rhodan winkte ab. »Ich will kein Aufsehen. Ich werde nach Imperium-Alpha zurückkehren und dort die Ereignisse beobachten. Und ihr werdet mit dem Beiboot starten, so, wie es vorgesehen war. Wir bleiben über Funk in Verbindung.«

Äußerlich ruhig, aber im Innersten aufgewühlt, begaben wir uns schleunigst an Bord des Beiboots. Eine Minute später starteten wir.

Das Beiboot war eine Space-Jet der 30-Meter-Klasse mit der Bezeichnung MC-SJ 34, woraus schon ersichtlich war, dass sie zur MARCO POLO gehörte. Besatzung: zwei Mann.

Als Pilot fungierte Sergeant Ponell Eitringer. Ein dunkelhaariger, untersetzter Raumfahrer, der von einer geradezu stoischen Ruhe war. Der Mann an der Ortung und an den Funkgeräten hieß Mikel Onnang. Er war mittelgroß und hager, hatte strohblondes Haar und war auch vom Temperament her genau das Gegenteil von Eitringer. Ich kannte die beiden Männer von früheren Einsätzen her und wusste, dass ich mich auf sie verlassen konnte.

Kaum waren wir in der Kommandozentrale unter der Panzerplastkuppel, da informierte ich die beiden in Stichworten. Sie wussten, was sie zu tun hatten. Eitringer beschleunigte die Space-Jet mit Höchstwerten, noch bevor wir über der Sicherheitszone von Port Terrania waren. Onnang schaltete sich mit seinem Gerät in die in Frage kommende Hyperkomfrequenz der Solaren Flotte ein.

Aber vorerst erfuhren wir nicht viel mehr, als wir ohnehin schon wussten. Man wusste nur aus der Meldung einer Staffel von acht Wachkreuzern der 100-Meter-Klasse, dass 32 unbekannte Flugkörper im Anflug auf die Erde waren. Ihre Entfernung zu Terra betrug im Augenblick etwas weniger als eine Lichtstunde. Die Verhältnisse im Mahlstrom erlaubten eine optische Erfassung der Raumflugkörper noch nicht. Auch die Klartextmeldungen der acht Wachkreuzer kamen wegen eines in diesem Gebiet tobenden Hypersturms nur verstümmelt durch.

»Die Form der Raumschiffe ... entspricht der eines Zylinders ... am Heck ... ein Kugelkörper ... wahrscheinlich Maschinenraum ... und Antriebsdüsen.«

Das war die äußerst lückenhafte Beschreibung der fremden Flugkörper, die wir von der Wachflotte erhielten. Etwas später meldeten die Wachkreuzer, dass sie auf ihre Anrufe über Funk keine Antwort erhalten hatten und nun beabsichtigten, die Fremden notfalls durch Warnschüsse zu stoppen.

»Keine Feindseligkeiten!«, schaltete sich Perry aus Imperium-Alpha ein. »Die Wahrscheinlichkeit, dass es sich um Kuriere von Zeus handelt, ist nach wie vor sehr groß.«

»Irrtum!«, platzte Fellmer Lloyd heraus. »Die Schiffe haben nichts mit Zeus zu tun. Das heißt, er hat sie ganz bestimmt nicht geschickt.«

Ich starrte ihn verblüfft an. »Wieso wissen Sie das, Fellmer?«

Die Antwort kam von Gucky, der sich bereits zum Mikrofon des Hyperkoms begeben hatte. »Hier MC-SJ 34! Ich rufe Imperium-Alpha. Zeus hat sich soeben mit uns telepathisch in Verbindung gesetzt.«

»Ist er an Bord der Flugobjekte?«, erkundigte sich Rhodan.

»In diesem Falle wäre er ein Gefangener seiner Feinde«, antwortete Gucky pointiert. »Aber Zeus erfreut sich nach wie vor seiner Freiheit. Er befindet sich auf Goshmo's Castle. Er hat uns telepathisch vor den 32 Flugkörpern gewarnt.«

»Wie lautete seine Meldung genau?«, wollte Perry wissen; Bestürzung klang aus seiner Stimme.

»Er sagte wortwörtlich«, sprach Gucky ins Mikrofon. *»Ich habe die Terraner schon einmal vor einer in diesem Raumsektor präsenten Macht gewarnt. Der Zwischenfall mit der Pyramide sollte den Terranern gezeigt haben, dass diese Macht keineswegs eine friedliche Gesinnung hat. Mehr, als nochmals deutlich darauf hinzuweisen, kann ich im Augenblick nicht tun. Ihr müsst nun selbst sehen, wie ihr mit den auf euch zukommenden Problemen fertig werdet.* – Das waren die Gedanken, die Fellmer und ich von Zeus empfingen.« Fellmer Lloyd nickte dazu bekräftigend.

»Das passt genau in das Bild, das ich mir von Zeus gemacht habe«, sagte ich so laut, dass es vom Mikrofon aufgenommen wurde. »Er denkt nicht daran, uns in der Stunde der Entscheidung zu unterstützen.«

»Weil er weiß, dass wir uns selbst helfen können«, antwortete mir Perry über Funk. Dann wandte er sich an das Raumkommando der Solaren Flotte. »Alarm an alle Wacheinheiten. Die Schiffe im betroffenen Raumsektor sollen sich formieren, aber auf Warteposition bleiben. Die acht Kontaktschiffe der Wachflotte sollen auf Distanz zu den Fremden bleiben. Erst wenn die 32 Flugkörper das Einsatzgebiet der Wachkreuzer in Richtung Erde zu verlassen drohen, sollen, den Gegebenheiten angepasst, Maßnahmen ergriffen werden.«

Das war ein äußerst dehnbarer Begriff, aber Perry wählte ihn absichtlich, um den Kommandanten der Wachkreuzer genügend Handlungsfreiheit zu lassen. Sie mussten selbst entscheiden können, welche Maßnahmen zu ergreifen waren.

»Imperium-Alpha an MC-SJ 34«, kam gleich darauf wieder Perrys Stimme aus dem Lautsprecher. »Ich rufe Roi Danton! Hörst du, Mike? Ich möchte, dass der Expeditionsflug vorerst auf unbestimmte Zeit verschoben wird.«

»Wegen dieser lächerlichen 32 Raumschiffe?«

»Wir wissen nicht, was außerhalb unseres Ortungsbereichs noch alles im Mahlstrom auf uns wartet«, erwiderte Perry. »Die 32 Schiffe könnten eine Vorhut sein. Warten wir erst einmal ab.«

»In Ordnung«, stimmte ich zu. »Verlang aber nicht von mir, dass ich zur Erde zurückkehre. Die MARCO POLO ist uns näher.«

Das stimmte nicht ganz, aber immerhin hatten wir die Lufthülle der Erde bereits durchstoßen. Zehn Minuten später wurden wir in die MARCO POLO geschleust. Gerade als die Traktorstrahlen unser diskusförmiges Beiboot im Hangar absetzten, kam eine alarmierende Meldung von den acht Wachkreuzern.

»Die Fremden ... uns bis an die Grenze unseres Einsatzgebietes zurückgedrängt. Wir haben zur Warnung eine Breitseite aus den Thermogeschützen abgefeuert ... Die 32 Schiffe fliegen unbeirrt weiter. Sie eröffnen das Feuer auf uns!«

»Teleportiere mit mir in die Kommandozentrale«, bat ich Gucky. Einen Atemzug später gab der Mausbiber meine Hand frei – das geschah bereits in der riesigen Kommandozentrale der MARCO POLO.

Niemand schenkte uns besondere Aufmerksamkeit. Jeder ging seiner Tätigkeit nach, es herrschte fieberhafte Betriebsamkeit. Als ich neben dem Kommandanten Oberst Elas Korom-Khan am hufeisenförmigen Hauptpult erschien, sagte er statt einer Begrüßung: »Der Kommandant der Wachkreuzer tut das einzig Richtige. Die Fremden sollen sehen, dass man nicht einfach bis zur Erde durchmarschieren kann.«

Auf der Frequenz, auf der der Funkverkehr mit den Wachkreuzern sich abspielte, war nur das Krachen statischer Störungen zu hören. »Wir haben endlich Bildempfang von der äußeren Randzone«, meldete der Ortungschef, Major Ataro Kusumi, über Interkom. Noch während er sprach, wechselte die Szene auf dem Panoramaschirm. Wo gerade noch das mächtige Rund der Erde zu sehen gewesen war, rollte nun ein infernalisches Schauspiel ab.

Nach der Perspektive zu schließen, aus der wir die Ereignisse zu sehen bekamen, wurden die Aufnahmen von einer Beobachtungssonde gemacht, oder sie stammten von einem Erkundungsschiff. Die 32 fremden Raumschiffe schwebten wie bewegungslos im Raum. Ich registrierte sie nur unterbewusst, denn meine ganze Aufmerksamkeit galt den acht Wachkreuzern oder dem, was von ihnen zu sehen war.

Und das war nicht viel. Wo sie im Raum stehen sollten, befanden sich acht glühende Objekte. Miniatursonnen, die von dem Energiebeschuss der 32 Fremden angeheizt wurden. Die Fremden hielten die Wachkreuzer unter Dauerbeschuss und gaben ihnen keine Gelegenheit zur Gegenwehr. Ihre HÜ-Schirme begannen immer intensiver zu glühen, blähten sich auf.

»Das ist der kritische Moment«, hörte ich jemanden sagen.

Ich hielt den Atem an. Als der Schutzschirm des ersten Wachkreuzers zu flackern begann, wusste ich, dass wir die acht Schiffe verlieren würden. Es dauerte danach nur noch Sekundenbruchteile, bis der Schutzschirm instabil wurde. Strukturrisse breiteten sich rasend schnell aus, sodass die mörderischen Energien zur Schiffshülle durchdringen konnten.

Der erste Wachkreuzer explodierte. Die anderen sieben folgten in kurzen Abständen. Die 32 Fremdschiffe stellten das Feuer ein und stießen wenig später frontal durch den Raumsektor, in dem die Überreste der acht Wachkreuzer trieben, mit Kurs auf die Erde.

»Auswertung!«, verlangte Oberst Elas Korom-Khan von der Ortung. Seine ruhige, gelassene Stimme klang in der Stille der Kommandozentrale gespenstisch.

»Ich kann nicht glauben, dass wir es mit einem so übermächtigen Gegner zu tun haben«, meinte Gucky.

»Dieses Gefecht hat noch nichts zu sagen«, erwiderte Elas Korom-Khan, während er auf die Daten der Ortungszentrale wartete. »Die Leichten Kreuzer der Städteklasse sind kein richtiger Maßstab. Wir werden gleich erfahren, was der Gegner wirklich kann.«

Die Daten über die fremden Raumschiffe kamen in rascher Folge herein; sie wurden von der Ortungszentrale akustisch und optisch geliefert, sodass wir ein ziemlich lückenloses Bild erhielten.

Die äußere Form der Raumschiffe entsprach der Beschreibung, die wir anfangs von den Wachraumschiffen erhalten hatten. Der eigentliche

Schiffsrumpf war zylinderförmig mit einem abgerundeten Bug. Das Heck wurde von einem Kugelkörper gebildet, der einen viel größeren Durchmesser als der Schiffszylinder besaß und weit über diesen hinausragte. Am hinteren Ende war der Kugelkörper flach, so als hätte man ein Fünftel der Kugel abgeschnitten. Dort, aus dieser runden Schnittfläche, ragten die Antriebsdüsen heraus.

Die Ortungsspezialisten entdeckten noch einige Feinheiten an der Geometrie der fremden Schiffe. So entsprach die Länge zur Breite des Schiffszylinders einem Verhältnis von 1 : 8, was bedeutete, dass bei einer Länge von 800 Metern – und einige der fremden Schiffe erreichten diese Ausmaße – der Durchmesser 100 Meter betrug. Die Heckkugel wiederum stand zum Zylinderdurchmesser in einem Verhältnis von 1 : 3. So hatte bei einem Zylinderdurchmesser von 100 Metern die Heckkugel einen Durchmesser von 300 Metern. Zwei der Fremdschiffe erreichten in ihrer Gesamtlänge 1650 Meter.

Warum die Wachkreuzer auf verlorenem Posten gestanden hatten, wurde spätestens dann deutlich, als man die Auswertung über die Offensivbewaffnung der Fremden hörte. Sie besaßen leistungsstarke Atomkanonen. Die Energietaster hatten im Zentrum der Energiestrahlen eine Temperatur von plus 450.000 Grad Celsius angemessen. Das war ein Wert, dem ein HÜ-Schirm eines 100-Meter-Kreuzers auf Dauer nicht standhalten konnte. Dazu kam aber noch, dass die Energiestrahlen der Fremden praktisch keine Fächerung aufwiesen. Der Computer errechnete, dass die Fremden in der Lage waren, einen Punktbeschuss über eine Entfernung von drei Millionen Kilometern hinweg durchzuführen. Diesbezüglich waren die Geschütze der Fremden den terranischen Konstruktionen überlegen.

Aber zum Glück besaßen wir nicht nur Strahlgeschütze, und die Leichten Kreuzer der 100-Meter-Klasse waren nicht unsere heißesten Eisen im Feuer. Diesbezüglich hatte Korom-Khan Recht: Die Vernichtung der acht Wachkreuzer war kein Maßstab für einen Kräftevergleich. Wie das Kräfteverhältnis tatsächlich aussah, würde sich bald herausstellen. Ich beabsichtigte, die Probe aufs Exempel zu machen.

Ich mobilisierte sechzig Superschlachtschiffe der IMPERIUMS-Klasse und zweihundert Schwere Kreuzer. Mit der MARCO POLO an der Spitze flog diese Flotte den 32 Feindschiffen entgegen. Wir schwärmten außerhalb der Reichweite ihrer Thermo-Hochenergiekanonen aus und umzingelten sie. Es war klar, dass sie unser Manöver durchschaut haben mussten, denn ihre Ortungsgeräte waren wahrscheinlich besser als unsere auf die Gegebenheiten im Mahlstrom abgestimmt. Aber die Fremden zeigten keine Reaktion. Die 32 zylindrischen Kugelheck-Schiffe flogen unbeirrbar mit Kurs Terra weiter.

»Die verhalten sich geradezu unverschämt«, sagte Gucky. »Glauben die Fremden denn, unsere Schiffe seien nur Attrappen?«

»Es hat tatsächlich den Anschein, als glaubten sie, dass keine Macht sie an ihrem Vorstoß zur Erde hindern könne«, stimmte ich zu.

»Wir sollten sie eines Besseren belehren«, meinte Major Pecho Cuasa, der Erste Feuerleitoffizier, über Interkom.

»Ich möchte nichts unversucht lassen, unseren Friedenswillen kundzutun«, sagte ich. »Vielleicht war die Vernichtung der acht Wachkreuzer nur ein Missverständnis.«

»Daran glaubst du doch selbst nicht!«, maulte Gucky.

Er hatte Recht. Trotzdem wollte ich versuchen, den Konflikt auf friedlichem Wege zu bereinigen. Ich gab Befehl an die Funkzentrale, zu versuchen, mit den Fremden Kontakt aufzunehmen. Gleichzeitig befahl ich sämtlichen Einheiten, die eingekreisten Schiffe von allen Seiten anzufliegen.

Auf unsere Funksignale kam keine Antwort. Die Fremden ignorierten sie einfach. Es hatte fast den Anschein, als seien wir für sie Luft. Sie flogen unbeirrbar und mit gleich bleibender Geschwindigkeit weiter. Erst als sich alle 260 Einheiten – und die MARCO POLO nach wie vor in vorderster Linie – auf Schussweite genähert hatten, zeigten die fremden Zylinder-Kugelheck-Schiffe eine Reaktion – und zwar die, mit der wir alle gerechnet hatten: Sie eröffneten das Feuer. Dabei konzentrierten sie ihre Thermo-Geschütze nicht auf einige wenige Schiffe, sondern bestrichen mit ihren Energien unsere gesamte Flotte.

Diesem Beschuss hielten die HÜ-Schirme mühelos stand, und sie hätten auch verstärkten Punktbeschuss für längere Zeit überstanden. Die ständig einlaufenden Meldungen bestätigten, dass kein einziges unserer Schiffe gefährdet war. Die Schweren Kreuzer hielten sich ohnehin im Hintergrund.

»Worauf warten wir noch?«, wollte Feuerleitoffizier Pecho Cuasa wissen.

»Wir gehen so nahe wie möglich heran«, sagte ich. »Vielleicht stellen die Fremden das Feuer ein, wenn sie erkennen, dass sie mit ihrer Offensive nichts ausrichten. Das wäre eine gesunde Verhandlungsbasis für uns.«

Aber es hatte nicht den Anschein, dass es dazu kommen würde. Die MARCO POLO war nicht einmal mehr eine Million Kilometer von dem Pulk der 32 Raumschiffe entfernt; die HÜ-Schirme hielten dem nun immer heftiger werdenden Beschuss noch immer stand. Aber von anderen Schiffen trafen besorgniserregende Meldungen ein. Vor allem von den Schweren Kreuzern, deren Schutzschirme nur einen Bruchteil der Kapazität der Superschlachtschiffe besaßen.

Ich durfte die Entscheidung nicht länger hinausschieben. »Feuer!«

Ich muss gestehen, dass ich von der verheerenden Wirkung unserer Waffen selbst überrascht war. Eine einzige Salve der sechzig Superschlachtschiffe und der MARCO POLO aus den Transformgeschützen genügte. Fast alle abgestrahlten Fusionsbomben fanden ihr Ziel. Die Schutzschirme der fremden Schiffe erwiesen sich als kein Hindernis für sie.

Das Ergebnis war entsprechend. Die 32 Raumschiffe verschwanden in einem gigantischen Feuerball, in dessen Zentrum es immer wieder durch explodierende Schiffe zu Eruptionen kam. Als schließlich die Feuerglut verging, blieben nur noch zwei der fremden Raumschiffe übrig. Sie hatten Fahrt aufgenommen, noch während sie unter Beschuss standen, und schossen nun mit großer Beschleunigung aus dem Kessel unserer Raumschiffe hinaus.

»Nehmen Sie die Verfolgung auf, Korom-Khan, bevor sie uns in den Mahlstrom entwischen!«, befahl ich dem Kommandanten der MARCO POLO.

Elas Korom-Khan kam meinem Befehl nach, kaum dass ich ihn ausgesprochen hatte. Er war ein Terrageborener, mittelgroß, schlank und mit dunklem Teint. Also keine besondere Erscheinung. Aber in seinen Reaktionen war er so schnell wie ein Ertruser.

Noch bevor die beiden Feindschiffe aus unserem Ortungsbereich, der durch den Mahlstrom stark verringert wurde, verschwinden konnten, beschleunigte die MARCO POLO bereits mit 700 km/sec^2. Wir holten auf.

Feuerleitoffizier Pecho Cuasa feuerte mit den 30 Transformkanonen einer Breitseite hinter den Flüchtenden her. Die Fusionsbomben verfehlten nur knapp das Ziel.

»Ihr könntet Munition sparen«, sagte Gucky. »Wenn die Schutzschirme von Fusionsbomben durchdrungen werden können, dann stellen sie auch für Teleporter kein Hindernis dar. Ras und ich ...«

»Das ist zu gefährlich«, unterbrach ich ihn. Ich wollte nicht das Leben unersetzlicher Mutanten riskieren, wenn ich mit konventionellen Mitteln zum Erfolg kommen konnte.

Und die nächste Salve aus den Transformkanonen brachte diesen Erfolg. Es war allerdings nur ein halber. Eines der flüchtenden Raumschiffe bekam einen Volltreffer ab und verging in der Atomglut. Das andere verschwand spurlos im Mahlstrom. Wir fingen noch Funksignale auf und speicherten sie. Sie waren fremdartig und vom Translator und den Dechiffriergeräten nicht zu entziffern, sodass kein Zweifel daran bestehen konnte, wer der Absender war. Doch es gelang uns nicht mehr, den Sender noch einmal anzupeilen.

Wir stießen mit der MARCO POLO weit in den Mahlstrom vor und kreuzten über eine halbe Stunde in von uns noch nicht vermessenen Gebieten. Doch wir fanden von dem fremden Raumschiff keine Spur. Der Mahlstrom hatte es verschluckt, und er gab es nicht wieder frei.

Nachdem wir eingesehen hatten, dass alle Peil- und Ortungsversuche nichts einbrachten, kehrten wir mit der MARCO POLO zu den anderen Schiffen zurück.

Auf halbem Weg erreichte uns ein Funkspruch. Darin hieß es, dass eines der dreißig Zylinder-Kugelheck-Schiffe, die wir im ersten Feuersturm vernichtet geglaubt hatten, noch relativ unversehrt geblieben war. Zwar schwer getroffen und nur noch ein Wrack, wurden von ihm aber noch Funksignale empfangen. Ob es sich dabei um einen Hilferuf an die eigene Flotte oder um ein Angebot zur Kapitulation handelte, konnten die Schiffspositroniken nicht herausfinden. Und wir sollten es auch nie erfahren.

Ich ärgerte mich noch immer, dass uns das eine Raumschiff entkommen war. Nun würden die Fremden einen lückenlosen Bericht über die Vorfälle im Erdbereich bekommen, sodass sie wussten, was sie hier erwartete. Beim nächsten Angriff wären sie gewappnet. Ich konnte mich nur damit trösten, dass das Wissen um unsere Transformkanonen noch lange kein Schutz gegen sie war. Entweder besaßen die Fremden Schutzschirme gegen Transformkanonen oder sie besaßen sie nicht. Und ich war sicher, sie hatten sie nicht.

»Wenn du uns Teleporter eingesetzt hättest, wäre das letzte Raumschiff nicht entwischt«, hielt mir Gucky vor. »Ich hoffe, du hast aus deinen Fehlern gelernt und legst einer Besichtigung des Wracks durch Ras und mich nichts in den Weg.«

Wir näherten uns mit der MARCO POLO dem Wrack. Als wir auf tausend Kilometer herangekommen waren, verstummten die Funksignale.

Das Schiff gehörte der größten uns bisher bekannten Typenklasse an und maß in seiner gesamten Länge 1650 Meter. Die Heckkugel mit einem Durchmesser von 450 Metern war förmlich zerplatzt. Die ausgefransten, verglühten Ränder ragten zusammen mit den verformten Verstrebungen wie das Skelett eines Ungeheuers in den Raum hinaus. Der 1200 Meter lange Zylinderkörper hatte im hinteren Drittel einige Treffer abbekommen und war in einem Winkel von dreißig Grad geknickt.

»Was ist?«, drängte Gucky. »Haben Ras und ich grünes Licht?«

»Zu gefährlich«, lehnte ich ab. »Wir schleusen ein Enterkommando aus.«

»Hoffentlich bereust du diesen Entschluss nicht«, meinte Gucky. Ich bereute ihn sehr schnell.

Plötzlich tauchte Zeus in einer Energiesphäre auf. Die Ortung gab erst Alarm, als sie optisch zu erfassen war. Die Sphäre schwebte übergangslos keine hundert Kilometer von dem Wrack entfernt. Die genauere Struktur dieser Blase, die einen Durchmesser von fünfzig Metern besaß, war nicht auszumachen. Wir registrierten nur ein Kugelgebilde voll geballter Hyperenergien.

Obwohl die Energiesphäre auch nicht durchsichtig war, konnten wir Zeus in seiner wahren Gestalt sehen. Er spiegelte sich in der Wandung, verzerrt und zehnfach vergrößert zwar, aber deutlich zu identifizieren. Inzwischen war sein wahres Aussehen jedem von uns bekannt: eine fünf Meter große, aufrecht gehende »Ameise«; sechsgliedrig; mit einem mächtigen Kopf, aus dem Facettenaugen glotzten, und einem chitingepanzerten Körper, der zwei Einschnürungen aufwies. Er trug eine wie maßgeschneidert sitzende Raumfahrerkombination, die von grellroter, stark leuchtender Farbe war.

Dieses Wesen war mitsamt seiner Energiesphäre mitten in unseren Reihen aufgetaucht. In der Hoffnung, dass mich dieser zwielichtige Insektenabkömmling hören konnte, ließ ich über Funk eine Meldung ausstrahlen: »Sie sehen, dass wir auf Ihre Unterstützung nicht angewiesen sind, Zeus. Terraner können sich auch ganz gut selbst helfen.«

Während ich noch auf eine Antwort wartete, sah ich auf dem Panoramaschirm, wie die Sphäre aufglühte. Ein blendender Energiestrahl löste sich von ihr, schoss auf das Wrack zu und hüllte es vom Bug bis zum Heck ein. Einige Sekunden lang stand das Wrack im Licht der seltsamen Energieerscheinung. Als der Energiestrahl aus Zeus' Sphäre erlosch, verging mit ihm auch das Wrack. Es wurde einfach pulverisiert. Eine Zeit lang war seine ungefähre Form noch zu erkennen, es wurde aber schnell zu einem unförmigen Staubgebilde.

Nach der ersten Überraschung packte mich die Wut. Ich hatte gute Lust, Zeus einen Denkzettel zu geben. Doch bevor ich noch irgendetwas in dieser Richtung unternehmen konnte, fragte Gucky: »Bist du an einer telepathischen Botschaft von Zeus interessiert, Mike?«

»Was hat mir diese aufgeblasene, überhebliche Riesentermite zu sagen? Ich hoffe wenigstens, dass er Rechenschaft über sein sonderbares Tun ablegt.«

»Ja, aber befriedigend ist er nicht«, meinte Gucky. »Zeus bedauert, dich enttäuschen zu müssen. Aber er hatte keine andere Wahl, als das Wrack zu atomisieren. Er meint, dass es zu gefährlich gewesen wäre, wenn wir das Schiff gekapert hätten.«

»Gefährlich?« Wollte Zeus sich über uns lustig machen? »Für wen gefährlich? Und in welchem Sinn gefährlich? Von dem Wrack kam doch überhaupt keine Gegenwehr mehr!«

»Ah, Zeus scheint deine wütenden Gedanken gehört zu haben«, sagte Gucky. »Er hat sich gerade wieder gemeldet. Jetzt wird klar, was er meinte. Er ist der Ansicht, dass es für die Terraner besser ist, wenn sie keine detaillierten Informationen über die Fremden erhalten. Deshalb musste er das Wrack vernichten – um alle Spuren der Fremden zu verwischen.«

»Du kannst Zeus ausrichten, dass seine Bevormundung unerwünscht ist«, sagte ich. »Wir werden sie uns nicht länger bieten lassen.«

»Tut mir Leid«, sagte Gucky. »Der Kontakt zu ihm ist abgerissen.«

Die Ortung bewies es. Zeus war mitsamt seiner Energiesphäre verschwunden. Entweder hatte er in Nullzeit mit ihr auf Lichtgeschwindigkeit beschleunigt, oder er war einfach mit ihr entmaterialisiert. Er konnte aber auch mit Hilfe seiner parapsychischen Tricks den Effekt des urplötzlichen Verschwindens erzielt haben.

Ich aber fragte mich, was wirklich hinter seiner Vernichtungsaktion gestanden hatte. Warum wollte er nicht, dass wir etwas über die Fremden erfuhren? Waren am Ende *sie* die wahren Beherrscher dieser Raumzone – die ominöse Macht, von der Zeus gesprochen hatte?

Wir kehrten mit der MARCO POLO und den 260 Begleitschiffen zur Erde zurück. Dort erstattete ich Perry Bericht. Er wurde sehr nachdenklich, und unser Sieg über die Fremden beeindruckte ihn nicht sonderlich. Ich verstand ihn – aus dem kleinen Gefecht ließen sich keine Rückschlüsse auf die tatsächliche Schlagkraft der Fremden ziehen. Er musste trotz allem in berechtigter Sorge um die Erde und die Terraner sein.

Ich befürchtete schon, dass er meine Expedition insgesamt abblasen würde. Deshalb akzeptierte ich es erleichtert, als er mir nur weniger Schiffe als geplant zur Verfügung stellte. Aber 1500 Raumschiffe sind auch eine beachtliche Streitmacht, wenn man bedenkt, dass sie nur für einen Erkundungsflug dienen sollten. Außerdem handelte es sich überwiegend um Großkampfschiffe, vom Schweren Kreuzer mit fünfhundert Metern Durchmesser bis hinauf zu den Ultraschlachtschiffen der GALAXIS-Klasse, die mit einem Durchmesser von zweitausendfünfhundert Metern die größten Kampfeinheiten waren, die Terraner je gebaut hatten.

Dennoch hoffte ich, dass es mir erspart blieb, sie in den Kampfeinsatz zu schicken.

»Hier ist das Observatorium«, meldete sich der Astronom Dr. Gillian über Interkom in der Kommandozentrale. »Ich bin bereit zu der gewünschten Demonstration, Sir. Wann kann ich Sie erwarten?«

»Wir kommen sofort hoch«, antwortete ich. Die etwa zwanzig Wissenschaftler, darunter der Chefmathelogiker Professor Dr. Eric Bichinger und der Chefphysiker Professor Dr. Renus Ahaspere, waren bereits in der Kommandozentrale versammelt.

»Folgen Sie mir bitte!«, forderte ich sie auf, während ich mich zum Antigravlift begab. Die vier Mutanten, allen voran Gucky, schlossen sich mir ohne Aufforderung an. Bevor ich in den Antigravschacht trat, warf ich noch einen Blick zurück auf den Panoramaschirm. Dort bot sich mir ein Bild, an dem ich mich einfach nicht satt sehen konnte.

Zwei Galaxien schwebten im Leerraum, die durch die »Nabelschnur« miteinander verbunden waren. Wir hatten uns mit der MARCO POLO und der kleinen Flotte 150.000 Lichtjahre in vertikaler Richtung von der Position der Erde entfernt und schwebten nun mit tausend Schiffen im Leerraum. Hier hatten wir vorerst Beobachtungsposten bezogen. Die restlichen fünfhundert Schiffe bildeten die einzelnen Glieder einer Verbindungskette zur Erde und dem Mahlstrom. Ich hatte sie in unregelmäßigen Abständen postiert und so eine Funkbrücke geschaffen. Wir standen mit den einzelnen Relaisschiffen in ständigem Kontakt, Auswertungsergebnisse wurden ausgetauscht, miteinander verglichen, verarbeitet – sodass sich nach und nach ein abgerundetes Bild der kosmischen Situation dieses Raumsektors ergab.

Das erste Ergebnis dieser Forschungsarbeit war die Demonstration im Observatorium der MARCO POLO. In einem Punkt hatten wir jedoch eine große Enttäuschung erlebt: Es war uns nicht möglich gewesen herauszufinden, welche der vielen Sterneninseln die heimatliche Milchstraße war. So wussten wir nach wie vor nicht, in welche Region des Universums es uns verschlagen hatte. Aber die Astronomen aller Schiffe arbeiteten nach wie vor an diesem Problem, sodass die winzige Hoffnung blieb, dass es uns vielleicht doch noch gelang, unsere Position im Universum bestimmen zu können. Allerdings glaubten daran wirklich nur noch unverbesserliche Optimisten.

Dr. Gillian erwartete uns im Holo-Planetarium. Unter der Kuppelwandung war der fremde Weltraum aus der Perspektive der MARCO POLO zu sehen. Doch war die Szene verfremdet. Von dem Materieschlauch zwischen den beiden Galaxien war noch nichts zu sehen; die beiden Galaxien standen dicht beieinander, waren aber nicht miteinander verbunden. Nachdem wir alle Platz genommen hatten, begann Dr. Gillian mit seinem Vortrag.

»Die neuesten Erkenntnisse, die wir auf dieser Forschungsexpedition gewonnen haben, decken sich im Großen und Ganzen mit den ersten Vermutungen und Theorien. Für einen Laien mag es demnach so aussehen, als hätten wir kein neues Wissen hinzugewonnen. Für uns Astronomen ergeben sich aber unzählige neue Aspekte. Immerhin sind wir nun in der Lage, die Vorgänge, die vor zwei Milliarden Jahren in diesem Raumsektor stattgefunden haben, wirklichkeitsnah zu rekonstruieren. Betrachten Sie die beiden Galaxien. Jede von ihnen hat in etwa die Ausmaße unserer Milchstraße. Sie sehen eine Momentaufnahme, wie sie ausgesehen haben könnten, bevor die beiden Sterneninseln miteinander kollidierten. Jetzt wollen wir die Zeit weiterdrehen, und zwar in geraffter Form.«

Die beiden Galaxien auf den Kuppelwänden kamen in Bewegung. Ganz deutlich war zu sehen, wie die beiden Sterneninseln expandierten. Die Sterne an den Rändern der Galaxien strebten aufeinander zu, und dann vermischten sich die Himmelskörper der einen Galaxis mit denen der anderen.

»Dieser simulierte Vorgang ist natürlich millionenfach beschleunigt«, erklärte dazu der Astronom. »Jetzt können Sie ganz deutlich sehen, wie die beiden Galaxien miteinander kollidieren. Es sieht fast so aus, als würden zwei bisher voneinander getrennte Zahnräder ineinander greifen. Und jetzt können Sie sehen, wie die beiden Sterneninseln sich wieder voneinander lösen. Sie sind nur mit ihren Randzonen zusammengestoßen. Dennoch kann man ermessen, was für eine gewaltige kosmische Katastrophe sich hier abgespielt hat, wenn man sich in Erinnerung ruft, welche gewaltigen Massen dabei aufeinander trafen. Eine unvorstellbare Wechselwirkung von Kräften und Gegenkräften hat stattgefunden, deren Sekundäreffekt selbst den Hyperraum erschüttert haben muss.«

In der Zeitrafferprojektion des Planetariums rasten die beiden Galaxien aneinander vorbei. Die miteinander verzahnten Randzonen waren ungeheuren Gravitationsschwankungen ausgesetzt. Sonnen ballten sich zusammen, gingen in Novae auf, strebten mit gewaltigen Geschwindigkeiten auseinander. Und dann lösten sich die beiden Galaxien wieder voneinander. Aber an einer Stelle, wo der Brennpunkt der Kollision gewesen war, blieb eine Verbindung zwischen den beiden Sterneninseln, eine Brücke aus Sonnen und Planeten und kosmischem Staub blieb.

»Durch die ungeheuren Gravitationskräfte, die bei dieser Katastrophe frei wurden, riss die Galaxis A Tausende von Sonnen mit ihren Planeten aus der Galaxis B heraus und umgekehrt. Viele dieser aus ihren Bahnen geworfenen Sterne platzten. Aus ihrer Materie hat sich eine kosmische Wolke gebildet, die überwiegend aus hocherhitztem Wasserstoff besteht. Dieser kühlt sich aber rasch ab. Daraus entwickeln sich die seltsamsten Phänomene. Eine ähnliche Erscheinung kennen wir aus der Nachbarschaft der Milchstraße auch. Die berühmte Materieader zwischen den Magellanschen Wolken muss einen ähnlichen Ursprung haben wie die Nabelschnur zwischen diesen beiden Galaxien. Auch die Magellanschen Wolken haben sich vor Urzeiten einmal nach einem Zusammenstoß wieder voneinander getrennt, sodass sich ein Materieschlauch zwischen den beiden Hauptmassen bildete.«

Die beiden Galaxien strebten immer weiter voneinander fort. Die Schlauchverbindung zog sich in die Länge, wurde immer dünner.

»Es hat zwei Milliarden Jahre gedauert, bis es zu der Situation kam, die sich unserem Auge heute bietet. In einigen Jahrmillionen wird die Nabelschnur an ihrer dünnsten Stelle reißen, und eine oder mehrere Galaxien werden sich bilden. In vielen Fällen haben solche Kleingalaxien eine Eigenbewegung entwickelt, sodass es zu ganz typischen Sternennebeln wie bei Andro-Alpha und Andro-Beta kommt.«

Die Szene wechselte und zeigte nur noch die vergrößerte Nabelschnur zwischen den beiden Galaxien. Ganz deutlich war eine verdünnte Stelle zu sehen, an der die Schlauchverbindung eines fernen Tages zerreißen würde.

»Hier steht die Erde«, erklärte der Astronom, und bei der so genannten Zerreißstelle erschien ein blinkender Pfeil. »Hier sind die größten energetischen Turbulenzen des Mahlstroms zu finden. Dazu kommt es, weil jede Galaxis für sich ein energetisches Gleichgewicht sucht, um sich zu stabilisieren. An der Reibstelle dieser gegeneinander wirkenden Energiezonen entstehen so hyperenergetische Kräfte, die einem auf Empfang justierten Materietransmitter gleichen. Nur deshalb war es möglich, dass die Erde im Mahlstrom materialisierte. Wir verdanken unser Schicksal also nicht dem gezielten Wirken einer übermächtigen Technik, sondern einer Laune der Natur. Wenn wir nun die Projektion wieder in geraffter Form ablaufen lassen, können Sie ganz deutlich sehen, welche Vorgänge sich an der voraussichtlichen Zerreißstelle der Nabelschnur abspielen.«

An einer Stelle, dort, wo die Nabelschnur am dünnsten war und sich als wespentaillenartige Verschnürung zeigte, bildete sich ein Wirbel. Die energetischen Turbulenzen hatten dort das Aussehen einer Windhose oder eines Wasserstrudels. Sonnen und Planeten trieben darauf zu und verschwanden darin. Auf die Frage einiger Wissenschaftler, was dieser Trichter zu bedeuten hatte, gab der Astronom eine erschütternde Antwort.

»Unsere Fernortungen haben ergeben, dass dieser Trichter alles in sich aufsaugt. Er übt auf die Sonnen und Planeten eine unwiderstehliche Anziehungskraft aus. Sie werden alle diesem Schlund entgegengeführt und verschwinden darin. Wohin sie von dort geschleudert werden oder ob ihnen darin die endgültige Vernichtung droht, wissen wir nicht. Aber eines steht fest: Die Erde wird unaufhaltsam von diesem Schlund angezogen.«

Seinen Worten folgte totale Stille. Ich glaube, erst in diesem Augenblick wurde uns allen bewusst, wie hilflos wir Menschen diesen kosmischen Kräften ausgeliefert waren.

Der Astronom schien von der Wirkung seiner Worte selbst verblüfft. Er versuchte ein Lächeln und fügte beschwichtigend hinzu: »Dieser Vorgang wird natürlich einige tausend Jahre dauern. Es besteht also keine akute Gefahr. Aber immerhin müssen wir uns vor Augen halten, dass die Erde im Sog des Trichters verschwindet, wenn wir nichts dagegen unternehmen. Sowenig erfreulich diese Aussichten sind, haben wir doch Tausende von Jahren Zeit, eine Lösung unseres Problems zu finden.«

Wenn auch nicht gerade in Weltuntergangsstimmung, so kehrten wir doch einigermaßen deprimiert in die Kommandozentrale zurück. Dort erwartete mich eine Neuigkeit, die mich die wenig erfreulichen Zukunftsaussichten gleich vergessen ließ.

Unter den unzähligen Meldungen, die wir von den fünfhundert Schiffen der Funkbrücke erhielten, befand sich eine, die die anderen in den Schatten stellte. Als ich mit den Mutanten in die Kommandozentrale zurückkam, war der Cheffunker, Major Donald Freyer, gerade mit ihrer Überprüfung beschäftigt.

»Wir haben unbekannte Funksignale empfangen«, berichtete mir Oberst Elas Korom-Khan. »Genaueres ist mir noch nicht bekannt. Aber in der Funkzentrale läuft die Auswertung auf vollen Touren. Soll ich uns einklinken?«

Ich winkte ab und begab mich persönlich in die Funkzentrale. Dort erfuhr ich vom Cheffunker Genaueres. Donald Freyer gehörte zur Stammbesatzung der MARCO POLO, er war sozusagen an Bord des Flaggschiffs in Ehren ergraut, was aber nur symbolisch zu verstehen war, denn trotz seiner siebzig Jahre zierte seinen brünetten Lockenschopf noch kein einziges graues Haar. Er war sich seiner schleppenden Aussprache vollauf bewusst, deshalb fiel er bei wichtigen Meldungen ins andere Extrem und gab dabei jedem Wort eine besonders scharfe Akzentuierung. In meiner Gegenwart gab er sich aber gelöster, wofür ich ihm dankbar war.

»Was hat es mit den Funksignalen auf sich, die Sie empfangen haben, Freyer?«, erkundigte ich mich.

Er machte eine verneinende Handbewegung. »Nicht die MARCO POLO hat die Funksignale empfangen. Wir haben sie von der HARLOWER übermittelt bekommen. Das ist ein Schwerer Kreuzer, der vierhundert Lichtjahre über der Nabelschnur Position bezogen hat. Wollen Sie reinhören?«

Er spielte mir das Signal vor. Viel war nicht zu hören, nur hier und da erklang zwischen den Störgeräuschen ein an- und abschwellendes Piepen. »Wir haben die Störgeräusche herausgefiltert, aber besser ging es nicht«, bemerkte Freyer dazu.

»Haben Sie etwas damit anfangen können?«, fragte ich.

»Sie meinen, ob es uns gelang, die Signale zu entschlüsseln?« Er schüttelte den Kopf. »Nichts zu machen. Wir haben sie mit den Funksignalen der fremden Schiffe verglichen, die Terra attackieren wollten, aber es besteht überhaupt keine Ähnlichkeit. Ich habe keine Hoffnung, dass wir sie entschlüsseln können, dafür sind sie zu verstümmelt. Einige Impulse wiederholen sich zwar immer wieder, aber das ist zu wenig. Interessant ist allerdings, dass es sich um Normalfunksignale handelt, also einfach lichtschnell. Sie müssen lange unterwegs gewesen sein. Dass die HARLOWER sie überhaupt empfangen konnte, ist dem Umstand zu verdanken, dass sie sich in einem relativ leeren Raumsektor befindet, der kaum unter dem Einfluss des Mahlstroms steht.«

»Wie lange waren die Funksignale unterwegs?«, wollte ich wissen.

»Darauf wollte man sich auf der HARLOWER noch nicht festlegen. Vielleicht weiß man inzwischen schon mehr darüber. Ich werde rückfragen.«

Während Freyer sich über die Relaisschiffe mit der fast 150.000 Lichtjahre entfernten HARLOWER in Verbindung setzte, hörte ich mir die Aufzeichnung immer und immer wieder an. Der Funkspruch konnte schon viele Jahrhunderte alt sein. Möglicherweise lebten die Absender überhaupt nicht mehr.

Obwohl Hyperfunkwellen praktisch in Nullzeit parsekweite Entfernungen überbrückten, entstand durch die Zwischenschaltung der Relaisstationen eine kurze Zeitverzögerung. Deshalb vergingen einige Minuten, bevor Freyer auf seinen Anruf Antwort erhielt.

Der Funkspruch der HARLOWER kam in Klartext: »Es ist uns nach wie vor nicht gelungen, die Funksignale zu entschlüsseln«, ertönte eine nur leicht verzerrte Stimme. »Aber die Wahrscheinlichkeitsberechnungen haben ergeben, dass es sich mit ziemlicher Sicherheit um einen Hilferuf handelt. Allerdings ist er längst nicht mehr aktuell.«

Es entstand für einige Sekunden Funkstille, die wahrscheinlich durch den Ausfall einer Relaisstation zu erklären war. Dann kam die Stimme wieder, diesmal etwas deutlicher.

»Wer immer auch den Notruf abgegeben hat, die Hilfe dürfte für ihn zu spät kommen. Der Funkspruch wurde vor rund 450 Jahren abgegeben. Wir sind den Funksignalen nachgegangen und auf eine Sonne im Randgebiet des Mahlstroms gestoßen. Dort, in der Peripherie, sind die energetischen Turbulenzen kein nennenswerter Störfaktor, sodass wir eine ziemlich aufschlussreiche Fernortung bekommen haben. Die von uns angepeilte Sonne muss Planeten besitzen. Und von einem dieser Planeten stammen die Funksignale. Die Entfernung beträgt also ziemlich genau 450 Lichtjahre. Sollen wir das Sonnensystem erkunden?«

Der Cheffunker sah mich erwartungsvoll an. »450 Jahre sind eine lange Zeit«, meinte er dabei. »Denen, die damals Hilfe brauchten, tut heute wahrscheinlich kein Knochen mehr weh.«

»Schon möglich, Freyer«, gab ich zu. »Aber ich möchte den Spuren dieser Lebewesen dennoch nachgehen.«

»Soll ich der HARLOWER Einsatzbefehl geben?«

Ich schüttelte den Kopf. Wir hatten unsere Mission beendet. Ich konnte mir zwar vorstellen, dass die Astronomen und Kosmologen noch wochenlang mit der Beobachtung des Materieschlauchs zwischen den beiden Galaxien hätten zubringen können, doch sensationelle Ergebnisse waren nicht mehr zu erwarten. Wir wussten über unsere Lage Bescheid, und eine Standortbestimmung der Erde war nach den ersten Ergebnissen in nächster Zeit nicht zu erwarten. Was sollten wir hier also noch?

Faszinierender und aufschlussreicher konnte es da schon sein, den jahrhundertealten Spuren eines unbekannten Volks nachzugehen. Dadurch konnten wir mehr über die soziologische und biologische Struktur des Mahlstroms erfahren.

»Die HARLOWER soll auf Position bleiben und durch Fernortung weitere Daten über dieses Sonnensystem beschaffen!«, befahl ich. »Wir werden mit der gesamten Flotte das neue Ziel anfliegen. Die HARLOWER wird uns lotsen.«

25.
Horre l'Eger

Meine Erregung wuchs mit jedem Schritt, den ich meinem Ziel näher kam. Als ich in der Menge plötzlich einem Naturschützer gegenüberstand, stellte sich mir der Kopfflaum auf. Mein Herz setzte aus, einige Augenblicke lang verstummte der Lärm in der Straßenschlucht, bleierne Stille umgab mich. Der grün Uniformierte sah mich an. Ich dachte: *Jetzt hat er dich erkannt.* Aber dann wanderten seine Augen wieder weiter. Der Lärm um mich setzte wieder ein. Ich hatte mir alles nur eingebildet.

Was für ein Narr ich doch war. Wovor fürchtete ich mich? Man sollte meinen, dass ich mit der Zeit etwas abgebrühter geworden war – und überhaupt, die Gefahr war doch mein Geschäft. Wenn ich selbst etwas Verbotenes tat, hätte ich so kaltblütig sein sollen wie bei der Jagd nach Gesetzesbrechern.

Aber das eine ließ sich mit dem anderen nicht vergleichen. Der Gang zu den Gewölben der Sünde war immer wieder ein Nervenkitzel. Ich würde meine Ängste wohl nie loswerden. Warum tat ich es dann noch immer? Ich hätte die Finger davon lassen sollen. Aber das war mir unmöglich. Ich war wie süchtig.

Meine Augen wanderten argwöhnisch umher, während ich mir meinen Weg durch die Straßenschluchten bahnte. Meine größte Sorge war, dass mich irgendjemand erkennen würde. Aber ich hatte mich verkleidet. Nicht, dass ich Maske gemacht hätte. Ich trug nur mein Privatgewand, und man sollte nicht glauben, wie die Kleidung jemanden verändern kann. Ich war nicht mehr Horre der Giftgrüne, sondern irgendein anonymer Passant. Und wenn mich doch jemand zufällig erkannte, konnte ich immer noch sagen, ich sei inkognito zu einer Razzia unterwegs.

Das sagte ich mir, aber diese Überlegung konnte mein Schnabelzittern nicht verhindern.

Dabei war es so leicht, in Cranschto unterzutauchen. In dieser hektischen 30-Millionen-Stadt einen Einzelnen finden zu wollen war so aussichtslos, wie in einem Schursalon nach einer einzelnen Feder zu suchen. Cranschto war zu jeder Tages- und Nachtzeit ein Rummelplatz. Trubel in den Straßen, Hektik auf den Plätzen, Chaos überall, unter und über der Planetenoberfläche. Cranschto war der Schmelztiegel von Zannack, der Pulsschlag des Lebens, ein Sündenpfuhl; Cranschto besaß die höchste Sterbequote, die höchste Geburtenrate; Cranschto war die abscheulichste Müllhalde des ganzen Planeten.

Und doch war Cranschto die Perle von Zannack. Wer hier lebte, hasste und liebte die Stadt zugleich. Man verabscheute die grauen Häuserschluchten, die tiefen, verschmutzten Bunker, den Gestank, die Kunststoffgefängnisse, in denen man wohnte – aber man liebte hier das Leben wie nirgendwo sonst. Man hing mit einer geradezu widernatürlichen Verbissenheit an diesem erbärmlichen Leben, um das man jeden Tag erneut kämpfen musste.

Ich war gleich an meinem Ziel. Ein kurzer Gedanke an Layga. Sie saß in ihrem Kunststoffgefängnis und wartete auf meine Rückkehr. Sie glaubte, dass ich beruflich unterwegs sei. Mein schlechtes Gewissen drückte mich. Ich hätte sie mitnehmen sollen, es hätte sich gehört, dass ich sie in mein Geheimnis einweihte.

Aber wenn sie mich verriet? In meiner Position konnte ich mir solch einen Skandal nicht leisten. Layga war auch so glücklich, falls sie überhaupt wusste, was Glück war. Ich glaube, sie kannte nicht einmal das Unglück. Weder das eine noch das andere war ihr bekannt, sie lebte in der Mitte. Die goldene, nein, die kunststoffene Mitte war ihr Dasein. Vielleicht befasste sie sich mit der Pflege unseres Terrassengartens, oder sie fütterte gerade die Fische im Aquarium?

Exotische Fische! Algenmenü!

Die verlockenden Leuchtschriften schmerzten meinen Augen. Sie waren es wohl, die die Assoziation mit unserem Aquarium in mir weckten. Layga interessierte sich nicht für mein Aquarium. Wie hätte es mich gefreut, wenn sie einen meiner Fische auch nur mit einem einzigen Blick wenigstens gestreift hätte. Aber sie konnte ihnen keinen Reiz abgewinnen.

Ich muss gestehen, dass ich selbst schon längst keine Freude mehr an meiner Dachterrasse und meinem Aquarium hatte. Aber aus anderen Gründen als Layga. Denn ich hatte die wahren Dinge des Lebens kennen gelernt. Bald würde es wieder so weit sein. Nur noch wenige Schritte, und ich hatte mein Ziel erreicht.

Klub Natur ...

Da war das kleine, unauffällige Schild. Es ging in der schreienden Reklame der anderen Lokale und Geschäfte unter. Ich blickte mich kurz um, dann verschwand ich in dem schmalen Hauseingang. Die Treppe in die Tiefe nahm ich mit kurzen, hastigen Schritten. Dann war ich vor der verheißungsvollen Tür angelangt. Sie war grau und kahl, so unscheinbar wie das Hinweisschild auf der Straße. Aber für die Eingeweihten war es das Tor zum Paradies. Nur Mitglieder hatten einen Schlüssel zu diesem Tor.

Ich holte ihn mit zitternden Fingern hervor. Den Schnabel fest zusammengepresst, sperrte ich auf. Leise Musik klang mir entgegen. Ich drückte die Tür hinter mir zu und lehnte einige Atemzüge lang mit geschlossenen Augen dagegen. Jetzt hatte ich es nicht mehr so eilig. Erst nachdem ich mich etwas beruhigt hatte, betrat ich den Klub. Vorhänge aus echten Pflanzenfasern versperrten mir den Weg. Ich teilte sie; der Stoff fühlte sich warm und weich unter meinen Fingern an. Ein wohliger Schauder rann mir über den Rücken, danach wurde mir warm unter dem Körperflaum.

Der Klubraum ... Ich sah im schwachen Kerzenschein einige bekannte Gesichter: Politiker wie ich, Geschäftsleute, andere Persönlichkeiten des öffentlichen Lebens, deren Gesichter man aus den Nachrichten kannte. Dort war auch ein berühmter Astronaut. Ich kannte seinen Namen ebenso gut wie die Namen von einem Dutzend der anderen Klubmitglieder. Sie wussten auch, dass ich Horre der Giftgrüne war. Aber wir taten so, als würden wir einander nicht kennen.

Ich suchte nach Gisgo d'Everen. Als ich ihn nirgends sah, setzte ich mich an einen freien Tisch. Durch mein Körpergewicht wurde ein Stromkontakt geschlossen, der im Dienstbotenzimmer einen der Diener aufschreckte. Es dauerte nicht lange, da war er an meinem Tisch. Ich bestellte die Spezialität des Hauses, mit allen Gängen. Er verschwand wieder. Wenig später kehrte er mit einem Glas Fruchtsaft zurück. Um mich herum versank die Welt. Ich sah und hörte nichts, sondern kostete den Geschmack des herrlichen Safts, in dem Fruchtfleisch schwamm, aus.

Die weitere Speisenfolge war: Salat aus roten Jungpflanzen, in Kernöl angemacht und vierzigfach gewürzt – ich bildete mir ein, jedes einzelne Gewürz herausschmecken zu können; verdünnter Honigbrei in Korkenblüten, mit Samenkörnern garniert; Fleisch in Scheiben, dazu »Soße Kräuterallerlei« ...

Ich verließ den Klub durch eine andere Tür. Draußen wartete eine Kutsche mit einem Vierergespann weißer Llongas. Prächtige Tiere.

»Wohin, Euer Erhabenheit?«, fragte der in Vlandt-Pelze gekleidete Kutscher.

Ich machte eine unbestimmte Handbewegung. »Irgendwohin, Kutscher, nur fort aus Cranschto.«

Die Luft war mild und würzig. Eine leichte Brise kam aus den Bergen. Die Sonne blinzelte durch die Sträucher, ich genoss ihre Wärme. Wann hatte ich das zuletzt getan? Vor zwei Jahren, als ich mit Eisstarre zu Bett gelegen hatte. Damals hatte mich Layga auf die Terrasse getragen, um mich für wenige Augenblicke von den Strahlen der Mittagssonne wärmen zu lassen. Das war der besondere Luxus meiner Wohnung: Die Terrasse stand wenige Minuten am Tage im Sonnenlicht.

Aber jetzt hatte ich die Sonne ganz für mich. Wir fuhren aus dem Park hinaus. Vor uns lag eine endlose Wiese. Sie reichte bis zum Horizont und sogar darüber hinaus. Es gab einige Bauminseln in der saftiggrünen Ebene, dazwischen standen schmucke Häuser. Wir fuhren in Windeseile daran vorbei. Glückliche Menschen winkten uns. Ich genoss die reine Luft.

»Anhalten!« Die Kutsche blieb stehen. Ich stieg aus, ging einige Schritte über die Wiese – nein, ich watete bis zu den Knien in dem saftigen Grün, in dem Blumen pastellfarbene Tupfer setzten. Vor einer blassrosa schillernden Blume blieb ich stehen, kniete nieder. Ich streckte meine Hand aus, zog sie aber sofort wieder zurück. Als ich mich zum Kutscher umdrehte, nickte er mir aufmunternd zu. Ich fasste mir ein Herz und pflückte die Blume. Wie berauscht erhob ich mich, hielt mir die Blüte unter die Nase und atmete ihren Duft mit geschlossenen Augen ein. Welche Kostbarkeit!

Gewitterwolken zogen auf. Der Kutscher sagte irgendetwas zu mir, und obwohl ich die Worte nicht verstand, wusste ich, dass er mich zur Eile rief. Ich stieg wieder in die Kutsche, er trieb die Llongas an, und weiter ging die Fahrt, in halsbrecherischem Tempo dem Horizont zu, wo mein Wochenendhaus inmitten eines Hains aus blühenden Sträuchern stand. Hierher kam ich immer, um mich von meinem anstrengenden Job in der Stadt zu erholen.

Layga erwartete mich bereits. Ich steckte ihr die Blume, die ich auf der Wiese gepflückt hatte, in den Kopfflaum und rieb meinen Schnabel zärtlich an ihrem.

»Ich möchte wieder ein Vogel sein, wie es unsere Stammväter waren«, sagte sie verträumt, »und zu den Wölken hochfliegen.«

»Auf den Wolken blüht keine Blume«, sagte ich ihr.

Wir gingen ins Haus. Layga erntete in der Küche Gelbkrautsprösslinge und pflückte einige der unter dem Sonnendachfilter gereiften Früchte. Ich nahm inzwischen ein Bad im Bach, der quer durch unser Haus lief. Es war eine Freude, in der eiskalten Strömung zu liegen, mit den springenden Fischen zu spielen, das Wasser einzusaugen und es in einer hohen Fontäne wieder auszuspeien.

Nach dem Bad entspannte ich mich auf dem dornenlosen Heckenbett und hörte Nachrichten. Sie handelten fast ausschließlich von Umweltschändern. Man hatte drei Baummörder zur lebenslangen Aufforstung verurteilt. Ein Fabrikant, der ungeklärte Abwässer ins Meer geleitet hatte, wurde zu zwei Jahren Dienst an den Unterwasserkulturen verurteilt. Die Naturschutzliga griff hart durch. Und das war gut so, denn wenn man die Umweltschänder nicht rigoros bestrafte und sie weitermachen ließe, dann würde unsere Welt in einigen Jahrzehnten nur noch eine Kloake sein.

Layga kam mit dem Essen. Sie hatte wieder einmal die erlesensten Köstlichkeiten zu einem Menü zusammengestellt. Wir aßen andächtig und schweigend, so als wären es die letzten Naturprodukte, die es auf unserer Welt noch gab. Nach dem Essen beschlossen wir, in den Naturpark hinauszufahren und die Tiere bei der Tränke zu beobachten. Es wurde zu einem eindrucksvollen Erlebnis.

»Was für herrliche Geschöpfe«, sagte Layga. »Wenn man bedenkt, dass all diese Tausende von Tierarten eines Tages vielleicht ausgestorben sein werden.«

»Dazu wird es nicht kommen«, versicherte ich ihr. »Wir von der Naturschutzliga werden für die Erhaltung der Tierwelt sorgen. Unsere Welt wird eine Bastion der Natur in einem Kunststoffimperium bleiben. Wir bringen jeden Tag hundert neue Gesetze heraus, um die Natur zu schützen.«

Wir kehrten nach Hause zurück und gingen früh zu Bett. Am nächsten Morgen weckte mich das Gezwitscher der Vögel. Layga schlief noch, als ich mit der Kutsche schnell zurück nach Cranschto fuhr.

In meinem Büro wartete meine Sekretärin mit einem dicken Aktenbündel auf mich. Bevor ich mich über das Studium der Akten machte, lehnte ich mich in meinem blumenumrankten Sessel zurück und ließ den berauschenden Duft der Blüten auf mich einwirken. Meine Sekretärin umriss mir in Stichworten die Fälle, die auf mich warteten. Ein Tierquäler, ein Schänder, der einen unter Naturschutz stehenden Baum gefällt hatte, ein Plastikanbeter, der irgendeiner Sekte angehörte, die sich von Pillen ernährte und auch sonst alles Synthetische dem Natürlichen vorzog. Diesen Fall nahm ich mir zuerst vor.

»Zannack wird nie ein Kunststoffimperium«, sagte ich in meinem abschließenden Plädoyer. »Das Urteil: zwei Jahre Dienst in der Dschungelstation Hoffnung.« Später erfuhr ich, dass der Plastikanbeter Selbstmord begangen hatte.

In mühevoller Kleinarbeit kamen wir dieser Sekte wenige Tage später auf die Spur. Wir umzingelten ihren Tempel und überraschten sie während eines schaurigen Rituals. Sie schlachteten ein Tier, weideten es aus, um es anschließend auszustopfen und einen Kunststoffabguss davon herzustellen. Diesen Götzen beteten sie an.

Als wir den Tempel stürmten, gelang es allein unserer Tierarmee, sie zu überwältigen. Alle Sektenmitglieder standen unter Drogeneinfluss. Von einem, den wir zur Natur bekehren konnten, erfuhren wir später, dass die Drogen ihnen zu Wachträumen verholfen hatten. In ihren

Träumen war die Welt voll technisiert, der Itrink hatte sich von der Natur losgesagt, war nicht mehr der Knecht der Schöpfung, sondern triumphierte über sie. Der Itrink konnte alles selbst erschaffen, seine Nahrung, seine Pflanzenkulturen und seine Haustiere. Alles synthetisch, wohin man blickte.

Nachdem besagter Sektierer bekehrt worden war, bezeichnete er diese Visionen nur noch als das, was sie wirklich waren: Albträume, die niemals wahr werden durften. Er wurde daraufhin zu einem der fanatischsten Naturschützer. Jahre danach wurde er mein Vorgesetzter und führte die Todesstrafe für Naturschänder ein.

Ich nahm Urlaub und kehrte zu Layga und meinem paradiesischen Wochenendhaus zurück. Als ich aus der Kutsche stieg, bemächtigte sich meiner ein Gefühl der Beklemmung. Das Haus, der Blütenhain, der Bach mit den Fischen – alles war wie immer, nichts hatte sich verändert. Und doch war in mir die furchtbare Angst, von diesem Paradies Abschied nehmen zu müssen.

Ich blickte zum Kutscher zurück. Er nickte mir aufmunternd zu. Ich bückte mich im Gehen nach einer Blume, pflückte sie. Ich wollte Layga nicht mit leeren Händen gegenübertreten. Dann stand ich vor der Tür zu meinem Blumenhaus. Wieder bemächtigte sich meiner eine unerklärliche Angst. Ich wollte umkehren. Aber ein innerer Zwang veranlasste mich, die Tür zu öffnen. Vor meinen Augen wurde alles schwarz.

»Horre! Horre!«, drang Laygas verängstigte Stimme wie durch einen Großstadtsmog zu mir. »Horre, so wach doch endlich auf!«

Ich öffnete die Augen. Über mir war Laygas besorgtes Gesicht. Sie war schön wie immer, und doch war sie irgendwie verändert. In unserem Wochenendhaus hatte sie ganz anders ausgesehen, war sie von natürlicher Schönheit gewesen. Jetzt hatte sie einen geschminkten Schnabel, ihr Körperflaum war gefärbt, die Augen waren mit Leuchtfarben getönt.

»Was ist geschehen?«, fragte ich verzweifelt.

»Sie haben dich bewusstlos auf der Straße gefunden. Wie schon so oft in den letzten Wochen. Auf mein Ersuchen haben sie dich nicht zur Reparatur eingeliefert, sondern dich nach Hause gebracht. Du bist zu Hause, Horre!«

Zu Hause?

Ja ... zu Hause ... Aber das war nicht das Zuhause meiner Träume. Ich erinnerte mich wieder. Ich war im Klub gewesen und hatte die Spezialität des Hauses genommen.

»Wie viel Zeit ist vergangen?«

»Du meinst, seit du von hier fortgingst?«

»Ja.«

»Ein Tag, fast genau ein Tag.«

»Und ich habe ein halbes Itrinkalter gelebt.«

Ich blickte mich um, suchte nach dem dornenlosen Heckenbett, der Früchteküche, dem Gemüsegarten, dem Fischbach ... Aber da war nur die Terrasse mit den Kunststoffblumen, die einmal am Tag für wenige Augenblicke im Sonnenlicht standen. Und dort stand auch das Aquarium mit den elektronischen Fischen. Und in meinen Händen hielt ich noch die Blume, die ich gepflückt hatte, bevor ich durch die Tür ging. Sie duftete intensiv, aufdringlich. Sie war aus Plastik. Ich steckte sie Layga mit zitternden Fingern in den gefärbten Kopfflaum.

»O Horre!«, rief sie beglückt aus.

Da wusste ich endgültig, dass der Traum von einer besseren Welt zu Ende war. Ich hatte die Spezialität des Hauses genossen, ein kurzes Glück, aus dem es jedes Mal ein böses Erwachen gab. Es würde lange dauern, bis ich mich mit meinem Leben in der Kunststoffwelt zurechtfinden würde. Aber trotz dieser schrecklichen Nachwirkung würde ich wieder in den Klub gehen und wieder träumen. Ich war süchtig nach diesen verbotenen Träumen von Bäumen und Gräsern und Blumen und Kutschen mit vorgespannten Llongas und unübersehbaren Tierherden.

In den Nachrichten kam gerade die Meldung, dass das letzte Llonga im Tiersanatorium von Cranschto verstorben war. Die Ärzte, die um das Leben dieses Tieres gekämpft und letztlich doch versagt hatten, waren nach dem Paragraphen soundso des Naturschutzrechts auf der Stelle hingerichtet worden.

»Sie sehen so verträumt aus, Horre«, sagte Gisgo d'Everen. Ich wusste natürlich, dass er auf meinen Besuch im »Klub Natur« anspielte. Er war der Einzige im Ministerium, der von meiner Schwäche wusste. Und damit hatte er mich in der Hand. Ein Wort von ihm, und ich wäre ein toter Mann gewesen.

Ich hätte ihm für sein Schweigen dankbar sein müssen, doch ich hasste ihn. Ich hätte ihm dankbar sein müssen, dass er mich im Klub einführte, doch ich verdammte ihn deswegen. Er hatte mein Leben, meine Karriere zerstört und mich zum Verräter an meinen Idealen gemacht.

Jedes Mal wenn ich einen Gesetzesbrecher zur Strecke brachte, kam ich mir wie ein Mörder vor. Wie konnte ich über andere richten, da ich mich selbst eines der furchtbarsten Verbrechen schuldig machte: des Traums von der Vergangenheit!

Der Augenblick, als Gisgo mich mit in den Klub nahm, ist mir noch gut in Erinnerung, so als sei es gestern gewesen. Er hatte mich zum Essen eingeladen. Dabei ließ er die Bemerkung fallen, dass ihm die Algenmenüs bereits zum Schnabel heraushingen. Ich sagte, dass wir froh sein könnten, wenigstens noch Algen in unseren toten Meeren züchten zu können. Algen seien der beste Ersatz für natürliche Produkte. Llonga-Ersatz sei geschmacklich nicht von echtem Llongafleisch zu unterscheiden.

Er lachte mich aus. Wie ich denn das wohl beurteilen wolle, da ich in meinem Leben noch kein echtes Llongafleisch gegessen habe, fragte er. Und ob ich es einmal ausprobieren wolle.

Das war der Anfang gewesen. Er führte mich in den »Klub Natur«. Er war eingetragenes Mitglied und stellte mich als Freund vor. Und ich bekam tatsächlich echtes Llongafleisch serviert. Anfangs war ich nicht sicher, ob es sich nicht auch nur um einen Ersatz handelte. Aber es schmeckte doch ganz anders als die Algen mit Llongageschmack, saftiger, frischer, einfach viel natürlicher. Und Gisgo schwor, dass es sich um Llongafleisch handle. Ich dürfte hierher kommen, sooft ich wollte, nur sei es verpönt, Fragen zu stellen.

Ich fragte nicht und kam immer öfter in den Klub. Gisgo begleitete mich nur noch einmal. Das war an dem Tag, als er mir anbot, mir die Spezialität des Hauses zu vermitteln. Das war mein erster Traum vom Paradies. Und ich war von diesem ersten Traum an süchtig nach weiteren Träumen.

»Ich gehe nicht mehr hin«, sagte ich, als ich nun Gisgo in seinem Büro gegenübersaß.

Er öffnete den Schnabel weit und krächzte belustigt. »Das können Sie nicht, Horre. Sie kommen davon nicht mehr los.«

»Sie sind doch auch davon losgekommen, Gisgo«, sagte ich. »Jedenfalls habe ich Sie schon seit Monaten nicht mehr im Klub gesehen.«

»Mit mir ist es etwas anderes. Und was Sie betrifft, Horre, Sie können nicht mehr zurück. Wenn Sie aus dem Klub austreten wollen, wäre das Verrat. Und für Sie käme es einem Todesurteil gleich. Machen Sie nicht so ein Gesicht. Freuen Sie sich lieber, dass Sie zu den wenigen Privilegierten gehören. Erfreuen Sie sich an den Träumen und lassen Sie die anderen im Müll ersticken. Wir verstehen uns doch, Horre?«

Das war Erpressung. Gisgo war der einflussreichste Naturschützer von Cranschto, er hatte fast absolute Macht über die Stadt. Ich fragte mich, wieso er sich für so etwas hergab. Was bezweckte er damit?

In diesem Moment beschloss ich, den Kampf gegen ihn aufzunehmen und herauszufinden zu versuchen, welche dunklen Machenschaften er betrieb. Ich würde alles aufdecken, den Klub auffliegen lassen und Gisgo zu Fall bringen – selbst wenn es mich das Leben kostete.

»Ich habe Ihre Drohung verstanden, Gisgo«, sagte ich und machte mich auf den Weg zum Verhandlungssaal, wo ich in einem Schnellverfahren eine Gruppe von skrupellosen Umweltverschmutzern abzuurteilen hatte. Aber ich wusste, dass ich kein einziges Todesurteil aussprechen würde.

Gisgo verwendete sein Wissen nicht als Druckmittel gegen mich, obwohl ich ständig darauf gefasst war. Nur einmal sagte er: »Horre, es kann sein, dass wir eines Tages Ihre Hilfe benötigen. Dann müssen Sie für mich da sein.«

Ich ging nicht darauf ein, fragte ihn auch nicht, wen er mit »wir« meinte, obwohl es mich brennend interessierte. Gehörte er irgendeiner Sekte an? Einer Geheimorganisation, die einen Putsch vorbereitete?

Drei Wochen hielt ich der Versuchung stand, in den Klub zu gehen. Das Wasser rann mir im Schnabel zusammen, wenn ich nur an das saftige Llongafleisch dachte. Es stand für mich nun außer Zweifel, dass es sich um echtes Llongafleisch handelte, das man im Klub servierte. Es war mir bei meinem vorletzten Besuch gelungen, einen Knochen an mich zu nehmen, ohne dass es jemand bemerkte. Ich hatte ihn zur chemischen Analyse eingereicht, und das Ergebnis war positiv. Das hatte mir ein peinliches Verhör eingebracht, doch meiner Integrität und meiner Immunität hatte ich es zu verdanken, dass die Geheimpolizisten mich ungeschoren ließen. Ich konnte ihnen plausibel machen, dass ich einer großen Sache auf der Spur sei, und ich brachte sie sogar dazu, meinem Chef Gisgo keine Meldung zu machen. Aber jetzt erwartete man langsam Ergebnisse von mir.

Meine Sehnsucht nach den grünen Wiesen des Traumlands, dem Haus mit der Gemüsegarten-Küche und dem Fisch-Bad und dem Heckenbett wurde immer größer. Dennoch konnte ich dem Verlangen widerstehen, den Klub aufzusuchen. Ich spielte sogar mit dem Gedanken, den Klub in einer groß angelegten Razzia auszuheben.

Da kam mir der Zufall zu Hilfe. Gisgo bestellte mich in sein Büro. Als ich dort eintraf, war er völlig verstört. Er sagte, dass er schnell fortmüsse, um eine unaufschiebbare Angelegenheit zu erledigen, dass er aber bald wieder zurückkomme. Er ging. Ich war allein in seinem Büro. Diese Gelegenheit wollte ich nutzen, und ich begann sein Büro zu durchsuchen. Zwischen Schriftstücken über Fälle, die mir bekannt waren, fand ich auch einige handschriftliche Notizen auf naturreinem Zellulosepapier. Eine Rarität! Ein fast unbezahlbarer Luxus. Ich erinnerte mich, dass ich auf dieser Papiersorte einmal vom Klub eine Einladung erhalten hatte.

Dies war jedoch keine Einladung. Dieses Schriftstück war der Plan für den Überfall auf die Naturschutzzone Süd. Der Plan war in allen Einzelheiten ausgearbeitet und anhand einiger Skizzen erläutert. Ich machte eine Kopie und legte das Schriftstück auf seinen Platz zurück. Bald darauf kam Gisgo wieder. Er wirkte zufrieden.

»Ich habe einen Geheimauftrag für Sie, Horre«, sagte er. »Wie ich aus sicheren Quellen weiß, soll ein Überfall auf eine Naturschutzzone stattfinden.«

Das Kartenhaus meines Verdachts gegen Gisgo stürzte in sich zusammen. Hatte ich noch vor Minuten glauben müssen, dass er mit den Verschwörern unter einer Decke steckte, so schien das durch seine Aussage widerlegt zu werden. Er war nicht ein beteiligter Mitwisser an dem Überfall, sondern verwandte sein Wissen zum Kampf gegen die Verbrecher.

»Wir müssen unsere gesamten Kräfte mobilisieren, um diesen Überfall zu verhindern. Es geschieht zur Errettung eines der letzten Flecken unberührter Natur. Wir Naturschützer werden die Zone Nord, wenn nötig, auch mit unserem Leben verteidigen.«

»Die Zone Nord?«, fragte ich überrascht.

»Da staunen Sie, was?«, sagte Gisgo, sich des Überraschungseffekts vollauf bewusst. »Jawohl, diese fanatischen Kunststoffanbeter planen einen Überfall auf die Naturschutzzone Nord. Sie werden Jagd auf die Tiere machen und den Park anzünden. Sie wollen die letzten Spuren der Vegetation und der Tierwelt auf Zannack beseitigen. Aber Sie und Ihre Männer werden das verhindern.«

Benommen verließ ich sein Büro. Also hatte sich mein erster Verdacht doch bestätigt. Obwohl er wusste, dass der Überfall auf die Naturschutzzone Süd stattfinden sollte, wollte er mich und meine Naturschutz-Truppen zur Zone Nord locken.

Aber er würde sich wundern. Das war die beste Gelegenheit, Gisgo d'Everen zu Fall zu bringen.

»Horre, wann kommt endlich diese Sondersendung?« Layga rutschte unruhig auf ihrem Sessel hin und her. Sie stopfte unaufhörlich Algenplätzchen in den Mund und spülte sie mit Milchersatz hinunter.

»Gedulde dich doch etwas, Schatz«, vertröstete ich sie. »Bei den Sendern weiß man in diesem Augenblick wahrscheinlich noch nicht einmal etwas davon.«

»Wie kannst du dann sicher sein?«

»Wie oft soll ich es dir noch erklären«, sagte ich seufzend. Ich bereute es fast, Layga vorzeitig eingeweiht zu haben. »Das Projekt ist geheim. Nicht einmal meine Leute wissen, warum sie zum Einsatz kommen. Ich habe die Vorbereitungen sogar ohne Wissen meines direkten Vorgesetzten getroffen.«

»Wie aufregend!« Layga erschauerte in wohliger Gänsehaut. »Wenn ich bedenke, dass ich außer dir die Einzige bin, die über die bevorstehenden Ereignisse Bescheid weiß! Meine Freundinnen würden blass vor Neid werden. Ich möchte sie am liebsten anrufen. Horre, du musst mir diesen Triumph gönnen!«

»Nein!« Sie zuckte zusammen.

»Entschuldige, dass ich dich angeschrien habe«, bat ich. »Aber wenn ich sage, dass größte Geheimhaltung geboten ist, dann meine ich es auch so. Fall mir also nicht dauernd mit deinen Freundinnen auf die Nerven.«

Layga schwieg schmollend. Im Fernsehen wurde gerade ein Bericht über die Große Alogar-Wüste gezeigt, die Gründe für ihre Entstehung und Ausdehnung über den gesamten Kontinent wurden aufgedeckt, allerdings nicht mit der nötigen Objektivität. Noch vor hundert Jahren – so war es in den Geschichtsbüchern nachzulesen – war Alogar ein blühender Kontinent gewesen. Doch schon damals war der Grundstock für seine Verödung gelegt worden. Die Regierung hatte den größten Teil des Kontinents zum Sperrgebiet erklärt und dort Forschungsstationen, militärische Stützpunkte und Atommeiler errichten lassen. Nur ein kleines Gelände um Cranschto, die heutige Naturschutzzone, war für die Bevölkerung als Erholungsgebiet frei zugänglich.

Im Sperrgebiet betrieb man die Ausrottung der Natur geradezu systematisch. Der Atommüll der Kraftwerke wurde unter der Planetenoberfläche einbetoniert und nicht in den Weltraum oder auf den vierten Planeten befördert.

Das ging nicht lange gut. Die Gebiete mit dem Atommüll wurden nach und nach radioaktiv verseucht. Pflanzen und Tiere starben aus. Anstatt diese Landstriche zu sanieren, wandelte die Regierung sie in Müllablageplätze um. Nun wurde der Müll, in der Mehrzahl Plastikabfälle, von ganz Zannack nach Alogar gebracht. Nach weiteren vier Jahrzehnten war der Kontinent eine einzige Wüste, in der kein Leben gedeihen konnte.

Die radioaktive Strahlung hatte in Zusammenwirken mit den organischen Abfällen und dem Kunststoffmüll seltsame Phänomene hervorgebracht … Mutationen. Die Abfälle begannen im Sinne des Wortes zu wuchern, sie vermehrten sich wie organische Lebewesen, etwa wie Einzeller. Es gab ganze Müllgebirge, die bereits bis über die Wolken hinausragten. Ihre Fundamente reichten bis tief unter die Planetenoberfläche und trieben ihre Wurzeln in die Naturschutzgebiete und vereinzelt bis zur Hauptstadt Cranschto vor.

Man hatte dem Vordringen dieser Müllmutationen durch verschiedene Methoden Einhalt zu gebieten versucht. Die Wucherungen mit Gebirgscharakter waren bombardiert worden. Man hatte die Naturschutzzonen mit tief in den Boden getriebenen Betonfundamenten gegen das Vordringen des Mülls zu schützen versucht. Man erzielte aber nur Teilerfolge. Die Betonfundamente hielten nur wenige Jahre und mussten ständig erneuert werden. Der Plastikmüll drang in die Betonwälle ein und sprengte sie auf. Die Bombardierung konnte das Wachstum des radioaktiven Bio-Plastik-Mülls in die Höhe zwar eindämmen, aber nicht zum Stillstand bringen. Und die Ausweitung der Müllwucherungen in die Tiefe war nicht genau festzustellen.

Man sprach davon, dass es sich mit dem Müll der Großen Alogar-Wüste wie mit einem Eisberg verhielt: Nur der geringste Teil seiner Masse ragte über die Oberfläche hinaus. Wissenschaftler hatten errechnet, dass für die endgültige Vernichtung des radioaktiven Bio-Plastik-Mülls Kräfte entfesselt werden müssten, die mit dem Müll auch unseren ganzen Planeten zerreißen würden. Diese Prognose zeigte deutlich, warum wir uns damit abfinden mussten, bis in alle Ewigkeit mit dem Müll zu leben.

Wir konnten uns dieser Geißel nicht entledigen, sondern mussten uns in unseren Bemühungen damit begnügen, die Ausweitung zu kontrollieren. Es gab in den Tresoren der Regierung sogar schon Geheimpläne für die Evakuierung Cranschtos. Der Bio-Müll der Großen Wüste entwickelte Giftgasstoffe, die bei ungünstigem Wind zur Hauptstadt trieben. Dann gab es Smogalarm. Dabei starben jedes Mal Hunderte von Itrinks.

Bohrversuche in den Naturschutzzonen hatten gezeigt, dass es unter einer relativ dünnen Humusschicht bereits ganze Bio-Plastik-Müll-Adern gab. Diese Adern hatten sich sogar bis unter die Hauptstadt ausgeweitet, füllten Tiefbunkeranlagen aus und unterwanderten die Hochhäuser. Dieser Stadtteil Cranschtos konnte jeden Tag in sich zusammenstürzen, wenn der Mülluntergrund zu wuchern begann. Bisher war es den Wissenschaftlern gelungen, dies zu verhindern.

In der Sendung zeigte eine Animation, wie es den Mülladern überhaupt möglich war, die Naturschutzzonen zu unterwandern und bis zur Hauptstadt vorzudringen: Die Wurzeln der Müllwucherungen aus der Großen Wüste unterwanderten die Betondämme und pflanzten sich von dort aus fort.

Der Sprecher des Berichts schloss mit der Frage: Ist der Bio-Plastik-

Müll als Lebewesen anzusehen? Wäre es möglich, dass diese biologisch lebenden Kunststoffwucherungen so etwas wie Instinkt oder gar Intelligenz entwickelt haben? Könnte man in diesem Zusammenhang sogar von einer Invasion unseres Planeten sprechen?

Der Bildschirm wurde urplötzlich dunkel.

»Horre, ist es jetzt so weit?«

Ich konnte mir eine Antwort ersparen. Auf dem Bildschirm erschien ein Sprecher und erklärte, dass das Programm aus aktuellem Anlass geändert würde. »Wir zeigen Ihnen in einer Direktübertragung den Kampfeinsatz der Grünträger der Naturschutzliga gegen Umweltzerstörer.«

»Das ist es, Horre!«

Auf dem Bildschirm erschien ein Ausschnitt der Naturschutzzone Süd. Die Kamera schwenkte und fing das Panorama des Parks ein. Am Himmel kreiste ein einsamer Vogel. Durch das Unterholz brach ein abgemagerter Hakdal. Noch vor einem halben Jahrhundert galten die Hakdals als jagdbare Pflanzenschädlinge. Als das Fleisch dann knapp wurde, fand ein findiger Kopf heraus, dass Hakdals genießbar waren und entsprechend gewürzt sogar vorzüglich schmeckten. Jetzt gab es auf ganz Zannack nur noch einige zehntausend Exemplare dieser Tiergattung. Eine stattliche Zahl, und doch waren auch sie zum Aussterben verurteilt.

Dann war auf dem Bildschirm eine andere Szene zu sehen. Fünf vermummte Gestalten tauchten zwischen den Bäumen auf.

»Sind das Wilderer, Horre?«, fragte Layga erschrocken. »Sie tragen Schusswaffen und sie legen Fallen aus.«

Layga hatte Recht. Die fünf Vermummten stellten Selbstschussapparate auf, spannten Netze in den Ästen der Bäume und über Fallgruben und legten sich mit schussbereiten Narkosegewehren auf die Lauer. Und Millionen von Itrinks auf ganz Zannack sahen ihnen dabei zu. Ich hätte in diesem Augenblick gerne Gisgos Gesicht gesehen, wenn er herausfand, dass die Übertragung aus der Naturschutzzone Süd stammte.

Die Szenen auf dem Bildschirm wechselten nun in schneller Folge. Die Kameras fingen Tierherden ein, die alle wie unter einem seltsamen Zwang einem gemeinsamen Punkt zustrebten. Die Wilderer lockten die Tiere mit Ultraschallimpulsen an.

»Wie locken die Jäger die Tiere an?«, fragte Layga schaudernd.

Die Ereignisse strebten ihrem Höhepunkt zu. An die fünfzig Tiere hatten das von den Jägern umstellte Gebiet erreicht. Auf den umliegenden Bäumen hatten sich einige Vögel niedergelassen. Auch ein seltener Schilleroff war darunter.

Als das erste der Tiere in eine Fallgrube einbrach und die Vermummten ihre Narkosewaffen ansetzten, schlugen meine Leute zu. Sie zündeten von ihrem sicheren Versteck aus die Gasbomben. Das entströmende Betäubungsgas hing wie eine dichte Wolke über dem Einsatzgebiet. Die Tiere fielen um, doch den Vermummten konnte das Gas nichts anhaben. Entsetzt erkannte ich, dass ihre Verkleidung nicht allein der Tarnung diente, sondern dass es Schutzanzüge mit Sauerstoffgeräten waren. Vielleicht handelte es sich sogar um Raumanzüge.

Die Vermummten wandten sich zur Flucht, ohne sich um die bewusstlosen Tiere zu kümmern. Sie erkannten, dass sie in eine Falle gegangen waren, und wollten nur noch das nackte Leben retten. Auf ihrer Flucht rannten sie jedoch meinen Leuten geradewegs in die Arme. Drei der Vermummten fielen unter den ersten Salven, der vierte brach ebenfalls wenig später im Geschosshagel zusammen. Der letzte Überlebende hätte vielleicht eine Chance gehabt, ungeschoren davonzukommen. Doch anstatt die Gelegenheit zur Flucht zu nutzen, tat er etwas in dieser Situation völlig Unverständliches. Er richtete eine stabähnliche Waffe, wie ich sie vorher noch nie gesehen hatte, auf seine vier toten Kameraden. Daraus schoss ein Feuerstrahl hervor und äscherte die vier Toten ein. Kaum war dies geschehen, fiel auch der letzte Vermummte im Feuer meiner Leute.

Wir hatten gesiegt. Dennoch konnte ich nicht triumphieren. Mir wäre es lieber gewesen, wenn wir wenigstens einen der Jäger lebend in die Hände bekommen hätten, um ihn nach seinen Hintermännern auszufragen. Vielleicht wäre dabei sogar Gisgo d'Everens Name gefallen.

Aber mein Vorgesetzter war auch so schwer belastet. Der Übertragung folgte eine Diskussion zwischen Politikern, Geheimpolizisten und Naturschützern. Ich war ebenfalls dazu eingeladen worden, hatte aber aus verschiedenen Gründen abgelehnt. Immerhin hatte ich zum Zeitpunkt, da ich die Einladung erhielt, noch geglaubt, dass uns die Verbrecher lebend in die Hände fallen würden.

Das Telefon läutete. Ich hob ab. Der Leiter der Tierklinik war am Apparat. Er meldete mir, dass vier der fünf Verbrecher bis zur Unkenntlichkeit verbrannt seien. Der Körper des fünften befände sich jedoch in einem Raum der Klinik.

»Sie sollten so rasch wie möglich herkommen«, sagte der Tierarzt erregt. »Es lohnt sich, einen Blick auf den Toten zu werfen.«

Mehr war aus ihm nicht herauszubringen. Ich machte mich sofort in meinem auf dem Dach geparkten Dienstflugzeug auf den Weg zur Naturschutzzone Süd.

Gerade als ich auf dem Dach der Klinik landete, heulte die Alarmsirene auf. Ich ging sofort in Deckung. Da tauchten am Himmel fünf Einsatzflugzeuge der Naturschutzliga auf. Ich wollte aufatmen, weil ich alles nur für einen Fehlalarm hielt. Doch da eröffneten die Flugzeuge das Feuer aus ihren Maschinengewehren. Mein Flugzeug wurde von der ersten Salve getroffen und explodierte. Auf dem Hof der Klinik brachen Wärter und Naturschutzmänner reihenweise zusammen.

Ich sprang vom Dach der Klinik und rannte zum nahen Waldrand. Dort ging ich in Deckung, bevor die Flugzeuge den zweiten Angriff starteten. Diesmal kamen sie in größerer Höhe herangeflogen. Ich wusste sofort, was das zu bedeuten hatte. Aus dem Haupteingang rannten einige Ärzte und Tierpfleger. Ich gab ihnen durch Handbewegungen zu verstehen, dass sie in Deckung gehen sollten. Unter ihnen war auch der Leiter der Klinik, der mich über Telefon hergebeten hatte. Er entdeckte mich, verstand aber meine Warnung nicht.

In diesem Augenblick erschienen die fünf Kampfflieger über der Klinik. Wieder ratterten ihre Maschinengewehre. Diesmal warfen sie jedoch auch Bomben ab. Die Klinik ging in Flammen und Rauch auf. Ich duckte mich in das Unterholz und schützte meinen Kopf mit den Händen vor herabfallenden Trümmern. Als die Explosionen vorbei waren, erhob ich mich halb. Unweit von mir sah ich den Leiter der Tierklinik liegen.

Sein Körper wies unzählige Wunden auf, aber er bewegte sich noch. Ich rannte zu ihm und holte ihn in den Wald. Gerade als ich mit ihm in der Deckung verschwand, landeten die Flugzeuge. Bewaffnete Naturschützer sprangen heraus und begannen, wild um sich zu schießen. Sie schossen auf alles, was sich bewegte. Es war ein Bild des Grauens.

»Horre, Sie müssen …«

Ich blickte in das verzerrte Gesicht des Tierarztes. Ich sah sofort, dass es mit ihm zu Ende ging.

»Haben Sie mir noch etwas von Bedeutung zu sagen?«, fragte ich ihn eindringlich und blickte zu den abtrünnigen Naturschützern hinüber.

Ich traute meinen Augen nicht, als ich unter ihnen Gisgo d'Everen erblickte. Jetzt bestand für mich kein Zweifel mehr, dass er einer der Anführer dieser Verbrecherorganisation war. Mehr als diese Entdeckung erschütterte mich jedoch, dass auch viele meiner besten Leute dazugehörten. Oder hatte Gisgo sie nur unter Vorspiegelung falscher Tatsachen zu dieser Aktion verleitet?

»Horre …«, kam wieder die schwache Stimme des Tierarztes. Ich beugte mich tiefer über ihn.

»Der Tote, der in die Klinik eingeliefert wurde, war …«, fuhr er stockend fort. »Er war kein Itrink …«

»Kein Itrink?«, entfuhr es mir. Er schüttelte den Kopf, dann war er tot.

Ich ließ ihn liegen und zog mich tiefer in den Wald zurück, bevor einer der Verbrecher mich entdecken konnte. In meinem Kopf wirbelten die Gedanken wie ein Schwarm Insekten durcheinander. Wenn der Tote kein Itrink war, was dann?

Darauf konnte es nur eine Antwort geben: Es musste sich um einen Bewohner des vierten Planeten handeln. Wir standen mit dem vierten Planeten schon lange Zeit im kalten Krieg und rechneten ständig damit, dass es bald zu Kampfhandlungen kommen konnte.

Nun schien es so, als hätte die Invasion unseres Planeten bereits begonnen. Und Gisgo d'Everen musste darüber informiert sein. Jetzt kannte ich auch das Motiv für seine verbrecherischen Machenschaften: Er steckte mit den Invasoren unter einer Decke. Der Überfall auf die Tierklinik, der nur dem Zweck gedient hatte, den Toten, der kein Itrink war, zu beseitigen und alle unliebsamen Mitwisser zu töten, war der eindeutige Beweis dafür.

Jetzt konnte ich endlich reagieren und handeln.

26.
Roi Danton

Wir benannten das Sonnensystem nach seinem Entdecker Corvo Papillo, dem Kommandanten der HARLOWER. Als wir mit der gesamten Flotte das Papillo-System erreichten, gingen wir erst einmal weit außerhalb in Warteposition. Von dort schickten wir Sonden in das Sonnensystem und stellten mittels Fernortung Messungen an.

Die Sonne war vom Spektraltyp G 4 der Klasse V, was so viel heißt, dass es sich um eine gelbe Normalsonne der Hauptsternenreihe handelte. Es gab insgesamt sieben Planeten, von denen nur zwei, nämlich die Nummer drei und Nummer vier, von der Sonne gesehen, dazu geeignet waren, eigenes Leben zu tragen. Und wie sich schnell herausstellte, waren beide Planeten bewohnt. Uns interessierte zuerst vor allem die Nummer drei, denn von dieser Welt stammten die Funksignale, die die HARLOWER aufgefangen hatte.

Von diesem Planeten gingen immer noch viele Radiowellen aus, doch war es wegen ihrer Vielzahl unmöglich, eine Ähnlichkeit mit den 450 Jahre alten Signalen festzustellen.

Bevor wir an die Auswertung der empfangenen Radiosignale und der von den Sonden erhaltenen Daten gingen, erbrachte die Fernortung ein Ergebnis, das so sensationell war, dass ich die anderen Daten unbeachtet ließ.

Nahe der Sonne Papillo waren 17 Raumschiffe postiert. Die zylindrischen Kugelheck-Schiffe hatten offenbar den Ortungsschutz der Sonne aufgesucht. Allerdings nutzten sie ihn nicht gut genug aus, sonst hätten wir sie auf diese Entfernung nicht orten können. Offenbar war man an Bord der Schiffe der Meinung, dass man ohnehin nicht entdeckt werden könne.

In Bezug auf die Planetenbewohner der dritten und vierten Welt traf das zu. Die von den Sonden übermittelten Daten ergaben, dass die Bewohner beider Planeten zwar die Raumfahrt kannten, doch nur auf sehr primitivem Niveau. Daraus ergab sich zwangsläufig, dass auch die Zylinderschiffe mit dem Kugelheck von keinem der beiden Planeten stammten. Was hatten sie dann aber hier verloren?

»Einfach hinfliegen und nachschauen«, schlug Gucky vor. Ich befolgte seinen Ratschlag und entsandte zwei Space-Jets.

An Bord der MC-SJ 35 befanden sich zwei Besatzungsmitglieder, Master Sergeant Hon-Tuang und Ortungsfunker Irosch Schkuntzky, dazu der Emotionaut Mentro Kosum und die beiden Mutanten Fellmer Lloyd und Ras Tschubai.

Die andere Space-Jet, die MC-SJ 34, war außer meiner Wenigkeit noch mit Gucky und Irmina Kotschistowa bemannt. Als Besatzung wählte ich Sergeant Ponell Eitringer und den Orter Mikel Onnang, die uns mit der MC-SJ 34 bereits von Terrania City zur MARCO POLO geflogen hatten.

Obwohl mich die militärischen Berater der MARCO POLO warnten, flogen wir ein kurzes Linearmanöver, das uns bis zur Umlaufbahn des zweiten Planeten brachte. Dass ich ihre Warnungen in den Wind schlug, hatte einen guten Grund. Wenn die Kugelheck-Schiffe unsere Flotte entdeckt hätten, wären sie schon längst geflüchtet. Da dies aber nicht geschehen war, drängte sich mir eine bestimmte Vermutung auf, die es mir ratsam erscheinen ließ, kein großes Flottenaufgebot einzusetzen. Und je näher wir mit den beiden Space-Jets den 17 Raumschiffen kamen, desto mehr wurde ich in meiner Vermutung bestärkt, dass sie unbemannt waren.

»Soeben haben wir die Umlaufbahn des innersten Planeten gekreuzt«, meldete Mikel Onnang. »Entfernung zu den 17 Raumschiffen: dreißig Millionen Kilometer.«

»Wie sieht es mit der energetischen Aktivität der Raumschiffe aus?«

»Gleich bleibend minimal«, antwortete Mikel Onnang. »Die nahe Sonne macht eine Anmessung der Schiffsenergie praktisch unmöglich. Wahrscheinlich laufen an Bord der Schiffe nur Notaggregate.«

Ich nickte zufrieden. Auch diese Meldung passte in das Gesamtbild, das ich mir nach den ersten Meldungen gemacht hatte.

»Was könnte die Mannschaft dazu veranlasst haben, die Schiffe zu verlassen und unbewacht zurückzulassen?«, sinnierte Irmina Kotschistowa.

»Ganz unbewacht werden die Schiffe sicherlich nicht sein«, antwortete Gucky. »Sicherlich ist zumindest eine robotische Alarmanlage aktiviert.«

»Warum wurden wir von dieser dann noch nicht entdeckt?«, fragte Irmina.

»Möglicherweise wurde die Robotautomatik auf ganz bestimmte Feindobjekte programmiert«, antwortete ich. »Ich könnte mir vorstellen, dass schon längst Alarm gegeben worden wäre, wenn Zeus mit einem Schiff in das System eingeflogen wäre.«

»Das klingt plausibel«, gab mir Irmina Recht. »Dennoch bleibt die Frage offen, warum die Fremden ihre Schiffe verlassen haben.«

»Das ist noch nicht einmal bewiesen«, sagte Ponell Eitringer.

»Gucky?«, wandte ich mich an den Mausbiber.

Er schüttelte den Kopf. Ich hatte ihm auf getragen, seine telepathischen Fühler in Richtung der 17 Schiffe auszustrecken. »Bisher habe ich keinen einzigen Gedankenimpuls empfangen«, meinte er. »Aber das kann noch kommen, wenn wir erst näher bei den Schiffen sind.«

Ponell Eitringer wandte sich im Pilotensitz zu mir um und fragte: »Wie nahe soll ich an die Schiffe herangehen?«

»Vorerst bis auf zehn Millionen Kilometer. Dann sehen wir weiter. Dasselbe gilt für die MC-SJ 35.«

»Verstanden!«, ertönte Mentro Kosums Stimme aus dem Hyperkom. Wir standen mit der anderen Space-Jet in ständigem Funkkontakt.

Ich blickte auf den Ortungsschirm. Dort zeichneten sich die 17 Schiffe bereits ganz deutlich ab. Die Hyperortung vermittelte uns ein naturgetreues Bild. Auch die Größe und Masse der Schiffe konnte genau ermittelt werden. Sie waren alle von derselben Größenklasse: in ihrer Gesamtlänge 550 Meter lang, Zylinderlänge: 400 Meter; Dicke: 50 Meter; Durchmesser der Heckkugel: 150 Meter. Von einer energetischen Ortung konnte immer noch keine Rede sein.

»Auf Ihre Frage von vorhin kann es nur eine Antwort geben, Irmina«, sagte ich.

»Ich dachte schon, Sie hätten sie überhört«, meinte sie spitz.

»Der einzige Grund, warum die Besatzungen ihre Schiffe verlassen haben könnten«, fuhr ich ungerührt fort, »wären meiner Meinung nach die beiden bewohnten Planeten. Vielleicht haben die Fremden dort Stützpunkte.«

»Sie müssten dort aber ohne das Wissen der Planetenbewohner operieren«, hielt mir Irmina dagegen.

»Und wieso kommen Sie darauf?«, fragte ich.

»Ganz einfach: Die Bewohner der beiden Planeten haben keine so hoch entwickelte Technik wie die Erbauer der 17 Schiffe. Also können sie von sich aus zu diesen auch keinen Kontakt haben. Und die Schiffserbauer setzen ihre Technik auf den Planeten nicht ein. Denn würden sie das tun, hätten wir entsprechende Ortungsergebnisse erhalten.«

»Damit haben Sie fraglos Recht«, stimmte ich zu.

»Entfernung zu den Schiffen beträgt zehn Millionen Kilometer«, meldete der Orter Mikel Onnang.

»Fliegen Sie mit einem Zehntel der bisherigen Geschwindigkeit weiter, Eitringer«, trug ich dem Piloten auf. »Wir werden eine Sonde vorausschicken. Mal sehen, was dann passiert.«

»Ist das nicht ein zu großes Risiko?«, gab Irmina zu bedenken.

Ich zuckte die Achseln. »Ein kalkuliertes. Wenn die Sonde abgeschossen wird, dann wissen wir wenigstens, woran wir sind.«

Ponell Eitringer schleuste die Sonde aus. Wir verfolgten ihren Weg auf dem Ortungsschirm. Sie näherte sich den fremden Schiffen bis auf fünfhunderttausend Kilometer und blieb unbehelligt. Die Ortungsergebnisse, die wir von der Sonde erhielten, deckten sich mit unseren bisherigen Ergebnissen. Hinzu kam nur noch eine schwache Energieemission, die wir wegen der zu großen Entfernung und der Sonnenaktivität bisher nicht hatten anmessen können.

»Bringen Sie die Sonde in eine Umlaufbahn um die Raumschiffe!«, befahl ich Eitringer. »Ich glaube, wir können den Versuch wagen, auch mit den Space-Jets ganz nahe heranzugehen.«

»Der Meinung bin ich auch«, stimmte Gucky zu. »Zumindest bis in gute Reichweite für Teleporter.« Er blickte mich fragend an. »Oder möchtest du keinen Blick ins Innere der Schiffe werfen, Mike?«

»Doch«, versicherte ich schmunzelnd. »Diese günstige Gelegenheit werde ich mir nicht entgehen lassen. Das Aussehen der Fremden würde mich brennend interessieren, allein schon deshalb, weil Zeus ein so großes Geheimnis daraus gemacht hat.«

Ich befahl Mentro Kosum, sich einsatzbereit zu machen. Er sollte mit Ras Tschubai an Bord eines der Schiffe teleportieren. Gucky und ich legten unsere Kampfanzüge an. Als wir den 17 Raumschiffen nahe genug waren, reichte mir der Mausbiber die Hand. Im nächsten Augenblick entmaterialisierten wir.

Ras Tschubai war zusammen mit Mentro Kosum vor uns auf dem fremden Raumschiff eingetroffen; Gucky hatte sich an den Gedanken des Afroterraners orientiert. Die beiden trugen wie wir flugfähige Kampfanzüge.

»In welchem Teil des Schiffs befinden wir uns?«, fragte ich.

»Im Vorschiff«, antwortete Ras über Funk. »Ich habe angenommen, dass die wichtigsten Anlagen wie Steuerzentrale und Geschützstände in Bugnähe untergebracht sind.«

»Besonders beeindruckt bin ich nicht«, meinte Mentro Kosum. Sein sommersprossiges Gesicht hinter der Helmscheibe zeigte ein Grinsen; die rostrote Haarpracht hatte er, wie immer, wenn er einen Raumhelm trug, zu einem Knoten geschlungen. »Dies hier könnte ebenso gut der Korridor zu den Toiletten sein.«

In der Tat, der Korridor, in dem wir uns befanden, wies keine Merkmale auf, die irgendwelche Rückschlüsse auf die Fremden zuließen. Er zog sich bogenförmig dahin und war nach links und rechts nur etwa zwanzig Meter einzusehen. Es schien sich um einen Ringkorridor zu handeln, der wahrscheinlich in Nähe der Schiffshülle rund um die Längsachse verlief. Die Wände waren glatt, die Decke lag fünf Meter über dem Boden. Zehn Meter von uns entfernt gab es ein ovales Schott, dessen größerer und vertikaler Durchmesser drei Meter betrug.

»Das Schiff ist verlassen«, behauptete Gucky. »Es gibt kein lebendes Wesen – zumindest kein denkendes – an Bord. Dasselbe dürfte auf die anderen Schiffe zutreffen. Zumindest kommen auch von dort keine Gedankenimpulse.«

Diese Entdeckung kam nicht überraschend für mich, denn schon die Ergebnisse der Fernerkundung hatten darauf hingedeutet, dass die 17 Schiffe ohne Besatzung waren. Eine andere Entdeckung war dagegen schon aufschlussreicher, wenn auch nicht unbedingt sensationell. Ich aktivierte den Atmosphäre-Analysator an meinem Armgelenk und stellte fest: »Die Atmosphäre ist ein Sauerstoffgemisch und für Menschen gut verträglich. Dennoch rate ich davon ab, die Raumhelme zu öffnen. Wer weiß, welche Überraschungen noch auf uns warten. Sehen wir uns erst einmal um. Haltet die Strahler bereit. Wenn auch keine Lebewesen an Bord zu sein scheinen, besagt das nicht, dass wir nicht auf Widerstand stoßen könnten.«

»Stimmt«, pflichtete mir Mentro Kosum bei. »Roboter denken nämlich nicht.«

Wir schalteten unsere Antigravaggregate ein und schwebten einen halben Meter über dem Boden durch den Korridor. Wir kamen an einer Reihe von Schotten vorbei, die wir jedoch unbeachtet ließen. Erst als wir den Ringkorridor einmal umrundet hatten, ohne irgendwelche Besonderheiten entdeckt zu haben, beschloss ich, durch das nächste Oval-Schott zum Schiffszentrum vorzudringen.

Das Schott ließ sich manuell öffnen. An dem Öffnungsmechanismus zeigte sich aber bereits, dass die Schiffserbauer nicht im engeren Sinne humanoid sein konnten. Der Drehgriff war nicht für Menschenhände gedacht, sondern für feingliedrige Extremitäten.

Es handelte sich um einen Kreuzgriff. Als Mentro Kosum probeweise daran drehte, konnte er ihn nur unter größter Anstrengung um etwa 45 Grad drehen. Als ich ihm zu Hilfe kam, gelang es uns gemeinsam, den Kreuzgriff fast spielend zu drehen. Das Schott schwang auf. Daraus ließ sich leicht schließen, dass man vier Arme benötigte, um dieses Handrad zu betätigen. Also mussten die Schiffserbauer vierarmig sein.

Wir kamen in ein Kontrollzentrum. Es war quadratisch, mit einer Seitenlänge von 15 Metern und reichte in der Höhe über zwei Etagen. Über die ganze Höhe der vier Wände waren Instrumente und Monitoren verteilt. Allerdings waren sie ohne Energie. Davor standen Kontursitze, die auf hydraulischen Gelenkarmen ruhten, sodass man mit ihnen bis zu den obersten Instrumenten in zehn Metern Höhe hinauffahren konnte.

»Ob das die Kommandozentrale ist?«, fragte Mentro Kosum zweifelnd.

»Für so ein Riesenschiff wäre es eine zu mickrige Kommandozentrale«, erwiderte Gucky. »Wahrscheinlicher handelt es sich um die Ortungszentrale, das Rechenzentrum oder den Waffenleitstand ...«

»Oder die Turnhalle«, fügte Mentro Kosum hinzu. Er zwängte sich in einen der Kontursessel, was ihm nur mit Mühe gelang. Er stemmte sich ächzend wieder heraus. »Die Fremden müssen ein ausgesprochen schmales Gesäß haben.«

»Oder du hast zugenommen«, warf Gucky ein.

Ich betrachtete die Kontursessel genauer. Sie konnten den größten Aufschluss über das Aussehen der Fremden geben. Die Kontursessel waren gar nicht so schmal, wie Mentro Kosums Äußerung es vermuten ließ. In Höhe der Seitenlehnen waren sie mit etwas über einem Meter sogar recht breit. Nur lief der Fassungsraum der Sitzgelegenheit nach unten konisch zusammen. Das ließ den Schluss zu, dass der Unterleib der Fremden nach unten spitz zulief. Auch schienen ihre Beine recht kurz gebaut, denn die Sitzfläche lag nur knapp über dem Boden. Die Instrumente waren im Verhältnis dazu jedoch in ziemlicher Höhe angeordnet. Mentro Kosum konnte sie vom Sitz aus nur erreichen, wenn er sich kräftig streckte.

Ergo: Die Fremden besaßen kurze Beine, lange Körper und womöglich auch längere Arme, wahrscheinlich deren vier. Für extrem lange Körper sprachen auch die hohen Rückenlehnen der Kontursitze. Ich stellte Messungen am Sitz und den Instrumenten an und kam zu dem Ergebnis, dass die Fremden im Durchschnitt etwa zwei Meter groß sein mussten, vielleicht sogar etwas größer. Ras Tschubai machte eine Entdeckung, die uns weitere Aufschlüsse über die Fremden gab.

»Seht euch das hier genau an«, forderte er uns auf. »Könnt ihr daran nichts Außergewöhnliches feststellen?«

Wir kamen seinem Wunsch nach. Ich erkannte unbekannte Schriftzeichen. Lange konnte ich aber nicht hinsehen, dann verdoppelten sich die Zeichen und verschwammen.

»Da wird einem ja ganz schwindlig«, sagte Mentro Kosum. »Man braucht schon mehr als zwei Augen, um diesen Dopplereffekt ausschalten zu können.«

»Das ist nur bedingt richtig«, stellte Ras Tschubai fest. »Wenn man den Polarisationsfilter vor die Sichtscheibe schiebt, kann man damit gut sehen.«

»Facettenaugen!«, platzte Gucky heraus. »Die Fremden müssen Facettenaugen haben. Und sie haben ihre Beschriftungen den Lichtbrechungsgesetzen ihrer Augen angepasst.«

»Ja, darauf wollte ich hinaus«, bestätigte Ras Tschubai. »Wir können mit ziemlicher Wahrscheinlichkeit annehmen, dass die Fremden Facettenaugen besitzen.«

»Sehen wir uns weiter um«, schlug ich vor.

Der angrenzende Raum brachte keine neuen Erkenntnisse. Er glich dem anderen, abgesehen von einigen kleinen Unterschieden, bis aufs Haar. Auch die Einrichtung der nächsten Räume lieferte keine Sensationen. Bis auf kleine Unterschiede, vor allem der technischen Geräte, sah ein Raum wie der andere aus und wies auch in den Abmessungen keine Abweichung auf. Die Verbindungsschotten standen alle offen, die Schließmechanismen waren ebenso wie die technischen Geräte ohne Energie.

Dann kamen wir zu einem verschlossenen Schott.

»Dahinter tut sich einiges«, stellte Mentro Kosum mit einem Blick auf seinen Energietaster fest. »Ich wage sogar zu behaupten, dass aus diesem Raum heraus die Hauptenergieausstrahlung kommt.«

Ich schaltete meinen Energietaster ebenfalls ein. Kosum hatte Recht.

In dem Raum hinter dem Schott war eine starke hyperenergetische Quelle. Zusammen mit dem Emotionauten versuchte ich, das Schott mittels des Kreuzrades zu öffnen. Aber wir konnten den Drehgriff auch unter größter Kraftanstrengung nicht bewegen.

»Lasst mal einen Telekineten ran«, verlangte Gucky.

Wir gaben das Schott für ihn frei. Gucky konzentrierte sich, auf seinem Gesicht zeichneten sich die übermenschlichen Anstrengungen ab, die er machte, um mit Hilfe seiner Para-Kräfte das Schott zu öffnen. Aber auch unter seinen telekinetischen Impulsen drehte sich das Kreuzrad nicht. Schließlich stellte er die Versuche ein.

»Wozu sich denn anstrengen«, meinte er dann. »Teleportieren wir einfach in den dahinter liegenden Raum.«

Ich stellte noch einige Messungen an. Erst als ich sicher war, dass der Raum nicht durch hyperenergetische Schutzschirme abgesichert war, gab ich den beiden Mutanten die Erlaubnis zum Teleportieren. Ras nahm sich wieder Kosums an, Gucky beförderte mich. Wir materialisierten in einer großräumigen Halle, die zur Hälfte von einem Durcheinander von technischen Geräten eingenommen wurde. Zwischen zwei Säulen, die an gigantische Isolatoren erinnerten, flimmerte ein Energiefeld mit starker Hyper-Emission.

»Ein Materietransmitter«, sagte Ras Tschubai spontan.

»Und er ist aktiviert«, fügte Mentro Kosum hinzu.

»Durch diesen Transmitter hat sich die Mannschaft abgesetzt«, sagte ich. »Jetzt wissen wir, wie die Fremden von Bord gekommen sind. Und ich neige nun noch mehr zu der Ansicht, dass sie sich zu einem oder zu beiden der bewohnten Planeten abstrahlen ließen. Da die Transmitter weiterlaufen, werden die Fremden wohl auch auf demselben Weg zurückkehren wollen.«

»Es ist anzunehmen, dass die anderen Besatzungen ihre Schiffe auf die gleiche Weise verlassen haben«, meinte Gucky. »Genügt dir diese Vermutung, oder möchtest du dir Gewissheit verschaffen, Mike?«

»Ich möchte Gewissheit haben«, sagte ich.

Ohne besondere Aufforderung entmaterialisierten Gucky und Ras Tschubai fast gleichzeitig. Ich konnte sie nicht mehr daran hindern.

»Wenn Gucky in seinen Entschlüssen nur nicht immer so voreilig wäre«, ärgerte ich mich.

»Aber Sie haben Ras und ihn geradezu zum Teleportieren herausgefordert«, wunderte sich Mentro Kosum.

»Das schon. Aber ich hätte noch etwas hinzuzufügen gehabt.« Ich seufzte. »Es ist ihre eigene Schuld, wenn sie doppelt so oft teleportieren müssen.«

»Was haben Sie vor?«

Ich blickte nachdenklich zum Transmitter. »Versetzen Sie sich einmal in die Lage der Fremden, Kosum. Versuchen Sie nicht, ihre Motive für die Abstrahlung zu einem oder beiden bewohnten Planeten zu ergründen. Die sind nicht ausschlaggebend. Feststehen dürfte aber, dass sie in einer wichtigen Mission unterwegs sind, die den Einsatz aller Leute erfordert. Andernfalls hätten sie das Risiko nicht auf sich genommen, die Schiffe unbewacht zurückzulassen.«

»Sie müssen sich sehr sicher sein, wenn sie nicht einmal Roboter als Wachen zurückließen«, stimmte Kosum zu.

Ich winkte ab. »Darauf kommt es nicht an. Die Fremden sind auf den bewohnten Planeten im Einsatz. Sie haben die Transmitter an Bord ihrer Schiffe auf Empfang gestellt und für die gesamte Dauer ihrer Abwesenheit aktiviert gelassen. Sicher wäre ihnen auch möglich gewesen, sie per Funk zu aktivieren. Doch dabei hätte sich eine Verzögerung ergeben. Und warum wollen die Fremden dieses Risiko nicht eingehen?«

»Weil sie damit rechnen, blitzschnell auf ihre Schiffe zurückkehren zu müssen«, sagte Mentro Kosum. »Aber ich verstehe immer noch nicht, worauf Sie hinauswollen.«

Jetzt lächelte ich. »Stellen Sie sich einmal vor, wie den Fremden zumute wäre, wenn sie in ihre Schiffe zurückkehren wollen, aber feststellen müssen, dass dies unmöglich ist, weil die Empfängertransmitter an Bord der Schiffe nicht mehr funktionieren.«

Jetzt grinste Mentro Kosum übers ganze Gesicht. »Wie groß ist Ihr Zerstörungstrieb?«, fragte ich ihn.

Er gab mir die Antwort in Form eines seiner berühmt-berüchtigten Knittelverse. »Vom Solarmarschall bis zum Korporale, Mentro Kosum ist der größte Wandale.«

Gucky materialisierte kurz darauf in der Transmitterhalle. »Ich war auf vier Schiffen. An Bord eines jeden war der Transmitter eingeschaltet. Und zwar auf Empfang. Ich habe einen Gegenstand gegen das Transmitterfeld geschleudert, doch es hat ihn abgestoßen. He! Warum ist dieser Transmitter nicht mehr in Betrieb?«

Noch ehe wir ihm antworten konnten, tauchte Ras Tschubai auf.

»Fünf Schiffe mit aktivierten Transmittern«, meldete er knapp. Dann fiel sein Blick zu den beiden Transmitterisolatoren, wo anstatt des Empfängerfeldes gähnende Leere klaffte. Er wandte sich an mich. »Wie ist das passiert?«

Ich erklärte ihm und Gucky meine Absicht, den Fremden die Rückkehr auf ihre Schiffe unmöglich zu machen. »Um das zu erreichen, ist es jedoch nötig, die Transmitter aller 17 Schiffe zu zerstören«, schloss ich.

»Das hättest du uns auch gleich sagen können«, maulte Gucky und entmaterialisierte mit finsterem Gesicht. Ras Tschubai folgte seinem Beispiel, allerdings ohne zu murren.

Während der Abwesenheit der beiden Teleporter durchsuchte ich mit Mentro Kosum die umliegenden Räume. Wir mussten aber schnell einsehen, dass nur umfangreiche wissenschaftliche Untersuchungen neue Erkenntnisse bringen konnten.

Als Gucky und Ras Tschubai nach Erledigung ihres Auftrags zurückkamen, teleportierten wir zu den Space-Jets. Die 17 Feindschiffe interessierten mich im Augenblick nicht mehr. Nachdem die Empfängertransmitter zerstört waren und die Fremden nicht an Bord zurückkehren konnten, würden sie uns auch noch später zur Verfügung stehen.

Mein Interesse galt nun den beiden bewohnten Planeten. Ich entschloss mich, mit der MC-SJ 34 Planet Nummer drei anzufliegen. Die zweite Space-Jet sollte sich um Papillo IV kümmern. Besondere Richtlinien gab ich der Mannschaft nicht. Mentro Kosum war ein erfahrener Kosmonaut, und Fellmer Lloyd und Ras Tschubai wussten selbst am besten, wie sie vorzugehen hatten. Das würde sich auch für uns erst aus der jeweiligen Situation ergeben.

Die Auswertung der Ortungsergebnisse lief während des Anflugs an den dritten Planeten auf vollen Touren. Papillo III war nicht einmal 130 Millionen Kilometer von der Sonne entfernt, die mittlere Tages-Oberflächentemperatur betrug plus 48,62 Grad Celsius. Das war ein relativ hoher Wert, dennoch auch für Menschen noch erträglich.

Der Planet besaß keine Monde und hatte einen Durchmesser von 13.486 Kilometern. Die Planetendichte entsprach etwa der der Erde, sodass sich durch die größere Masse eine Gravitation von 1,103 g ergab. Ebenfalls ein für Menschen akzeptabler Wert.

Die Eigenrotation von Papillo III betrug 32,19 Stunden; die Umlaufzeit um die Sonne wurde mit 273,7 Tagen errechnet. Die Atmosphäre bestand aus einem für Menschen atembaren Sauerstoffgemisch. Ebenso wie die Atmosphäre waren auch die Umweltverhältnisse denen der Erde ähnlich.

Die beiden Pole bestanden aus Eis, doch war ihre Ausdehnung im Verhältnis zum Planetenvolumen nur gering. Die Eiszonen reichten nicht weit von den Polen fort, sondern wurden bald von Vegetationszonen abgelöst. Allerdings war von Vegetation nicht viel zu sehen. Das Grün war nur spärlich über die sechs Hauptkontinente verteilt. Braun- und Ockertöne herrschten vor, die Wolkendecke wirkte schmutzig grau und erinnerte an den Smog primitiv-technischer Industrieplaneten. Infrarotmessungen ergaben, dass Karstland, Wüsten und verödete Steppen vorherrschten und die spärliche Vegetation mit unzähligen Krankheitsherden durchsetzt war.

»Typische Auswirkung von Raubbau an der Natur und Umweltverschmutzung«, stellte Irmina Kotschistowa fest. Der Bordcomputer gab ihr Recht. Die Analyse eines gurkenförmigen Kontinents ergab ein verblüffendes Ergebnis: Dort unten türmten sich wahre Riesengebirge aus Kunststoff, in denen vereinzelt atomare Energiequellen und radioaktive Herde zu orten waren. Es gab nur eine einzige große Stadt auf diesem Kontinent, die sich über den südlichsten Zipfel ausdehnte. Allerdings besaß sie beachtliche Ausmaße, und sie war landeinwärts von einem schmalen Grüngürtel umgeben. Die Infra-Beobachtung zeigte allerdings, dass auch diese Vegetation krank war.

Die Ortungsergebnisse sagten aber noch lange nicht das aus, was ich wirklich über den Planeten und vor allem über seine Bewohner wissen wollte. Interessant wurde es erst, als wir uns der Lufthülle des dritten Planeten näherten. Hier ortete Mikel Onnang ein halbes Dutzend primitiver Satelliten. Sie waren unbemannt, und der größte besaß einen Durchmesser von sieben Metern. Er diente als Relaisstation für Bild- und Tonsendungen.

»Dieser Satellit wird uns die Informationen über die Planetenbewohner liefern«, sagte ich. »Onnang, zapfen Sie die Bild- und Tonübertragungen an und leiten Sie die Schirme.«

Onnang kam meinem Wunsch nach. Auf dem Schirm erschienen Aufnahmen des Plastikgebirges auf dem Gurken-Kontinent. Dazu ertönten harte, schrille Laute: die Sprache der Planetenbewohner.

»Sofort die Translatoren damit füttern«, trug ich Onnang auf.

»Was für eine Sprache!«, stöhnte Gucky. »Es klingt wie das Gackern von Hennen.«

»Vielleicht haben wir es sogar mit intelligenten Hennen zu tun«, meinte Eitringer scherzend, während er die Space-Jet langsam in die obersten Atmosphäreschichten einflog.

»Wechseln Sie den Kanal, Onnang«, sagte ich zum Orter. »Die Sendung über den Plastik-Kontinent wird allmählich langweilig.«

Die Szene wechselte. Jetzt bekamen wir zum ersten Mal einen Planetenbewohner zu sehen. Ich konzentrierte mich auf sein Aussehen. Das Wesen hatte zwei Arme und zwei Beine, wirkte schlank und groß gewachsen. Ich schätzte seine Größe auf zweieinhalb Meter, obwohl ich kaum Bezugspunkte hatte – und wie sich später herausstellte, hatte ich richtig getippt. Der Kopf war vogelähnlich, ihn zierte statt eines Mundes ein breiter, aber kurzer Schnabel. Darin waren zwei Reihen spitzer, gelblicher Zähne sichtbar. Über den beiden großen, klugen Augen oberhalb des Schnabels zierte das Haupt ein hauchdünner Flaum.

Kein Zweifel, dass diese Wesen von Vögeln abstammten, doch außer ihren Köpfen erinnerte nichts mehr daran. Sie gingen auf den beiden Beinen aufrecht und trugen meist bis zu den Kniegelenken reichende Fußbekleidung aus einem schmieg- und biegsamen Material. Ihre Arme endeten nicht in Klauen, sondern in fast menschlich wirkenden Händen mit vier Fingern; der Daumen unterhalb des Handballens war am stärksten ausgeprägt.

»So Unrecht hatte Eitringer gar nicht mit den intelligenten Hennen«, sagte Gucky. »Seltsame Vögel sind das auf jeden Fall.«

Zu dem ersten Wesen hatte sich ein zweites gesellt. Es war fast unbekleidet und hatte den Federflaum, der da und dort in Büscheln an seinem Körper spross, bunt getönt. Das Wesen mit dem gefärbten Federflaum umtänzelte das andere und hieb plötzlich seinen Schnabel gegen den des anderen. Die beiden Wesen umtanzten nun einander mit grazilen und ästhetischen Bewegungen. Dazu gaben sie das schrille, abgehackte Gackern von sich. Im Hintergrund sah man Hochhäuser. Ihre Fensteröffnungen, Erker und Gesimse waren zu drohenden Dämonenfratzen verformt. Es handelte sich um Kulissen, die in Grau und Schwarz gehalten waren.

»Es sieht ganz so aus, als erlebten wir die Aufführung eines Monsterschinkens«, sagte ich. »Möglicherweise handelt es sich sogar um ein Gesangsstück. Kann der Translator schon eine verwertbare Übersetzung der fremden Sprache liefern, Onnang?«

Der Orter aktivierte den Translator. Das Gackern verstummte, und aus dem Lautsprecher kamen in verschieden großen Abständen Worte in Interkosmo:

»Grün-grau-grün-Sehnsucht … die leben … Plastiksumpf … Blume … tot …«

Ich bedeutete Onnang mit einem Wink, den Translator auszuschalten. Es würde noch eine Weile dauern, bis das Gerät in der Lage war, die Begriffe der fremden Sprache lückenlos ins Interkosmo zu übertragen.

»Die Bewohner von Papillo III sind uns Menschen sehr ähnlich«, sagte Irmina, ohne den Blick vom Monitor zu lassen. Dort hielt das bunt gefiederte Wesen dem anderen eine Kunststoffblume entgegen und gackerte in höchsten Tönen. Irmina fuhr fort: »Ich meine damit gar nicht das Aussehen, sondern ihr Wesen. Der Tanz erinnert mich an ein Ballett, und allein dass ein Mensch ihm gewisse Reize abgewinnen kann, macht die Ähnlichkeit deutlich. Ich traue mir sogar zu, den Inhalt des Tanzes zu interpretieren. Die beiden sind wahrscheinlich Liebende, die die Umweltverschmutzung anklagen und sich für eine Rückkehr zur freien Natur aussprechen.«

Innerlich stimmte ich ihr zu. Laut sagte ich: »Mir wäre eine körperliche Ähnlichkeit lieber. Dann hätten wir uns vielleicht unbemerkt unter sie mischen können. Mit den bescheidenen Hilfsmitteln an Bord der Space-Jet ist es uns unmöglich, das Aussehen der Planetenbewohner anzunehmen.«

»Dann verzichtest du auf eine Landung?«, fragte Gucky enttäuscht.

»Das nicht«, antwortete ich. »Nur müssen wir darauf verzichten, unsere Nachforschungen im Geheimen anzustellen. Wir haben keine andere Wahl, als ganz offiziell zu landen und die Planetenbewohner von unseren friedlichen Absichten zu überzeugen. Das ist der einzige Weg, um herauszufinden, welche Rolle die Fremden aus den Kugelheck-Raumschiffen spielen. Suchen Sie sich einen Landeplatz in der Nähe der Stadt auf dem Kontinent mit den Plastikgebirgen, Eitringer.«

»Verdammt!«, fluchte da Onnang. »War da nicht eben die Rede von einem friedlichen Kontakt?«

»Wieso? Was ist?« Ich war mit zwei Schritten an der Ortungskonsole.

»Da ist ein Objekt auf dem Bildschirm, das sich uns mit rasender Geschwindigkeit nähert. Ich könnte jede Wette eingehen, dass es sich um ein Raketengeschoss handelt.«

»HÜ-Schirm einschalten!«, befahl ich.

Kaum lag der Schutzschirm um die Space-Jet, da kam es zur ersten Explosion. Weitere folgten in kurzen Abständen. Ihre Sprengkraft war jedoch so gering, dass die Space-Jet nicht einmal von einer Druckwelle erschüttert wurde.

»Lassen Sie sich nur nicht irritieren, Eitringer«, sagte ich.

Der Pilot lachte. »Wenn die Eingeborenen keine schwereren Geschütze auffahren ...«

Die Space-Jet sank rasch auf die Kunststoffgebirge nieder. Eitringer fand zwischen den bizarren Gebilden eine Felsenschlucht. Dort landete er.

»Ich habe in diesem Gebiet einige militärische Stützpunkte entdeckt«, gab Onnang zu bedenken, nachdem der Diskusraumer auf seinen vier Teleskopbeinen ruhte. »Glauben Sie nicht, Sir, dass wir mit weiteren Attacken der Eingeborenen rechnen müssen?«

»Sie können uns nichts anhaben«, antwortete ich überzeugt. »Außerdem bleiben Sie und Eitringer als Wachen bei der Space-Jet zurück. Nur Irmina, Gucky und ich werden mit den Kampfanzügen losfliegen.«

»Ist das nicht doch zu gefährlich?«, meinte Eitringer.

Gucky baute sich mit in die Hüften gestützten Armen vor ihm auf und fragte streng: »Hast du denn nicht gehört, dass ich mit von der Partie bin?«

Eitringer musste schmunzeln. Gucky und ich trugen noch immer unsere Kampfanzüge von dem Einsatz bei den Fremdraumschiffen im Sonnenorbit. Wir warteten nur noch, bis auch Irmina den ihren angelegt hatte.

»Sichert die Space-Jet gegen alle Eventualitäten ab«, trug ich den beiden zurückbleibenden Männern abschließend auf. »Falls ihr angegriffen werdet, beschränkt euch auf Verteidigung.«

Irmina, Gucky und ich begaben uns zur Bodenschleuse und flogen mittels der Pulsatortriebwerke ins Freie. Da die Atmosphäre atembar war, ließen wir die Helme offen, um unsere Sauerstoffvorräte aufzusparen. Wer konnte schon sagen, ob wir sie nicht vielleicht noch dringend benötigen würden?

Wir flogen senkrecht in die Höhe, aus der Schlucht hinaus. Als wir einen Kilometer über der Space-Jet waren, schien sich diese plötzlich in Luft aufzulösen, war aber energetisch immer noch zu orten. Eitringer und Onnang hatten die Deflektoren eingeschaltet, um optisch unsichtbar zu sein. Suchkommandos der Planetenbewohner würden an der Stelle, wo ihr Radar die Landung des fremden Flugobjekts registriert hatte, nichts vorfinden. Aber selbst wenn ihnen eine Ortung gelang, würden sie der Space-Jet nichts anhaben können. Die Einwohner von Papillo III befanden sich höchstens auf einer Entwicklungsstufe, die der der Terraner kurz vor Rhodans Mondlandung 1971 entsprach. Und deshalb konnten sie gegen unsere Technik nichts ausrichten.

»Schaltet die Mikro-Deflektoren ein«, riet ich Irmina und Gucky. »Ich möchte mich der Stadt möglichst unbemerkt nähern.«

Wir flogen dicht über die Plastikwucherungen in südlicher Richtung dahin. Die Pulsatortriebwerke arbeiteten innerhalb der erdähnlichen Atmosphäre gleichmäßig; sie saugten die Luft an, ionisierten und komprimierten sie, um sie dann auszustoßen – der Antrieb arbeitete nach dem Prinzip der Rückstoßwirkung.

Ich fing während des Flugs eine Vielzahl von Funksignalen auf, die der Translator analysierte. Ich hoffte, dass er sie beherrschen würde, bis wir den ersten Kontakt mit den Planetenbewohnern hatten.

»Überall militärische Stützpunkte«, meldete Gucky über Funk. »Aus den aufgeregten Gedankenimpulsen, die ich von dort empfange, schließe ich, dass das Auftauchen unserer Space-Jet sie in Alarmbereitschaft versetzt hat.«

»Sie scheinen auf eine Bedrohung aus dem All vorbereitet zu sein«, vermutete Irmina Kotschistowa. »Darauf weist nicht nur ihre gut organisierte Luftabwehr hin, sondern noch mehr die Tatsache, dass sie ohne Vorwarnung angegriffen haben. Sie haben uns sofort als Feinde eingestuft, ohne uns Gelegenheit zur Identifikation zu geben.«

Wir ließen die wuchernde Plastiklandschaft hinter uns und flogen in den Luftraum des Grüngürtels ein. Eine dicke Betonmauer zog sich entlang der Grünzone dahin, und es schien, als sei sie als Damm für die vordringenden Kunststoffgebirge gedacht. Hier, entlang dem Betonwall, ortete ich eine Reihe von Tiefbunkeranlagen. Auch diese Bunkeranlagen waren ein Hinweis dafür, dass man mit einer Bedrohung aus dem All rechnete.

»Ich frage mich, ob die Bewohner dieses Planeten eine Invasion jener Raumschiffe befürchten, die wir in Sonnennähe vorgefunden haben«, sprach ich meine Überlegungen aus.

»In den Gedanken der Bunkerbesatzungen ist kein Hinweis darauf zu finden«, sagte Gucky über Funk. »Aber ausgeschlossen wäre es nicht. Auf jeden Fall sind die Besatzungen der 17 Raumschiffe mit den Planetenbewohnern nicht identisch.«

»So viel wissen wir immerhin«, stimmte ich zu. Unsere Untersuchungen auf den Raumschiffen hatten ergeben, dass ihre Erbauer nicht von Vögeln abstammten wie die Planetenbewohner. Auch hatten uns die Funkbilder gezeigt, dass die Bewohner von Papillo III weder vier Arme noch Facettenaugen besaßen.

»Wenn die Raumfahrer per Transmitter auf diese Welt gekommen sind, dann würde es mich brennend interessieren, wo sie sich versteckt halten«, sagte ich.

»Vielleicht in dieser Grünzone unter uns«, vermutete Irmina.

»Wie kommst du denn darauf?«, wollte Gucky wissen.

»Nur so ein Gedanke«, erwiderte Irmina. »Ich habe bisher innerhalb der Vegetationszone noch keinen einzigen Planetenbewohner entdeckt. Als handle es sich um ein Sperrgebiet, das zu betreten für jeden verboten ist. Wenn es sich so verhält, würde das ein idealer Unterschlupf für die Raumfahrer sein.«

»Das hat etwas für sich«, sagte ich beipflichtend. »Landen wir und gehen wir zu Fuß weiter. Die Stadtgrenze ist ohnehin nicht mehr weit.«

Wir gingen in einem Wald nieder. Gucky und Irmina waren zwar für mich immer noch so unsichtbar wie ich für sie, doch konnte jeder die Position der anderen mittels der Ortungsgeräte bestimmen.

Obwohl der Wald einen gepflegten Eindruck machte, konnten wir feststellen, dass die Vegetation im Sterben lag. In einigen Jahrhunderten würden hier vermutlich auch die letzten Pflanzen ausgestorben sein. Das

Grün der Pflanzenblätter wirkte fahl, die Blüten waren farblos. Es zeigten sich nur wenige Tiere. Einmal sahen wir in einem Baumwipfel ein affenähnliches Wesen, ein Vogel kreiste mit müdem Flügelschlag über uns. Insekten gab es kaum.

»Da vorne endet der Pflanzengürtel«, sagte Irmina.

Es hätte dieses Hinweises nicht bedurft. Auch ich sah die über die Baumwipfel emporragenden Hochhäuser, die im Dunst des Himmels grau und ruinenhaft wirkten. Der Pflanzenwuchs wurde noch spärlicher. Tiere tauchten überhaupt keine mehr auf. Es herrschte eine unheimliche Stille, die Stille des Todes. Hier wurde der fortschreitende Exitus der Natur am deutlichsten spürbar.

Ein etwa fünf Meter breiter Fluss versperrte uns den Weg. Er führte bräunliches Wasser. Das Flussbett war betoniert, keine Pflanze wuchs darin, hier lebten wohl auch keine Fische. Wir überquerten den Fluss mit Hilfe unserer Antigravaggregate. Als ich den Fuß ans andere Ufer setzte, wurden Irmina und Gucky plötzlich sichtbar. Irmina starrte mich mit großen Augen an und rief bestürzt: »Die Wirkung Ihres Deflektors wurde neutralisiert, Mike. Ich kann Sie sehen!«

Mehr Zeit, unsere Überraschung darüber auszudrücken, dass die Planetenbewohner die technischen Mittel besaßen, Deflektorfelder zu neutralisieren, hatten wir nicht. Die Ereignisse überstürzten sich. Sekunden später schossen rings um uns Säulen aus dem Boden. Sie mussten ferngelenkt sein, denn sonst hätte Gucky die Gedanken der Bedienungsmannschaft espern können und wir wären gewarnt gewesen. Aber für den Mausbiber kam alles so unerwartet wie für uns. Doch waren wir mehr überrascht als bestürzt. Denn wir waren auch jetzt noch der Überzeugung, dass wir uns mit Hilfe der Kampfausrüstung die Freiheit sichern konnten.

Die Säulen riegelten das Gebiet um uns ab, wir waren darin eingeschlossen. Blitze, die zwischen ihnen hin und her zuckten, zeigten uns, dass sie unter Strom standen. Plötzlich taten sich in den Spitzen der Säulen Öffnungen auf, und Netze wurden herausgeschleudert, die auf uns heruntersanken.

Als Irmina instinktiv den Desintegrator hob, um die Netze zu vernichten, rief ich ihr zu: »Nicht schießen! Warten wir die weiteren Geschehnisse ab.«

Gucky hatte Irminas Hand ergriffen und kam mit ihr zu mir. »Los, schnell, Mike! Ich werde mit euch aus der Gefahrenzone teleportieren.«

»Das wirst du nicht tun«, erwiderte ich bestimmt.

»Willst du dich kampflos ergeben?«, wunderte sich Gucky.

»Genau das«, bestätigte ich. »Erstens ist es noch verfrüht, dich den Eingeborenen als Mutant zu erkennen zu geben. Zweitens möchte ich herausfinden, was sie zu dieser Handlungsweise bewegt und wofür sie uns halten.«

»Und nur um das zu erreichen, willst du dich gefangen nehmen lassen?«, erregte sich Gucky. »Viel wirkungsvoller wäre, wenn wir ihnen unsere Überlegenheit demonstrierten!«

»Das können wir später immer noch.«

Die Netze legten sich über uns. Ich spürte elektrische Schläge. Ich verlor nicht das Bewusstsein, aber ich war zu keiner Bewegung mehr fähig. Ich hatte nicht einmal die Kraft, den Translator einzuschalten. Nicht viel später tauchten an die zwei Dutzend Eingeborene in giftgrünen Kombinationen auf. Sie waren bewaffnet, machten sich aber nicht die Mühe, die pistolenähnlichen Dinger aus den Halterungen zu holen. Sie waren sich unser völlig sicher.

Einer von ihnen trug zusätzlich zu der grünen Kombination einen giftgrünen Umhang. Er schien der Anführer zu sein. Seine Stimme war womöglich noch schriller als die der anderen, als er seine Befehle gackerte. Ich hätte zu gern verstanden, was er sagte.

Als sich die grün Gekleideten Isolierhandschuhe überstreiften und uns mitsamt den Netzen abschleppten, erkannte ich, dass ich ihre Größe richtig eingeschätzt hatte. Jeder von ihnen maß tatsächlich mindestens zweieinhalb Meter. Der Anführer mit dem Umhang überragte die anderen sogar um eine Handbreit.

Wir wurden wie gefangene Tiere aus der Grünzone getragen und in ein Bodenfahrzeug verladen. Sechs der Eingeborenen blieben als Wachen bei uns im Laderaum. Die Türen wurden verschlossen. Es gab keine Öffnung, durch die man nach draußen sehen konnte. An der Decke ging eine Leuchtscheibe an und spendete ein gelbliches Licht.

Der Wagen ruckte an. Ich hatte das unbestimmte Gefühl, dass die Fahrt in die Tiefe ging. Sicher war ich mir jedoch nicht, weil mein Körper nach wie vor erstarrt war. Dennoch war ich froh, dass die Lähmung nicht auch mein Gehirn befallen hatte.

Ich wusste nicht, wie viel Zeit vergangen war, als der Wagen wieder anhielt. Die Wachen erhoben sich, öffneten den Laderaum und zerrten uns hinaus. Dabei gackerten sie aufgeregt. Der mit dem Umhang erschien kurz über mir, blickte mir tief in die Augen und sagte etwas zu seinen Untergebenen, bevor er verschwand.

Wir wurden in einen kahlen Raum gebracht, in dem es nach Moder und Fäulnis stank. Die grün Gekleideten zogen ihre Waffen. Der Eingeborene mit dem Umhang stand abwartend im Hintergrund.

Seine Leute begannen damit, das Netz von mir zu lösen. Dabei bedrohten mich zwei von ihnen ständig mit den Waffen und sprachen mit ihren schrillen Stimmen auf mich ein. Auch ohne ihre Sprache zu verstehen, konnte ich mir denken, dass sie mir wahrscheinlich rieten, keine verdächtige Bewegung zu machen. Als ich mich endlich wieder bewegen konnte, riskierte ich es dennoch, den Translator einzuschalten. Meine beiden Bewacher brachten ihre Waffen zwar in Anschlag, betätigten sie aber nicht. Mit einer fast menschlich wirkenden Geste bedeuteten sie mir aufzustehen.

Ich kam auf die Beine und blickte zu dem Eingeborenen mit dem Umhang hinüber. Wieder taxierte er mich aus seinen großen, intelligenten Augen. Dann sagte er etwas in der fremden Sprache, und der Translator übersetzte: »Nehmt ihm den Schutzanzug ab.«

»Das würde ich lieber bleiben lassen«, sagte ich scharf. Als die Eingeborenen meine Worte in ihrer Sprache aus dem Translator hörten, wichen sie unwillkürlich zurück. Plötzlich hatte auch der mit dem Umhang eine Waffe in der Hand.

»Gegenwehr ist zwecklos«, übertrug der Translator seine Worte in Interkosmo. »Vielleicht gelingt es Ihnen, einige meiner Leute zu töten. Aber Sie und Ihre Kameraden würden nicht lebend aus diesem Raum kommen.«

»Ich hoffe noch immer, dass wir uns friedlich einigen können«, erwiderte ich. »Ich kann Ihre Vorsicht und Ihr Misstrauen verstehen. Aber wofür Sie uns auch immer halten, wir sind nicht Ihre Feinde. Oder sehen wir so aus?«

Mein Gegenüber öffnete den Schnabel halb und gab ein unartikuliertes Krächzen von sich. War es das Äquivalent zu einem menschlichen Spottlächeln?

»Wir wissen natürlich, wie unsere Feinde aussehen«, sagte er dann. »Ihr habt tatsächlich keine Ähnlichkeit mit ihnen. Aber das besagt noch nicht, dass ihr eine friedliche Gesinnung habt.«

»Wir bringen jedenfalls eine vorurteilslose Verhandlungsbereitschaft mit.«

»Dann zeigen Sie Ihren guten Willen und lassen Sie sich entwaffnen«, verlangte er.

Ich war bereit, darauf einzugehen, doch nur unter einer Bedingung. Ich deutete auf den Translator. »Ich erkläre mich bereit, unsere Waffen zu übergeben.«

»Auch die Schutzanzüge!«, forderte er.

»Auch die Schutzanzüge«, stimmte ich zu. »Nur von diesem Gerät werde ich mich nicht trennen. Es ist keine Waffe, sondern übersetzt Ihre Sprache in die meine und umgekehrt. Ohne dieses Übersetzungsgerät ist eine Verständigung unmöglich.«

»Sie dürfen es behalten, nachdem ich mich von seiner Harmlosigkeit überzeugt habe.«

Ich entledigte mich unter den wachsamen Augen der Eingeborenen meines Kampfanzugs. Ich händigte ihnen den Translator aus und bekam ihn zurück, nachdem sie ihn einem kurzen Test unterzogen hatten.

»So«, sagte der Anführer, und der Translator interpretierte in seine Stimme einen zufriedenen Unterton, »jetzt kann das Verhör beginnen.«

Er hatte es kaum gesagt, als die Tür aufflog und andere grün Gekleidete in den Raum gestürmt kamen. Sie bedrohten die Eingeborenen, die uns gefangen genommen hatten, mit ihren Waffen.

»Sieh an«, sagte der Anführer des Überfallkommandos, »Horre der Giftgrüne handelt wieder einmal auf eigene Faust. Hatte Gisgo d'Everen also doch richtig vermutet!«

Mit »Horre der Giftgrüne« war der Eingeborene mit dem Umhang gemeint. Er sagte etwas unsicher: »Ich wollte die Gefangenen gerade verhören. Ich vermute, dass sie zu den Terroristen gehören, die den Überfall auf die Naturschutzzone Süd verübten.«

»Haben Sie Beweise?«, unterbrach ihn der andere und gab sich selbst die Antwort: »Nein. Ihre Vermutungen sind also aus der Luft gegriffen. Gisgo d'Everen wird es nicht gefallen, wenn er hört, wie eigenmächtig Sie gegen Umweltverbrecher vorgehen.«

»Das sind keine normalen Naturschänder«, erwiderte Horre der Giftgrüne. »Es sind Invasoren aus dem All. Sehen Sie sie sich doch an.«

»Ich kann Fremdwesen sehr wohl von Itrinks unterscheiden«, sagte der andere, und so erfuhr ich, dass sich die Bewohner von Papillo III als »Itrinks« bezeichneten. »Das macht Ihr Vergehen nur noch sträflicher. Aus Ihrem Verhör wird aber nichts. Gisgo d'Everen hat angeordnet, dass die Gefangenen sofort vor das Naturschutz-Tribunal geführt werden sollen.«

Ich sah, dass Horre der Giftgrüne resignierte. Die richtige Deutung seiner Gefühlsstimmung ließ mich neuerlich erkennen, wie ähnlich diese Fremdwesen trotz der äußerlichen Unterschiede uns Menschen waren.

Ich hatte nichts dagegen, diesem so genannten Naturschutz-Tribunal vorgeführt zu werden. Ich sah darin sogar eine günstige Gelegenheit, unseren Standpunkt bei einer höheren Instanz darzulegen.

Gucky und Irmina waren ebenfalls ihrer Kampfanzüge beraubt worden. Ich hatte ihnen geraten, es wehrlos mit sich geschehen zu lassen. Auch als man mir den Translator abnahm, setzte ich mich nicht zur Wehr, obwohl dies darauf hindeutete, dass man uns keine Gelegenheit zur Rechtfertigung geben wollte.

Die Verhandlung fand in einem Raum tief unter der Planetenoberfläche statt. Die Wände waren mit künstlichen Blumen und Kletterpflanzen geschmückt, der Boden bestand aus Kunstgras. Überall standen Wachen in ihren grünen Kombinationen mit entsicherten Waffen. Zuschauer waren unerwünscht. Einen Itrink mit einer tragbaren Fernsehkamera jagte man sofort wieder hinaus, kaum dass er auch nur einen Fuß in den Verhandlungsraum gesetzt hatte.

Das Tribunal bestand aus vier Itrinks. Einer von ihnen war Horre der Giftgrüne; ich erkannte ihn an seiner Körpergröße und dem besonders dichten Kopfflaum. Den Vorsitz übernahm ein Itrink, der nicht größer als 2,20 Meter war. Irmina, Gucky und ich mussten die Verhandlung stehend über uns ergehen lassen.

»Der Vorsitzende ist Gisgo d'Everen«, flüsterte mir Gucky zu. »Ich weiß es aus Horres Gedanken. Die beiden hassen einander.«

»Warum?«, wollte ich wissen.

»Horre l'Eger, so heißt er mit vollem Namen, verdächtigt Gisgo irgendeines Verbrechens«, antwortete Gucky. »Wenn Gisgo nicht sein Vorgesetzter wäre und weniger einflussreich, hätte er ihn längst schon zu Fall gebracht.«

»Das wäre eine Gelegenheit, die beiden gegeneinander auszuspielen«, meinte ich seufzend. »Ohne Translator ist das aber leider unmöglich. Konzentriere dich dennoch auf die Gedanken von diesem Gisgo, Gucky.«

Die Verhandlung begann. Wir merkten es nur daran, dass der Vorsitzende eine flammende Rede hielt. Sein Schnabel war unermüdlich in Tätigkeit, und ein nie enden wollendes Gegacker entströmte ihm.

»Er klagt uns des unbefugten Betretens einer Naturschutzzone an und plädiert für die Todesstrafe«, erklärte mir Gucky die Gedanken des Vorsitzenden.

»So streng sind hier die Bräuche?«, fragte Irmina fröstelnd.

Gucky nickte. »Ausspucken im Freien kann schon den Kopf kosten. Aber in unserem Fall kommt noch etwas hinzu. Gisgo möchte uns unbedingt schnell loswerden. Die ganze Verhandlung ist eine Farce. Moment, jetzt schaltet sich Horre ein.«

Der Giftgrüne erhob sich von seinem Platz und bot seinem Vorgesetzten ein Rededuell – das er allerdings verlor, was ich daraus schloss, dass er seinen Platz wieder einnahm und zusammengekauert sitzen blieb.

»Horre hat eingewendet, dass auf uns die Todesstrafe nicht anzuwenden sei, weil wir einem bisher unbekannten Volk angehörten. Horre hätte den Kontakt zu uns gerne intensiviert, und sei es nur deshalb, um unsere Invasionspläne zu erfahren. Aber Gisgo will nichts davon wissen. Unser Tod ist eine beschlossene Sache. Das Exekutionskommando ist bereits unterwegs.«

»Hast du nicht erfahren können, warum Gisgo uns so rasch loswerden möchte?«, fragte ich.

»Er scheint Angst vor uns zu haben«, sagte Gucky. »In seinen Gedanken ist etwas, das irgendwie nicht zu einem Itrink passt. Bisher konnte ich es jedoch noch nicht aufspüren ...«

Gucky konzentrierte sich scharf. »Gisgo ist gar nicht Gisgo ... Er hat nur dessen Rolle übernommen. Jetzt fürchtet er, dass wir ihn entlarven könnten. Er denkt daran, seine Artgenossen vor uns zu warnen. Einige müssen auf die Schiffe im Sonnenorbit zurückkehren und ...«

»Willst du sagen, dass Gisgo zu der Besatzung der 17 Raumschiffe gehört?«, entfuhr es mir.

Gucky nickte. »Jetzt wird es deutlich ... Gisgo ist kein Itrink! Er ist einer der fremden Raumfahrer, die sich auf dieser Welt eingeschmuggelt haben und sich als Itrinks verkleideten. Der echte Gisgo ist verschleppt worden ...«

Gucky hielt erschöpft inne. Ich sah zu dem Vorsitzenden und begegnete seinem Habichtsblick.

»Bist du ganz sicher, dass er kein Itrink ist, Gucky?«

»Er müsste schon selbst ein Mutant sein, um mich mit falschen Gedanken in die Irre führen zu können. Aber er besitzt keine parapsychischen Fähigkeiten.«

In diesem Augenblick traf das Exekutionskommando ein. Es waren zehn Itrinks mit besonders schmucken Uniformen in Grün. Gisgo d'Everen machte den Eindruck eines Triumphators. Für ihn waren wir bereits so gut wie tot.

»Jetzt ist es Zeit zum Handeln«, sagte ich.

»Endlich!« Gucky atmete merkbar auf. »Kümmere du dich um das Exekutionskommando, Irmina. Ich nehme mir den falschen Itrink vor.«

Die zehn Itrinks, die sich uns genähert hatten, begannen sich auf einmal wie unter Schmerzen zu winden. Ihre Beine gaben nach, sie knickten ein, stürzten zu Boden. Die Wachen sahen fassungslos zu, ohne auch nur im Geringsten zu ahnen, was vorgefallen sein könnte. Sie konnten auch nicht wissen, dass Irmina Kotschistowa für den Vorfall verantwortlich war.

Ich wusste selbst nicht genau, was Irmina mit den Itrinks des Exekutionskommandos angestellt hatte. Aber da ihnen ihre Beine den Dienst versagten und sie mit Schmerzensschreien zusammenbrachen, konnte ich mir vorstellen, dass sie ihnen durch Zellexplosionen auf den Fußsohlen schmerzhafte Wunden zufügte.

Obwohl die Wachen immer noch nicht begriffen, was passiert war, schienen sie instinktiv zu fühlen, dass die Gefahr von uns ausging. Als sie jedoch nach ihren Waffen greifen wollten, bildeten sich an ihren Händen Zellwucherungen, Wunden brachen auf, ihre Fingergelenke schwollen an. Irmina war Herrin der Lage. Da ich, unbewaffnet, wie ich war, sie nicht unterstützen konnte, wandte ich mich Gucky zu. Die Mitglieder des Tribunals schrien wirr durcheinander. Sie starrten alle den Vorsitzenden an, dessen Schnabel sich von seinem Kopf löste und davonschwebte.

Gucky hatte ihm die Maske telekinetisch vom Gesicht gerissen. Darunter kam der Kopf eines Insekts zum Vorschein.

»Zeus!«, entfuhr es mir unwillkürlich, als ich den Schädel einer Riesenameise erblickte. Die schillernden Facettenaugen blickten mich böse an. Aber mit fortschreitender Demaskierung erkannte ich, dass ich mich geirrt hatte. Das Rieseninsekt vor mir war nicht Zeus, es unterschied sich schon allein durch seine viel geringere Größe von ihm. Zeus maß an die fünf Meter. Dieses Rieseninsekt war aber nicht viel mehr als zwei Meter groß. Und noch einen viel eklatanteren Unterschied gab es zu Zeus. Dieser besaß an seinem ameisenartigen Chitinkörper zwei Einschnürungen. Das Wesen uns gegenüber besaß jedoch nur eine einzige.

Gucky hatte dem Fremdwesen inzwischen mit seinen telekinetischen Kräften vollends die Maske vom Körper gerissen. Nun kam auch das zweite Armpaar zum Vorschein, das aus dem Unterkörper, unterhalb der Wespentaille, herauswuchs. Und jetzt wurde auch deutlich, dass das Fremdwesen trotz der Demaskierung nicht schutzlos war. Es trug um die Körpereinschnürung einen Gürtel, der neben einer Reihe unbekannter Ausrüstungsgegenstände auch einen Stab barg, der leicht als Strahler zu erkennen war. Danach griff die Riesenameise!

»Gucky, Achtung!«, warnte ich.

Doch Gucky musste die Absichten des Fremdwesens aus seinen Gedanken erfahren haben. Bevor es die Waffe erreichen konnte, wurde es in die Höhe gehoben und mit aller Wucht gegen die Wand geschleudert. Gucky musste mit all seiner telekinetischen Kraft zugeschlagen haben, denn die Riesenameise prallte so hart gegen die Wand, dass ihr Körper förmlich platzte.

Damit war die Auseinandersetzung vorbei. Horre der Giftgrüne rief seinen Leuten etwas zu. Daraufhin machte keiner von ihnen mehr Anstalten, sich gegen uns zu stellen. Sie kamen scheu und, wie es mir schien, völlig verstört heran und starrten auf den verstümmelten Leichnam des Fremdwesens.

»Das wollte ich nicht«, sagte Gucky. »Es war ein Reflex.«

»Du brauchst dir keine Vorwürfe zu machen«, beschwichtigte ich den Mausbiber. »Es ging für uns um Leben und Tod. Und auf die Itrinks mag dieser Schock sogar heilsam gewirkt haben.«

»Ja«, sagte Gucky. »Aus Horres Gedanken lese ich, dass er zu uns nun eine gänzlich andere Einstellung hat. Wir sind rehabilitiert, und er ist zu Verhandlungen mit uns bereit.«

27.

Horre l'Eger

Ich hatte keine Veranlassung mehr, den drei Fremden zu misstrauen. Deshalb gab ich ihnen die komplette Ausrüstung zurück. Natürlich auch das Übersetzungsgerät.

Es ist mir nicht möglich, meine Gefühle dieses Augenblicks zu beschreiben. In meinem Gehirn war völlige Leere, als ich sah, um was für ein fremdartiges Wesen es sich bei Gisgo d'Everen handelte. Dann erlebte ich seinen Tod mit, sah seinen Körper zerplatzen – und da brach ein unentwirrbares Gedankenchaos über mich herein. Mein Verstand wollte einfach nicht glauben, was ich mit eigenen Augen sah. Aber eines war für mich sofort gewiss: Die drei Fremden, die Gisgo demaskiert und vernichtet hatten, waren über jeden Zweifel erhaben.

Als mich die Meldung über das gelandete Raumschiff erreichte, dachte ich an eine Vorhut der Invasoren. Nachdem wir die drei Fremden gefangen hatten, glaubte ich, dass sie zu dem Verschwörerkreis um Gisgo gehörten. Ich erinnerte mich nämlich der Aussage des sterbenden Tierarztes, dass der tote Terrorist aus der Naturschutzzone Süd kein Itrink sei. Also nahm ich beim Anblick der drei Fremden an, dass er ein Angehöriger ihres Volks gewesen war.

Nach Gisgo d'Everens Demaskierung war ich jedoch sicher, dass der Tote aus der Naturschutzzone ein Artgenosse von ihm gewesen war.

Diese Vermutung bekräftigten die drei Fremden durch ihre Erzählung. Doch ich will sie nicht mehr als Fremde bezeichnen, denn ich hatte längst schon ihre Freundschaft gewonnen. Roi und Irmina bezeichneten sich als Terraner, das Pelzwesen Gucky legte Wert darauf, Ilt genannt zu werden. Was für übernatürliche Kräfte dieses kleine und so harmlos aussehende Wesen besaß! Ich kann nicht leugnen, dass ich anfangs Furcht vor ihm empfand. Doch dann stellte sich heraus, dass Gucky durch und durch gutmütig war.

Ich erfuhr von meinen drei Verbündeten eine fantastische Geschichte, die mir zeigte, um wie viel fortgeschrittener sie waren als wir Itrinks. Dennoch hatten sie die Katastrophe nicht verhindern können, die über ihren Planeten Erde und über ihr Volk gekommen war.

Sie waren mit ihrer Heimatwelt zu einer neuen Sonne unterwegs, als sie in dieses Sternengebiet verschlagen wurden. Sie nannten diese Zone den Mahlstrom und behaupteten, dass ihre Erde 2971 Lichtjahre von Zannack entfernt sei. Was für eine unvorstellbare Entfernung! Und doch bereitete es ihnen keine Mühe, diese Distanz mit ihren Raumschiffen zu überbrücken. Warum sie dann nicht in ihre Heimatgalaxis zurückflogen, wollte ich wissen. Und ich erfuhr, dass diese wahrscheinlich Millionen und Abermillionen von Lichtjahren entfernt sei.

Ich erfuhr von ihnen aber auch einiges über die Fremden, die sich in der Maske von Itrinks auf unserer Welt aufhielten. Roi war sicher, dass noch mehr von ihnen auf Zannack existieren mussten. Und Irmina behauptete, dass sie ganz sicher nicht mit den Bewohnern des vierten Planeten zusammenarbeiteten. Es konnte aber sein, äußerte Gucky eine Vermutung, dass die Fremden auch auf Planet vier einen geheimen Stützpunkt errichtet hatten.

Dann war es an mir, meinen drei Sternenbrüdern Informationen zu geben.

»Mein Volk hat ein ähnliches Schicksal wie die Terraner«, erzählte ich ihnen, und der »Translator« übertrug das Gesagte in ihre langsame Sprache. Nach einer Pause fuhr ich fort: »Auch unsere Welt wurde das Opfer einer kosmischen Katastrophe. Es muss vor etwa viertausend Planetenumläufen gewesen sein, als das gesamte Sonnensystem aus seiner ursprünglichen Position herausgerissen und hierher versetzt wurde. Damals lebten wir Itrinks noch in Höhlen. Erst unsere moderne Wissenschaft hat herausgefunden, dass diese Sternenzone nicht die Heimat unseres Sonnensystems ist. Aber man ist sich immer noch nicht einig, welche Kräfte für die Katastrophe verantwortlich zu machen sind. Fast alle Theorien stimmen aber darin überein, dass wir von einer Supernova hierher geschleudert wurden. Diese Theorien gibt es schon seit einigen hundert Jahren. Seit diesem Zeitpunkt schicken wir ständig Notrufe ins All in der Hoffnung, dass ein Volk von Sternfahrern aus der alten Heimat sie auffängt und uns Hilfe bringt.«

»Einen dieser 450 Jahre alten Funksprüche haben wir aufgefangen«, sagte Roi. »Er hat uns erst auf dieses Sonnensystem aufmerksam gemacht und uns zu euch geführt. Möglicherweise wurden auch die Riesenameisen davon angelockt.«

Danach kam es zu einer kurzen Diskussion über unsere unterschiedlichen Zeitbegriffe. Roi sagte, dass der Tag der Erde 24 Stunden habe und ein Sonnenumlauf 365 Tage dauere. Nach terranischen Zeitbegriffen drehe sich Zannack einmal in 32,19 Stunden um seine Achse und umlaufe die Sonne in 270 Tagen.

Wir kamen wieder auf andere Probleme zu sprechen. Roi wollte wissen, wozu wir die vielen militärischen Stützpunkte und Tiefbunkeranlagen unterhielten, obwohl der gesamte Planet eine politische Einheit bilde.

Ich sagte es ihm. »Wir stehen mit dem vierten Planeten auf Kriegsfuß. Dort ist man mit der Raumfahrt schon weiter als wir und besitzt auch bessere Vernichtungswaffen. Wir müssen ständig mit einer Invasion rechnen. Obwohl wir ihnen unterlegen sind, haben wir uns entschlossen, bis zum bitteren Ende um unsere Freiheit zu kämpfen.«

Es entstand ein kurzes Schweigen. Ich war nahe daran, Roi um Unterstützung gegen unsere Feinde auf Planet vier zu bitten, konnte mich aber nicht dazu durchringen. Während ich noch mit mir rang, wurde mir plötzlich bewusst, dass Gucky meine Gedanken lesen konnte. Ich schämte mich für mich selbst.

»Möchtest du wirklich, dass Außenstehende die Probleme eures Volks lösen?«, fragte der Ilt mich. »Und glaubst du, dass die Probleme gelöst sind, wenn wir mit unserer überlegenen Technik die Bewohner von Planet vier zu einem Friedensabkommen mit euch zwingen? Oder verlangst du gar, dass wir euch Waffen zur Verfügung stellen? Es wäre in jedem Fall ein Eingriff in die Evolution eures Volks, der euch mehr Schaden als Segen bringen würde. Die kosmische Geschichte kennt viele Beispiele dafür. Nein, Horre, mit diesen Problemen müsst ihr Itrinks schon selbst fertig werden. Und doch werden wir euch auf andere Weise helfen.«

»Wie?«, fragte ich hoffnungsvoll.

»Ihr habt einen viel gefährlicheren und mächtigeren Feind, als es die Bewohner von Planet vier sind. Das sind die ameisenähnlichen Fremden, die in der Maske von Itrinks unter euch sind. Sie nennen sich selbst Ploohns, so viel habe ich noch erfahren können, und sie sind die wahren Beherrscher dieser Sternenzone. Im Kampf gegen sie werden wir euch unterstützen. Das können wir verantworten. Denn sie haben durch ihren Einfluss nicht nur eure Entwicklung gestört, sondern sie sind auch Feinde von uns.«

Dieses Angebot nahm ich gerne an, obwohl ich nicht im Namen meines

Volks sprechen konnte. Im Augenblick konnte ich noch nicht einmal sagen, wie die Itrinks die beiden Terraner und den Ilt aufnehmen würden. Offiziell war ihre Anwesenheit in Cranschto noch nicht einmal bekannt. Sie standen nur unter dem Schutz meiner Organisation, deren Leitung ich nach dem Tod Gisgos übernommen hatte. Mehr konnte ich ihnen nicht bieten. Was war, wenn es stimmte, dass es noch mehr der Fremden in der Maske von Itrinks gab? Und wenn diese Fremden, ähnlich wie Gisgos Doppelgänger, einflussreiche Persönlichkeiten abgelöst und vielleicht sogar schon die Macht auf unserem Planeten an sich gerissen hatten?

Ich dachte gerade daran, wie schwach ich selbst angesichts einer solchen Bedrohung war, als Alarm gegeben wurde.

Einer der Außenposten meldete über Funk: »Truppen der Armee haben unser Hauptquartier besetzt. Das geschieht auf obersten Befehl. Wer sich widersetzt, wird gnadenlos niedergeschossen. Die Naturschutzliga wurde wegen staatsfeindlicher Umtriebe aufgelöst.«

Das genügte mir. Es konnte keinen Zweifel geben, dass hinter diesem Coup die Fremden steckten.

»Wir müssen uns in die Tiefbunkeranlagen zurückziehen«, sagte ich zu meinen terranischen Verbündeten. »Unsere einzige Überlebenschance besteht in einer raschen Flucht.«

»Irrtum«, sagte Gucky, ohne sich von der Stelle zu rühren. »Es gibt noch eine viel wirkungsvollere Methode, nicht nur uns zu retten, sondern auch eine Machtausweitung der Fremden zu verhindern.«

»Und wie stellst du dir das vor, Gucky?«

»Ganz einfach. Wir brauchen nur die Soldaten davon zu überzeugen, dass sie für die falsche Seite kämpfen«, war seine vage Antwort.

Roi, Irmina und Gucky schalteten die Schutzschirme ihrer Kampfanzüge ein und schwebten auf unsichtbaren Feldern knapp über dem Boden den vordringenden Soldaten entgegen. Ich befürchtete ein furchtbares Gemetzel, aber meine Freunde von den Sternen hatten mir versprochen, das Leben der Soldaten zu schonen, die ja nur in dem Glauben handelten, Feinde unseres Volks zu bekämpfen.

Die Soldaten warfen sich dem vermeintlichen Feind mit Todesverachtung entgegen. Sie deckten die drei pausenlos mit Garben aus ihren Schnellfeuerwaffen ein, warfen Granaten und versuchten, sie in Zweikämpfen niederzuringen. Aber alles, was sie erreichten, war, dass sich ihre eigenen Reihen lichteten. Die Schutzschirme meiner drei Verbündeten waren so beschaffen, dass sie Geschosse wie Granatsplitter abhielten. Selbst das Feuer und die Druckwellen der Explosionen, die die Wände einstürzen ließen und Löcher in den Boden rissen, konnten ihnen nichts anhaben.

Wenn sie den Boden unter den Füßen verloren, dann schwebten sie, von einer unsichtbaren Kraft getragen. Und sie marschierten unangefochten durch die Front der angreifenden Soldaten. Gucky und Irmina setzten anfangs ihre übernatürlichen Kräfte nicht einmal ein. Sie gebrauchten, ebenso wie Roi, nur ihre Paralysatoren. Und deren Wirkung war verheerend. Überall brachen die Soldaten mit zuckenden Gliedern zusammen. Sie lagen da wie tot. Aber ich glaubte der Aussage meiner terranischen Freunde, dass sie nur gelähmt waren.

Ich beobachtete das Kampfgeschehen nur gelegentlich auf den Monitoren des Überwachungssystems. Zwischendurch traf ich die Vorbereitungen für unsere Flucht. Aus den Funksprüchen der Militärs hörte ich heraus, dass man mich verhaften und standrechtlich erschießen wollte. Das bestärkte mich in der Überzeugung, dass die fremden Invasoren hinter diesem Komplott steckten. Sie mussten bereits großen Einfluss auf unsere Regierung ausüben – das Militär war jedenfalls fest in ihren Händen.

Für mich gab es keinen anderen Ausweg als Flucht. Deshalb sorgte ich dafür, dass der Weg in die Tiefbunkeranlagen frei war. Meine wenigen Getreuen, die auch jetzt noch zu mir hielten, übernahmen die Absicherung des Fluchtweges. In den Tiefbunkeranlagen konnten wir wenigstens für einige Zeit untertauchen. Dort kannte ich mich aus wie kein anderer.

Das Gebäude, in dem die Naturschutzliga untergebracht war, glich bald nur noch einer Ruine. Die Soldaten gingen rücksichtslos vor, zerstörten alles, was ihnen im Weg war, und erschossen meine Leute gnadenlos. Ich musste mir immer wieder sagen, dass dies auf Befehl der fremden Invasoren geschah.

Roi, Irmina und Gucky waren bis in den großen Versammlungssaal vorgedrungen, der ein Fassungsvermögen von fünftausend Personen hatte. Dort erwarteten sie den Großangriff der Soldaten. Die drei standen abwartend in der Mitte des Saales, während die Soldaten sich ihnen durch die Trümmer näherten. Die Militärs schafften kleinere Geschütze und Granatwerfer heran, als hätten sie gegen eine ganze Armee zu kämpfen.

Ich hielt unwillkürlich den Atem an, während ich das Geschehen auf dem Bildschirm verfolgte. Mir war klar, dass jetzt eine Vorentscheidung fallen würde. Das schienen meine drei Freunde auch zu bezwecken, nur hatte ich noch keine Ahnung, wie sie eine Entscheidung zu ihren Gunsten herbeiführen wollten. Sie verhielten sich noch immer passiv und ließen die Soldaten ungehindert ihre Stellungen beziehen. Hatten sie sich damit abgefunden, hier zu sterben?

»Ergebt euch!«, wurden sie über Lautsprecher aufgefordert.

Da passierte etwas so Fantastisches, dass ich im ersten Moment keine Erklärung dafür fand. Die Verblüffung musste bei den Soldaten und den Betroffenen noch viel größer sein. Ich entsann mich jedoch noch rechtzeitig der außergewöhnlichen Fähigkeiten Guckys, und mir war mit einmal klar, was meine Freunde bezweckten.

Der ungewöhnliche Zwischenfall begann damit, dass plötzlich drei der führenden Militärs den Boden unter ihren Füßen verloren und aus ihren Deckungen geschwebt kamen.

»Soldaten! Tapfere Itrinks!«, hörte ich eine Stimme und wusste, dass Roi diesen Aufruf über seinen Translator an die Soldaten richtete. »Seht euch diese drei Offiziere an. Sie waren es, die euch befahlen, das Hauptquartier der Naturschutzliga zu erstürmen.«

Es kam zu grotesken Szenen, als einige Soldaten versuchten, die hilflos in der Luft zappelnden Offiziere herunterzuholen. Aber Gucky hielt sie mit seinen telekinetischen Kräften sicher fest.

»Die Männer, denen ihr gehorcht habt, sind Verräter an eurem Volk!«, fuhr Roi mit verstärkter Stimme fort. »Seht sie euch genau an, denn wir werden sie jetzt demaskieren. Es sind in Wirklichkeit Feinde in der Maske von Itrinks.«

Während die drei Offiziere hoch über dem Boden schwebten, zerrte plötzlich eine unsichtbare Kraft an ihnen. Die Schnäbel fielen von ihren Köpfen ab, und darunter kamen dreieckige, verhornte Münder zum Vorschein. Die Kunstaugen zerplatzten, und darunter waren Facettenaugen zu sehen. Ihr Kopfflaum flog davon, und Bündel von haarfeinen Fühlern zeigten sich in Schläfenhöhe. Gucky nahm keine Rücksicht auf das wütende Gekreische der Fremden. Unbarmherzig zerrte er ihnen mit seinen telekinetischen Kräften das Kunstfell von ihren Ameisenkörpern, bis sie völlig bloßgestellt waren.

Entsetzen ergriff von den Soldaten Besitz. Sie konnten noch nicht ganz fassen, dass dies alles Wirklichkeit sein sollte. Aber die drei Fremden in der Maske von Offizieren holten sie in die Realität zurück. Ganz so nackt, wie es zuerst den Anschein gehabt hatte, waren sie nämlich nicht. Um die Körpereinschnürung trugen sie Waffen, nach denen sie jetzt griffen. Aber sie konnten keinen Schaden mehr anrichten. Gucky ließ sie einfach zu Boden krachen. Als sie dort aufprallten und versuchten, auf die Beine zu kommen, kam Bewegung in die Soldaten. Ihre Geschütze, die sie ursprünglich gegen Roi, Irmina und Gucky einzusetzen gedachten, richteten sich nun auf sie.

Eine Reihe von Explosionen erschütterte den Konferenzsaal. Als sie verebbt waren und sich der Rauch lichtete, war von den Fremden fast nichts mehr übrig geblieben. Ich wollte meinen Freunden gerade über Funk zu ihrem Erfolg gratulieren, als ein Monitor meine Aufmerksamkeit in Anspruch nahm. Auf ihm lief das Programm der öffentlichen Fernsehstation von Cranschto.

Ich traute meinen Augen nicht, als ich mich selbst auf dem Bildschirm sah. Es war, als blicke ich in einen Spiegel – nur dass ich mich nicht seitenverkehrt sah. Und ich hörte mich sagen:

»In Cranschto treibt ein Doppelgänger von mir sein Unwesen, der in meinem Namen gegen die Interessen unseres Planeten handelt und eine Invasion vorbereitet. Ich appelliere an alle Itrinks, sich von diesem Verbrecher nicht täuschen zu lassen. Wo immer dieser Doppelgänger erscheint, ist er sofort und ohne Warnung niederzuschießen. Tötet Horre den Giftgrünen im Dienste unseres Volks!«

Als meine drei Freunde von ihrem vermeintlichen Triumph über die Fremden zurückkehrten, sagte ich ihnen, dass nun auch ich einen Doppelgänger hatte.

»Das Teuflische an der Situation ist, dass nun ich als Doppelgänger gelte«, schloss ich an. »Nur meine engsten Vertrauten kennen die Wahrheit, aber Millionen von Itrinks werden Jagd auf mich machen. Ich habe keine andere Wahl, als vorerst unterzutauchen und aus dem Untergrund gegen die Fremden zu kämpfen. Für euch gilt dasselbe. Ihr müsst euch mir anschließen. Kein Itrink wird euch glauben, dass nicht ihr die Invasoren seid.«

Roi, Irmina und Gucky gaben mir Recht. Mit etwa hundert meiner Leute flüchteten wir in die Tiefbunkeranlagen.

Roi Danton

Vier Tage waren seit dem Zwischenfall im Hauptquartier der Naturschutzliga vergangen. Vier Tage der Flucht. Unsere Jäger gönnten uns keine Ruhepause. Immer wieder spürten sie unsere Verstecke in den subplanetaren Anlagen auf, aber dank Horres ausgezeichneter Kenntnis dieser uralten Gemäuer entkamen wir ihnen immer wieder. Es kam uns nun zugute, dass Horre sein halbes Leben hier unten verbracht hatte. Er, der als Horre der Giftgrüne der Schrecken aller Umweltverbrecher gewesen war, kannte hier unten alle Verstecke. Ihm waren Bunker, Tunnel und Geheimgänge bekannt, die schon seit Jahrhunderten in Vergessenheit geraten waren.

Dennoch waren wir nie lange vor unseren Jägern sicher. Denn wir wurden nicht nur von den Soldaten verfolgt; die ganze Stadt beteiligte sich an der Treibjagd auf uns. Horre hatte bei verschiedenen Gefechten zwanzig seiner besten Leute verloren. Die anderen aber standen treu zu ihm.

Obwohl unsere Lage alles andere als rosig war, konnten wir zuversichtlich sein. Unsere Chancen, den Unterschlupf der Fremden zu finden und auszuheben, standen nicht einmal schlecht. Ein Hinweis Horres hatte uns den richtigen Weg gezeigt. Das war gleich nach unserer Flucht gewesen. In den letzten vier Tagen hatten wir dann Zeit genug gehabt, unsere Vorbereitungen zum Sturm auf die Geheimstation der Fremden zu treffen.

In wenigen Stunden wollten wir zuschlagen. Für mich gab es keinen Zweifel, dass wir auf der richtigen Spur waren. Dabei hatte es bei unserer Lagebesprechung vor vier Tagen gar nicht so ausgesehen, als könnten wir rasche und wirksame Maßnahmen gegen die Fremden ergreifen. Denn immerhin mussten wir annehmen, dass sie sich über den gesamten Planeten verstreut hatten.

Ich erzählte Horre von den eingeschalteten Materietransmittern auf den 17 Schiffen. Zuerst verstand er nicht, doch nachdem ich ihm das Arbeitsprinzip eines Transmitters erklärt hatte, sah er klar.

»Es muss auf Zannack eine Station existieren, in der zumindest ein Gegenstück zu den Empfängertransmittern der Raumschiffe steht«, führte ich weiter aus. »Die Fremden müssen diesen Transmitter ständig in Betrieb haben, sodass wir ihn leicht orten könnten, wenn wir nur wüssten, wo er ungefähr steht. Haben Sie keinen Verdacht, Horre?«

Er schüttelte den Kopf. Diese Geste hatte er sich von mir angeeignet. »Ich habe erst von der Existenz der Fremden erfahren, als Gucky den Doppelgänger Gisgo entlarvte«, sagte er. »Außer den Bewohnern von Planet vier war uns bis dahin kein anderes Fremdvolk bekannt.«

»Aber haben Sie nicht wenigstens an Gisgos Verhalten etwas entdeckt, was Ihnen verdächtig vorkam?«, bohrte ich weiter. »Gucky erfuhr gleich bei der ersten Begegnung aus Ihren Gedanken, dass Sie mit Gisgo verfeindet waren. War das nur jene Art von Rivalität, wie sie oft zwischen Untergebenem und Vorgesetztem besteht?«

»Nein, es war mehr«, sagte Horre, und ich merkte ihm die plötzliche Erregung an. »Ich wusste schon lange, dass Gisgo einer verbrecherischen Organisation angehörte, die gegen die Umweltschutzgesetze verstößt. Aber ich konnte nichts gegen ihn unternehmen, denn er hatte mich in der Hand. Er verleitete mich ebenfalls zu einem Verstoß gegen die Gesetze und erpresste mich.« Er stutzte kurz, dann rief er aus: »Der Klub! Vielleicht finden wir dort einen Hinweis.«

Er erzählte uns alles über den mysteriösen »Klub Natur«, wo man von einer unbeschmutzten Welt träumen konnte. Der Klub, in dem man Llongafleisch essen konnte, obwohl diese Tiere vom Aussterben bedroht waren und obwohl man auf ganz Zannack außer Algenmenüs nur synthetische Nahrung vorgesetzt bekam.

Horre berichtete auch davon, dass Gisgo – oder besser gesagt: dessen Doppelgänger – hinter einem Überfall auf eine der Naturschutzzonen gesteckt haben musste. Horre hätte ihm damals den Prozess machen können, wollte aber noch weitere Beweise beschaffen. Doch dazu kam es nicht mehr, weil wir auf den Plan traten und die Ereignisse sich überschlugen. Langsam rundete sich das Bild ab.

Die Fremden hatten den Klub gegründet, um sich führende Persönlichkeiten der Itrinks durch verlockende Traumerlebnisse und den Genuss exotischer Speisen gefügig zu machen. Es konnte kein Zweifel bestehen, dass sie sich das Fleisch, das sie den Klubmitgliedern servierten, aus den Tierreservaten der Naturschutzzonen holten. Dabei gingen sie so rücksichtslos vor, dass sie ganze Tierarten ausrotteten.

Jetzt hatten wir eine Möglichkeit zum Handeln. Wir waren uns alle einig, dass wir den Hebel beim »Klub Natur« ansetzen mussten. Mit einem solchen Erfolg, wie er sich dann bei einer ersten Überprüfung einstellte, rechneten wir jedoch nicht.

Horre führte uns durch die Tiefbunkeranlagen in die Nähe des Klubs. Als wir direkt unter dem Klubgebäude waren, nur einen Kilometer tiefer, erhielten wir auch die ersten Ortungsergebnisse. Über uns war eine starke hyperenergetische Quelle. Das konnte der Materietransmitter sein.

Ich erlaubte Gucky, in den Klub zu teleportieren. Schon wenige Minuten später kehrte er mit einer sensationellen Meldung zurück.

»Da drin wimmelt es von den Fremden wie in einem Ameisenhaufen«, berichtete er. »Sie tragen natürlich alle Itrink-Masken, aber ihre Gedanken konnten sie vor mir nicht verbergen. Ich habe sogar einige Namen von hoch stehenden Persönlichkeiten erfahren, die durch Doppelgänger ersetzt wurden, forschte aber nicht weiter, um nicht das Risiko einer Entdeckung einzugehen.«

»Wir müssen aber alle Namen der Doppelgänger erfahren«, sagte Horre. »Wenn auch nur ein Fremder in der Maske eines Itrinks übrig bleibt, kann das verhängnisvolle Folgen haben.«

»Nur keine Aufregung«, beruhigte Gucky den Itrink. »Ich habe etwas erfahren, was es uns leicht machen wird, die Fremden mit einem Schlag zu erledigen. In vier Tagen soll im Klub eine Lagebesprechung stattfinden, an der alle Fremden teilnehmen werden. Wahrscheinlich will man sich beratschlagen, wie man sich unser entledigen kann.«

»In vier Tagen, wenn alle Fremden an einem Ort versammelt sind, schlagen wir zu«, beschloss ich. »Uns verbleibt genügend Zeit, bis dahin unsere Vorbereitungen zu treffen.«

Jetzt war es so weit. Der Häuserblock, in dem der Klub untergebracht war, war von Horres Leuten umstellt. Fernsehkameras standen bereit, um die Aktion aufzunehmen und über alle Sender zu übertragen. Horre hatte noch immer, obwohl er als Verfemter galt, gute Beziehungen zu den Massenmedien. Die Journalisten wussten es zu schätzen, dass er stets die Reporter zu Razzien und Großaktionen der Naturschutzliga eingeladen hatte. Gucky bewachte den Klub telepathisch. Wenn er aus den Gedanken der Fremden erfuhr, dass alle Doppelgänger vollzählig anwesend waren, würde er es mir mitteilen. Dann wollten wir zuschlagen.

»Es sind alle da«, meldete Gucky endlich, fügte jedoch hinzu: »Bis auf deinen Doppelgänger, Horre. Er wird auch nicht kommen.«

»Und warum nicht?«, wollte ich wissen.

»Das konnte ich nicht erfahren. Aber man will nicht länger auf ihn warten, sondern mit der Besprechung beginnen.«

»Dann warten auch wir nicht länger«, beschloss ich. »Gucky, du teleportierst zuerst mit Irmina und mir in den Klub. Dann holst du Horre. Wenn Sie bei uns eingetroffen sind, Horre, geben Sie an Ihre Leute das verabredete Funksignal.«

Ich ergriff Guckys Rechte, Irmina umschloss seine linke Hand. Sekundenlang standen wir noch in dem subplanetaren Gewölbe. Es war so still, dass ich das Geräusch tropfenden Wassers hören konnte. Dann verschwand die vertraute Umgebung vor meinen Augen und wurde von einer anderen abgelöst. Wir materialisierten im Empfangsraum des Klubs. Keine vier Schritte von uns entfernt stand ein Itrink mit einem Strahler unbekannter Bauart. Er öffnete den Schnabel zu einem Schrei, aber dieser fiel ihm ab und gab ein ameisenähnliches Insektengesicht frei.

Ich brachte den Fremden mit einem Desintegratorstrahl fast lautlos zur Auflösung. Gucky entmaterialisierte wieder. Irmina und ich drangen weiter in die Klubräume vor. Die HÜ-Schirme unserer Kampfanzüge hatten wir eingeschaltet. Noch zwei falsche Itrinks stellten sich uns in den Weg, doch auch sie vergingen in den Strahlen unserer Waffen, bevor sie Alarm geben konnten.

In diesem Augenblick empfing ich auf der vereinbarten Funkfrequenz das Signal zum Angriff der Naturschutz-Truppen. Irmina und ich warteten nicht erst auf die Verstärkung, sondern drangen in den Versammlungsraum vor.

Etwa dreißig Itrinks in Festkleidung waren hier versammelt. Zu ihnen hatten sich noch an die zwanzig Itrinks gesellt, die, nach ihrer Kleidung zu schließen, die mir von Horre beschrieben worden war, Angestellte des Klubs sein mussten. Gucky tauchte auf der anderen Seite des Raumes auf und meldete über Funk: »Das sind alles Doppelgänger. In den Geheimräumen, in dem auch der Transmitter untergebracht ist, halten sich mindestens noch zwei Dutzend der Fremden auf.«

Unter den Versammelten brach Panik aus, als wir plötzlich auftauchten, sodass wir anfangs leichtes Spiel mit ihnen hatten. Gucky riss ihnen dutzendweise die Masken von den Ameisenköpfen, damit auch die nachströmenden Naturschutz-Truppen im Bild waren.

»Ergebt euch!«, forderte ich die Fremden auf. »Eure Station ist umstellt. Ihr habt keine Chance, zu entkommen.«

Doch die Fremden dachten nicht daran, sich zu ergeben. Stattdessen eröffneten sie auf uns das Feuer aus ihren Strahlern, die sie unter ihren Itrink-Masken verborgen hatten. Unsere HÜ-Schirme hielten dem Beschuss stand. Doch die Naturschutz-Truppen, die das Gebäude stürmten, rannten blindlings in das tödliche Feuer. Angesichts dieser Verluste verzichtete ich auf jede weitere Rücksichtnahme.

Ich erwiderte das Feuer aus meinem Kombistrahler. Gucky setzte seine telekinetischen Fähigkeiten ein und ließ die Fremden durcheinander wirbeln. Irmina verformte mit Hilfe der Metabio-Gruppierung die Gliedmaßen der Fremden, sodass die Waffen ihren Händen entfielen. Die Beine versagten ihnen den Dienst, ihre Chitinpanzer barsten. Die Fremden wandten sich zur Flucht, die Naturschutz-Truppen nahmen die Verfolgung auf.

»Kommt, ich teleportiere mit euch in die Geheimstation«, erbot sich Gucky. »So können wir ihnen den Weg zum Sendetransmitter abschneiden.«

»Wozu das?«, fragte ich Gucky.

Einen Moment starrte er mich verblüfft an, dann begriff er. »Natürlich, Mike, du hast Recht. Sollen sie nur den Transmitter benützen. Sie wollen es ja nicht anders haben.«

Wir setzten uns an die Spitze der Naturschutz-Truppen und trieben die Fremden immer weiter zurück. Schließlich blieb ihnen nichts anderes übrig, als ihre Geheimstation aufzusuchen. Nun hatten wir sie in die Enge getrieben. Es gab keine andere Fluchtmöglichkeit mehr für sie als den Transmitter.

Ich gab Horres Truppen Zeit, sich zu formieren, dann sprengten wir mit einer erbsengroßen Bombe das Sicherheitsschott und drangen in die Geheimanlagen vor. Hier herrschte die fremde Technik der Ameisenwesen vor. Alles war auf die Bedürfnisse des Ameisenvolks abgestimmt, es gab viele Parallelen zu den technischen Einrichtungen der Raumschiffe im Sonnenorbit.

Wir nahmen die Geheimstation fast mühelos ein. Die Fremden boten uns kaum noch Gegenwehr. Ihr Rückzug glich einer überstürzten Flucht. Sie dachten nur noch daran, diesen Planeten so schnell wie möglich zu verlassen und wenigstens das nackte Leben zu retten. Und diese Chance bot ihnen der Transmitter, dachten sie.

Als wir in die Transmitterhalle kamen, verschwand gerade der letzte Fremde in dem flimmernden Feld. Unter normalen Umständen wären sie an Bord ihrer Schiffe herausgekommen, doch da es keine gleich gepolten Empfänger mehr gab, landeten sie im Hyperraum, von wo es für sie kein Entrinnen gab. Die Gefahr war gebannt.

Plötzlich entsann ich mich wieder, dass Gucky bei der zweiten Teleportation allein gekommen war, obwohl er Horre hätte mitbringen sollen.

»Wo ist Horre geblieben?«, fragte ich ihn deshalb.

»Ich bin mit ihm in seine Wohnung teleportiert«, erklärte Gucky. »Er wollte sich persönlich um seinen Doppelgänger kümmern.«

»Und?«

»Er war bereits tot«, antwortete Gucky. »Aus den Gedanken seiner Gefährtin habe ich erfahren, dass sie ihn, in der Meinung, Horre vor sich zu haben, vergiftete und selbst Gift nahm. Sie lag bereits im Sterben, als ich das Motiv für ihre Tat erfuhr. Sie wollte nicht mehr in dieser kalten, unpersönlichen Plastikwelt leben, die ohnehin zum Sterben verurteilt ist.«

Horre l'Eger

Layga, dass du solcher Gefühle fähig warst! Wie konnte ich das ahnen!

Ich musste immer wieder an sie denken, obwohl weit wichtigere Probleme mich beschäftigten. Was war ein Einzelschicksal gegen die Befreiung unseres Planeten von unheimlichen Invasoren? Und doch …

Nach der Eroberung der Geheimstation der Fremden hatten wir eine sensationelle Entdeckung gemacht. Wir hatten Gisgo d'Everen gefunden und die anderen, die von Doppelgängern ersetzt worden waren. Sie lagen allesamt friedlich in den Traummaschinen und waren mit ihrem Geist in der fernen Vergangenheit einer schöneren, blühenden Welt. Man konnte aber auch sagen, dass sie mit ihren Träumen in der fernen

Zukunft weilten; denn noch war nicht alles verloren, wir hatten immer noch die Möglichkeit, unseren Planeten vor dem Untergang zu bewahren und wieder ein Paradies daraus zu machen. Das hatte Roi behauptet. Er hatte aber auch gesagt, dass unser Volk dieses Ziel aus eigener Kraft anstreben müsse. Noch war nichts verloren.

Ich verlor nur drei Freunde. Und wenn es Gisgo und die anderen führenden Persönlichkeiten auch nicht recht wahrhaben wollten, so waren es doch die beiden Terraner und der Ilt gewesen, die uns vor einem schlimmen Schicksal bewahrt hatten.

Sie blieben nicht mehr lange. Der Abschied von ihnen fiel kurz und ernüchternd aus. Die Öffentlichkeit erfuhr nicht einmal etwas vom Start ihres Raumschiffs; das Fernsehen wurde nicht zugelassen. Die Politiker fürchteten, ihre Popularität zugunsten der Sternenfahrer zu verlieren. Ich wollte Roi das Versprechen abnehmen, dass sein Volk weiterhin in Kontakt mit uns Itrinks blieb. Er legte sich aber nicht fest. Als sein Raumschiff bereits den oberen Schichten der Atmosphäre zustrebte, erhielt ich von ihm einen Funkspruch via Satellit.

»Wir sehen uns wieder, Horre. Dies ist kein Abschied für immer. Wenn wir Terraner unsere eigenen Probleme in den Griff bekommen haben, werden wir uns um die Itrinks kümmern.«

Dieser Funkspruch machte mich noch schwermütiger. Nicht, dass ich an Rois Versprechen zweifelte. Er meinte es sicherlich ernst. Aber es war mir zu unbestimmt, zu vage. Er hatte nicht gesagt, wann die Terraner wiederkommen würden. Es konnte in einem Jahr sein, in einem Jahrzehnt oder auch in hundert Jahren. Bis die Terraner mit ihren eigenen Problemen fertig geworden sind, hatte er gesagt.

Und das, befürchtete ich, konnte auch erst in einer Ewigkeit sein.

28.

Der vierte Planet

»Vorsicht!«, rief Reelahg Layzot. »Bei Emper Had – seien Sie vorsichtig!«

Die Ingenieure unterbrachen ihre Arbeit. »Machen Sie sich keine Sorgen«, sagte einer. »Zum einen sind die Semmler praktisch unzerstörbar. Bedenken Sie, für welchen Einsatz sie vorgesehen sind. Zum anderen gehen wir kein Risiko ein.«

»Natürlich nicht«, sagte Layzot seufzend. Er fuhr sich mit beiden

Händen über den rostbraunen Pelz, der seinen Schädel bedeckte. »Ich bin nur etwas nervös. Ich werde Sie nicht mehr stören.«

Der Biologe wandte sich um und entfernte sich von den Röhrenwaggons des Zugs, der die drei schweren Spezialfahrzeuge aufnehmen sollte. Er fürchtete auch jetzt noch, dass die Expedition im letzten Moment aufgehalten werden würde. Deshalb trieb es ihn voran. Er wollte allem ausweichen, was ihm unter Umständen noch in die Quere kommen konnte. Leider hatte er nicht vermeiden können, dass diese Bahnstation für das Verladeunternehmen ausgewählt wurde.

Als er sich fünfzig Schritte von den Waggons entfernt hatte, drehte er sich um. In diesem Moment hörte er die Rufe und die Schritte einer großen Gruppe von Phäbäern, die sich ihm näherten. Erschrocken fuhr er herum. Die Männer und Frauen rasten die Rolltreppen herab und stürzten sich auf ihn. Sie rannten zu den Semmlern hinüber, schlugen die Ingenieure nieder und besetzten die Fahrzeuge. Bevor Layzot überhaupt begriff, was geschah, war schon alles wieder vorbei. In einem letzten Akt der Verzweiflung kämpfte er gegen die beiden Männer an, die ihn hielten, aber er konnte sie nicht abschütteln.

»Was haben Sie vor?«, fragte er erregt. »Was soll das alles?«

Ein Mann mit fahlgelbem Pelzkleid kam die Treppe herunter. Layzot erkannte Aynet sofort. Der Aggressive hatte sich rasiert, sodass die Nase sichtbar war, die sonst tief unter dem Pelz versteckt lag. Unwillkürlich versteifte Layzot sich bei diesem Anblick. Er war schockiert über die Schamlosigkeit, mit der Aynet die Membranen sehen ließ, die dazu dienten, die Nasenlöcher bei großer Kälte zu verschließen.

Aynet blieb vor ihm stehen und blickte ihn an. »Guten Morgen, Akty«, sagte er. »Es tut mir Leid, dass diese Aktion Sie trifft, aber das lässt sich leider nicht ändern.«

»Sie sind verrückt«, erwiderte Layzot, »ein Verbrecher, und Ihre Wahnsinnsideen sind nur dazu angetan, Stiemond zu vernichten.«

»Im Gegenteil«, antwortete der Aggressive seufzend. »Wenn Sie endlich erkennen würden, dass es uns gerade darum geht, Stiemond zu retten – und zwar nicht nur für einen Sommer, sondern für alle Zeit.«

»Mit Ihnen kann man nicht reden. Ihnen kann man nicht mal ins Gesicht sehen. Sie sollten sich schämen, so herumzulaufen.«

Aynet strich sich mit den Fingerspitzen über seine rasierte Nase. »Wir sind der Ansicht, dass diese Mode hygienischer ist als die, der Sie anhängen, Akty. Außerdem ist das Haarkleid überflüssig, solange wir uns in der Tiefe vergraben, weil wir Angst haben, die Nase in den Wind zu halten. Es ist ein wunderbares Gefühl, in unseren überheizten Bereichen wenigstens eine kühle Nase zu haben.«

Reelahg Layzot blickte angewidert zur Seite. »Sie glauben doch nicht, dass Sie uns aufhalten können?«, fragte er.

»Aber ja, Layzot. Wir werden verhandeln, und wenn das nichts nützt, dann werden wir die Semmler zerstören. Damit gewinnen wir Zeit. Eine solche Expedition, wie Sie sie planen, lässt sich nicht von heute auf morgen vorbereiten und durchführen.«

»Ich wusste, dass Sie nichts weiter als ein Verbrecher sind. Wenn Sie es wagen sollten, die Semmler anzufassen, werde ich ...«

Ein Polizeioffizier in einer leuchtend roten Uniformkombination kam die Rolltreppe herab. In der Armbeuge trug er eine Trommeldum. Der Aggressive versteifte sich. Seine Mitkämpfer gingen hinter den Semmlern in Deckung. An der Tunnelschleuse glommen grüne Lichter auf. Sie kündeten einen Zug an, der sich der Station näherte.

Aynet legte dem Biologen den linken Arm um den Hals. Mit der rechten Hand drückte er ihm die Mündung einer Pick an die Schläfe.

»Verlassen Sie sich darauf, dass ich Layzot töten werde, wenn Sie noch einen Schritt näher kommen«, rief er dem Polizisten zu.

Der Uniformierte blieb stehen. »Aynet«, sagte er und musterte den Aggressiven eingehend. »Die Station ist von Polizeikräften umstellt. Wir geben zu, dass Sie und Ihre Leute uns überrumpelt haben, aber das sollte Sie nicht übermütig machen. Wir warnen Sie. Sie sollten sich darüber klar sein, was Geiselnahme für Sie bedeutet. Noch sind wir bereit, Ihre Aktion lediglich als Demonstration der Rasierten anzusehen – wenn Sie sie sofort abbrechen und Reelahg Layzot nicht länger aufhalten. Sollten Sie dazu jedoch nicht bereit sein, zwingen Sie uns, den Akt der Geiselnahme als gegeben anzusehen.« Er hob die Trommeldum. »Wir werden Layzot und die Ingenieure mit Waffengewalt befreien.«

»Das werden Sie nicht tun, Offizier«, entgegnete Aynet gelassen. »Sie wissen sehr wohl, dass Sie am Ende nur noch Tote bergen würden. Das aber kann nicht Sinn einer Befreiungsaktion sein.«

Mehrere Reporter und Journalisten kamen die Treppe herunter. Sie filmten die Szene, blieben jedoch am Fuß der Rolltreppe stehen.

»Was verlangen Sie?«, fragte der Polizist.

»Legen Sie Ihre Waffe nieder und kommen Sie her. Ich habe keine Lust, die ganze Zeit über zu brüllen. Und sorgen Sie vor allem dafür, dass der Zug nicht einläuft. Ich will nicht gestört werden.«

Der Polizist zog ein Funksprechgerät aus der Brusttasche seiner Uniform und gab einen entsprechenden Befehl an die Zentrale durch. Dann legte er seine Trommeldum auf den Boden und kam zu Aynet und dem Biologen. Der Aggressive zielte nach wie vor auf die Schläfe seiner Geisel. Niemand konnte wissen, ob er einen tödlichen oder einen paralysierenden Schuss abgeben würde. Jede Pick war mit einer Munition geladen, die Giftkapseln enthielt. Es war davon abhängig, wie weit der Schütze den Abzug betätigte, ob die Kapsel im Körper des Getroffenen zerplatzte oder nicht. Die Hülle der Kapsel bestand aus einem hoch verdichteten Kunststoff, der ebenfalls Giftstoffe enthielt. Diese wirkten aber nur paralysierend. So genügte ein Streifschuss, um einen Gegner kampfunfähig zu machen. Durchschlug die Kugel ein lebenswichtiges Organ, wirkte sie auf jeden Fall tödlich.

Die Trommeldum des Polizisten war noch gefährlicher. Sie war mit Stahlgeschossen geladen, die an der Spitze drei mit Widerhaken versehene, auseinander strebende Stifte trugen. Von solchen Waffen getroffen, wurde jeder Gegner förmlich auseinander gerissen.

»Also, Aynet, was wollen Sie?«, fragte der Offizier.

»Das wissen Sie doch«, erwiderte der Aggressive. »Wir verlangen, dass ein Raumfahrtprogramm entwickelt wird, das darauf abzielt, den Feind dort anzugreifen, wo er wirklich verwundbar ist. Auf seinem eigenen Planeten. Auf dem dritten Planeten dieses Sonnensystems.«

»Sie sind ein Narr, Aynet.«

»Und Sie sind ein Blinder in Uniform«, gab der Aggressive heftig zurück. »Leute wie Sie sind unser Unglück.«

»Wenn ich so herumlaufen würde wie Sie, dann ...«

»Wenn Ihnen meine Nase nicht passt, sehen Sie woanders hin«, empfahl der Rasierte. »Und nun wollen wir vernünftig sein, Blinder.«

»Unterlassen Sie die Beleidigungen.«

»Gut, es tut mir Leid. Sagen Sie Ihrem Vorgesetzten, dass ich eine Diskussion in der Bahnhofshalle mit den maßgeblichen Politikern von Stiemond will. Als Gesprächspartner will ich haben: Beyket, Achmil, Kayiot, Bierayt und Woyhitol. Zumindest aber drei von ihnen. Ist das klar? Das Streitgespräch soll von allen Stationen von Stiemond übertragen werden. Alle Phäbäer sollen uns hören können.«

»Sie glauben doch nicht im Ernst, dass Sie sich durchsetzen werden.«

»Und? Darüber nachzudenken, sind Sie nicht da. Verschwinden Sie und informieren Sie die Minister!«

Plötzlich flog das Schleusenschott krachend auf. Ein Röhrenzug raste in die Station. Der Aggressive wurde abgelenkt. Mehrere Polizisten stürmten die Rolltreppen herunter. Aus der Ausfahrtschleuse am entgegengesetzten Ende des Bahnsteigs rannte ein zweiter Stoßtrupp von Uniformierten hervor. Wenigstens drei Reporter erwiesen sich als verkleidete Polizisten. Schüsse fielen.

Reelahg Layzot versuchte, Aynet die Pick wegzuschlagen, als einer der Polizisten mit einer Trommeldum auf den Aggressiven schoss und ihn am Kopf traf. Der Biologe hörte, dass Aynet die Pick noch auslöste, doch die Kugel zischte vorbei. Der Rasierte brach schlagartig zusammen. Auch die Aggressiven hinter den Semmlern verloren die Schlacht. Zwei von ihnen hatten sich in die Fahrzeuge zurückgezogen, konnten das Sicherheitsschott jedoch nicht mehr schließen. Die Polizisten warfen Giftpatronen in die Semmler und töteten die Rasierten.

Layzot ließ sich mit zitternden Knien auf eine Bank sinken. Fassungslos betrachtete er die blutige Szene. Er war ein absoluter Gegner der Theorien von Aynet, aber er wäre niemals auf den Gedanken gekommen, seine Überzeugung mit Waffengewalt durchzusetzen. Layzot dachte in diesen Sekunden seltsamerweise sogar daran, dass Aynet Recht gehabt hatte. Der dichte Pelz, den alle Phäbäer trugen, war eine Schutzvorrichtung der Natur gegen die Kälte. Wer nach draußen ging, konnte ohne ihn kaum existieren. In der Stadt aber war es warm. Man fror auch mit nackter Nase nicht. Insofern war die Rasur wirklich nicht mehr als eine Modeerscheinung, die zur Provokation geworden war, weil sie gegen alle Traditionen verstieß.

Die Reporter fotografierten Layzot. Irgendjemand stellte ihm ein paar Fragen, die er mechanisch, ohne nachzudenken, beantwortete. Die Polizisten legten die Leichen der Aggressiven in Metallbehälter und transportierten sie zum Verbrennen ab. Einer der Ordnungshüter legte dem Biologen die Hand auf die Schulter. »Es ist besser, wenn wir weitermachen«, sagte er.

Layzot erhob sich und ging mit schleppenden Schritten zu den Semmlern. Einer der Ingenieure meldete ihm, dass die Fahrzeuge unbeschädigt geblieben waren. Die Verladeaktion nahm ihren Fortgang. Fast unbeteiligt sah der Biologe zu. Der Zwischenfall hatte ihn tief erschüttert. Vielleicht war doch alles falsch, was sie machten. Vielleicht hatten die Aggressiven Recht. Er nahm sich vor, sich mit ihren Theorien näher zu befassen.

Als sich die Schotten der Waggons schlossen, stieg Layzot in den Zug, der wenig später lautlos anrollte, obwohl die Arbeiten der Polizisten noch nicht beendet waren. Die Vorbereitungen der Expedition liefen weiter, als sei nichts geschehen. Erst als der Zug mit Überschallgeschwindigkeit durch die Vakuumröhre nach Hammak gerast war, erwachte Layzot aus seiner Teilnahmslosigkeit. Von seinem Platz aus sprach er über Funk mit den Sicherheitsbehörden von Hammak, doch diese waren längst über die Vorgänge mit den Extremisten informiert. Der Bahnhof war vielfach abgesichert worden. Es konnte nichts mehr passieren.

Beruhigt überwachte Layzot die Entladung des Zugs. Aus eigener

Kraft rollten die Kettenfahrzeuge auf den Bahnsteig. Im hellen Licht schienen sie unerträglich weiß zu sein. Sie wirkten wie ungefüge Fremdkörper aus einer anderen Welt. Sie waren flach und schwer, und es sah aus, als krallten sie sich mit ihren Ketten geradezu in den Boden. Layzot erfasste ein gewisser Stolz, als er die Semmler auf den Lift zufahren sah. Diese kompakten Maschinen waren unter seiner Mitwirkung entstanden.

»Reelahg«, sagte ein junger Mann zu ihm, den er vorher nicht bemerkt hatte. »Ich dachte, Emper Had wolle mich zu den warmen Wiesen führen, als ich hörte, was geschehen ist. Sind die Semmler in Ordnung? Bist du verletzt?«

Layzot erhob sich von der Bank, auf die er sich gesetzt hatte. »Seem – ich freue mich, dass du pünktlich bist.« Er schnaubte hörbar durch die Nase, um seinen Worten noch mehr Ausdruck zu verleihen. »Ich hätte dich gebraucht.«

»Es ging nicht schneller, Reelahg.« Der wissenschaftliche Assistent des Biologen war kleiner als Layzot. Sein Haarkleid war gelblich weiß; ein unübersehbares Zeichen dafür, dass Seem Allag noch sehr jung war. Viele Kollegen und Berater Layzots hielten Seem Allag für zu jung, doch für den Wissenschaftler zählten nur die Fähigkeiten Allags. Die Farbe seines Pelzes war ihm egal. Was nützte ihm ein rostroter Assistent, der keine entsprechenden wissenschaftlichen Leistungen erbrachte? Bei dieser Expedition brauchte er Männer, auf die er sich voll verlassen konnte. Und einen besseren als Seem Allag hatte er nicht gefunden.

Zwei Ingenieure kamen zu ihm und meldeten ihm, dass die Semmler abfahrbereit waren. Layzot hob beide Hände und zeigte die unbehaarten Innenseiten. »Also los, Männer, dann wollen wir nicht länger warten. Der Tag ist kurz, und der Weg zur Station Extrem I ist weit.«

Layzot ging der Gruppe zum Lift voran. Lautlos schloss sich das Schott hinter ihnen. Die Luft in der Kabine war kühler als in der Halle. Ruckfrei lief die Kabine an und beschleunigte scharf. Fast eine Minute später verzögerte sie entsprechend heftig.

Reelahg Layzot bestieg den Semmler I als Erster. Seem Allag folgte ihm und nahm auf dem Sitz des Piloten Platz. Die Ingenieure und die anderen Wissenschaftler, die zum Team Layzots gehörten, kletterten in Semmler II und III. Über Funk gaben sie Layzot Bescheid, als alles abfahrbereit war.

»Dann los«, sagte der Biologe laut. Die Kerntriebwerke der Fahrzeuge sprangen röhrend an. Seem Allag legte seine Hand auf eine grüne Taste. Im gleichen Augenblick begannen die Heißluftstrahler vor den Außenschotten zu arbeiten. Das erste Schott glitt langsam zur Seite.

Eine mit Schnee und Reif bedeckte Bahn von zwanzig Schritten Länge öffnete sich vor ihnen. Layzot gab das Kommando, Seem Allag fuhr los.

Knirschend fraßen sich die Ketten voran. Das nächste Schott schob sich zur Seite, und der Blick der Männer fiel auf eine grün schimmernde Eiswand von unabsehbarer Dicke. Aus 24 Strahlern fauchte heiße Luft gegen das Eis und schmolz es rasend schnell weg. Das Schmelzwasser versickerte in eisfreien Abwasserschächten. Irgendwo weit unter ihnen würde es in die Behälter der städtischen Wasserversorgung laufen.

Die Wissenschaftler warteten. Der Gang verlängerte sich Schritt für Schritt. Ein Tunnel entstand, der immer heller wurde, bis er schließlich aufbrach. Die Wissenschaftler blickten sich an. Seem Allag schnaufte hörbar durch die Nase. Der Motor brüllte auf. Der Semmler rollte ins Freie. Ein eisiger Wind fauchte ihm entgegen. Er trieb dichte Schneefelder vor sich her, sodass die nach Norden abfallende Ebene nur zum Teil überschaubar war.

Als der Assistent Semmler I nach Norden lenkte, blickte Layzot auf das Außenthermometer. Er pfiff durch die Zähne. »Eiskalt«, sagte er. »Heute wäre es mir doch zu ungemütlich draußen.«

»Die Temperaturen fallen noch«, meinte Allag. Er fuhr die Gänge hoch und trieb das Fahrzeug voran. In schneller Fahrt ging es über die Eisfelder. Die Männer glaubten, die schneidende Kälte durch die beschlagfreien Fenster spüren zu können. Sie alle waren von der Natur mit einem Pelz- und Fettschutz ausgestattet worden, der es ihnen ohne weiteres ermöglicht hätte, im Freien zu leben. Die Kleidung, die sie trugen, bot nur einen gewissen Schutz gegen den Wind, wirkte sonst aber kaum isolierend.

Reelahg Layzot blickte zurück. Die beiden anderen Semmler folgten in Abständen von jeweils fünfzig Schritten. Auch sie arbeiteten sich fast mühelos durch die Eislandschaft voran.

»Ich wünschte, wir brauchten nicht erst nach Extrem«, sagte Layzot. »Mir wäre viel lieber, wir würden ohne diese Militärs fahren.«

»Das wird sich leider nicht machen lassen.«

»Ich bin froh, dass wir Militärs dabeihaben«, mischte sich einer der Ingenieure ins Gespräch. »Schließlich müssen wir damit rechnen, dass man uns angreift.«

Seem Allag drehte sich auf seinem Sitz um und ließ den Semmler ungesteuert weiterlaufen. Von allen unbemerkt, hatte er sein Gebiss mit den großen Reißzähnen herausgenommen. Er hielt es so im angewinkelten Arm, dass es völlig vom dicken Pelz umgeben wurde.

»Sieh da, ein Oucku«, sagte er laut. Dabei sprach er mit dem Kehlkopf, ohne die harten Lippen zu bewegen. Der Bauchrednertrick gelang.

Die Stimme schien direkt aus seiner Armbeuge zu kommen. »Ein Mann, der die warmen Wiesen Emper Hads nicht schön genug findet und sich vor ihnen drücken will.«

Er ließ die Zähne krachend zusammenschlagen. Das hörte sich so an, als ob sie Knochen zermalmten. Ingenieur Nym fuhr erschrocken auf, während Reelahg Layzot schallend lachte.

»Ich wusste gar nicht, dass du dein Gebiss schon hast, Seem«, rief er mit halb erstickter Stimme.

»Ihr Hohn ist unangebracht«, protestierte der Ingenieur. »Außerdem bin ich keineswegs ein Oucku. Ich glaube an die warmen Wiesen, aber ich habe nicht die Absicht, meinen Weg dorthin mehr als nötig zu beschleunigen. Das wäre eine Art von Selbstmord, und Sie sollten wissen, dass Emper Had niemanden auf die Wiesen lässt, der sich selbst tötet.«

Seem Allag nahm das Gebiss in die linke Hand und ließ es zwischen den Fingern auf- und zuklappen. »Wohl gesprochen, großer Held«, spottete er. »Emper Had wird Ihnen eine besonders mollige Mulde auf den Wiesen reservieren.«

»Passen Sie lieber auf!«, schrie Nym und deutete an Allag vorbei. Der wissenschaftliche Assistent fuhr herum und schob sich das Gebiss rasch in den Mund.

»Ein Eisriese«, sagte Layzot. Er rutschte unbehaglich auf seinem Sessel hin und her, obwohl ihnen im Semmler kaum etwas passieren konnte. Das Raubtier hatte ein zottiges weißes Fell. Es war ein ungewöhnlich großes Exemplar.

»Ich schätze, das Biest ist wenigstens sieben Schritt lang und fünf breit«, sagte Seem Allag. »Es wird hoffentlich vernünftig genug sein, uns nicht anzugreifen.«

Es schneite nicht mehr, doch ein immer stärkerer Wind kam auf. Sie konnten sehen, dass er das Fell des Eisriesen durcheinander wirbelte. Das Tier hatte die Fahrzeuge bemerkt. Es stand auf einem Eisklotz und blickte zu ihnen herüber. Die Augen waren nicht zu sehen, da sie vom Pelz verdeckt wurden. Dafür war der Rachen mit den fingerlangen Reißzähnen umso besser zu erkennen.

»Wir sind absolut sicher«, stellte Layzot fest.

»Aber das Biest könnte die Antennen beschädigen oder die Isolierung aufreißen«, wandte Ingenieur Nym ein.

»Achtung, er kommt!«, rief Layzot.

»Dann werde ich ihn töten«, sagte Allag. Er warf dem Biologen einen fragenden Blick zu. Zustimmend hob Layzot die Hand. Der Assistent drückte auf einen Knopf. Die Zieloptik wurde in die Frontscheibe eingeblendet. Mit den Fingern drehte er an den Kontrollen, und das Zielkreuz wanderte auf den Kopf des Eisriesen zu. Als das Raubtier noch etwa zwanzig Schritt von dem Semmler entfernt war, drückte Seem Allag ab. Das handlange Trommeldumgeschoss raste aus dem Lauf des Turmgeschützes. Der König der Eiswüsten schien gegen eine Wand gelaufen zu sein. Die vier Beine rutschten haltlos unter ihm weg, und sein massiger Kopf schien zu explodieren. Tot brach der Eisriese zusammen.

»Das gibt eine Menge gutes Fleisch«, sagte Seem Allag. »Ich gehe hinaus und hole uns ein Stück vom Nacken.«

»Das ist eine gute Idee, Seem«, lobte Layzot. »Aber sieh dich vor. Es ist ein weibliches Tier. Es könnte ein Junges haben.«

»Jetzt, zu dieser Zeit?«, wunderte sich sein Assistent.

»Wenn sie so weit aus dem Norden herunterkommen, geschieht das fast immer nur, weil sie Junge haben.«

»Ich hätte es wissen müssen«, gab Allag beschämt zu.

»Dein Hauptgebiet ist die Botanik. Es stört mich nicht, wenn du es nicht weißt. Und jetzt raus mit dir.«

Seem Allag nahm eine Vibrationssäge aus einem Wandschrank, zog die Kombination am Hals zu und stieg in die Schleuse. Wenig später sahen die Männer im Semmler ihn durch den Schnee stapfen. Die Kälte schien ihm nichts mehr auszumachen. Er bewegte sich vielmehr so, als genieße er sie richtig. Allag näherte sich dem Eisriesen sehr vorsichtig, bis er sich sicher war, dass er tot war. Dann setzte er die Säge an und trennte ein großes Nackenstück heraus.

»Da! Das Junge!«, rief Ingenieur Nym. Er zeigte auf einige Felsnadeln, die aus dem Eis hervorragten. Mit großen Sprüngen kam ein Jungtier heran, das etwa halb so groß war wie das erlegte Muttertier. Seem Allag war es weit überlegen.

»Betätigen Sie die Sirene!«, befahl Layzot dem Ingenieur. »Wir müssen Seem warnen.«

Nym gehorchte. Er beugte sich vor und ließ die Sirene aufheulen. Das Jungtier stutzte. Allag drehte sich um. Er sah die Bestie, ergriff das Fleisch und die Säge und hastete auf den Semmler zu, aber schon nach wenigen Schritten erkannte Layzot, dass er es nicht schaffen würde.

»Soll ich es auch abschießen?«, fragte Nym.

»Noch nicht«, wehrte der Biologe ab. »Jungtiere stehen unter Naturschutz.«

»Männer nicht?«

»Halten Sie den Mund!«

Allag drehte sich immer wieder um. Das Tier raste mit weiten Sätzen heran. Als es den Assistenten fast erreicht hatte, gab Layzot den Befehl, es zu erschießen. Doch es schien, als habe es gehört, welches Ende ihm drohte. Es rutschte auf allen vieren über das Eis. Allag gewann einen ausreichenden Vorsprung. Layzot und die Ingenieure hörten, wie er das in den wenigen Momenten schon tiefgefrorene Fleisch in die Schleuse warf und hinterherkletterte.

Das Jungtier wurde vom Blutgeruch der Mutter angelockt. Es wandte sich von dem Phäbäer ab, trabte zu dem toten Tier hinüber und schnupperte daran. Als Allag auf seinen Platz am Steuer zurückkehrte, riss das Junge die ersten Fleischfetzen aus dem Kadaver heraus.

»Die eigene Mutter«, sagte Nym erschauernd.

»Was wollen Sie?«, meinte Layzot. »Das Jungtier kann gar nichts anderes tun, wenn es nicht sterben will. Es ist in der Jagd noch viel zu unerfahren. Nur so kann es überleben.«

Seem Allag fuhr wieder an. »Wir haben für wenigstens zwei Tage zu essen«, sagte er mit leuchtenden Augen. »Frisches Fleisch! Stellen Sie sich das vor! Wer kann von sich sagen, dass er schon eine solche Delikatesse gegessen hat?«

Ingenieur Nym leckte sich die harten Lippen. »Ich gestehe, dass ich neugierig bin«, sagte er, »wenngleich ich nicht weiß, ob ich es überhaupt essen kann. Es ist noch blutig.«

»Ihnen wird sich der Magen schon nicht umdrehen«, entgegnete Allag. »Oder vielleicht doch? Dann haben wir mehr zu essen.« Er lachte leise.

Die Semmler rollten weiter. Der Himmel klärte sich. Das war ein gutes Zeichen. Sie brauchten vorerst nicht mit neuen Schneestürmen zu rechnen. Aber erst mussten sie bis Extrem kommen. Danach wurde es erst wirklich schwierig. Dort begann größtenteils unerforschtes Gebiet, das sich bis in die polaren Regionen hinaufzog.

Dort oben lag ihr Ziel am Koordinatenkreuz 38/60, eines der geheimnisvollen Täler, die ihnen so viele Rätsel aufgaben. Layzot war davon überzeugt, dass sie es erreichen würden.

29.

»Da ist Extrem«, rief Seem Allag und deutete auf einen Stahlmast, der aus der Eiswüste herausragte. Ohne auf die Zustimmung Layzots zu warten, drückte er eine Taste und gab damit das Funkzeichen an die Besatzung von Extrem durch. Nur wenig später stieg eine Dampfwolke aus dem Eis auf, und eine Öffnung entstand. Erleichtert steuerten die Piloten die Fahrzeuge hinein. Sie kamen in eine Schleuse, die groß genug war, alle drei Semmler aufzunehmen. Hinter ihnen schlossen sich die isolierten Schotten, und dann strömte erwärmte Luft in die Kammern.

Die Wissenschaftler und die Ingenieure stiegen aus. Durch ein kleineres Schott näherten sich ihnen mehrere Uniformierte. Unter ihnen ein auffallend massiger Mann mit rostrotem Pelz. Layzot begrüßte ihn, indem er die rechte Hand leicht anhob.

»Keek Arkark«, sagte er. »Wir sind etwas früher als erwartet eingetroffen, nehme ich an.«

Der Offizier blickte auf sein Chronometer. »Die Differenz ist unwesentlich. Haben Sie Zwischenfälle zu melden?«

»Haben wir?« Layzot wandte sich an seinen Assistenten. Unüberhörbare Ironie schwang in seiner Frage mit. Die Betonung machte deutlich, dass der Wissenschaftler mit der Haltung des Offiziers nicht einverstanden war. Er fühlte sich als Leiter der Expedition, der Arkark keineswegs verantwortlich war. Seem Allag ging auf das Spiel ein.

»Lass mich überlegen«, sagte er und blickte die Ingenieure an. »Hat jemand Beschwerde über diesen Empfang einzulegen, meine Freunde?«

»Wir wollen klarstellen, wer das Kommando hat«, sagte Keek Arkark scharf. »Ich bin der verantwortliche Sicherheitsoffizier, der ...«

»... der genau das zu tun hat, was ich ihm befehle«, ergänzte Layzot mit nunmehr ebenfalls eisiger Stimme. »Und nun wollen Sie uns, bitte, unsere Quartiere für die Nacht zeigen.«

»Das Gespräch ist noch nicht zu Ende, Akty.«

»Doch, Arkark, es ist zu Ende. Je schneller Sie das begreifen, desto besser.«

»Ich werde mich bei der Regierung über Sie beschweren.«

»Wenn Sie sich unbedingt eine Abfuhr holen wollen, dann tun Sie, was Sie nicht lassen können.«

Reelahg Layzot ging an ihm vorbei, ohne ihn noch länger zu beachten. Keek Arkark schwieg, bis sie in der Offiziersmesse saßen und alkoholisiertes Eiswasser tranken. »Sie handeln unverantwortlich«, sagte er.

»Keineswegs, Arkark. Dies ist die erste Expedition seit 126 Jahren nach Norden«, entgegnete Layzot ruhig. »Seit dieser Zeit beschäftigt uns die Frage, wie warme Täler im Norden möglich sind und was dort geschieht. Was auch immer wir versucht haben, das Rätsel zu lösen, es war vergeblich. Die letzte Expedition wurde bis auf den letzten Mann vernichtet. Aufklärungsflugzeuge wurden abgeschossen. Sogar Aufklärungssatelliten wurden pulverisiert. Robotische Systeme wurden ...«

»Das sind alles Beweise dafür, dass der militärische Schutz gar nicht stark genug sein kann«, unterbrach Keek Arkark ihn.

»Im Gegenteil«, erwiderte der Wissenschaftler resolut. »Das alles sind Beweise dafür, dass es falsch ist, mit militärischen Mitteln und Methoden an diese Täler heranzugehen. Für mich ist alles nur eine Frage der Kommunikation.«

»Ich weiß, dass Sie ein Kommunikationsfanatiker sind.«

»Umso besser. Dann wissen Sie auch, dass ich alles versuchen werde, eine militärische Auseinandersetzung zu vermeiden. Mit Waffengewalt sind wir schon zu oft vorgegangen. Wir müssen begreifen, dass es damit nicht geht. Und das werde ich auch in Ihren Dickschädel hineinhämmern. Haben Sie mich verstanden?«

»Sie waren laut genug«, antwortete Arkark abfällig.

»Anders geht es bei einem Mann wie Ihnen wohl auch nicht«, ergänzte Seem Allag. »Sie sollten öfter nach draußen gehen.«

Der Offizier blickte ihn erstaunt an.

»Warum sollte ich das tun? Ich habe hier drinnen mehr als genug zu besorgen.«

»Eben deshalb, uniformierter Freund«, sagte Allag amüsiert. »Die Kälte fehlt ihnen. So wahr Emper Had der Herr der schönsten aller Wiesen ist.«

Das Fell des Offiziers sträubte sich. Mit zornig funkelnden Augen blickte er den Assistenten an, der gelassen sein Glas austrank. »Nehmen Sie sich zusammen, junger Mann. Wenn ich noch so gelb wäre wie Sie, würde ich den Mund erst aufmachen, wenn ich gefragt werde.«

»Wenn ich so rot bin wie Sie, möchte ich nicht noch so einen miesen Posten haben wie Sie. Deshalb rede ich schon jetzt.«

Arkark schnaufte vor Wut. Seine Hände ballten sich zu Fäusten. Layzot hob sein Glas. »Auf die Expedition«, sagte er amüsiert. »Sie möge ein großer Erfolg werden.«

»Ich werde dafür sorgen, dass Ihr Assistent nicht teilnimmt.«

»Dann müssen Sie schon mit der Regierung selbst verhandeln«, entgegnete Layzot. »Und ich glaube nicht, dass Sie meine Freunde umstimmen werden. An maßgeblicher Stelle hält man recht viel von Seem Allag. Im Gegensatz zu Ihnen hatte er schon mehrfach Gelegenheit, sich auszuzeichnen.«

Damit traf Layzot die schwache Stelle des Offiziers. Keek Arkark trank sein Eiswasser aus, räusperte sich lautstark und fragte dann in wesentlich bescheidenerem Ton, ob Layzot mit den Semmlern zufrieden sei oder ob er Änderungen wünsche. Der Wissenschaftler unterließ es, den Offizier noch weiter zu reizen. Arkark hatte seine erste Lektion gelernt, und das sollte erst einmal genügen. Layzot hätte gern einen anderen Begleitoffizier mit auf die Reise genommen, doch Arkark war ihm zugeteilt worden, und sein Protest gegen diese Entscheidung hatte nichts eingebracht.

Er erhob sich. »Wir wollen schlafen«, sagte er. »Unsere Kräfte werden in den nächsten Tagen noch genügend strapaziert werden.«

Reelahg Layzot verschob den Start um zwei Tage, denn in den nächsten beiden Tagen tobte ein Eissturm mit scharfem Nordostwind. In dieser Zeit stiegen die Spannungen zwischen Keek Arkark und Seem Allag.

Am Morgen des dritten Tages war es nahezu windstill. Die Expeditionsteilnehmer bestiegen die drei Semmler. Layzot führte ein kurzes Visiphongespräch mit dem Wissenschaftsminister in der Hauptstadt Quarrisch und versprach, das Rätsel des Nordens zu lösen. Dann rollten die drei Fahrzeuge in die Eiswüste hinaus. Die Temperaturen waren weiter gefallen. Der Nordwind hatte seine Wirkung getan.

»Emper Had!«, rief Seem Allag, der am Steuer des Semmlers saß. »Bei dieser Kälte würde ich nicht mehr nach draußen gehen. Ich würde auf das beste Stück Fleisch verzichten.«

Das Land fiel nach Norden hin ab. Der Wind hatte das Eis weitgehend vom Schnee befreit, sodass sich den Semmlern eine spiegelglatte Schräge bot. Wie gefährlich sie war, zeigte sich, als plötzlich eines der hinteren Fahrzeuge am ersten Semmler vorbeirutschte. Es glitt auf eine Eisspalte zu. Die Ketten packten nicht genügend zu. Erst als sie gegen einen Eishöcker prallten, griffen sie ins Eis und beendeten die beängstigende Fahrt. Dieser Zwischenfall veranlasste Layzot zu einem scharfen Verweis an den Piloten des anderen Semmlers und zu dem Befehl an Seem Allag, noch vorsichtiger zu fahren. Im Kriechgang überwand Allag besonders gefährliche Stellen, und er beschleunigte erst, als nur noch eine geringe Neigung bestand.

Die Fahrt verlief in den ersten Stunden eintönig. Nur selten erschienen Tiere in der Nähe der Semmler. Es gab ohnehin keine umfangreiche Fauna auf dem Eis. Seem Allag berichtete von seinen Arbeiten in der submarinen Forschungsstadt Anarik, die tief unter dem ewigen Eis lag. Dort waren umfangreiche Forschungs- und Aufzuchtprogramme angelaufen, mit denen man versuchte, den Fischreichtum der Meere zu vergrößern. Keek Arkark und der ihm beigeordnete Offizier Koliek Beyrik diskutierten ausgiebig über die Notwendigkeit, die Städte im Eis noch mehr gegen Angriffe aus dem Raum abzusichern. Sie waren fest davon überzeugt, dass Stiemond mit einem solchen Angriff rechnen musste. Seem Allag fühlte sich einige Male herausgefordert, in das Gespräch einzugreifen, doch er beherrschte sich.

Am Nachmittag erreichten sie die erste Eisbarriere. Eisschollen von beträchtlicher Größe hatten sich hoch aufgeschichtet. Keek Arkark setzte sich neben Seem Allag und feuerte eine Thermitgranate ab. Das Geschoss bohrte sich in die Eismassen und brannte unter ständig steigender Hitzeentwicklung ab. Dampfwolken hüllten die Barriere ein. Als sie sich verzogen, gähnte ein großes Loch im Eis. Arkark feuerte ein zweites Geschoss ab, und danach konnten die Semmler in die Eismassen eindringen. Jetzt kam die Expedition nur noch langsam voran. Schritt für Schritt arbeitete sie sich vor, ständig von herabrutschenden Eisbrocken bedroht. Arkark schuf mit Thermitladungen freie Lücken, bis sie endlich in ein Eistal gerieten, in dem der Untergrund ebener war. Als die Dunkelheit sich herabsenkte, übernahm Koliek Beyrik das Steuer. Er riskierte mehr als Allag, bis Layzot ihm befahl, vorsichtiger zu fahren.

Layzot schaltete den Fernseher ein. Einige maßgebliche Politiker von Stiemond führten eine hitzige Diskussion über die Frage, ob Stiemond sich lediglich auf Verteidigungsmaßnahmen beschränken oder den Anregungen der Aggressiven folgen sollte. Der Überfall der Rasierten auf die drei Semmler war offensichtlich der Anlass zu dieser Veranstaltung gewesen. Die Regierungsvertreter verteidigten ihren Standpunkt der absoluten Zurückhaltung.

»Diese Narren«, sagte Keek Arkark aufgebracht. »Sie reden in aller Öffentlichkeit über diese Dinge.«

»Warum sollten sie es nicht tun?«, fragte Seem Allag.

»Das ist typisch für euch weltfremde Laborkriecher«, entgegnete der Offizier verächtlich. »Ihr könnt nicht über eure Glasgefäße hinaussehen. Dazu reicht es nicht.«

»Danke für das Kompliment«, erwiderte der Assistent. »Layzot freut sich sicherlich.«

»Ihn habe ich doch nicht gemeint«, sagte Arkark bestürzt.

»Nun erklären Sie mir schon, was Ihnen an der Diskussion nicht passt.«

»Sie wird öffentlich übertragen«, sagte Arkark. »Das bedeutet, dass unsere Feinde mithören können. Sie wissen also genau, was wir denken und was wir planen. Dümmer kann man sich kaum verhalten.«

»Sie haben nicht völlig Unrecht«, gab Seem Allag zu. »Auf diese Weise provozieren wir geradezu einen Angriff.«

»Das tun wir mit dieser Expedition auch«, fügte Koliek Beyrik hinzu.

»Übertreiben Sie nicht«, sagte Seem Allag. »Die Semmler stellen für niemanden eine Gefahr dar. Außerdem steht noch lange nicht fest, dass das Tal im Norden mit unseren Feinden etwas zu tun hat.«

Schweigend verfolgten die Männer den Fortgang der Diskussion.

Arkarks Befürchtungen erwiesen sich als übertrieben. Die Regierungspolitiker setzten sich durch. Die Aggressiven hatten wieder einmal nichts erreicht.

»Dabei wäre eine gezielte Angriffsaktion gegen den dritten Planeten gar nicht einmal so verkehrt«, sagte Seem Allag.

»Sie sind wohl überhaupt nicht zu überzeugen, wie?«, fragte Arkark.

»Doch, mein Freund, durchaus. Nur hilft es uns nicht, wenn wir uns in unseren Städten vergraben. Je mehr Zeit vergeht, desto weiter können unsere Feinde ihre Raumfahrttechnik entwickeln, desto größer wird ihr Vorsprung, bis er schließlich uneinholbar für uns wird. Und was dann, Arkark?«

Der Semmler rutschte ab. Er glitt über eine steil abfallende Eiswand hinunter. Der Offizier versuchte vergeblich, die Maschine in seine Gewalt zu bekommen. Die Motoren heulten auf. Die Männer wurden durcheinander geschleudert, und dann schlug das Fahrzeug hart auf. Reelahg Layzot flog quer durch die Kabine und landete auf dem Boden. Seem Allag stürzte auf Keek Arkark und warf ihn um. Dann wurde es ruhig. Die Motoren liefen langsamer. Die Männer hörten, dass die Ketten sich durch das Eis fraßen.

»Es ist alles in Ordnung«, berichtete Koliek Beyrik dann. »Wir haben noch einmal Glück gehabt.«

Nach sieben weiteren Tagen, die ohne große Zwischenfälle verliefen, rückten die drei Semmler langsam auf das Gebiet der großen Barrieren zu. Hier bedeckte das Eis die Berge bis zu einer Höhe, die die Phäbäer nur erreichen konnten, weil die Semmler über Druckkabinen verfügten. Die Spannung wuchs. Nicht mehr lange und sie gelangten in die unmittelbare Nähe der geheimnisvollen Täler. Die Offiziere saßen von nun an pausenlos an den Ortungsgeräten. Sie überwachten das Gelände und den Luftraum, ständig darauf gefasst, angegriffen zu werden. Immer wieder mussten sie sich mit Thermitgeschossen den Weg freischmelzen. Jeder von ihnen hätte gern auf diese Maßnahme verzichtet, weil alle wussten, dass sie damit den Gegner auf sich aufmerksam machten. Aber es gab keine andere Möglichkeit, voranzukommen.

Seem Allag übernahm das Steuer. Ihm gelang es, einige Eisspalten aufzuspüren, in denen sie sich voranpirschen konnten. Die Männer standen unter besonderer Spannung. Sie fragten sich, was aus den Expeditionen geworden sein mochte, die in früheren Jahrhunderten in dieses Gebiet eingedrungen waren.

»Schalten Sie die Funkverbindung ein!«, befahl Keek Arkark seinem untergeordneten Offizier. Beyrik spannte sich das Mikrofon über den runden Kopf und sprach leise hinein. Für die anderen kaum hörbar, schilderte er, wie sie sich vorankämpften, wie hoch die eisbedeckten Berge waren und wie die Stimmung an Bord der Semmler war. In Quarrisch und in der Station Extrem wurde sein Bericht aufgezeichnet. Sollte die Expedition scheitern, dann wollte man wenigstens wissen, warum.

Der Semmler I kroch durch eine mit Schnee gefüllte Mulde auf einen Eissattel zu. Seem Allag blickte durch die Sichtluken zurück. Die beiden anderen Fahrzeuge waren dicht hinter ihm. Sie folgten nicht in der Spur, sondern bewegten sich seitwärts davon.

Plötzlich trat Allag auf die Bremsen. Das Spezialfahrzeug rutschte noch einige Schritte weit durch den Schnee und blieb dann mit röhrendem Motor stehen.

»Was ist los?«, fragte Layzot.

»Ich weiß nicht«, antwortete der Assistent. »Mir ist nicht wohl. Ich … ich spüre etwas.«

»Er hat Angst, weiter nichts«, sagte Keek Arkark. »Fahren Sie weiter. Oder soll ich das Steuer übernehmen?«

Seem Allag beachtete ihn nicht. Er löste die Bremsen und trat den Akzelerator durch. Der Semmler ruckte an und kroch den Hang hoch auf den Bergsattel zu, als etwas Helles über sie hinwegschoss. Unmittelbar darauf wurde der Semmler erschüttert.

Layzot fuhr herum. »Emper Had!«, rief er stöhnend.

Seem Allag blickte nur kurz zurück. Er sah, dass Semmler II nur noch ein qualmendes Wrack war. Er beschleunigte scharf. Das Kettenfahrzeug geriet an den Rand einer Schneemulde. Allag ließ es hineinrutschen. Es glitt auf eine Eishöhle zu, die durch mehrere übereinander liegende Eisbrocken gebildet wurde. In der Höhle bremste er. Der Semmler hatte zu viel Fahrt. Er schlitterte auf eine Wand zu und prallte krachend dagegen. Die Männer wurden nach vorn geschleudert. Keek Arkark fluchte.

»Ich sollte Ihnen den Schädel einschlagen, Sie hirnverbrannter Narr!«, schrie er Allag an.

Der wissenschaftliche Assistent wies durch das Rückfenster nach draußen. »Wenn ich nicht die Höhle erreicht hätte, dann wäre von uns jetzt genauso viel übrig wie von Semmler II und III«, sagte er. Arkark drehte sich langsam um und blickte durch das Rückfenster. Auch Semmler III war nur noch ein brennender Trümmerhaufen.

»So schnell geht das«, sagte Reelahg Layzot erschüttert.

»Funkverkehr einstellen!«, befahl Arkark. »Wir wollen uns nicht verraten.«

Koliek Beyrik informierte Quarrisch über den Vorfall und schaltete das Funkgerät aus. Draußen war es still.

»Was nun?«, fragte Arkark unschlüssig.

»Was nun?«, spottete Seem Allag. »Der große Feldherr ist ratlos.«

»Halten Sie den Mund!«

»Im Gegenteil. Reelahg, wir sollten aussteigen und zu Fuß weitergehen. Wir dürfen den Semmler nicht gefährden. Außerdem knallt man uns sofort ab, wenn wir weiterfahren.«

»Sie begehen Selbstmord, wenn Sie zu Fuß gehen«, wandte Arkark nervös ein. Er war jetzt ganz und gar nicht mehr so mutig wie zuvor. Zum ersten Mal im Laufe seiner militärischen Karriere wurde er in Kampfhandlungen verwickelt. Er war überhaupt der erste Soldat seit 126 Jahren, der direkt mit dem unsichtbaren Feind konfrontiert wurde.

»Du hast Recht, Seem«, stimmte Layzot zu. »Nimm eine Trommeldum mit.«

»Sie wollen wirklich nach draußen?«, fragte Arkark. Er packte den Arm des Wissenschaftlers. Layzot blickte ihn fast mitleidig an.

»Was meinen Sie wohl, weshalb wir die Strapazen der letzten Tage auf uns genommen haben? Um hier zu sitzen und zu warten, dass irgendetwas geschieht? Begleiten Sie mich, Arkark, oder ziehen Sie es vor, hier zu bleiben?«

Der Offizier gab knurrende Laute von sich, deutliche Zeichen seiner Unsicherheit und Angst.

»Ich erinnere Sie daran, dass Sie zu unserem Schutz mitgekommen sind, Arkark«, sagte Seem Allag kalt. »Also – raus mit Ihnen!«

Er stieg in die Schleuse, schloss das Schott hinter sich und erschien wenig später vor einem Seitenfenster. Die Schleuse wäre kaum nötig gewesen, da die Expedition sich wieder in einer Höhle befand, in der eine ausreichende Luftdichte vorhanden war. Sie stellte lediglich einen gewissen Komfort dar, weil die Wissenschaftler damit verhindern konnten, dass die Kälte in die Kabine drang. Layzot schaltete die Kontrollen daher aus und fuhr beide Schotten zur Seite. Sofort fiel die Temperatur in der Kabine ab. Layzot klemmte sich eine langläufige Trommeldum unter den Arm und kletterte aus dem Semmler. Zögernd und langsam folgten ihm Keek Arkark und Koliek Beyrik. Die drei Ingenieure bewaffneten sich ebenfalls und verließen den Semmler als Letzte.

»Eigentlich müsste einer von uns hier bleiben, um notfalls berichten zu können«, sagte Keek Arkark unsicher.

»Sie kommen mit uns«, erwiderte Allag scharf, »obwohl ich mich frage, wer hier eigentlich wen beschützen muss.«

Er strich sich mit der Hand über die Nase. Die Kälte machte sich vor allem an den empfindlichen Membranen bemerkbar. Die gesamte Gruppe hatte ein ausgedehntes Außentraining hinter sich, dennoch fiel es den Männern schwer, sich auf die Temperaturen im Polargebiet einzustellen.

»Gehen wir«, sagte Layzot.

Er verließ die Eishöhle. Mit scheuen Blicken musterte er die Trümmer der beiden Semmler. Sie überzogen sich bereits mit einer Eisschicht. Bis vor wenigen Momenten hatte er sich nicht vorstellen können, dass diese hoch entwickelten Spezialfahrzeuge so schnell zerstört werden konnten. Er musste an die Worte seines Assistenten denken. Seem Allag hatte davor gewarnt, dass der technische Vorsprung der Unheimlichen vom dritten Planeten zu groß werden könnte. Offenbar hatten sie schon jetzt eine Entwicklungsstufe erreicht, die weit über der der Phäbäer lag – falls es wirklich die unbekannten Wesen vom dritten Planeten waren, die hier im Norden ein geheimnisvolles Tal besetzt hielten.

Der Schnee knirschte unter seinen Füßen. Ein eisiger Wind blies über den Eissattel hinweg. Schritt für Schritt kämpfte Layzot sich voran. Seem Allag schloss zu ihm auf. Die anderen Männer fielen leicht zurück.

»Ist deine Waffe schussbereit?«, fragte Allag.

»Alles ist in Ordnung«, antwortete Layzot.

Sie gingen schneller. Die Ungeduld trieb sie voran. Sie wollten endlich sehen, was hinter dem Bergsattel lag. Auf ein Zeichen Allags ließen sie sich in den Schnee sinken und krochen schließlich auf allen vieren bis zum Kamm. Doch auch jetzt konnten Layzot und Allag nur einen Teil dessen überblicken, was sich im Tal befand, denn eine dichte Nebeldecke überdeckte weite Bereiche. Unter silbern schimmernden Folien befand sich etwas Grünes.

Bevor Keek Arkark und die anderen zu ihnen aufschließen konnten, raste pfeifend etwas über den Bergsattel hinweg. Eine Explosion riss das Eis auf. Ein glühend heißer Wind fegte über die Männer hinweg und schleuderte sie zu Boden. Schnee und Eis verwandelten sich in heiße Dämpfe. Layzot hörte die anderen Männer schreien. Und wieder flog etwas über sie hinweg. Er blickte direkt in einen weißen Blitz. Etwas Unsichtbares packte ihn und wirbelte ihn hinweg. Er stürzte in den Schnee und versank darin. Das war sein Glück, denn er merkte, dass im gleichen Moment Trümmerstücke über ihn hinwegwirbelten.

»Seem!«, schrie er.

»Alles in Ordnung, Reelahg?«, brüllte der Assistent zurück.

»Keine Sorge!«

Der Dampf verzog sich. Vorsichtig richteten die Wissenschaftler sich auf. Die Szene hatte sich vollkommen gewandelt. Die Explosionsglut hatte tiefe Senken in Schnee und Eis geschaffen. Einer der Ingenieure lag tot auf dem Boden. Koliek Beyrik erhob sich zwischen Eisbrocken. Er hinkte stark, und sein Bein blutete.

Keek Arkark rannte in blinder Panik quer über das Eisfeld. Aus den tief hängenden Wolken stürzte eine metallisch schimmernde Maschine herab. Seem Allag wurde durch ein Pfeifen auf sie aufmerksam. Sie flog mit hoher Geschwindigkeit auf den fliehenden Offizier zu. Deutlich sah Allag, dass eine armlange Lanze aus dem Gerät hervorkam und Keek Arkark durchbohrte. Dann stieg das Ding wieder auf und verschwand in den Wolken.

»Wie passt das zusammen?«, fragte der Assistent stammelnd.

»Achtung!«, schrie einer der Ingenieure.

Über den Eissattel hinweg rasten zwei weitere dieser Waffen auf sie zu. Seem Allag und Layzot warfen sich bäuchlings in den Schnee. Die Fluggeräte pfiffen dicht über sie hinweg. Einer der Ingenieure war aufgesprungen und wollte weglaufen. Eine Lanze tötete ihn. Koliek Beyrik verhielt sich ebenso wie Seem und Layzot, aber auch das half ihm nichts. Die Fluggeräte stürzten sich auf ihn herab, fuhren lange Lanzen aus und stachen sie ihm in den Leib. Dann stiegen die Geräte steil auf und verschwanden in den Wolken.

»Zurück zum Semmler«, sagte Seem Allag keuchend. »Wir kommen nicht weiter.«

»Pass auf!«, brüllte Layzot verzweifelt.

Wie eine Bombe fiel eine der Flugmaschinen aus den Wolken herab. Die beiden Wissenschaftler gingen hinter einem Eisbrocken in Deckung, doch auf sie hatte das Gerät es nicht abgesehen. Es brachte den letzten noch lebenden Ingenieur um.

Layzot und Seem Allag rannten aus Leibeskräften über das Eis auf die Höhle zu, in der der Semmler stand. Sie hörten ein Heulen hinter sich und blickten zurück. Zwei Flugmaschinen näherten sich ihnen. Beide Männer wussten, dass sie das Ende nun nicht mehr länger hinauszögern konnten. Dennoch wehrten sie sich. Sie rissen ihre Trommeldum hoch und feuerten auf die angreifenden Roboter. Sie hörten, wie die Geschosse gegen die Metallpanzerung klatschten und wirkungslos daran abglitten. Seem Allag sprang todesmutig vor Layzot, um ihn mit dem eigenen Körper gegen die Lanze zu decken.

»Rette dich, Reelahg!«, schrie er. Seine Stimme überschlug sich. Die Lanze zuckte auf ihn zu, und er reagierte instinktiv. Er warf sich zur Seite. Die Waffe streifte ihn an der Schulter, tötete ihn jedoch nicht. Auch die andere Maschine verfehlte ihn. Er wirbelte herum und feuerte mit der Trommeldum hinterher, bis das Magazin leer war. Dann erst merkte er, dass Reelahg Layzot nicht mehr da war. Verblüfft blickte er sich um. Er sah die Spuren des Freundes im Schnee. Sie endeten plötzlich.

»Reelahg?«, rief er.

Ein erneutes Pfeifen warnte ihn. Er drehte sich um. Vier Lanzenroboter flogen auf ihn zu. Sie bildeten eine Kette. Er erkannte sofort, dass er nicht allen ausweichen konnte.

»Oh, Emper Had – muss das sein?«

Er ließ die Trommeldum fallen. Er wusste nicht mehr, was er tun konnte. Seine Augen weiteten sich vor Angst. Er glaubte, die tödliche Lanze bereits in seiner Brust zu spüren. Seine Hände ballten sich zu Fäusten.

In diesem Moment legte sich ihm eine Hand um den Oberkörper. Er schrie gellend auf und wollte sich umdrehen. Die Lanzen verschwanden vor seinen Augen. Es wurde dunkel um ihn. Er hatte das Gefühl, in einen Abgrund zu stürzen.

30.

Als Seem Allag wieder sehen konnte, befand er sich in einer grün schimmernden Eishöhle. Reelahg Layzot kämpfte mit einem Riesen, der einen eigentümlichen grünen Anzug trug und einen kugelförmigen, durchsichtigen Helm über den Kopf gestülpt hatte. Der Biologe schlug mit beiden Fäusten wild auf diesen Fremden ein. Seem Allag erkannte schockiert, dass das Gesicht des Großen völlig nackt und haarlos war. Der Anblick lähmte ihn für den ersten Moment. Unwillkürlich schreckte er vor diesem Wesen zurück, bis er endlich begriff, dass es überhaupt kein Phäbäer war und auch nicht von Stiemond stammte. Es konnte nur vom dritten Planeten kommen und zu den Teuflischen gehören.

Mit einem wilden Aufschrei stürzte er sich in den Kampf gegen den Fremden, der ihn um etwa drei Köpfe überragte. Der Mann rief ständig etwas, das Allag nicht verstand, und er schlug auch nicht zurück, sondern wehrte nur die Schläge Layzots ab. Aber das fiel Seem Allag in diesen Sekunden nicht auf. Er reagierte, wie es ihm seine Instinkte befahlen. Dabei hatte er völlig übersehen, dass sich noch jemand hinter ihm befand. Das merkte er erst, als ihn dieses Wesen bei den Schultern packte und herumwirbelte.

Eine erneute Überraschung wartete auf ihn. Verblüfft ließ er die

Fäuste sinken. Auch dieser Fremde trug eine grüne Kombination und den gleichen Helm. Sein Gesicht aber war nicht hellbraun, sondern fast schwarz. Dennoch hatte es große Ähnlichkeit mit dem des anderen. Das Wesen verschränkte seine Arme vor der Brust und wehrte sich auch nicht, als Seem Allag zweimal kräftig auf ihn einhieb. Er zeigte ihm vielmehr die Zähne. Allag wusste nicht, was das zu bedeuten hatte. Er fühlte sich plötzlich nicht mehr bedroht. Und auch Layzot kämpfte nicht mehr.

»Ohne Helm ist es mir bei euch zu kalt«, sagte der Schwarze. Seine Stimme klang aus einem kleinen Gerät auf seiner Brust heraus. Er sprach Phäbäerisch, und das verblüffte Allag am meisten. »Sonst würde ich ihn natürlich abnehmen.« Er klopfte gegen das transparente Material. »Ich glaube, ich habe euch noch rechtzeitig weggeholt, sonst hätten euch die Lanzen durchbohrt.«

Layzot und Allag fassten sich Hilfe suchend bei den Händen. »Du hast uns gerettet?«, fragte der Assistent.

»Ein anderer hätte es nicht tun können«, antwortete der Schwarze. »Mein Name ist Ras Tschubai, und ich bin dein Freund. Deine Feinde befinden sich in dem Tal, in das du eindringen wolltest.«

»Mein Name ist Fellmer Lloyd«, sagte der andere Fremde. »Wir kommen aus einem anderen Sonnensystem. Ich sehe, dass ihr euch beruhigt habt. Das ist gut so. Dann können wir vernünftig miteinander reden.«

»Wo sind wir?«, fragte Allag.

»Weit vom Tal entfernt«, antwortete Ras Tschubai. »Inzwischen haben die aus dem Tal euren Semmler zerstört. Ihr müsst also zu Fuß bis Quarrisch gehen. Ihr könnt euch natürlich auch uns anschließen. Das ist etwas bequemer. Wir sind mit einem Raumschiff gekommen und auf Stiemond gelandet.«

»Niemand hat euch angegriffen?«, fragte Layzot.

»Dazu sind die Fremden zu klug«, antwortete Lloyd. »Wenn sie uns angreifen, müssen sie damit rechnen, dass wir zurückschlagen. Lassen sie uns in Ruhe, können sie hoffen, dass wir wieder verschwinden.«

»Woher kennt ihr unsere Sprache?«

»Wir beobachten Stiemond schon seit einigen Stunden. Wir konnten uns in dieser Zeit recht gut informieren. Ist euch nicht kalt?«

Ras Tschubai musterte die beiden kleinen Gestalten, die nur mit einer dünnen Kombination bekleidet waren. Er blickte auf ein Messgerät an seinem Arm. »Immerhin haben wir 87 Grad unter null.«

»Hier in der Höhle ist es recht angenehm. Draußen ist es kälter.«

Seem Allag verspürte nach wie vor ein leichtes Zittern in den Knien.

Er merkte, dass auch Reelahg Layzot seine Furcht noch nicht ganz überwunden hatte. Natürlich vermuteten die Phäbäer, dass es außer ihnen noch andere Völker unter anderen Sonnen gab, aber bisher hatten sie sich durch sie stets nur bedroht gefühlt. Auf den Gedanken, nicht stiemondische Wesen könnten ihnen freundlich gesinnt sein, waren sie noch nie gekommen. Doch jetzt sahen sie, dass die Fremden ohne schützenden Anzug offenbar gar nicht auf Stiemond leben konnten. Sie mussten von einer Welt kommen, auf der es wesentlich wärmer war, wenngleich wiederum nur schwer vorstellbar war, dass es solche Welten gab. Was aber trieb die Fremden nach Stiemond?

»Wer sind eure Feinde im Tal?«, fragte der Mann, der den Namen Ras Tschubai trug.

»Wir wissen es nicht«, antwortete Seem Allag.

Ras Tschubai blickte Fellmer Lloyd an. Der Telepath schüttelte den Kopf. Der Phäbäer hatte die Wahrheit gesagt. Ras überlegte, ob er die beiden Männer in die Space-Jet bitten sollte, mit der sie in der Eiswüste gelandet waren. Dann sagte er sich, dass es für sie vielleicht zu heiß darin war.

»Wir würden euch gern helfen«, sagte er. »Wir möchten auch wissen, was sich im Tal verbirgt. Erzählt mir mehr von euch und von dem, was ihr über das Tal wisst.«

»Wir würden gern euer Raumschiff sehen«, sagte der kleinere der beiden Phäbäer. Sein Pelz war hell und gelblich weiß, während der des anderen einen rostroten Farbton hatte.

»Gern«, antwortete der Terraner und ging auf den Höhlenausgang zu, der den beiden Phäbäern bislang verborgen geblieben war. Fellmer Lloyd folgte als Letzter. Die beiden Phäbäer wandten sich scheu an ihn und nannten ihm ihre Namen. Allmählich begannen sie sicherer zu werden. Sie berichteten mehr und mehr über sich selbst, über die politische Situation auf Stiemond, über das geheimnisvolle Tal, in das noch kein einziger Phäbäer einen Einblick gehabt hatte, und über die Angst, von den Bewohnern des dritten Planeten angegriffen zu werden.

Dann verließen sie die Eishöhle und traten ins Freie hinaus. Staunend näherten sie sich der Space-Jet, die nur fünfzig Schritt von ihnen entfernt war. An der Schleuse stand der Emotionaut Mentro Kosum, ein Mann, der in den Augen der Phäbäer ein wahrer Riese war. Auch er trug einen Raumanzug, der ihn vor der Kälte schützte. Seem Allag und Reelahg verstummten bei seinem Anblick. Sie hielten ihn für den ältesten der Fremden, da seine rostrote Mähne deutlich zu sehen war.

Ortungsfunker Irosch Schkuntzky, der durch die transparente Sichtkuppel an der Oberseite der Jet zu sehen war, meldete sich per Funk.

»Sir, soeben ist ein Rafferspruch von der MC-SJ 34 eingelaufen.«

»Danke, Irosch«, sagte Lloyd. »Ich komme.«

Der Funkspruch stammte von Roi Danton, der den dritten Planeten angeflogen hatte. Er musste dort Kontakt mit den Bewohnern dieser Welt aufgenommen haben. Daher erwartete der Telepath wichtige Hinweise von ihm, die ihm unter Umständen helfen konnten, die Probleme von Stiemond besser zu lösen.

»Es ist ein Funkspruch für mich von meinen Freunden gekommen«, erklärte Lloyd den beiden Phäbäern. »Ich komme sofort zurück. Ihr könnt, wenn ihr wollt, das Raumschiff besichtigen – falls es euch nicht zu warm darin ist.«

Allag und Layzot blickten sich freudig erregt an. Sie fürchteten sich kaum noch. Sie wussten, dass der dunkelhäutige Mann sie längst ins Schiff hätte bringen können, wenn er nur gewollt hätte. Wie er es angestellt hatte, sie zu retten, war ihnen beiden völlig unklar. Auf Stiemond waren parapsychische Vorgänge unbekannt.

Fellmer Lloyd verschwand in der Schleuse. Ras führte die beiden Phäbäer an das Raumschiff heran. Sie ließen ihre sechsfingrigen Hände staunend über die Ynkeloniumhülle gleiten und flüsterten miteinander. Zögernd blieben sie vor der Schleuse stehen.

»Ich gehe mit euch«, sagte Ras. »Wenn es euch zu warm ist, lasse ich euch schnell wieder heraus. Ihr braucht keine Angst zu haben.«

Seem Allag fasste all seinen Mut zusammen und betrat die Schleuse. Jetzt stieg auch Layzot hinein. Ras legte seine Hand auf die Kontaktplatte. Das Schott fuhr zu. Die Temperaturen in der Schleuse stiegen steil an. Die Phäbäer wurden unruhig. Bei zwanzig Grad schrie Allag auf.

»Meine Füße!«, rief er stöhnend. »Sie verbrennen!«

Ras Tschubai fuhr das Schleusenschott auf. Schlagartig fielen die Temperaturen wieder ab. »Es geht leider nicht«, sagte er bedauernd. »Es ist viel zu heiß für euch.«

»Schade«, erwiderte Layzot. »Ich bin sehr neugierig. Könnt ihr es drinnen nicht kälter machen?«

Ras lehnte ab. Er wollte kein unnötiges Risiko eingehen. Raumanzüge konnte er den Phäbäern ebenfalls nicht geben, da diese nicht tief genug abgekühlt werden konnten. Ihm war auch nicht wichtig, dass die Phäbäer das Schiff besichtigten, sondern dass sie seinen guten Willen registrierten und mehr Vertrauen zu ihm fassten. Lloyd kehrte zurück.

»Nun, alles okay bei den anderen?«, fragte Ras.

»Alles in Ordnung«, berichtete Lloyd. »Danton ist auf dem dritten Planeten auf eine Insektenrasse gestoßen. Einige dieser Insekten hatten sich maskiert und die Rolle von maßgeblichen Persönlichkeiten des einheimischen Intelligenzvolks übernommen.«

Der Telepath ließ den Translator eingeschaltet, sodass die Phäbäer jedes Wort verstehen konnten. Gebannt hörten sie ihm zu. Zum ersten Mal vernahmen sie etwas vom dritten Planeten, was sich nicht auf Vermutungen und Spekulationen aufbaute, sondern von jemandem stammte, der selbst dort gewesen war. Die tief verwurzelte Furcht vor den Bewohnern dieser Welt nährte sich aus jahrtausendealten Sagen und Legenden, stützte sich aber auch zum Teil auf Beobachtungen, die mit Sonden und Satelliten gemacht worden waren – als diese noch nicht sofort nach dem Start von unbekannten Mächten vernichtet worden waren. Die Phäbäer hatten immer geglaubt, dass die Bewohner des dritten Planeten für diese Zerstörungen verantwortlich waren, und sie hatten diese als Anzeichen einer beginnenden Invasion angesehen. Nun erfuhren sie zu ihrem Erstaunen, dass eine Insektenrasse die Bewohner der dritten Welt unterwandert hatte.

»Die Insekten konnten entlarvt und ihr Einfluss auf die Itrinks beseitigt werden«, fuhr Lloyd fort.

Reelahg Layzot wollte eine Frage stellen, aber er wurde durch Sergeant Hon-Tuang abgelenkt, der mit einem Plastikkasten aus der Jet kam, diesen neben ihnen abstellte und aufklappte. Zischend blies sich ein Iglu auf, der etwa zweieinhalb Meter hoch war und einen Durchmesser an der Grundfläche von fünf Metern hatte. Ortungsfunker Schkuntzky brachte zwei weitere Behälter herbei und trug sie in das Haus, dessen Wände sich chemisch veränderten und damit steinhart wurden. Durch den offenen Eingang konnten die beiden Phäbäer beobachten, wie der Terraner Mobiliar aus den Kästen hervorzauberte. Die Gegenstände bliesen sich auf und erhärteten dann.

»Bitte«, sagte Ras Tschubai schließlich und lud seine überraschten Gäste in das Haus ein. Zögernd betraten Layzot und Allag den Iglu, fassten sich dann aber schnell, als Lloyd und Ras sich gesetzt hatten. Sie taten, als sei ein derartiges Konstruktionsverfahren auch für sie nichts Neues, und ließen sich auf den Stühlen nieder.

»Ich möchte wissen, ob sich auch unter uns Insektenfeinde verbergen«, sagte Layzot. Er beugte sich vor und blickte Lloyd forschend an. »Das würde sehr viel erklären. Auch bei uns gibt es einige Persönlichkeiten, deren Verhalten mir oft seltsam vorgekommen ist.«

»Bist du groß oder klein im Verhältnis zu anderen Phäbäern?«, fragte der Telepath.

Reelahg Layzot erhob sich und atmete schnaufend durch die Nase ein. »Ich bin ein bescheidener Mann, der mehr auf Geistesgaben denn auf körperliche Größe gibt«, bekannte er. »Dennoch möchte ich deutlich sagen, dass ich fast immer angenehm auffalle, weil ich so groß bin.«

Seem Allag nahm sein Gebiss aus dem Mund und hielt es sich in die Armbeuge.

»Natürlich ist er nicht so groß wie ihr«, verkündete er mit Kehlkopfstimme, ohne die Lippen zu bewegen, »aber für unsere Begriffe reicht es. Er ist ein schöner Mann.«

Verblüfft blickten Ras Tschubai und Fellmer Lloyd auf das klappernde Gebiss in der Armbeuge. Sie konnten sich ein Lachen nicht verkneifen, während Reelahg Layzot empört herumfuhr.

»Emper Had!«, rief er. »Das war ein starkes Stück. Pass nur auf, dass dir deine Zähne nicht zusammenfrieren.«

Seem Allag schob das Gebiss in den Mund zurück. »Reelahg Layzot ist niemals mit nur fünf Frauen zufrieden gewesen«, sagte er. »Und das in seinem Alter!«

Der Wissenschaftler strafte seinen Assistenten mit einem missbilligenden Blick. »Wieso fragt ihr mich nach meiner Größe?«, wandte er sich dann an die Terraner.

»Weil ich wissen wollte, ob auch unter euch Insekten versteckt leben könnten«, antwortete Fellmer Lloyd.

»Und? Glaubst du es?«

»Nein.«

»Warum nicht?«

»Die Insekten von der dritten Welt hatten eine Körperlänge von etwa zwei Metern. Sie waren also noch größer als mein Freund und ich, und sie hatten einen mächtigen, kugelartig aufgewölbten Oberkörper. Sie können sich nicht unter euch verbergen, ohne von euch erkannt zu werden.«

»Sind sie von der gleichen Art wie Zeus?«, fragte Ras Tschubai. »Das ist etwas, das wir unbedingt herausfinden sollten.«

»Wie könnten wir das?«, fragte Layzot, der von Zeus nichts wissen konnte. »Sie würden uns sofort töten. Gegen ihre Waffen sind wir machtlos.«

»Oder nicht?«, fügte Allag hinzu. Er blickte die Terraner hoffnungsvoll an.

»Das wird sich zeigen.«

»Heißt das, dass ihr in das Tal eindringen wollt?«, rief Layzot und sprang auf. »Ihr müsst es tun. Wir müssen diese Teufel vertreiben, damit wir endlich wieder Herr unserer eigenen Welt sind.«

»Wir werden es tun«, versprach Ras. »Wir werden uns ansehen, was die Fremden in den Tälern im Norden treiben.«

»Wir müssen die Regierung verständigen«, sagte Reelahg Layzot. »Wir müssen alle Kräfte mobil machen und entschlossen angreifen. Wir müssen ...«

»... vor allem Ruhe bewahren«, ergänzte Seem Allag sarkastisch.

Layzot verstummte und blickte ihn unsicher an. Die Worte des Assistenten ernüchterten ihn. Er merkte, dass er sich von seiner Freude hatte mitreißen lassen.

»Allerdings«, fügte Ras Tschubai hinzu. »Zunächst werden wir allein in das Tal oder die Täler eindringen. Wenn wir wissen, wie die Situation wirklich ist, dann werden wir uns mit der Regierung in Verbindung setzen und vielleicht größere Maßnahmen einleiten. Vorläufig aber wollen wir die Öffentlichkeit nicht beunruhigen.«

Staunend blickten die beiden Phäbäer auf den Shift, der aus der Bodenschleuse der Space-Jet rollte.

»Wir haben das Fahrzeug leicht verändert«, erklärte Ras Tschubai und deutete auf die zwei Schalensitze, die hinter der transparenten Sichtkuppel auf die Außenhaut geklebt worden waren. Die Sessel standen hinter einer stark gekrümmten, transparenten Schutzwand.

»Dahinter spürt ihr den Wind nicht so«, sagte der Terraner. Er deutete zu den tief hängenden Wolken hinauf. »Wir rechnen damit, dass es bald einen Sturm geben wird.«

»Da oben wird man uns einfach abschießen«, vermutete Seem Allag.

»Keineswegs«, erwiderte Ras. Er gab Fellmer Lloyd, der am Steuer des Shifts saß, einen Wink. Der Telepath nickte ihm zu. Tschubai ging auf das Fahrzeug zu und blieb plötzlich mit erhobenen Händen stehen. »Kommt her.«

Zögernd näherten sich die Phäbäer. Als sie ihn erreichten, prallten sie gegen eine unsichtbare Wand.

»Ein Energieschirm«, erklärte Ras. »Ihn können die Waffen der Leute im Tal so leicht nicht durchschlagen. Darüber hinaus haben wir einen noch wesentlich stärkeren Energieschirm, der garantiert nicht zu überwinden ist.«

Lloyd schaltete das Feld aus. Begeistert diskutierten die beiden Phäbäer miteinander. Sie schritten auf den Shift zu und kletterten hinauf. Ras beobachtete, wie sie es sich in den Schalensesseln bequem machten. Schließlich winkten sie ihm zu.

»Es kann losgehen«, rief Allag.

Ras Tschubai stieg durch die Luftschleuse ein, setzte sich neben Fellmer Lloyd und winkte den beiden Phäbäern aufmunternd zu. Die Kernfusionsreaktoren liefen an, als ein Eissturm einsetzte. Plötzlich hagelten faustgroße Eisstücke aus den Wolken herab. Sie prasselten gegen die Ynkeloniumhülle des Shifts. Seem Allag und Reelahg Layzot beugten sich nach vorn und schützten ihre Köpfe, doch dann wurde es still. Lloyd hatte den Prallschirm eingeschaltet. Erstaunt blickten die Phäbäer auf. Sie sahen, dass der Niederschlag vor ihnen in der Luft aufgefangen wurde.

Der Shift ruckte an. In schneller Fahrt entfernte er sich von der Space-Jet. Lloyd ließ ihn über das Eis rollen. Er rechnete damit, dass die Verteidiger des Tals im Norden auf der Hut waren und dass sie den Luftraum überwachten. Er wollte eine Ortung vermeiden und jedes Risiko für die Space-Jet umgehen. Sollte der Shift von den unbekannten Geräten erfasst werden, dann sollte das wenigstens nicht in unmittelbarer Nähe des Raumschiffes geschehen.

Mentro Kosum blieb in der Space-Jet zurück.

Eine Stunde später flaute der Sturm wieder ab. Der Shift löste sich vom Eis und flog in einer Höhe von drei Metern nach Norden. Ras Tschubai beobachtete die beiden Phäbäer. Sie blieben ruhig. Offensichtlich vertrauten sie ihnen vollkommen.

Eine Eisbarriere von mehreren hundert Metern Höhe erhob sich vor ihnen. Unweit dahinter lag das Tal, in das Layzot einzudringen versucht hatte. Lloyd ließ den Shift an den Eiswänden aufsteigen. Wieder kam Wind auf, doch er stellte keine Bedrohung für das Spezialfahrzeug und seine Besatzung dar. Ruhig glitt der Shift über die glitzernden Wände hinweg, bis Lloyd eine Lücke entdeckte, durch die er ihn lenken konnte.

Eine weite Ebene lag vor ihnen. In der Ferne konnten sie die Trümmer der Semmler erkennen. Am Horizont erhoben sich die Berge. Ras Tschubai vermutete, dass es hier Vulkane gab, sodass in einigen Tälern hohe Temperaturen herrschten. Heiße Quellen und hoch sitzende Magmanester mochten sich weiterhin günstig für die Anlagen ausgewirkt haben, die in den Tälern angelegt worden waren.

»Eine Rakete«, sagte Lloyd und deutete nach vorn. Bevor Ras das Geschoss entdeckt hatte, explodierte es am Prallschirm. Der Shift wurde nur geringfügig erschüttert. Der Telepath sah, dass die beiden Phäbäer sich ängstlich an ihre Sitze klammerten.

Fellmer Lloyd ließ den Shift abfallen. Er stürzte förmlich an den Eiswänden der Barriere in die Tiefe, sodass zwei weitere Raketen über ihn hinwegrasten und im Eis explodierten. Dann beschleunigte er scharf und schaltete zusätzlich den HÜ-Schirm ein. Der Shift flog auf das Tal im Eis zu. Lanzenroboter jagten aus den Wolken herab, scheiterten jedoch an den Energieschirmen. Layzot und Allag jubelten. Gegen derartige Waffensysteme waren die geheimnisvollen Wesen im Tal machtlos. Den Shift konnten sie nicht so einfach vernichten wie die Semmler.

Endlich strich der Shift über den Bergsattel hinweg. Seem Allag trommelte mit den Fäusten gegen die transparente Schutzscheibe. Er zeigte auf etwas, das im Schnee lag.

»Er will die Waffen haben«, sagte Lloyd, der seine Gedanken erfassen konnte. Gleichzeitig stoppte er den Shift ab. Seem Allag sprang furchtlos in den Schnee hinab und rannte auf die Trommeldums zu, die darin lagen. Dabei achtete er nicht auf die Energieschirme. Lloyd musste sie zwangsläufig abschalten. Damit brachte Allag sie alle in Gefahr, denn wiederum flogen Lanzenroboter auf sie zu. Der Assistent nahm zwei Trommeldums auf und rannte in seinem Eifer über den Bergsattel hinweg. Ras Tschubai bediente den Desintegratorstrahler, während Lloyd die Schutzschirme wieder einschaltete. Durch Strukturlücken hindurch zuckte der grüne Energiestrahl hinaus und vernichtete die Lanzenroboter, bevor diese sich auf Seem Allag stürzen konnten.

»Er ist verrückt geworden«, sagte Tschubai. »Er glaubt wohl, dass ihm überhaupt nichts mehr passieren kann.« Er erhob sich.

»Was soll das?«, fragte Lloyd. »Willst du hinaus?«

»Ich kann ihn doch nicht allein lassen.«

Ras Tschubai schleuste sich aus und rannte hinter Seem Allag her. Der Shift flog weiter. In seinen Energieschirmen zerschellten zwei weitere Raketen. Der Teleporter erreichte den Phäbäer und schoss einen Lanzenroboter ab, der sich auf ihn werfen wollte. Ein zweiter Roboter verging an der Energiesphäre, die ihn schützend umgab.

»Jetzt zeigen wir es ihnen«, rief Seem Allag und stemmte seine Gewehre hoch. Er lief mit großen Sätzen den Hang hinunter. Der größte Teil des Tals lag wiederum unter einer Nebeldecke, sodass sie noch nicht genau erkennen konnten, was sich darunter verbarg. Fellmer Lloyd wartete nicht mehr darauf, dass Ras und der Phäbäer sich wieder in den Schutz der Energieschirme des Shifts zurückzogen. Er flog an ihnen vorbei ins Tal hinab. Dabei zerstörte er mehrere Lanzenroboter, bevor diese Ras und Allag angreifen konnten. Layzot stand aufrecht vor seinem Sitz, hob triumphierend beide Fäuste über den Kopf.

Ras Tschubai schaltete seinen Energieschirm aus. Er griff die Hand Seem Allags und teleportierte sich mit ihm ins Tal hinab. Als sie rematerialisierten, blickte der Phäbäer ihn fassungslos an. Er begriff nicht, was geschehen war, doch er war klug genug, seine Fragen fürs Erste aufzuschieben. Er befand sich in einer Welt, in der es keinen Schnee gab. Durch den Nebeldunst hindurch konnte er jedoch die Hänge der Berge erkennen, die mit Schnee und Eis bedeckt waren. Hier unten im Tal war es für ihn fast unerträglich warm, aber das kümmerte ihn nicht. Seem Allag sah, dass der Shift sich zu ihnen herabsenkte und dabei eine transparente Folie durchstieß, die sich über das ganze Tal zu spannen schien.

Aber das interessierte ihn nicht. Er hatte nur noch Augen für diese seltsame Szenerie, in die er so unvermittelt hineingesprungen war. Künstliche Wasseradern durchzogen das braune und grüne Land. Auf gepflegten Beeten wuchsen langstielige Pflanzen mit großen Blütenknollen, von denen jedoch noch keine einzige geöffnet war. Auffallend waren schlangenartige Blätter, mit denen Pflanze um Pflanze miteinander verbunden war. Gewächse, die keine solchen Blätter besaßen, sahen braun und verdorrt aus. Daraus schloss Ras Tschubai, dass die Pflanzen diesen Kontakt brauchten, wenn sie gedeihen sollten.

Der Shift landete neben einem Beet. Reelahg Layzot sprang hinunter. Er diskutierte sofort mit dem Assistenten. Jetzt waren die beiden nur noch Biologen, die sich für botanische Phänomene interessierten. Die Terraner, den Shift und den Gegner hatten sie vollkommen vergessen.

Fellmer Lloyd meldete sich über Helmfunk. »Was hat das zu bedeuten, Ras?«, fragte er.

»Keine Ahnung«, antwortete der Teleporter. Auch er konnte sich nicht vorstellen, warum die Unbekannten hier Plantagen angelegt hatten. Unzweifelhaft hatten die Pflanzen eine überragende Bedeutung für sie, sonst hätte man sich kaum derartige Mühe gemacht, sie derart drastisch zu verteidigen. Layzot und sein Assistent nahmen in aller Eile Proben von den Pflanzen. Ras Tschubai ging zu ihnen. Seem Allag blickte auf. »Lange halten wir es nicht mehr aus«, sagte er mit heiserer Stimme. »Wie kann man nur bei solchen Temperaturen leben?«

Ras Tschubai klappte seinen Schutzhelm zurück.

»Für uns ist es immer noch kalt!« Er atmete tief durch. Die Luft war würzig und roch angenehm.

Fellmer Lloyd feuerte mit dem Desintegratorstrahler auf einige Lanzenroboter, die im Tiefflug heranrasten. Er zerstörte sie alle.

»Zurück zum Shift!«, rief Ras.

Die beiden Wissenschaftler unterbrachen ihre Diskussion. Der Terraner konnte ihnen ansehen, dass sie die Gefahren völlig vergessen hatten.

»Achtung! Sie kommen!«, rief der Telepath.

Aus einem Unterstand, der Tschubai verborgen geblieben war, stürzten zwanzig insektenartige Wesen hervor. Ras Tschubai war sich sofort sicher, dass es Ploohns waren, die auch auf dem dritten Planeten dieses Sonnensystems ihr Unwesen getrieben hatten. Dass sie sich selbst so nannten, hatte Gucky aus ihren Gedanken erfahren. Sie waren etwa zwei Meter groß, liefen aufrecht und besaßen unter der mächtig vorgewölbten Brust eine tiefe Einschneidung ihres Körpers. Der Unterleib wölbte sich unter dieser Einschnürung auf eine Breite von etwa einem Meter auf und endete spitz zulaufend. Die vier oberen Extremitäten waren zu gut brauchbaren Armen ausgebildet, in denen sie Schusswaffen hielten. An den runden Köpfen befanden sich zwei riesige, glitzernde Facettenaugen, hinter denen sich filigranhaft zarte Fühlerbündel abspreizten. Der dreieckige Mund sah verhornt aus und wirkte diabolisch.

Seem Allag und Reelahg Layzot, die zum ersten Mal derartige Lebewesen sahen, waren vor Entsetzen wie gelähmt. Für sie wurden urplötzlich die alten Legenden und Sagen von Stiemond Wirklichkeit. Ihr Selbstbewusstsein zerbrach.

Ein sonnenheller Energiestrahl fauchte an Ras Tschubai vorbei. Fellmer Lloyd feuerte mit dem Desintegratorstrahler zurück und tötete drei Ploohns. Ras Tschubai schoss mit seiner Impulsautomatik. Dann stieß er die beiden Phäbäer zur Seite, sodass sie zu Boden stürzten. Das war ihr Glück. Mehrere Energiestrahlen strichen über sie hinweg und steigerten die Temperaturen bis in für sie absolut unerträgliche Bereiche. Sie schrien gellend auf. Ras Tschubai begriff. Er bückte sich zu ihnen hinab, ergriff ihre Hände und teleportierte auf den Shift. Eine Sekunde später schlug eine Rakete exakt an der Stelle ein, an der er eben noch gestanden hatte. Mehrere Ploohns gerieten in den Detonationsbereich. Sie wurden von davonfliegenden Trümmerstücken förmlich zerfetzt.

Als Ras auf dem Shift materialisierte, hatten Allag und Layzot das Bewusstsein bereits verloren. Fellmer Lloyd feuerte pausenlos mit den Bordwaffen auf die Ploohns und tötete die Angreifer.

Jetzt setzte ein wahrer Feuerhagel auf den Shift ein. Rakete auf Rakete explodierte in den Schutzschirmen. Von überall her tauchten Ploohns auf und griffen an.

»Wir ziehen uns vorerst zurück«, sagte Fellmer Lloyd. »Es ist nicht unsere Aufgabe, das Tal und die anderen Täler, die hier vielleicht noch sind, zu erobern.«

»Einverstanden«, antwortete Ras Tschubai. »Für die beiden Phäbäer wird es außerdem Zeit, dass sie in die Kälte zurückkehren.«

Der Telepath und Gefühlsorter ließ den Shift ansteigen. Der Flugpanzer durchbrach die Plastikfolie erneut. Pausenlos explodierten Raketen um ihn herum, ohne ihn zu beschädigen. Lloyd verzichtete darauf, das Feuer zu beantworten. Er flog an den Berghängen hoch, glitt schließlich über den Bergsattel hinweg und entfernte sich vom Tal. Die Ploohns stellten das Abwehrfeuer ein. Sie mochten eingesehen haben, dass sie nichts gegen den Shift ausrichten konnten.

Ras Tschubai bemühte sich um die beiden Phäbäer. Layzot hielt eine Pflanze in den schlaffen Händen. Er rührte sich nicht. Seem Allag dagegen kam langsam wieder zu sich. Der Teleporter blickte auf das Thermometer an seinem Arm. Die Temperaturen sanken auf minus 65 Grad. Längst hatte er seinen Helm wieder geschlossen, da die Kälte für ihn unerträglich wurde. Seem Allag aber erholte sich zusehends. Er beugte sich über Layzot und massierte seine Brust, doch nach einigen Minuten ließ er von ihm ab und blickte Ras Tschubai traurig an.

»Er ist tot«, sagte er. »Die Hitze war zu viel für ihn. Emper Had hat ihn zu sich auf die warmen Wiesen gerufen.«

»Es tut mir Leid«, sagte Ras Tschubai mitfühlend.

»Oh, das ist nicht schlimm. Reelahg ist glücklich. Er hat das Ziel seines Lebens erreicht. Er hat das Tal gesehen und die Pflanzen, die darin wachsen. Er weiß, was unsere Welt bedroht. Er hat ein reiches Leben hinter sich, und er ist nun dort, wo es keine Mühsal mehr gibt.«

»Dennoch bist du traurig.«

»Ich beneide ihn. Er hat geschafft, wozu ich noch viele Jahre benötigen werde.«

Der Shift landete vor einer Eishöhle. Seem Allag sprang vom Shift, und Ras Tschubai reichte ihm den toten Layzot. Der Assistent nahm ihn in seine Arme, senkte den Kopf und ging mit langsamen Schritten in die Höhle hinein. Der Teleporter blickte ihm nach, bis er hinter dem Eis verschwunden war, dann stieg er durch die Schleuse in den Shift zurück. Fellmer Lloyd erwartete ihn bereits mit einer Tasse dampfenden Kaffees.

»Was nun?«, fragte er. »Warten wir auf Danton?«

»Ich bin dafür, dass wir mit Hilfe von Allag Verbindung mit den Phäbäern aufnehmen. Wir müssen unbedingt herausbekommen, was hier wirklich geschieht. Wir müssen wissen, weshalb die Ploohns die Pflanzen anbauen und was sie eigentlich vorhaben. Allein gegen sie zu kämpfen wäre vermutlich ziemlich sinnlos.«

»Wir könnten es ohne weiteres mit der Besatzung eines Tals aufnehmen«, meinte Lloyd. »Aber ich habe nicht den Eindruck, dass wir in das wichtigste Nest gestochen haben.«

»Eben. Der Meinung bin ich auch. Die Phäbäer verfügen vielleicht über Informationen, die uns weiterhelfen. Ich kann mir vorstellen, dass ein Biologe wie Seem Allag darüber nicht informiert ist. Aber es mag eine Abwehr geben, die recht gut Bescheid weiß, aber noch nie zugeschlagen hat, weil sie keine Erfolgsaussichten gegen die Ploohns hatte. Mit unserer Hilfe sieht alles anders aus.«

»In den Städten unter dem Eis herrscht Unruhe«, sagte der Telepath. »Es gibt verschiedene politische Strömungen in einem System, das zwischen Diktatur und Demokratie steht. Die Konservativen wollen in den Bunkerstädten unter dem Eis bleiben, die Aggressiven wollen gegen den Nachbarplaneten vorgehen. Seem Allag hat bis jetzt noch immer nicht mit letzter Konsequenz begriffen, dass die Itrinks nicht die wahren Feinde von Stiemond sind. Obwohl wir ihm gesagt haben, dass es nicht so ist, glaubt er noch immer an die Möglichkeit, dass die Ploohns doch von Papillo III kommen. Dabei hat er die Insekten mit eigenen Augen gesehen, und er hat unseren Bericht gehört. Er müsste sich eigentlich sagen, dass wir keinen Grund haben, ihn zu belügen.«

»Dann wird es wohl nicht ganz leicht sein, regierungsamtliche Stellen zu überzeugen«, fügte Ras an.

»Eben. Daran dachte ich.«

Lloyd machte den Teleporter darauf aufmerksam, dass Seem Allag zurückkehrte. Ras klappte den Raumhelm zu und teleportierte nach draußen. Er materialisierte neben dem Shift, wo der Phäbäer ihn nicht sehen konnte, und ging dann um das Fahrzeug herum. Schweigend wartete er, bis Seem Allag bei ihm war. Der Assistent stieg auf den Shift und setzte sich in den Schalensessel hinter der Schutzscheibe.

In der Hand hielt er einen Eisbrocken, in dem ein kleines Tier eingeschlossen war. Mit seinen kräftigen Zähnen zermalmte er erst das Eis, schluckte es hinunter, entfernte dann einige offenbar ungenießbare Teile vom Kopf des Tieres und aß es auf.

»Es kann weitergehen«, sagte er. »Reelahg Layzot wird zufrieden sein. Ich habe eine sehr schöne Höhle für ihn gefunden. Könntet ihr sie verschließen?«

»Gern«, entgegnete Ras. Er drehte sich um und schoss seine Impulsautomatik auf den Höhleneingang ab. Der Energiestrahl bohrte sich in das Eis und verflüssigte es. In der eisigen Kälte schloss sich der Eingang. Das Wasser erstarrte sofort wieder zu Eis.

»Seem Allag«, sagte Ras. »Ich möchte mit euch zusammen gegen die Ploohns kämpfen. Wir müssen sie von Stiemond vertreiben, wenn ihr jemals Ruhe vor ihnen haben wollt.«

»Das ist richtig«, stimmte der Biologe zu. »Aber wie sollen wir es anstellen? Unsere Waffen richten nichts gegen sie aus. Und wenn wir sie vertrieben haben, müssen wir damit rechnen, vom dritten Planeten aus angegriffen zu werden. Wir sind zum Kämpfen verurteilt.«

»Die Probleme sind zu lösen. Zunächst müssen wir mit euren Militärs und mit eurer Abwehr reden.« Ras Tschubai erklärte dem Phäbäer, zu welchem Ergebnis Fellmer Lloyd und er gekommen waren.

Seem Allag überlegte. Schließlich seufzte er vernehmlich. »Ich werde versuchen, was ich kann.«

Ras Tschubai stieg zu ihm auf den Shift hinauf und setzte sich neben ihn. In seinem Raumanzug war er ausreichend gegen die Kälte geschützt.

Erneut kam ein Eissturm auf. Fellmer Lloyd schaltete den Prallschirm ein. Er startete und ging sofort auf eine Höhe von einhundert Metern. Er wollte noch höher fliegen, doch Seem Allag schrie Ras aufgeregt zu, dass er in Bodennähe bleiben solle, weil er sich sonst nicht gut genug orientieren könnte.

»Wir wissen ungefähr, wohin wir uns zu wenden haben«, antwortete Ras. »Wir kommen schneller voran, wenn wir höher fliegen.«

Doch der Phäbäer hatte offensichtlich Angst. Er bestand darauf, dass sie in Bodennähe blieben. Stunden um Stunden flogen sie in südwestlicher Richtung durch eine weiße Wand aus herabhagelndem Eis und dicken Schneeflocken.

31.

»Wir sind da. Das ist Hammak«, sagte Seem Allag. »Ihr müsst zurückbleiben. Ich gehe allein.«

Fellmer Lloyd erfasste die Gedanken des Phäbäers und stoppte die Maschine. Der Biologe sprang in den Schnee hinunter und reckte sich. Ihm war deutlich anzusehen, dass er sich freute, wieder zu Hause zu sein und seinen Freunden und Vorgesetzten von seinen Abenteuern berichten zu können.

»Ich werde mich beeilen«, rief er Ras Tschubai zu. Der Sturm war abgeflaut. Es schneite nur noch wenig. Der Teleporter winkte ihm aufmunternd zu. Allag entfernte sich vom Shift. Lloyd schaltete den Prallschirm aus, um ihn nicht aufzuhalten. Sobald der Phäbäer den Sicherheitsbereich verlassen hatte, aktivierte er das Energiefeld wieder. Es war eine rein mechanische Maßnahme, wie sie ihm durch lange Erfahrung in Fleisch und Blut übergegangen war.

Seem Allag fand den versteckten Eingang. Er lief schneller und erreichte schon bald das doppelt gesicherte Mannschott. Es wurde ständig erwärmt, damit sich kein Eis darauf niederschlagen konnte. Allag öffnete es und betrat die Mannschleuse. Sofort begannen die

Kameras zu surren. Spezialsensoren untersuchten ihn und gaben nach wenigen Sekunden das Innenschott frei. Er betrat einen Gang, der nur wenige Schritte lang war und an einer Stahltür endete. Vor einer Glaslinse blieb er stehen und legte einen Hebel an der Tür um.

»Seem Allag«, meldete er. »Ich bin der wissenschaftliche Assistent von Reelahg Layzot. Als einziger Überlebender kehre ich von der Expedition zum Tal im Norden zurück.«

Niemand antwortete ihm. Seem wusste nicht einmal, ob man ihn gehört hatte. Ungeduldig wartete er. Ihm schien, dass eine endlose Zeit verging, bis sich die Tür endlich öffnete und er die Fahrstuhlkabine betreten konnte. Der Boden sackte unter ihm weg. Für einen kurzen Moment fürchtete er abzustürzen, aber dann verlief alles normal. Als der Lift abbremste, ging er in die Knie und hatte Mühe, auf den Beinen zu bleiben. Aber auch das war schnell vorbei. Dann glitt ein Schott zur Seite, und er betrat einen quadratischen Raum, in dem vier Männer in grauen Stadtkombinationen auf ihn warteten. Einer von ihnen hielt ein Foto in den Händen. Er musterte ihn und hob schließlich bestätigend die Hand.

»Er sieht so aus«, sagte er mit unbeteiligter Stimme.

»Ich bin Seem Allag«, beteuerte der Assistent laut. »Und ich bin froh, wieder in Hammak zu sein. Ich möchte sofort meinen Vorgesetzten, den Hohen Achmil, sprechen.«

»Der Wissenschaftsminister hat keine Zeit. Vielleicht später.«

Seem Allag blickte sich unbehaglich um. Der Raum war absolut kahl. Er sah aus wie ein Gefängnis. »Wo bin ich überhaupt?«, fragte er. »Ich bin noch nicht in Hammak.«

»Allerdings nicht«, antwortete der Mann, der das Foto hatte. »Das Risiko ist uns zu groß.«

»Ich verstehe nicht.«

»Das wird sich vielleicht bald ändern. Berichten Sie, Seem Allag.«

Zögernd erst, dann aber mit wachsender Begeisterung erzählte der Assistent, was er erlebt hatte. Er schilderte den überfallartigen Angriff der Ploohns auf die Semmler, die fantastische Rettung durch Ras Tschubai, den sich anschließenden Kampf mit den Insektenwesen und schließlich den Rückzug.

»Sie sind also verletzbar«, schloss er. »Obwohl sie uns weit überlegen sind, können sie doch gegen die Waffen der Terraner so gut wie nichts ausrichten. Dennoch wollen die Terraner nicht allein kämpfen. Sie glauben, dass wir Informationen über weitere mögliche Verstecke der Ploohns haben. Sie wollen, dass wir ihnen diese zeigen, damit ihr Angriff auf den Kern der Anlagen zielt und nicht auf irgendeinen Außenposten.«

»Sagten sie das?«

Allag überhörte die Ironie. »Genau das haben sie gesagt. Und sie warten darauf, dass wir ihnen endlich helfen, dass wir herauskommen aus unseren Bunkerstädten und mit ihnen um Stiemond kämpfen.«

»Sie gehören also auch zu den Aggressiven, Seem Allag«, stellte der Mann mit dem Foto fest. »Das haben wir von Anfang an vermutet. Woher hätten die Aggressiven sonst wissen sollen, wann und wo die Semmler verladen werden sollen, wenn nicht von Ihnen?«

»Sie sind verrückt. Emper Had! Sie wissen gar nicht, was Sie da sagen.«

»Vielleicht weiß ich das besser, als Sie sich vorstellen können.«

»Warum reden Sie nicht mit den Terranern?« Seem Allag fühlte, dass ihm flau in der Magengegend wurde. Bis zu diesem Zeitpunkt hatte er sich gar nicht vorstellen können, dass man ihn mit Misstrauen empfangen würde.

»Warum sollten wir das tun, Seem Allag?«

»Sie können Beweisstücke liefern, während ich Ihnen nur meine Worte bieten kann.«

»Es lohnt nicht, darüber zu sprechen.«

»Was wollen Sie tun?«, fragte Allag erschrocken. »Wollen Sie die Terraner etwa angreifen?«

Der Mann mit dem Foto trat an die hintere Wand. Sie glitt zur Seite. Allag konnte einen Gang sehen, von dem mehrere Türen abzweigten.

»Kommen Sie, Allag.«

Er gehorchte. Er war unfähig, einen klaren Gedanken zu fassen. Endlich war es gelungen herauszufinden, was sich im Norden verbarg. Endlich wusste man, dass dort nicht Bewohner des dritten Planeten lebten, sondern dass ganz andere, viel gefährlichere Wesen auf Stiemond Fuß gefasst hatten. Er konnte den Sicherheitsbehörden und den Ministerien eine Fülle von Informationen bieten – aber man glaubte ihm nicht. Entweder nahm man an, dass er sich nur aufspielen wollte, oder man befürchtete, dass die Terraner die Unheimlichen waren, die sich im Norden eingenistet hatten, und dass er nun gemeinsame Sache mit ihnen machen wollte – gegen die Interessen von Stiemond.

Je weiter Allag ging, desto mehr verdichtete sich in ihm die Befürchtung, dass man ihn für einen Verräter hielt. Endlich öffnete sich eine Tür vor ihm. Er betrat einen hell erleuchteten Raum, in dem etwa zwanzig Männer in drei Sesselreihen saßen. Ein einziger Sessel stand vor diesen Reihen. Die Beamten führten Allag dorthin und befahlen ihm, sich zu setzen. Er gehorchte. Wenig später erkannte er den Wissenschaftler Achmil unter den Männern. Auch einige andere Gesichter kamen ihm bekannt vor.

»Draußen steht ein fremdartiges Fahrzeug«, berichtete der Agent mit dem Foto. »Messungen ergaben, dass es über ein unglaublich hohes Energiepotential von mindestens 7000 MIG verfügt.«

Seem Allag war ein gebildeter Mann, aber er wusste mit der Bezeichnung MIG nichts anzufangen. Die Zuhörer dagegen schienen genau zu wissen, was gemeint war. Sie äußerten lautstark ihre Zweifel, doch der Agent bekräftigte seine Aussage.

»Es stimmt«, bestätigte Allag. »Die Terraner nennen das Fahrzeug Shift. Es ist allem, was wir haben, weit überlegen. Die insektenartigen Fremden im Norden haben unsere Semmler mühelos zerstört, konnten aber nichts gegen den Shift ausrichten.«

Ohne dazu aufgefordert worden zu sein, schilderte er seine Erlebnisse mit der Expedition, den Terranern und den Ploohns, aber je länger er sprach, desto deutlicher spürte er, dass man ihm nicht glaubte.

»Ich schlage vor, dass wir ihm Baignol geben«, sagte der wortführende Agent. »Das wird ihn zwingen, die Wahrheit zu sagen.«

»Aber die Droge wird ihn töten«, antwortete der Hohe Achmil.

»Das ist gewiss«, gab der Agent zu. »Aber dafür erfahren wir die Wahrheit. Wir werden hören, was wirklich geschehen ist und was von den so genannten Terranern zu halten ist.«

»Sie sind ein Ungeheuer!«, rief Seem Allag. »Niemand hat das Recht, mich zu töten.«

»Ich verstehe Sie nicht, Seem«, sagte der Hohe Achmil. »Liegt Ihnen denn nicht daran, dass wir die Wahrheit erkennen?«

»Mir liegt etwas an meinem Leben!«

»Wenn Sie durch unsere Hand sterben, wird Emper Had Sie auf die warmen Wiesen aufnehmen – vorausgesetzt, Sie erweisen sich nicht als Verräter.«

Seem Allag blickte sich Hilfe suchend um. Er wollte nicht sterben, nicht jetzt, da er gerade die Terraner kennen gelernt hatte und sich nichts mehr wünschte, als mit ihnen Stiemond von den Ploohns zu befreien.

»Niemand gibt Ihnen das Recht, mich zu töten.«

»Vielleicht doch«, entgegnete der Minister. »Aiku – rufen Sie einen Sohn Emper Hads.«

Einer der Männer eilte hinaus. Schweigend musterten ihn die anderen. Seem Allag blickte sich um. Er hoffte, irgendwo ein Zeichen des Mitgefühls zu entdecken, aber er wurde enttäuscht. Niemand war an ihm interessiert, alle wollten nur die Wahrheit wissen. Dabei hatte er sie schon gesagt. Sie brauchten auch nur mit den Terranern zu sprechen, dann mussten sie wissen, dass er kein Verräter war.

»Warum glauben Sie mir nicht?«, schrie er den Hohen Achmil an.

»Ich würde Ihnen gern glauben, Seem, aber niemand kann wissen, ob Sie nicht manipuliert wurden. Ohne Baignol wissen wir nicht, ob Sie wirklich noch Sie selbst sind.«

»Sie haben Angst«, stellte er zornig fest.

»Das gebe ich zu. Es hat sich einiges getan, seitdem Sie Hammak verlassen haben.«

»Darf ich wissen, was geschehen ist?«

»Die Aggressiven haben eine gefährliche Aktion begonnen. Sie haben erst versucht, die Regierung zu stürzen. Als das nicht gelang, haben sie Hammak mit Spezialfahrzeugen verlassen und sind zu einem Berg aufgebrochen, an dem wir Bewohner vom dritten Planeten vermuten. Wir fürchten, dass sie einen Angriff auf uns provozieren wollen, um uns damit zum Kampf zu zwingen. Wir wollen wissen, welches Spiel Sie in diesem Plan treiben.«

Seem fühlte, dass er keine Chance hatte. Die Angst vor den Intelligenzen des dritten Planeten war zu groß. Die Phäbäer nannten diesen Planeten »Eppem« – nach dem Todesgott, der ewiger Rivale Emper Hads um die Macht auf den warmen Wiesen war. Eppem verbreitete Angst und Schrecken. Unzählige Legenden rankten sich um diese finstere Figur. Nach einer alten Ode eines unbekannten Erzählers sollte Eppem sein Reich auf dem dritten Planeten errichtet haben.

Seem Allag war stets ein einseitig religiöser Mensch gewesen. Von der Existenz Emper Hads war er fest überzeugt, doch an seinen großen Rivalen des Bösen mochte er nicht glauben, zumal er ohnehin gewiss war, stets so gelebt zu haben, dass er bei seinem Tod belohnt werden würde.

Der Bote des Ministers kehrte mit einem Sohn Emper Hads zurück. Der Würdenträger war mit einer feuerroten Robe und goldenen Fußketten geschmückt. Seine Augen verbarg er unter den ausgestopften Tatzen einer Eidechse. Seem Allag und die anderen Männer erhoben sich. Flüsternd diskutierte der Hohe Achmil mit dem Priester über das Vorhaben, den Assistenten mit der Droge zu verhören. Allag verfolgte das Gespräch voller Angst. Sein Herz schlug schmerzhaft hart in der Brust. Er musste immer wieder an die vier Terraner in dem Shift denken. Wenn sie ihm doch nur helfen könnten!

Der Priester hob beide Arme und zitierte einige Worte aus einer alten Ode. Dann drehte er sich um und verließ den Raum. Die Männer um den Minister setzten sich. Der wortführende Agent kam zu Seem Allag. In den Händen hielt er eine Spritze, die mit einer giftgrünen Flüssigkeit gefüllt war.

»Der Sohn Emper Hads sagt, dass du die warmen Wiesen finden wirst, wenn du bei der Wahrheit bleibst, dass du aber Eppems Diener werden wirst, wenn du ein Verräter bist.« Seine Augen blitzten auf. »Du solltest dich glücklich schätzen. Nur wenige Männer dürfen in deinem Alter schon auf die warmen Wiesen.«

»Es sieht schlecht für ihn aus«, sagte Fellmer Lloyd, der Seem Allag telepathisch überwachte. Er erläuterte Ras Tschubai die Situation.

»Und? Was tun wir?«, fragte der Teleporter.

»Ich weiß es nicht«, sagte der Telepath.

»Wir können doch nicht zulassen, dass sie ihn ermorden!«

»So einfach ist das nicht, Ras. Die Oberen glauben, nichts Unrechtes zu tun. Sie sind fest davon überzeugt, dass es ein Leben nach dem Tod gibt. Auf die so genannten warmen Wiesen kommen diejenigen, die etwas Positives für die Gesellschaft geleistet haben – sofern sie eines natürlichen Todes sterben oder im Kampf fallen. Das trifft auf Seem zu. In den Augen Achmils wird er sozusagen mit dem ewigen, sorg- und mühelosen Leben belohnt, wenn er durch die Droge stirbt.«

»Und Seem? Wie denkt er darüber?«

»Er ist nicht ganz davon überzeugt, dass es auch klappen wird. Er möchte lieber leben, weiß aber nicht, ob es recht von ihm ist, sich so etwas zu wünschen.«

»Er hat Angst?«

Fellmer Lloyd nickte. Seine Stirn krauste sich.

Ras Tschubai entdeckte einige Schweißperlen auf ihr. »Das halte ich nicht aus, Fellmer. Ich kann hier nicht warten, bis alles vorbei ist.«

»Jetzt kommen sie mit der Spritze.«

Die beiden Männer blickten sich an. Seem Allag war so etwas wie ein Freund für sie geworden. Sie fühlten mit ihm. »Nein, Fellmer. Das ist doch Mord.«

»In unseren Augen – ja. In ihren – nein.«

Ras griff nach dem Arm des Telepathen. »Ich hole ihn heraus.« Lloyd nickte. Er und Ras Tschubai hatten oft zusammengearbeitet. So gelang es ihm, den Raum, in dem Seem Allag sich befand, mit wenigen Worten so zu schildern, dass der Teleporter sich auf ihn konzentrieren konnte.

»Schnell«, sagte Lloyd schließlich.

Ras Tschubai schloss die Augen. Im nächsten Moment entmaterialisierte er. Direkt neben Seem Allag erschien er aus dem Nichts heraus im Verhandlungsraum. Die Phäbäer fuhren schreiend zurück. Die Spritze mit der tödlichen Droge fiel auf den Boden und zerbrach.

»Ich kann nicht zulassen«, sagte Ras, »dass ihr Seem Allag tötet, nur um die Wahrheit herauszufinden. Er hat sie euch bereits gesagt.«

Der Translator machte seine Worte für alle im Raum verständlich. Einer der Sicherheitsbeamten zog seine Pick und richtete sie auf den Terraner. Seem Allag rief Ras eine Warnung zu. Ras Tschubai teleportierte sich hinter den Beamten und entriss ihm die Waffe.

»Ich bin hier, um euch zu helfen. Nicht, um gegen euch zu kämpfen.«

Er wich bis an die Wand zurück. Die Pick hielt er in der schlaff herabhängenden Hand. Keiner der Phäbäer wagte es, nach seiner Waffe zu greifen. Sie waren vor Schrecken und Angst wie gelähmt. Lediglich Seem Allag schien die Szene zu genießen, wenngleich auch er nicht begriff, woher Ras Tschubai so rasch gekommen war. Er erhob sich und ging zu dem Terraner.

So laut, dass auch alle anderen es hören konnten, sagte er: »Eine Gruppe von Aggressiven hat Hammak verlassen und ist zu einem Stützpunkt der Insekten aufgebrochen. Sie glauben, dass sie es mit den Wesen vom dritten Planeten zu tun haben. Sie wollen angreifen, um einen Krieg zu provozieren. Du musst sie aufhalten. Nur du kannst es.«

Der Hohe Achmil überwand sein Entsetzen und die instinktive Angst vor Wesen, die nicht von Stiemond stammten. Er erkannte, dass der Dunkelhäutige sie längst hätte töten können, wenn er gewollt hätte. Er ließ sich seinen Abscheu über das rasierte Gesicht nicht anmerken, vielleicht begriff er auch halbwegs, dass nicht alle Intelligenzen unbedingt einen dichten Pelz tragen mussten. »Mir ist klar geworden, dass unsere Bunker nutzlos sind, wenn es den Angreifern gelingt, die Mauern so leicht zu überwinden. Ich weiß, dass dieses Wesen auch eine Bombe hätte mitbringen können. Und ich versuche zu verstehen, dass er nicht unser Feind ist, denn sonst hätte er es getan.«

»Ich freue mich, einen so intelligenten Mann wie dich getroffen zu haben«, sagte Ras Tschubai. »Du hast Recht. Ich hätte euch vernichten können, aber das will ich nicht. Ich will euch helfen, die Ploohns zu vertreiben, denn sie sind auch unsere Feinde.«

»Wir brauchen Zeit«, sagte Achmil. »Wir können nicht so schnell umdenken. Lass uns allein.«

»Ihr könnt euch über Funk melden. Wir werden euch hören. Ihr wisst ja, wo wir sind – oder nicht?«

»Wir haben euch längst beobachtet.«

»Das dachte ich mir.« Ras Tschubai hob grüßend seinen Arm und teleportierte in den Shift zurück.

»Sie kommen zu keinem Ende«, stellte Fellmer Lloyd zwei Stunden später fest, als Ras Tschubai aus einem kurzen Tiefschlaf erwachte. »Sie reden und reden und schaffen es nicht, über den eigenen Schatten zu springen. Sie leben einfach schon zu lange mit dieser Angst.«

»Dann müssen wir handeln«, sagte der Teleporter. »Wo sind diese Aggressiven?«

»Was willst du tun?«

Ras Tschubai wusch sich das Gesicht mit kaltem Wasser und trank Kaffee. »Ich will mit ihrer Hilfe herausfinden, wo der Stützpunkt der Ploohns ist, um diesen dann anzugreifen.«

»Ich weiß mittlerweile, wo die Aggressiven sind. Ich habe sie geortet«, sagte der Telepath. »Aber wir können nicht wegfahren. Der Shift muss hier bleiben.«

»Ich werde es zunächst ganz allein versuchen. Es genügt schon, wenn die Ploohns unruhig werden. Vielleicht können wir sie veranlassen, in die Transmitter zu fliehen.«

»Falls sie welche haben«, ergänzte Lloyd.

»Sie haben welche. Die Raumschiffe, die wir durchsucht haben, gehören einer Insektenrasse. Denk an die Sitzgelegenheiten. Sie waren eindeutig für Wesen konstruiert, die so aussehen wie die Ploohns.«

»Das ist richtig«, stimmte der Telepath zu.

»Wo sind die Aggressiven?«

»Nordöstlich von hier. Sie befinden sich mitten in einer Eisverschiebung, und sie sind nur noch etwa einen Kilometer vom Stützpunkt der Ploohns entfernt. Ich habe die Insekten ebenfalls geespert. Die Anlage, die sie errichtet haben, liegt nur fünfzig Meter unter dem Eis.«

»Dann weiß ich Bescheid.« Ras Tschubai streifte sich einen flugfähigen Kampfanzug über und schnallte sich eine Thermoautomatik mit Doppelmagazin um. Er nickte Lloyd zu und schloss den transparenten Helm.

Informiere mich über Funk, wenn ich hier benötigt werde!, dachte er. An der Reaktion des Telepathen erkannte er, dass dieser ihn verstanden hatte. Ras teleportierte.

Er rematerialisierte zwischen hoch aufragenden Eisklippen. Dichter Eishagel regnete auf ihn herab. Er schaltete seinen Schutzschirm ein, damit der Anzug nicht beschädigt wurde. Ein leuchtendes Feld umgab ihn, das ihn in der beginnenden Dämmerung weithin sichtbar machte. Er fluchte unterdrückt. Vorsichtshalber zog er sich unter eine weit überhängende Eisscholle zurück und schaltete den Schirm wieder aus. Minuten später hörte es auf zu hageln. Ras kroch die Eiswand hoch, bis er das Gelände überblicken konnte.

Nur etwa zweihundert Meter von ihm entfernt rannten zwei Phäbäer über das Eis. Sie schleppten einen schweren Gegenstand mit sich und warfen ihn in eine Eisspalte. Dann drehten sie sich um und liefen in großer Eile zurück. Doch sie kamen nicht weit. Vor ihnen schoss plötzlich eine Feuersäule aus dem Eis und zerriss sie. Sekunden später explodierte die Bombe, die sie in den Spalt geworfen hatten. Ein Feuerball wuchs aus dem Eis wie eine kleine Sonne. Er stand erstaunlich lange über dem Spalt, und als er schließlich erlosch, gähnte ein riesiger Trichter im Boden.

Jetzt stiegen im Umkreis von zweihundert Metern mehrere Kleinraketen auf. In fünfzig Metern Höhe kippten sie um und rasten nach allen Seiten davon. Blitzschnell schaltete Ras Tschubai den Energieschirm seines Schutzanzugs ein und warf sich zur Seite. Er stürzte die Eiswand hinunter, fing sich auf halber Höhe mit dem Antigravtriebwerk ab und versuchte, in eine Felsspalte zu entkommen, als eine Rakete unmittelbar neben ihm explodierte. Eine Riesenfaust packte ihn und schleuderte ihn mit unwiderstehlicher Wucht gegen das Eis. Ein Flammenmeer umgab ihn. Er fühlte den Aufprall trotz der Energiesphäre, die einen Teil des Eises auflöste und so einen Tunnel schuf, in den er hineinglitt.

Betäubt verharrte er auf der Stelle. Sein Kopf dröhnte. Mühsam kämpfte er gegen eine aufsteigende Ohnmacht an. Vor seinen Augen flimmerte es. Er konnte nichts sehen. Und plötzlich begriff er, dass der Schutzschirm versagte. Das Aggregat war beim Aufprall beschädigt worden. Es arbeitete nicht mehr. Panische Angst erfasste ihn. Er wusste, dass er innerhalb weniger Sekunden im Eis eingefroren sein konnte. Ohne Schirm hatte er keine Möglichkeit mehr, sich aus eigener Kraft zu befreien.

Er schaltete seinen Antigrav auf höchste Leistung. Für einen kurzen Moment schien es, als sei es schon zu spät, dann riss es ihn mit aller Gewalt aus dem Eis heraus. Er schrie auf. Seine Arme klebten fest. Ihm war, als lösten sie sich aus den Gelenken. Er spannte alle Muskeln an. Dann war er frei und raste mit ständig steigender Geschwindigkeit auf eine Eiswand zu. Mit letzter Kraft regulierte er den Antigrav neu ein, sodass er nur noch schwach gegen das Eis schlug. Dann versank er in einem Chaos von Schmerzen. Seine Arme gehorchten ihm nicht mehr.

Allmählich wurde ihm bewusst, dass von den Aggressiven keiner mehr leben konnte. Zugleich hoffte er auch, dass die Ploohns glaubten, alle Gegner getötet zu haben. Das war seine Chance, wenn er genügend Zeit hatte, sich zu erholen.

Minuten später kehrte das Leben in seine Arme zurück. Er konnte den Antigrav einregulieren und sich vom Stützpunkt der Insekten entfernen. Dabei flog er so niedrig über dem Eis, dass die Ortungsgefahr gering blieb.

Zwei Kilometer vom Stützpunkt entfernt fand er eine Eishöhle, in der er sich verstecken konnte. Er schaltete den Helmscheinwerfer ein und untersuchte seinen Kampfanzug. Das Schutzschirmaggregat war nicht mehr zu reparieren.

Ras schaltete den Antigrav auf Nullwirkung, sodass er dicht über dem

Eis bewegungslos in der Luft schwebte. In dieser Lage konnte er sich am besten erholen. Die Schmerzen in seinen Armen ebbten spürbar ab. Da er jedoch fürchtete, dass eine Zerrung vorlag und dass sich Verkrampfungen einstellen konnten, öffnete er den Schutzhelm und nahm ein schmerzstillendes, muskelaktives Medikament ein. Ruhig wartete er die Wirkung ab und aß dann noch etwas Konzentratnahrung.

Eine halbe Stunde war seit den Explosionen verstrichen. Ras fühlte sich wieder kampfstark wie zuvor. Er schaltete den Antigrav aus und teleportierte direkt an den Trichter, den die Bombe in das Eis gerissen hatte. Obwohl es dunkel und der Himmel wolkenverhangen war, konnte er erkennen, dass die Bombe einen senkrecht in die Tiefe führenden Schacht zerstört hatte. Er lächelte. Der Ausgang nach oben war den Ploohns versperrt. Wenn sie keinen anderen Ausgang hatten, saßen sie in der Falle. Selbst ein Transmitter nützte ihnen nun nichts mehr, da die Gegenstationen auf Dantons Befehl zerstört worden waren.

Plötzlich schoss eine Feuersäule in seiner Nähe aus dem Boden. Ras Tschubai reagierte sofort. Bevor die Rakete sich auf ihn richten konnte, teleportierte er. In einem großen Raum rematerialisierte er. Mehrere Ploohns saßen vor einer Reihe von Monitoren. Auf mehreren Schirmen war die Oberfläche des Planeten zu sehen.

»Hallo!«, rief der Teleporter. »Hier bin ich.«

Die Insektenwesen fuhren herum. Kalte Facettenaugen starrten ihn an. Die dreieckigen Münder bewegten sich, ohne dass er einen Laut vernahm.

Vier Ploohns standen ihm gegenüber, ein fünfter kam durch eine Tür herein. Und alle griffen gleichzeitig zu ihren Energiestrahlern, die sie an ihrem Gürtel trugen, obwohl sie in ihrem Unterstand gewiss nicht mit einem Angriff dieser Art gerechnet hatten. Ras Tschubai, der seinen Thermostrahler bereits in der Hand hielt, schoss zuerst. Der Energiestrahl durchbohrte zwei Insektenwesen, die hintereinander standen. Der hintere Ploohn erhielt nur einen Streifschuss, doch da der Strahl den Chitinpanzer durchbohrte, staute sich unter dem Außenskelett die Hitze und verbrannte ihn von innen.

Bevor die Insektenwesen ihn angreifen konnten, teleportierte Tschubai hinter den Ploohn, der durch die Tür hereingekommen war. Er warf sich mit der Schulter gegen ihn und schleuderte ihn gegen die anderen. Er hatte erwartet, sie so am Schießen hindern zu können, doch er hatte sich geirrt. Er kannte die Mentalität der Ploohns nicht. Sie kannten keine Emotionen. Sie töteten auch ihre eigenen Artgenossen, wenn sie sich dadurch einen Vorteil erhofften.

Zwei helle Energiestrahlen schossen aus dem Körper des Ploohns hervor, abgefeuert von den Wesen, die es mit seinem Schwung umriss. Nur deshalb verfehlten sie den Terraner. Die Strahlen zuckten fingerdicht an seinem Kopf vorbei. Ras Tschubai teleportierte abermals. Dieses Mal reagierten die Ploohns zu langsam. Sie schossen noch dorthin, wo er eben gewesen war, und töteten vier Artgenossen, die in diesem Moment in den Raum stürmten.

Bevor sie sich erneut auf ihn einstellen konnten, vergingen die letzten Überlebenden im Strahlfeuer des Terraners. Ras Tschubai atmete heftig. Das war knapp gewesen. Die Ploohns hatten sich durch das Phänomen der Teleportation kaum beeindrucken lassen. Vielleicht hatten sie in der Eile auch gar nicht begriffen, was eigentlich geschah. Oder sollten sie mit parapsychischen Phänomenen gut vertraut sein?

Ras fühlte, wie es ihm kalt über den Rücken lief, als er die toten Ploohns betrachtete. Sie machten selbst jetzt noch einen unheimlichen und abstoßenden Eindruck auf ihn. Ihre Gesichter wirkten bösartig und gefährlich.

Er vernahm Geräusche aus dem Nebenraum. Dann schnellten sich mit einem mächtigen Satz zwei Ploohns herein. Ihre Strahler waren bereits auf ihn gerichtet, doch Ras schoss schneller. Er tötete die beiden Insektenwesen, bevor sie ihre Waffe auslösen konnten. Er beugte sich leicht nach vorn und lauschte. Im Nebenraum tat sich etwas. Die Ploohns bereiteten etwas vor.

Lautlos ging der Terraner zu einem der Toten und nahm ihm die Waffe aus der fein ausgebildeten Hand. Der Strahler war fremdartig und anders konstruiert als terranische Geräte dieser Art, dennoch waren gewisse Ähnlichkeiten vorhanden. Ras fand das Energiemagazin, löste es heraus und warf es durch die Tür in den Nebenraum. Es fiel auf den Boden und blieb dort liegen. Nebenan wurde es ruhig.

Ras zielte sorgfältig und schoss. Der Glutstrahl traf das Magazin. Ein sonnenheller Blitz zuckte auf und füllte den Raum. Ras hörte den ungeheuren Explosionslärm, und er fühlte den Druck, aber er wich ihm mit einer Teleportation aus.

Er rematerialisierte in einem unbesetzten Raum und hörte ein Knistern. Er hob den Kopf und sah, dass die Decke rot glühte und Risse bekam. Sie musste gleich einstürzen. Er eilte durch eine offene Tür in den Nebenraum. Kaum hatte er ihn erreicht, als der Raum hinter ihm sich mit rot glühendem Schutt füllte. Er lief weiter und schloss das Türschott hinter sich. Keuchend lehnte er sich dagegen.

Er befand sich in einem Schlafraum, der Platz für drei Ploohns bot. Die Lagerstätten waren unbesetzt. An einem Wandschrank hing ein Gürtel mit einem Energiestrahler. Über sich hörte Ras Schritte. Die

Insekten versuchten offenbar, den Stützpunkt zu retten. Sie schienen mit Löscharbeiten beschäftigt zu sein.

Ras Tschubai nahm den Energiestrahler an sich und löste das Magazin heraus. Dann verschloss er die Waffe wieder so, dass ihr Besitzer annehmen musste, alles sei noch in Ordnung. Er lauschte an der Tür und schob sie dann auf. Er kam auf einen leeren Gang, von dem mehrere Türen abzweigten. Zögernd blieb er stehen. Er wusste nicht, wohin er sich wenden sollte. Jetzt hätte er die Hilfe von Fellmer Lloyd brauchen können. Der Telepath hätte ihm verraten können, wo sich Ploohns verbargen.

Versuchsweise teleportierte er hinter eine der Türen. Er rematerialisierte in einem leeren Schlafraum. Beim zweiten und dritten Versuch ergab sich das gleiche Ergebnis. Jetzt konzentrierte sich Tschubai auf den Shift, der vor Hammak auf die Entscheidung der Phäbäer wartete. Fellmer Lloyd hatte ihn bereits herbeigesehnt.

»Im Stützpunkt herrscht das Chaos«, sagte Ras, kaum war er in dem Flugpanzer rematerialisiert. »Die Ploohns sind vollkommen durcheinander. Sie wissen überhaupt nicht, was geschehen ist. Aber allein komme ich nicht weiter.«

»Ich muss hier bleiben.«

»Ich weiß, Fellmer, aber Sergeant Hon-Tuang soll mit mir kommen.«

»Ich bin bereit«, sagte der Sino-Terraner. Er lächelte. Überrascht bemerkte Ras Tschubai, dass er bereits einen Kampfanzug trug und seine Waffe entsichert in den Händen hielt.

Ras nickte ihm anerkennend zu. »Ich muss meinen Anzug wechseln«, sagte er. »Der Schutzschirm funktioniert nicht mehr.«

»Auch davon hat uns Mister Lloyd schon unterrichtet«, sagte der Ortungsfunker Irosch Schkuntzky. Er hielt Ras einen Gürtel entgegen, an dem ein kleiner Kasten befestigt war. »Hier ist ein Ersatzaggregat.«

Der Teleporter nahm es entgegen und schnallte es sich um. Dann ergriff er die Hand Hon-Tuangs, der gerade noch seinen Schutzhelm schließen konnte, bevor er entmaterialisierte.

Sie erschienen auf dem Gang, von dem Ras geflohen war. Durch einen senkrecht nach oben führenden Schacht kamen die Geräusche von Schritten und Löscharbeiten herab. Hon-Tuang rannte den Gang entlang bis zu einer ihn abschließenden, breiten Tür, die mit einem roten Dreieck und einigen gelben Schriftzeichen versehen war. Er winkte Ras Tschubai zu sich. Der Teleporter wollte zu ihm kommen, als durch den Liftschacht ein Ploohn nach unten schwebte und sie entdeckte. Das Insektenwesen riss die Waffe aus dem Gürtel, kam jedoch nicht mehr zum Schuss, weil der Sino-Terraner noch schneller war.

Hon-Tuang fluchte laut. »Damit haben wir uns verraten«, sagte er. Über ihnen wurde es für einige Sekunden still. Dann näherten sich schwere Schritte dem Schacht. Die Ploohns kamen. Ras Tschubai sprang über den Körper des Ploohns hinweg, der halb aus dem Schacht gefallen war, und lief zu Hon-Tuang, als die ersten Insektenwesen aus dem Liftschacht schnellten. Sie kannten wirklich keine Angst. Ein Leben galt ihnen nichts, nicht einmal das eigene. Sie mussten gewusst haben, dass zumindest die ersten Kämpfer keine Chance gegen den Gegner auf dem Gang hatten, da dieser den schmalen Ausgang der Antigravröhre mühelos beherrschen konnte.

Dennoch riss die Kette der Ploohns nicht ab. Sie sahen, dass ihre Vorgänger in die atomare Glut liefen, aber sie zögerten nicht, nachzustoßen. Einige von ihnen feuerten blind in den Gang hinein, ohne dabei Rücksicht auf die Artgenossen zu nehmen. Die Temperatur steigerte sich ins Unerträgliche.

Die beiden Terraner stießen das Schott hinter sich auf. Wie Ras erwartet hatte, stand dort ein Transmitter. Er sah anders aus als die terranischen Konstruktionen, dennoch war ein Irrtum nicht möglich. Der Teleporter hatte ja bereits ähnliche Geräte an Bord der zylindrischen Raumschiffe der Insektenwesen gesehen.

Der Raum war unbesetzt. »Deshalb also«, sagte Sergeant Hon-Tuang, »deshalb kämpften sie wie die Besessenen.«

»Achtung!«

Ras Tschubai stieß den Sino-Terraner zur Seite, merkte aber dann, dass diese Schutzmaßnahme nicht ausreichte. Aus mehreren Türen stürzten Ploohns hervor. Plötzlich wimmelte der Gang von ihnen. Sie hielten Waffen in den Händen, schossen jedoch nicht.

Ras warf sich auf Hon-Tuang und teleportierte mit ihm in einen der oberen Räume. Er materialisierte direkt neben einem Loch im Fußboden. Unter sich sah er zwei Ploohns, die gerade auf den Gang hinausrannten.

»So etwas habe ich mir gedacht«, sagte der Teleporter. »Sie konnten nicht alle durch den Liftschacht kommen.«

Er legte sich auf den Boden und blickte nach unten. Dabei stellte er fest, dass er ungewöhnliches Glück gehabt hatte. Er konnte durch die Öffnung auf den Gang hinaus und in den Transmitterraum sehen. So beobachtete er, dass ein Insektenwesen in das schwarze Transportfeld sprang und in einer eigenartigen Leuchterscheinung darin verschwand.

Zwei weitere Ploohns folgten ihm. Dann merkten die anderen, dass etwas nicht stimmte. Ras hörte Schreie. Aus dem Translator kamen abgehackte Laute, aus denen der Terraner entnehmen konnte, dass die

Ploohns sich am Rand der Panik befanden. Sie hatten herausgefunden, dass die Gegenstation des Materiesenders nicht aktiviert war.

Sie fürchteten sich nicht vor dem Tod, und sie kannten auch keine Emotionen, die mit denen der Terraner vergleichbar waren. Dennoch blieben sie nicht ruhig und kalt. Sie wussten, dass sie in einer ausweglosen Falle saßen und nur noch wenige Möglichkeiten hatten, das zu benachrichtigen, was sie als »Heyiiscz« bezeichneten oder was der positronische Translator mit diesen Lauten wiedergab. Das war es, was sie die Übersicht verlieren ließ. Sie mussten annehmen, von einem übermächtigen Angreifer an der Basis ihrer Existenz getroffen worden zu sein.

32.

Fellmer Lloyd saß zusammen mit Irosch Schkuntzky im Shift und esperte Seem Allag, der immer wieder vom Hohen Achmil befragt wurde.

Allmählich setzte sich bei den Phäbäern die Erkenntnis durch, dass es falsch war, grundsätzlich alles zu fürchten, was aus dem All kam. Man begann Seem Allag zu glauben.

Der Telepath vernahm, wie der Biologe sagte: »Wir haben schon so viel Zeit verloren. Wir müssen uns beeilen. Die Zeit drängt. Die Ploohns werden früher oder später reagieren – und vielleicht bleibt es nicht nur dabei, dass sie einige von uns in den nördlichen Regionen verschwinden lassen.«

Der Hohe Achmil war nun fast überzeugt. Er wollte jedoch noch einen letzten Beweis. Fellmer Lloyd esperte, wie er sagte: »Wir haben alle erlebt, dass der Fremde mit dem schwarzen Gesicht den Raum allein mit seinem Willen oder mit Hilfe einer uns unbekannten Technik überwinden kann.«

»Auf diese Weise hat er mich gerettet, als wir in das Tal eindringen wollten«, bestätigte Seem Allag.

»Nun gut«, schloss Achmil. »Ich will einen letzten Beweis, dann gebe ich den Befehl, mit den Fremden gegen die Insektenwesen zu kämpfen.«

»Was willst du?«

»Der Dunkelhäutige soll zusammen mit mir zum Tal im Norden eilen und mir die Pflanzen und die Insektenwesen zeigen. Für ihn kann das kein Problem sein.«

»Ich werde es ihm ausrichten«, antwortete Seem Allag. »Ich bin sicher, dass er einverstanden ist.«

»Teufel auch«, sagte Fellmer Lloyd beunruhigt. »Ausgerechnet jetzt.«

Er schaltete das Funkgerät ein. Ras Tschubai meldete sich sofort. Der Telepath erläuterte ihm die Lage.

»Ich komme«, verkündete der Teleporter. Im nächsten Moment schon materialisierte er an Bord des Shifts. Er fuhr fort, als sei nichts geschehen: »Hon-Tuang kann die Ploohns für einige Zeit allein beherrschen. Er wird sich melden, wenn es kritisch wird.«

Fellmer Lloyd deutete auf die Eisschollen. Eine kleine Gestalt mit gelblich weißem Fell war zwischen ihnen erschienen. Sie winkte ihnen zu. Ras teleportierte erneut. Obwohl er bereits alles wusste, ließ er sich von Seem Allag unterrichten. Er wollte nicht, dass die Phäbäer erfuhren, dass Lloyd ihre Gedanken erfassen konnte. Das Wissen um diese Fähigkeiten hätte die Phäbäer unnötig belastet.

Zusammen mit Allag verschwand Ras zwischen den Eisschollen. Er stand wenig später dem Hohen Achmil gegenüber, einem alten Phäbäer mit rostrotem Fell und erheblichem Fettansatz im Nacken und an den Hüften.

Achmil blickte den Terraner unsicher an. Er hatte Angst, mochte das jedoch vor den anderen Männern seines Volks nicht zeigen.

»Es ist völlig gefahrlos«, beteuerte Ras Tschubai. Er streckte dem Phäbäer die Hand entgegen. Zögernd legte Achmil die seine hinein. Im gleichen Moment verschwanden er und der Teleporter. Sie rematerialisierten etwas unterhalb des Bergsattels im Tal der Ploohns. Achmil schnaufte so laut vor Überraschung, dass Ras es hören konnte. Er lief neben dem Terraner her durch den Schnee. Deutlich waren die Zerstörungen zu sehen, die der Kampf mit den Ploohns verursacht hatte. Einige tote Insektenwesen lagen auf dem Boden.

»Geh nicht zu dicht heran«, sagte Ras warnend. »Es ist zu warm. Reelahg Layzot hat die Wärme nicht ertragen.«

Achmil blieb stehen. »Jetzt weiß ich, dass Seem Allag die Wahrheit gesagt hat«, gab er zu. »Doch lass uns noch etwas bleiben. Ich möchte mehr sehen.«

Sergeant Hon-Tuang lag auf dem Boden und zielte mit seiner Waffe nach unten. Er schoss nicht, war aber bereit, es sofort zu tun, falls es nötig werden sollte. Er überlegte, was die Ploohns unternehmen würden. Er kam zu dem Schluss, dass sie früher oder später andere Stützpunkte informieren würden. Er erhob sich und wich zurück.

Ganz klar, dachte er. *Ich muss ihre Funkanlagen zerstören!* Er ging zur Tür und drückte sie auf. Ein scharrendes Geräusch machte ihn aufmerksam. Es verriet ihm, dass doch nicht alle Ploohns unten im Transmitterraum sein konnten. Er vermutete, dass einige von ihnen durch die Löcher, die sie in die Decken gebrannt hatten, wieder nach oben gekommen waren. Im ersten Moment wollte er Fellmer Lloyd benachrichtigen, um damit auch Ras Tschubai zu Hilfe zu rufen. Dann aber verwarf er diesen Gedanken, weil er sich sagte, dass der Teleporter nicht ohne wichtigen Grund zum Shift zurückgekehrt war.

Die nächste Tür glitt zur Seite, als er seine Hand gegen die Kontaktscheibe legte. Er blickte in einen Funkraum, in dem drei Ploohns an den Geräten arbeiteten. Sie fuhren herum. Ihre Waffen hielten sie auf den Knien. Einer von ihnen sprach hastig in ein Mikrofon.

Hon-Tuang reagierte eiskalt. Er griff nicht zuerst die Ploohns an, sondern feuerte mit seinem Automatikstrahler auf die Funkgeräte. Ein Glutregen aus flüssigen Metallplastikkügelchen ergoss sich über die Insektenwesen, deren Außenskelett sich unter der Hitzeeinwirkung sofort auflöste.

Der Sino-Terraner erkannte, dass er sein Hauptziel erreicht hatte, dass ihm aber die Zeit fehlte, auch die Ploohns noch zu beschießen. Deshalb sprang er zurück und warf sich zur Seite in die Deckung der Wand. Drei Strahlen atomarer Glut zuckten an ihm vorbei und verwandelten die gegenüberliegende Wand in auseinander platzende Feuerblasen. Hon-Tuang schnellte hoch und ließ sich durch die Öffnung in der Decke nach unten fallen. Dicht über dem Boden fing er sich mit Hilfe des Antigravs ab.

»Achtung, hier spricht Hon-Tuang«, sagte er mit ruhiger Stimme. »Ich brauche dringend jemanden, der mich hier herausholt.«

»Ich rufe Ras«, antwortete Lloyd, noch bevor der Sergeant ganz ausgesprochen hatte. »Er ist aber immer noch im Norden.«

»Die Ploohns konnten einen Funkspruch absetzen. Ich weiß nicht, was sie damit erreicht haben.«

»Danke.« Fellmer Lloyd brach die Verbindung ab. Hon-Tuang war wieder allein. Er hörte, dass sich oben die Insektenwesen näherten, und floh in einen Nebenraum. Durch die zerstörte Tür sah er, dass drei weitere Gegner ihn vom Gang her bemerkt hatten. Sie rannten sofort auf ihn zu.

»Jetzt wird's knapp«, meldete er über Funk.

Lloyd antwortete nicht. Hon-Tuang feuerte auf die angreifenden Insektenwesen. Dabei schoss er mal nach oben, mal in den Gang hinein. Ein Energiestrahl traf seinen Schutzschirm, ohne ihn durchschlagen zu können. Er glühte hell auf. Der Sergeant wusste, dass es nunmehr um Sekunden ging.

»Es wird noch mehr als knapp«, sagte er, und nun klang seine Stimme doch etwas heller als sonst.

Ras Tschubai materialisierte neben ihm und streckte ihm die Hand entgegen. »Nur nicht nervös werden«, sagte er mit einem unmerklichen Lächeln.

Hon-Tuang schaltete den Schutzschirm ab und ergriff die Hand des Teleporters. Bruchteile von Sekunden später blickte er Fellmer Lloyd an, der vor den Funkgeräten des Shifts saß.

Der Sino-Terraner schluckte. »Sir«, sagte er stockend. »Ich glaube, ich habe so etwas wie ›Bomben‹ gehört, aber ich bin nicht ganz sicher. Glauben Sie, dass die Ploohns die Städte der Phäbäer angreifen werden?«

»Das wollen wir nicht hoffen«, murmelte der Telepath.

Fellmer Lloyd und Ras Tschubai betraten Hammak durch eine Schleuse. Der Hohe Achmil empfing sie am Ausgang des Lifts. Ras Tschubai öffnete probeweise seinen Schutzhelm, schloss ihn jedoch nach der kurzen Begrüßung wieder, weil ihm die Luft zu kalt war. Er blickte auf das Kombiinstrument an seinem Arm und stellte fest, dass in Hammak Temperaturen von minus 20 Grad Celsius herrschten. Er erinnerte sich daran, dass Seem Allag etwas von »überheizten« Städten gesagt hatte. Er fand, dass diese Stadt eher unterkühlt war.

Auf den subplanetaren Straßen drängten sich die Phäbäer, um die Fremden zu bestaunen. Als Lloyd und Ras an ihnen vorbeigingen, wichen sie ängstlich zurück.

Eine Versammlung von mehr als hundert wichtigen Persönlichkeiten empfing die beiden Terraner in einer reich geschmückten Halle. Lloyd und Ras stellten sich auf langwierige und umständliche Verhandlungen ein, obwohl sie ahnten, dass die Zeit knapp war.

»Sie machen mir zu viel Theater«, sagte der Teleporter.

»Sie begreifen nicht, wie schnell alles gehen muss«, antwortete der Telepath. »Hoffentlich greifen die Ploohns nicht wirklich an. Dann wird's brenzlig.«

»Ich überlege gerade, ob es nicht besser wäre, wenn ich die Space-Jet hierher hole. Wir wären beweglicher.«

»Dafür ist jetzt keine Zeit mehr, Ras. Vielleicht später.«

Achmil führte sie zu einer gepolsterten Bank, die offenbar für sie zusammengebaut worden war. In den zierlichen Sitzmöbeln der Phäbäer hätten sie nicht Platz nehmen können. Danach begann Achmil mit einer ausgedehnten Ansprache, in der er seinen eigenen Mut und seine Entschlusskraft pries, seinen kühnen Vorstoß zum Norden schilderte, Seem Allag am Rand erwähnte und schließlich durchblicken ließ, dass die beiden Terraner den Phäbäern helfen wollten, weil er sie mit geschickten Schachzügen sanfter Gewalt dazu veranlasst hatte. Lloyd und Tschubai hörten darüber hinweg, als hätten sie das alles nicht verstanden. Sie blickten sich nur ab und zu mal kurz an und wunderten sich darüber, wie ähnlich doch das Verhalten von Politikern unter Völkern war, die sich sonst extrem voneinander unterschieden.

Plötzlich aber zuckte Fellmer Lloyd zusammen. Ihm fiel auf, dass Sergeant Hon-Tuang sich scharf auf ihn konzentrierte. Er schaltete sein Funkgerät ein.

»Hier spricht Lloyd«, sagte er. »Benutzen Sie ruhig die Funkverbindung, Sergeant. Es schadet nicht, wenn die Phäbäer mithören können.«

»Sir, wir haben 17 Raumschiffe geortet, die sich Stiemond nähern. Es sind vermutlich die Schiffe, die sich im Sonnenorbit befunden haben.«

»Danke. Halten Sie uns auf dem Laufenden!« Er erhob sich. Überrascht unterbrach Achmil seine Rede.

»Ich habe eine wenig erfreuliche Mitteilung für Sie«, sagte Fellmer Lloyd. Er berichtete, was er soeben erfahren hatte.

In der Versammlung wurde es unruhig. Zahlreiche Phäbäer sprangen auf. Einige von ihnen beschimpften Achmil. Ein offensichtlich prominenter Politiker trat an die Mikrofone, schob Achmil zornig zur Seite und sagte: »Das stand zu befürchten. Wenn wir angreifen, schlagen die anderen zurück – ganz gleich, ob es sich bei ihnen um die kriegslüsternen Bewohner des dritten Planeten oder um ein Insektenvolk handelt. Aggression bewirkt immer eine Reaktion. Ich fordere, den Hohen Achmil wegen Verrats an Stiemond abzuurteilen.«

»Haben Sie den Verstand verloren?«, schrie Achmil. Er verlor die Beherrschung und versetzte seinem Gegner einen Hieb an den Kopf.

»Sir«, meldete Hon-Tuang über Funk. »Die Raumschiffe gehen in einen Orbit um Stiemond.«

»Wir kommen«, antwortete Fellmer Lloyd, der wenig Lust hatte, sich die Auseinandersetzungen der Phäbäer anzusehen. Er legte seine Hand auf den Arm Ras Tschubais. Der Teleporter sprang mit ihm zusammen in den Shift zurück.

»Sir, soeben kommt eine Meldung von Danton. Seine Jet landet!«, rief Hon-Tuang.

»Das halte ich für einen Fehler«, sagte Lloyd.

»Vielleicht ist es ein Fehler«, antwortete Ras Tschubai. »Wir benötigen ihre Hilfe aber dringend. Wir müssen verhindern, dass die Schiffe landen und die Ploohns an Bord nehmen. Das können wir auf gar keinen Fall allein.«

»Das ist richtig«, stimmte Lloyd zu. »Gucky wäre eine große Hilfe.«

Die Jet Roi Dantons erschien auf dem Ortungsschirm des Shifts. Ortungsfunker Schkuntzky nahm Visiphonverbindung auf. Das Gesicht von Rhodans Sohn erschien auf dem Schirm. Danton verzichtete auf eine Begrüßung und fragte: »Wie sieht's aus?«

Fellmer Lloyd setzte sich vor die Aufnahmelinse. Er berichtete mit wenigen Sätzen, was geschehen war.

»Natürlich wissen wir, dass die Raumschiffe der Ploohns im Orbit sind«, antwortete Danton. »Dennoch werden wir die Jet hier lassen. Gucky hat bereits eine geräumige Eishöhle entdeckt, in der wir sie verstecken können. Wir nehmen einen Shift und kommen zu Ihnen.«

»Achtung, Sir!«, rief Schkuntzky. »Sie werfen Bomben ab, Sir – sie haben unsere Jet getroffen!«

Ras Tschubais Blicke richteten sich unwillkürlich nach Norden. Er sah es aufblitzen. Der Himmel färbte sich rot. Im ersten Tageslicht sah er einen Atompilz aufsteigen.

»Roi, bitte, verständigen Sie die MARCO POLO«, sagte Lloyd. »Wir brauchen ihre Hilfe. Allein schaffen wir es jetzt nicht mehr.«

»Wir setzen einen Hyperfunkspruch ab.«

Roi Danton unterbrach die Funkverbindung. Die Jet flog in die bezeichnete Eishöhle ein. Fast im gleichen Moment materialisierte Gucky neben Ras Tschubai im Shift.

»Was ist los, du Faulpelz?«, fragte er. »Warum besuchst du uns nicht?«

»Guten Morgen, Kleiner. Du solltest bei Roi Danton bleiben«, entgegnete Ras. »Es könnte kritisch bei der Jet werden. Unser Raumschiff haben die Ploohns schon zerstört.«

Der Ilt verschwand wortlos. Ras Tschubai überprüfte seinen Kampfanzug und teleportierte ebenfalls. Er rematerialisierte auf dem Bergsattel am Rand des Tals, in dem die Ploohns die seltsamen Pflanzen anbauten. Von hier aus konnte er das Gebiet überblicken, in dem die Wasserstoffbombe heruntergegangen war. Er schaltete sein Funkgerät ein und rief: »Mentro, wo sind Sie?«

Mit Hilfe des Antigravs stieg er auf. Dort, wo die Space-Jet gewesen war, befand sich nur noch ein riesiger Trichter, der hinabreichte bis zu den Felsschichten, die normalerweise tief unter dem Eis lagen. »Mentro Kosum!«

»Meinen Sie mich?«, antwortete eine vertraute Stimme.

Ras Tschubai drehte sich um. Er entdeckte eine kleine Gestalt, die weit von ihm entfernt auf dem Eis stand. Erleichtert ließ er sich absinken. Er flog zu dem Oberstleutnant hinüber, der ihn gelassen erwartete. Mentro Kosum trug ebenfalls einen Kampfanzug. Er hatte offensichtlich auf eigene Faust das Gebiet durchforscht, während sie ihn in der Jet wähnten. »Ich bin froh, dass Ihnen nichts passiert ist, Mentro«, sagte der Teleporter.

»Ich stand mit der positronischen Ortung in Verbindung, während ich das Pflanzental und die anderen Anlagen untersuchte«, berichtete der

Oberstleutnant. »So erfuhr ich, dass sich mehrere große Raumobjekte dem Planeten näherten. Ich nahm an, dass es sich um die 17 Schiffe handelte, die sich im Sonnenorbit befunden haben. Daher zog ich es vor, zunächst nicht zur Jet zurückzukehren. Ich dachte mir, dass bei Ihnen irgendetwas schief gegangen sein musste.«

Ras Tschubai informierte den Emotionauten über die Ereignisse der letzten Tage.

»Die Ploohns haben sich vorläufig aus dem Norden zurückgezogen«, sagte Kosum. »Ich habe nur einige Roboter gesehen, die die Pflanzen versorgten. Es gibt noch mindestens zwölf weitere Täler dieser Art. Sie werden von warmen Quellen versorgt und liegen alle in einem vulkanischen Gebiet. Die Ploohns haben eine meisterhafte Technik der Wärmeausnutzung entwickelt.«

»Wir kehren zum Shift zurück«, sagte Ras. »Man braucht uns dort dringend.«

Mentro Kosum reichte ihm die Hand. Ras Tschubai sprang mit ihm zum Shift. Sie rematerialisierten neben dem Fahrzeug und kletterten durch die Schleuse hinein. In der Kabine wurde es eng. Sie war nicht für fünf Personen vorgesehen.

»Roi Danton und die anderen kommen mit zwei Shifts hierher«, teilte Fellmer Lloyd mit. »Die Lage wird kritisch. Die Ploohns bombardieren eine Bunkerstadt im Osten. Sie werfen Wasserstoffbomben kleinen Kalibers mit geringer radioaktiver Ausstrahlung ab. Dennoch sieht es ziemlich schlimm aus. Bis jetzt hat es keine Toten gegeben, aber das Eis schmilzt schnell weg – und damit verlieren die Phäbäer den wichtigsten Schutz.«

»Können wir nichts tun?«, fragte Mentro Kosum.

»Ich wüsste nicht, was«, antwortete Lloyd.

»Wir müssen den Stützpunkt, den ich gefunden habe, restlos zerstören, damit von dort aus keine Funkbefehle mehr an die Schiffe gehen können.«

»Von dort aus können die Befehle nicht mehr gegeben werden«, behauptete Hon-Tuang. »Dort leben zwar noch einige Ploohns, aber die Geräte sind unbrauchbar.«

»Es muss noch einen Hauptstützpunkt geben«, sagte Lloyd.

»Die Phäbäer müssten doch etwas darüber wissen«, vermutete Ras Tschubai. »Ich werde sie fragen.«

»Was meinst du, wie es da unten jetzt aussieht?«, fragte Lloyd. »Achmil und seine Freunde haben nichts mehr zu sagen. Die Phäbäer geben die Schuld an dem Bombardement natürlich uns.«

»Damit haben sie gar nicht einmal Unrecht.«

»Natürlich nicht, Ras, aber mit einer derartigen Reaktion konnten wir nicht rechnen.«

»Achtung!«, rief Ortungsfunker Irosch Schkuntzky. »Ein Raumschiff nähert sich unserer Position.«

»Weg hier!«, befahl Mentro Kosum. »Hier gehen gleich Bomben nieder.«

Sergeant Hon-Tuang startete die Hochleistungsmotoren. Der Shift stieg steil an und flog nach Westen davon.

»Wir müssen die Phäbäer warnen«, sagte Ras Tschubai. »Ich komme gleich wieder.« Bevor ihn jemand aufhalten konnte, entmaterialisierte er. Die Versammlung in der Festhalle hatte sich noch nicht aufgelöst. Noch immer debattierten die Mächtigen der Stadt und des Planeten hitzig miteinander. Der Hohe Achmil saß als geschlagener Mann abseits in einer Ecke. Als der Terraner vor der Bank erschien, auf der er anfangs mit Fellmer Lloyd gesessen hatte, wurde es schlagartig still.

»Hört mich an!«, rief der Teleporter. »Die Insektenwesen greifen Stiemond mit Bomben an, aber meine Freunde werden euch zu Hilfe kommen. Wir haben unsere Flotte bereits benachrichtigt. Es wird nicht mehr lange dauern, bis sie hier ist. Sie wird die Schiffe der Ploohns vernichten. Bis dahin müsst ihr durchhalten.«

Allgemeines Gebrüll erhob sich. Die Angst vor allem, was aus dem Raum kam, brach wieder durch. Deutlich konnte Ras heraushören, dass einige Phäbäer in ihrer Panik vermuteten, dass der seit Jahrhunderten befürchtete Angriff von der Nachbarwelt unmittelbar bevorstand. Man glaubte Tschubai nicht mehr. Bar jeder Vernunft schrie man auf ihn ein, bis plötzlich die Tische und Bänke zu tanzen begannen und die Deckenvertäfelung klirrend zersprang. Der Boden schwankte so heftig, dass Ras fast gestürzt wäre.

Ein Phäbäer mit weißgelbem Pelz lief auf ihn zu. Der Teleporter erkannte Seem Allag in ihm. »Nimm mich mit!«, rief der Biologe. »Nimm mich mit, sonst bringen sie mich um.«

Einige Phäbäer begriffen, dass der Mann, den sie als Prügelknaben benutzen konnten, sich ihnen entziehen wollte. Sie warfen sich auf ihn und hielten ihn fest. Verzweifelt schlug Seem Allag um sich. Er konnte sich befreien und rannte zwei weitere Schritte auf den Terraner zu. Ras eilte ihm entgegen, berührte ihn und teleportierte mit ihm in den Shift zurück. Er rematerialisierte eine Sekunde nach dem Mausbiber Gucky, der zusammen mit Roi Danton in das Fahrzeug gesprungen war. Er schleuderte die anderen zur Seite. Jetzt wurde es so qualvoll eng, dass sie sich alle kaum noch bewegen konnten.

Stiemond schien zu brennen. Der Shift raste in die Tiefe. Überall waren Flammen. Mehrere Bomben waren unmittelbar vor Tschubais Ankunft explodiert.

»Das halte ich nicht aus«, rief Gucky empört. »Kommen noch ein paar Mann an Bord?«

Er packte Hon-Tuang und Schkuntzky kurzerhand am Kragen und teleportierte mit ihnen zu einem der anderen Shifts hinüber. Wenig später kehrte er vergnügt grinsend zurück und fragte: »Möchte noch jemand verschwinden?«

Er blickte Seem Allag an, der sich verwirrt bis in den äußersten Winkel der Kabine zurückzog. »He, der Junge kann hier nicht bleiben«, sagte der Ilt. »Er schwitzt ja schon wie in der Sauna.«

Er nahm die Hand des Phäbäers und teleportierte mit ihm zu den aufmontierten Sitzen auf dem Shift, den Mentro Kosum mittlerweile sanft abgefangen hatte. Das Spezialfahrzeug flog dicht über dem Eis nach Südwesten. Fellmer Lloyd hatte ihm diesen Kurs empfohlen, nachdem er auf telepathischem Weg erfahren hatte, dass in diesem Gebiet keine größere Bunkerstadt der Phäbäer lag. Damit war auch die Wahrscheinlichkeit gering, dass dort Wasserstoffbomben fielen.

»Die Ploohns zerstören den halben Planeten«, sagte Ras Tschubai.

»Die Pflanzen müssen ungeheuer wichtig für sie sein, wenn sie mit derartigen Mitteln um sie kämpfen«, meinte Lloyd.

»Wie wichtig sie sind, finden wir vielleicht bald heraus«, sagte Roi Danton.

Irmina Kotschistowa meldete sich von einem der anderen Shifts. »Zwei Raumschiffe der Ploohns gehen im Süden herunter«, teilte sie mit. »Sie wollen landen.«

»Dann ist der Stützpunkt dort«, sagte Roi Danton. »Gucky, bring mich zurück. Wir fliegen nach Süden. Ich vermute, dass die Ploohns fliehen wollen. Das werden wir verhindern.«

Der Ilt gehorchte ausnahmsweise ohne Kommentar. Mentro Kosum brachte den Shift auf den neuen Kurs. Er beschleunigte scharf. Ras Tschubai blickte zu Seem Allag hoch, der sich ängstlich an den Sitz klammerte. Die Plastikwand schützte ihn vor dem Fahrtwind, dennoch war er dort oben nicht absolut sicher. Ras wusste nicht, was er mit ihm machen sollte. Er konnte ihn nicht nach Hammak zurückbringen, denn er fürchtete, dass der Biologe dort gelyncht wurde. Er mochte ihn aber auch nicht einfach irgendwo im Eis absetzen. Schließlich kam ihm ein Gedanke. Er öffnete das Außenschott der Luftschleuse, nahm aus einem Fach unter dem Sitz des Piloten einige Magnethalterungen heraus, teleportierte zu Seem Allag hinauf und brachte ihn in die Schleuse. Er sicherte ihn ab und sprach beruhigend auf ihn ein. Der Phäbäer blickte ihn dankbar an. Hier fühlte er sich besser aufgehoben.

Die beiden Raumschiffe setzten in Äquatornähe zur Landung an. Ras Tschubai sah sie, als der Shift zwischen steil aufragenden Felsspitzen hervorkam. Auch in diesen Breiten war der Boden nicht überall eisfrei. Eine dicke Eisdecke bedeckte die Meere. Offenbar gab es kalte Wasserströmungen aus dem Norden, die die Temperaturen ständig niedrig hielten.

Die beiden tiefblau schimmernden Raumer gehörten zur größten Klasse dieses Schiffstyps. Das ließ den Schluss zu, dass sich mehrere tausend Insektenwesen hier irgendwo unter dem Eis versteckt hielten.

Mentro Kosum landete den Shift hinter einer Felsnadel, die aus dem Eis hervorragte. Ras Tschubai sah, dass die beiden anderen Shifts aufrückten und ebenfalls in Deckung gingen. Als der Afroterraner nach draußen teleportierte, rannte Seem Allag bereits durch den Schnee auf eine Felszacke zu. Als er sie erreicht hatte, warf er sich auf den Boden und blickte zu den Raumgiganten hinüber, die von Horizont zu Horizont zu reichen schienen.

Ras duckte sich neben ihm hinter die Felsen. Die Raumschiffe berührten das Eis. »Was ist das?«, fragte der Phäbäer atemlos.

»Das sind die Raumschiffe der Ploohns.«

»Ich begreife nicht, dass sie fliegen können«, sagte Seem Allag. »Was für eine Energie gehört dazu, sie zu bewegen! Träume ich?«

Die mächtigen Zylinder drückten sich in das Eis, das laut krachend zerbarst. Ras Tschubai und die anderen, die zu ihm gekommen waren, spürten, wie der Boden unter ihren Füßen bebte. Von den Felsen lösten sich einige Brocken und stürzten polternd zu Boden. Doch das war erst der Anfang. Unter der unvorstellbaren Last der Kolosse platzte die Eisdecke plötzlich explosionsartig auseinander. Riesige Eisschollen warfen sich mehrere hundert Meter hoch auf. Eisstücke von vielen Metern Durchmesser wirbelten wie Schneeflocken davon, während die mächtigen Leiber der Raumschiffe langsam im Eis versackten. Das berstende Eis verursachte einen derartigen Lärm, dass Seem Allag sich die Ohren zuhielt.

Roi Danton legte Ras Tschubai die Hand auf die Schulter, um ihn auf sich aufmerksam zu machen. »Ras«, sagte er über Helmfunk. Wegen des Lärms musste er schreien. »Wir benötigen Sprengladungen! Hol sie zusammen mit Gucky von der Jet!«

Der Teleporter nickte ihm zu. Der Ilt hatte schon begriffen. Die beiden Mutanten verschwanden. Sekunden später kehrten sie mit leeren Händen zurück.

»Die Jet existiert nicht mehr«, meldete Ras.

»Wo sie war, ist jetzt nur noch ein großer Trichter im Eis«, ergänzte der Ilt, dem man anhörte, dass auch er erschrocken war. Beide Teleporter hatten nicht damit gerechnet, ins Leere zu springen. »Ich hatte noch vier Soli an Bord. Das werden sie mir büßen.«

»Als Geizkragen kenne ich dich gar nicht«, meinte Ras Tschubai.

»Bin ich auch nicht«, sagte Gucky wütend. »Aber das Geld habe ich Balton Wyt beim Würfeln abgenommen. Es war das erste Mal seit Wochen, dass ich etwas gewonnen habe.«

»Er hat dich gewinnen lassen«, erwiderte Ras. Er wollte noch mehr sagen, doch Gucky hielt ihm telekinetisch Lippen und Zähne zusammen.

»Wir müssen in den Stützpunkt«, sagte Roi Danton. »Ras, Gucky, ihr bringt uns zunächst in die Schiffe. Von dort aus stoßen wir weiter vor.«

Am Horizont blitzte es auf. Die per Funk gesteuerten Schiffe der Ploohns, die sich noch in einer Umlaufbahn um Stiemond befanden, bombardierten die subplanetaren Städte weiter.

Ras Tschubai ergriff die Hände von Kosum und Fellmer Lloyd und teleportierte mit ihnen in eines der beiden Zylinderschiffe hinein, das mittlerweile halb im Eis versackt war. Sekunden später kam er zurück und nahm Sergeant Hon-Tuang und Roi Danton mit. Als er erneut erschien, hatte Gucky die anderen Männer bis auf Irosch Schkuntzky in das Schiff gebracht. Auch Irmina Kotschistowa hielt sich noch bei Seem Allag auf.

»Es ist besser, wenn Sie bei einem Shift bleiben, Schkuntzky«, sagte der Teleporter. »Sorgen Sie für Seem Allag. Wir können ihn nicht mitnehmen. Es wäre zu heiß für ihn in den Schiffen.«

Der Phäbäer erhob sich und ging zusammen mit dem Ortungsfunker zu einem Shift. Er blieb draußen, während der Terraner einstieg und die Schotten hinter sich verschloss. Ras Tschubai reichte der Mutantin die Hand und verschwand mit ihr.

»Wir teilen uns in mehrere Gruppen auf«, bestimmte Roi Danton. »Über Funk bleiben wir ja ohnehin in Verbindung. Aufgabe: Zerstörung des Stützpunkts. Wir müssen ihre Funkanlagen zerstören, schnell!«

»Dann sollten Ras und ich mal ganz schnell in der Zentrale vorbeischauen«, schlug Gucky vor. »Ich habe heute ohnehin die Zerstörungswut.«

»Du wirst dich gleich austoben können, Kleiner. Warte noch etwas ab«, vertröstete ihn Danton. »Zunächst noch Folgendes: Wir wollen vor allem Informationen. Wir wollen wissen, weshalb die Pflanzen für die Ploohns so wichtig sind. Daher benötigen wir einige Gefangene zum Verhör.«

»Wohin mit ihnen?«, fragte Fellmer Lloyd. »Die Shifts sind zu eng. Die Jets existieren nicht mehr.«

»Daran habe ich nicht gedacht«, gestand Danton.

»Wir müssen eine Kuppel aufbauen«, schlug Ras Tschubai vor. »Schkuntzky könnte das leicht besorgen, während wir versuchen, den Stützpunkt zu zerstören.«

»Einverstanden«, sagte Danton. »Irmina und Mentro sollen ihm helfen. Auch Sergeant Eitringer und Mikel Onnang bleiben besser oben. Wir brauchen jemanden, der auf die Gefangenen aufpassen kann.«

»Das hätten wir uns auch gleich überlegen können«, maulte Gucky. Er übernahm es, die Genannten nach oben zu teleportieren. Als der Transport abgeschlossen war, teilte er Danton mit: »Sie ziehen sich ungefähr zwanzig Kilometer zurück und bauen dort ihr Häuschen.«

Der Boden unter ihren Füßen zitterte. Das Schiff hatte sein Ziel erreicht. »Schnell. Zur Zentrale«, sagte Danton.

Gucky und Ras Tschubai teleportierten. In der durch Funk aktivierten Zentrale brannte Licht. Die beiden Mutanten zogen ihre Impulsstrahler und richteten sie auf die Funkanlagen. Innerhalb weniger Sekunden vergingen die hochtechnischen Geräte. Die Mutanten waren sich darüber klar, dass es noch weitere Funkgeräte an Bord geben musste, vor allem in den sicherlich vorhandenen Beibooten. Aber das war nicht entscheidend. Wichtig war, dass die Ploohns zunächst einen Schock erleiden würden, wenn sie die Zentrale betraten, und dass dadurch Zeit gewonnen wurde.

»Komm. Es wird Zeit«, sagte Ras Tschubai, als der Ilt auch noch den Sitz des Piloten so beschädigen wollte, dass er umkippen musste, wenn ein Insekt sich in ihn setzte. Widerstrebend teleportierte der Mausbiber zusammen mit dem Afroterraner zu Danton zurück. Die Schleusenschotten bewegten sich bereits. Gucky ergriff die Hände von Roi Danton und Hon-Tuang, während Ras Tschubai Fellmer Lloyd mit sich nahm. Als die Ploohns in die Schleusenkammer blicken konnten, war sie leer. Ohne Verdacht zu schöpfen, strömten sie in das Schiff.

Ras Tschubai materialisierte mit dem Telepathen in einem ausgedehnten Labor. Auf zahlreichen Tischen lagen zwischen verschiedenartigen Instrumenten die Pflanzen, die Ras im Norden gesehen hatte. Sie waren hier offenbar sorgfältig untersucht worden. »Alles in Ordnung?«, fragte er.

»Wie man's nimmt«, antwortete der Telepath. »Gucky ist in einer Offiziersmesse herausgekommen und in eine Schießerei verwickelt worden. Die Schutzschirme haben sie gerettet. Die Ploohns schossen sofort, aber sie waren unterlegen.«

Ras Tschubai nickte. Das war das Risiko bei der mehr oder minder blinden Teleportation in einem feindlichen Stützpunkt. Man war ständig in der Gefahr, mitten zwischen den Gegnern zu materialisieren und damit direkt ins feindliche Feuer zu springen. Beruhigend war, dass Gucky und Lloyd ununterbrochen in telepathischer Verbindung bleiben würden. Einer konnte dem anderen helfen, falls es zu gefährlich für eine Gruppe werden sollte.

Lloyd ging zu einem Labortisch und versuchte zu erkennen, was die Insekten untersucht hatten, vergeblich. »Jetzt könnten wir einen Botaniker brauchen«, sagte er.

»Oben ist einer«, meinte Ras Tschubai. »Seem Allag könnte von diesen Dingen eine Ahnung haben.«

»Das behalten wir uns noch vor«, entschied Lloyd.

»Später könnte es zu spät sein.«

»Das ist richtig, Ras, vielleicht finden wir aber auch so heraus, was wir wissen wollen. Seem Allag kann die Temperaturen hier unten nicht aushalten. Warum sollen wir ihn unnötig belasten?«

Eine Tür öffnete sich. Zwei Ploohns kamen herein, fuhren jedoch wieder herum, als sie die beiden Terraner sahen, und flohen. Krachend fiel die Tür hinter ihnen zu.

Die beiden Mutanten blickten sich an. Unausgesprochen stand die Frage im Raum: »Bleiben wir?«

»Wir bleiben!«, sagte Lloyd.

Sie zogen sich bis zu einem robotischen Analysegerät zurück, das vom Boden bis zur Decke reichte und gute Deckung bot. Sekunden später öffneten sich sämtliche zwölf Türen des Labors. Schwer bewaffnete Ploohns drangen von allen Seiten herein.

Die beiden Terraner stellten sich mit dem Rücken an das Analysegerät. Sie feuerten auf die angreifenden Insekten. Gleichzeitig schrillte eine Alarmsirene auf. Sie war für die Mutanten kaum hörbar, die Ploohns aber schienen regelrecht zusammenzuzucken.

Sie schossen auf Ras Tschubai und Fellmer Lloyd. Die beiden Männer standen inmitten zahlreicher zusammenlaufender Energiestrahlen, doch ihre Schutzschirme leiteten die Energie ab. Sie rannten voneinander weg und schossen zurück. Die Ploohns verfügten über keinerlei Schutzgeräte. Sie brachen im Feuer der Terraner zusammen, doch das veranlasste die Überlebenden keineswegs, sich zurückzuziehen. Sie stürmten in die atomare Glut hinein, offenbar gewillt, die Mutanten direkt zu packen.

Fellmer Lloyd wich zwei Ploohns aus, die es geschafft hatten, ihm bis auf einen Meter nahe zu kommen. Er sprang auf den Labortisch, setzte über zwei weitere hinweg und schrie: »Ras!«

Der Teleporter entmaterialisierte mitten in einer Gruppe von zwanzig Insekten, packte Lloyd bei der Hand und verschwand aus dem Labor. Sie rematerialisierten auf dem Gang vor der Kampfstätte. Durch eine offene Tür konnten sie die Ploohns sehen, die verwirrt nach ihnen suchten. Einige von ihnen schossen blind in eine Gruppe anderer hinein, weil sie offenbar dort ihre Feinde vermuteten.

Die beiden Terraner liefen über den Gang auf ein Schott zu, das etwa zehn Meter hoch und zwanzig Meter breit war. Es stand halb offen, sodass sie mehrere Spezialfahrzeuge der Ploohns sehen konnten, die dahinter parkten. Erst als sie das Schott erreichten, bemerkten sie die Zufahrtsschleuse zu einem Liftschacht, in dem die Fahrzeuge nach oben transportiert werden konnten.

»Achtung!«, schrie Lloyd. Wiederum reagierte Ras Tschubai blitzschnell, ohne erst selbst den Gefahrenherd zu suchen. Erst als sie entmaterialisierten, erfasste er mit dem letzten Rest seines Aufnahmevermögens, dass die Projektionsfelder der Impulskanonen der Fahrzeuge aufflammten. Er teleportierte zusammen mit dem Telepathen neben die Panzer.

Sie fuhren herum und blickten unwillkürlich in den Gang zurück, aus dem sie gekommen waren. Wenigstens hundert Ploohns hatten sie beobachtet und stürmten in breiter Front heran. Die Insekten im Panzer aber reagierten viel zu spät. Sie hatten die Terraner in der Zieloptik gehabt und die Finger bereits auf die Schussknöpfe gedrückt. Ihnen blieben nur noch Bruchteile von Sekunden, ihre Entscheidung rückgängig zu machen. Sie schafften es nicht. Die Impulskanonen feuerten. Röhrend schossen armdicke Energiestrahlen aus den Projektionsfeldern. Ras Tschubai und Fellmer Lloyd warfen sich herum, um nicht geblendet zu werden, als die sonnenhelle Glut in die heranjagenden Ploohns hineinraste und den Gang in eine glutflüssige Hölle verwandelte.

»Weiter so«, sagte Ras. »Verwandelt euren Stützpunkt nur selbst in einen Trümmerhaufen.«

Er musste daran denken, mit welcher Brutalität die Insektenwesen über die terranischen Schiffe hergefallen waren, mit welcher Entschlossenheit sie sie vernichtet hatten. Er empfand keine Skrupel, die Ploohns ebenfalls hart zu bekämpfen.

Buchstäblich im letzten Moment bemerkte er, dass die Projektionsfelder des nächsten Panzerfahrzeugs ebenfalls aufglühten. Er riss Fellmer Lloyd an sich und floh mit ihm.

33.

»Wo hat Irmina die Kuppel errichtet?«, fragte Ras Tschubai, als sie in einen Archivraum kamen, in dem sich niemand sonst aufhielt. Fellmer Lloyd, der die Mutantin telepathisch orten konnte, beschrieb dem Teleporter, wo sie war.

»Gut«, sagte Ras. »Weiter.«

Sie hörten, dass die Station von mehreren schweren Explosionen erschüttert wurde. Die andere Gruppe unter Führung von Roi Danton kämpfte offensichtlich recht erfolgreich. Roi meldete sich über Helmfunk. »Fellmer? Ras?«

»Alles in Ordnung bei uns«, antwortete der Teleporter.

»Bitte an Gefangene denken«, mahnte der Sohn Rhodans. »Wir haben nicht mehr viel Zeit. Wir sind bis in die Energieversorgung vorgedrungen. Hon-Tuang will versuchen, die Reaktoren zur Spontanzündung zu bringen.«

»Wir bemühen uns gerade um Gefangene.«

»Viel Erfolg. Ich muss Schluss machen, wir bekommen Besuch.«

Bevor Danton abschaltete, hörten Ras Tschubai und Lloyd Schüsse. Sie verließen den Lagerraum und kamen auf einen Gang, der mit mehreren Transportbändern versehen war, die jetzt stillstanden. Auf ihnen befanden sich einige transparente Container, in denen Pflanzenteile befördert wurden. Fellmer Lloyd deutete den Gang hinunter. Ras Tschubai ergriff seine Hand und teleportierte mit ihm bis zum äußersten Punkt, den er noch sehen konnte. Etwa drei Kilometer weiter materialisierten sie am gleichen Transportband. Hier hielten sich einige Ploohns auf, die sofort angriffen.

Ras Tschubai tötete zwei Insekten, teleportierte hinter den dritten Ploohn und winkte dem Telepathen zu. Dieser verzichtete darauf, das Insektenwesen zu beschießen, obwohl dieses seine Waffe auf ihn richtete. Ras sprang den Ploohn an und hieb ihm die Handkante auf den Arm.

Vor Schmerz zuckte er zusammen. Der Chitinpanzer erwies sich viel härter und widerstandsfähiger, als er erwartet hatte. Doch der Schlag reichte aus. Der Ploohn ließ die Waffe fallen. Er fuhr herum, um sich mit bloßen Händen auf den Gegner zu stürzen, doch dieser teleportierte mit ihm zusammen in das Camp, das Mentro Kosum und Irmina Kotschistowa mittlerweile im Eis errichtet hatten. Der Temperatursturz von ungefähr siebzig Grad Celsius von einer Sekunde zur anderen versetzte dem Ploohn einen tödlichen Schock. Das Insektenwesen brach vor der Kunststoffkuppel zusammen und blieb auf dem Eis liegen.

»Verdammt«, sagte der Teleporter enttäuscht.

Mentro Kosum stand zwei Schritte vor der Eingangsschleuse. Hinter ihm erhob sich die Kuppel bis zu einer Höhe von etwa sieben Metern. Der Emotionaut hielt einen Paralysator schussbereit in den Händen.

»Ich wollte ihn mit dem Kälteschock nur kampfunfähig machen«, sagte der Afroterraner, der in seinem Schutzanzug nichts von der Temperaturveränderung bemerkte.

»Es ist besser, wenn du das nächste Mal direkt in die Kuppel springst«, empfahl Kosum.

»Wird gemacht.«

Fellmer Lloyd wehrte sich verzweifelt gegen eine Gruppe von etwa zwanzig Ploohns, die schießend auf ihn eindrangen. Sein Schutzschirm leuchtete sonnenhell unter jedem Treffer auf. Ras Tschubai materialisierte hinter den Ploohns, die ihn zunächst nicht bemerkten. Er beugte sich über einen Toten, nahm ihm den Energiestrahler ab, löste das Magazin heraus und warf es zwischen die Insektenwesen, die sich auf den Telepathen stürzten. Er schoss auf das Magazin, und ein Feuerball wuchs zwischen den Ploohns auf.

Nur zwei oder drei Insekten überlebten die Flammenhölle. Ras konnte es nicht genau erkennen. Er packte einen Ploohn am Arm, nachdem er sich davon überzeugt hatte, dass Lloyd keine Hilfe benötigte. Dann sprang er mit seinem Gefangenen direkt in die Kuppel auf dem Eis.

Das Insektenwesen erschrak über den plötzlichen Szenenwechsel. In den ersten Sekunden schien es überhaupt nicht zu begreifen, was geschehen war. Widerstandslos ließ es sich von Ras den Energiestrahler entreißen. Regungslos stand es im Kreis der Terraner, die es mit angeschlagenen Paralysatoren bewachten. Dann brach es schlagartig zusammen und blieb liegen.

Betroffen beugte Ras Tschubai sich über den Ploohn. Mentro Kosum hielt dem Gefangenen eine leichte Plastikfolie vor den Dreiecksmund, durch den das Wesen atmen musste. Sie bewegte sich nicht.

»Ich kann nicht warten«, rief der Afroterraner und teleportierte zu Lloyd zurück. Dieser stand zwischen den getöteten Ploohns. Fragend blickte er ihn an.

»Sie sterben, sobald sie oben sind«, berichtete Ras Tschubai. »Wir wissen nicht, warum.«

Die beiden Männer stiegen über einige gefallene Insekten hinweg. Das Transportband setzte sich in Bewegung. Die Ploohns wurden mitgerissen. Ras und Lloyd ließen sich ebenfalls davontragen, beobachteten ihre Umgebung jedoch sorgfältig. Sie befürchteten, dass man sie in eine Falle locken wollte. Die Sekunden verstrichen, ohne dass etwas geschah.

»Ich hätte nie für möglich gehalten, dass die Anlagen hier unter dem Eis so gewaltig sind«, sagte Ras Tschubai. »Ich schätze, dass der Stützpunkt einen Durchmesser von mindestens drei Kilometern hat.«

»Es müssen noch mehr sein. Allein dieser Gang ist etwa vier Kilometer lang.«

»Achtung!« Ras ergriff die Hand seines Begleiters, als er unmittelbar vor sich ein unbestimmtes Flimmern in der Luft bemerkte. Er teleportierte einige Meter weiter und rematerialisierte hinter einer Gruppe von vierzig Ploohns, die mitten auf dem Gang standen und dorthin blickten, wo beide Terraner eben noch gewesen waren. Die Insektenwesen reagierten deutlich auf das überraschende Verschwinden der Mutanten.

Ras und Lloyd beobachteten, wie die Leichen der gefallenen Insekten in der flimmernden Energiewand vergingen, hinter der die auf sie lauernden Ploohns sich versteckt gehalten hatten. Er erschauerte. Hätte er nicht rechtzeitig etwas gemerkt, wären sie dieser Energiewand vielleicht trotz ihrer Schutzschirme zum Opfer gefallen. Er teleportierte zusammen mit Lloyd noch fünfzig Meter weiter bis zu einer Mauernische, in der der Telepath sich verstecken konnte. Dann sprang er direkt hinter zwei Ploohns, legte ihnen die Hände auf die Schulter und teleportierte mit ihnen nach oben in die Kuppel. Die Insektenwesen reagierten in der gleichen Weise wie ihre Vorgänger. Zunächst standen sie wie erstarrt. Sie ließen sich die Waffen aus den Händen nehmen, ohne sich zu wehren. Sekunden später brachen sie tot zusammen.

»So kommen wir nicht weiter«, sagte Mentro Kosum erbittert. »Sie überstehen den Schock nicht.«

»Ihr müsst sie sofort paralysieren«, riet Ras Tschubai. »Sie dürfen keine Zeit haben, auf den Stress mit organischem Versagen zu reagieren.«

Er blickte auf die Toten hinab. Bei Wesen, die ein Außenskelett trugen, war nur schwer eine Änderung zu erkennen, wenn das Leben erloschen war. Bei den Ploohns verschwand das so unheimlich wirkende Funkeln und Leuchten der großen Facettenaugen. Die Facetten wurden glanzlos und stumpf, sobald sie nicht mehr ausreichend mit Sauerstoff versorgt wurden. Das war ein sicheres Zeichen dafür, dass der Exitus eingetreten war.

»Ich versuche es noch einmal«, sagte Ras Tschubai.

Er lächelte Seem Allag zu, der im Hintergrund stand und das Geschehen beobachtete. Der Phäbäer überstand die für ihn ungeheuerlichen Ereignisse außerordentlich gut. Mentro Kosum hatte eine kleine Kabine für ihn eingerichtet und mit einem Prallschirm versehen. Durch Öffnungen in der Kuppelwand strömte kalte Luft herein, sodass der Biologe nicht unter den hohen Temperaturen in der Kuppel zu leiden hatte. Als Ras wieder zu

Fellmer Lloyd teleportierte, fragte er sich, wie Seem Allag es wohl später schaffen würde, seinen Artgenossen seine Abenteuer zu berichten.

Vielleicht halten sie ihn für einen manischen Lügner!, dachte er.

Fellmer Lloyd winkte ihm beruhigend zu. Er zeigte auf die Ploohns, die sich von ihm entfernten. »Sie sind vollkommen durcheinander«, berichtete er über Helmfunk. »Sie wissen nicht mehr, was hier geschieht. Sie können nicht mehr klar denken. Soeben haben sie erfahren, dass die Funkleitzentralen der Raumschiffe zerstört worden sind. Im Stützpunkt selbst gibt es keine Hyperfunkeinrichtungen. Sie haben also keine Möglichkeit, ihre Artgenossen zu alarmieren.«

»Das ist auch gut so.«

»Gucky hat die Steuerung der beiden Raumschiffe blockiert. Die Schiffe können ohne langwierige Reparaturarbeiten nicht starten.«

»Bombardieren die Ploohns die Städte immer noch?«

»Ja, aber sie versuchen nicht, die Phäbäer zu vernichten. Die Bomben sind mehr als Warnung gedacht. Dennoch scheint es erhebliche Opfer gegeben zu haben. Ich habe mich ganz kurz auf Hammak und Quarrisch konzentriert. In den Städten herrscht Panik. Man gibt uns die Schuld.«

Fellmer Lloyd schwieg. Er deutete auf zwei Ploohns, die auf dem Transportband herankamen. Sie waren aus einem Nebengang hervorgetreten, den die beiden Mutanten bisher nicht bemerkt hatten.

»Achtung!«, sagte Fellmer Lloyd. »Die MARCO POLO ist da. Die beiden Ploohns haben gerade erfahren, dass die anderen Raumschiffe abgeschossen werden.«

»Ich schnappe sie mir.« Ohne Fellmers Zustimmung abzuwarten, sprang Ras Tschubai hinter die beiden Ploohns, legte ihnen die Hände auf die Schultern und teleportierte mit ihnen nach oben. Er materialisierte wiederum in der Kuppel und gab die Insekten sofort frei. Mentro Kosum und Irmina Kotschistowa schossen mit Paralysatoren auf sie. Gelähmt brachen sie zusammen, doch jetzt erlosch das Funkeln ihrer Facettenaugen nicht. Sie lebten!

Ras Tschubai und Mentro Kosum näherten sich ihnen. Der Mutant nahm ihnen die Energiestrahler aus den Händen. Sorgfältig beobachtete er die bösartig wirkenden Insektengesichter. Mehrere Minuten verstrichen, dann richtete Mentro Kosum sich auf.

»Wir haben es geschafft«, sagte er. »Wir haben zwei Gefangene.«

»Ich bin gleich wieder da. Brauchen wir noch mehr Ploohns?«

»Nein. Ich denke, das reicht.«

Ras Tschubai teleportierte zu Fellmer Lloyd zurück. Der Gang war frei von Gegnern. Der Telepath war allein. »Es hat geklappt«, berichtete Ras. »Wie sieht es bei den anderen aus?«

»Sie warten nur darauf, dass wir endlich einen überlebenden Gefangenen haben.«

Der Teleporter schaltete sein Helmfunkgerät ein. Die Stimme Dantons klang auf. »Wir können verschwinden«, meldete der Afroterraner.

»Das wird auch Zeit«, sagte Danton. »Wir können uns nicht viel länger halten.«

Tschubai ergriff die Hand des Telepathen und sprang in die Kuppel. Unmittelbar darauf erschienen Hon-Tuang, der eine hässliche Brandwunde an der Schulter hatte, Danton und der Mausbiber Gucky in der Kuppel. Alle drei eilten augenblicklich zu den Gefangenen und betrachteten sie.

»Sie sollten einmal nach draußen gehen«, empfahl Mentro Kosum. »Über uns fliegen die Fetzen.«

Ras Tschubai folgte der Empfehlung. Er verließ die Kuppel durch eine Schleuse. Draußen hätte es eigentlich dunkel sein müssen, denn die Sonne war untergegangen. Tatsächlich war es fast taghell. Der Himmel über Stiemond brannte. Zwei gigantische Raumschiffe der Ploohns stürzten brennend ab. Immer wieder wurden die zylindrischen Körper durch Explosionen aufgerissen. Bläulich weiße Blitze zuckten aus den Teilkugeln an ihrem Heck, und ein unaufhörliches Donnern rollte über die Eislandschaft hinweg, die das Licht tausendfach reflektierte.

Und dann wölbte sich südlich von der Kuppel in einer Entfernung von etwa zwanzig Kilometern der Boden auf. Eine weiße Stichflamme von mehreren hundert Metern Durchmesser schoss in den Himmel hinauf. Ras Tschubai fühlte, dass der Boden unter seinen Füßen schwankte. Die Blendautomatik des Schutzhelms behütete seine Augen vor Schäden. Er teleportierte in die Kuppel zurück, bevor die Druckwelle über das Land fegte. Sie hätte ihn fraglos wie einen Spielball über das Eis gewirbelt, ohne dass er sich hätte halten können. Die sorgfältig im Eis verankerte Kuppel hielt der Belastung jedoch stand. Und auch dem durch Prallfelder abgesicherten Seem Allag passierte nichts.

Die Besatzung des Kunststoffgebäudes schwieg. Alle richteten ihre Aufmerksamkeit auf die Ereignisse draußen. Alle hörten, wie ein Stakkato einsetzte, als Eisbrocken auf die Kuppel herabregneten.

»Wir hätten uns ruhig noch etwas weiter von dem Stützpunkt entfernen sollen«, sagte Mentro Kosum.

»Es reicht auch so«, entgegnete Roi Danton gelassen.

Eine Korvette landete vor der Kuppel. Kommandant McAllister-Steam übernahm die Gefangenen. Roboter und Spezialisten richteten einen Verhörraum auf Deck zwei ein, während Danton Verbindung mit der

MARCO POLO aufnahm und sich über den Ablauf der Raumschlacht unterrichten ließ. Er erfuhr, dass sämtliche Raumschiffe der Ploohns vernichtet worden waren. Die MARCO POLO hatte darüber hinaus noch zwei weitere, kleine Stützpunkte der Insekten auf Stiemond entdeckt und zerstört. Die Niederlage der Insektenwesen war vollkommen.

Auch die Mutanten verließen die Kuppel und gingen an Bord der Korvette. Lediglich Ras Tschubai blieb bei Seem Allag zurück. Der Phäbäer schien nicht recht zu wissen, was er wollte. Auf der einen Seite interessierte er sich brennend für den Fortgang der Dinge. Er wollte an den Informationen beteiligt werden, die von den Gefangenen zu erwarten waren. Auf der anderen Seite zog es ihn nach Hammak.

Ras Tschubai hatte ihm mitgeteilt, wie es in den Städten aussah, und der Biologe wollte beruhigend auf die Öffentlichkeit einwirken.

»Es ist alles vorbei«, beteuerte der Teleporter ihm. »Stiemond ist frei. Alle Feinde sind getötet worden. Ihr könnt aufatmen. Diese Welt gehört euch wieder allein.«

»Aber sie ist nicht mehr so, wie sie früher war. Die Bomben haben viel Schaden angerichtet. Die Temperaturen werden vielleicht für lange Zeit steigen. Außerdem wissen wir nicht, ob die Insekten nicht eines Tages zurückkehren und uns für das bestrafen, was geschehen ist.«

»Roi Danton hat mir versprochen, dass er euch ein großzügiges Hilfsprogramm zur Verfügung stellen wird.«

»Das wäre schön.«

Die beiden Männer blickten sich an. Ras Tschubai streckte die Hand aus. »Wenn du willst, bringe ich dich nach Hammak.«

Seem Allag legte seine Hand in die des Terraners. Ras Tschubai blickte sich kurz um. Er wurde hier vorerst nicht gebraucht. Er teleportierte mit dem Phäbäer bis in den Raum von Hammak, in dem er schon einmal mit den Oberen der Stadt zusammen gewesen war. Der Raum war leer.

Seem Allag zögerte. Er wusste nicht, was er tun sollte. Ras Tschubai zeigte auf eine Wand, in die verschiedene Kommunikationsgeräte eingelassen worden waren.

»Sprich mit deinen Leuten, Seem Allag, und sage ihnen, wie es steht.«

Der Phäbäer hob beide Arme und zeigte dem Terraner die unbehaarten Handflächen. »Ich danke dir«, sagte er. »Du kannst mich jetzt allein lassen, aber ich wäre dir dankbar, wenn du später noch einmal zurückkommen und mit mir sprechen würdest.«

»Ich komme«, versprach der Teleporter, bevor er zur Korvette sprang. Er materialisierte vor der Bodenschleuse, die mit zwei Posten besetzt war. Sie ließen ihn durch und teilten ihm mit, wo Roi Danton mit den Gefangenen war. Ras legte seinen Kampfanzug ab und übergab ihn einem Serviceroboter zur Wartung. Im Antigravlift schwebte er nach oben. Er war erleichtert, nach so langer Zeit endlich wieder ohne Schutzanzug sein zu können. Die schlichte Kombination, die er jetzt trug, wog nur wenige Gramm und war auf dem Körper kaum spürbar.

Fellmer Lloyd empfing ihn am Eingangsschott zum Verhörraum, den auch er gerade betreten wollte. Die beiden Gefangenen standen aufrecht in einem Prallfeldkäfig. Roi Danton, Gucky, Mentro Kosum, Irmina Kotschistowa und ein Kosmopsychologe saßen ihnen in Sesseln gegenüber. Ras Tschubai und der Telepath ließen sich in die Polster sinken. Ein Roboter brachte ihnen erfrischende Getränke.

»Ich habe soeben mit den Phäbäern gesprochen und ihnen gesagt, wie sehr wir bedauern, dass es zu dem Bombardement gekommen ist«, sagte Roi Danton. »Ich habe ein Hilfsprogramm angekündigt und ihnen versprochen, dass wir ihnen ein gewisses Know-how zukommen lassen und ihnen auch Waffen geben werden, mit denen sie die Ploohns abwehren können, falls diese sich hier noch einmal blicken lassen sollten.«

»Damit geben wir zu, dass wir die Verantwortung für die Ereignisse der letzten Tage haben«, entgegnete Ras Tschubai.

»Das können wir auch nicht völlig bestreiten. Wenn wir hier nicht erschienen wären, dann wären wahrscheinlich auch keine Bomben gefallen.«

»Was haben die Phäbäer darauf gesagt?«

»Nichts«, antwortete Roi Danton. »Sie haben sich noch nicht getraut, mit mir Verbindung aufzunehmen. Wir wissen, dass sie meine Funknachrichten abhören, aber sie reagieren noch nicht. Wir wiederholen die Sendung pausenlos, bis sie sich melden.«

»Seem Allag ist bei ihnen. Sie werden auf ihn hören.«

»Hoffentlich. Es wäre zu ihrem Nutzen.«

Einer der Ploohns hob plötzlich die Arme und legte die Hände an den Kopf. Seine Augen wurden glanzlos. Die Beine sackten unter ihm weg, und er stürzte. Bestürzt sprangen die Terraner und der Mausbiber auf.

»Zu spät«, stellte Fellmer Lloyd betroffen fest. »Er ist tot.«

Die Techniker schirmten den Toten sofort mit Prallfeldern von dem anderen Insekt ab, das sich unruhig hin und her bewegte. Roboter schleppten den Leichnam hinaus.

»Gucky, Fellmer, lasst ihn nicht frei!«, befahl Roi Danton. »Holt aus ihm heraus, was ihr herausbekommen könnt. Ich will alles wissen.«

Das Insekt hob die Arme und presste die Hände gegen den Kopf, doch der Telekinet Gucky zog sie ihm sofort wieder herunter. Der Ploohn begann zu toben. Immer wieder warf er sich herum und versuchte, die Arme zu heben, aber der Ilt ließ ihn nicht frei.

»Der Ploohn nennt sich selbst Cschmohrt«, berichtete Fellmer Lloyd, dessen telepathische Sinne immer tiefer in die Gedankenwelt des Gefangenen eindrangen. »Er gehört einem sehr langlebigen Volk an.«

»Wie langlebig?«, fragte Danton.

»Ich bin nicht ganz sicher«, antwortete der Telepath. »Nach unseren Zeitbegriffen muss er etwa fünf- oder sechshundert Jahre alt sein.«

»Sind er und die anderen Ploohns hierher gekommen, um sich hier einzunisten, oder haben sie im Auftrag gehandelt?«

Fellmer Lloyd brauchte einige Minuten, bis er die Frage beantworten konnte. Schließlich sagte er: »Sie hatten den Auftrag, den dritten und vierten Planeten dieses Systems auf Eignung zu testen.«

»Auf Eignung?«

»Eignung zur Aufzucht jener Pflanzen, die wir im Tal und im Stützpunkt gesehen haben. Die Insekten benötigen sie offenbar dringend zur Lebenserhaltung.«

Der Ploohn war verunsichert. Er wusste nicht, was mit ihm geschah. Er wartete darauf, dass man ihm Fragen stellte. Er kannte parapsychische Phänomene, und er dachte flüchtig daran, dass dies ein telepathisches Verhör sein konnte. Daher versuchte er, an alle wichtigen Dinge nicht zu denken – und beantwortete dabei unbeabsichtigt viele Fragen der Terraner. Dabei blieb die Hoffnung in ihm wach, dass die eigentliche Befragung erst beginnen würde. Er legte sich einen Schlachtplan zurecht, mit dem er die Terraner täuschen wollte. Dabei war er entschlossen, keine Geheimnisse preiszugeben.

»Er überlegt ständig, wie er sich töten kann«, berichtete der Ilt. »Ich muss ihm tatsächlich immer wieder was auf die Pfoten geben, damit er sich anständig benimmt.«

Danton musterte das Insektenwesen. Eine Frage drängte sich ihm auf: »Woher kommen die Ploohns? Leben sie hier im Energieschlauch?«

»Das habe ich noch nicht herausfinden können«, sagte Fellmer Lloyd. »Cschmohrt kapselt sich immer mehr ab. Er sucht nach einem Ausweg. Nichts ist ihm wichtiger, als sein Volk von den Vorkommnissen auf Stiemond zu unterrichten. Er konzentriert sich ganz darauf, einen Weg dazu zu finden.«

Roi Danton wartete geduldig. Er wusste, dass er in einem solchen Verhör nichts erzwingen konnte. Selbstverständlich hätte er auch versuchen können, zu einer akustischen Verständigung mit dem Insektenwesen zu kommen. Die Translatoren hatten genügend Sprachbrocken erfasst, mit denen sie arbeiten konnten. Doch das wollte er sich noch aufsparen. Je mehr er auf telepathischem Weg erfuhr, desto besser seine spätere Verhandlungsposition.

Eine Stunde verstrich, ohne dass Fellmer Lloyd oder Gucky etwas

Neues herausgefunden hätten. Der Ploohn beherrschte sich mustergültig. Regungen wie Verzweiflung und Hoffnungslosigkeit kannte er nicht.

»Er kalkuliert ganz nüchtern wie eine Maschine, so als ob ihn alles gar nichts anginge«, sagte Lloyd. »Er berechnet seine Chancen. Noch glaubt er, sein Volk benachrichtigen zu können, deshalb hat er noch nicht mit letzter Kraft versucht, sich zu töten. Sollte er zu der Ansicht kommen, dass er keine Chance mehr hat, wird er sich umbringen.« Er warf Gucky einen Seitenblick zu. »Auch Gucky wird das nicht verhindern können.«

Roi Danton beugte sich vor. Er schaltete den Translator ein. »Wir möchten mit dir reden«, sagte er.

Der Ploohn ruckte hoch. Die Facettenaugen drehten sich Rhodans Sohn zu. Der dreieckige Mund bewegte sich nicht. Die Antwort blieb aus.

Lloyd gab Danton ein Zeichen, damit er den Translator ausschaltete. »Jetzt hat er sich verraten«, sagte er. »Sein Volk beherrscht den Energieschlauch zwischen den Galaxien – aus welcher, ist mir noch unklar. Innerhalb des Schlauchs hat es offenbar bessere Lebensbedingungen vorgefunden als in der Heimatgalaxis.«

»Das ist schon mal etwas«, entgegnete Danton. »Ich möchte wissen, weshalb die Erde von den 32 Raumschiffen angegriffen worden ist.«

»Auch diese Frage habe ich bereits untersucht – aber ich habe noch keine Antwort gefunden.«

Danton schaltete den Translator ein und stellte die Frage akustisch.

Seem Allag blickte in die Mündungen zweier Trommeldums, mit denen zwei Polizisten auf ihn zielten. Hinter diesen Beamten standen mehrere Minister. Der Biologe erkannte auch den Hohen Achmil, der offenbar wieder an Macht und Einfluss gewonnen hatte.

»Ich verstehe nicht«, sagte Seem Allag, der von dieser Aktion völlig überrascht worden war, als er eine Politstation von Hammak hatte betreten wollen. »Ich bedrohe Sie doch nicht.«

Achmil drängte sich an den anderen vorbei. Er legte dem Biologen die Hand auf die Schulter. »Das wird sich zeigen«, meinte er. »Vorläufig sind wir dessen noch nicht sicher.«

Er gab den Polizisten einen Befehl. Sie fesselten Seem Allag mit Stahlbändern, bevor sie ihn in die Station führten und im Verhandlungsraum auf einen Hocker setzten. Die Oberen von Hammak und die Minister der Regierung von Stiemond nahmen gegenüber von ihm Platz. Achmil übernahm das Wort, und Seem Allag begriff. Der Hohe Achmil war drauf und dran gewesen, seinen Posten zu verlieren. Jetzt kämpfte er um die Macht.

Achmil schaltete ein Telegerät ein. In einem Projektionsfeld erschien der Kopf Roi Dantons. Dann vernahm Seem Allag, was der Terraner den Phäbäern anzubieten hatte. Roi Danton betonte, dass die kriegerischen Auseinandersetzungen mit den Ploohns zwar durch die Terraner zum Ausbruch gekommen seien, dass sich Gleiches auch ohne sie aber früher oder später hätte ereignen müssen.

»Welch ein Hohn!«, rief Achmil dazwischen. »Seid nicht traurig, dass eure Welt mit Wasserstoffbomben unbewohnbar gemacht worden ist, das wäre ohne uns auch bald passiert.«

»So ist das nicht gemeint«, sagte Seem Allag zornig. »Außerdem ist Stiemond nicht unbewohnbar geworden. Die Terraner haben bereits alles geprüft. Die Radioaktivität ist geringer als befürchtet.«

»Seem Allag, Sie sind ein Biologe. Ist das richtig?«

»Das stimmt.«

»Gehört zur wissenschaftlichen Disziplin der Biologie auch die Atomphysik?«

»Natürlich nicht, aber wir wissen ...« Allag verstummte, als er das belustigte Schnauben der Zuhörer vernahm. »Wie dem auch sei«, sagte er heftig. »Die Terraner wollen uns Geschenke machen. Sie wollen uns wissenschaftliche Informationen von höchstem Wert geben. Sie wollen uns Waffen stellen, mit denen wir einem künftigen Angriff aus dem Raum begegnen können. Warum sollten wir ein derartiges Geschenk nicht annehmen?«

»Weil ich den Terranern nicht glaube«, antwortete Achmil. »Wissen Sie, verehrter Freund, dass sie mittlerweile gestartet sind?«

Seem Allag erschrak. Damit hatte er nicht gerechnet. Er wusste im ersten Moment nicht mehr, was er sagen sollte. Dann erkannte er, dass der Start überhaupt nichts zu bedeuten hatte. Sie konnten jederzeit zurückkehren.

Achmil schaltete das Telegerät wieder ein. Die Stimme Roi Dantons ertönte. Der Sohn Rhodans zählte auf, was er auf Stiemond zurücklassen wollte. Er schloss mit den Worten: »Wenn wir starten, um zur Erde zurückzufliegen, wird ein Kugelraumschiff auf Stiemond landen. Darin werden Sie alles finden, was Sie benötigen. Das Lineartriebwerk ist allerdings beschädigt und kann nicht mehr mit unseren Mitteln repariert werden. Dennoch werden Sie entschädigt werden.«

»Ich werde Ihnen sagen, Seem Allag, was die Terraner uns geben«, rief Achmil triumphierend. »Sie haben ein Wrack, das sie aus irgendeinem Grund schnell loswerden wollen.«

»Was sollten sie wohl loswerden wollen?«

»Wir sind dabei, die Frage zu klären. Unsere Wissenschaftler rechnen damit, dass es sich um gefährlich strahlenden Müll handeln könnte.«

»Das ist doch Wahnsinn!«, schrie der Biologe. »Sie können den Terranern bedingungslos vertrauen. Sie haben doch selbst gesehen, dass sie es nicht waren, die im Norden die warmen Täler besetzt hatten.«

»Erzählen Sie uns, was Sie in den letzten Tagen erlebt haben«, forderte Achmil.

Seem Allag war froh, endlich berichten zu können. Er schilderte alle Ereignisse bis hin zu kleinen Nebensächlichkeiten. Als er endlich erklärte, alles gesagt zu haben, merkte er, dass ihm niemand glaubte. Er war verzweifelt. Er wusste nicht mehr, was er tun sollte.

»Wenn Sie mir nicht glauben, geben Sie mir doch die Droge!«, schrie er. »Dann werden Sie wissen, dass ich die Wahrheit gesagt habe.«

An Bord der Korvette, die mittlerweile in einen Hangar der MARCO POLO eingeschwebt war, ging das Verhör weiter. Roi Danton fragte erneut, warum die Erde angegriffen worden war. Fellmer Lloyd seufzte.

»Jetzt hab ich's«, sagte er dann erleichtert. »Ein besonderes Motiv gab es nicht. Die Ploohns untersuchen grundsätzlich jedes neue Objekt auf seine Eignung zur Pflanzenzucht. Jede neue Welt, die in ihren Einflussbereich kommt, wird in dieser Weise unter die Lupe genommen. Wenn sich zeigt, dass eine gewisse militärische Macht vorhanden ist, greifen die Ploohns an. Die Planetenbevölkerung zählt bei ihnen nichts. Sie hätten die Erde entvölkert, nur um dort ihre Pflanzen anbauen zu können.«

»Welche Bedeutung haben diese Pflanzen, Fellmer?«

»Das ist eine Frage, die ich nicht beantworten kann. Darüber gibt es keine Information in den Gedanken des Ploohns. Ich habe selbst schon versucht, es herauszubekommen.«

Roi Danton biss sich auf die Lippen. Noch viel zu wenig hatte er bis jetzt erfahren, und er fühlte, dass die Zeit drängte.

»Cschmohrt schätzt seine Chancen zunehmend geringer ein«, stellte der Ilt fest. »Er neigt mehr und mehr dazu, sich zu töten.«

»Kennt er Zeus?«, fragte Danton.

Der Ploohn bewegte seine Fühler sichtbar stärker und nervöser.

»Er kennt Zeus«, sagte Fellmer Lloyd überrascht. »Sehr gut sogar. Viele Angehörige seines Volks sind ausschließlich damit beschäftigt, eine Möglichkeit zu finden, Zeus zu töten.«

»Hm«, bemerkte Mentro Kosum. »Dann sieht aber der Angriff der Pyramide auf der Welt Goshmo's Castle ganz anders aus. Die Ploohns könnten damit zu tun haben.«

»Durchaus«, stimmte Roi Danton zu.

»Ich kann ihn nicht mehr halten«, rief Gucky. »Sein Schicksal ist ihm gleichgültig. Er glaubt nicht mehr daran, dass er die anderen Ploohns benachrichtigen kann. Die Situation wird ihm zu gefährlich. Er will nicht, dass wir etwas erfahren.«

Plötzlich begann das Insektenwesen zu sprechen: »Wir werden unser Ziel erreichen, ganz gleich, was ihr tut. Wir wissen, dass wir unser Ziel erreichen werden. Niemand kann das verhindern.«

Er zuckte zusammen, als hätte ihn ein Stromschlag getroffen. Die bizarre Gestalt bäumte sich auf. Die Arme entglitten der psychokinetischen Kontrolle des Ilts, und dann sackte der Ploohn langsam auf den Boden. Der Glanz seiner Facettenaugen erlosch. Es war vorbei. Er starb in der Überzeugung, nichts verraten zu haben, was den Terranern nützen konnte.

Roi Danton erhob sich. Er war weder enttäuscht noch zufrieden. Ihm war von Anfang an klar gewesen, dass er keine Fülle von Informationen erhalten würde. Dennoch hatte sich das Bild geklärt. Man wusste wesentlich mehr über die Situation im Energieschlauch zwischen den beiden Galaxien.

Ras Tschubai kam ihm entgegen. »Verstehen Sie das?«, fragte er. »Die Phäbäer haben die Korvette, die wir zurückgelassen haben, mit Raketen beschossen und zum Teil beschädigt. Mein Funkspruch mit der Bitte, sich nicht selbst zu schaden, blieb zunächst unbeantwortet. Dann teilte mir ein anonymer Phäbäer mit, man wünsche uns nicht mehr auf Stiemond zu sehen. Es sei auch nicht erwünscht, dass wir noch einmal Verbindung mit Seem Allag aufnehmen.« Der Teleporter schüttelte den Kopf. »Sie sollten doch eigentlich begriffen haben, dass ihre Angst vor allem, was aus dem All kommt, maßlos übertrieben ist. Warum glauben sie Seem Allag nicht?«

»Diese Frage kann ich Ihnen nicht beantworten, Ras«, sagte Danton. »Vielleicht reicht ihre Fantasie nicht aus, sich das vorzustellen, was Seem Allag in den letzten Tagen alles gesehen hat? Für ein Wesen, das niemals zuvor andere Intelligenzwesen getroffen hat, war das schon allerhand.«

»Bleiben wir noch hier?«

»Nein. Wir machen uns auf den Heimflug. Perry wartet auf Nachrichten und Ergebnisse. Die Phäbäer werden schon noch begreifen, dass sie sich vor der Korvette nicht zu fürchten brauchen. Hoffentlich haben sie bis dahin nicht alles zerschlagen.«

»Es täte mir Leid um sie. Ich gestehe, dass sie mir recht sympathisch sind.«

Die beiden Männer verließen die Korvette und betraten den Hangar der MARCO POLO.

Seem Allag blickte den Männern hoffnungsvoll entgegen, die zu ihm in die Haftkabine kamen. »Nun? Haben Sie sich davon überzeugen können, dass das Raumschiff der Terraner keine Gefahr für uns darstellt?«, fragte er.

Der Hohe Achmil sah ihm forschend in die Augen. »Wir haben es mit Raketen beschossen und zum Teil zerstört. Es erfolgte keine Gegenreaktion.«

»Was haben Sie denn erwartet?«, schrie der Biologe.

Einer der Polizisten hielt eine Spritze mit einer grünlichen Flüssigkeit in der Hand. Baignol.

»Wir wollen jetzt die Wahrheit wissen«, sagte Achmil. »Bevor wir noch ein Risiko eingehen, sollen Sie uns noch einmal alles erzählen, was Sie wissen. Aber Sie sollen die Wahrheit sagen.«

Seem Allag lehnte den Kopf in den Nacken zurück und atmete tief durch. »Tun Sie, was Sie nicht lassen können«, sagte er. »Ich habe erlebt, was ich erleben konnte. Jetzt ist es nicht mehr zu früh für die warmen Wiesen.«

Er spürte den Stich der Nadel, der den Tod bedeutete, und begann zu sprechen. Triumphierend beobachtete er den Hohen Achmil, dem er mit seinen Worten eine empfindliche Niederlage beibrachte. Sein Tod bedeutete den Sieg über die Dummheit und die Engstirnigkeit, den Sieg über die Angst vor allen Fremden aus dem All. Dies war die Stunde der Niederlage für den Hohen Achmil. Sie war für ihn viel bitterer als für Seem Allag, der das Baignol bereits in seinen Adern spürte.

Seem Allag sah dem Ende gefasst und ruhig entgegen.

ENDE

Perry Rhodan-Buch Nr. 78

SUCHE NACH DER ERDE

erscheint im Mai 2002

Großschlachtschiff der Plooh

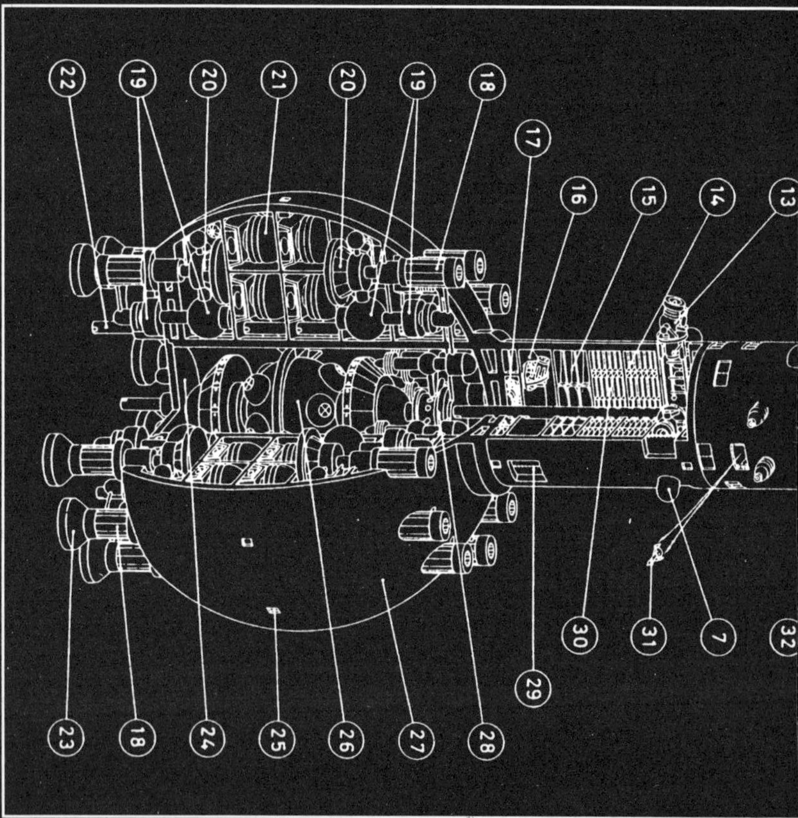